形意风云会

吴连儒 杨占平 著

山西出版传媒集团 山西人民出版社

图书在版编目（CIP）数据

形意风云会 / 吴连儒，杨占平著 . —太原：山西人民出版社，2020.6
ISBN 978-7-203-11452-9

Ⅰ．①形… Ⅱ．①吴… ②杨… Ⅲ．①纪实小说—中国—当代 Ⅳ．① I247.5

中国版本图书馆CIP数据核字（2020）第084273号

形意风云会

著　　者：吴连儒　杨占平
责任编辑：魏　红
复　　审：赵虹霞
终　　审：姚　军
装帧设计：张慧兵
出　版　者：山西出版传媒集团·山西人民出版社
地　　址：太原市建设南路21号
邮　　编：030012
发行营销：0351-4922220　4955996　4956039　4922127（传真）
天猫官网：https://sxrmcbs.tmall.com　电话：0351-4922159
E-mail：sxskcb@163.com　　发行部
　　　　sxskcb@126.com　　总编室
网　　址：www.sxskcb.com
经　销　者：山西出版传媒集团·山西人民出版社
承　印　厂：山西出版传媒集团·山西省美术印务有限责任公司
开　　本：720mm×1020mm　1/16
印　　张：28.75
字　　数：460千字
印　　数：1—2 000册
版　　次：2020年6月　第1版
印　　次：2020年6月　第1次印刷
书　　号：ISBN 978-7-203-11452-9
定　　价：98.00元

如有印装质量问题请与本社联系调换

目 录

第一回	太平天国悍将身陷绝境 乌马河边少年义薄云天	1
第二回	好车夫，两臂可撑千斤力 卑身价，无技不敌一人拳	17
第三回	牛头寨，李老农飞刀救师 金太谷，吉安堂星夜交心	30
第四回	王长乐心胸堪比天地四海 孟绰如形意升华阴阳五行	44
第五回	铁掌金刚醉闯吉安院 车霸甲子败兴明月中	61
第六回	施仁义，神拳李镖行天下 爱才俊，师祖戴再传新功	77
第七回	沙滩擂，各地武林会战 形意拳，河边新秀称雄	91

第八回	形意拳传世红太谷 李飞羽洒泪别古城	105
第九回	郭云深三战"鬼八卦" 崩拳王再惩"武举人"	123
第十回	吕学隆力擒"花蝴蝶" 李复祯枪挑"黑老鸹"	137
第十一回	"开山祖"喜收形意果 "试金石"笔录《精义经》	150
第十二回	古城夜幕里百鬼献丑 黑峰野林中二虎争雄	162
第十三回	一身尚礼,单剑走湖广 两肋插刀,千里闯关东	176
第十四回	奉天府义结两"山虎" 吉安堂惊现一镖书	189
第十五回	救乔家,师徒战群匪 传形意,复祯教新徒	202
第十六回	布天罗地网,夜战乌马 为黎民百姓,狠弃私情	217
第十七回	窦老头施诡诈劫持人质 车毅斋为救徒身中毒镖	230
第十八回	形意始祖,门人垂泪送别 北方大侠,天津仗剑降魔	249
第十九回	在中堂纵论古今事 乔致庸智建田舍居	261

第二十回	贺运亨再显铁腿技 马耀南训教武德经	272
第二十一回	霍元甲夜战杜心武 王子斌戏学铁腿功	283
第二十二回	晋冀高手巅峰大战 天下精英相聚交流	294
第二十三回	"神通真人"斩妖除怪 清朝政府辱国丧权	305
第二十四回	慈禧出逃，极尽敲诈勒索 车师护驾，目睹贪腐龌龊	312
第二十五回	李复祯铲除清廷鹰犬 郭云深再访形意同门	322
第二十六回	神秘人三救孙中山 杜心武再学国术功	333
第二十七回	张占魁、韩慕侠师徒行义 车毅斋、杜心武老少知音	342
第二十八回	两支毒镖，神灵佑贤士 一代宗师，宾朋满寿庭	352
第二十九回	弘形意李存义奔走呼号 扬国粹孙福全著书立说	361
第三十回	"鸡血党"智退袁兵卒 "玉面虎"力惩北极熊	371
第三十一回	形意传人前赴后继 武林高手世代相传	382

第三十二回	树丰碑车毅斋泽被后世 起国馆孙祥熙捐出大洋	391
第三十三回	韩慕侠"大刀队"发威 喜峰口日本鬼丧魂	401
第三十四回	东洋鬼挖空心思灭证 刘铁柱宁死不屈保碑	411
第三十五回	烧杀奸淫，日本鬼坏透 冒险供药，吴耀科功高	424
第三十六回	布学宽蓄须守节明志 美髯公派将点兵除奸	433
第三十七回	神州河山飞洒爱国血 形意儿女共谱英雄传	443

第一回

太平天国悍将身陷绝境
乌马河边少年义薄云天

话说晚清道光朝某年仲秋,北国晋中域内太谷平川地区,玉米、高粱、谷子已次第成熟。某日已近黄昏,县城南的凤凰山坳,羊群、鸡鸭陆续回圈,忙碌一天的农人拖着疲倦的身子收工回家,家家户户炊烟四起。突然,平日里幽深、静谧的龙泉寺,响起震天的喊杀声,并伴有战马嘶鸣,惊飞了千年古柏上的鸟雀,还没有来得及到家的人们赶紧蜷缩到山坡地角里。

约莫半个时辰,一队骑兵冲向了山外,尘土起处,羽箭嗖嗖。过咸阳庄,穿沟子村,顷刻间,他们已扑向不远处的乌马河边。

夕照里,一匹骏马疾驰在前,一个年轻人紧紧匍匐在马背上,满头长发,浑身尘土,屁股上带着几只羽箭,鲜血已经染红了裤子。后面四个同样骑着马的汉子紧追不舍,为首的蓝衣红帽,顶插羽翎,手执弓箭,腰挂战刀,其他三人身上各背一个大大的"勇"字,高举长矛,边追边喊:"站住,你跑不掉了!"

首领叫道:"射死他!"

秋天的乌马河水流湍急,挡住了骑马的年轻人的去路,他只得沿河向西去,仍然没有过河处,兜了一圈,又返了回来,奔到城北的贾家堡村,四个追兵已经越来越近。

此情此景，让路边几个遛马的贾家堡村少年看了个一清二楚。

"官兵又欺负老百姓，哼！"一个壮实的光头少年瞪大了眼睛，表达出很看不惯的愤怒。

"自古官兵乃刀俎，历来百姓是鱼肉！"另一个身穿长衫的少年也振振有词。

"哎呀呀……"几匹马前后从路边风也似地飞驰而过，一个叫春花的小辫子闺女吓得捂住了眼睛。

围着村子转了一圈，马队又折了回来。

此时，日头落下去了，暮霭四起。眼看受伤年轻人体力行将不支，追兵却紧追不放，一场惨剧就要发生。

那个光头少年突然蹿到路中，一把拉下受伤的人，自己飞身上马，把马屁股一拍，闪电般地去了。后边扬尘四起，朦胧中追兵没有看到马上人已换，继续马不停蹄跟随着马奔腾而去。

前后不过一眨眼的工夫，路边其他几个少年猝不及防，惊恐万状，张着嘴紧盯前方。

追兵大喊："还不站住，开弓放箭啦！"

"你逃不脱了！"

前边的马根本不停，后边的马队继续追赶。

晚霞渐渐隐匿，村子模模糊糊，路边遛马的几个伙伴一边提心吊胆地望着远去的光头少年，一边搀扶起从马上被换下来的年轻人。年轻人一使劲，拔出了自己身上的箭头，穿长衫的少年赶快帮他按住伤口。几个人惊呼："哎呀！你不疼吗？"小辫子闺女怕血，捂住眼睛看都不敢看。

这人真是条汉子，裤子都被血染红了，他却若无其事，平静地说："不拔出箭头来可不行。"

天黑下来了。

几个少年问道："你是甚人？官兵因为啥要追杀你？"

年轻人不好直接说原因，只回答："唉，一句两句说不清。"

过了一阵子，那个光头少年独自骑着马回来了。年轻人强忍疼痛欲爬起来，穿长衫的少年一把拦住："你刚拔了箭头，坐着说就行了。"

"那几个官兵没逮住你？"春花扑到光头少年身上，睁着大眼睛着急地问。

"俺轻车熟路，庄稼地里转了它几个圈，狗日的们早就晕头转了向，叫他们摸黑去瞎寻吧！"说罢，光头少年弯腰凑到年轻人跟前，关切地问："你，没事吧？"

"要不是你挺身冒死相救，我肯定不行了！"年轻人说着，连连两手作揖感谢。

"他们因为甚追杀你？"

"我是……唉！一言难尽。请问，你们知道这里有个董村吗？"

"知道，离俺们村不远。"光头少年回答。

"追兵肯定还会回来，这里不宜久留。你——"年轻人看着光头少年，近乎在请求，"能不能送我去董村？"

"行，现在就去？"

年轻人说："事不宜迟，马上走。"

几个少年将年轻人扶上马，光头少年坐在后头护着，吆喝一声，马儿踢踢踏踏向东去了。

夜幕笼罩着乌马河两岸，几个少年男女目送着远去的伙伴，小辫子闺女春花说："他呀，人真好。"

"长大了肯定是个英雄。"另一个留小辫的少年打心里羡慕地赞叹道。

穿长衫少年说："这就叫路见不平挺身出，梁山好汉又一条！"

贾家堡离董村不过十来里，却隔着一条乌马河，只在朝阳村建有便桥。刚才的马队不知，光头小子却熟悉地理位置。他驱马过桥，不大工夫已到董村村口。直到这时，光头少年才问年轻人："您来董村找谁？"

"董芳伦。"

光头少年下马一打听，此人是本村名人，轻而易举就寻到董家大门口。

嚄，虽然夜间看不大清楚，仍能感到董家大门的壮观：坐北朝南，圆形黑门，油漆大钉，两边的一对镇宅护院的石狮子，眼大嘴阔，身高蹄壮，威风凛凛，好不霸气！光头少年寻思，这可能是个了不得的大户人家，自家小小年纪，一个放牛遛马娃，不是咱来的地方。他小心翼翼地扶年轻人下了马，敲门唤出了主家，扭头就走。

董家主人一看年轻人，吓了一跳："林兄，你可回来了！怎么受伤啦？"

年轻人手指光头小子的背影说："快留住这位恩人！"

主人立刻会意，三脚两步追了上来："恩公请留步！"

"嗯？"光头少年一扭头，主人朦胧中发觉眼前之人原来是个少年。

"小恩公不能走！"主家不由分说，一把将少年拽了回来。

马儿做了安顿，年轻人被家人扶进董家大厅，里边已经灯火通明。光头少年被领了进来，他没见过这么排场的地方，有些不自在。抬眼见刚才的年轻人已被安置在一个大椅子上，血止住了，热茶压惊，湿毛巾搽脸后，原来是个英俊的青年，一双剑眉尤其让光头少年吃惊。而那位跑前跑后张罗的董家主人原来是个后生，身板结实，笑不离口。这时，大厅里进来一位老人，须发花白，却慈眉善目，十分可亲。

光头少年还在端详，已被主家后生拉到另一把大椅子上坐下。

"要不是这位小恩公出手相救，我现在已经是清犬的刀下之鬼了。"年轻人一五一十介绍了光头少年冒着生命危险营救自己的惊险过程，大厅里的人们个个显出敬佩的神色，倒把个光头少年弄得不好意思了。

"小恩公在上，请受董芳伦一拜！"主家后生一本正经地作揖。光头少年赶紧跳了起来，心里惊叫："啊，他就是董芳伦，这么年轻！"

"小娃娃，你坐下，"慈眉善目的老人家慢条斯理地发话了，"你可知道，今天你立了多大的功劳？"

"小娃娃"被一家人恭维得越发愣了。

"你知道你今天救的是什么人吗？"光头少年茫然摇头，他哪里能知道！

"你今天营救下的是叫朝廷闻风丧胆的大名鼎鼎的林凤祥，林将军！"

"也是林，林教头？"听惯了说书人讲《水浒传》里的八十万禁军教头豹子头林冲的光头少年低声说。

董芳伦一股脑儿介绍起了这个"林教头"的事迹："他出生于广西南宁武鸣，壮族，自幼喜好武功，侠义好斗，城中歹徒对他无不畏惧退避。那时揭阳县令有一当县衙总爷的小舅子，仗势横行，调戏妇女，被他设计惩治，于是遭到县令的通缉。他一怒之下，杀死了那个清妖，跟名将李开芳一起投奔紫荆山，参加了'拜上帝会'，现在正和二三十个把兄弟四处联络，准备起事。今天你救了他，可不是天大的功劳？"

董芳伦所讲，光头少年有的能听懂，有的根本不懂，只是依稀感觉到自己可能是立功了，而且救下的是"林教头"。

那么，这位"林教头"是怎么来到太谷，又怎么被清兵追捕的呢？

道光二十七年（1847），洪秀全在广西桂平建立"拜上帝会"，林凤祥与杨秀清、萧朝贵、冯云山、韦昌辉、石达开、李开芳等，分赴全国各地联络反清义士，准备起事。

林凤祥通过昔日挚友董芳伦跟太谷仇视清朝的武林人魔合成相识，不久成为志同道合的朋友。魔合成又联系了北郭拳师智永几个，再加上董芳伦等，一帮人与林凤祥相约前去凤凰山里的龙泉寺商讨起事之事，不料魔合成先到，他人粗目标大，行迹暴露，身后跟来了几十号清兵。董、智等赶到时，已经出事，只得返回，另择日期。

那龙泉寺又称龙泉宫，始建于元代至正十五年，已有五百余年历史，向来是宗教活动和民众游憩之地。这寺地势偏僻、幽静，寺前有高大精雕的大理石牌楼，寺内殿阁楼台，依山层层而建，苍松翠柏，古树龙根，掩映其间，更有水母洞内的龙泉涓涓细流，源源不断，清澈如玉。金元之际"北方文雄"元好问游此，惊诧于"泉水伴僧闲"的仙境，留下了《过龙泉寺》七言绝句二首：

清代太谷龙泉寺

　　悬麻白雨映层崖，过尽行云晚照开。可是登临高兴动，马蹄新自太行来。（其一）
　　绕渠寒溜夜潺潺，说有蛟龙在石间。可惜九天霖雨

手,一泓泉水伴僧闲。(其二)

　　林、魔等人在这么幽静的地方相会,商讨大事,本来应该安全有加。岂知,林凤祥正在寺前石牌楼树林边恭候,发现大摇大摆的魔合成身后竟鬼鬼祟祟尾随着几十号清兵,再后还有马队!他顾不得与魔合成打招呼,突发飞箭,射向领头的一个清兵,头领应声倒地,其他清兵便呐喊着包围了上来。

　　林凤祥与清兵在龙泉寺外围周旋了好一阵,射死了几个敌人,趁对方不注意,抢了匹战马,跑下山来。清兵穷追不舍,弓箭齐发。为了护身,林凤祥一路匍匐在马背上,屁股中了几箭,跑到乌马河边,虽然只剩四个追兵,却被河水挡住了去路,正在生死危急的紧要关头,光头少年不顾自家的性命危险,当了替身,引跑了追兵。

　　现在,林凤祥在董芳伦家平安无事了,可是魔合成呢,会不会落入清兵之手?他十分牵挂!

　　其实在龙泉寺清兵正准备围捕魔合成时,被林凤祥的一箭引走了部分兵马,剩下的十几个人包围了魔合成。那魔合成腿长,步伐轻便,撒开大脚,三步并两步,一刹那的工夫,已跑到凤凰山的半腰。

　　那凤凰山与乌马河一样,是太谷有名的自然景观。传说很久以前,凤凰山上无水无草无木,荒凉萧条。忽然一天,从南边飞来一只美丽的凤凰,绕

清代太谷凤凰山

着山顶来回盘旋，最后落在山顶，没过多久，这座山变得青山绿水，翠树环绕，后人便将此山取名为凤凰山。凤凰山距县城十几里，山上耸立着三座宝塔，名叫风、云、雨塔。清代名儒胡衍虞登临后，陶醉于这里身后千山万壑，眼前一马平川，四周朝岚霁雨，耳边晨钟悠悠，诗兴袭来，遂赋五律《凤山春色》一首，在当地脍炙人口：

凤凰山三座宝塔

  春醒寒山睡，朝岚接远天。
  翠舍初霁雨，青染未浮烟。
  花气风中落，钟声云外悬。
  携尊来一啸，人在画图边。

  却说魔合成上到凤凰山顶，一股劲往下蹬落石头，清兵怕死，无法尾追，他自然逃过了一劫。

  其后，魔合成、智永等人响应洪秀全号召，发动了起义。可惜时运不佳，他们刚刚聚集起几百人，就被路过此地的朝廷大军夹击在县城"西马道"，魔合成被擒，死于狱中；智永越墙而逃，不知所往；其余所有义军，全部被杀，血流成河，惨不忍睹！

  且不提林凤祥记挂魔合成，但说董芳伦感恩光头少年，盛情招待，席间大家攀谈了起来。

  光头少年这时再仔细听董芳伦说话时，感到他年纪比自己大不了几岁，却分明遍走江湖，见多识广，心生钦佩之情。董芳伦非常赏识这个身板结实的光头少年，亲近之感油然而生，问道："你是哪村的？"

  光头少年答道："贾家堡。"

  "多大了？"

  "十五。"

"你叫甚名字？"

"俺没大名，人们都叫俺车二。"

"你爹是做甚的？"

"种地。"

跟车二说了一会儿话，知道了他的大致情况，董芳伦叫他先好好吃饭，又转向林凤祥和父亲，商量了半天。之后，再转身诚恳地对车二说："车二兄弟，你路见不平，行侠仗义，来日必是有用之才，我欲与兄弟义结金兰，不知你意下如何？"

车二从没听说过"义结金兰"是甚意思，放下筷子，睁大了疑惑的眼睛看着董芳伦。

"就是咱俩拜了把子，结拜成兄弟。"董芳伦意识到刚才的话语不通俗，再补充道。

这下子车二可是听了个明明白白，却不知道该怎样表态，只是胡乱点头。

于是，董家人决定立刻举办仪式。车二虽然有点稀里糊涂，但他崇拜见多识广的董芳伦，心里也清楚这是件好事，所以，任凭大家安排。

当晚，"林教头"林凤祥为媒，董父为长，车二和董芳伦焚香，换帖，叩天，叩地，叩祖先，共饮歃血酒，一套庄严的程序依次进行。车二自然没有经历过，却也感到了神圣。董芳伦年长车二六岁为兄，车二为弟。哥说一句，弟跟一句，二人共同誓言："今生今世，有福同享，有难同当，情比兄弟，义重桃园，永生永世，绝不变心！"

车二盟誓之后，似乎大彻大悟："俺今天有拜把子兄弟了！"心里十分兴奋，况且几杯热酒下肚，更令他心潮澎湃。

仪式举行完毕，林凤祥取出一锭白银，往车二面前一放，诚恳而庄重地说："车二兄弟，你的救命之恩没齿难忘，区区薄礼，请你权且留作个纪念好吗？"

车二顿感意外，踌躇了片刻，看了大伙一眼，吞吞吐吐地回答："俺爹……教给俺……要见义敢做……不能……图报，俺小小年纪，怎么好要银子！"

"你冒着生命危险，救我于死亡边缘，不收银子，老兄我于心不安呀！"林凤祥几乎是在请求！

"可是……可是……"车二结巴了半天,指着董芳伦说:"他是俺哥了,你是他哥,也就是俺哥,弟弟哪能要哥的银子!"

车二的推理,弄得在场的人们无言以对。董父寻思了好半天说道:"对呀,君子报酬,十年不迟,"于是顺水推舟对车二说,"孩子,你说得对,既是一家人,俺说吧,这银子就免了,往后你们兄弟好好相处,来日方长啊!"

酬谢之事,就此了结。

为了免得家里操心,董芳伦另骑一匹马,连夜送盟弟车二回家。

回到贾家堡车宅,灯下,一家人和小兄弟们正在焦急呢。车二既然平安回来,大家也就歇心了。

"俺有结拜大哥啦,他就是。"车二喜形于色地把董村盟誓的情形大概说了一下,董芳伦当下就认车二的父母为亲人,行了大礼。看着仪表堂堂、谈吐得体的董芳伦,父母高兴,小兄弟们一个个伸长了脖子,更是羡慕不已。

再说林凤祥,本来不过受了些皮外伤,况且又伤在皮大肉厚的屁股上,在董家有芳伦父子和家人的悉心照料,修整数日,伤便痊愈,与董芳伦相随南下到广西,会合了洪秀全、杨秀清众兄弟,不久,发动了震惊天下的太平天国金田村起义。

林凤祥被拜为大将,率领精兵驰骋疆场,屡立战功,先克武昌,再攻陷南京,北上进入山西,又转战直隶,直逼天津卫,终因孤军深入,加上太平天国大势已去,受伤被俘。有见证人描述林凤祥临刑时,"刀所及处,眼光犹视之,未尝出一声",大义凛然,慷慨就义,时年三十一岁。太平天国天王洪秀全闻之,封他为"求王"。而挚友董芳伦在林凤祥麾下,转战大江南北,身先士卒,斩杀清兵,功勋卓著。林凤祥就义后,董芳伦改名换姓,潜迹医界,以义为宗,续写其充满传奇色彩的一生;与车二数十年交往情比兄弟,义重桃园。这是后话。

且说乌马河边跟车二一起营救林凤祥的那一帮小兄弟,都是出生在贾家堡村,从小一块长大的好伙伴。

贾家堡背靠太谷古城北门,前抱乌马河。村里有名的建筑就是一座堡垒,形同八卦,整齐,神秘。村中有一条三华里的东西走向大街,名叫鱼鳞街,统领全堡;四周各有一座坚固的堡门,既防水患,又防盗匪。

堡里的老百姓,千百年来以种地为生,一年四季辛苦劳作。村民们并不

清代贾家堡村古堡

多怨恨,他们认为,人生下来不就是受苦受难嘛,一辈一辈就是这样过来的。

　　时光转到清代"康乾盛世",贾家堡村祖祖辈辈耕田种地的百姓中,有一户吴姓家族,要改变只会农耕的习性,花银子从外地请来先生,教儿孙识字、写诗,家风大变。于是,也影响到其他人家,读书、习武渐渐成了村民的时尚。到了道光初年,本村秀才高士敏恩科及第,荣成武举,轰动城乡,为贾家堡增了光。高家门前竖起旗杆,旗幡招展,成了远近闻名的旗杆院。此后的岁月里,村人中出了"铁胳膊李三爷",亦商亦武;出了兵戎大将吴培昌,可惜客死他乡;出了朝廷兵部官员高希尹,清廉从政。贾家堡成了太谷县的崇文尚武之乡。

　　我们的主人公车二,出生在道光十三年(1833)七月初八凌晨。车家居住在贾家堡村南一座土坯房里,刚刚来到这个世界的男婴足足有八九斤,让他的母亲怀孕和分娩受够了苦。不过,看着壮实的孩子,母亲觉得再苦再累也高兴。车家此前已有一个男孩,家人起名也没请先生,直接叫"大小";这个弟弟降生,自然就叫"二小",因为姓车,外人都叫他"车二"。

　　车二生来天庭饱满,肢体粗大,八九个月就能行走,三四岁自己走到村边演武场看兵丁操练,整日不离不舍,回家后又是伸胳膊又是踢腿。大人们都说,这孩子长大了是块练武的料。

　　车二五六岁时,领着孩子们在乌马河边排开了阵势,模仿演武场的兵丁,分队厮杀,树枝是刀枪,土块当飞箭,卷着阵阵黄沙,摔倒了,爬起来,浑身是土,继续冲锋陷阵。看着折腾得天昏地暗的孩子们,大人们忍俊不禁,那位本村吴老秀才的儿子吴大秀才诗兴大发,捻着胡须,立赋《临江仙》词一首:

少小心思怀梦，争当盖世英雄。兵分两路守和攻。石头迎土块，柳权战枯松。　沟坎高低不怕，翻腾上下冲锋。　一声哭喊众人懵：衣衫撕破了，咋敢返家中？

这位大秀才整天不修边幅，长衫破旧，无所事事，倒是出口成章，动不动诗来词往，常常逗得孩子们围着他团团转。一旦兴致来了，他还要给孩子们讲些故事。"话说八十万禁军教头林冲逮着陆虞候，叫声：'泼贼！你待那里去？'劈胸只一提，丢翻在雪地上，把枪搠在地里，身边取出那口刀来，喝道：'泼贼！我自来又和你无什么冤仇，你如何这等害我！'说罢，只听一声……"孩子们正听得入迷，大秀才不讲了："欲知后事如何，且听下回分解。"

大秀才讲《水浒》，孩子们翻跟头，乌马河边真是热闹。

精力充沛的车二，一天到晚不停地折腾，虽然只有六岁，力气已胜过八九岁的大孩子。

大夏天，一群孩子在河滩边戏水，大眼睛小辫子闺女春花急匆匆跑到车二哥家，气喘吁吁地说："车二哥，大满仓在河滩上欺负小金囤呢。"

车二带着春花跑到河滩上，只见八岁的光头满仓骑在留着小辫子的五岁的金囤背上，把他当马骑，还边打屁股边吆喝。车二见势，大喝一声："下来！大的欺负小的，你不害羞？"

满仓一看是车二，摆出老大的架势："呵呵，小爹还要骑你这小毛虫咧！"

"你敢！欺负小娃娃是甚男子汉！"

"不信，小爹骑骑你？"

说着，光头从金囤身上下来，一蹦一跳冲了上来。

车二满眼冒火，一把揪住满仓，紧接着两手攥住对方双臂，转了几个圈，突然用脚一绊，满仓被摔了个嘴吃黄沙屁股朝天。

金囤和春花高兴得拍手称快。

大秀才的儿子小瘦子不知啥时也来了，小手一背，哈哈大笑，学着他爹的话说："快哉，快哉！"

这小瘦子也有名有姓，姓吴名孔字学文，村人们习惯叫他爷爷老秀才，叫他爹大秀才，顺便叫他小秀才，叫顺口了，他原来的名和字叫什么，时间一长，人们甚至都记不得了。这位小秀才，甭看年纪小，长得瘦，也身穿小长衫，文化高可是祖传，一张嘴就是文绉绉的古话，连大人们也难懂着呢。

且说光头满仓岂能服输，爬起来连喊带叫二次冲锋。那车二等满仓扑过来，身子一扭，顺势一推，三步以外，满仓又吃了满嘴黄沙。如此这般，满仓连跌三四个跟头，只得带着满身灰土，哭着回去了。

傍晚，满仓爹领着儿子来到车家兴师问罪。

车父怒斥儿子为什么打人，车二说："让他说吧。"

满仓老实，一五一十说明了经过。

"啪！"父亲对着满仓的光头就是一掌，"人家车二是路见不平，你却是凭大几岁欺负小娃娃，活该挨揍！今后，你得听人家车二的。"

车二小小年纪就晓得打抱不平，见不得恃强凌弱，大人们都夸这孩子长大后赖不了。

孩子们哪还晓得记仇？第二天就又聚到一块高高兴兴玩耍起来了，不同的是，从此，车二成了孩子王，满仓带头听他发号施令。一天的半下午，车二领着一群孩子在河滩奔跑打闹，突然"哎呀"一声，跌倒在地，原来他脚心扎了一根大刺，周围还隐隐渗血。满仓赶忙跪下用指甲拔，咋也拔不出来。春花过来，也不行。车二咬着牙，十分疼痛。小闺女的大眼睛忽闪了忽闪，寻思了寻思，对车二说："车二哥，你坐下。"说着，她盘腿坐在沙地上，拿膝盖支起车二的脚腕，歪着小脸，硬是用牙齿将他的脚刺咬了出来。

"春花妹妹，你，你真好！"车二的心被震撼了。

"你不嫌他臭？"聪明伶俐、爱出洋相、爱说怪话的满仓摸着自己的光头，觉得奇怪。

"不嫌。"

"那你是他媳妇？"怪话又来了。

"愣鬼！这就算媳妇？"

"算媳妇，是媳妇！"满仓似乎赢了，"媳妇，媳妇，春花当车二的媳妇啦——"

春花哭着跑回家去了。

小闺女一跑，满仓发了愣，吓得不知所措，怕车二收拾他。可车二却没有恼火，心里还想着春花给自己咬脚刺的过程。

"哈哈哈，"忠厚老实的金囤在一旁幸灾乐祸地说："满仓，今黑夜回家挨打吧！"

"作茧自缚，自作自受，蠢乎哉！"长衫小秀才背着手又在一旁振振有词了。

这些文言、成语，庄稼人家的孩子谁知道他在哼哼些什么！

春花家就在车二家的房后。回到家，她一头扎在母亲怀里哭诉了起来。

母亲问："那满仓说对了？"

春花啜嚅着说："不，不对。"

"说错了？"

"……"春花羞得不知道说啥。

"你待见车二？"母亲追问。

"俺，俺……"

"那你不待见他？"

"不不，更，更不是！"

"那你……"

女儿在母亲怀里撒起了娇来。

"喔！"母亲抱着女儿，脸上闪过一丝笑意，没再说话，却明白了女儿的心思。

车二家贫，哪能天天玩耍。十二岁那年，父亲就送他去给一家大户人家放羊，既能让他吃上饭，还多少给家里挣些钱。

车二的小伙伴们觉得放羊挺好玩，满仓、金囤、春花、小秀才都陪他当起了羊倌。

羊群里有大羊、小羊、公羊、母羊、白羊、黑羊，那白白的、茸茸的小白羊最是可爱，孩子们常常一人抱着一只小羊玩。玩腻了，车二索性开始举羊，先是小的，而后是中的，再后来是大的。功夫长了，他甚至举起了大肥羊。

"车二哥厉害！"

"车二力气大！"

"小罗成再世也！"小秀才总是与众不同。

在伙伴们的欢呼声中,车二举着肥羊在草地里转起了圈。也是该出事,一不小心,脚下一绊,连人带羊摔了个"狗吃屎"。

"哎呀,羊流血了!"金囤人小眼尖。大家看时,可不,只见肥羊屁眼里流出了血,模模糊糊还掉下个小东西。

车二傻了。

大光头满仓愣了。

小秀才没词了。

春花吓哭了。

看着流血的肥羊(其实是母羊落羔了)卧在地下,车二寻思,闯下大祸了!他提心吊胆地回到主家,如实禀告,想着肯定要受一顿责罚。谁知主家待见诚实憨厚的车二,只是呵呵笑了笑说:"你力气太大,甭放羊了,明天放牛吧。"

这主家姓吴,家境比较富裕,属于耕读之家,待人十分宽容。车二父亲为人实在,喜欢助人为乐,两家相处和睦。车二这个事情吴家没有计较,明白他还是个孩子,顽皮点也在情理之中,此事也就算过去了。

改放牛的车二,顽劣劲不减,刚刚十四岁的他身上好像有使不完的劲儿,整天与牛戏耍。有时,他拽住牛角,与牛相顶;有时用肩头与牛对抗。春花、满仓他们一拍手叫好,他劲儿更大了。

才满一年,牛已经不是他的对手,与一头牛犊子角力,牛被他揪着角,绕地旋转。那头牛似乎生了气,蹄子乱刨,横冲直撞。车二心想,这还了得?他将牛一下摔倒在地,揍起了牛屁股。

消息再度传到主家。

主家听了,哈哈大笑,与车二父亲商议,你这娃力大无穷,要不,伺候骡马吧?父亲也只能应允。

那车二从小喜欢骡马,这下称心如意了,喂牲口十分精心,通人性的骡马很快就听他调遣。不久,竟学会了骑马,骑技进步神速,让他的那些小伙伴们人人羡慕。骑马自然要使用鞭子,他更是苦练数日就得心应手,还玩各种花样鞭法,说打树叶,就能不捎树枝。几个月后,那马儿一看鞭梢,一听鞭声,就知道该走还是该站,该快还是该慢。这也就是他后来能够临危不惧救得了太平天国大将林凤祥的原因。

两年时光，放牛娃车二便已长成了大人，肩宽胸厚，膀大腰圆，地里拉犁耕地，一人能顶俩；为人更是特别讲义气，爱憎分明。盟兄董芳伦走后，他时不时去董村照料，侄儿董俊还小，董家的力气活自然成了他义不容辞的事。

这是个春天的上午，车二照例去董村看望老伯父伯母。行至朝阳村外，只见一辆轿车侧翻在路上，主人坐在地上揉胳膊揉腿，小车夫守在车边，垂头丧气，驾车的马儿卧地不起。

车二紧走几步过来，并不说话，围着车辆左右看看，先动手把牲口从车套里解开，让它站起来，倒也没受伤。而后仔细观察轿车翻倒的情形，不慌不忙，挽起袖子，双手伸到下面的车轮下，口里叫一声："起——"轿车被扶起，然后轻轻一转，平平稳稳放到路的中间。

车主人和车夫眼看着他做的这些，不知道该不该帮忙，也不知道该说什么。车二把马牵过来重新套好了，这才对车主说："不幸中的万幸，车没事，你们也不要紧吧？"

车主看在眼里，感动在心中，半晌才说："后生，不知道该怎么谢你！"

"俺就有点力气，也是路过碰见，还谢啥！"车二不会说什么客气话，倒被人家的感谢弄窘了。

"好后生，你要去哪儿？"

"董村。"

"啊呀，一路，咱们一块走吧？"

"行喽。"

车二扶车主人上车，一起上路。那车主大约三十多岁，中等身材，稍胖，宽盘大脸虽沾了些土，黑袍蓝马褂却分外得体，且眉宇间流露着实在，举止又显得和善。车夫呢，身体瘦小，年龄不大，因为驾车失误，惭愧得越发矮小。车二跟车主说："干脆我来赶车吧？"车主当然愿意。

轿车走开了，车二跟在左手，一边吆喝牲口，一边对小车夫说："赶车最重要的是会驾驭牲口，咱们这里的道路窄，又不平，刚刚是牲口走偏了道，一只轱辘高，一只低，能不翻车？"

进了董村，往北，再往东，不一会儿，车二就到了董芳伦家大门口。他对车主说："先生，俺就来这家，先进去了。你们去哪，让小车夫拉你们去吧。"

车主人抬头一看，哈哈大笑："你也是来董家？"

真是无巧不成书，原来他们是殊途同归！车主人和董家是多年的世交。

董芳伦父母家人咋地接待姑且不说，车主把路上的奇遇一讲，又引出了车二冒死营救林凤祥的"前科"。

"这娃叫车二，真是个好后生，俺儿子芳伦走后，他成天来照料我。"接下来老董伯把个车二夸得成了天字第一号小英雄，车二被夸得都不好意思了。

吃午饭的时辰，车主人心中有了个主意，饭后跟车二说："我想去你贾家堡的家里看看，行吧？"芳伦父亲也赞成。

莫非他有什么意图？车二心里有些嘀咕：刚认识不久，就要去我家？可他又不好拒绝，只能应承下："我家穷，没啥好招待的东西，您要想去就去吧。"

车主说："我不是要看你家穷富，是有其他打算，去了再说吧。"车二也不好再问，踏上回家的路。这一趟回去对车二是福是祸？还请看下回。

第二回

好车夫，两臂可撑千斤力
卑身价，无技不敌一人拳

还是车二赶着胖财主的轿车，沿着来时路，顺顺当当过乌马河便桥。未时才过，已回到贾家堡村自己家。

轿车进村，引来不少大人孩子的围观，一般的穷苦人家门前，哪来的轿车？更何况崭新的篷，油漆的辕，高头的大红马，人们啧啧称赞："真是好车！"

春忙季节，车二父母正收拾农具要下地，闻声出来，一看车二赶着的这辆好车和主人的穿戴，有些不知所措：这二小子从哪儿请来大财主了？

车二说："爹、妈，你们赶快请客人进屋啊！"

胖财主和颜悦色地说："不用客气，进去说话吧。"

车二父母连忙请客人进了简陋的家，让座倒水。车二把轿车停进院子里，安顿小车夫歇息，自己也跟进屋子里。

财主没嫌车二家脏乱，双腿一盘，上了土炕，恭恭敬敬地对车二父母说："二位大人，俺是来谢您家儿子的救驾之恩的。"

车二父母不清楚怎么回事，赶紧说："啥救驾之恩呢？"

财主就把路上车二怎么帮忙的事情一五一十讲了一遍，然后说："你们教子有方，令俺不胜感激，略具薄礼，还望收下。"说罢，拿出一大捧白花花的银子，放在炕沿上。

车二父母明白了事情原委，看到这么多银子，吓住了，也不会用啥词婉言谢绝，只是一个劲地说："不能要！不要！"车二在旁边双手抱拳对财主说："大人的好意，俺们心领了。俺爹妈一向教育俺们见义要敢做，不能图回报，谁也难免遇上求人的事，我也就是顺便帮您一下，咋能收这多钱！"

推辞一阵，车家坚决不收银子，财主也不再勉强，只得收起来。财主好像忽然想起了什么，对着车二父母亲说："对了，城里有一户姓武的人家想请个车夫，你们这儿子有劲又会赶车，关键是人性好，要不去试试？"

车二父母也觉得孩子大了，总在村里给吴家喂养骡马也不是个长久之计，能去城里有个营生算是出路。况且，二小子喜欢车马，做事规矩，当下就满口答应："这是好事，我们愿意。"又问旁边的车二，车二更想去。

财主说："那咱们就定下来了，明天你就去城里找武柏年先生家，我今天回去就先到他家告知。"临走前，他给车二详细介绍了去城里怎样找武先生家。车二牢牢记在心里。

第二天，吃完早饭，车二就进了县城，问了几个人，来到被叫作武家巷的武柏年先生家。

哎呀，好气派！高门大户，前院后院，比董村盟兄董芳伦家更阔气。车二站在院子大门口正东瞅西看，听到一声问候："车二，你早啊！"闻声一看，原来是昨天的胖财主。

车二说："先生，您让俺寻的武先生就是这户人家吧，人家在不在？"

财主说："你远看近瞧嘛。"

车二转了一圈，不见还有人，露出疑惑的表情看着财主。

"哈哈哈，"财主笑着说，"车二，恕俺跟你开了个玩笑，叫你寻的武柏年先生就是本人。要是昨天在你家直接跟令尊大人说是我用你，怕被误解，只好略施小计，引你上钩。实在是我这人看上你了，望你理解！现在，你就是我们家正儿八经的大车夫了，你不会有意见吧？"

事情虽出乎意外，但看武柏年先生，人是好人，又出于诚心，而赶车本来就是自家的爱好，稍加寻思，车二说："可是，俺抢了你家小车夫的饭碗……"

"没事，他是我的本家亲戚，让他先喂牲口，长大了再说。"

从此，贾家堡车二正式成了武柏年家的车夫。仿佛天意，在此后的岁月里，就在这里，他演绎了一曲又一曲不平凡的故事。

活计是自己愿意做的，主家友善，车二不缺的就是力气，不消说，他干得十分尽心、顺心，一年四季，马不停蹄为主家干活。武先生礼贤下士，从不把车二当下人，主仆相处，有如鱼水。

武柏年先生人缘好，交往广，朋友多，城乡及邻近县镇常来常往，没多久，车二已经走遍了太原、榆次、祁县、平遥、交城、文水。除了载着武先生或者家人外出，还拉煤炭送货物，轿车、货车他一人兼干，从不嫌累。其他财主都羡慕，说武家的车夫，一人顶俩。

每年农历正月十三，太谷城都会举行盛大庙会，南门外是中心地方，唱秧歌、唱晋剧，各种杂耍，丰富多彩，挺热闹。城里市民和附近地区村民，辛苦劳累一年，把正月里来这儿看热闹当作是最享受的事。

清代太谷秧歌艺术团演出情景

且说车二在武家当车夫过头一个正月十三那天，武柏年先生特意给车二放一天假，让他去看戏、逛街。车二自然高兴，早饭后穿上一身新衣裳，装了些零用钱便直奔南门外。他见东西庄已经搭起两个台子，对台唱大戏即将开始。东庄台上布置得简单明快，台后放一张桌子，上面插着"同乐班"戏班名称；西庄台上装饰得也不复杂，挂着两幅幔布，台顶贴着"喜乐班"名称。

车二喜爱看戏，在场子里转悠一会，看到两个台上的文武班子坐好，大戏开场了。他看得如痴如醉，跟着观众大声叫好。两个台上的戏唱到过了中午才先后收场，观众也散去。

车二没有回武先生家吃饭，一个人在庙会上买了些饼子、羊肉汤填饱肚子，就兴高采烈地看打靶的、卖艺的、说书的、放西洋镜的，这些五花八门的表演，他每年都跟小伙伴们从村里来边看边议论，今年只能一个人过眼瘾了。忽然，车二看到前面许多人围着个大圈喊叫，就跑过去挤进人群里，发现是南郭村的那位有名的武士在表演。只见武士把一盆百十斤重的铁蛋抛向空中，然后一个一个接住安放到地上，那铁蛋大的如西瓜，小的像碗盆，几分钟工夫就整齐地摆好了。车二和观众们看得个个目瞪口呆的，他心里想着，这功夫得练多久啊！顿时，想练武的念头冒出来，他发誓有朝一日要靠武功走天下。

半下午，街上的人又多起来，车二知道，这时候该是"铁棍""背棍"队伍沿街表演了，他选了个能看清楚的台阶上去站稳。只见好几抬"铁棍"过来了，有十六人抬着的小棍，有三十二人抬着的大棍，丈余高的架子上，装有山水、楼阁、花丛，三四个花枝招展的小姑娘，随着鼓乐和抬棍人步法起伏的节奏翩翩起舞，在众人的瞩目下，轻舒长袖，婀娜摇摆，宛如天仙一般。

"铁棍"过后是几十个人的"背棍"队伍。一个个身强力壮的男人，每人身上背着特制的铁架，以彩带装饰，上面绑着一个小孩，造型各异，有天真烂漫的小妞，有出水芙蓉般的美丽姑娘，有刚下山的"水帘灵猴"。那背棍人踩着鼓点，走着折步，一颠一颠，出尽风头。车二跟其他观众齐声叫好，"背棍"人会扭动得更精彩。

车二知道"背棍"队伍后面是压阵的"挝棍"，也是他挺爱看的。随着一阵隆隆声，"挝棍"过来了，一条数丈长的大梁，用彩绸装饰，中间有个支点，前端坐着一个男孩，后边几个大人或扶或压，操纵大梁。大梁在不断地升降，男孩子忽而凌空飞天，忽而束身落地，惊险刺激。车二跟观众们打起响亮的嘘声，把表演推向了高潮。

不知不觉夜幕降临，车二找了一个剔尖面馆，吃了满满一大海碗浇肉面，随后慢慢腾腾从南街到北街，再从东街到西街，观看五颜六色的灯展。

这是庙会的高潮。太谷城正月的灯展历史悠久，底蕴深厚，明清以来就享誉全国。车二走过的大街，家家商号竞相展示奇招，各家门前的灯独具匠心，令他目不暇接：走马灯、财神灯、观音灯、福寿灯、西天取经灯、五女拜寿灯、水车浇地灯、八仙过海灯……他走在街上，仿佛徜徉在灯的海洋。看得尽兴了，车二一天的幸福生活就结束了。他回了武先生家，不敢惊动主人，自己悄悄洗了洗睡下了。

第二天一早，车二就按照前几天武先生家管家的盼咐，赶上一辆大轱辘尖脚车去城外拉炭。回来必须经过南门外，看戏、逛庙会的人还是很多。车二昨天已经看过、逛过，就不分心，跟着前面也是一辆拉炭的大轱辘尖脚车行驶。

两辆拉炭车"咕噜咕噜"由南向北行驶，快进南门时，前面的那辆车行至石板桥上，正欲下坡，由于前几天刚刚下过一场小雪，驾辕骡子的蹄子一滑，跌倒在石板桥下，上千斤重的炭车一下子突然前倾，全部压在辕骡身上，那头辕骡有被压死的危险。赶庙会的人们一看，大惊失色，好几个年轻人立即上前七手八脚高抬辕条。怎奈炭车太重，大家使出全身力气都没法扶起。

情况十分危急。跟在后面的车二看到眼前的情况，顾不得多想，立刻把自家的车停稳当，两三步跳到出事的车前，先站在马车旁边，看看车辙，轻轻将其理顺；然后走到中央，让帮忙的年轻人离开一些。只见他身体微曲，双腿八叉，两肘架住辕条，深深吸了一口气，大喊了一声"起！"炭车居然被他一人用两臂撑了起来！

这辆车的车夫赶紧把辕骡拉了起来。看到这情景的人们都被震撼了，看着这个穿粗布衣衫，身材高大，光着脑袋、略带腼腆的后生，都惊奇地问："他是谁家的车夫？"

赶这辆车的车夫有三四十岁，认识车二，他先抱拳感谢一番车二，然后给大家介绍说："他是武家巷武先生家的。"

"他叫甚？"

"人们都叫他车二。"

大家议论纷纷："车二？好样的车夫！好后生呀！"

又有人问车二："车二师傅，你今年多大？"

车二说："十八。"

赶庙会的人围了一大圈，都想一睹这名大力士的风采。只见他中式黑夹袄敞开，胸阔体壮，光头，脑门发亮，粗手大脚，一脸阳光朝气，略显稚嫩，二目炯炯有神。人们说，车二这后生赶车技术好，还肯出力帮人，真是好人哪！这件事很快就在城里传开，武家车夫车二的名声大振。

再来说说前面那辆翻车的炭车。这车是离城十几里一个叫东山底村富户石家的。东山底村位于凤凰山下，这位石家是该村的大财主，有些实力。他家的车夫回去如实讲了车二出手帮助之事后，瘦小的石财主第二天起了个大早，赶往县城武家巷武柏年先生家，带着礼金和布匹登门相谢。他对武先生说："不是你家车二师傅帮助，我家的辕骡肯定被炭车压死了，俺家的损失可就太大了！"

武先生昨天已经听说了这事，赞扬车二做得对。今天看石财主专门来致谢，也很高兴，说："我家车二师傅只要碰到这类事，一定会挺身而出帮助的，不管是你家的还是别人家的。"

站在旁边的车二谦虚地说："那不过是路过帮忙，谁家的车也难免有事。"

武先生和车二都不收石家的谢礼，石财主着急了，又说了许多必须收的道理。武先生觉得再不收就有些不讲情面了，就说："石财主的一腔诚意，再推脱就没意思了。不过，咱们两家因这事认识了，以后互相帮助吧。"

过完正月十五，年也就过完了。武柏年先生经常外出办事，让车二赶着轿车，经常碰到人们称赞车二，大家说，武家的高档车加上车二的技术，真是绝配！武家的车是一种有顶篷的马车，高级绣花绸缎作篷，两边各镶嵌一尺见方的玻璃，内置座椅，可坐一至二人，前有卷帘，视野开阔。驾车的马来自西域，头高体壮，走起路来雄赳赳气昂昂。

这天，车二驾车拉着武柏年出武家巷、南寺街，经南大街向东一拐，进了大巷，准备造访一位朋友。车子行到中段快到友人家大门时，对面也拐进了一辆轿车。只见那辆车，嚯！驾辕的大红马比一般的大马足足高过一头。那车辕大红漆铮明发亮，镶银嵌玉、蓝底白纹车罩，绣着孔雀开屏、喜鹊登梅图案，格外吸引人。锦缎车帘轻轻垂下，随着车子行走，不时飘动。武先生和车二都认识这辆豪华车，是县城首富孙庶年家的轿车。

这位孙财主，家财丰厚，却倚老卖老，行为霸道，背地里人们都叫他"狗不理"。主人如此，赶车人也就张狂。他叫王甲子，三十多岁，气候虽已是初春，却寒意不减，可人家只穿一件对门夹衫，敞胸露怀，衣袖高挽，一块块暴起的疙瘩肉清晰可见。此人圆头扁鼻，眼似铜铃，一双大刀眉高高挑起，一张大嘴唇线有边有堰——活脱脱一个怒目金刚。他赶着全城最豪华的轿车，当然趾高气扬，目中无车。

大巷街道狭窄，车只能通过一辆。赶车界有个不成文的习惯：谁家的车后进来，看到前面有先进来的，应该就近停下或者退出。车二遵守规矩，笑嘻嘻和对方打招呼："甲子儿哥，俺就到地儿了，主人一下车，俺就退，您先停一下行吧？"

王甲子却不守规矩，粗声叫道："你瞎眼了！不看老子赶的谁家的车？"

车二的主人武柏年虽然有钱，但跟太谷城内第一大户孙家比就逊色多了，孙家根本不把武家放在眼里。王甲子赶着首富的车，自然树随山高，人因主贵，腰杆犟直。看着车二，心想，你新来乍到，还没给老子送过见面礼呢，让给你停车，想得美！

"咱们都是赶车兄弟，您就让让吧！"车二近乎请求。

"呸，谁和你兄弟？别看你前几天南门坡救过煤车，有股子愣劲，就兴得脑袋比笋头大，俺看你是欠揍！"王甲子说着提上马鞭下车凑了过来。

车二寻思，俺几时脑袋大过？你才是狗仗人势！看着对方气势汹汹的样子，涉世未深的车二问道："那你还打人不成？"

"打你还不是跟打只野狗一样！"说着，王甲子大臂一挥，真的一鞭子甩了过来。车二猝不及防，脸上、脖子里立刻暴起几条血线。紧接着，对方劈脸又是几拳，车二已经口鼻淌血。

"叫你知道知道马王爷长着几只眼！"王甲子大刀眉直挺，扁鼻子哼哼，铜铃眼瞪得更大了。

车内武柏年听到外面的响动，赶紧掀开帘子下车，一看是孙家的车，知道惹不起人家，就赶紧叫车二往后退车，并向车内的孙财主赔不是。

车二只得听从武先生的话，一边揩血，一边退车，心里有许多委屈却不能说出来。

然而，对方的车帘挑起，露出一副笑嘻嘻的白面书生的脸。武柏年一看，里面坐着的原来不是孙财主，而是他的大儿子孙丕根。武先生被羞辱了，却不能生气。那孙大少并无歉意，只是摆摆手，放下车帘，走了。

车二无端吃了王甲子这无名之亏，又眼看武先生被孙大少羞辱，心肺都要气炸了。回到武家，他心里憋闷，彻夜难眠，心里想着，咱年年轻轻，浑身有的是力气，上千斤的炭车都能撑起来，咋地就让那个王甲子欺负一顿？想来想去，他痛下决心：不行，这世道，没点正经武艺，再有愣劲儿，也白吃亏。

此后，车二开始早起晚睡，模仿小时候在贾家堡村边演武场所见，在院子里自己练起功来。踢飞脚、下软腰、跌八叉、打树身……练得浑身是汗。

武柏年看到车二喜欢武术，自己操练，非常赞同。兵荒马乱的年代，又长年在外，学点武艺有益无害。他让车二在后院敞棚的大梁上吊起沙袋练功。沙袋由五十斤加到一百斤，又加到二百斤。屋梁弯了，加上顶柱继续练。

练了一段时间，车二寻思：光有蛮力，没武艺还是不行，很容易吃王甲子的亏。他小时候在村里斗过牛、驯过马，心想干脆先学着擒马吧，能擒住马肯定能擒住人。可实施起来谈何容易！他常常被马儿撞成"爬地虎"。

武柏年看着车二如此用功，十分高兴，但他明白，无师还是难以自通的，于是，让车二先跟自己的侄儿武鸿圃学武艺。车二十分高兴，因为他知道武鸿圃在太谷地面上是个名人，与"飞腿"胡铎、"神钩"李发黝自幼拜交城有名的少林拳师王长乐为师，学艺多年，是县城的著名武师。

武鸿圃的少林功夫，根基扎实，他比车二大不了几岁，两个人脾气相投，他也愿意教车二。于是，车二开始了他的习武生涯。武鸿圃第一次就给车二讲："天下武术出少林。少林拳博大精深，内容丰富，有三十六外功、三十六内功，还有七十二艺，包括铁臂功、足射功、腿踢功、拔钉功、石樁功、铜砂掌、霸王肘、金龙手、梅花桩、一线穿……"

车二随武鸿圃从基本功学起，先练腰腿，再练身手，循序渐进，从不懈怠。他每天凌晨即起，子时不辍，除了赶车外出，几乎把所有精力全花在了习武上。仅仅一年工夫，武鸿圃就觉得自己的功夫都教给车二了。于是，某天晚上，武鸿圃对叔叔武柏年说："我不能再教车二了。"

"为甚？"武柏年吃惊地问。

"这后生将来绝对不是凡夫俗子，他不仅学武，还要我教他识字，现在已经认识几百个字了。您看他是一般的受苦人家的孩子吗？况且，他的功夫已经不在我之下了。"

"啊，那岂不更好？"武柏年寻思了好半天，"要不将他直接送到交城王师傅那里栽培？"

武鸿圃说："以侄儿的仔细观察，此子将来必定是光宗耀祖之辈。尽早让他拜名师吧，以后必成大器！"

"好吧，咱们说定了。"

武先生心胸宽敞，最喜爱人才，车二来武家好几年了，已经不把他当作外人看待；车二更是把武家认作自家，一切听从武先生的。后来，经由武鸿圃引荐，车二就被武柏年送到交城少林名师王长乐家深化拳艺。

这王长乐是北方著名拳师，曾经入少林寺练功十年。人常说，"十年磨一剑"，他学得真功后，行走江湖二十年，与各路拳师较技，均无出其右者。他的特点是顾法见长，而较技从不伤人，因此，江湖上名声极好。年老以后，他回归故里交城县瓦窑堡，以传拳授艺为乐。武鸿圃就是他的弟子之一。

有武鸿圃的引荐，王长乐先检验了一番车二的基本功，还算比较满意。接着，武柏年把车二的诚实、义气、做事耐心这些性格一一做了介绍，并且当场进行了交流，王长乐都很称心，自然高兴地收下了这个徒弟。

车二看到王师傅愿意教自己，异常高兴，立马行了拜师礼。武柏年在旁边说："车二，王师傅是名师，收你为徒是你的福气！你可要好好练，将来一定会成才！"

车二激动地说："王师傅、武先生、鸿圃兄，我车二是个知道感恩图报的人，你们对我的好，我一定会铭记在心。你们以后就看我的表现吧！"

此后，车二还是尽心尽力做好武柏年先生家的事，每天收了车马，问明武先生没事了，就怀揣干粮，远赴几十里以外的交城王师傅的武馆习武。武柏年也尽量少安排车二活计，能让别人做的就不让他干，让他有时间多去习武。

春去秋来，寒暑交替。车二日日奔波，乐此不疲，从不觉辛苦。每天都是全身心完成王师傅教的一招一式，从不偷懒。王长乐看车二这样认真练，当然打心里满意，教的也更多，还经常跟他一起吃饭、说话。

第二年夏天的一个傍晚,车二去交城路过汾河时,还没过河,突然风云骤变,雷声大作,顷刻间来了瓢泼大雨,不一会,河水暴涨,卷起惊涛骇浪,道路都被淹没了。他从没见过汾河这么大的洪水。怎么办?回武家?那不是半途而废!他想起老人们的话,"一日练习一日功,一日不练十日空"。下了决心:雨再急,河水再大,也得过去!

正在寻找适当的地方,车二忽然发现河边漂下一株大树,他灵机一动,立刻下水,抱住大树,顺势下了河。

这汾河是山西最大的河流,车二过的这一段平日里水流不大,挽起裤腿就能过去,但是,一遇大雨,四面八方的支流汇聚,就成了奔腾的大江。车二从小在乌马河边长大,那河只是汾河的支流,水平无浪,下大雨都能涉得过去。今日一下暴涨的汾河,哎呀!站都站不住,河水推着人,直往前涌。走没几步,脚不着地了。他紧紧抱着大树,看看四周,脑袋都有点晕,心里不免发毛,寻思,往日过汾河,把裤腿一挽,不多会儿就过去了,今天的河怎么这么宽?水怎么这么深呀?不过,他心里清楚,只要抱着树,就没有性命之忧。于是,他一手抱着大树,一手划水,不知用了多大工夫,终于到了对岸。

清代的汾河

上岸了，尽管浑身湿透，像只落汤鸡，车二心里却格外惬意，他享受着平生第一回战胜洪水的喜悦，仿佛大秀才故事中的水泊梁山好汉一般。

车二冒雨到了交城武馆。看着满身泥水、神色疲惫的弟子，王长乐师傅感慨良多，一边赶紧叫车二脱下湿衣服，一边寻思，凡事小中可见大，平凡中露着不凡，车二这个后生不是一般材料，日后一定能成大事。

功夫不负有心人。车二一门心思学，王师傅毫无保留地教，二三年过去，他已经初级功夫在身。

又是一个夏天的下午，车二在武家送了一车货，把车马安顿妥当，才半下午，他告了武先生一句，怀揣了个窝头，边走边吃，往交城王师傅那里赶。走到汾河边正准备下水过河，忽听对面有人喊"救人啦——"

他闻声挽起裤腿涉水急急过去。一上岸，只见三个后生按着一个中年人乱打，旁边还撂着一副担子。

"别打了！"车二从小见不得以多欺少，恃强凌弱。

"狗咬耗子，多管闲事！"打人的根本不听他的劝。

车二走近一看，其中一个尖嘴猴腮的小个子，正给被按的人嘴里塞牛屎，这不是明明白白欺负人吗？

"住手！"车二大喝一声，上去就拉架。

"你也想找打？"

车二责问："你们为甚欺负他？"

"屎毛鬼，老子们吃他几个柿子就舍不得，他不给俺们吃柿子，俺们可舍得给他吃屎！哈哈哈——"猴子似的小个子说了原因，看起来他是主谋。

车二觉得好笑，说："算了吧，人家做买卖也不容易。"

"看你是只咬耗子的狗！"其中一个大个子站起来，不由分说，给车二当胸就是一拳。

"嘿，你们这是敬酒不吃吃罚酒？"车二也是年轻气盛，不轻不重，回敬了大个子一拳，那么大的块头竟咚、咚、咚连退几步，差点摔倒。原来车二自己不觉，他现在的拳头经过正规训练，早已不是玩牛、打树、击沙袋的普通的拳头了，难怪"大块头"也如此不堪一击。

俩同伙一看，叫道："你还敢打，反了你了？"说着放下卖柿子的人，一齐扑了上来。

车二寻思，练了这么些日子，正好检验检验俺的武功吧！于是摆起架势，以一敌三。

那个尖嘴猴腮的小个子最坏，凭借腿脚利索，突然从后边抱住了车二的腰，车二一个左后肘打，对方叫了一声，跌倒了；中个子一脚踢来，车二出手叼住他的腿，稍微一举，那家伙屁股蹾了地。小个子小眼珠子一转，大叫："这小子练过拳，有两下子，咱们一起上！"于是，三个人将车二团团围住，连打带踢，边打边叫，汾河西岸成了战场。

俗语云，好汉难敌四手，何况现在是六手？然而，车二今非昔比，他时而"翻车辘辘捶""全身十二捶"，时而"叶底偷桃""仙人摘茄""老君抱葫芦"，截法、开法、追法轮番使用，尽管三面被包围，他毫无惧色。混战中，他虽然不小心额上挨了两拳，但是，对手有气力无章法，面对力沉拳重的少林功夫，不到十个回合，三个赖皮已被揍得鼻青脸肿，腰疼腿瘸。

小个子终于服气了："大侠功夫厉害，请问尊姓大名？"

"大侠可不够，太谷车二，没名的小卒。"

"太谷车二？啊，后会有期。"小个子招呼那俩同伴正要离开，车二说道："别走，以后能不能不干坏事？"

"喔，后会有期喽！"三人一哄而去了。

卖柿子的中年人被救了，赶快过来谢车二，一再请恩公吃他的柿子。车二向来做好事不图回报，只是嘱咐卖柿子的中年人："回去也学点看家本领，这混乱世道，做小买卖没两下子肯定要被人欺负的。"卖柿子的连忙说："是啦，我不止一回被人欺负了。回去就找人习武。"

车二平生第一回正式展示武功就旗开得胜，让他想起了前几年在大巷里挨王甲子的拳头，有力无技多窝囊，现在能够以一敌三，并不费吹灰之力，少林拳技充分显示了威风。看起来，人生在世，只要武功在身，何惧再有人欺负？他越想越甜蜜，心花怒放，欢天喜地，步子自然飞快，径直奔向交城。

傍晚时分，王师傅正在武馆院子里散步。车二兴致勃勃地进来，告诉师傅路上所遇。王师傅听完也很高兴，告诉车二："咱们学上了功夫，就是要惩恶扬善，路见不平出手相助。不过，这些都是小事，你还要再提高，真正到了高级段，就要做大事业。"

车二点点头回答："俺听师傅的教诲。"

接下去车二越发精神抖擞，在师傅的指点下，一练又是一个时辰。

"歇歇吧，"王长乐心疼弟子辛苦，两人到屋里喝水。油灯底下，师傅忽然发现徒弟额上有块青紫，问道："你也挨打了？"

"没事。"车二说。

"怎么没事？对手倘或是个拳师，还有你的命在？"

"几个不中用的蟊贼，不在话下。"

"错了！你只攻不防，乃是习拳者的大忌。"说着，王长乐严肃地讲起了"顾法"的重要意义，"古人云：'兵拳同源'。《孙子兵法》亦云，'善守者，藏于九地之下；善攻者，动于九天之上。故曰，能白保方可全胜也'。可见，攻防之道，防为先着。

"以我们的少林拳为例，顾法就有单顾、双顾、顾上、顾下、顾前、顾后、顾左、顾右；单顾用截拳，双顾用砸拳，顾上用冲天炮，顾下用握地炮，顾前后则用前后稍拳。

"顾有两种意思：一为防护，顾住自己不受对方攻击；一为顾打，以打而破对方的攻击。顾打之法，防中有攻，攻中有防，也就是进退虚实的妙用。"

说罢，王师傅放下喝水的碗，演示了一手格架、一手进攻，移身闪进、以退为进，防中寓攻、攻中寓防、攻防兼顾的基本拳法。车二看得细致，牢牢记在心上。随后自己做了一遍，让师傅指点。

这个晚上师傅关于"顾法"的教诲，深深印在了车二的心底，影响了他往后一生的武术生涯。回太谷的路上，他走得很慢，用心回味着师傅的谆谆教诲，边走边练习着师傅新传的攻防兼顾的拳法。回到武先生家，已经是后半夜。

第二天，天刚亮，武先生唤醒车二，让他立刻套车，说要去祁县见个大人物。

这个人物的出场，对车二的人生发生了特别重要的作用。欲知详情，请看下回。

第三回

牛头寨，李老农飞刀救师
金太谷，吉安堂星夜交心

武柏年说的大人物叫李老农。

就在一个月前，和太谷县毗邻的祁县，出了一件惊动武术行的大事。大名鼎鼎、威震北国的大镖头戴文雄（小字二闾）失镖了！

这位戴大师名气如雷贯耳，是晋商镖行的大镖头。他师承心意拳几代宗师，驰骋镖路数十年，所向披靡，曾以敢破"镖不喊沧州"的戒律而名扬武林。是什么人吃了熊心豹子胆，敢在太岁头上动土？

据说劫镖人虎踞太行山牛头寨，惯使一把青龙偃月刀，有万夫莫当之勇。戴文雄失镖消息传回祁县，商贾和武术界大惊失色；戴家得知，府上霎时天昏地暗，八十多岁的戴母晕了过去。油灯底下，家人七手八脚窝腿、喂水、切人中，老人家好不容易苏醒了，却因受惊吓，神志恍惚，自言自语："天塌了！俺戴家要绝后了……"众人面面相觑，无计可施。

全家人正束手无策、焦急万分的时候，进来一条大汉，风尘仆仆，风疾火燎，头箍白毛巾，身穿黑布衣，腰系玄色带，一脸络腮胡子。戴母一见，马上挣扎着坐起招手让他过来："老农呀，不得了了，你师父出大事啦！"

"老人家，我在路上已经听说了。"李老农赶紧过来扶住戴母。

戴母仍旧泣不成声，颤颤巍巍地说："明天你快去救救他吧，这回可全靠你了！他爹和他大哥就死在这保镖上，戴家可不能再出事了。"

被叫作李老农的大汉扶戴母躺下，坚定地说："我就是拼了命也要把师父救回来，您尽管放心！"

李老农说罢，让人包上几个馒头，背插一把雪花大刀，腰挎十六把飞刀，嘱咐戴家人照顾好老太太，出门跨上大马，冲进夜幕，飞也似的只身奔太行山去了。

这位名叫李老农的武夫，是戴文雄戴二闾的亲传弟子。清嘉庆八年（1803），出身于直隶深县窦王庄，自幼酷爱武术，曾学习长拳多年，又精通通臂与孙膑诸拳。此人生得高大魁梧，为人敦厚、耿直，只是办事拘谨，不善言辞。道光十六年（1836），他以三十三岁之龄，变卖部分家产，慕名远道寻访至山西祁县小韩村，投奔北方著名大镖师戴二闾，决心学习戴家祖传心意拳。

可是，戴家拳有家规，只传儿子、侄儿，不外传他姓。满怀信心的李老农，碰了钉子也不灰心丧气，要靠诚意打动戴二闾。他就在附近租了块地，当起了菜农，专为戴家送菜。他的决心和诚意首先打动了戴二闾的母亲。戴母给二闾说："你看这老农，大老远地跑来，实实在在就想学咱家的心意拳，为的是做好事。你就破上一回家规，收了他吧。"其实，戴二闾也在考察，明白了李老农的意图，也愿意收他为徒弟。这样，戴家打破家规，正式接收李老农为第一个外姓弟子。由于他已有深厚的武术功底，加上特别勤奋，不久，便在戴二闾的徒弟中出类拔萃，深得戴家人喜爱。

且说这李老农一心只想着救师，哪顾得什么路遥和凶险。正是炎夏季节，热不可耐。他一路上马不停蹄，直奔太行山。饿了，马背上啃几口馒头；渴了，掬几口山泉；困了，路边打个盹。第三天中午，终于来到了太行山牛头寨。

那牛头寨南穿太行，北临汾水。这里原来居住着几户牛姓山民，名叫牛家寨。这个寨子雄踞一座山头，四周壁立，易守难攻，不知什么年代，一帮土匪寻迹而来，寨外建起城墙、角楼、点将台，寨内建上亭台楼阁、演兵场，白日骚扰四方，晚上逍遥取乐，成了远近闻名的土匪巢穴。远远看去，这寨子像一只牛头，附近地区人们又叫它"牛头寨"。

现在的牛头寨主本姓尹，手下养着一群兵马，平日里请武师来教兵们练武,打斗起来有几下子,还不怕死。戴二闾长年给晋中大财主护镖路过太行山,有几回跟尹寨主发生过冲突,结下了仇恨。这几年戴二闾"镖喊沧州"出名之后,尹寨主心中甚是不服,一心想伺机报复,这一次,趁戴二闾路途疏忽之机,设置埋伏,一举抢走了镖车。

这趟镖车,价值数十万两白银。戴二闾焦急、上火,在太行山下竟然一病不起。随他押镖的其他几位拳师攻寨数日,无奈寡不敌众,难以取胜。戴二闾他们到当地官府报案,官府中人早受了牛头寨贿金,置若罔闻。那牛头寨尹寨主愈发气焰嚣张,趾高气扬,忘乎所以,扬言不为钱财,只为比武,若有本事赢得了他手中的青龙偃月刀和无羽飞弹,攻下他的铁壁铜墙,便原镖奉还。

这个尹寨主外号"牛魔王",确实神通广大,身手不凡,惯使一把自制的青龙偃月刀,常常以关云长再世自诩,自认为天底下无人可敌。他的"没羽箭"飞弹,更胜似水泊梁山的好汉张清,使不少拳师吃尽苦头。他的手下还有四位高师,也非等闲之辈,分把四门,各司其职,所以,自以为寨子铁桶一般,固若金汤,无人敢来。

且说李老农寻到牛头寨,已是第三天正午,饥肠辘辘,人困马乏。抬头望那山寨,嚯!林深石暗,云缠雾绕,一条狭窄的石级弯弯曲曲没入云端,四周土崖高耸,壁立数丈,寨门就开在两座笔立的峰间,果真是一夫当关万夫莫开之地。

李老农站在寨子下面仔细观察:寨门的左边,一条瀑布从上倾泻而下,冲出约两丈宽的深沟,沟上搭着吊桥;寨门右边,土崖垂直,上面旗幡招展,人影憧憧。

看好了地形,静了静神,老农把马匹拴到旁边的树上,一个"燕子穿云",跃过深涧;接着拔出飞刀,嗖、嗖、嗖,甩向右边的土

清代太行山牛头寨

崖；而后，连续几个"蛰龙升天"，身轻如燕，登上寨楼。

寨楼上的喽啰们一看，哎呀！上来了个飞人，个个举枪弄棒，立刻围了上来。哪知根本不是对手，老农刀枪并用，三下五去二，顷刻间放倒一片。

"牛魔王"尹寨主与四个武师正在寨门楼上乘凉饮酒庆功，只见这位飞檐走壁的来者：中年汉子，人高马大，头箍白毛巾，身穿黑布衣，一条搂腰带系身，显得十分精神、利索。不过，尹寨主并不在意，大手一挥，令四个武师出战。

这四位武师，分别穿红、黄、蓝、黑四种练功服，号称"四大天王"。这四位分别练就刀、枪、剑、戟四种兵器，要上一起上，要打一起打，太行山一带，好多年来还真没有过对手。李老农寨楼上横刀一站，"四大天王"立刻围拢了上来。刀、枪、剑、戟，四样兵器，八手并举，气势汹汹，一起围战，李老农被困在了核心。

千里奔波，风尘仆仆，但李老农急于救师，毫无倦意，雪片大刀飞舞起来，上护身，下护腿；"四大天王"四种兵器，频频进攻，尘土起处，刀光闪烁。战不到十个回合，戟被劈飞；又不到五回合，枪杆成为两节，"四大天王"成了二鬼推磨；又战不多时，"铛铛"两声，刀、剑几乎同时飞出。赤手空拳的四个武师被吓得躲到了寨主身后。

寨主见状，虽然惊诧，却仍旧不以为然，轻蔑地向李老农说道："来人报出尊姓大名！"

"山西祁县戴二闾弟子李老农。"一口浓重的冀中口音。

"来此何干？"

"救我师父呗。"

"你师父尚且不是对手，你来不是白白送死？"

"那就试试。"

尹寨主骄傲地叫道："你就先尝尝我的飞弹。"

"怎么尝？"老农并不怯场。

"我发三弹，你若安然无恙，算我输。"

"一言为定！你打吧。"

李老农一心救师，生死早置之度外，再说他也不知道"牛魔王"飞弹的厉害。这飞弹，非同寻常，三个几乎同时发出，躲得了一，躲不了二，更躲不了三，很多武师都吃过大亏。

大丈夫一言既出，驷马难追，老农做好了招架准备。那尹寨主站起身来，扫了一眼老农，双手一晃，喊了声："招弹！"只见三个飞弹，闪电般直冲老农面门。

老农鹰眼圆睁，直视对手，三弹闪处，舞动雪片大刀，"啪啪"两声，飞弹落地。寨主正在诧异，"啪"的一声，自己左耳已中回敬之弹，顿时鲜血淋漓。

天哪！这个"牛魔王"寨主出道以来，还从没见识过出手这么神速的拳师，连破两弹，还接住第三弹飞送回来。心想坏了，是不是遇到世外高人了？这个李老农的武功恐怕深不可测，难道比他师傅戴二闾还厉害？成了人们常说的什么青出于蓝胜于蓝，我难道不是他的对手？

不过，"牛魔王"心里仍旧不大相信天底下有谁能惹起他。他擦净血迹，让喽啰抬出自制的青龙偃月刀，摆出架势，欲与老农在寨楼上决战。

这时，老农才仔细端详这寨主的长相：个头不小，眼露凶光，一身大红衣，活像个混世魔王。心想，刚才明明说的我安然无恙算他输，怎么转眼他就变卦了呢？看起来今天碰上小人了。

"你不是认输了吗？"李老农说。

寨主傲气地回答："英雄好不容易来了，岂能不学你几招？"

"可是，你要是再输了呢？"

"立刻还镖。"

"这次说话算数？"

"天地做证。"

这家伙说话不算数，但是有啥办法？比就再比吧。生死胜败，老农早已置之度外，况且，单人匹马直闯牛头寨，胜则生，败则死。一路上老农早想好了，为救师父，油锅也得跳。

寨楼底下，二人一对阵，四面喽啰乱七八糟，摇旗呐喊。两人一黑一红，都身高马大，都擅长使刀。话不投机，二人战在一起：一个刀沉杆长，一个刀法娴熟；一个大劈大砍，一个变幻莫测；一个占地主之利，一个凭正义之理。战到二十几个回合，未分胜负。

"牛魔王"想，这小子天不怕地不怕，孤身一人敢闯我的山寨，难道真是西楚霸王再世？我必须使出看家本领。

李老农则寻思，我是来救人的，又在人家的地盘上，不宜久拖，必须速决。

"牛魔王"挥舞大刀，劈砍扫戳，虎虎生风；李老农刀光闪闪，上下翻飞，节奏越来越快。

战不多时，老农发现，这"牛魔王"可不是关云长，那把青龙偃月刀在他的手里，越来越显得笨拙，仅仅能够挥舞，吓唬人可以，哪有战力？我应当给他来个以快制胜！

"四大天王"与喽啰们也渐渐看出，那李老农的雪片刀，似银蛇缠绕，如玉蟒翻飞；而那"牛魔王"和青龙偃月刀则被一道道寒光团团罩住，左冲右突，上奔下跳，就是脱身不得。哎呀！从前听说过霸王鞭举世无双，今天这霸王刀难道也是天下第一？

再战不到十合，"牛魔王"已没有招架之功，只得大喊一声："刀下留情！我输了。"

李老农这才止刀，徐徐收功，面不改色，神态俨然。

好汉不吃眼前亏。"牛魔王"自知败将一个，立即跪地，乞求饶命。老农这才近身，详问原委。

那"牛魔王"缓了缓气，这才鬼头鬼脑地说："在下本来是和戴二闾开个玩笑，英雄太当真了——"话音未落，猛不防身下甩出一刀，直刺李老农下腹。

李老农虽然憨厚，但就凭"牛魔王"刚才说话不当真，心里已是不悦；再加上对方鬼头鬼脑，两只老鼠眼直打转，心里早有了提防。暗器过来，说时迟，那时快，老农一脚飞起，踢落刀片，自己的雪片大刀尖已直抵"牛魔王"的咽喉。

这一下"牛魔王"可真吓得魂不附体，对着闪闪刀尖，脸都白了："饶命！饶命！大师饶命！"待老农收起大刀，"牛魔王"的脑袋像红公鸡食米，叩地不止，口口声声乞求老农。

略停片刻，李老农将雪片刀背于身后，面沉似水，居高临下，不无威严地说："本来，我只为救师，不为打架。结果，你花招挺多，宰了你也罪有应得。今天姑且饶你一次，现在立即还镖车。"

"牛魔王"做梦也没想到李老农竟然如此爽朗痛快，仁慈宽厚，立刻千恩万谢，带着喽啰，押着镖车，下山到旅店跪乞戴二闾恕罪。

"牛魔王"领着镖车在前，李老农背着大刀在后，哗哗啦啦，下得山来。

未到旅店，远远只见戴二闾和郭维汉正在店外徘徊。李老农押着镖车回来，他俩大吃一惊。

"这是咋回事？"郭维汉觉得不可思议。

"让他说吧。"李老农威风凛凛，面沉似水，手指"牛魔王"。

那"牛魔王"点头哈腰，低声下气，嘟嘟囔囔地说："都，都怪我有眼不识泰山，不，是瞎了眼。"

"快向我师父赔罪！"李老农下令。

"是，是，是。""牛魔王"只得跪拜戴二闾。

郭维汉向李老农详问事情的经过。

"这牛魔王是咋劫走镖车的？"老农反问。

郭维汉道："说来惭愧。前些天我和戴兄押镖刚刚过了此处十来里，被山沟里的一伙贼人拦住了去路，为首的就是这个姓尹的寨主。这小子原本是二闾兄的手下败将，为了报一箭之仇，重新访名山拜高师，技成后，专来拦抢戴家镖车。他使的一口关老爷的青龙偃月刀，果然勇不可当，他敌住戴兄，趁打得难分难解的时候，山贼的喽啰一哄而上，将镖车抢上山去了。二闾兄一气，卧床不起，我和几人攻寨数日，怎奈贼人居高临下，乱箭齐发，无法上山。这几天正一筹莫展，无计可施。你咋一个人就平了牛头寨？"

"哎呀，也算侥幸。"李老农简单回答，"小韩村戴师母得知出了大事，哭得死去活来，叫我来救。我星夜兼程，只身进入虎穴，战胜'牛魔王'，带上镖车赶紧来见师父和你们。"

郭维汉惊诧于老农的功夫了："人们说，士别三日当刮目相看，你的文才和武功已经深不可测了，能够救师父了，厉害啊！"

"过奖，过奖了！"

几天来，戴二闾大师又气又急，卧床不起，心想着保镖数十年来，一世英明，就此毁于一旦，有何面目再回祁县家里？今天又在胡思乱想，忽然看到李老农押着镖车回来了，还在半信半疑。那"牛魔王"已经跪地求饶："戴大师，今天幸得高徒饶命，特来领罪，请大师从轻发落！"

看着眼前的事实，戴大师也明白了，这不是做梦。他回忆着几年来李老农不辞寒冬酷暑，头顶雨雪星辰，熬过了多少个日日夜夜，才练得一身功夫。老农习拳向来不是一味模仿，而是善于将多种拳种融会贯通，取长补短，看来真的是练到炉火纯青了。

戴二闾还在寻思，李老农一步跨过来跪下说："师父在上，弟子救驾来迟，望您恕罪！"

戴二闾看着满身征尘、一脸霸气的弟子和跪在地下垂头丧气、狼狈不堪的"牛魔王"，啥都明白了，他的病自然立刻不治而愈。

"大师在上，""牛魔王"跪地，继续吞吞吐吐认罪，"尹某有眼不识泰山，利令智昏，今幸得高徒教诲，愿将镖车如数送还，还乞请大师饶恕！"

这时光，郭维汉几个已经把镖车检查一遍，发现完好无损，报告给二闾。戴二闾喜出望外，只是义正词严地教训"牛魔王"："往后光明正大做人吧，不要再兴风作浪了。"

"是，是，一定，一定！""牛魔王"满口答应。

"起来吧。"李老农恩威并重，警告"牛魔王"，"善有善报，恶有恶报，我劝你今后一定要改邪归正。"

"记住了，记住了。"败军之将，自然言听计从。

一切交接事毕，已是半后晌。临行，李老农对"牛魔王"说："我有句话，不知该讲不该讲。"

"请讲无妨。""牛魔王"说。

"我听说，自古占山为王的，善终者不多。劝你不如遣散喽啰，自带家眷，回家安安稳稳，颐养天年。你说好不好？"

牛魔王听了，犹豫片刻说："容我好好想想，行吗？"

"好吧，事关重大，你可想好？后会有期！"

"牛魔王"像条狗，夹着尾巴一溜烟去了。

不过一个上午的工夫，李老农就凭借奇、速、智、勇，势如破竹，一举降服了称霸一时的"牛魔王"，夺回了镖车，解救了师父戴二闾一行。

自此，李老农以牛头寨蹚飞刀、回飞弹、降匪首、救恩师的事迹，名扬太行，享誉江北，更引起了与祁县毗邻的太谷名商大贾们的高度注意。

太谷城里有一位名叫孟绰如的商人，字树纶，出自"御史第"。他身材高瘦，文质彬彬，鼻直口方，一双杏眼流露着无穷的智慧。他出生世家大族，祖辈居住城内大巷中段，坐北朝南，三进大院，宽大而富丽堂皇。他自幼不仅攻读经、史、子、集，对医、农、工、商也均有涉猎。长成后颇有谋略，却不乐仕途，唯喜欢两件事：一是广交朋友，无论三教九流，凡有一技之长，均纳于门下；二是喜欢舞枪弄棒，年方二十多岁，十八般兵器已样样精通。更难得的是他虽为豪富，却乐于疏财仗义，施济贫民，四邻有点病病痛痛，他的偏方、验方常能药到病除。

这孟绰如跟武柏年志同道合，交情很好，互相来往，车二在武家见过孟先生几次。不过，人家是名绅大户，车二一个车夫当然高攀不上，仅仅只是认识而已。

武、孟两位先生得知李老农不凡武功后，商议要去见识见识，这才有了车二赶车赴祁县戴家一事。

戴家居住在祁县一个叫小韩村的普通村子里，离太谷县城整整二十里。车二一路上集中精力赶车，饭时刚过，已经来到戴府。

闻听鼎鼎有名的太谷二位贤绅到来，戴二闾大师亲自出门迎接。好一位武林大侠，方面大耳，一双白眉毛格外醒目。车二一看，心想前有白眉毛徐良，今有白眉毛戴二闾，莫非祁县出白眉大侠？

略作寒暄，宾主携手进门入厅落座，车二也被带了进去。

戴二闾谦虚地说："久仰二位先生大名，今日光临，令鄙舍蓬荜生辉。"

"大师客气了！"武先生快言快语，"俺二人今天可是无事不登三宝殿呀，有一事相求，不知大师肯否赏脸。"

"但讲无妨。"

"那就恭敬不如从命了。"孟先生说话进退得体，"近闻大师弟子李老农，师出名门，武功不俗，意欲诚聘去我们太谷任护院拳师，不知大师可能忍痛割爱？"

"那——"戴二闾略加踌躇，转脸对身边的一位头箍白毛巾的黑胡茬大汉说，"老农，你的意下如何？"

李老农说："听凭师父安排。"

多好的弟子！戴二闾一不想驳二位太谷名绅的面子，二也想给弟子出头之日，因此慨然应允："既然老农愿意去，我也没意见。"

武、孟先生喜出望外，立刻起身拱手致谢。站在旁边的车二可是吃了一惊：能烦二位先生特地聘请的大名鼎鼎的大师李老农，怎么是个再普通不过的农人？只见他一身粗布衣，两只大头鞋，头箍旧毛巾，腰系"搂腰带"，典型的太谷、祁县庄稼人装扮。不过，老农平和中流露着威武，让车二顿生好感。

话不赘叙。李老农随即打点行装，随二位先生一路来到太谷，做起了护院拳师。那天是道光二十九年（1849）六月廿六日。从此，李老农开始了他在太谷县轰轰烈烈的、载入史册的武术生涯。

李老农由孟、武二位先生陪同，车二驾车，从祁县小韩村戴二闾府上出门，不到两个时辰就进了太谷县城南门。穿过南大街，往东便是大巷，孟先生宅就在中段。

孟宅坐北朝南，门面建造奇特，与周围大不相同。房檐高，门楼阔，大门两边各有一幅方形的砖雕。乡下人车二不懂孟家大门造型的意思，只知道这样的豪华大院，县城里少见。

马车穿过灰筒瓦卷顶棚的过厅，绕过北楼下的家庙，进入了一个后花园，一座北方特有的"峭壁山"出现在面前：本来由沙石堆叠，却形如土丘载石，又仿佛凌空突起，上置琉璃古庙、小塔，更显山之高大；一涓细流蜿蜒流下，恰如天然瀑布，淙淙水声如在耳边。孟先生和家眷就住在这所花园里。李老农来太谷的第一个住处也被孟先生安排在这里，可见孟先生对他多重视。

当天晚上，少不了给李老农接风，免不了鱼、鸭、鸡、虾、酒、肉、糕点，孟先生、武先生以及他们的诸多交情深的朋友，都出席宴会。车二因为同是习武人，也被邀请参加，这样他便享受了一次高规格的富人聚会。更重要的是，他在这次宴会上跟李老农建起了交情，都是习武之人，感情更深。

李老农来太谷前，武、孟二先生已反复商量，做了安排：人在孟家住，拳场设在武家院。

孟绰如家旧居

武先生之前就让家人特地腾出两进大院吉安堂，并做了精心修整、摆设，非常适合练习拳术。从此，李老农与孟、武二先生在这个院子里舞弄刀枪，谈拳论道。

这吉安堂位居太谷名商大贾汇聚的武家巷中段，朱漆大门南向，门前宽阔，硕大的门廊门楼，两檐高高上翘，如比翼齐飞状，威武而肃穆；两根门柱顶天立地，有联曰"世事让三分天宽地阔，心田培一点子桂孙兰"，显示着主人博大的胸怀；匾额阳文"吉安堂"三个字，为清代著名书画家、太谷阳邑人杜大统所书，他的魏碑奇拙苍古，神完气足，大儒常立芳曾盛赞其书作"遗貌取神，诚绝技也"，后人称其为"民间发碑学之先声"。

穿过宽大的门廊，迎面是一座"福"字屏风。

前院东西厢房五大间，院心十分宽敞，两院之间是一道玲珑精致的小牌楼，由两根直立的门柱支撑着一座两出水庑殿顶木质建筑，门柱两旁再由两根油漆支架相撑。门联曰："有容德乃大，无欺心自安。"牌楼两边是砖雕《百寿图》。

后院更为宽敞，正房七大间，建在五级台阶之上，为颇具太谷特色的一面坡"梯儿房"，四角四个"兽儿"，尾巴高跷，龇牙咧嘴，甚是威武。房顶正中的风水楼面朝正南，居高临下，似乎是镇院之神座。

这正房的一明两暗，中为文武政商宾客的"议事署"，西为书房，右为主人临时休息室。

后花园在后院之

形意拳发祥地——吉安堂旧址

北，正庭两侧有甬道相通。来到后院，可见两湾清水、曲径，围着正中的太湖石假山，一座小亭背依假山，有小桥南北相连，四周翠竹相抱，垂柳拂面，池心小荷吐蕊，树梢燕子呢喃。亭里一条石桌，四个石蹲，乃是武、孟二位先生谈文论武之所。孟先生兴之所至，特在亭柱上撰联一副："风云三尺剑，花鸟一床书。"二位兴致所在，以及多年相知之情，可见一斑。

武柏年先生的家眷就安置在这里。

后花园之后的最北院，是停放车马及长工居住的地方。这院子西边有门通寺楼街，马车从院子里出去往南不远，就到吉安堂前了，出门办事都方便，也是车二几乎天天必经的路线。

再说那孟绰如先生，自从李老农来了，每天除了料理孟家商号大的事务外，就是与老农一起深入研究拳术。孟先生自幼尚武，曾经练习过太极、武当、咏春诸拳，因此，称得上文武全才。

"半炷香扫平牛头寨，堪比关云长神勇闯五关，猛张飞喝断当阳桥。"对于李老农果敢英武救师傅，通古博今的孟先生常常挂在口头。

李老农总是谦虚地说："其实那是冒险，也是被逼的，不速战速决，后果不堪设想呀！"

孟先生评价道："为武之道，当速则速，当缓则缓，有时讲求兵贵神速，有时又防欲速不达。你那样做就是随机应变，量力而行。"

"先生说得太好了，往后希望多多赐教。"李老农菜农出身，为人实在，说的是实话。

"往后咱们就是一家人了。李师有什么需要，但讲无妨。"孟、武先生本来乐善好施，今得到大师，实在心满意足。

这时候的车二，还是有空就去交城王师傅那里，但每次归来看到二位先生跟李老农在聊天，就会悄悄地站到一边安静地听。他们也不嫌车二，这让他学到不少知识。

冬去春来，寒暑交替，武家的护院拳师李老农在太谷县和附近县渐渐有了名望。他诚恳朴实，谦恭低调，外出保镖又从未有失，所以在商家和拳界都口碑极好。

又一个月朗星稀的美好秋夜。武、孟二位先生照例在"议事署"欣赏李老农心意拳的"子午桩"。老农连比划带介绍："我师父说，子为夜半之时，属阴；午是日中时刻，属阳。此时练功最易贯通周天。再者，午为火，为南；子是水，主北。站桩时，面南背北，取水火相济之意。"

"可是，这拳术为什么取名心意拳呢？"孟先生杏眼闪亮，有意发问。

老农讲："我师父说，心意拳重神不重形，重内不重外，重本不重末。所以叫心意拳。"

武先生也直接说道："可是，恕我直言，其他拳种都讲究内外兼修、神形并重呀。况且你们心意拳的龙形、虎形、猴形、马形不都是仿生物之形为拳的'形拳'吗？"

李老农有些不知道怎样解释了，陷入困惑。

"再说，你们的'心'和'意'又不都是一回事吗？"孟先生继续发问。

沉默许久，李老农还是想不通，只好反问："二位先生所言极是。其实我这几年来也有同感，'心'和'意'都成于中，没有什么不同呀？可是，当年的先师为什么偏要取名心意拳呢？"

孟先生其实是知道一些原因的，就是想跟李老农求证一下。他说："俺翻阅了不少心意拳的相关文献，当年创立这拳术的姬际可大师，有强烈的民族意识，反清复明的心愿根深蒂固，他所以创立心意拳，明显为的是传播反清思想。比如他的出势'虎抱头'，就蕴含深意。李师不是常常念念有词吗？"

"对，对，'虎避深山藏洞中，抱头隐身不露形，如若他日得志时，勇猛扑食踏山林'。"李老农当然能倒背如流。

"你看，姬公为什么将一拳之起始动作称作'虎抱头'呢？诚如李师刚才所展示，先出左步者，谓足踏中门抢地盘，寓志在夺取中原；'虎抱头'者，势为左手握阴拳，于心口前，藏在右阴爪掌之下，似虎之隐伏，而右掌如虎爪护抱、藏而不露，其寓意难道不就是反清复明志士隐伏待机而行之意吗？"

武先生也恍然大悟："这样看来，姬公所以费尽心机特意取名心意拳，其实意义就在于传播反清复明的心意啊！"

"因此，"孟先生做了总结，"现在如果撇开了姬公当初创拳时的特有反清复明意思不说，单就这心意拳之名确实是值得咱们好好商榷的。"

李老农非常认同孟先生的看法："先生的见识真是深刻无比！其实我多

年来也一直在寻思,先师姬公的'心意',本同一理,均成思于内。而'形意'则兼有外形和心意双重含义,既是内与外的结合,又是思和行的统一,因此,其实称'形意拳'是不是才更准确一些呢?"

李老农话音未落,孟绎如先生已经双手鼓掌,紧接着武柏年先生也击掌称妙:"'形意拳',恰如其分,咱们应该用'形意拳'取代'心意拳'。"

"是的,形意拳乃是'象形取意'的极好概括,'形随意转,意自形生','有形有才有意,无形意为空'。这便是形意拳的宗旨和立拳之本。"妙语连珠!看起来孟先生早已成竹在胸,原来是就等李老农捅破这层纸了。

"先生果然高屋建瓴,见识超人。如果说李师是形意拳的鼻祖,那么你就是形意拳的军师。"武先生也显得十分兴奋,提前"封官许愿"。

"那么武先生应该就是形意拳的大东家。"李老农也学会了幽默。

孟先生果然是一位学究,头脑非常冷静地说:"创编一个拳种,绝非等闲之事,像岳飞、司徒玄空、张三丰、严咏春、王宗岳等等,往往需要付出毕生甚至几代人的精力,而且从拳理、拳法、基本功、桩功、手法、身法、步法、打法、顾法,都应该有一整套完整的理论和践行,太不容易啦!"

"所以叫作'千里之行,始于足下'。"武先生不住点头,也意识到了创拳的不易。

李老农更是谦虚地坦言:"我就是个种菜的,大老粗,这创立拳种之事,没你们二位,想也不敢想呀!"

"万事开头难。咱们既然已经确立了形意拳立拳的宗旨,那么就循序渐进,一步一步地走下去。"孟先生既然是军师,就得一一具体规划。

三人正在商讨下一步具体应该如何开始的时候,李老农忽然朗声呼唤:"什么人在外,请现身进来!"

虽近子时,可是明月高挂,星空朗朗,"梁上君子"此时光顾,也忒不识时务,若是贼寇降临,则够胆大包天!

要知什么人来此窥探,且看下回。

第四回

王长乐心胸堪比天地四海
孟绰如形意升华阴阳五行

门开了,进来的竟是车二!

"唉,自家人,还用得着偷听?"武先生颇有怨意。

"您几个都是名人、大师,俺一个赶车的下人,咋能商量这么大的事。"

"不对,"武先生口气立刻缓和下来,"你不仅是俺姓武的恩人,而且你将来必定不是凡夫俗子,到时,说不定俺们还得高攀你呢!"

车二红着脸,不知所措。李老农拉他到身边坐下,爱怜地摸摸他的光头:"你是个难得的好后生,为了学本事,不怕路远,天天往返太谷和交城,风雨无阻,难怪武先生预测你前途无量。"

"车二不是偷听,而是暗学,学而不厌,必成大器!你们看着,他将来必定远在俺等之上。"孟先生似乎有先见之明,"今后只要有工夫,你就常来,三人一条心,黄土变成金,何况咱们是四人,共同开创中国的形意拳大业吧!"

星星眨眼,月儿累了,屋子里谈兴却越来越浓。

吉安堂仍在谈拳论道,车二太谷赶车,交城习武,得暇就跟三位高人凑凑热闹。

冬去春来,又是一年。

看到车二如此辛苦，武先生有一天与孟先生私下商量："车二总跑交城，花在路上的时间太久。眼前有高师李老农，何必远求他人？"

孟先生也很赞成："对呀，车二确实是棵好苗，拜老农为师，正好可以助他一臂之力，共同完成形意拳的开创大业，不是两全其美？"

武先生拍手称赞。当天夜晚，武先生问李老农："你看咱们的车二这后生怎么样？"

"好后生一个，"李老农不假思索地说："这车二体格好，悟性高，有志向，是块少有的练拳好料。"

"你肯定见过他练拳，觉得咋样？"孟先生试探着问道。

"他练的是少林拳，功底十分扎实。"

武先生接着说："你来以前，车二向俺侄儿鸿圃学过基本功，后来介绍他去了交城王师傅那里。一年四季，长途奔波，从不避寒暑，后生够辛苦啦，当然，进步也快。"

李老农说："我也教过他几招，哎呀，学得很快啊！"

眼看着水到渠成，武先生及时建议："俺和孟先生想让他投在你的门下如何？"

"不可！不可！"李老农立刻摇头摆手，"他一直跟交城王师傅学习，我不能夺人之美。"

"唉，王师傅人好，也喜欢车二，教得尽心，可是，毕竟年事已高，况且住在交城，离咱太谷远，车二往返一回总是不方便。跟上你练，天天在一块，省好多事。"武先生极力撺掇。

孟先生更善言辞，讲了一大套理由。最后三人拍板，武先生宣布："就这样定了。"

"还得征求车二自己的意见再定吧。"老农说。

"这事你就不用多虑了，"孟先生一口应承，"俺和武先生是名正言顺的介绍人，一切听俺们的好了！"

于是乎，三个人商定，选取黄道吉日，为李老农隆重开门收徒，抓紧筹办。

可是车二能同意吗？二位先生包办代替，是不是失之草率？果然，孟、武先生跟他一谈，车二立刻面露难色。

武、孟二位先生的好意，车二当然明白，自己也想拜李老农为师；可是，已经跟王师父好几年了，怎能就一下离开呢？

车二推心置腹地对孟、武二位先生说："从祁县小韩村第一回见到李大师，俺就把他当父辈，能拜到大师门下习武，俺做梦都想，实际上这几年来，李大师待俺如子，看到俺练拳有什么毛病，总是诚心诚意指点，像呼吸和动作的配合、心意和拳脚的关系，俺受益太多了，能够正式认他为师最好了。可是，交城的王师傅尽管年事已高，俺一去，不管多晚，从来不嫌劳累，手把手一一指教，俺的功夫，不都是老人家给的吗？俺咋能……"说到这里，车二的眼里闪动着泪花！

两位先生都被感动了，他们没想到，车二如此重情义，实在是难得啊！

沉吟良久，武先生颇感为难地说："要不这样吧，明天俺和车二两人先去一趟交城，见见王师，探探他的口风。"大家都觉得这办法可行。

第二天，武柏年准备了厚礼，由车二驾车，径直去到交城王师傅的府上。武先生委婉地说明来意，没料到王长乐大师一下就听明白了，哈哈大笑说："我实在是太老了，车二这孩子明明白白是块好料，我不能误人子弟。他能投在李老农门下，也是三生有幸，好事呀！我高兴啊！"

车二满眼含泪，跪倒在王师傅膝下深情地说："您今生今世，永远都是俺的师父，师父啊！"

"车二这后生最重义，"武先生从车二冒死营救林凤祥，讲到多次帮人不图报；从兢兢业业干营生，讲到尊师情义重如山，感慨道，"好苗子人人爱呀！"

王师傅扶起车二说："井淘三遍出好水，人从三师武艺高，车二，起来吧，为师希望你将来能在拳界成为名留青史的人物。"

"弟子一定努力，绝不辜负恩师的期望！"车二暗下决心，给王师傅连磕三个响头。

王师傅的磊落胸怀和高风亮节，深深印在车二和武先生的心底，他们明白，王长乐是车二的第一任师父，这个事实是不能改变的，也是无法改变的。

从交城回来，武柏年给孟先生和李老农讲了上面的过程，大家都十分感动。

李老农是开门收徒，车二是正式拜师，对于师徒俩来说都是人生的大事。

时间最后定在半个月以后。

李老农是太谷当地的名师，在武林界已声名远扬，因此开门收徒之事，当然必须格外隆重。倘若简单草率，岂不贻笑于世人？

同在吉安堂，李老农实际上对车二已经颇为了解。这后生身板结实，待人实在，处世特讲义气，所以武、孟、李三位商量后，老农还特意去祁县师父戴二闾府上，详细给师父讲了车二的情况，讲了收徒的过程。戴二闾尊重老农的意见，同意让车二认老农为师。武、孟二位先生把这件事当成大事，认真操办起来。

武先生料理请客、宴席诸多外事，孟先生设计拜师仪式，李老农、车二和一帮佣人打杂跑腿，人人忙得不可开交，连车二贾家堡的几位少年朋友也来帮忙。

仪式前几天，列议程、写请帖、书门联的孟绰如先生，突然遇到一个问题，不大也不小，他连忙叫来李氏师徒说："哎呀，你们俩一个叫李老农，一个叫车二，都不是正经官名，当下的师承帖可咋写呀？况且，以后要经常参加大活动，总得有个官名啊！"

李老农、车二一下子也傻了。是啊，他俩现在的名字哪能登大雅之堂？

"我俩一个种菜的，一个赶车的，土包子，要不您给我们各取一个吧？"老农请求先生。

孟先生是学究，这点事难不住他，思谋片刻，心中已有数，慢条斯理地说："根据你俩的身份，俺想，师父名飞羽，字能然；弟子名永宏，字毅斋。意思是——"

话音未落，师徒已经高兴得一起拍手称妙！

从此，中国形意拳的开山鼻祖李大师与开门弟子两人有了正儿八经的名和字。

车二正在手舞足蹈，念叨着自己的官名"车永宏，车毅斋"，

孟先生提醒车二："傻高兴甚？你还得请人写一副师承帖呢。现在俺实在太忙，要不你找你的小秀才兄弟去？"

"师承帖是甚？"

"你跟小秀才一说,他就知道。"

从小玩大的弟兄,当然好说。车二连夜来到家乡河边的小秀才家,诚恳地说:"秀才兄弟,哥哥求你来了。"

车二说明来意,小秀才慨然应允,用文言道:"日出扶桑后,拙文脱稿时。"

"你说甚?"车二一头雾水。

"明天早上准时交稿。"

车二高高兴兴,匆匆而去。

大清咸丰丙辰年(1856)三月初八上午,这可是个黄道吉日。暖日高照,晴空万里,太谷县城吉安堂里隆重举行中国形意拳史上具有里程碑式意义的一场拜师仪式。

武柏年设宴,孟绰如主持,众多名人见证,亲朋好友出席,引起古城太谷不大不小的轰动。

古人讲究"天地君亲师","师"与"天地君亲"并称,足见"师"在人们心目中的重要地位,况且,"一日为师,终身为父",因此,拜师礼仪十分庄严而神圣。

吉安堂内外张灯结彩,文人开眼角,武者长见识,同行来表贺喜,朋友送来贺礼,有事帮忙的,没事看热闹的,人来人往,川流不息。大门柱子上的一副对联格外醒目:

> 种菜种出形意果香飘四海
> 赶车赶到吉安堂师从一门

识字的指指点点,品头品脚,纷纷赞赏孟先生的才学。一副对联,把师徒俩的特点概括得恰到好处,将形意拳的前途预测得一片光明。

前院里,太谷、祁县、榆次、太原、平遥、汾阳、文水、交城等地的武林高手,商会、商界的同仁朋友,社会知名人士及各界代表,纷纷前来表示祝贺。

车二的儿时小伙伴们自然也不缺席,他们都长大了。那个原来的大光头李满仓短粗结实,依旧喜欢开玩笑、说怪话;刘金囤长了个敦敦实实的大个头,显得越发老实憨厚;小秀才身体长高了,可是仍旧身穿长衫,手无缚鸡之力,但是今天神气无比,为啥?师承帖的主笔嘛;春花呢,变化更是明显,长成了大辫子、大眼睛的漂亮大姑娘,身材高挑而丰满,面色红润而可人,待人诚实而有礼,逢人不笑不开口,今天,头上还戴了一朵花。

"何意?"秀才不解,指着春花的头花问。

"今天是他的大喜日子呗!"闺女羞涩地低声说。

现在的秀才,也才高七斗了,眉头一皱,计上心来,招过来满仓,咬住耳朵说了几句悄悄话,满仓会意地点点头。

吉安堂大院,人头攒动,一派节日的气象,长胡子的轻轻点头,箍手巾的眯眯微笑,后生们咧着大嘴,孩子们又打又闹。忽然,有一人摇头晃脑,忽忽悠悠,嘴里念念有词:

天上掉下一枝丫,春风吹开萼顶花。
乌马河边绿葱葱,车二身上披红纱。

大家闻声一看,是背着手、踱着方步的大光头满仓!一旁的春花听出了言外之意,一边说道:"你,还会作诗?"一边挥动拳头打满仓,小秀才却在一旁挺直了胸膛。

今天的吉安堂大院,窗明几净,清水洒地,焕然一新,里里外外,如同过年,好不热闹。

走近二门,门柱上又有一副对联:

吉安堂蓬荜生辉迎宾客,
形意拳名师开山耀古城。

横联:

喜气盈门

这是专为迎接贵宾而张贴的。

那李飞羽,虽然年过半百,仍旧器宇轩昂,精神抖擞。今天,他穿着一身黑色粗布夹袄，内衬白色汗衫，还是头箍白毛巾，腰系一条玄色搂腰带，脚蹬八字大头鞋，胡须刮得干干净净，浓眉之下，威武而安详，俨然武林大侠。再看车毅斋，二十出头，风华正茂，英气勃发。身穿母亲亲手裁缝的崭新的开襟蓝夹袄，腰系紧身的搂腰带，新剃的大光头，越显得天庭饱满、地阁方圆，两眼炯炯有神，脸上喜笑颜开。不是吗，今天可是他一生的大喜日子，终生难忘的日子啊！

师徒俩正站在二门口，一一迎接宾客。

吉安堂后院正厅前，香案、座椅、跪席，均已准备就绪，香案上列祖列宗的排位一字展开：始祖姬龙凤，以下曹继武、戴龙邦……李飞羽创形意拳虽然自成体系，但是它究竟借鉴于古老的姬氏心意拳。尊重历史的情怀，折射出了其优秀的品格。

收徒仪式即将开始。

李飞羽在案前焚香作揖后，走到案前中央师父位，正襟危坐；主持的武、孟二先生分坐两边，前辈来宾则分坐主持人身后；其余观众围在四周，但等这庄严时刻的到来。

阳春三月，风和日丽，仿佛上天特意安排了这么一个大好的日子。

就在孟先生准备宣布仪式开始的时候，太谷武林的老大"神弹子"吴本忠，忽然从门外风风火火跑进来，粗声大气喊道："慢着，慢着，还有两个弟子要一起拜师咧！"

人们闻声回头一看，老吴的身后带来一对青年男女：女的面白如玉，身披素色轻纱，发似云，辫丝长，窈窕玲珑，体态婀娜，站着像秋菊照水，动时胜轻柳扶风，一双丹凤眼流露着纯真，眉宇间却藏着自强，俨然一个外乡小仙女；男的呢，崭新的青色长袍马褂，不高不低，不胖不瘦，头戴黑色帽盔，脚蹬皮质短靴，见人三分笑，未语一脸恭，显然白面书生一个。二人年龄相仿，恰似金童玉女，天生的一对儿。

在场的来宾和观众伸长脖子，不知是惊奇还是欣赏。

这拜师典礼事先做了周密安排呀，还能临时动议？吴老师傅今天冒冒失失来搅乱，是咋回事？

这吴本忠，是本县贾家堡人士，家谱记载，是西周文王之祖古公亶父长子泰伯的族裔，泰伯公因不恋天子之位，让位其弟而远避他乡。宋代与岳飞齐名的抗金名将吴玠、吴琳等均为泰伯祖之后。这位吴本忠的武功深不可测，祖传的"洗髓经"至少已逾百年，经他传授，习者往往能延年益寿；而他的绝活"神弹子"更是弹不虚发。此公又乐善好施，人品极好，谁家有事，只要张口，总不会让你失望。只是今天送徒拜师也未免冒失了一点。

孟先生和武先生都感到吃惊，但还是和颜悦色地对吴本忠说："老吴，怎么能临时再加上人呢，太仓促了吧。下次再办，好不好？"

话音未落，大门外忽然有人急报，武家的马惊了，正从西道街狂奔而来。

原来，武家的车马在吉安堂大后院，今天大家忙于拜师收徒，喂牲口的本家侄儿光顾凑热闹，心不在焉，一时没留神，一匹大红马从侧门溜达了出去，开始在街上自由自在地闲逛。后来有人一看，吓得喊了起来，这一喊，反而将马惊着了。它由寺楼街跑向西大街，轻车熟路惯了，又从西道街南向直奔。

深巷窄路西道街

这条街巷子深，路面窄，平日里只能容一辆车通过，惊马一来，路人吓得连跑带叫，躲向路边，那马儿越发受惊，蹄子腾空，越跑越快。

车二一听急了，作为车夫，他害怕受惊马出事，立刻把外衣甩给旁边的春花，大步流星，一头冲出院子，众人也跟着出来观看。

车二穿过武家巷，刚到西道街，就看到那匹脱缰惊马，那马边嘶叫，边狂奔，由北向南直冲过来，马蹄扬着尘土，伴着路人的惊叫，横冲直撞，如入无人之境！

好一个车二，只见他光着头，露着白色坎肩，两臂膀肌肉高高隆起，挺胸跨步，两脚一前一后，往大道中央这么一站，形如东岳泰山，势比豹子头林冲，只等奔马冲来。但周围的观众却无不为车二捏一把冷汗——太危险啦！

那脱缰惊马豹子似的劈面冲过来，人们正在惊恐失措，说时迟，那时快，车二左手在马前一晃，趁马头一偏，他顺势抓住马鬃，右手猛击马脖，同时右腿顶马腿，那匹脱缰的惊马，竟然立时动弹不得。这一招，就是后来流传于世的形意拳技法之一的"拘马拼"。

车二的"拘马拼"看似轻巧，其实，冰冻三尺，非一日之寒。他从小好动，抱母羊、揍倔牛，常常惹祸，稍大喂了马，学会了鞭技，学会了骑马，还要学驯马，为了擒马，可没少吃苦头，有几次被奔马撞得屁股朝天，鼻青脸肿。可是，动物与人一样，也是不打不成交，这不，如今他的马儿对车二可是唯命是从。

车二勇擒脱缰惊马，在场的人都看得呆了，惊愕半晌，才响起一阵掌声和喝彩声。

那个喂牲口的小后生吓得早就不知所措，看到车二擒住了受惊马，才赶紧从人群里跑出来牵上马回去。

人未入门，功夫已显，众多宾客目睹了李老农新弟子车二的风采，都赞不绝口；而方才的那位丹凤眼闺女先是惊奇，过后居然自己偷偷红了脸，眼角悄悄流露出了一丝无法名状的神色。

原来这临时拜师的两人，男的就是那天大巷孙家轿车里的孙大少爷孙丕根，女的则是东门外"瀛东玉器店"窦老板的千金女儿。武、孟二先生不同意他们拜师，只好放弃了。

送走惊马，大家先后回到吉安堂，继续举行拜师仪式。

春花大大方方把外衣交给车二，帮他穿戴好，细心地系好每一个扣子，再左看看，右瞅瞅，合适了，这才低着头回到人群。围观的群众看了个一清二楚，暗暗赞赏车二有个"天上掉下的一枝丫"，知冷知热的漂亮好媳妇！与孙大少一起来的那个漂亮闺女的丹凤眼，一直瞅着春花的大眼睛、大辫子和发间的一枝花，自家寻思：天下的人儿呀，比世上的花儿更漂亮！

"连扣子都得扣好，你几时又成了车二的媳妇了？"大光头满仓想起了儿时春花拿小嘴衔车二脚刺的情景，怪话又来了。

春花娇嗔地回答："你个愣鬼，扣一扣扣子就是媳妇？"

"那你还不给我扣？"

"你的扣子不是好好的!"

"你的身上披红纱了?"老实人刘金囤幸灾乐祸地嘲笑。

"星星未解明月意,傻男岂知女儿心!"长衫秀才眯着眼睛,慢条斯理地自言自语。

"甚?"三个小伙伴都睁大了不解的眼睛。

拜师仪式继续。在众目睽睽之下,只见弟子车毅斋将师承帖高高举过头顶。

吴秀才撰写的帖,果然是文思泉涌:

> 国术,华夏绝技也,源于上古,始于《黄帝内经》,兴于嵩山少林,旺于唐宋明清。我祖姬公讳际可龙峰,借岳武圣名,开创心意拳术,传弟子,授百姓,并陆续有《姬际可自述》《拳论·十法摘要》及《心意六合拳序》留世,精传后人。
>
> 弟子车二,名永宏,字毅斋,自幼酷爱武术。近闻我师李君讳飞羽字能然,直承姬氏拳术,开创形意拳门,如盘古开天,太祖立基,泱泱华夏,必绵延不绝矣。吾师心怀爱民之情,志在赤县神州,武德高尚,武功高超,名震太行,威扬三晋,久慕其名,欲投门下久矣。今经我县显达绍介,有幸忝列门墙,深感不胜荣幸之至!
>
> 弟子入门之后,誓当尊敬师辈,遵从教诲,崇尚武德,不辍练功,以行侠仗义,造化生灵,报国安民为己任,身体力行,光大师门,为弘扬形意大业,愿鞠躬尽瘁而绝无反顾!
>
> 弟子:车永宏 叩首 (指纹)
>
> 介绍人:武柏年 孟绰如 (签名)
>
> 大清咸丰六年丙辰三月初八日

师承帖是车二自己诵读的,在武氏兄弟和孟先生的指导下,他已经认识上千个字,今天早上,又经小秀才培训、操练,聪明的车二居然念得朗朗上口。小秀才站在一旁,边听边摇晃脑袋,享受着作者的喜悦。

师父李飞羽庄严接帖后,弟子车毅斋连续磕头三个,而后恭恭敬敬垂手肃立,听着师父当面训诫。飞羽师语重心长地说:"弟子车毅斋,习武之道,意在强身健体,防身自卫,更在行侠仗义,精忠报国。为此目的,你须坚持始终,不怕吃苦,尊敬贤长,爱护晚辈,一生做一个光明磊落、一心为人的堂堂正正的形意拳人。"

车毅斋一字一句地听着,句句印在心中,当即表态,只说了三句话:"一定遵循师父教诲,行侠仗义,为国为民。"

接着,介绍人、前辈拳师及来宾先后致辞,自然是祝贺、祝愿、祝福。

之后,弟子车毅斋为来宾献艺,师父李飞羽一旁示范指导,最后共同入席,热烈庆祝。

盛宴是十分好客的武柏年先生出资并亲自安排的。吉安堂大院,宾朋齐聚,满汉全席,觥筹交错,推杯换盏,好不热闹!车毅斋端酒恭恭敬敬地先向师辈一一行礼,再向个个来宾致谢;李飞羽心花怒放,豪爽地大口吃肉、大口喝酒;武、孟先生则与各位来宾热情地交谈,衷心祝愿这一对师徒的形意大业长足发展。

好一场收徒宴,从午时举杯,一直喝到日头偏西。

一日为师,终身为父。李飞羽与车毅斋从此结下了不解之缘,共同为创编中国形意拳,为需要得到护卫的商家和百姓鞠躬尽瘁,做出了彪炳千秋的历史性贡献。

在武、孟二位先生的大力支持下,又有了弟子的参与,李飞羽对拳术的改革大大加速了。

武先生亦商亦武,孟先生文武兼长,对太极、武当、咏春多有涉猎。李师曾习长拳、通臂、孙膑诸拳,车二也去交城随王长乐师学少林拳多年。他们既然决定了改"心意拳"为"形意拳",那么就必须从头开始。

暮春时节,武、孟、李齐聚吉安堂"议事署",讨论拳术内涵。车二没有出车任务,也来听讲。

各自落座。孟绎如先生首先开讲:"自古武术拳种不可胜数。其中有以佛圣道仙命名的,如二郎拳、罗汉拳、哪吒拳;有以姓氏命名的,如杨家拳、岳家拳、戚家拳;有以人名命名的,如孙膑拳、燕青拳、太祖拳;还有以地名命名的，如少林拳、武当拳、峨眉拳等等。那么，咱们的形意拳是以什么命名的？"

"以拳法特点命名的。"车二年轻，反应快。

"对，"孟先生继续分析，"形意拳的'形'和'意'是两大分支，'形拳'是象形拳，比如龙、虎、猴、马等，它是模仿世上某些动物的一技之长而立法为拳的；而'意拳'，则以斧、箭、闪、炮、弹喻之，每拳各有一个特技。咱们的形意拳既对各门拳术有所继承，但是又应该独具特色。以手、眼、身、步为例，咱们是不是应该取其所长而弃其所短？"

"孟先生讲得真是深入。"李飞羽颇受启发，接过话说道，"前几天我不是跟您说过吗，我学过多种拳路，就是觉得咱这形意拳的步法不大理想。"

"步为一身之根基，运动之枢纽，拳法中的千变万化，莫不赖之于步，

元顺昌旧址

俺仔细研究过你的步子，弓步变化不灵，鸡步则显支绌，自从你提出这个步子的问题以后，俺整整寻思了三天三夜。"孟先生说，"今天俺领你们去个地方好不好？"

"好！"其他三人都响应。

一行四人，步行出武家巷，穿南寺街，来到小南街，在一家名叫"元顺昌"的化银铺门前停了下来。

这是一座小城堡式的建筑，檐坚墙高。孟先生好像是常客，进院跟老板打过招呼，领着人径直来到后院工房。

工匠们正在干活儿。炉火烧得很旺，一个中年汉子光着脊背，腰身半蹲，两脚叩地，二腿稍曲，双膝紧夹，手执长剪，将那炼好的元宝小心翼翼夹了起来。

看着化银师傅扎实稳健的步势、起落自如的架子，李飞羽首先深有感触："这种步势真好，可有名叫？"

"他们叫'坐银剪步'。"武先生也熟悉这里，微微含笑回答。李飞羽很受启发，频频点头，车二也明白了孟先生今天特意带领他们来此地的良苦用心。

从"元顺昌"回到吉安堂，李飞羽、车二师徒反复模仿化银师傅的动作，孟、武二位先生则随时评论。通过与原来的步势一再对比和研究，大家公议，应该将原来的弓步改为"坐银剪步"，而名字则取之为"形意半马步"。此后，"形意半马步"就成为形意拳的基本步法，而形意拳的改革创新也就从此正式起步。

除了步法，他们还从拳理上研究。孟先生从阴阳学说开讲，一步一步深入。菜农、车夫出身的李飞羽、车二对这些理论当然知之寥寥。孟先生于是按照多年所习中医理论，征得李氏师徒的同意，将形意拳的"五行"劈、崩、钻、炮、横，分别归入了金、木、水、火、土，并内应肺、肝、肾、心、脾。五行之间，既能相生，又可相克……

孟先生反复给李、车毅斋徒讲解：阴阳学说认为，世上万物和现象，都包含着既相互对立，又互根互用的阴阳两个方面。阴阳是对相关事物或现象相对属性或同一事物内部对立双方属性的概括。阴阳之间的对立制约、互根互用，也不是处于静止和不变的状态，而是始终处于不断的运动和变化之中。按照上述理论，孟先生将阴阳学说确定为"形意拳之母"，而将五行拳定为"形意母拳"。在共同研究中，李、车毅斋徒二人的拳术理论得到了长足进步，并且运用在改革创编的实践中。

心意拳有"子午桩"和"三才势"，讲究"蹲丹田"与"射丹田"，李、车反复实践，觉得二者反应迟缓，不能适应速战、速胜，于是在孟先生的指导下，将它们改革为以"阴阳为母，四象为根"（鸡腿、龙身、熊膀、猴相），并按"六合、八字、九歌"的要求，将分步动作并为一步，取名为"三体式"，使内外三合见诸于形，上肢沉静，下盘稳固；既为出势、收势之式，又是出击技击之法，还能作为桩功练习，这就是流传后世的形意拳"三体式"。

为了便于记忆，孟先生还为师徒俩编出了"三体式"歌诀，要求练习时必须以意领气，气沉丹田，上松下实，以锻炼脚、腿、步的稳固；还要包裹严密，利于出击顾彼；并让"阴阳""四象""六合"贯穿于整个形意拳法之中。这些就是所谓"一桩顶三功"。在上述练法的基础上，二位先生与李、车毅斋徒还创编了"盘根八法"，练习时要求按前扑、后踩、上提、下按、外云、内抱、左捧、右挎八个基本方法反复练习，其歌诀云："扑踩提按劲不散，软硬相济成刚柔，云抱捧挎缓缓做，中定动静慢慢求。"

此外，有的拳两肱过屈，重于根节，而力量难以到达梢节，遂改为出拳出掌两肱似屈不屈，似直不直。练时讲求垂肩、坠肘、塌腕，使丹田之力达于梢，更便于实战。

改革创新不可能

形意拳邦字辈传人孙福全、吴殿科、布秉全、宋光华演练的三体式

一蹴而就。李、车毅斋徒在孟、武二位先生的帮助下，不断实践，不断总结，不断完善。后来，他们又将"五行拳""把把不离鹰捉"的练法，改为每拳以左右式连接而使动作连贯，突出了五行拳各拳的特点，并以拧转步将劈、崩、钻、炮、横五拳连接练习，名为"五行合演"，亦名"五行连环"。

吉安堂里，李、车大刀阔斧改革创新，身体力行，不停实践；武、孟二位先生则全力以赴，将拳理拳法予以升华、提高。自然而然，这里成了形意拳研究中心。各地的拳师、武术爱好者听说后，常来学习、交流、围观。在各色各种人里，最忠实的观众和学生莫过于吴本忠老师傅引荐的那位丹凤眼姑娘。

吴师对李飞羽说："窦老板是外乡人，身材干瘦，胡子白了，很显老态，可是为人其实挺好。大概是老来得女，一生就这么一个千金，宠得像掌上明珠。这闺女今年才十六岁，已经出脱得如花似玉，人见人爱。别看她长得文静，其实特别活泼可爱。老头儿把个闺女惯得有点任性，而她又偏偏特别喜欢武术。她爹说，闺女家学点武术也好，兵荒马乱时，能防身自卫。"

开始，姑娘离不开吴师傅或父亲的引领，惯了，人家自己一个人就来了。

这天傍晚，正值深秋十月，初八九的半月已经高悬天空，车二送了车马，正在院里练习他的"三体式"。

"车二哥哥！"铃铛似的一声呼叫，让车二猝不及防停下了动作。

在太谷地面，人们习惯叫他"车二哥"，这一声"车二哥哥"，亲昵得让车二浑身痒痒！待他寻声看时，是一个小巧玲珑的闺女：外罩素色轻纱，脚踏纯白布履，浑身上下，洁白无瑕，一双细细的丹凤眼，传送着无以名状的羞涩。

在皎洁的月光下，车二看到小闺女脸涨得红扑扑的，宛如一朵盛开的月季花。他想起了拜师仪式上的金童玉女。当时，人乱事多，他哪顾得上细看，今天正式端详这么标致美丽的妮子，平生还是头一回，自己不知咋的，也红了脸。

彼此迟疑了片刻。

"……你，几时过来的？"车二打破了沉默。

"人家早就来了，车二哥哥。"

"进屋吧,师父们在里面呢。"

"人家,要看看你练功。"

"你说的不像俺们太谷话。你是哪的人?"

"翻山越岭,漂洋过海来的。"小闺女话语幽默,让车二顿生好感。

"侉子(对外地人的俗称)?"车二也忘了拘谨。

"哈哈,你不教俺们侉子练拳?"

"不,不是,是俺的功夫还不到家。"

"可是,人家佩服你这个独自擒拿脱缰惊马的大英雄呀!"姑娘显得十分纯情,"你,在练什么?"

"形意拳入门功,叫'三体式'。"

"人家也想学。"

车二想了想,不好意思地说:"好吧,如果不嫌弃,俺手把手教你吧。"

那小闺女一听,将白色外罩脱下,往旁边树上一挂,露出一身娇艳的红装,外加一条雪白的腰带,活脱脱漂亮女侠一个。车二眼前不由一亮,寻思:这娃难道是天仙?

"俺还没问你叫甚名字?"

"窦美子。好听吗?"

"嗯,"车二不知该咋地回答。

"以后,车二哥哥就叫我美子吧,我叫你师傅。"

"不不不,俺哪能当师傅,还是叫俺哥吧。"

"君子一言,驷马难追。一言为定?"

既然闺女已经"一言为定",那就教教她吧。

美子凑了过来,摆起了刚才车二的架势。车二从步距到身形,再到手臂,一一指导。摆弄鹰捉手势时,车二仿佛触电一般,他何曾接触过这么大的漂亮闺女的纤纤细手?美子也怦怦心跳,说不来的紧张。两人迟疑了半晌,车二才说:"你的小手太细太柔,没有抓鸡的力气,咋练拳?"

"咚!"车二胸口猛不防挨了一拳,还真有点感觉。

"行呀,有点劲呀!"这一拳,让他俩反而稳定了情绪,隔阂全消。

教与学正式开始。车二说:"美子,你听着,形意拳'三体式'的要领:'精气合一须凝神,双目注视胜猴鹰。头顶项竖颔微收,口合齿扣舌上顶。'"

"'凝神'是什么意思?"美子问道。

"就是——"车二被问住了,有点不好意思,"俺没文化,说不清楚。"

"可是我有啊,要不我教你?"姑娘振振有词,"岂不闻,《十三经注疏》曰:'教学相长也'?"

车二听不懂,傻了:"你家是文化人家?"

"当然啦——"美子拉长了声音,振振有词,"你教我武,我就教你文,交换,好不好呢?"

"好煞了!"车二兴奋极了,他一直想着,不光要习武,还要学文化。武鸿圃教过,孟先生教过,今天他又有了一个小先生,能不欢天喜地!

美子刚才所问的"凝神",其实是明知故问,她焉能不知"凝神"是什么意思,就是想跟车二拉近距离故意说的。至于刚才的口诀,她早就"过耳不忘",了然于心:"精气合一须凝神,双目注视胜猴鹰。"

"'凝神'就是全神贯注、不走神的意思。"美子当起了文化先生,车二成了学生。

二人沉浸在互为师生的幸福中。

美子严格按照歌诀站着"三体式",车二在她身前一本正经地示范。当两人的视线相碰的一刹那,美子"噗嗤"一声笑了出来。

"你笑甚?"车二有点恼。

"笑你真的'两目注视像猴鹰'?嘻嘻,猴子。"

"嬉皮笑脸还像练武的?"车二一脸严肃。

美子看车二认真了,赶紧说:"师父在上,弟子这就正儿八经练习了!"

两个人练习了一阵,停下来休息。触景生情,美子吟起了李白的《月下独酌》:"举杯邀明月,对影成三人……暂伴月将影,行乐须及春……醒时同交欢,醉后各分散。永结无情游,相期邈云汉。"

车二不懂诗,但也听出了些许含义,心想,这娃娃还挺懂大人们的事的。

二人正教、学得全神贯注,兴味盎然,忽然听到身后有人轻轻地说:"你在这儿?"美子吓了一跳,回头一看,老大个不高兴。

欲知什么人找上门来,请看下回。

第五回

铁掌金刚醉闯吉安院
车霸甲子败兴明月中

窦美子学拳学得正如醉如痴的时候，忽然来了一个人，在她身后说："你在这儿？"

美子回头看时，是孙家大少爷，身穿长袍短褂，衣冠得体，面带笑容，白面书生一个。

车二一看，也想起来了。那年自己刚到武先生家赶车，在大巷里挨王甲子的揍时，坐在王甲子车里的就是这位孙大少爷。前一段自己在吉安堂拜师，他也去凑热闹。这次美子学拳，他又来了。他到底要干甚？啊，明白了，原来他俩是一对！

美子心中不悦，态度冷淡。但是，孙大少看她正在专心致志学拳，笑着说："你爹让俺来接你。"

美子说："人家还要向车二哥哥再学学。"

"那——继续学吧。"孙大少又是微微一笑，两手往后一背，站在那里，并不勉强。

一个教，一个学，全身心地投入，不一会儿，就如同进入了无人之境，谁还有凉意？天上的半月悄悄西行，教者与学者却仿佛在梦中。

这形意拳"三体式"说来简单，可是要学得规范，学到功夫，也非轻而易举。

车二边示范边说:"全身放松,意守丹田;两脚自然分开,略与肩宽;双臂自然下垂,五指并拢;头向上顶,下颌微收……"

约莫又过了半个时辰,车二忽然意识到时间久了,看看天上西去的月亮和星星,看看在一旁久等的孙大少,对美子说:"天气不早了,你们先回吧!"

"嗯?"美子似乎意犹未尽,迟疑了一会,"那,从明天开始,我天天来学,绝不一曝十寒!"

尽管窦美子仍有留恋之意,但还是不情愿地随孙大少去了。

孙大少自然带着专车,铜铃眼、大刀眉王甲子就守候在吉安堂门口。孙大少扶美子上了车,不一会,拐进了南寺街。

"这浑小子车二,是不是借教拳要撩逗窦小姐了?"粗喉咙大嗓门的王甲子在车外瓮声瓮气地喊。

车内传出的是银铃般的笑声。

王甲子还在叨叨:"哪天俺得教训教训车二这个想吃天鹅肉的癞蛤蟆!"

"嘻嘻……"

其实,真正看上窦美子姑娘的并不是车二,而是这位孙家的大少。

孙大少名叫孙丕根,是孙庶年正房所生,在家里地位优越。别看他的父亲仗着有钱横行霸道,盛气凌人,此子却礼贤下士,和蔼可亲,在社会上名声不错。为了延续香火,传宗接代,孙庶年已经给大少挑选过五六家姑娘,怎奈儿子不悦,老子也不好过分勉强。自从发现儿子喜欢上了窦家闺女美子,孙庶年觉得也还可以,为此,老头还常常放低身份,造访窦家。窦老板呢,作为两年前才来到太谷的外乡人,能傍上县城第一首富,觉得也不失为一件好事。

这不,今天午饭后,孙家的豪华轿车又停在"瀛东玉器店"的门口。

这家玉器店坐落在东门外正东道靠近东门一边的路北,是一座小巧玲珑的四合院。南面是两层的楼房,底层是临街商店,楼上平时由窦老板的侄儿夫妻居住。正北是一座绣楼,一明两暗,窦氏父女分住两边。楼梯是在楼外的东面,砖砌台阶,登上楼梯,拐个弯才进得去。两边的厢房则是一层"梯儿房"。

四合院的东边套一个普通的四合院，临街的门面房是窦家的饭店，平日里以卖包子为主，兼顾窦家餐饮，雇了本地一对年轻夫妻，主要由窦老板侄儿经营。玉器店则以窦氏父女为主，平日里窦老板要求女儿常坐于此。

这窦美子在玉器店一坐不要紧，不久便轰动全城。因为在太谷人眼中，她天生丽质，貌若天仙，能闭月羞花，沉鱼落雁，尤其是她那双楚楚动人、宛若秋波的丹凤眼，即使无意扫你一眼，也足以使人神魂颠倒、三日失神！更何况闺女才十五六岁，正是含苞欲放的豆蔻花季呢！

美子坐堂，门庭若市，好多慕名而来者，为了一饱眼福，宁可花冤枉钱买件玉器，以博得美人一顾。结果给玉器店，甚至包子铺都带来意想不到的收益。

到后来，太谷地面上，人们只知道东门外是窦美人开着玉器店和包子铺，至于那个瘦老头窦老板与侄儿夫妻反而无人知晓了。民间有个会唱秧歌的民间艺人，编了一段太谷快板：

太谷有个窦美人，九天仙女下凡尘。
面若满月她更白，眼如秋波亮如银。
可怜西子略显胖，贵妃身材矮一分。
高低胖瘦绝天下，出水芙蓉四时春。
玉器店里饱眼福，包子十里香喷喷。
能让仙女瞅一眼，唉呀呀！跌倒死了也甘心。

玉器店、包子铺与窦美人的关系之密切由此可见。

放下窦家的生意和美子学艺，再说吉安堂里李老农和车二师徒创拳如火如荼。看着师徒的功夫与日俱增，武柏年大加赞叹："咱家的李师堪称太谷第一高手了！"

谁知一句无意的戏言，竟引出一场武林大战！

谁不服气？

明清以来，太谷商业发达，城市繁华，武术自然随之兴旺。清代中叶以后，就聚集了众多武林高手，功夫个个不同凡响，声名远扬。这几位中，吴本忠年龄最大，其他地方的吴均读"wu"，但明末吴三桂叛变，领清兵入关，太谷吴姓人以其为耻，发誓不与之"同流合'吴'"，于是，此后太谷人就以"ou"姓称吴。

吴本忠，本县贯家堡人士，乳名金蛮，出身武术世家，自幼习少林拳，年轻时在"三多堂"曹家当护院拳师。相传那年从山海关外来了几十名"红胡子"，他们知道"三多堂"富甲三晋，十分想盗取其财物，但又听说护院拳师武艺高强，所以选在夜里行窃。某一日的晚上，这伙人携带短刀、挠钩、软绳、漆布伞之类作案器械，飞身上了"三多堂"正院房顶，正准备跳到院里，谁知早被巡夜的吴本忠察觉，只听"嗖嗖嗖"几颗飞弹飞出，数名"红胡子"已经滚落下来，其他人吓得魂飞魄散，立刻逃之夭夭。自此，吴本忠有了"神弹子金蛮师傅"的美誉。

此后，吴本忠升任县里总镖头，押镖远赴俄国恰克图、伊尔库茨克和莫斯科等地，用国内的朱兰茶交换羊毛、皮革、砖茶、生烟，为商家赚取到大量银两。而他一路凭借百发百中的"神弹子"，令大漠多路土匪闻风丧胆。

吴本忠作为本县名师，武功出众，却从不张扬，为人正直，老成低调，又乐善好施，所以人缘极好，被称为太谷武林界老大。

李发黝，城内人，出身名门望族，尚武之家。先祖李希春，清顺治十八年（1661）武进士。发黝擅长祖传的"钩镰神枪"，曾以镖走苏州城，惩治假冒太平军的拦路贼而扬名武林。

马大春，身高马大，能力举千钧，典型的山东大汉，武功超群还能为文，为太谷名商大户保镖数十年，从未有过失手，因而深得当地商家信任。

胡铎，同样是县城人，自幼好武，不恋仕途。咸丰三年（1853）受"三多堂"曹家之托，赴蒙古库伦（今乌兰巴托）回押镖银，行走大漠。一路上土匪甚多，几个镖师顾此失彼，镖银被抢已远遁数十里。胡铎撒开飞毛腿，直追近百里，一人独斗群匪，抢回镖车，故而以神腿誉满四方。

这几个人中，马大春身怀绝技，从山东谋生来到太谷，免不了与当地武师切磋，不打不成交，于是乎，诸多武师互相钦慕，结为兄弟，成了当地公认的武林高手。

此时的太谷武林，有一个不成文的规定：如有武师新来乍到，一定要拜谒当地同行名流。李飞羽从祁县过来，懂得这个行规，没有例外，一个一个去访问过各位大师；然而，他只不过是礼节性地切磋，并没有实际交手显示各自真功，也就留下了悬念。

武柏年先生自从把李飞羽请到太谷，认为他是太谷武林第一高手，经常在一些场合表达这样的意思，那几位大师当然并不承认，特别是惹恼了不及以上三人的外号人称"铁掌金刚"的冯克智。

这位冯克智，直隶人，因在家中弟兄排行第四，人称冯四。自幼生得脑门硕大，眼窝深陷，孩子们都不敢与他对视。冯四习少林拳，专攻硬气功。当初来到孙家护院的时候，主人孙庶年欣赏他的霸王似的相貌，欲试试其武功，请来了本县十几名拳师比试。那冯四粗狂鲁莽，看中了大门口的一对石头狮子，扫了众人一眼，把袖子一挽，噔噔噔走到一只跟前，略一定神，丹田叫力，喊了一声"起——"，三百来斤重的石狮子居然被他双手高高举起，在大门口转了一圈，而后平平稳稳放回了原地。他做完这些动作时，面不改色，气不长出。就在众人的一片欢呼声中，那冯四迈着大步走到另一只石狮子跟前，高举右臂，长吸了一口气，人们还不知他要干啥，只听得"咔嚓"一声，石狮子的脑袋已被他一掌砍下半个！众人个个目瞪口呆，孙庶年不由得惊呼："好一个铁掌金刚！"自此，冯四在太谷立住了脚，而"铁掌金刚"也由此得名。

数年后，冯四奉命为"三多堂"曹家从奉天护送四姨太回太谷，他执枪在前，队伍在后，行至锦州一带，一群土匪突然围了上来。这冯四毫无惧色，一枪独战群匪。谁知匪头诡计多端，趁冯四独战群匪之时，从后面车里把曹家四姨太劫跑了。得知上当，匪头已远遁二三十里，那冯四顿时火冒三丈，一人单枪匹马，长驱四五十里，追上并杀败乱匪，救回了四姨太。

李飞羽到太谷后，与冯四攀上了直隶老乡，彼此虽然也曾切磋过武功，但都不过分外露，因此，感情上虽然比较亲近，武功却彼此互不摸底。这一段时期，武柏年先生居然封李飞羽为太谷武林第一高手，冯四就心中不快，想着一定要实实在在比试一下。

这天，正是初春的午后，冯四在西大街老地方"十里香"饭店独自一人喝酒，半碟花生，四两烧酒，没多久，已酩酊大醉。店主让他歇歇，但他并不搭腔，只觉得心里燥热，将外衣敞开，踉踉跄跄，离开饭店，经由西道街、武家巷，迷迷糊糊来到武柏年家的吉安堂。

他东倒西歪，一脚破门而入，晃着大脑门，睁着大红眼，指着在院子里正在围绕"梅花桩"练功的李飞羽嘟嘟哝哝。这飞羽看冯四敞着衣衫，两眼发红，也不知道嘴里在说些什么，赶紧上前施礼。那冯四也不搭话，忽忽悠悠，使出鸳鸯脚和连环推山掌，劈头盖脑，一个劲猛击飞羽。飞羽一闻他酒气熏天，就知道这位老乡原来喝多了，只得躲闪、退让。

"你，你，第一？"冯四边打边叫喊。

李飞羽像个丈二金刚，摸不着头脑，问道："你说啥？"

"第一，武功，太……太谷？"

这下子飞羽听出了老乡的来意，心想，肯定是武先生的戏言惹祸了，于是，赶紧解释："不是，不是的，我这点武功你还不知道？"

"谁，谁是？拳，拳头才知道！"

"老乡，你喝多了！"

"喝，喝什么？你，你才喝多了。"

天底下哪个酒鬼承认过自己喝多了？李飞羽明白不能与他一般见识，上前准备搀扶老乡进屋，谁知冷不防胸口挨了冯四一掌。

飞羽一再解释，那就是武先生随便开的个玩笑，冯兄不必在意。无奈这位老乡，酒借人力，人借酒劲，动起了真格的，拳脚凶猛异常。李飞羽围着"梅花桩"躲来躲去，无处藏身，万般无奈之下，只得应用才创新的"五行拳"和头、肩、肘、手、膝、胯、足七拳围着八根"梅花桩"应付。

那冯四果然不愧"铁掌金刚"，借着酒兴，双拳没头没脑进攻，一不留神，碗口粗的一根榆木"梅花桩"被劈断；又没几回合，又一根"梅花桩"成了两截。原来，在这位醉人眼里，四面八方都是李飞羽。

俗话说，酒醉心里明，这位冯四心里只想着跟李飞羽比试出个高低，但是拳脚却不大听使唤，心里越急，动作越乱，况且，四面八方都是李老乡，晕头转向之余，只能乱中取胜。

突然，冯四的眼里只剩一个李老乡了。他略一定神，眼睛眨了眨，仿佛头脑立刻清醒。他想用左手的"推山掌"虚进，右手则使出"贯耳"猛袭李飞羽。只听一阵风，手到、足到、身到，势如排山倒海。李飞羽一急，下意识一个伏身，使出一个"侧身炮"拳，一手磕开对方的"贯耳"之拳的同时，另一拳从中路出击，没想到，竟将冯四击出七八步远。

"嘎嚓"一声，又一根"梅花桩"被冯四的后臀撞倒。李飞羽纵步上前一把扶住冯四,让对方定了定神,才笑着说:"失礼了,老乡,我失礼了!"

"嗯?"冯四挨了不轻不重的一击,酒劲过去了,人醒了。飞羽扶着冯四,诚心诚意地说:"好我的老乡,幸亏你酒醉,不然,我的脑袋怎抵得上榆木'梅花桩'!"

此时的冯四再次眨巴眨巴大眼睛,看了看四周,也红了脸,不无惭愧地说:"我借着酒劲,铁掌都比不上你的神拳。老乡,服你了!太谷第一,应该归你!"

李飞羽连忙说:"笑话!笑话!我差多啦!"

早春的午后,晴空万里,阳光融融。

此时,后院大厅门开了,走出了武柏年和道骨仙风的孟绰如两位先生。只见孟夫子慧眼眯缝,踱着方步,口中念念有词:

铁掌战神拳,天昏地也旋。
梅花桩尽折,形意拳难缠。

古城有奇士,百姓得平安。
今日开眼界,何啻金沙滩。

四个人正聊得热火时,忽然有武家守门人着急地过来说:"吴本忠、李发勳、马大春等武林几大高手要一齐来造访。"李飞羽心想,又一场恶战在所难免了!

然而,这几位来者是听说了冯四在这里挑战,害怕性如烈火的冯四出事,前来协调。武、孟两个先生和李飞羽、冯四两个武师,高兴地迎接他们。冯四已经酒醒,讲了过程,讲了飞羽的本事和谦和的态度;武、孟二位也盛赞两位武师的功夫。吴本忠他们听完,也是会心一笑,彼此皆大欢喜,各位武林高手从此交为好友。这是后话。

自此,在老乡冯四的到处宣扬下,李飞羽"神拳李"之名真的逐渐传开了。

且说这天下午,又是东门外玉器店前。大刀眉车夫王甲子挑开车帘,扶下了大腹便便的孙庶年。此公身体肥胖,油光满面,一年四季亮着光头,典型的大财主派头。迎接他的却是个骨瘦如柴、身材矮小、牙齿脱落、白了胡子的玉器店老头儿，要不是目光炯炯，人们还以为是只骷髅呢。两人的差异真令人捧腹！

"窦老板，见面发财！"

"同发，同发！"

二人携手进店，寒暄毕，双双落座。

孙财主问道："美子闺女呢？"

窦老板回答："跟她哥嫂在院里练功呢。这闺女家，不爱针线爱刀剑，傻丫头一个！"

孙财主说："俺家丕根是不爱刀枪爱文房。人各有志，文武相契，岂不更好？"

"言之有理，言之确凿！"窦老板听出了孙财主的弦外之音，立刻附和。

"咱们相知久矣，尚未问及先生春秋几何？"孙财主接着问。

"唉，春去不再来，秋过无夏日。我已及艾矣。"

"君王迟京国，游子思乡邦（鲍照《还都口号》）。"孙庶年是文人出身，语言客套里不乏文采。

"日出日落早，涛声伴月行。"窦老板回答得更是含蓄有余。

"啊，难怪您的店名曰'瀛东'，原来如此。再问您膝下儿女几位？"

"老妻早故，只留一女。父女相依为命，致使小女骄纵任性，失之礼教。"

孙财主说："千金玉体，二八芳龄，掌上明珠一颗，爱犹不及，岂有严苛之理。"

"大人过奖了。"窦老板谦恭之余，忽而发问，"贵公子年届弱冠，尚未闻琴瑟友之，何也？"

孙财主用文言回复："老父尝为谋之，岂奈不成。或许犬子心有所仪，犹未可知。"

两人正在互相揣摩对方心思，孙大少推门来了，依旧长袍、短褂，衣冠楚楚，面带微笑。孙家巷往北就是东大街，出东门就是玉器店，顶多一里地。大少给二老请过安，踱到院子里，看美子跟兄嫂练剑，不好意思打扰。

等他们练功稍歇的空隙，孙大少对美子说："美子，今天天气格外好，我们是不是上山玩玩?"

"去哪座山?"美子问。

"嗯,大佛山如何?"

"大佛山有啥好?"美子有些疑惑。

孙大少立刻来劲了:"有四大天王,有三晋第一大佛,有翡翠琉璃塔,还有……"

美子打断他:"远吗?"

"不远,离城不过二十里。"

"好,我去啊!"美子应允下。

听到美子愿意随大少游山,孙庶年十分高兴,他也步到后院,对着儿子说:"让甲子赶车跟你们去,待会儿请窦先生的车送我回家吧。"

窦老板看到一对男女互有好感,心里也感到非常惬意。

孙大少要去的大佛山,位于太谷县城东南二十里,古称凤翼山,大佛山是其俗称。山顶有一座绿色的浮屠,下面是天宁寺。这寺坐南朝北,有别于大多数寺庙坐北朝南的格局。大佛山山势奇特,据说因三尊天生巨佛而远近闻名。立于山顶观礼台西南,仰天大佛卧于万山丛中;佛山的心脏,是年代久远的释迦牟尼座佛。

若干年前有人发现,每当丽日晴空的时候,站在大佛山顶的佛塔,到观佛台间的百米之内,向东南方向望去,便可见一尊仰天卧佛赫然呈现眼前。所以有人顿悟:"大佛山名原来如此!"

孙大少和美子乘车出城向南,过东杨家庄,两人从玻璃窗向外看时,满眼春色,比城里眼界宽多啦,自然心旷神怡。大少不由口中念念有词:"春色满园关不住,一枝红杏出墙来。"

美子问:"你的意思我是出墙的红杏?"

"岂敢,岂敢,"大少立即解释,"你是含苞待放的蓓蕾,还不到开花的时候呢。"

"那你呢?"

"我是,我是……"大少一时找不到合适的词语。

"颜回,书呆子一个!"美子笑着说。

"颜回可是孔夫子七十二贤人中的十哲之首啊。"

"我不喜欢他，就知道'听学终日，不违如愚'，傻瓜一个，"美子发表高论，"我宁可喜欢子路。"

"何故？"大少追问。

"'君子而冠死不免'，多英勇！"

"明白了，你原来崇拜宁折不弯的武士和英雄！"

"对了，我父亲要我习武，其实我求之不得，"美子说得来了兴致，"我不喜欢天上掉下的林妹妹，只崇拜敢杀敢恨的巾帼英雄穆桂英；我讨厌六宫粉黛无颜色的杨贵妃，敬仰操戈跃马弯弓征战的花木兰……"

美子还在滔滔不绝，车停下了。原来已到大佛山下。

两个人下车，极目远眺，绿树掩映中，山顶依稀可见，山上的红色庙墙，山顶的琉璃宝塔，令人向往！

孙大少来过几次，知道路，带着美子沿蜿蜒小路上山，并不费劲。上到山腰，是四大天王庙。美子兴趣不大，没进庙，两人继续攀登，拾级爬越三百六十五层天梯。台阶不窄也不宽，旁边虽是山沟，但是绿树茂密，并不显沟壑，所以他们并没有提心吊胆。

正是阳春三月，蓝天白云，和风习习，满山绿树成荫，鲜花铺地，朝上望去，红色天宁寺庙门远远掩映在苍松翠柏之中。美子欢欢喜喜，走在前面，她边登山边舞，两袖飘摆，妖娆的身段，红白的衣裤，在万山丛中，如同翩翩彩蝶，又似七仙女下凡，分外妖娆，分外醒目。尾随在后的孙大少，被眼前的景象惊呆了，他顿觉诗兴来袭，不假思索，吟出打油诗一首：

清代太谷大佛山天宁寺

绿台通天日已昃，
飞鸟啾啾似仙鹤。
彩蝶展翅百媚生，
羞花六千无颜色。
容如月季犹带露，
可怜昭君只充萼。
醉煞身后孙夫子，
原来人间一蚌蛤！

"哈哈，原来你是只蚌蛤？蛤蟆？哈哈哈……"美子听了孙大少的诗，笑得前仰后合，谁知笑声未落，脚下一滑，突然栽向了山沟！

就在这千钧一发之际，幸亏王甲子也跟在后边，武功在身，眼疾手快，及时一把拉住，才没酿成大祸！但是，三人游兴全无，身披即将西下的夕阳，乘兴而来，败兴而返。

一路无话，山水无色。

孙大少带着美子游山玩水时，李飞羽和车二师徒在吉安堂里却兴致正浓地研究他们的拳术。

李飞羽近月来一直在与车二讨论：咱们武师保镖护院，经常难免与歹人匪帮缠斗，所以，必须设计出几套利于实战的对练拳术来，才能防身自卫，克敌制胜。

拳术中的对练其实就是对打。武师与敌人交手时，对方往往用各种拳法、身法、腿法进攻，要战胜对手，首先是要把对方的各种攻击手法一步一步化解，然后才能伺机反击。设计对练套路，就是要彼此或打或顾、互攻互防，如此演练得多了，习惯了，就可以熟能生巧，面对对方的各种进攻时，不假思索中迅速做出反应，战胜敌手。

今天，师徒从形意拳三体式"搭把"开始：师傅身略向左，两手变立拳，左拳抽回防护心口，右腿震脚上步，右拳向前崩出，击打徒弟心口；徒弟该怎么防守？

商量一阵，徒弟右脚退步，并带左脚提回成虚步，同时，侧身向左，用左手向外拨师傅右拳，从而化解师傅的进攻。

实际操练了几次，师徒都觉得顺畅，同时二人悟出，这时的脚步必须十分灵活。后退时后腿带前腿，前腿促后腿退；前进时则前腿带后腿，后腿促前腿。总结后再次实践，越来越顺畅，他们为这种步法取名为"徙退步"。

　　接下去，师傅继续进攻。左脚上步，同时，左手出"卡面捶"攻击徒弟的鼻准，右手立拳抽回，防护心口，身体略为偏向左。

　　怎么破？徒弟觉得应该顺其自然，右脚再"徙退"，并带左脚提成虚步，同时左手翻出，使用"鹰捉"，刁住师傅的左拳。

　　"好好好！"师傅十分高兴，连声说，"破得好！下来你攻。"

　　徒弟得令，右脚上步，身体略向左，右手出劈拳，直击师傅的左肩；师傅立刻右脚"徙退"，也带左脚提成虚步；同时，身体略向左，出右手"鹰捉"，反制徒弟的右手。

　　几次操练下来，李飞羽感觉不错，说："这样动作顺，顺，顺，非常顺！"车二也觉得这就是有攻有防、攻防互变，很适合实际运用。

　　两个人设计的这一套对打拳，开创了中国形意拳对练的先河。当初叫"五行生克拳"，之后经过多年反复实践、改革，最后定名为"五行炮"，一直流传至今。

　　再说那窦美子，下午游山扫兴归来，百无聊赖，傍晚外出散心时，不由自主地又来到吉安堂。进大门，跨二门，一看今天的师徒俩，怎么打在一起了？她生平可没见过这种拳法，不由目不转睛，全神贯注地欣赏起来。

　　当练到徒弟"鹰捉"劈拳，师傅伏身出炮拳时，美子情不自禁地拍起手来！师徒吃了一惊，一看是戎装素裹的美子，李飞羽收了招数，哈哈大笑："什么时候跳出了一个女程咬金？"

　　"师父，啥新套路？人家从来没见过呀！"

　　"少见多怪，这是俺师父新创的形意拳对打。"车二显然有一种成就感。

　　"对打？你打他，他打你？好玩呀！"

　　李飞羽非常喜欢这个纯真无邪的闺女，他擦了擦额头的汗水，对弟子说："你再教教她吧，这小闺女可真是专心。哈哈，教不好我可不饶你！"

　　"师父，你也不看看人家武艺长进了没有？"美子一把拉住要进屋的李飞羽，靠近老人，撒起娇来。

　　李飞羽心想，这女孩子没拜师，却一口一个师父，可爱呀，就是不知道她和车二能不能成了亲。

"师父，您看看小女子的'劈拳似斧性属金'。"说着就练起来。美子出手，劲力不小。

飞羽频频点头称赞："好好好，练得好！你聪明伶俐，比车二当初强多啦！"一边再次严肃地告诫车二，"你可务必要好好地教美子姑娘啊！"

没等车二回话，美子就先说开了："车二哥哥，听见了吧，我现在可有大后台啊！"

"往后有空就常来练习练习。"李飞羽摆摆手进屋去了。

美子和车二两人继续操练。

车二俨然一位师傅，指导美子："'三体式'起势，左立叉步，右步劈拳，右半马步，右立叉步，左半马步，左步劈拳……"

美子果然聪明伶俐，听从教诲，一招一式，做得很到位。

"好，不错。注意劈拳的五劲、六法。"车二边示范，边讲解，"两手抽回胸前是裹劲，立叉步时两手随身而束为束劲，前进落步如踩毒物是踩劲。"

掌灯了，大院里依旧劈拳似斧，钻拳属水，其形似闪电。

天上月色皎洁，让两个人的操练更有味道。

这些日子，美子的"三体式"已经像模像样，"五行拳"也学到了钻拳。春暖花开之时，正是一年最好的季节。看了车二师徒的创新拳，美子一下午的烦恼早已烟消云散，现在兴趣盎然，神清气爽。她先复习劈拳，再矫正钻拳。车二让她背诵钻拳歌诀，美子脱口而出：

钻拳出势如涌泉，
掌拳互变阴阳翻。
久练壮肾精力足，
生崩克炮顺势变。

车二强调，起势的时候，一定要做到"钻拳出手暗中行，一手阳拳一手阴。两肘始终不离肋，挪脚调步须束身"。

俗话说：兴趣是最好的师傅。美子貌似大家闺秀，弱柳扶风，其实外柔内刚，好胜争强，自幼崇拜的不是泪光滴滴、娇喘微微的崔莺莺、林黛玉，而是英姿飒爽的花木兰、穆桂英，加之从小喜爱武术，所以长进比常人更快。

"三体式"，美子站得相当不错，头、肩、腰、身、手臂、腿脚基本标准了，劈拳的侧身调膀、立叉步，以及裹劲、束劲、踩劲、扑劲、撅劲，均已到家；钻拳学了没几天，步法也正在规范。车二不时鼓励，美子更是学得孜孜不倦。

时间在不知不觉中过得特快。这不，似乎没觉多会儿，其实月儿又要偏西了。车二不得不送美子回家了。

两人的心思还在钻拳的"肩胯相随""肘膝相合"里。他们默不作声，出吉安堂，走武家巷，拐西道街。

他们没有手挽手，但是走得挺近。

"人家几时就赶上你了？"美子忽然从钻拳的思路里跳了出来，问车二。

车二如实回答："你有文化，肯定比别人快。"

"老实说，你教人家心烦不心烦？"美子突然话锋一转。

"不呀，你又聪明又伶俐。"

"那么，你教人家心里美不美？"

"美呀！"车二觉得这闺女像个孩子，还得哄着点。

美子进一步追问："你们村的光头满仓说，你跟你的'天上掉下的一枝丫'是从小青梅竹马？"

"甚牛甚马？俺是放过牛，喂过马呀！"车二一头雾水。

美子知道车二不懂"青梅竹马"的意思，又换了主题："哎，你那大辫子大眼睛妹子也学武术？"

"不，她没这天赋。"

"你不会手把手地教她？"美子口气里不乏揶揄，"咯咯咯"地自己先笑起来，她不禁想起了他们第一次两手接触时的感觉，"她的小手手挺好玩的吧？"

"别出洋相，"车二摆出了大哥哥的资格，使用教训的口吻说："那你为什么不向孙大少学文化？"

"人家不准你说他！"美子立刻一手搂住车二的脖子，一手捂住他的嘴。

好事的月儿，像一位可亲的大姐姐的脸，看着一对并排的人影，一会儿左,一会儿前。

出南寺街,走小南街,向北进入三官庙巷。走不到一半,前面突然一条门板似的黑影挡住了两个人的去路。

只听一个大汉说道:"车二,你个小王八,真的是癞蛤蟆想吃天鹅肉?"

美子立刻放开车二,吓得闪一边。

车二一听声音,知道是王甲子,以为他是开玩笑,赶紧笑着说:"啊,是甲子哥。吓了俺们一大跳。"

王甲子可不是开玩笑:"呸!你还敢'俺们'?上次大巷没修理好你,今天是不是再给你点颜色看看?"

车二也不客气了:"你甭瞎说八道,天不早了,让开路,俺得送美子回家。"

"不行,今天不给你点颜色,你不知道自家是做甚的。"王甲子说罢,不由分说,如同上次大巷一样,突然一个打鼻拳劈了上来,企图再让车二口鼻淌血,留点"颜色"。

这时的车二可不是那年的车二了,他与师父李飞羽不久前创编了破解劈拳的套路,这次正好用上了。只见他一个左侧身,卸掉王甲子的左拳头,同时使出退步"鹰捉",王甲子的左臂已被车二的左手钳子似的紧紧擒住,动弹不得;而右臂被箍在身体右侧,也无能为力。王甲子一急,刚想用腿,车二一个"前腿带后腿",用右腿将对手的双腿紧紧抵得进退不能。

王甲子挣扎了几下,无济于事,只得口气变软:"你小子几时长功夫了?"

"俺没长,是你没进。"车二放开了对手。

"好好好,今天先饶了你。"王甲子也不说是谁饶了谁,还强作宽宏大度,嘴上占点便宜,"不过俺告诉你,一、不准再撩逗孙大少的人;二、过几天俺再修理你。听见了没?"

车二没搭理他。

这时,美子却站在车二身边"嘎嘎嘎"直笑。

明月静静地西去了,王甲子也灰溜溜地消失在黑巷里。

美子问车二:"你为什么不报一箭之仇?"

"怕吓着你。"

"胡说,胡说!"美子"咚咚咚"直捣车二宽阔的胸膛。

"唉,他也是伺候人的人,不过是想讨好主人,俺两个能有甚过不去的。"

"嗯——"美子静了静,想了想,颇有感触地说,"车二哥哥,你呀,真是好人。"说完两个人安静地往美子家走。

天上的月儿,也把地下的人事看了个够。

美子回家其实不迟,吴本忠大师还在窦家与美子的父亲闲聊呢,这二位前世有缘,经常有说不完的话。

送完美子,回到吉安堂,车二发现师父与武、孟先生三人面色铁青,沉默不语。他心里一沉,怎么,出什么大事了?

要知究竟,请看下回。

第六回

施仁义，神拳李镖行天下
爱才俊，师祖戴再传新功

李飞羽给车二简单说了情况。原来是刚才接到快报，太谷去往奉天的一路镖车遇到了大麻烦。作为全县镖局里的大镖头之一，李飞羽自然就很焦急。

提到镖局，得多说几句。太谷的镖局在山西省出现得最早，明朝年间就出现了保镖行当，早年叫"××局"。到了清朝雍正时期，皇家禁止民间武艺，萧条了一段。之后，到乾隆年间，太谷商业金融兴盛起来，皇家也开了禁，习武人很多，镖局也再次进入发展时期，出现了义和、义合、义成、锋锦、永新、新盛、亿中、广和、顺兴、谦亨多家镖局，足见当时金融业与保镖业的盛况。

李飞羽被武、孟二位先生请到太谷后，顺理成章加入了一个镖局。随着"神拳李"的名声越来越大，不久他就成为本局的头领，进而被封为太谷县总镖头。他旗下的镖车越来越多，聘他保镖的商家，除了太谷，还有太原、榆次、祁县、平遥等周边县的大户。

李飞羽强调镖局行事要有规矩，各镖局由总镖局统一管理，与各商贾大户议定，每年的二月、五月、八月、十一月为镖期，镖期一到，各商家都得通过总局组织和安排各局保镖人马、车辆，分赴全国各地的分号送去商品，押送回财物、银两。作为总镖头，李飞羽不仅得分兵派将，平衡各局利益，对路途遥远、危险多的镖路，他还必须亲自前往。

这一年的奉天一路，匪帮猖狂，极不太平，各地不少镖车被劫。作为太谷的总镖头，李飞羽自然得亲身去奉天。

多年来，李飞羽镖车所到，跋山涉水，冒雨临霜，虽难免波折，但打着"李"字镖旗，押着晋商大贾的镖银，北到蒙古乌丹、库伦，南到苏杭、两广，远时甚至到俄罗斯，镖银从几万两到几十万两，却从未有失。

前几次镖队也曾路经东北，那里野兽出没，土匪彪悍，每路经一处，往往需要驱赶猛兽，或与夺镖强人斗勇斗智，平安之路几乎没有。好在镖师们个个武功不俗，善于文武兼施，再加之打着"李"字镖旗，倒也平安无事。

今年这一次镖车的奉天之行，遇上的是特殊劲敌。镖师们听说近来长白山上"红胡子"非常厉害，其他地方的镖车已经丢失数起，为了安全起见，不敢轻易前行，所以急报于总局。

看着师父与孟、武先生忧心忡忡的样子，车二说："要不俺和师父一道去吧。"

"我是总镖头，担子在我肩上。"李飞羽虽然明知山有虎，也得偏向虎山行呀，他已别无选择。这时的弟子车二，功夫已经不同凡响，但在师父的眼里，仍旧需要磨炼，还不能去护镖。他告诉车二："这次你就不要去了，在家伺候好车马，好好练功。"

车二回答："师父放心，这些事我肯定能做好。可是，我还是担心您啊！"

李飞羽说："我是总镖头，跟你不一样，这种时候必须要亲自出马。你不用担心，我见识的多了！"

武、孟两位先生和车二，也只能让李飞羽走了，临行前一直把他送到城外。

关内的春天，柳绿桃红。直隶大平原，比山西暖和一个节令。玉米正在播种，菜地已经绿茵茵的，农夫和耕牛在地里起早搭黑不停劳作。李飞羽多年奔波在外，看到自己家乡的百姓背朝黄土累弯了脊梁，依旧心潮起伏。可惜他心事重重，无暇驻足，策马疾驰在路上，任春天的景色淹没在马蹄的扬尘里。

一过山海关，仿佛到了另一个世界，地里还是杳无人烟，满目荒凉。再往前去，风大了，下雪了，行走越来越艰难。

李飞羽到了奉天，找见自家的护镖车队，详问原委。原来，前面江南几路镖车均丢失于长白山下，那里红胡子特别强悍，据说有一位大个子，手持一根五六十斤的混铁棍，有的说百十斤，能一棍打折大树，一脚踢烂镖车。镖师一出手，不是兵器被磕飞，就是震得跌落马下，有几个镖师是被吓跑的。因镖车价值昂贵，所以，未敢轻举妄动。

李师虽然心中没底，但还是鼓励大家抖擞精神，不要惧敌，明日一早出发。

第二天早上，全体成员吃饱喝足，浩浩荡荡，离开奉天，直奔长白山。李飞羽率镖车走在高低不平的路上，一行人人人提高警觉，随时准备迎敌。但是，第一天平安无事。

第二天，他们继续前行。

好一片林海雪原！他们走了十几里，树林越来越密，天越走越冷，虽然已是中午，仍旧冰天雪地，北风肆虐，刺骨的雪花直钻人的袖口、脖颈。镖车来到长白山下，马匹和随行人员都难耐当地的严寒。恰恰就在这时，一队土匪真的策马而来了。

土匪队伍乘着寒风，马蹄溅雪花，如风驰电掣，瞬间呼啸而至。这些人长年累月与冰雪为伴，看上去神采奕奕，威风凛凛，毫不惧寒；护镖人却个个心惊胆战，不寒而栗，再加上土匪人数是护镖人的数倍，更不免斗志丧失。

"别怕，有我在此！"李飞羽还得稳定军心。

土匪走近了。为首的果然是个大胡子，人高马大，手中真的持一条混铁棍，分量确实不轻。李飞羽寻思，大概这就是头号红胡子，怪不得不好对付。

"朋友，你好！"李飞羽先礼后兵，朗声招呼道。

那胡子下得马来，提着铁棍，横着身子走了过来："哪里来？哪里去？"

"我们山西来，俄国去。"李飞羽器宇轩昂，语气却格外平和，"朋友，借借道行吗？"

"嗯？赢了我老大，走；赢不了，东西放下！"

李飞羽仔细端详那匪头，黑脸红须似虎，虽然昂首挺胸，两眼却不见凶光。

"怎么赢？"李飞羽不温不火。

那红胡子上上下下仔细端详了一阵李飞羽，而后将混铁棍往地下一蹾，嗬，冰冻的土地竟被一下子插进去半尺！

"不比打杀，比比单手推山吧。"

"怎么推？"

红胡子叫两人相向而立，相互推拉，东倒西歪者败。

"行。"李飞羽寻思，这胡子块头壮实，像座小山，肯定力大无穷，不过他为什么不比打杀？有些奇怪。

比武开始。李飞羽也身高马大，仿"元顺昌"的剪元宝步势，侧身站了个"三体式"形意半马步，双腿紧夹，膝扣裆合，两手一前一后，全身重心稳于前后两脚。

那大胡子面对李飞羽，双腿一叉，成一副坐马式，两腿如柱，身子似塔，意守丹田，二目炯炯，仿佛一尊巨钟。

彼此谦让后，李飞羽请大胡子先动手。对方也没推辞，或单手力推，或双手牵拉；李飞羽的重心或前或后，随对方之力而调整。对手百计千方，这"三体式"就是稳如泰山，岿然不动。原来形意拳"三体式"桩功重心在两脚，你推则重心居前，你拉则重心居后，"三体式"的优势发挥得淋漓尽致。

该李飞羽出手了，对方挺胸昂首，双目一闭，在对面一横，俨然大佛一座。

李飞羽暗笑，这小子肌肉发达，头脑简单，显然没有经过正规的武术训练。

李飞羽或假推而拉，或假拉而推，区区一只单手，就弄得红胡子东倒西歪，而他自己却莫名其妙！

李飞羽赢了，却一躬到地，态度格外谦和："朋友，承让，承让了！"那胡子也是条汉子，看李飞羽头箍毛巾，脚蹬布鞋，胡子满脸，嘴唇厚实，心想头一回碰了个实在人，一定要请到山寨里，以酒肉相待。

席间，双方推杯换盏，越谈越投机。原来，这胡子也是穷苦人出身，因路见不平管闲事惹下了官司，没奈何才被逼上山来。本来是为了混口饭吃，可是那些路过的护镖人，一张嘴就说他是贼盗、土匪，挥刀就砍，举枪便刺，非得杀死他而后快，真是气炸他的心肝肺，不抢狗日的才怪！折腾了几年，本来他力大无穷，又学了些招数，没想到居然所向无敌。

今天的李飞羽则不然，见面先称朋友，而且还问好，毫无侮辱之意，反而颇有敬重之情。所以这位红胡子头领不忍心打打杀杀，鱼死网破，于是玩了个游戏。没想到人家赢了，却仍旧口口声声"承让"，格外彬彬有礼。天下少见啊！

"请上山一叙？"红胡子诚心相邀，李飞羽觉得盛情难却，于是，带领镖队来到红胡子的驻地。

李飞羽也对红胡子颇有好感，如实讲了自己的经历：出身庄稼人，种菜为生，习武嘛，先赚碗饭吃，再为百姓办点事情。"同是天涯沦落人，相逢何必曾相识？"二人越谈越情投意合，席间，干脆拜了把子。

"请问尊姓大名？"李飞羽问。

"本名李进，上了山，王八蛋们叫我卧山虎、梅黑虎、红胡子，由他们叫去吧。"

"贵庚？"李飞羽点点头继续问。

"嗯？"李进听不明白。

"你年纪多大？"

"三十八。"

李飞羽说："我已年过半百，咱们俩都姓李，我叫李飞羽。你叫我哥哥吧！"

"哥哥在上，受小弟一拜！"

李进为人耿直、爽快，就在山上，二位原本陌生的李姓人焚香、磕头，正式成了把兄弟。

既然是一家人了，豪爽、慷慨的李进，硬留李飞羽多住些时日，抽空还教了弟兄们不少拳脚功夫。

临走时，兄弟俩相抱洒泪而别。

过奉天，北去哈尔滨，东三省来来回回，有那位大红胡子的号令，"李"字镖旗所到，平安无阻。

李飞羽奉天凯旋。在吉安堂里讲了一路的故事，孟先生感触颇深，他振振有词曰：

自古习武莫拼勇，仁交智取方英雄。
可叹霸王千钧力，兵败垓下征途穷。

李飞羽智取奉天头号红胡子，名震关内外。师父仁交智取的壮举，也在车二的心里打上了深深的烙印。

此后，山西太谷"神拳李"越来越威名远扬，只要看到镖旗上的"李"字旗，盗匪避让，官府通融，大河上下，长城内外，处处畅行无阻。太谷巨贾"三多堂"曹家，在奉天和恰克图商业的大发展，以及其在山西商界的显赫地位，与李飞羽等镖师所作的巨大贡献是分不开的。可叹的是，东北那位被逼上梁山行侠仗义的红胡子李进，不久后死于官商的枪下，令李飞羽每想起来就难过万分。

李飞羽一年四季的镖务太繁忙了，传授弟子车二的时间自然越来越少。为了不耽误车二习武，咸丰八年（1858）冬天的十一月，李飞羽决定把车二送往祁县小韩村戴二闾师爷处栽培。

这天一大早，师徒俩疾行二十里直奔小韩村。

小韩村车二来过，那是十五年前陪武、孟先生专程聘请师父到太谷的时候，也是一个大清早。第一次见到戴老爷子，印象最深的是老人家的一双白眉毛，那时戴二闾已经年高，但面色红润，精神十足，十几年过去，老人家离九十也不远了，能接受俺吗？

师父李飞羽也心中无数，只是跟车二说："孩子，你要拿出点精气神来，要不，老人家年纪太大了，恐怕不收你。"

"嗯，可是万一师爷不要俺，可咋办？"车二还是有些担心。

李飞羽想了想说："只能死缠硬磨。你要知道，戴二闾师爷其实最喜欢实心实意的后生，当年我拜师，也是一波三折呢！"说着，李老农讲起了他拜师的经历，"本来，戴师父无意收外姓之人为徒，我呢，为了学艺，千里迢迢而来，咋能半途而返？于是我就当起了菜农，一年四季给戴府送菜，分文不要。那年过年，我推着一大车菜来到戴家，听说戴师父要见我，一时高兴，两手把菜车端起，一跃就进了门，师父一看，吃了一惊，就收下我为徒了。"

师徒俩一路商量着，不觉已到小韩村。

这里街道依旧，只是树叶凋零，满地黄色，李飞羽顿时有了一种天荒地老的感觉，心想人世沧桑，岁月不饶人啊！一晃就是多年，自己而今也进入中年人行列了！

李飞羽轻车熟路，不用通报，径直进院进屋，掀开门帘，拜见恩师："师父在上，您的弟子李老农看您来了。"

戴二闾年纪八十有六，吃罢早饭，正由一位花白胡子的老管家陪着，半躺在炕上闭目养神。他眼睛虽闭，一双白眉毛却依旧让车二印象深刻。

"老农呀，你不保你的镖，做甚来了？"戴二闾眼也没睁，轻轻问道。

"多时不来，就想来看看您老人家。"

戴二闾微笑着说："你是个大忙人，今天过来，肯定有事。"

李飞羽的要求尚未出口，反而被师父将了一军。他稍稍停了停，说道："师父，您看看我给您带谁来了？"

老人家侧眼看了看，见地下毕恭毕敬站着个大后生，问道："谁？"

"您的徒孙车毅斋，小名车二。"

"知道，他是你的开门弟子。"按规矩，弟子收徒先得征得师父的同意。这样看来，戴二闾的思维好着呢！李飞羽非常高兴，于是有点得寸进尺地说："今天我带他来您跟前，想让他练练，您好好指点指点。"

戴二闾并不答应，只是说："我老了，指点不了。"老人闭上眼睛，继续养神，接着说，"现在你已经是武林名师，有你培养，我还不放心？再说，你的弟子不是也小有名气了？"车二的事情，戴老爷子也有所耳闻。

怎么办？总不能白来吧。李飞羽无奈，只得讲出实话："师父在上，弟子今天来，除了看看师父，还有一件大事相求。"

"这不对了嘛，有事就直说。"戴老爷子虽老，头脑却非常清醒。

飞羽赶紧说："弟子一年四季保镖在外，根本没时间传授徒弟，唯恐耽搁了他，今天想请您——"

"你当我还是年轻人？带不动了。"没等李飞羽把话说完，戴二闾已知其意，立马打断说，"再说，牛头寨一战，你的功夫已经超过为师，足以独当一面。至于授徒传艺之事，现在我是真的老了，顶不上事了呀！"

李飞羽说："师父永远是师父。我这常年保镖在外，就怕荒废了车二。这后生真的是块好料，只有师父您，才能名师手下出高徒呀！"

师父仍旧闭目养神，不肯睁眼。

看着戴二闾不肯松口，李飞羽有些急了。站在旁边的老管家使了个眼色，他马上会意，于是和师父商量："要不，让车二练练，您看看值不值得一教？"

未等戴二闾允许，飞羽瞅了一眼车二。小伙子立刻心领神会，把外衣一脱，紧紧腰带，站到地中央，给师爷作了个揖，就在屋里练了起来。

车二全身放松，两脚扣地，双肩自然下垂，五指并拢，含胸拔背，松肩实腹，两膝微曲，双掌经腹上提，做了个形意拳"三体式"的起势。

李飞羽偷偷看师父，老人家睁开了眼睛，侧目斜视。

车二全神贯注，演练起了心意六象：龙形之神发于目，或如水中行，或而跃空中；虎形施威扑食，出势勇猛，双爪生风；待到演练猴形时，立刻如飞仙自轻，纵、跳、抓、击，千通万灵。

李飞羽发现师父慢慢坐了起来。

车二心无旁骛，两拳齐出，恰似双蹄猛刨；左右换步，更像烈马冲锋陷阵；时而又或绕，或盘，或吐，或吞，节节灵通，首尾呼应，仿佛蛇之吸食，屈伸起伏……

戴二闾二目放光，白眉毛上翘，脸上显露出异样的神色。

车二一鼓作气，拳风突然再变：步走摩胫，轻捷无声，两手轮番上啄，两腿轮番下踢，酷似雄鸡啄食，又像与对手撕斗。

人们正看得入神，车二轻轻做了一个收势，戛然而止。

"你咋不练了？"戴老爷子白眉毛一皱，疑惑不解。

"俺就会这些。"

"那……"

"师父就传给俺这六象。俺也就能传他这些。"李飞羽解释。

"老了，老了！"戴二闾这才想起来，"十二形还没有给你传全呢。行，行，俺给他补全吧！"

车二的演练，大大出乎戴二闾所料。在众多门人弟子中还鲜有功底如此扎实,练得这般活灵活现的。老人高兴之余,精神焕发,满口答应了李飞羽的请求。

李飞羽终于放下了悬着的心,事实也再次验证了他的预测。

回家的路上,西风阵阵,师徒俩却毫无寒意。师父一再告诫车二:"你看见了吧,老人家最喜欢实心实意、肯下功夫的后生,最厌恶投机取巧的人。"车二一一牢记在心。

从那天起,不管天气多么寒冷,车二白天赶车送货,每晚练着践窜步,往返于太谷城与祁县小韩村之间。主家武先生为了车二能继续深造,也百般照顾。

戴家的四合院,院心宽敞,适于习武。二闾大师耄耋之年,本来已经谢门杜客,收拳拒徒,一心颐养天年,可是没有料到自己的徒孙居然如此出类拔萃,拳法纯正,而且人品敦厚,极具悟性。原来武师、文魁一个样:朽木粪墙无人雕涂,才俊贤士谁不喜爱?戴大师竟以八十六岁高龄,毅然收下了徒孙车毅斋车二。

不过,戴大师究竟老了,往往不易示范。但是,车二一点即通,只要戴二闾说到,他就身体力行。

十二形的前六象,戴二闾已经看过车二的演示,十分满意,所以就从新的燕形开始学起。

清代戴二闾家四合院

一般情况下，都是天黑前后，车二就到了戴府，老人家总是手扶拐杖，步出屋子，徒孙立刻递个凳子过来。戴二闾微微一笑，坐下开始传授："今天教你燕形。燕子你见过，咱们取它的抄水特技，你把身子一伏，右手仿燕子，沾水的一刹那，身子一跃而起，步法则是直线行进。"说罢，老人家坐着用双手做了一个手势。

车二按照师爷的口传与手授试了几次，老人家稍加指正，已露出了笑容："车二呀，你这娃有基础，脑子灵活，一教你就会。你记住，'燕子取水捷如风'，要的是个快，具体做法是手托对方的胸肋，抄水直取对手下阴；久练能使心火下降，心肾相交，还可以强健腰、腿、膝、胯、足、肩、髋、臂、腕、手等各部关节，叫人精神振奋，身体轻灵。"

等老人讲完，车二就扶师爷回屋休息，自己在院子里继续反复琢磨，不停地练习，直到月明星稀。

学得新招，心情特别舒畅。告别老人家，在回太谷城的路上，车二还是不停地比画。今年入冬以来，片雪未降，天气干冷，时不时卷起尘土，风直往脖子里钻。可他并不觉得寒冷，十来里地，他不知"抄"了多少次"水"，袭击了对手多少次胸肋和下阴。

天上的月儿圆了又缺，缺了又圆，与星星一道检阅着武林新秀的功夫。

年节刚过，车二已经将燕形、鹞形、熊形、鹰形学得烂熟。

每年农历正月十五以前，是辛苦一年的老百姓难得的休闲娱乐的日子。这天午饭后，车二早早就来到小韩村，在戴二闾的大院里复习起来：三体式、五行拳、十二形，练了一回又一回。

"练得好啊！"车二闻声，扭头一看，嘿，好一个标致后生！仪表清秀，鼻直口方，年龄似乎比自己还小。正在疑惑，那后生先说话了："你肯定是太谷车二。"

车二越发奇怪。那后生又滔滔不绝地说起来："你是二闾弟子李老农的开门徒弟，在太谷大财主武柏年先生家赶车，南门坡撑起过千斤车，救人危难不要钱，交城学艺王师傅，汾河修理过仨赖皮。你胸怀大志，年轻有为，在祁、太一带已经小有名气了呀！"

"您是？"车二问道。

"我是二闾的族叔，名叫戴良栋。"

"啊呀！俺真是有眼不识泰山。"车二只说这一句就不知道该说什么了。俗话说：人小骨头老，祖祖辈辈吃不倒。既然是长辈，他立刻拱手深深作揖。

"不必，不必！"戴良栋伸出右手，摆了摆，和颜悦色地说，"我的年纪比你还小，咱们平等相待吧。"

"那可不行。"车二赶紧说。

戴良栋问："你刚才练的是什么拳术？"

"是俺们形意拳的三体式。"

"那是什么步势呢？"

"是太谷孟先生领俺们去化银铺学的，工匠师傅们叫化银剪步。"

"啊，好步法，好步法！扎实稳健，起落自如。你能不能给我再练练十二形？"

车二谦虚地说："您是前辈在上，俺咋敢关公面前耍大刀。"

"你既然说我是前辈，那么前辈叫你练你就练练嘛。"

"听您的。"车二从龙、虎形一直练到熊、鹰形。

戴良栋轻轻鼓掌，频频点头："你只练了十形，不是还有两形吗？"

"不好意思，"车二有点窘，"鲐形和鼍形俺还没学呢。"

"唔……"

车二说："过几天俺学会了，请您指导行吗？"

戴良栋说："心意拳从姬老夫子到曹继武及马学礼、李政公等都是十大形，末两形是我龙邦兄自己另外编的。咱们不说历史了，你好好练吧。世道在变化，拳术也在变化，你和老农就变得不赖，大家互相学习，才是正道。"

车二毕恭毕敬，垂手认真地听，他觉得，人家虽是长辈，却没架子，和和气气，既懂拳史，又讲道理。好人呀！美好的印象一直留在心底。

且说车二专心致志，认真刻苦，心意拳的燕形、鹞形、熊形、鹰形，不久就练得活灵活现；唯有"鼍"与"鲐"二形，始终不得要领，练不出特色。戴二闾寻思，不知根底，一味模仿，肯定有难度。当天晚上教完了拳，老人坐在炕上，一五一十给徒孙讲了一段故事。

"那是一百三十来年前，我的十三岁的伯父戴龙邦，随我爷爷去安徽池州经商，从雍正三年至乾隆十五年，前后长约二十五年。

"伯父在爷爷的引见下结识了当地心意拳大师曹继武，并且拜其为师父，学习拳术。曹师所传的是心意十大形：龙、虎、猴、马、蛇、鸡、燕、鹞、熊、鹰。不到十年工夫，伯父已经功到技成。

"那池州是江南水乡，经商之人常常出入大江大海。有一天，伯父信步在桥上观赏风景，偶尔发现水中的鼍（扬子鳄），身长一丈左右，在河里寻食，虽然笨重，凭着一双前肢左右分水，却也灵巧异常；不久又见三二尺长的鲐鱼，在水里自在地洄游，有鼍从背后临近时，它即刻尾巴一摆，瞬间掉头转向，不知所往。看着水里的两种动物的绝技，作为拳师的伯父，心中感触颇深，回家后，就模仿它们的特技练习，一段时间后，就自创了"鼍"形和"鲐"形。

"创编以后，伯父演示给曹继武大师看，曹师非常赞赏。于是，从此以后伯父就把它传了下来。当时教我们的时候，我们也学不好，伯父就说，那鼍就像咱们祁、太一带的剪子股，鲐鱼就像蝌蚪。这么一比较，不是就好学了吗？伯父还把鲐鱼调臀转身的动作幅度比作祁、太二县木匠管门扇之物兔虎子。"

听了师爷生动的故事，以剪子股比鼍，以蝌蚪当鲐鱼，调臀护尾就像兔虎子。车二一下子茅塞顿开，心领神会，很快就练得像模像样。

车二吃苦耐劳，潜心钻研，功夫与日俱增；戴二闾不顾老迈，诲人不倦，倾囊相授。几年里，戴二闾将心意拳悉数传授给车二，补足了十二形的后六象燕、鹞、鼍、鲐、鹰、熊，另外还传授了五种杂势套路及诸多技法。直至戴二闾卧病在床，仍以箸作械，传授枪、剑器械功法。临终前，戴二闾将戴龙邦在乾隆四十三年所作《心意六合拳》重定墨本相赠车二，并口授："习武当以武德为重，艺成务要扶危济困，传人要以不欺人为本。"车二牢记心中。

戴二闾对李飞羽和车二的拳术十分满意，常常跟人说："我有老农、车二，死无所憾了！"

师爷的倾心相授，为日后车二进一步丰富、完善李飞羽师开创的形意拳打下了牢固而坚实的基础。

且说车二每晚练毕，往往在子时以后，而戴府的老管家也一直送他出了大门。

车二说:"您老实在辛苦了,天天陪着俺。"

老管家说:"因为我看见你是块练拳的好料,愿意陪你。"

"谢谢老人家鼓励,俺一定好生努力!"车二感动地表态。

在听师爷讲了故事的那天半夜,车二回家的一路上都在复习当天所学。明白了历史,清楚了鼍、鲐二形的来龙去脉,他心情格外舒畅,步子也走得分外轻快,研习着鼍的浮水分浪、翻江拨波之能,以腰为轴,以腰劲带动四肢上动下随,两手则阴阳相合,左右分拨,两脚沿曲线进退。练到身上发热,又变为鲐形。因为知道了鲐鱼类似蝌蚪,仿之有形,所以像其形而取其意,越练越觉着得心应手,两掌左右分拨似鱼鳍,两阳拳向前顶击如攫食,左右调臀像鱼护尾,两拳出击顾中带攻。

这天晚上,时逢月末,伸手不见五指,但车二天天来回,因为是轻车熟路,闭着眼睛也知道东南西北。他边走边练边琢磨,不觉已出祁县,来到太谷曹庄附近。

忽然,村口远远传来了一个妇女凄厉的哭喊与孩子的啼叫声。车二刚刚停住脚步,两条黑影已窜到面前。他立刻意识到必定是歹人,要不半夜三更跑甚?他伸出双臂,大喝一声:"做甚的?站住!"

那两个黑影闻声停了下来。车二正准备盘问,忽觉头顶有风,他意识到来者不善,立刻向左一个侧身,左手夺了对方手里的东西,是根木棒;右手则将另一个偷袭者的衣领从后轻轻一提,那人的整个身子已被悬在了空中!

车二把两人放下,用两手将木棒一弯,只听"嘎嚓"一声,断为两节。两人吓得魂不附体,没想到此人如此神功,力大无穷,立刻跪地一个劲地磕头。

"黑天半夜,你们是做甚的?"车二厉声问。

"我们……"两人结结巴巴,语无伦次。只听旁边孩子的啼哭声仍旧不止。

车二把腰一叉,正准备继续盘问,一个女人已经气喘吁吁地哭喊着追了上来,口里叫道:"还俺孩子,还俺孩子!"

"你们是抢孩子的贼?"车二似乎明白了,追问道。

两人赶紧说:"不,不是,我,我们是花钱买的。"

"人家不愿意，你们不就是抢的！"妇女上来一把从另一个黑影中抢回孩子，大人小孩一起哭了起来。

眼前的一幕，车二看出来了：两个坏人，半夜三更，偷人家的孩子。

"你回吧，这里有俺替你料理。"车二安慰妇女，妇女抱着孩子呜呜呜地边哭边往回走。

车二转过身来问："你俩是哪里的人？"

两人并不回答，在悄悄商量着什么。

车二这才仔细观察，天虽黑咕隆咚的，但依稀可以看出抢孩子的竟然是一男一女。他猜想，这两个男女可能想及早离开，三十六计走为上。车二也觉得娃娃已经救了，见好就收也就算了，便警告两人："今后不准再抢别人家的孩子了！"

"是，是是。"

两人回答完，迅速往东逃去了。

跑得好快呀！车二模模糊糊觉得两个歹人身材不高，胖墩墩的，满嘴的外路人话又好耳熟。他寻思：这是哪儿的坏蛋？为什么半夜三更抢别人家的孩子？

车二正在寻思，突然眼前一亮，一个东西直冲自己面门飞来，连忙说了声："不好！"只听"当啷"一声。

欲知车二性命如何，且看下回。

第七回

沙滩擂,各地武林会战
形意拳,河边新秀称雄

车二正在寻思这抢人家孩子的歹人来自何方,不料,一只飞镖打来。也是无巧不成书,在这关键时刻,一颗神弹子"当啷"一声,将飞镖击落。这是谁救车二?原来是武林高手吴本忠。

吴本忠这天是从曹庄闺女家出来,准备连夜回城里的家。走到半路上,突然眼前一亮,知道是有人发暗器要伤人。明人不做暗事嘛,何必暗中伤人?于是发弹救人。等他走近一看,是车二。

车二一看是吴大师,赶紧鞠躬致谢。

吴本忠问:"出啥事了?怎么有人用飞镖要伤你?"

车二把刚才发生的事情简单讲了一遍。

吴本忠分析说:"这两人大概是夫妻,恐怕不是好人。你原谅了他们,放他们一马,可他们反而恩将仇报,使用暗器伤你,这是要杀人灭口。看来你以后还得要提防些呢。"

他们走在回城的路上,吴本忠还是想着刚才的事情,他语重心长地对车二说:"你这孩子呀,因为悟性高、力气大、肯吃苦,所以经过这些年的磨炼,论武功,确实已经很不一般了。可是呀,就是人太老实,往后得多长个心眼才行。常言说,害人之心不可有,防人之心不可无。要不会吃亏的呀!"

车二回想刚才的经历，又想起师父李飞羽讲过的牛头寨匪头偷发暗器的故事，也有几分后怕，因此，十分感激老人的谆谆教诲，连声说："吴师，俺吃了这一亏，可是记住了，记住了。"

"俺寻思这两贼男女可能认识你，所以才要杀人灭口。你说是不是？"吴本忠仍在分析。

车二说："嗯，俺也听出他们的话音有些耳熟，就是一时想不起是哪里人。"

"以后多留意吧。"

两人接下去转了话题，车二想起太谷武林有许多关于吴本忠大师的传说，这次自己是亲身感受到了，他觉得吴大师在待人处事上跟自己的师父差不多。于是，问道："您和俺师父的年纪谁大？"

"嘿嘿，俺俩同岁，都属猪，不过都是老猪啦！"吴师笑着回答。

车二说："您和我师父经过好多事情，啥人也见识过，俺确实经验不足，有时候就会麻痹大意。"

"所以，你要多积累，今后的日子长着呢，教训常常就是经验。"

"是，俺记住了。"

天上星斗闪烁，地下老少谈心，有诗意，更有情意。

两人边走边聊。从赶车拜师聊到师徒创拳；从东家待见，聊到祁县学艺。走了约莫一半路，吴本忠忽然停下脚步，拍了拍车二的肩膀，有些神秘地问："车二，你待见窦小姐？"

"她还是个小妮子，不懂事。"车二有些羞涩地说。

"不对，她也大了，俺看出她是喜欢上你了。"

"嘿嘿，门不当、户不对的，我可不敢那样想。"

"要是那闺女真心诚意要嫁你呢？"吴本忠实在热心。

车二回答说："吴师，您说说，俺家里实在穷，学艺还没成，能考虑这些事情吗？"

星星眨眼，四周无风。

吴本忠迟疑了半天，又拍了拍车二的肩膀，不无遗憾地说："嗯，也是这么个情形。以后先好好练拳，慢慢看情况再说吧。"

日子过起来很快，这次事件后，转眼到了八月初十，是车二家乡贾家堡一年一度的大庙会。北洸村巨商、"三多堂"第三任东家曹培义、曹培桢出资，在贾家堡村北，乌马河南岸，摆起了武林首创的沙滩擂台，邀请各路武术高手一比高低。作为驰名全省的大财东曹家，奖赏丰厚。

曹家为什么别出心裁在此设擂呢？当然是有原因的：一是贾家堡凭城据河，南靠高大的县城，北临水流潺潺的乌马河，四周风光秀美，河滩地势平坦；二是这里自古人杰地灵，尚武成风，是全县出名的文武之乡；三是趁赶庙会摆擂台赛，可以扩大曹家的影响；四是想借此活动网罗优秀武林人才；五是这里场地宽敞，赛手安全，可以容纳更多观众。

擂台大赛的消息远播他乡，省内外武林人士纷纷前来参赛或观摩。有师傅带领弟子来的，有拳手结伴而行的，有单枪匹马闯天下的，也有为开阔眼界、欲博采众长的。各路英雄，诸多拳种，相聚太谷，成为当时武林的一大盛事。

乌马河南岸的主台高达丈余，用高档木料拼成，宽大排场，富丽堂皇。横梁上红底黄字，分外醒目，上书"天下武林沙滩擂"七个大字，两边各有长联一条：

太谷乌马河

　　观四海蛟龙出海，扬威乌马，吞云吐雾；
　　看五洲猛虎下山，驰骋太行，动地惊天。

主台专设指挥台、评判台、名师座、贵宾席，两边则是一字排开的观礼台，足可容纳看客近千。整个看台两边对称，气派而整齐，台柱五色绸带亮彩，顶上旗幡迎风招展。在台后棵棵大树的映衬下，红红绿绿，十分壮观。

开赛之日，天公作美，秋高气爽，清凉宜人。主台之下，两边各蹲一只巨型石狮子，为擂台赛平添几分威猛之气；正中则是两只硕大的石鼓，令人油然想到了千军万马击鼓进军、喊杀连天的壮观气势。

不到辰时，来宾、选手、看客已经陆续到齐。主台之上，在身着一色礼服的迎宾男子的引导下，各地名师名家分别列座。除了太谷名师"神弹子"吴本忠、"神钩"李发勷、"飞腿"胡铎、"神手秀士"马大春、"铁掌金刚"冯克智外，还有祁县心意拳传人贾大俊、温老六；交城著名少林拳师王长乐，虽然年事已高，仍然被特邀莅临，李飞羽、车二当然少不了特殊接待；太谷明代"正德"武状元安国十三世孙安永顺、榆次心意拳师赵万远、太谷小王堡太极拳师王宗岳之后王景云、郭村世袭骑尉张尔清、咸阳少林洪拳拳师张合昌、上安名师牛大勇、西吾二郎拳师"铁头三"、北郭南少林拳师智永，以及太原、平阳、河东、大同等地的武师，他们大多带领青年高手前来参加比试。

裁判员由各代表团联合组成，太谷的代表是"铁掌金刚"冯克智。组委会要求秉公办事，公平公道。

台上名师，台下百姓，数十里的庄稼人也都赶来看热闹。这不，连没事找事的孙家车夫王甲子儿也在底下晃来晃去。

八月的天气，秋高气爽，凉爽宜人，乌马河水泛着涟漪，河滩黄沙平坦如床。前来观看的百姓人山人海。车二的少年朋友李满仓，脖子上还驮着儿子；小秀才、刘金囤、春花干净利索，他们时而奔跑，时而席地而坐。窦美子今天专门穿了一套崭新的红袄绿裤，外系一条素色腰带，比平日里更加娇艳、潇洒。她跟随父亲坐在轿车里观看。车里，父亲鼓着干瘪的嘴，严肃地告诫女儿："今天可必须心无旁骛，专心学习，莫误大事！"

"知道了，你快说了八遍了，不怕人家心烦！"老头把个女儿宠得没大没小！

美子自从与车二认识，几乎一有机会就来学习，老父亲自跟踪过几次，常常严肃地告诫女儿："务必专心致志学拳，不能寻思其他。"

"人家寻思什么了？你说！"

老头被问得张口结舌。是啊，你不是女儿，怎么知道人家在寻思什么？

表演开始了，首先是单项，心意拳的多种形象，腾挪跌宕，变化莫测；太极拳或刚或柔，节奏鲜明；二郎拳风驰电掣，神出鬼没；长拳舒展大方，身轻如燕；还有的不知叫什么拳种，时而柔似行云，时而刚如虎跃，或张或弛，变幻莫测。观众的喝彩声和着乌马河哗哗的流水声，一阵阵飘向了远方。

轮到车二表演了，他把上衣朝春花他们一扔，向四周抱了抱拳，演练了形意五行拳：劈拳似斧，劈之有声；崩拳似箭，呼呼生风；炮拳似火，防中带攻；钻拳属水，一路猛冲。拳没练完，观众已是山呼海啸。

美子在车里兴奋得又跺脚，又拍手，把个干瘪的窦老头气得直吹花白胡子："你就不能安静点？"

"我车二哥哥练得好，太谷人谁不高兴！"美子继续拍手、跺脚。

"你……"

满仓呢，究竟是个年轻爹，驾着儿子长有在沙滩里跑来跑去，丝毫不累；今天的春花特意穿了一件粉红袄，在黄沙、清水、绿树和众人的映衬下，仿佛是朵盛开的荷花，分外耀眼；金囤是个老实人，跟着满仓父子从东跑到西，再从西跑回来，绕着河滩欢呼呀、跳跃呀、呐喊呀，一刻不停；最文明的观众仍属吴秀才，人家把双手往身后一背，昂首挺胸，在河滩踱来踱去，多有风度！

接着，分组厮杀，真拼真打，一个身材短粗不知名的年轻汉子居然所向披靡，过关斩将，崭露头角。这人大概三十出头，比车二稍大，生得像块石头蛋，开始人们并不看好，谁知他愈战愈勇，对阵者个个不堪一击，纷纷败北。

人们一打听才知道，这好汉前天才到太谷，因为在东门外窦老板家买的吃了顿包子，两人相识了。窦老板托乐善好施的吴本忠把好汉领到擂台前临时报了个名。这汉子是个哑巴，跟人们没法交流。老吴看了看他胖墩墩的模样，在报名表上随意填了个"庞栋"（"胖墩"的谐音），可是谁能料到这"野侠"的武功如此出众呢？

哑巴不仅武功不俗，而且虚心好学，每位武士演练，他都睁大黑眼睛，看得全神贯注。

好在太谷本土的车二也不负众望，横扫对手，战无不胜，他们俩双双进入了最后的巅峰决赛。

中午休息。

午饭分两拨。师辈、贵宾由"三多堂"曹东家款待，山珍海味，点心酒馔，盛情满满；选手与观众当然自理。

李飞羽没顾得上吃饭，来到休息处，对车二面授机宜。因为他已经注意到这个野侠绝非等闲之辈，恐怕不好对付，千叮咛万嘱咐，让车二必须先知彼，而后随时应变。

吴本忠作为临时领队，自然也得关心一下那位半路杀出的哑巴庞栋，鼓励他要继续努力，再接再厉。窦老板与哑巴有过接触，来看比赛之前还专门带着肉包子，送给庞栋做午饭。可他的这善意，却惹得闺女美子老大不高兴："吃里扒外，讨厌！"

春花等都听见了美子对父亲的指责，嘻嘻暗笑。车二全部心思都在一会儿的比赛，也没顾得上多想。他把袄子往沙地下一铺，赤膀席地而坐。春花早有准备，把她妈妈蒸的玉米面窝头和咸菜掏了出来，铺在了衣服上，让车二吃。车二也不客气，一副风卷残云、狼吞虎咽的样子。春花嘴里只说："慢些吃，都是你的。"大眼睛里却流露着幸福和心疼的神色。

窦美子在车里一直目不转睛地看着车二吃干粮的场面，犹豫了一阵。她终于决定了，跳下车，把一包精制的太谷饼送到车二面前，亲切友好地说："车二哥哥，春花姐姐，咱们一起吃！"

"俺吃这东西就行。"车二不好意思吃美子的上等糕点。

美子说："这太谷饼好吃，你们当地人都说它进口就化，你吃饱了下午比赛有劲。你必须打败那个灰头土脑的胖墩！"美子的小手掰一块，给车二的大嘴里塞一块，还不时扫一眼春花，丹凤眼里闪着自信和幸运的神色。

春花看在眼里，心里也泛着涟漪。

黄土高原初秋的天气，早晚凉爽，中午却还有热意。车二的一帮年轻伙伴，就近赶快回去吃口饭，个个惦记着下午的决赛呢！

午后一炷香的工夫，随着炮声一响，整个沙滩擂台赛的高潮来到了。

经过一上午的厮杀、拼搏，决出了上下两半区的魁首，他们是：太谷形意拳人车二，吴本忠带领的野侠庞栋。

下午的观众比上午更多，人群几乎一直排到河岸。有人看好车二，认为胜券在握；有人则觉得野侠功夫出众，为本地人担心。

经过评判组抽签，双雄对决正式开始。裁判还是声名远扬的"铁掌金刚"冯克智。

第一场：劲力比高低。

首先由庞栋上场。他早就看好台下的两只石鼓。那石鼓上下圆形，厚约尺余，粗有两尺，重量至少三百斤。这个汉子是哑巴，所以上场之后并不说话，只是对四周一躬到地，而后往石鼓边一站，闭目凝神，气贯丹田，双腿微微下曲，稳稳当当，分开两手，插到石鼓底下，突然壮牛似的"哞"的一声，硬是将一只硕大的石头大鼓搬了起来！

四周喝彩声、鼓掌声、惊叹声响成一片。

庞栋倍受鼓舞，索性又"哞"的大吼一声，双手居然把那只大石鼓举过了头顶。

"天神之力！"

"天下第一大力士！"

在观众的惊叹声中，庞栋绕地走了一圈，之后"咚"的一声，将石鼓砸在地下，竟陷进沙滩数寸深！

四周观众看得目瞪口呆。面对欢呼的人群，庞栋挺了挺胸，扫了一眼场外的车二，迈开方步，走出赛场。

裁判之一的冯克智也晃着大脑门点头称赞。

该车二上场了。

观众中太谷人居多，面对这个意想不到的对手，大家都为车二捏着把冷汗：如果当地人败了，岂不给家乡丢脸？

大家议论纷纷："车二能赢吗？""能人背后有能人。车二能不能胜，不好说。""能。你们忘了人家车二南门坡两臂撑起千斤车辕救辕骡？"一个花白胡子的老者显得胸有成竹。

在乡亲们的议论声中，在众目睽睽之下，只见车二将上衣还是给春花他们一甩，太阳底下，光头、光膀，入了场。他不慌不忙走到场地中央，紧了紧腰带，向周围的父老乡亲抱了抱拳，然后向师父所在方向深深施了一礼。

一个看热闹的后生分析："车二个子太高，举同样的石鼓，那可是要吃亏的呀！"

"呵呵，你们看着吧。"一边一个花白胡子老头好像能掐会算，却被后生们白了一眼。

人们屏住呼吸，目不转睛，看着车二的一举一动。

只见他从容不迫，沉沉稳稳，迈步来到另一只石鼓旁，双腿分开，重心下蹲，两手却不触鼓底，而是紧夹石鼓两侧；在众目睽睽之下，车二突然挺腰直腿，大喊一声："起！""呼"地将大石鼓搬到腹前，就在同时，两臂发力，顺势将另一只石鼓也高高举过了头顶。

四周的观众疯狂了，尤其刚才的那几个后生，拼命欢呼，大声助威。

好个车二，他不仅将石鼓高高举起，而且以金鸡独立势，换作单手，绕场连走三圈，最后也如同庞栋一样，将石鼓"嘭"一声砸在地下，陷进去不是几寸，而是半尺有余。真所谓天外有天、山外有山啊！

四周一片山呼海啸！

刚才的几个后生看着花白胡子老头，露出钦佩的神色："您咋知道车二能赢？"

"双臂能撑千斤辕，举只石鼓不就当玩！"

"喔，对对。"

此时，大裁判冯克智更是吃惊不小：当年自己在孙家大门口举石狮子用的是双手，绕地一圈；这小子车二举石鼓竟是单手，而且绕地三圈。哎呀呀，真的是天外有天，后生可畏呀！

比赛结果，还须评判？来宾王长乐人老了，心里高兴，却不露声色。家乡人则兴高采烈，外地人也心悦诚服。金囡奔跑，春花欢跳，小长有被颠得尿了满仓一脖子。只有小秀才仍旧不失常态，踱着方步，口中念念有词："天将降大任于斯人也——"

轿车里，美子姑娘笑得像朵花儿，斜视着父亲又拍手，又跺脚；窦老头则面无表情。

天上白云悠悠，河水哗哗啦啦。第一场比赛，以车二的胜利完美收场。

第二场：兵器显神功。

按照抽签，这一场该车二先出场。挟先声夺人的优势，车二略略休息，步入赛场中央。兵器未展，欢呼声已先响起。

车二展示什么兵器？只见他赤手空拳，准备开始。

人们正在诧异，出人所料，这车二从身后抽出了一条马鞭，准备比试。

通常情况下，马鞭上不了台面，别说十八般兵器，就连稀有兵器里也没赶车的鞭子。观众一片哄笑。不过，当地人知道，车二是车夫出身，精于自己的家当，倒也在情理之中，大家拭目以待。

车二的伙伴满仓擦了擦脖子里的尿，把儿子小长有放在地上任他玩沙，然后与金囤、春花一起在场地的四周立了八块单砖，上边各放一块小石子；车二自己把刚才扔入地下的石鼓立起，让鼓面朝向场子。

展示开始了。车二将马鞭攥在手里，朝空中"呜呜呜"转了几个圈，而后手一扬，只听得"啪啪啪……"一连八响，砖上的小石子全被打飞，立砖却纹丝不动。观众正在惊叹，八块单砖又"砰砰砰"飞向石鼓，仿佛万马奔腾，击鼓进军。

奇特！观众正在大饱眼福，车二忽然腾空跃起，一甩长鞭，从观礼台后的大树上震下一只黄金雀来。车二捉了，递给赛场边的春花，人们看时，那雀儿扑棱着金黄的翅膀，在年轻漂亮的粉红姑娘手里，煞是可爱。

出神入化！不可思议！观众沉浸在无法名状的幸福中，掌声、欢呼声、口哨声经久不息。

窦老板面露一丝微笑，窦美子的丹凤眼里却五味杂陈。

轮到野侠庞栋了。

这个矮壮结实、硬似石头的汉子，演示的是一把三尺的长剑。他来到赛场中央，并不答话，向观众抱一抱拳，演示即开始。

只见他凝神屏气，并步站立，左手持剑，右手剑指。之后左手经体前向右弧形上摆，再向右成弓步，两眼炯炯有神。人们正目不转睛，翘首欣赏，突然，他左手持剑，使出右弓步，来了一个"回身穿刺"，剑体迅雷不及掩耳，如一道闪电，人们不禁称奇。紧接着，上刺下劈，前攻后防，剑身合一，意动剑到；执剑在手，运剑在腕，捷逾腾兔，不及瞬目。台上武师们知道，此六合之剑法也。

接下去，又见他时而虚步交剑，时而歇步下刺，跳步直刺，丁步斩剑，劈、抹、挽、撩、斩、点多种刺法交替，仰身、俯身、转身、地趟各种身法互见，以及提膝、弹腿、飞脚、泼脚、蹬脚、钩脚足法，瞪、盯、暴、限、眯、波眼法，让四周的观众大饱眼福。内行人知道，这又是著名的少林剑。

人们正在如醉如痴的时候，庞栋剑风忽而一变：其身形与剑法，一时间变得轻灵柔和，绵绵不断，其重意不重力的同时，还要表现出优美潇洒、剑法清楚、形神兼备的剑术演练风格。

太极剑！大家看出来了。太极剑与一般剑不同，动作既细腻又舒展大方，既潇洒、飘逸、优美又不失沉稳，既有技击、健身的意义，又有欣赏价值。

观众的喝彩，让庞栋倍受鼓舞。他索性继续亮出家底，变换为闻名于世的武当剑：剑锋所至，乘虚蹈隙，因敌变化，借人之力，后发先至，避实击虚，以斜取正，走化旋翻，轻稳而疾快。他时而腾空击舞，时而滚翻地趟，动如轻风，稳如山岳。果然不失为神、剑、身合一之神手。

练到兴致高的时候，庞栋别出心裁，将剑体往地下一插，一个旱地拔葱，单脚立于剑把之上，另一脚却从身后自钩脖颈，同时两手亮出了一个大鹏展翅的造型。

台上、台下沸腾了！庞栋以无与伦比的剑法，不仅倾倒了观众，也倾倒了各地的武林高手。裁判冯克智寻思，这家伙去过嵩山，上过武当，中国的各门剑法他都拿到手了，咋的回事呀？

谁胜谁负？连美子、春花、金囤、秀才、满仓等人也心里底虚。观众中的本地后生们失去了锐气，花白胡子老头则面沉似水，只有那大刀眉王甲子儿面带喜色。

评判席上，以武鸿圃为首的太谷拳师力挺车二，其余则赞扬庞栋的居多，而且马鞭算不算兵器，也存在争议。李飞羽与吴本忠是双方的领队，按规矩回避评判。

"应该算车二输。"李飞羽走到台前，拱手感谢各地武师的支持，对评判组的师傅们大声说，"庞栋的剑法确实无懈可击，独一无二，我的弟子车二的马鞭，不在十八般兵器之列，算他输，理所当然呗，我这当师傅的心服口服！"

评判组对李飞羽的高风亮节报以经久不息的掌声。

场上二人战成了一比一，平手。

第三场是决胜场：擒拿论英雄。

裁判冯克智晃着大脑门，背着双手，来到场地中央。他做出了个手势，示意二人进入赛场。

这关键的一场最值得期待。庞栋挺胸大步流星，往裁判西侧一站，腮帮鼓鼓的，仿佛心中有数；车二步履沉稳，面带微笑，站到裁判东侧，听候发令。

擒拿，即散手，又称断手、散打、实作。它是拳术各项训练的总成，也是直接检验拳术训练的指标，就其原始意义来讲，是不附加任何条件的徒手搏击。这种比赛不仅有助于掌握武术的技击方法，也有助于培养勇敢、机智、灵活、果断的意志品质。

冯克智后退两步，示意开始。

关键之战，车二和庞栋都不敢掉以轻心。双方摆开架势，开始周旋。他们守护自身的同时，随时观察对方的破绽。他们彼此围绕对手转了几个圆圈，人们正在拭目以待，突然，庞栋以迅雷不及掩耳之势抢步上前，使用了一个"背胯"绝活，硬是将车二背上肩头。人们正为车二的失误紧张的时候，那庞栋绕地一圈，"啪"的一声，已将车二甩向沙滩！

观众有惊呼的，有惋惜的，轿车里的窦美子，场边的满仓、金囤、春花等也急得直跺脚，甚至秀才先生也忘了矜持，在沙滩转起了圈儿。

那群后生们指责花白胡子，神机妙算个屁；老人镇定地说道："还没到最后，谁知谁胜谁负哩！"

旗开得胜。庞栋将双臂高高举起，向周围致意；车二爬起来拍拍身上的沙土，向家乡人抱拳致歉。

庞栋五局三胜，擒拿继续。

庞栋挟得胜之勇，故技重演，没几招，又一次将车二背在身上，昂首挺胸，绕地三圈。冯克智心里焦急：你车二怎么就不吸取教训呢？吴本忠则在心里责备车二：前几天还告你要经一事，长一智，咋忘了？美子、春花甚至吓得闭上了眼睛。

这位得胜者，面向四周大喊一声，再次将车二摔向沙滩。人们正为车二惋惜的时候，奇迹发生了：头朝下的不是车二，而是庞栋，而且他的双脚被车二的两手高高举起。

观众的惊呼声，惊着了双目紧闭的春花和美子，满仓等也跳了起来！人们还在诧异的时候，只见车二将对方慢慢放下，并且扶他起来。一个和颜悦色，一个大惑不解，周围的观众也被刚才瞬息万变的场面惊呆了。

久经沙场的冯克智明白了，大脑门一晃：嘀，你车二年年轻轻，居然会摸底过河？将来必定无人可敌；吴本忠欣慰车二终于懂得了经一事，长一智；李飞羽呢，看到弟子学会了知彼知己、随机应变，心里说不出的高兴。

车二是怎么赢的？原来他已经掌握了对方的手法，所以在庞栋往下摔他的一刹那，两手擒住了对方的两脚，因此倒地的反而成了庞栋。

裁判老冯稳了稳自己激动的情绪，示意继续比试。

一比一。第二场输得稀里糊涂，让庞栋有点心虚胆怯。这一次，他开始时缩手缩脚，稳扎稳打几个回合后，看到车二也没什么特殊招数，以为对手可能偶尔侥幸取胜，无非就那么几板斧，于是，突然发起了猛攻，拼尽全力，拳打脚踢，攻击不止，盖顶捶、卡面捶、卸肩捶、打鬓捶、掏心捶，飞燕腿、堵门腿、趟踢腿、倒插腿、旋风腿……使尽浑身解数，希望速战速胜，抢占先机。然而，车二却不慌不忙，时而移身闪进，以退为进；时而防中寓攻，攻防兼顾；不时又运用鼍形拳、侧身法、徙退步、阴阳把、狮吞手，将对手的攻势一一化解。

沙滩上二虎激烈鏖战，观礼台上有个老者眯眯微笑。

观众却提心吊胆，目不转睛，深恐车二没了招数。就在庞栋疾风暴雨的攻势之后，车二来了精神，只见他似虚似实，时进时退，或左或右，亦上亦下。庞栋反而穷于应付，眼花缭乱，待到发现车二的一个破绽，使出狠命上步冲拳，竭尽平生气力，孤注一掷，欲致对方于死地的时候；那车二只用一招形意拳特有的"乌鸦伏卧"，身体稍侧、略伏，双手顺势刁其手臂，轻轻一牵，那么威武粗壮的一位武士，已经自己冲出沙滩七八步，摔得满嘴沙土了。

五局三胜，第三场二比一。

冯克智示意继续比赛。然而庞栋此时似乎不想再战了，他拍拍身上的沙土，站在场中央一直皱眉，寻思车二这家伙用的什么对策？直到裁判提醒，他才强打精神，与车二再次周旋。

这一次，他一改风格，如同相扑似的，两臂上下摇摆，两脚左右走动，与形意拳的严守中门、膝扣裆合、步步摩胫大相径庭。

车二与对手互相揣摩不多时，已发现对方中路的空档，看中机会，左脚突然插进，使其无法后退；同时右脚迅速跟进，使出了一记形意虎形拳。失去重心的对手，被一拳击出丈余，重重地四脚朝天，仰面摔在沙滩上。

车二上前要扶他起来，谁知这位武士跪倒在地，说啥也不起来。

全场轰动了，太谷人个个扬眉吐气。几个年轻人将赛前有先见之明的那位花白胡子老头抬了起来，当做了从前点化修鼓楼的箩头神仙。原来这位老人是祁县小韩村戴二闾府中的老管家，他相信车二，是特来助兴的。至于车二的朋友，春花、金囤、满仓，包括小秀才，一起都疯了！只有美子姑娘一个人在轿车里流泪。

这时，冯克智、吴本忠、李飞羽等都进了赛场。窦老板也下了车走了过来，看着面对李飞羽跪倒在地的庞栋，窦老板对飞羽说："看样子，这后生是不是想拜您为师？"

"收如此武功出众的后生为弟子，也不失为一件好事。"冯克智也想成人之美。

"是啊，后生虽是哑巴，赛场上多虚心！"吴本忠也看好他的庞栋。

李飞羽只是摇摇头说："咱们先参加颁奖仪式吧。"

颁奖仪式十分隆重。曹家对获得普通奖项的二十多人，每人奖白银十两，另外可根据个人喜好挑选专制兵器一件。选手们个个欢欢喜喜，如愿以偿。

最高奖当然是冠、亚军。奖金分别为白银二百两和一百两，当场由曹家专东曹培义、曹培桢颁发。

最珍贵的是分别赠送冠、亚军宝剑一把，这宝剑可非同小可，是曹家花费重金请全国著名铸剑行家特制的世间稀有珍品，名字叫"金兰剑"，义结金兰，即兄弟剑之意。

曹家的这对"金兰剑"，是由铸剑高手采用特殊材料，经过严格工序精制而成。它的剑一出鞘，眼前一道寒光，任何兵器不碰则已，一旦相碰，必损无疑，因为它有削铁如泥的力量。

贾家堡那位车二的发小吴秀才，为车兄的夺冠得奇剑，特吟歌一首：

金兰宝剑兄弟，干将莫邪夫妻。
出鞘寒光闪烁，削钢削铁如泥。
沙滩擂上称霸，力擒八方熊罴。
身骑乌马去也，剑指所向披靡。

听说车二夺得全场头名状元，太谷县知县王德焮，下午亲自率领县衙大员，专程到贾家堡沙滩擂参加颁奖仪式，亲手将"金兰剑"授予冠、亚军。

颁奖之后，曹家二位东家当场问车二和庞栋："持此金兰剑，即如兄弟。你们日后相见，能不能不动干戈？"

车二大声回答："能！"

庞栋迟疑了一下，"嗷"的喊了一声，不知是能还是不能。哑巴嘛，也只能这样表达。

冯克智好奇，顺便找了口刀，让车二拿剑试了试，果然立刻被削为两截，各地名师、拳友、观众无不称奇！

在欢呼声中，车二被家乡的拳迷高高举起，李飞羽师也满堂出彩。宾客、拳友、各地武师、当地群众一饱天下英雄聚会的眼福，自是心满意足。

车二等仪式一完，立马跑到贵宾座，向交城王长乐师父深深作揖致谢："幸亏弟子记着师父攻防兼顾的教诲。"

许多名师这才得知今天的冠军车二曾向王长乐学艺。惊奇钦佩之余，人们窃窃私语，赞不绝口。

再说窦老板、吴本忠不是鼓励李飞羽收庞栋为徒吗？但看到李飞羽未置可否，便不再提。而那位"野侠"庞栋呢竟不辞而别，不知所往，从此之后杳无音讯，成为留在当地武林界的一大疑案。

李飞羽为什么不想收其为徒呢？日后他对吴本忠和冯克智解释说："那个庞栋，虽然武艺不错，但他来无踪，去无影，眼睛直打转，不摸底细，万一行为不轨，岂不败坏形意拳门风？所以，我不敢轻易答应。"

"天下武林沙滩擂台赛"以形意拳和车二的胜利圆满结束。武柏年家的吉安堂，自然要举行庆功大会，各位宾客相聚，热闹非凡，话题离不开李飞羽和车二。谁知，这师徒二人却发生了分歧。

欲知是什么原因，请看下回。

第八回

形意拳传世红太谷
李飞羽洒泪别古城

车毅斋车二与师父李飞羽发生了什么分歧呢？原来是因为"三多堂"曹家奖励的银子。擂台赛结束后，车二领回了二百两白银和"金兰剑"，全部交给师父，而师父执意不收。

车二诚心诚意地说："师父，没有您的教诲俺能有今天吗？"

李飞羽摇头回答道："是你竭尽全力，拼死拼活，好不容易才取得胜利；曹家奖励的是冠军，是对你的褒奖，你非得给师父，不是要陷师父于不义吗？"

"反正有师父在上，弟子绝对不能接受！"

"师父得为人师表，这银子坚决不能要。"

"师父，您再不收，弟子给您跪下了！"车二说着，真的就跪下了。

师徒俩各说各有理，可难坏了众人，尤其是武、孟二位先生。这个问题不解决，大家喝酒也不开心。

二位先生私下商量了一阵，定下一个两全其美的办法。他们把李飞羽叫了过来说："飞羽，你这徒弟车二属牛的，铁了心不要，你能把他咋？不如你暂且替他保存，日后他娶妻呀、生子呀，还缺花钱的机会？到时给他就行。至于那把剑，你以师父的身份，要求他作为终生的护身武器，不得有半点闪失，他敢不依？"

李飞羽听了两位先生的话，也觉得这样处理不失为一种方法，就同意了。

庆功仪式开始前，李飞羽当着众多宾客郑重宣布："徒弟车毅斋听着，擂台赛曹家奖励的二百两白银，我收下了，感谢弟子的一片孝心！"话音未落，车二立刻跪倒："谢谢师父的栽培，谢谢师父的教诲！"

"我还没说完呢，"李飞羽一脸严肃地继续说，"那把'金兰剑'，师父要求你终生以它护身，不得片刻离开。听见了没有？"

车二当即回答："听到了，弟子一定照办！"

晚宴早已准备就绪，太谷城里武林界各位高师、名商大户的要好朋友，都来为李飞羽师徒捧场。美子的父亲窦老板也特意前来助兴，还有贾家堡的吴老村长、车二的各位好友都受邀来祝贺。

按照长幼卑尊，无需特意安排，人皆以群分。美子当然自动与春花、满仓、金囤、小秀才他们年轻人坐一桌。

爱说话的满仓总是没话找话："美子呀，你长得这么好看，你爹咋长得像只丑八怪老毛猴？"

"你的头上咋戴上花了？"聪明伶俐的窦美子不想让大家对父亲说三道四，立刻转移话题，凝视着春花头发间的一朵鲜艳欲滴刚刚开放的月季花问道。

"你不知道今天是啥日子？"春花低头轻轻抿嘴一笑。

"车二哥赢了呗，喜日子！"金囤今天大概因为高兴，所以格外伶俐，大声回答。

小秀才扫了一眼如花似玉的春花姑娘，慢条斯理地发话了："英雄逢喜事也，美女戴头花哉！"

小秀才这画龙一点睛，美子已经想起了拜师仪式上的场面：车二哥哥春风得意，大美女春花萼顶开花。立时自感尴尬，涨红了脸颊。

"这叫甚？心心相——"满仓说不上来了，美子却早已心知肚明。她何其聪明，立刻又转移话题解套："哎呀，赛场上车二哥哥的鞭技是啥时候学的？"美子一直心存不解。

"放牛喂马的时候。我也能来两下。"多嘴的满仓双手一挽，比划着，仿佛他也是胜利者似的。

美子不理他，转向春花问："春花姐姐，你也会武功吗？"

春花答道："俺不会。"

"有车二哥哥教嘛。"

"他不教。"

"不能手把手教？"美子话中有话地追问。

春花诚实地说："俺其实不大喜欢练拳。"

"练拳可有意思呢，既能强身健体，又能防身自卫，要不，我跟他说说。"美子好像和车二的关系更近一层，正在得意。

满仓却嫌女孩子们啰啰唆唆，说道太多，转脸对身旁的一个浓眉毛的光头小子说："你叫啥？也来庆功？"

"你们不认识？他叫贺运亨，车二哥哥未来的师弟。年纪不大，功夫不错。"美子在吉安堂见过几回，从旁介绍，"你要是不服，也比一比？先比气力！"

"比就比。"满仓自恃年长力气大，而且都当爹了，所以伸出胳膊，"掰手腕。"

"不要掰手腕，要比就比举石鼓。"美子激将自负的满仓。

"这里哪有甚石头鼓儿，就掰手腕吧。"满仓究竟是个老实后生。

贺运亨和满仓两人肘抵桌子，两手在上相扣，等到双方准备好了，美子喊了声："开始！"

两人气贯丹田，咬牙切齿，单臂发力，目视对方。相持了不一会儿，满仓的手被紧紧擒住，慢慢直往下倒，眼看即将告负，他突然"噗嗤"一声撒手笑了。

"你输了，还傻笑？"美子揶揄。

满仓说："你们看谁在桌子底下？"

大伙儿看时，满仓的儿子长有正在下边捅捅这个，掐掐那个，练他的拳脚呢。

"哈哈，哈哈……"

"小长有人家也常常学习练拳呢。"金囤知道根底。

"嗯？你父子俩的名字不赖呀，满仓、长有，谁取的？"美子好奇。

"满仓的名是大秀才取的,长有是小秀才取的,"春花一清二楚,"粮满仓、福长有,一家人,一辈子吃不愁呀穿不愁。"

孩子被拽出来了,美子问:"小长有,你整天爱动手动脚,长大了要干啥?"

小长有闪着眼睛声音响亮地说:"练拳。"

"练拳干什么?"

"赚钱!"孩子一句话,逗得大家前仰后合。

不过,满仓对贺运亨可是心服口服了:"你真有劲儿,今年多大了?"

贺运亨谦虚地说:"俺比车大师兄小六岁。"

"那比俺也小多了,怪不得,俺老了,老了。"满仓善于自我解嘲,逗得美子、春花、金囤又一起哈哈大笑起来。

"妄自尊大,未知天外有天,滑天下之大稽也!"小秀才仍旧适时地自言自语。

春花他们听惯了这类话,谁也不再大惊小怪。

而在主桌上,李飞羽领着车二为各位宾朋好友一一敬酒。冯克智晃着脑门,咧着大嘴,满堂赞扬李飞羽指导有方;马大春尤其佩服李飞羽进退得体,给足了各方面子,他分析说:"李飞羽其实早已心中有数,再说,前两场战平,第三场不是才有看头吗?"

李发黝坐在那里,好半天一言不发,他对李飞羽拒收"野侠"庞栋疑惑不解。

李飞羽解释说:"这个庞栋来路不明,从他的皱眉和眼神,俺发现他是专门来套咱们的武术精华的,是不是?"

经李飞羽这么一说,大家回忆起场上的细节,频频点头,表示首肯;李发黝也如梦方醒。

"不过,咱们的车二确实也成熟多了。"吴本忠想起了那晚黑鬼暗器伤车二,联系第二、三场的比赛,对他的长进极为赞赏,"那庞栋开始趾高气扬,车二先给他个甜头,大凡骄兵,必有一败,一旦失败,肯定气急败坏,再败能不失去章法?最后不一败涂地才日怪!"

"胜败乃兵家常事。今天的庆功会,更重要的是要总结经验和教训。"孟先生到底是文化人,想得就是远、就是深。他说,"今天是比赛,将来可是实战，表演与实战可有本质的区别。车二，你即将接师父的班，保镖路上随时都可能出现意想不到的事情，必须当机立断，妥善应对，才能立于不败之地。"

车二赶紧答道："孟先生言之有理，俺的实战经验太少，请各位前辈日后多多指教！"

"车二，往后你确实得多长个心眼，那天晚上，有人暗算你，你为甚不防？"吴本忠前辈心地善良，语重心长，"今后，你的路还长呢，作为武师，得眼观六路，耳听八方，胜不可忘了天外有天，败了要寻思东山再起，千万不能故步自封，不思进取。"

车二对各位长辈的谆谆教导十分感动，拱手一一施礼作谢。

李飞羽礼数周全，特意走到车二小伙伴这一桌，感谢他们为擂台赛的胜利做出贡献："你们几个辛苦了，和车二的鞭技配合得不错嘛！"

"俺们配合好多年了。"满仓抢先回答。

李飞羽转向美子说："小闺女，车二这小子教你练拳可有耐心？"

"我车二哥哥可喜欢我呢，"美子自信地回答，"他手把手教我练拳，我手把手教他写字呢！"

"车二也待见春花呀！"满仓知根知底，心直口快，"可是，他不能一人娶两女子啊。"

"别胡说八道，"李飞羽瞥了一眼满仓，"你们都要互相取长补短。哎，春花，你咋不练拳？"

春花有点委屈地说："车二哥说俺没练拳的天赋。"

"还不如让车二教俺们练呢！"满仓又插嘴。

"失之坦然，得之淡然，争之必然，顺其自然。"长衫小秀才说得有进有退。

"你说甚？"满仓不解。

"小秀才果然言之有理，"李飞羽对大家点了点头说，"对，顺其自然，但也要努力争取嘛。记住，你们也是咱吉安堂的主人，今后常来！"

庆功会一直延续到午夜子时以后。

贾家堡"天下武林沙滩擂台赛"之后，李飞羽与车二促膝而谈了一次。李飞羽说："从今以后你也是形意名人了，不能再当自己是个孩子，遇事一定要沉稳、冷静、顾及各方，得学会跟各种不同的人打交道。"

车二回答:"记住了,师父。"

"现在你已是大清子民,别老像个孩子似的光着个脑袋,以后按朝廷规矩,把长辫蓄起来吧。"

"嗯,就是有些不大方便。"

果然,从此以后,车二仿佛变了个人,说话、办事分外得体。一天,粗心大意的满仓似乎有所察觉,歪着脖子取笑说:"人家是大师了。"其实,对待小兄弟们,车二一如既往。

再说那擂台赛后,太谷形意拳一炮走红,各地慕名拜师、学艺者纷至沓来。李飞羽天天应接不暇,但他收徒的条件十分严格,要不,当年为什么只接收车毅斋一人为开门弟子,而后又将武功出众的庞栋拒之门外呢?

经常来求艺的首推庆功宴上那位掰手腕,让李满仓当了手下败将的年轻小后生贺运亨。这贺运亨,在道光十九年(1839)出生于太谷孟高村一个农耕之家,此子一降生,两脚心带胎毛一撮,人们说,脚心长毛,长大后必定是日行千里的飞毛腿。孟高村贺姓居多,而且是一大家。贺家有了奇人"飞毛腿",左邻右舍,纷纷前来祝贺。

果然,小运亨自幼真的不同凡响,不到一岁能走路,三岁会跑步,五岁便上房爬树,如履平地,七八岁进城来回四十里,大人没有谁能赶得上。

他的父亲与爷爷商量:"咱们家看起来真的要出人才了,孩子腰腿这么出色,要不早点让他习武吧?"

爷爷更加疼爱小孙子,表示赞许。他说离孟高村不远的西吾村有练查拳的。于是,贺父就把运亨送到一位杨姓师傅那里。

寒来暑往,晨去暮归。

贺运亨十二岁那年,杨师傅来到孟高村对贺父说,"俺再教下去,辱没孩子了。你们让他去城里吉安堂找李飞羽师傅吧,他现在是太谷第一高手。名师手下才能出高徒嘛!"

杨师傅真是好人,他不想误人子弟。可是贺父送孩子去了一趟吉安堂,李飞羽当时没有表态。

贺运亨没入李师傅门,但他却暗自下决心,一定要让李飞羽傅愿意接受自己。他采取的办法是先跟车毅斋车二熟悉,让车二在李飞羽面前说话。

车二虽然在擂台赛得了冠军,但他平日里还得继续为武先生家赶车,练功主要在早晚。贺运亨知道他的这个规律后，每天早早就到了吉安堂，车二一开门就能看到。几天后，车二对他产生了兴趣，问道："小后生，你是哪里的？"

"孟高。"运亨回答。

"多大了？"

"小你六岁。"

"你咋知道俺多大？"

"俺打听的呗。"

"你每天这么早就来了？"

"你不知道俺是'飞毛腿'？"

"是吗？"

车二接下去问贺运亨天天早来的原因，运亨如实相告，他已经学过几年拳术，想跟李飞羽师傅学形意拳，可是，李师傅还没有答应。车二认为这小后生有追求，既然师父暂不收他，那么自己先教他几下吧。不教不知道，一教吓一跳！原来这孩子腰腿功夫真的十分奇特。

本来贺运亨就有数年的查拳基础，加上天生的腿功，又一心想着练拳，所以，车二教什么，他会什么。车二教了教形意拳龙形，运亨居然一跃过丈！

一天傍晚，李飞羽外出归来，看到车二正教一个浓眉光头的小后生，而且练得有板有眼，便驻足观看。车二知道机会来了，给贺运亨使了个眼色，让运亨练起了形意龙形：腰为轴，膝屈伸，轻身提气拔地起，坐盘收缩拧腰身，一跃过丈，风轻如云。这一跳不要紧，李飞羽师傅大吃了一惊："他是谁？"

"师父忘了，他就是想拜师入门的孟高人贺运亨。"车二及时提醒。

"啊，想起来了。好苗子！好苗子！不过你得从基础开始教人家，循序渐进呗！"

车二说："师父言之有理，先打好基础，您有空也常来指导。"

让师父看上可不容易，看起来，贺运亨入门有望。

此后，贺运亨来回于县城、孟高，五十里的路，双腿常年绑着半斤重的沙袋，仍然健步如飞。

吉安堂的第二个常客，是比贺运亨还小六岁的李广亨。这个李广亨，道光二十五年（1845）出生于榆次上戈村，书香门第，其祖上虽没出过达官贵人，却世代书香，在本村很受人尊重。此子自幼饱读经史子集，读诗书过目成诵。年方十二岁，记账、珠算已经样样娴熟。就在那一年，父亲亲自将他送到太谷城里的世交老友、"中心正"老掌柜赵静斋手下栽培。

赵静斋先生虽是商号掌柜，也是个武术迷。老人历来认为，武术不仅能强身健体，而且能防身自卫，人人习之，有百利而无一弊。正因为如此，赵老板不仅和孟绎如、武柏年等商界同行交往密切，与太谷诸位武术高手吴本忠、冯克智、李飞羽都有交情。他收下李广亨做徒弟后，除了教文墨之事，也教武功。这李广亨同样喜欢练拳术，很快就入了门道。赵先生觉得自己教不了他，就带领李广亨来到吉安堂，跟李飞羽说明来意。

李飞羽看那李广亨，头戴小帽盔，上身马褂，下身长裤，年龄虽小，却生得眉清目秀，而且眼神里透露着一股不凡的睿智，因此，当下即拍板："让他先来吉安堂学习，适当时候再说拜师一事。"

赵静斋认为，这大概接近于批准了，挺高兴。从此，李广亨与贺运亨两人，正儿八经，体体面面，天天来吉安堂练功，坚持不辍，不觉已经三易寒暑。

经过师父的考验，特别是车二的倾心相授，贺、李二人年龄不大，功夫却不浅。到了咸丰十一年辛丑（1861）冬，在赵静斋，贺运亨父亲，武、孟两位先生的张罗下，李飞羽第二次正式举行收徒仪式，贺运亨、李广亨双双拜在李飞羽门下。

这俩徒弟，一个是老实憨厚的农家子弟，头箍白毛巾，身穿粗布衣，腿脚功夫出众；一个表面文质彬彬，动起手来，却干净利索，敏捷矫健。师兄喜欢，师父满意，拳师们个个不胜羡慕。

五年前李飞羽第一次收车二时，吴本忠就带来要临时拜师的弟子窦美子。这美子已经在吉安堂习武多年了，可她好像只是一门心思学拳，并不晓得什么名分，早就口口声声称李飞羽为"师父"了。

两个徒弟中，贺运亨反应十分灵敏，练功的时候居然能明察秋毫。那是某年夏天的一个傍晚，贺运亨正在自家院子里练"三体式"桩功，能够感觉身后树上有人，问道："谁在树上？下来说话。"果然是本村小伙子贺兆泰，想偷偷学艺，便悄悄地藏在树上，以为运亨不会发现。

贺运亨的腿功更是武林一绝。据说有一天上午，师徒们随便闲聊，李飞羽说，北京大栅栏门框胡同"同义轩"的褡裢火烧比其他地方的都好吃。谁知第二天中午，餐桌上就出现了正宗的北京名牌火烧！"日行千里，夜走八百"被古人誉为"神行太保"，贺运亨的"飞毛腿"究竟多快，没人检测过，但是他尊师、腿快却应该是事实。

李广亨入门不久，人们就称其为"试金石"，因为前来寻找李飞羽切磋拳术的，只要与李广亨先伸伸手，便知对方的深浅。最令李飞羽高兴的是，这位小弟子好武而且善文，平日里学拳不仅模仿师辈，而且常常深究其来龙去脉、拳理依据，心领神会之后，则随时笔录在册。车二也十分羡慕这位师弟的文化功底。

自从李飞羽收了两个新徒弟后，吉安堂从早到晚热闹非凡。李广亨虽然小大师兄车二十几岁，小二师兄贺运亨六岁，但也是十七八岁的大后生了，功夫在身，半夜三更回赵静斋家并不怕什么。倒是窦美子，一个大闺女家，天晚了回家总是让人不放心，车二自然要护送。

出武家巷，往南过西道街，再往西，两人并肩走在西大街上。但车二仿佛心事重重，走了一程，迟疑片刻，才试探着发问："美子，你家兄嫂是

清代太谷西街

不是喜欢孩子?"

这还是五六年前那次车二被吴本忠相救的事,车二一直耿耿于怀,他怀疑那天晚上曹庄所遇抢孩子的夫妻,好像是美子的兄嫂。

美子回答:"他们喜欢不喜欢孩子我咋知道?对了,我忘记问你了,五年前那次擂台赛上,第二场你是怎么倒地了却举起了对手的双脚?"

车二并不接话,还是继续问:"你家兄嫂自己有没有孩子?"

美子也不接茬:"你知道那天人家多为你担心吗?"

车二再问:"你家兄嫂会不会发暗器?"

美子有点发火:"今天你咋了?咋尽瞎扯!你就不知道那天擂台赛上人家咋为你担心?"

这回车二接茬了:"不知道。"

"你取胜了,天底下谁最高兴?"美子一双美丽的丹凤眼脉脉含情。

可车二心思不在这上面,还是说:"不知道。"

美子不顾面子了,直接问车二:"春花要做你的媳妇?"

车二没想到美子会这样直接问出来,停了一阵才说:"你是外地人,不晓得俺们这里的习俗,男婚女嫁,人生的大事,由不得自己,得父母做主。"

美子不管不顾,一把拉住车二的双手,脑袋贴在他宽宽的肩膀上,撒娇道:"我不许别人抢走我的车二哥哥!"

车二轻轻拍拍她的肩膀说:"你真是个单纯天真的小孩子。"

两个人走到"广升誉"药店附近,突然眼前寒光一闪,一支飞镖冲车二脚下打来,接着左右又是两支。美子吓得尖叫一声,扑到了车二的怀里。

车二淡然一笑说:"这是吓唬人的警告镖,不是伤人的。不怕。"

"你咋知道?"美子抬眼问。

"你以为今天的车二还是当年的二小?"

"对对对,忘了,"美子忽然挺胸抬头,双手抱拳,喊了一声,"大侠在上,受无名小卒一拜!"

车二正哭笑不得,美子话锋一转:"如今我的车二哥哥已经是武林大侠啦!可是,谁敢警告你?"

"俺不是正想问问你吗?"车二分析,"是不是由你而起?"

"喔,有可能,我家天天有人来纠缠。"美子若有所思,"我不允许任何人伤害我的车二哥哥!"

"孙大少也会武功?"

"他?手无缚鸡之力!"美子知道。

"那——"

美子却并不寻思这些,紧紧依偎在车二的怀里,他俩身贴身、心贴心,这样,谁能再下得了手!

二人就这样走完西大街,穿鼓楼,过东大街,出东门,一直到她家门口。

走在回家的路上,美子那双美丽的丹凤眼老在车二面前忽闪,让他觉得这女子就是天真可爱。可是,他眼前不时又出现春花那双淳朴善良的大眼睛,让他感慨,这闺女从小就太懂得疼人了。

"别胡思乱想!"车二立刻自己责备自己:成家之事,得父母做主。现在最重要的是先练好武功。别的,今后不许寻思了!

同治五年丙寅(1866)春,贺运亨、李广亨入门五年后,李飞羽师第三次开门收徒,吉安堂里又一次张灯结彩。这次也收了两个人,却是兄弟俩。

他们是直隶大兴县人宋世荣与弟弟宋世德,十几岁时,随父经商来到太谷。宋父宋永禄与孟绰如是同行的朋友,常常讲述自己两个儿子自幼爱好武术,悟性很高,恳求孟先生成全,能够投入李飞羽大师门下。孟绰如先生明白武林界收徒弟规矩,想入门者必须有很好的基础。他多次观察宋世荣弟兄练拳,觉得他们是好苗子,于是向李飞羽推荐。李飞羽开始以年逾花甲为由婉拒,但是,孟先生又讲了几次,他就不能不改变主意了,因为孟先生对他有知遇之恩,不看僧面还能不看佛面?于是,仍旧在吉安堂,仍然由孟先生主持,宋世荣与宋世德俩兄弟同时拜在李飞羽门下。

冬去春来,时光荏苒,经过十二年的磨砺,车二不仅武功出众,而且为人处世也越来越沉稳老练,自感接师父班保镖是迟早的事。当年初秋,武先生有一批贵重物品要送往河南开封,让车二保护,并说找一个帮手。车二表示,自己一个人没有问题。因此,有了后来太谷城乡传说中"车二单车走开封"的故事。

车二临行前,美子相送,还约好哪天回来,哪条路迎接。

车队在车二的保护下,顺利去开封交了货,又带上一些同样重要的东西回太谷。几天后,到了祁县子洪口。这里是晋中与晋东南的交通要冲,两边山峦起伏,道路时宽时窄,镖车、马队来来往往,一年四季不断,但是,由于经过山区上百里,盗匪出没也就成了常事。

由于已经是最后一天,快到太谷了,车二带着车队一大早就上了路,过子洪口。走了不到十里,天还没有大亮,路边突然冲出三个蒙面人,挥舞刀枪,拦住了车队的去路,二话不说,围了上来,劈头盖脑就打,招招直冲车二要害。车二喝问:"哪路好汉,留下名姓?"但对方就是不予搭腔,只是一股脑儿拼力劫杀。车二无奈,挥刀独战三魔。

来来往往,二十来个回合,难分胜负。渐渐,车二发现这些劫匪练的也是太谷和祁县一带的枪法,刀法更眼熟。其中一个瘦小个子,雪片刀非常厉害,围着车二,刀刀欲置之于死地。

车二觉得这几个人来得蹊跷,不抢财物,图的是自己的性命,其中必有缘故。他把大刀一扫,跳出圈外,再次高声问道:"请问各位,何方侠客?拦道何故?"

对手仍不答话,继续砍杀。

车二再三喝问:"你们究竟想要干甚?"同时挥舞起了战雄刀,抖擞精神,力战三人。又是十多个回合。那小个子是主攻手,刀片上下翻飞,进攻神出鬼没,并无破绽。

好一场酣战。直战到天边发亮。

车二看中身旁一个使枪的又矮又胖的益匪,寒光一闪,正准备"力劈华山",山口外忽然一人策马赶到,大呼:"我来了!"只见那人穿着雪白的外套,里面是红色的紧身衣,一条银色腰带,威武而漂亮。一阵啪、啪、啪的"飞蝗石"袭来,那三人扭头就逃。

车二看来人,认出是窦美子,叫了声:"美子,是你吗?"

"妹子救驾来迟,车二哥哥恕罪!"美子应答。

车二赞道:"美子真行,这飞石技法是吴师傅教的?"

"百步之内,百发百中。"美子自豪地说。

车二问:"这几个人好像怕你?"

"你没听过一物降一物嘛。"

"俺感觉他们好像早有预谋,这是咋回事?"

"管他们有没有什么预谋，打跑就得了。"

"为甚蒙面？是不是怕俺认出他们？"

"嗯？太啰唆啦！你的话，天机不可泄。"美子的心思似乎不在这里，话锋一转，轻声说，"你知道人家这些日子天天为你操心吗？"

车二还是想明白为什么那几个人要打自己："打了半天，稀里糊涂，就想知道他们的目的。"

"有女侠救你，还管那么多干什么！"美子又转移了话题，"你好好看看，今天我美吗？"

车二这才注意马上的美子，真像侠女：红色紧身戎装，白色外套飘逸；桃花春色满面，霞光里美似彩虹；身子略侧，皓齿微露，一双丹凤眼含情脉脉，亮如秋波。

车二看得都有些呆了，情不自禁，脱口而出："美！真的是天下第一美女侠。"

"你可知道人家的脸蛋长给谁看了吧？"

"知道了！知道了！"

二人并辔而行，沉浸在重逢的幸福中。美子告诉车二，昨晚她做了一个梦，刚吃过早饭，只见一个大小伙，一身新衣裳，亮着大光头，手捧大红聘礼包，来到自己家，二话不说，就给父亲下跪，口口声声说要结亲。父亲正襟危坐在椅子上，噘着嘴，眯着眼，一言不发。来人看见父亲二目紧闭，以为他睡着了，悄悄来到她跟前，二话不说，抱起她就跑。才出门，父亲知觉了，出来就追，他往东穿过大街，跑到了野外，一路上又笑又跑，越来越快，父亲追赶不上。看了看周围没人，美子问："你猜猜，那个大后生悄悄办啥坏事了？"

车二说："把你扔了？"

美子摇头说："不是，他哪舍得？"

"把你吃了？"

"更不是。"

"那是甚？"

"他呀，在路上，偷悄悄把自家的嘴，对准人家的……哎呀，真不害臊！"

"哈哈……那，那个大后生是谁呢？"

"你猜猜。"

"孙大少？"

"他浑身无缚鸡之力。"

"王甲子？"

"他敢吗？"

"那么是谁狗胆包天？"

"嘻嘻嘻……"美子沉浸在甜蜜的回忆里，"那个大后生呀，就是不害臊的你车二大侠！"

其实，聪明的车二岂能不知道她在梦谁，不过故意打岔罢了。他略作停顿，也讲起了自己一路的见闻："碰见几起娶亲的，敲锣打鼓，咿咿呀呀，倒也热闹。媳妇在轿里，看不见；那马上的新郎呀，不是又高又黑，就是又矮又老，没一个顺眼的。"

"嘻嘻，谁能有我的车二哥哥，一身新衣裳，亮着大光头，又高又大有劲儿又标致！"美子说罢，自己先笑了起来。

再走一程，二人沉浸在各自的遐想中。车轮和着马蹄清脆的响声转动，旭日冉冉升起。

"美子，"车二忽然语带艰涩地说："有件事，俺不能不告诉你。俺爹，死活不让俺高攀你们家，他答应上春花了。"

"别说了！"美子立刻满眼泪水，"我爹也不允许我嫁给太谷人。"

两人再不说话。

车轮无情地碾压着路边的石子，发出刺耳的声响；马蹄声也仿佛声声撞击着二人的心扉。

二人沉静良久，还是美子先开了口："车二哥哥呀，我们不能做夫妻，我也不能以身相许，可是美子早就以心相许了。你今生今世永远是我的，我的最亲爱的车二哥哥！"美子说罢，一把抹去眼泪，丢下马匹，跳上车，亲昵地、紧紧地，靠在车二的怀里。车二也下意识地抱住她。这真是：

车辚辚，马萧萧，
一对情人泪滔滔。

滔滔泪水汇成河啊,
河水汤汤浪花高。

老天爷呀你不公平,
为什么,
只给牛郎织女
搭鹊桥!

　　车二与窦美子,男才女貌的一对,就只能将彼此的爱慕之情深深藏在心底,做一对终生互相牵挂的纯洁的兄妹。
　　却说其后不久,车二的父母为车二和春花操办了简朴的婚礼。长辈、师长、亲戚、朋友、师兄弟都前来祝贺。主持人是文武兼长的李广亨,不雇吹打班,不坐大花轿,新郎、新娘房前房后,由车二陪着春花走来。在李广亨的指挥下,一对新人一拜天地,再拜父母,夫妻对拜,然后新郎掀起新娘的面纱。
　　高大魁梧、英姿飒爽的新郎车二身边,是漂亮的新娘春花,连窦美子也眼前一亮:平日里淳朴的村姑春花,今天一身红衣红裤,量体而作,裁剪精细,衬托出胸高腰细、臀圆腿长的完美身材。春花两臂腹前自然相合,双手高低轻轻相扣,美丽娇羞之态,让宾客看得连声称赞!
　　美子不由自主走上前去往新郎新娘旁边一站,脸侧向新郎说:"车二哥哥,我嫂嫂多漂亮呀!你好有福气!"
　　"哎呀,要是她们俩都——"冒失鬼李满仓大嘴刚一咧,被吴秀才立刻打断:"要是都一同拜在李飞羽门下,咱形意拳可是莲花并蒂、比翼双飞啊!"众人点头称是。
　　不说婚礼还在按部就班继续进行,单说礼房出了点高尚的"麻烦"。车二师弟宋世荣做账房先生,事先车二父子就告诉他不能收重礼。而县城来的武柏年、孟绎如先生可是无论如何一定要上厚礼的,他们与车二的关系太特殊了。宋世荣不知道该收还是不该收,只好去把车二父亲叫来,说明情况。车父一听这事,只得憨笑着说:"二位先生的好意我家人都知道,不能不收。"大家都高兴,世荣也乐得做好账房先生,认真写到礼单上。

过一会儿，窦美子也挽着她爹进来账房，也是要上重礼。宋世荣同样不敢做主收下，只好又把车父叫来。车父采取的态度跟对武、孟二位先生不一样，执意不收窦家的礼钱。

窦老板讲了一大堆理由："孩子好不容易办一回喜事，您就收下吧！这也是我女儿美子的心愿，她以后还要跟车二学习练拳呢。"

车父虽然老实巴交，却也能听出弦外之音，不想让车二跟美子再有更多纠葛，影响与春花的感情，因此，就是不答应收重礼。

一旁的美子着急了，说道："我去找车二哥哥！"

美子迈大步急着出门，一头撞在了刚要进门的车二的怀里。车二忙问："美子，你咋了？"

跟随在车二身后的春花也惊奇地说："妹妹，咋了？不喝你车二哥哥的喜酒啦？"

宋世荣赶紧过来把刚才的经过说了。车二想了想，跟父亲说："爹，美子跟我都是一起练拳的，关系不一般，像亲兄妹。她家的礼，我看就收下吧，要不觉得见外了。"

车父听了儿子的话，也就不再说什么了，宋世荣忙把窦家的礼收下并写到单子上。这样，美子才高兴起来。

账房遇到的头号难题，是师父李飞羽上的巨款二百两银子。那是十几年前沙滩擂台赛的奖金，庆功宴会上李飞羽跟武、孟二位先生商量好的，要在车二结婚时给他。可是车氏父子发誓不收，李飞羽下了命令要车二收下，但车父仍然不同意。李飞羽只好把武、孟二位先生叫来一起劝说，理由说了无数。最后，车二跪了下来说："俺嘴笨，不会说，可是俺知道一日为师、终生为父的道理。二位先生，这天底下哪有儿子收父亲的礼金的？"

车二一席话，说得李飞羽和武、孟二位先生都面面相觑，不知道该再说什么了。三人一合计，孟先生说："往后等车二生儿育女，或者遇到难题再说吧。"李飞羽当然还有些过意不去，也只能如此。

车二的新婚妻子春花，知道车二与美子的关系，但她以大度包容的态度接纳了窦美子，把美子当作妹妹对待，这让车二特别欣慰，他不必为两个女人操心。美子也明白自己当不成车二的妻子，却能当好朋友，同样把春花看作姐姐。

成亲之后的车二，不能还住在武柏年先生家，自己在附近找了一处房子，把春花接来，过起了温馨的小日子。窦美子还是一有空就来找车二学习拳术，到了吃饭时候，春花总是热情地留下她一起吃饭，美子也不客气，还非要吃嫂子做的高粱面剔尖。吃饱了，美子还要跟春花聊聊天，说些女人之间的悄悄话。成亲之后，就是生儿育女，车二的生活也是这样。第二年，春花就生下一个健康聪明的儿子。车二自然高兴得不可言状。就是美子也喜形于色，要当孩子的干妈。

话说在师父李飞羽的栽培下，车二的名声已经超出太谷，在武林界和商界都响当当；贺运亨、李广亨的武功也更加高超，一般人很难打败他们。宋氏兄弟，虽入门不久，却聪明伶俐，进步飞速。难怪人们说，中国形意拳的传世，就是李飞羽师徒的功劳。

看到车二等这些弟子已经武功不凡，李飞羽大有功成名就之感，寻思着自己已是师爷辈的人了，年逾花甲，力不从心，因此，常常和车二他们说："我真的老了，形意拳的改革创新道路才刚刚开始，今后只能靠你们了。"老人真的准备落叶归根，告老还乡了。

然而，李飞羽又依恋着这片倾注了自己三十多年心血的非常熟悉的热土。他依恋吉安堂，这里是中国形意拳的发祥地，形意拳的创立大业就是从这里开始的。他依恋武柏年、孟𫄨如二位先生，尤其是孟先生，在他的协助下，形意拳的改革才有了理论依据，使之逐步走向深入，倘若没有孟先生，真是无法想象。

让他记忆犹新的是：步为一身之根基、运动之枢纽，拳法中的千变万化，莫不赖之于步。正是在孟先生的引领下，他们参观了"元顺昌"化银铺，经过反复实践，才创立了形意半马步，使之成为形意拳的基本步法。

还是在孟先生的协助下，他又与弟子车二将心意拳桩功改革为"阴阳为母，四象为根"，并按照"六合、八法、九歌"的要求，创造了形意"三体式桩功"。

他还留恋太谷城诸位武林高手，老兄铁掌金刚冯克智，真是个直肠子，好人一个；老兄吴本忠，助人为乐，热情可敬。多少年来，大家互相切磋，真的受益匪浅。

他更留恋自己的弟子，当初与车二创编形意五行生克拳（后改为"五行炮")的时候,师徒改革、实践,再改革、再实践,反反复复上百遍,才开了形意拳史上对练的先河。他清清楚楚记得,刚开始发现自己的快攻直取,在车二那里发展成了防御为能,享受着青出于蓝而胜于蓝的快乐。

此外,他还留恋太谷城里的四街八井七十二巷,走在大街上,男女老幼人人口称他"李师傅",亲切里浓缩着崇敬,能不叫人暖意融融?

然而,再好的地方也不是老家。同治六年(1867)深秋,年逾花甲的形意拳奠基人李飞羽,告别了他生活三十二年的第二故乡太谷,踏上返乡之路。朋友们、徒弟们都实在不想让他走,但是也都理解他的心愿,毕竟他是有故乡的,叶落归根是必然的人生轨迹。

让李飞羽最放心不下的还是他的形意拳和那几个弟子。临行前那晚,他最后耳提面命,一再告诉弟子们两件事:一是形意拳的创编还得继续;二是宋氏兄弟去年才入门,车二他们任一定要教好这兄弟俩。

车二满眼含泪说:"师父,您尽管放心,二位宋兄弟聪明伶俐,一定能够成大才,等过一段我们去看您,让他们给您表演。"

话未说完,门外忽然有人号啕大哭,师徒吃了一惊。

欲知怎么回事,且看下回。

太谷赵家巷原李飞羽寓所

第九回

郭云深三战"鬼八卦"
崩拳王再惩"武举人"

车二他们出去一看,原来是"铁掌金刚"冯克智。老冯也真的老了,头发明显见少,脑门愈发突出,两鬓白发苍苍,跌跌撞撞,老泪横流。车二等扶老人进了屋子,二位老乡相抱,一起放声大哭。

老话说:"久旱逢甘雨,他乡遇故知";"老乡见老乡,两眼泪汪汪"。明天李师就要落叶归根,回归故里了,他们都已年逾花甲,往后还能不能再见?回想起往日的友情,老冯人未进门,感情已没法控制,自然就哭成一团了。

李飞羽离开的那天,一大早,师徒人人红肿着眼睛。徒弟们张罗着老人的行李,但他一直就坚决要求徒弟们不用去送。

"您只身奔波千里,弟子不送,总是放心不下。"车二还是执意要去送。

"堂堂形意拳创始人,还得别人护送回老家,岂不贻笑天下!"李师不给弟子任何商量的余地。

师父定了的,谁也无法撼动。况且,李师虽然年逾花甲,武功盖世,有谁敢欺负?

正准备动身,武、孟二位先生坐着车赶来了。进了门,大家见他们两人都双眼肿得像核桃,就知道他们也是心中有事,一夜无眠。

"李师啊,你是俺俩从祁县接回来的,今天又是俺俩送你走。多少年了呀，这，这……"孟先生首先泣不成声，惹得武先生也声泪俱下。

"昨晚不是说好了谁也不掉泪嘛！"武先生埋怨起来。

弟子们扶二位进屋，他俩却叫大家出去，说还有大事跟李师商量。

孟先生说："李师，有件事情今天无论如何得料理合适。"

李师知道他们要说的事还是车二擂台赛得的二百两银子，他交给二位先生保管，便道："不是早商量好了吗？"

孟先生道："不行，如果车二死活不要，难道让俺俩贪污了吗？那样俺们一生的清白就不在了！"

"我说过一百次了，你们寻思寻思，车二费劲心力，拼死拼活为家乡、为师父争得了头奖，人家曹家奖励的是谁？肯定是车二！你们总不至于要让我带走吧，那就是陷我于不义！"

武、孟二位先生左右为难，束手无策。

李飞羽诚恳地说："二位先生，这些年我是付出了些许辛苦，可东家们待我天高地厚，我真的积蓄不少，你俩放心吧！银子就留给车二，他日后用钱的地方多着呢！"说罢，老人就要下跪。

武、孟二位先生立刻搀扶起他，又一次面面相觑，手足无措。

李飞羽说："这样吧，我立个字据，权当师父的遗训，还不行？"

武、孟二人你看看我，我看看你，还是孟先生说："这样做，难题看来仍旧是俺们的。可是也只能这样了。"

于是，李飞羽当即写了一个字据交给武、孟二位先生收藏。三人从屋子里出来，终于要分别了。

秋风里，师徒与二位先生、冯老等，从居住多年的太谷古城东寺园赵家巷寓所出来。车辆、车夫，武先生已经安排就绪；一路所需，样样齐全，李师只能心领，再不敢见外了。车夫是个当地非常可靠的老人，路途遥远，老人赶车反而最安全——万一土匪劫道，要钱财，没有；要老命，一条。经验证明，土匪常常扫兴而去。

门口还有一大群人等候送行。须发皆白的吴本忠，年事已高的李发黝、马大春、胡铎及武鸿圃，"中兴正"的赵老板，斜阳寺的宋永禄，孙家大少带着王甲子儿，车二的父母带着儿媳妇春花，早就守候在门口了。窦老板携爱女美子，壮实的金囤、修长的秀才和带着大儿长有的满仓及邻里，早已站立街道两旁观看。

车二执辔，其他几个弟子搀扶李师上车，大家夹道欢送，场面之隆重，令人动容。

李飞羽离开太谷时情景

美子依偎在父亲怀里，想起李师对自己的关怀，丹凤眼早泪落连珠。她虽没正式投师，但师父向来视她为亲传弟子，经常督促车二必须好好教她，这跟正式拜师没啥两样。

告别众人，车二和徒弟们跟着马车缓步沿古城出东门，走大道，过乌马河桥，不觉已相送至十里开外。

李飞羽叫马车停下，控制着难舍的感情，把车二他们叫到车前，语重心长地再次留下了两句话："形意拳还得继续完善，我还会回来的！"说罢，老人的眼里也闪烁着泪花！

车二率弟子们齐刷刷跪下，连磕三个头，目送着师父的马车远去，直到看不见了才起身，一路无语，回到吉安堂。

秋风吹拂着李飞羽老人的华发，车轮碾压着满道的落叶。怀着难以言传的心情，中国形意拳的开拓者、六十五岁高龄的李大师，洒泪离开了他三十多年来演绎了不知多少故事的人生第二故乡——山西太谷，远去了！

车二老家贾家堡的吴秀才知道了这些，触动灵感，作了一首情真意切的诗歌：

　　三十年前翻太行，投师种菜砺风霜。
　　牛头寨前扬威名，吉安堂里破天荒。
　　形意旌旗红天下，古城桃李绽芬芳。
　　关山千里今去也，留得牵挂痛肝肠！

　　过榆次，穿寿阳，经阳泉，一路无话。有老车夫闲聊，李飞羽倒也不觉寂寞。

　　这一天早上，李飞羽的马车翻越娘子关，到了晋冀交界处的大山沟口，忽然冲出一彪人马，拦住去路。

　　李飞羽告诉老车夫不必惊慌，他一个箭步跳下车观看，只见为首的头目身躯粗壮，穿青挂皂，目光如灯，活像一只金眼雕。喽啰们个个手执铁叉、木棍，吆三喝四。那头目手使一条几十斤重的狼牙棒，冲上前来，不问青红皂白，举棒就打。李飞羽并不在意，用左手一把接住，那人哇哇乱叫，双脚刨地，大棒就是纹丝不动。如此这般，反反复复三四次。"金眼雕"大吃一惊，咕咚坐倒在地，不再折腾了。

　　李飞羽问："为什么在此横行霸道？"
　　那头目说："收买路钱。"
　　"要钱干啥？"
　　"攒盘缠。"
　　"攒上盘缠干啥？"
　　"去山西，找我师父呗！"
　　李飞羽听这小子口音是老乡，寻思深县离这儿大几百里，这小子怎么来这里当起了山贼？觉得奇怪，就追问："你师父是谁？"
　　"我一说，吓死你。"
　　"那你说呗。"
　　"你可站好了，吓死你，我不管！"
　　李飞羽觉得这小子有意思，催促他："那你快说说呗，难道他长着三头六臂？"

"哈哈，比三头六臂厉害得多得多了！你站好了，听好了！"

"哎呀，你倒是说呀！"李飞羽催促。

那人挺了挺胸脯，清了清嗓子，提高了声音，说了："我师父就是顶天立地活菩萨，叱咤风云大英雄。一人横刀万夫怕，身披瑞气照长空。开天辟地形意拳，我们深县飞大龙。像霸王，像关公，像赵云，像秦琼，当世第一无人敌，人称神拳李老农！"

"哈哈哈！"李飞羽再也忍不住了，"你师父不厉害，他不过是个六七十岁的普通老头子。"

"胡说八道，你敢小看我师父？我跟你拼了！"说罢，"金眼雕"又拣起了地下的狼牙棒。

"放下！"李飞羽和蔼里夹着点威严，"小伙子，你看看我是谁？"

"金眼雕"这才仔细观察，来人身材魁梧，器宇轩昂，连鬓胡子，双眉浓重，二目如鹰，口角分明，俨然武术大家；但身穿粗布袄，头戴白毛巾，腰系黑腰带，足蹬大头鞋，又似普普通通的种庄稼的老人。咋回事？

"我就是你寻找的那个李老农，现在官名叫李飞羽，普普通通的庄稼人一个。"李飞羽和蔼地告诉对方。

"金眼雕"有点傻了，心里想：他说他是李老农，真的还是假的？他武功过人，力气比我大十倍；听话音，他说的一口纯纯粹粹的家乡深县话；看长相，威武、霸气，但又老成、慈祥，世间大侠的特点他都有了。这些都说明他是真的李老农；可是，仅凭这些就能说他不是假冒？不管是不是，先缠着他，况且宁可信其有，不可信其无呀！于是，又问道："既然是李大师，那我问你，从哪里来，要到哪里去？"

李飞羽回答："我在山西三十多年，如今要告老还乡了。"

"你是深县哪个村的？"

"深县窦王庄。"

"那你知道深县有个东安庄吗？"这"金眼雕"别看粗鲁，粗中还有点细，想审查一番。

李飞羽说："东安庄离我们村就几里路。"

"金眼雕"进一步问："窦王庄有个李太和，你知道吗？"

李飞羽叹口气说："唉，李太和是我的儿子，今年都快四十岁了，从小我照顾孩子不够呀！"说罢，老人显出痛苦、内疚的神色。

显然，"金眼雕"这家伙临出来前，还专门去窦王庄调查了李师的家庭呢！说到这里，"金眼雕"终于对李飞羽深信不疑啦！

太阳升起老高了。深山里凉爽宜人。

李飞羽看着这个粗笨后生，忽然奇怪，刚才他怎么会出口成章，便疑惑地问："你把我的样子说得那么又厉害，又好听，你编的？"

"嘿嘿，我是个粗笨人，花了一两银子专门请村里的一位老先生编下的。"

李飞羽警告道："嗨，以后不要瞎说八道了。"

"金眼雕"连连点头："师父您真的是顶天立地！"

"行了，记住，以后不准再拿这招摇撞骗！"说着，李飞羽将他拉过来，拍拍身上的灰土，"等我多久了？"

"半年多了！""金眼雕"一下子变成了个孩子，依偎在李师的怀里，讲出了事情的详细经过。

此人出生于直隶深县东安庄，自幼好动，与孩子们玩耍，常常致人受伤，为此，没少挨父亲责罚。稍大后，喜欢结交朋友，爱打抱不平，也没少给家里惹麻烦。成年后，酷爱武术，四处寻访名师，曾学习八极拳，少林拳。后来，听说本县出了个大侠李老农，在山西投名师，战太行、降山贼、创形意、闯关东，以"神拳李"名扬三晋，威震北方。崇拜之余，遂翻山越岭，要投师学艺。

谁知走到半路，被一伙强人拦下，打斗的结果，对方武艺不强，他胜利了。对方的头目跑了，可是一群喽啰不走，他被劫持上山，当了头目。

由于他生得结实粗笨，二目如灯，四周百姓都叫他"金眼雕"。不过他当土匪以来，从不骚扰百姓。他占山为王，拦路要钱，只为积攒路费，去山西拜师。

真是无巧不成书！

"金眼雕"今天做梦也没想到眼前的这位老人，就是他日思夜想的师父，于是，讲述完立刻往地上一趴，口口声声说："师父在上！"行起了拜师礼。

李飞羽摆摆手说："不忙！拜师哪能这么随便。我还不知道你叫啥名字呢？"

"金眼雕"忙回答:"我与李师是老乡,深县东安庄人,我爹姓郭,我没大名儿。"

李飞羽想起了前些年在太谷吉安堂车二拜师的情景,当时自己与弟子也都没有大名,是孟先生根据师徒的特点临时取的。他抬头看看附近这座大山,矗立在白云深处,倒也是个好去处。多年来,在孟先生的熏陶下,也听了不少文化用语,于是灵机一动,说道:"那我就给你起个好听的名字吧,叫郭云深,白云深处好为生,行不行?"

这小子有冠冕堂皇的好听的大名啦,高兴得一蹦四尺高。

"我有大名啦!"郭云深对着群山大喊起来,之后下令,"领师父回寨!"

一干喽啰在郭云深的带领下,众星捧月般簇拥着李飞羽上山。他的车马上不去,暂且拴在树上,留下两个喽啰看管,老车夫也随李师上山去。

走在路上,李飞羽才发现,郭云深的喽啰衣衫褴褛,鞋帽不整,武器参差,七长八短。待到达"大王府"一看,差点没笑出来,只见四棵大树中间搭了个顶,用柴火围拢着。进到里边,倒也宽敞:正面是王座,没有虎皮座椅,却有一把狗皮破凳。桌案是用砖垒的,上面铺一张捡来的破旧红布。两厢是两排高低、粗细不等的树桩。

"好王府呀,大王腰缠万贯?"李飞羽逗郭云深。

几个郭云深的部下不好意思地说:"俺们大王好说话,好将就,拦路遇到穷人,心软不要钱,要也没有;碰上有钱的,给几个算几个。俺们吃饭都是靠自己种地。"

李飞羽登上"王座",笑着说道:"哎呀,屁股还有点硌呢。真难为这位占山为王的郭王爷啦!"之后认真地对郭云深说,"你是个好大王,以后别占山为王了,跟我走吧。"

郭云深一听,并不留恋"王位",说走就走。他饭也不吃,立刻遣散手下的喽啰。可是他的喽啰不想走。郭云深将所有的积蓄都拿出来,往地下一摊,分给大家:"你们回家买点地,养家糊口吧。我也不当山贼了,以后谁有难事,就到深县东安庄找我。"

"大王"出身的郭云深甘心情愿给师父李飞羽当了专职侍从,鞍前马后,把师父伺候得无微不至。

出发不久已到正午,三人饥肠辘辘,李师没吃到"王宴",还得供应这位"郭大王"干粮。只见云深两大口一个馍，不知是馍小，还是他嘴大。

他们走不过三四十里，才半后晌，只见一个老者倒在路旁。李师叫云深上前看看，那样子好像是饿得晕过去了。

喂点水，吃点干粮，老者醒了。李师上前一看，吃了一惊：这不是太行山牛头寨的寨主尹姓"牛魔王"吗？当年油光满面，今天怎么骨瘦如柴？"牛魔王"也认出了李师，立刻涕泪满面，伏地磕头不止，说道："我悔不听李师之言，才有了今天！"接着讲述了自己这些年的经历。

当初，李师劝他携家眷回家颐养天年，可是他贪恋财物，仍旧当他的山大王。两年前，他与弟兄们外出归来，路上中了埋伏，弟兄们全被射死，自己侥幸逃脱。过后一打听，设伏者名叫窦仙君，此人武功其实平平，可是诡计多端，心狠手辣，抢了"牛魔王"的财物还杀了他的家人，占了山寨，此后，"牛魔王"无家可归，只得到处乞讨。

李师问："那个窦仙君是什么样的人？"

牛魔王说："后来听人们说，这王八蛋是个日本人。几百年前，祖先吃了戚继光的亏，当不成海盗，就来了中国。可是盗性难改，最终还是当了山盗，整天在井陉、平山、灵寿一带作乱。"

"他长得什么样子？"云深问。

"丑极了。"

云深接着问："是不是生得脸长、眼小、个子矮，像只大南瓜？"

"牛魔王"说："是啊，就是，就是，南瓜头，你认得他？"

云深点点头。

看到当年不可一世的山大王落魄到如此地步，李飞羽动了恻隐之心，从车上的褡裢里取了五两银子，交给"牛魔王"，让他回家养老，自己则与云深继续前行。

"人啊，贪得无厌，终久吃亏。"李师心有所感。

云深说："师父，我想起来了，这个窦仙君，会过他。"

"是吗？"

"这王八蛋确实是个不改吃屎的狗。"

李飞羽说："老话说得好，善有善报，恶有恶报，不是不报，时辰未到。坏人终久难逃厄运！"

"这个窦仙君迟早有倒霉的一天。"云深也预测。

李飞羽有淳朴、听话的弟子作伴，一路上说说话，不觉得疲劳。秋天的冀中平原，一望无际，熟悉而生疏的田埂、辛勤的农夫、时干时流的小河、又圆又大的落日，都让他浮想联翩。

啊，三十多年了！从而立之年到年逾花甲，太谷再好，也得落叶归根呀！现在寻思，自己对老家也是熟悉而又生疏啦！

几天后，李飞羽一行顺利回到老家窦王庄，家人当然是惊喜交集，妥善安置了他的吃住。李师开始享受天伦之乐。

郭云深的家东安庄，离李师的窦王庄并没多远，云深几乎天天来李师家求教拳术，李师当然也是全心全意教他。云深本来就有基本功，加上力大无穷，经过李师精妙点拨，进步飞快，特别是他的崩拳，不久就十里八村没了对手，名声也远播四方。

郭云深出名了，当地武林界就有人不服。正安县有个绰号叫"鬼八卦"的焦萝夫，曾因为战胜"大枪"刘德宽而闻名百里。他寻往东安庄，非得与郭云深一比高低。

那天一大早，焦萝夫就破门而入。看到郭云深正在面壁演练"三体式"桩功，嗤之以鼻："你站着不动，能练出个屁！"

那焦萝夫仗着身高马大，与郭云深在院子里交起手来。

双方摆出架势，各自拿出本领，谁知仅三个回合，焦萝夫就被郭云深一记崩拳打翻在地。

焦萝夫输得糊里糊涂，爬起来再比，几战几败，有点傻了。

这个焦萝夫是有心人，战败回家以后，闭门不出，终日琢磨破解郭云深的崩拳之法。一天，他从庖丁刀切萝卜中悟出，砍法可破崩拳，于是苦练三年，直到掌力将碗口粗的白蜡杆一磕即断后，这才去与郭云深再次较量。

对于三年之后的重会，郭云深知道焦萝夫的功夫必然大进。

又是一个大早晨，太阳刚出。这次焦萝夫虽然没有上次那样目中无人，但仍旧趾高气扬，说道："对不起，再来领教！"

郭云深不卑不亢，嘿嘿冷笑一声，喝道："鬼八卦，看拳！"人还是那个人，拳还是那个拳，可是焦萝夫三年的卧薪尝胆，仍然无法阻挡郭云深疾风迅雷般的崩拳攻势。他虽然如庖丁解牛般挥动双臂，施展烂熟于胸的砍法破解，但他砍向郭云深的手与攻来的崩拳相交，就如同撞向钢筋铁骨，"嘭"的一声闷响，再次被震落地下。

二连败之后，焦萝夫仍旧不服。这一次，他回到家里，杜门谢客，绞尽脑汁，冥思苦想，最后想出一个狠招，于是，他第三次上门与郭云深比试。

仍旧是个大清早。焦萝夫深沉了许多，进门之后多了点寒暄。不过看样子，这一次他分明是有备而来。熟人了，不必客气，二人搭手进招，郭云深再以崩拳进击。只见焦萝夫这次施展砍法不是向下，而是小臂上挑。郭云深隐然一惊，急变崩拳为化劲，卸掉了对方的上挑之力。焦萝夫只微微一愣神，就觉一股惊涛拍岸般的崩拳又一次打在胸口，他第三次中拳，倒在地下。

焦萝夫不禁喟然长叹："好崩拳，焦某从此心服口服！"他挽起胳膊上的衣袖，露出绑着的利刃，欲在对方崩拳打来时挑断其臂。可是郭云深的半步崩拳，实在是出神入化，焦氏的利刃根本没机会发挥。

此后，郭云深以李飞羽所传崩拳三胜"鬼八卦"焦萝夫的事迹不胫而走。而曾经大名鼎鼎的焦萝夫则隐姓埋名，上山入寺，当了与世无争的和尚。

原来，这郭云深外表看起来粗糙，实际上粗中有细，练完拳常常一个人像姑娘似的琢磨。你姓焦的卧薪尝胆，姓郭的何曾闲着？也在日夜琢磨对付之法。怪不得"鬼八卦"焦萝夫屡战屡败呢！

这些年，郭云深得到李飞羽的正宗传授，功夫日渐成熟，四面八方拜师学艺者纷至沓来。正定府知府钱锡彩闻其大名，特专程叩门，花重金聘云深为幕宾，并请云深教其子钱砚堂习武。

钱知府名声不赖，郭云深来到钱府，待遇优厚，除了教授拳术之外，其实别无他事。这天他在大街上溜达，只见正定府街市果然繁华热闹，商店顾客盈门，街上人来人往，川流不息。忽然有人尖叫起来，郭云深闻声看去，只见一队人马横冲直撞，耀武扬威而来，为首的骑着高头大马，挺胸叠肚，趾高气扬，人们急忙避让。郭云深一看，是曾经与自己交过手的一个地痞流氓，外号叫"南瓜头"。旁边一位老者说，此人是当地大恶霸，人称"窦武举人"，收罗着上百名流氓无赖，敲诈勒索，横行乡里，百姓人人深恶痛绝。当然，此人武功非凡呀，即使是过往的镖师，也得登门拜访送礼。

郭云深想起来，在跟李飞羽回深县路上，师父救济过的那个老头，不是就受了窦仙君的害吗？当年自己四处闯荡，寻师求艺，在井陉苍岩山口教训过的那个土匪不也叫"窦仙君"么？当时由于彼此都是普通人，所以两人都没什么印象，只记得个长脸、小眼、矮个子、南瓜头。现在看来，前后的"南瓜头"估计就是同一个人——窦仙君。

郭云深向四周百姓仔细打听这姓窦的来历。人们介绍的和"牛魔王"说的一样，这东西确实是个日本人，其模样与当年他所修理过的那个"南瓜头"别无二致。知底细的人还告诉云深，这家伙抢夺牛头寨后，待了几年，本来想往西发展，可听人们说，山西的形意拳太厉害，李老农只身单剑片刻扫平牛头寨，他的弟子车二年年轻轻就技压群雄，沙滩擂夺魁，所以，带领他的哼哈二将广拜名师，以图再谋前程。这俩左膀右臂，一个面白如玉，相貌堂堂，整天穿红挂绿，轻浮风流放荡，名号"花蝴蝶"；一个面似锅底，黑不溜秋，性情凶恶，心狠手辣，人称"青乌鸦"……听着介绍，郭云深回想起当年苍岩山力战三贼时，"南瓜头"手下确实是有黑白二丑，于是对窦仙君就是"南瓜头"的事实更加深信不疑。

百姓们还说，几年前，不知窦匪真的武功出众，还是花了黑钱，反正把"武举人"的牌匾弄到了手。这下子他越发无法无天，不可一世，成了称霸一方的恶霸，成立了个什么"三皇会"，开赌场，办妓院，卖烟土，无恶不作。老百姓称他为"土地爷"，官府似乎也无可奈何。

郭云深寻思，这样的害虫不除，百姓还能安生？于是，回到住处想出了计谋。

第二天，郭云深胸有成竹，故意仗剑路过窦仙君的庄园，有人劝他去拜访窦举人，云深却故意朗声说："他不过是一个王八土豪蛋，武林败类，狗屁不如，我堂堂郭云深凭什么拜他！"

此话即刻传到窦仙君的耳朵里，他虽然知道现在正定府有个幕宾叫郭云深，但并不知晓底细，于是勃然大怒，立刻修书送到正定府，邀请郭云深去他的"三皇会"做客，并到其府上赴宴。

显然，窦仙君是要摆上"鸿门宴"测试郭云深。那郭云深今非昔比，艺高了人胆大。第二天，他身背一把月牙剑，从容不迫，如同当年关云长一样，单剑赴会。

郭云深昂首挺胸，大步来到窦家府门，呈上请帖，里边传出了长长的家丁的声音:"请——"

郭云深迈进"三皇会"的大门,只见两厢分列十几名打手,个个虎背熊腰,二目圆睁,手持刀枪,杀气腾腾;进入大厅,那窦举人高高在上,多年不见,这人变得油头粉面,半男半女,似乎天底下仿佛除了老天,就该姓窦的为王啦!只是长脸、小眼、南瓜头没变。更引人注目的是他身边的哼哈二将:一个面目狰狞,龇牙咧嘴,黑如周仓;一个面如敷粉,仪表堂堂,貌似潘安。

"还不下跪!"

郭云深闻声回过神来,只见方桌之后,太师椅上的窦举人正襟危坐。

云深扫了一眼,嚄,桌上还有一把崭新的六轮手枪,铮明发亮,明摆着是在显威风。但他并不怕,回应道:"给谁下跪?"

"你也不看看来到什么地方!"窦举人看都不看一眼云深,盛气凌人地甩出几句话,"在我这里,天王老爷也不尿,不管你是谁,进门就得下跪!"

云深嘲笑着说:"啊,说得对呀,当年在苍岩山倒是有个人曾经给我下跪磕头,乞求饶命的。"

"你……"

"你睁开狗眼,看看老爷是谁?"郭云深厉声说。

窦仙君一看来人两只"金眼雕"似的眼神,心里就是一颤!

郭云深接着说:"还记得当年井陉山里揍你的那位爷吗?"

"啊!"这窦举人一听,想起来了,他将信将疑,仔细端详:来人身材中等,不胖不瘦,不高不矮,体格魁梧,胸宽膀阔,特别是那似曾相识的炯炯如灯的目光,令人不寒而栗!

"你,你胡说什么!"窦举人故作镇静,但是当年自己几拳便被揍得鼻青眼肿、跪地求饶的场面已浮现在了眼前。

"没想到当年拦路抢劫、磕头乞命的土匪,摇身一变,成了武举人了?可是到如今你这个倭种王八蛋,狗不改吃屎,还在作恶!"

窦举人说:"原来真的是你!"

"对,正是当年不许你再干坏事的郭爷!"

这窦仙君窦举人,没想到在大庭广众之下被郭云深揭了老底,连倭寇家史、山贼根子的底细都被抖露了出来,立时气急败坏,恼羞成怒,脸都变成茄子了，哪能说得上完整话来："你，你，满嘴胡说！"他伸手摸过枪，对准了郭云深，要扣动扳机。然而，现在的郭大师已非当年，说时迟，那时快，跳上桌案，脚起枪飞，一手提起窦的衣领，喝道："恶有恶报，不是不报，时辰不到。你这王八蛋天良丧尽，坏事做绝，今天我要替天行道！"

窦仙君气急败坏，挣脱云深，将桌子一推，随手拔出利剑，直刺云深的下身。云深跳下桌子，抽出月牙剑，摆开架势，二话不说，与窦仙君战在一起。

窦仙君平时自恃武功不凡，与人交手，未经许可，谁也不许帮他；今天自然也不例外。所以，哼哈二将等喽啰只能观战。他也确实经过名师的指点，功夫今非昔比。二人剑来剑往，攻防互见。一个崩剑平刺，一个竖剑立刺；一个腾空刺，一个转身刺，抽、带、提、击、点、搅、压、劈，各出绝招。一直战到二十来个回合，未见输赢。

郭云深虽然略占上风，但他寻思，在人家的地盘上，久战于己不利，于是突然加快了节奏，上、下、左、右，劈、斩、横、扫，剑光闪处，如银链缠绕，窦仙君刚想说"不好"，话音未启，一记穿心剑已经直穿其后心。

窦仙君惨叫一声，尸体倒地，污血飞溅。喽啰们一看，以为天神来了，一个个吓得魂飞魄散，屁滚尿流，四处逃窜，不知去向。黑白哼哈二将也目瞪口呆，始料未及。他俩面面相觑，犹豫了片刻，终于估计不是对手，所以没做抵抗，一摆手，相随溜了。

郭云深杀人，按照清律，本应判重刑。但知府钱锡彩认为他虽杀人，却属于为民除害，再加之大批百姓联名呈状，于是判为误伤人命，监禁三年。

牢狱中，郭云深仍然苦练崩拳。由于有脚镣，步履不便，他只好将师父所传跨步崩拳练成了半步崩拳。

郭云深出狱后回到自己的家，房屋却已化为灰烬。经过打听，才知道，他坐牢后有面孔一黑一白的两个人，在东安庄转悠多日。之后，就在一个晚上，自己家的房屋失火了，幸亏左邻右舍及时相救，大人、小孩才得以无恙。

郭云深寻思，必定是窦仙君的那黑白哼哈二将前来报复，他怒从心上起，恶向胆边生，身背月牙剑，从冀东南一直寻到井陉、平山、正定、保定，可是，这两贼人就是踪迹不见。

贼人没能找到，郭云深前去拜见师父李飞羽。李飞羽师得知贼人放火，对弟子好生安慰："狗急了也会跳墙的，往后一定要多加小心就是了。"

交谈间，师父关心弟子在狱中是不是受苦了。云深说了与知府的关系，老人这才放心，在家摆了酒席为弟子压惊。席间老人问："云深，这几年在狱中，功夫恐怕荒废了吧？"

也是郭云深带了些酒意，"呼"地站起来，到院子里练了起来，"师父您看，我把您的跨步崩拳不得已改成半步崩拳了。"说着一拳冲向护院土墙。那土墙摇晃了几下，塌了。

李飞羽十分高兴，点着头说："我山西有车二，直隶有云深，知足了。不过，车二正在完善、丰富咱们的形意拳，有机会，你还得去向他学习呢。"

"怎么，我还得去山西再学习？"郭云深有些不解。

李飞羽为什么要让郭云深去山西太谷找车二？请看下回。

第十回

吕学隆力擒"花蝴蝶"
李复祯枪挑"黑老鸦"

　　李飞羽之所以让郭云深去太谷，是因为在那里出了一件与他相关的稀奇事。

　　据当地百姓相传，有一个自称郭云深弟子的采花贼，一段时期以来，频繁入室，强奸妇女。奇怪的是，此贼坏事办毕，还一定要亮明身份，声言自己是"郭云深亲传弟子八爷"。

　　这个"八爷"轻功出众，武功不凡。白天，他在街上东游西逛，一旦发现谁家媳妇或闺女有点姿色，晚上必去骚扰，有不从者，刀剑威胁；再不从，甚至给留点记号。因此，姑娘媳妇们不敢上街，生得漂亮的还得有意蓬头垢面。

　　这个采花贼，外表白净，身材俊秀，仪表堂堂，常常身穿化色大袄，自称"花蝴蝶"。

　　车二的弟子们将听得的消息禀告师父。车二将信将疑，听说郭云深堂堂正正，怎么会培养采花贼呢？在场的几个弟子纷纷请缨前往擒拿。吕学隆说："人多反而打草惊蛇，要不俺先去会会他，摸摸底细？"吕学隆向来足智多谋，办事沉稳。车二同意了，但告诫吕学隆不要伤害他。

　　这位吕学隆生于同治初年，幼年父母双亡，十三岁就到城内武家巷武柏年家当佣工。车二发现他小小年纪,酷爱武术,身材轻巧,脑子特别机灵,就收入门下。这孩子天生是一块练武的料,教什么会什么,几乎一教就会,因此刚到十七八岁,功夫已经不同凡响,比他年纪大的武师往往都难以对付他。尤其是他聪明伶俐,善于分析问题,车二有什么事情,都愿意跟他商量。

看着吕学隆越来越有出息,车毅斋就把他推荐给"三多堂"东家曹克让,去当护院拳师。吕学隆尽心尽责,深得曹家赏识。

这"花蝴蝶"忒胆大妄为,白天踩好点,晚上必去,因为他知道,谁也奈何不了他。

吕学隆打听到一个晚上"花蝴蝶"要去王村李家,征得师父同意,他与李家商量妥当,埋伏在院里墙角。亥时才过,那人已经来了。正欲破门而入,一个人突然跳了出来,一把将其拦住:"形意拳人吕学隆在此,大胆的淫贼,你要干啥?"

"狗咬耗子,多管闲事!"此贼大大咧咧,毫不在乎。

吕学隆说道:"朗朗乾坤,岂能任凭你肆无忌惮!"

"你可知道我是何人?"

"什么人?"

"我一说吓死你。我是你们太谷车毅斋大师的师兄弟郭云深师父的亲传弟子,八爷的便是!"

"胡说八道,郭大师是正人君子,他怎么会有你这样的逆徒!"

"哈哈哈!我师父也是采花老手,原来你们不知道?"这个"八爷"来了兴趣,竟说,"他年轻的时候至少采花七八十朵,左邻右舍算什么,连自己的兄嫂、弟媳他也要尝尝鲜。我师父人家有艳福嘛!徒弟们羡慕,师父就给我们传授他的经验技巧,哈哈,好师父啊!"

吕学隆听得脸都有些害臊,跺了跺脚:"你,你!反正今晚不许你胡闹!"

"扫兴!""花蝴蝶"早就听说太谷形意拳车氏弟子厉害,估计来者不善,没敢嚣张,一转身,不见了。

因为车毅斋与弟子们不好下手,这"花蝴蝶"居然得寸进尺,从城东乡村横行到了县城附近,甚至敢到曹家"三多堂"为非作歹。

距县城十里的曹家"三多堂",是三晋富户,金融大家,财可敌国。按照古训,"三多"即多子、多福、多寿的意思。今年的"三多堂"是在戏台院里进行专行专戏会演的,头一天是须生戏,第二天是旦角戏,第三天是武打戏。第二天夜晚,戏台上先演《六月雪》,再演《鸿雁捎书》。缠绵柔美的爱情故事,在三晋名旦惟妙惟肖的演出中,令台下的女眷们仿佛置身其中,人人如醉如痴,出神入迷。

太谷"三多堂"戏台

突然,席间溜过一个身穿大花袄的人影,伸手摸向曹家二小姐掖在胸间的绣花手帕。二小姐被突如其来地一摸,吓得惊叫起来。同时,专职护院拳师吕学隆也已经发觉,一个油头粉面、眼露淫光的奸贼正准备下手调戏猥亵。

"大胆淫贼!"吕学隆一看便知。这只"花蝴蝶"居然敢闯"三多堂"!这还了得?他轻轻喊了一声:"你往哪里逃?"直扑过去。

"花蝴蝶"见势,纵身跳出场外,施展轻功,飞也似的窜上墙头,企图逃之夭夭。吕学隆这次岂能轻易放过他,紧追其后,瞬间翻墙出院,已到村东枣林。

"花蝴蝶"嘻嘻狞笑:"吕师傅,我知道又是你。你年年轻轻,功夫不错。刚才我不过和曹二小姐开个玩笑,试试她有意无意,这与你何干?回去就说你打不过我,不就没事了?"

"放屁,今天你别想逃了!"吕学隆气愤地说。

"花蝴蝶"作案以来，还真一帆风顺，心想，上次让了你，今天你还真的不依不饶？一边想着，一边摆出架势，舞动拳脚攻将过来。吕学隆怒不可遏，运用形意功夫，伺机应对。"花蝴蝶"心狠手辣，一路直拳，频频攻击吕学隆的心口面门，欲将对手迅速置于死地；吕学隆使用鼍形，使对方一一落空。"花蝴蝶"一个"扫蹚腿"欲将学隆摆倒；学隆纵身跳起，对手再次走空。"花蝴蝶"气急败坏，使出轻功绝活，飞身跃起，居高临下，双拳齐下；学隆"弯弓射虎"，刁拿并用，再一记炮拳，直将对手击出一丈开外。

"花蝴蝶"经此重拳一击，心虚意乱，企图孤注一掷，以死相拼。他铆足了浑身气力，看准学隆的中路，突然来了一个饿虎扑食，拳、脚、步一起攻了过来。学隆早已看出对方的伎俩，身子往左一侧，右手顺势将对方后背一推，"花蝴蝶"整个人演绎了一个"狗吃屎"，重重地爬在地下。

吕学隆看着这个曾经无法无天、无恶不作的采花贼，鼻青脸肿，站立都有困难的样子，心里一阵快慰。

"花蝴蝶"摇摇晃晃站起来，妄图一走了之。吕学隆岂能容他逍遥法外，一把拦住去路："今天你可走不了了！"

"吕，吕师傅，你不看小人面，不看郭大师的面？"

"呸，你别再狐假虎威了！"

"我给您跪下了，"借下跪的工夫，"花蝴蝶"趁机一个"撩阴"，直冲学隆下腹要害；那学隆何其聪明，早知他不怀好意，一个擦地鸡步，踢中对方臁骨，只听"咯嚓"一声，"花蝴蝶"顷刻倒地，再也起不来了。

吕学隆挥动拳头准备结果他的性命，忽然想起师父平日的教诲，寻思再三，而后一字一句地说："今天，俺且饶了你，倘若再犯，二罪归一，你绝无活路！"

"谢谢吕师傅，我知道你们车氏门人，武德第一，待人宽厚。郭云深如果能像你们，不滥杀无辜，哪有我们和他的今天？"

"滥杀无辜？他杀谁了？"

"我的恩人主子窦举人，他与你们太谷还沾点亲戚关系呢！"

"胡说！"吕学隆认为他在拉关系，找台阶，不待听他："你的窦主人是不是屡教不改？"

"人非圣贤，孰能无过？郭云深万万不该赶尽杀绝。"

"那你干这下三烂的勾当，不是也太伤天害理了吗？"

"我确实错了。因为论武功，我们难以杀他，再说，即便杀了他，不也太便宜他了？如果败坏了他的名声，叫他生不如死，岂不更好。今日幸亏得遇好人，往后，一定痛改前非，重新做人。"

"好吧，今天俺且饶了你，倘若日后再犯，你说该怎么办？"

"二罪归一，二罪归一，我死而无怨。"

"好，那么，你去吧。"

"花蝴蝶"走后，吕学隆忽然想起，刚才他说窦举人与俺们太谷还沾点什么亲戚关系，甚意思？但是人已经走了，暂且不用理这个满嘴胡说的坏蛋了！

"花蝴蝶"从此之后，杳无音讯。

"花蝴蝶"被赶走了，直隶又传来郭云深另一位亲传弟子的更坏的消息。

那是在车毅斋的另一个弟子李复祯为"三多堂"押镖由冀返晋的路上。从冀东到冀中，本来流传着郭云深大战"鬼八卦"，惩处窦仙君的英雄故事；可是走到冀西，却变成了郭云深师徒占山为王，骚扰百姓甚至无恶不作的丑闻。复祯心想，有机会得见一见这位形意前辈，问问究竟是咋回事。

正是春暖花开的季节，柳条吐绿，野花绽放。复祯走到曲阳县城，听到人们纷纷议论，说什么灵寿、平山通往山西的十八盘一带有一帮山贼，为首的是郭云深大师的亲传弟子，横行霸道，为非作歹，是当地百姓的一大祸患。复祯寻思，郭云深师不是喜欢行侠仗义，为民除害吗？怎么会培养这样的弟子？是真是假，复祯想俺不如去会会他，不就一清二楚了吗？

李复祯出生于清咸丰五年，是车二儿时好友李满仓的儿子，乳名长有，此子不仅生来聪明伶俐，而且特好练武。前些年，他爹和贺运亨掰手腕，他在桌子底下舞拳弄脚捣乱，大人问他，你在干啥，小长有回答"练拳"，"赚钱"，惹得大人们哄堂大笑。

李复祯"近水楼台先得月"，五六岁时就整天跟在车二身后跑来跑去。光绪七年，十四岁的他成了车二的开门弟子，此后更是把练拳当作主要事情，翻跟头、跌八叉、踢飞足，样样出色。二十几岁，他已经可以独当一面，成了新一代的形意拳的领军人物。外地前来与车毅斋切磋者，须先过李复祯这一关，结果无一不败北，所以他年年轻轻就被称为"常胜将军"。

李复祯武功出众，自然性格争强好胜。他保镖多年，知道晋冀交界处的十八盘是个著名的险要隘口，经常有盗贼出没，不少名师就曾在这里栽过跟头。这十八盘位于山西盂县东木口与直隶平山县交界处，山势高峻险要，因其北坡有十八道盘山弯路，故名十八盘，自古就是晋、冀两省的重要隘口和军事要冲。

　　李复祯本来计划走娘子关，听到这样的消息，心想郭大师能有这样的弟子吗？不妨走一趟，看看究竟，如果他真是郭大师的弟子，就劝其改邪归正；若是假冒，则为民除害，岂不也好？

　　过曲阳，经灵寿，到平山，一路上关于十八盘山贼的传闻越来越多。此贼名叫"青乌鸦"，据传腋下有一双肉翅，脚下生一对鹰爪，平日里穿青挂皂，行走如飞，笑起来酷似乌鸦尖叫，"青乌鸦"大概由此而来。"青乌鸦"生得青面獠牙，黑如锅底，轻功出奇，一杆大枪神出鬼没，有万夫莫当之勇，所以许多武林高手、著名镖师都败在他的手下。

　　距十八盘不过四五十里，路上行人看到李复祯他们还往前走，纷纷劝阻："山贼太厉害啦，没有谁能平安过去的，你们还是返回去吧！"

　　可是这位李复祯天生好胜。你说路途平安，他还未必就去；你越说山贼厉害，他反而非去不可。"明知山有虎，偏向虎山行"，大概说的就是李复祯他们这一类人。

　　年轻气盛的李复祯，果然是初生牛犊不怕虎，也是名师手下出高徒，出道以来，有名的，没名的，都喜欢跟人家动手。他脑子好，反应快，功底实，好多年还真的没尝过败仗。前面倘若没有山贼，或者山贼平平庸庸，李复祯还未必感兴趣，现在，路人将山贼越说得天底下无人可敌，李复祯反而恨不得一步登上十八盘去会会他。

　　走到古月镇，不过下午酉时，街上已人迹稀疏，店铺陆续关门。一班镖车偃旗息鼓从西下来，镖师腿瘸肢残，垂头丧气，狼狈之状，不堪入目；镖旗只剩布条，却依稀看得见是一个"燕"字。看到李复祯他们还往西去，镖师摆手好心劝阻："好汉不吃眼前亏，那山贼武功盖世，惹不起，可能躲得起。兄弟，听良言相劝，绕道而行吧！我们要是跑得慢点，命都没了！"复祯谢过气喘吁吁的镖师，前进的速度更快了。

　　第二天上午到下口村，偌大的地方，本来应该是万物复苏、春播下种、欣欣向荣的季节，地里却荒无人烟，村子里更是冷冷清清。偶尔出来个又干又瘦的小老头，也似乎惊魂未定，心有余悸。

李复祯问："老人家，村里的人都哪去了？"

"甭提了，前年这里来了个山大王，凭借武功厉害，横行霸道，杀人抢劫，欺男霸女，坏事都做绝了。这不，年轻人都吓跑了，就剩我们这些老头子、老婆子啦，还得整天提心吊胆。唉，啥时候才是个头呀！"

李复祯又问："十八盘怎么走？"

老人下意识地刚用手一指，又立即收了回来，仔细地上上下下看了看李复祯他们，断定不是有病之后，才正经回答："你们去十八盘？那可是个要命的鬼地方，人们躲还躲不过呢，千万不要去，回吧！"

李复祯说："不怕，俺们是山西的形意拳人，就是准备去铲除山贼，为你们除害的。"

"谢天谢地，谢天谢地！不过，你们能惹起那神通广大的山大王？你们一定得小心啊！"老人不知是高兴还是担心。

谢过老人，李复祯率领镖车沿着崎岖的山道，直奔十八盘而去。山越来越高，路越来越弯，坡越来越陡。再行约莫二十来里后，往上一看，好一座天梯，直通云霄！

再看四周，山高林密，乱石嶙峋，乌鸦偶尔一声尖叫，令人浑身起鸡皮疙瘩。真是"蝉噪林逾静，鸟鸣山更幽"！

七斜八拐，估计爬到将近一半，一转弯，前面出现一块巨石，定睛看时，一字横着七八个彪形大汉，个个昂首挺胸，虎背熊腰，中间是叉

晋冀交界处十八盘

着双腿的一黑一白的两个大王：黑的面如锅底，青面獠牙；白的风流倜傥，英俊潇洒。

这黑白二将，其实就是当年郭云深铲除了的窦仙君的左膀右臂。那白的是自称过八爷的"花蝴蝶"，在太谷"三多堂"被吕学隆惩治，当场表示一定痛改前非、重新做人以后，一直下落不明，结果，是投奔了他的师兄。

原来，窦仙君的这哼哈二将，黑白二丑，乃是同母异父的俩兄弟，井陉人氏。由于父母不和，他们从小缺乏家教，七八岁就流落街头，偷、抢、打、闹，四海为家。兄弟俩是"窝子狗"，要骂一同骂，要打一起上，到十四五岁的时候，养成了不怕天不怕地不怕的性格，成为人们都躲着的亡命徒。

一天，在井陉城的东边上，俩兄弟大打出手，二战四，居然把四个同龄孩子打得鼻青脸肿，路过此地的一个短粗后生看上了他俩，请到附近饭店美美地吃了一顿大鱼大肉的饱饭。兄弟俩认为遇上高人啦，于是开始了新的生活。

这个高人就是窦仙君。祖上是日本人，落户冀东海兴，自幼就骚扰邻居，长大了祸害乡里。他是棵独苗，家境也可以，虽然长得脸长、眼小、个子矮，相貌不咋样，可是从小张牙舞爪，欺男霸女，到处"采花"，却不娶妻生子。四乡百姓视其为祸害。

窦仙君二十来岁时，携带一些银两出走江湖，拜过几个武师，学得了些许本事，偷、抢、拐、骗，不务正业。在井陉苍岩山办坏事，被郭云深一顿教训后，他发觉自己武功仍旧不行，于是继续访名山，再拜师。

窦仙君路遇不怕死的黑白兄弟俩，认为二人是好帮手，于是一顿好吃好喝，收到身边，继续干着抢劫豪夺的勾当。不料又遇上了郭云深，命丧月牙剑下。

黑白二丑没了窦仙君，失魂落魄。他俩先放火烧了郭云深的房子，之后访名山，拜名师，修炼功夫，发誓报仇雪恨。这就演出了一系列故事。

且说李复祯一行人不听劝告，誓闯鬼门关似的十八盘，一路顶风来到大山之下。

看着一行镖旗招展、队伍整齐的来者，黑白二丑就料想来者不善。而挺胸昂首的镖头，虽然身材中等，却脸露霸气，目中无人。相比平日里的镖车，一到此地，镖师提心吊胆，连镖头都缩头缩脑、手脚哆嗦的样子，两山大王已预感今天恐怕不是个平静的日子。

"哈哈哈"，黑鬼笑声尖厉，果然声似乌鸦，令人毛骨悚然。他翻了翻眼睛，语带威胁，"朋友，你好！敢上十八盘的，肯定吃过熊心豹子胆！"

"熊心、豹子胆？小菜一碟，好吃啊！"李复祯轻蔑地一笑。

"何去何从？"

"过十八盘呗。请问大王尊姓大名？"

"一路上你不听到了吗？"

"'青乌鸦'？俺们太谷叫'黑老鸦'，是不祥之物呀！"

"啊，山西太谷？"黑鬼眉毛皱了皱。"白乌鸦"伸过脑袋低声说了几句什么，那"黑老鸦"的口气立刻缓和下来，"好，好，好啊，咱们太谷的形意拳不错嘛！"

"什么咱们？俺们太谷的形意拳人是专门除暴安良、为民除害的。你们呢？"李复祯语带威严。

"好啊，咱们志同道合，一样的。"

"呸！你们占山为王，拦路抢劫，坏事做尽，也是除暴安良、为民除害？"

"那是道听途说，坏人讹传。"

"既然你们不是拦路抢劫的山贼，那么，让开路，俺们要通过了！"李复祯长枪一指，命令对方让开。

"嗨，急什么，咱们是不是玩玩再走？"黑鬼觉得未见对手高低，就轻而易举让路，忒显得窝囊。

"怎么个玩法？"李复祯问道。

"咱俩玩玩枪吧？"黑鬼觉得太谷人也未必人人真的天下无敌，不试试就放他们过去，实在便宜了对手。

"好啊！"李复祯其实早等不及了，他把长枪一抖，"你先出招吧。"

"我是地主，来者是客。"

"甭啰唆了，与无名小卒动手，李某向来先让其三招。"

"黑老鸦"仿佛受了奇耻大辱，鼻子都气歪了，又一声狞笑："我是无名小卒？老子光名师就拜了八位，郭云深就是我的第八位师傅。今天不杀杀你的傲气，不知道马王爷长着几只眼！"

"什么，你也是郭大师的徒弟？"

"是啊，怕了？"

"呸，狐假虎威！"

真是酒逢知己千杯少，话不投机半句多。"黑老鸦"再顾不得什么礼让三分了，挺枪便刺。

李复祯长枪横压对方大枪，喝道："你说清楚，郭大师三战'鬼八卦'，铲除窦仙君，向来行侠仗义，为民除害，岂能有你这样厚颜无耻拦道抢劫的山贼！"

"你知其一，不知其二，""黑老鸦"哈哈一笑，比夜鬼叫还难听，"郭云深其实也是强盗、淫贼啊。哈哈哈！"

"啊，明白了，原来你是在故意败坏郭大师的名声。"

"猜对了！我们兄弟俩就是要让他普天之下、四海内外，名声扫地，臭不可闻，求生不得，求死不能，以报杀主之仇！"

"你们主子是谁？"

"谁？ 堂堂正正、顶天立地的大清窦举人！"

"啊，久闻其臭名啦！他不过是一个为人所不齿的倭种！"李复祯听到这里，啥都清楚了。他挑开对方的枪头，让从人靠后，自己横枪挺立，准备恶战。

这只"黑老鸦"其实颇有忌惮李复祯之意，呛来呛去，反而没了可下的台阶；再则，也自信武功不俗，三把两下未必就输，因此，只得横下心来，迎战复祯。

"黑老鸦"也使一条大枪，他一伸手，就挺枪直刺李复祯咽喉要害。李复祯轻轻拨开，两杆大枪来来往往，战在一起。

约莫战到二十来个回合，李复祯发现，这只"黑老鸦"的枪法，进攻有刺、戳、点、扫、挑，防守有格、拨、架、挡、搪，防守和进攻两动融为一体，攻防一次完成；防中带攻，攻中设防，使人无还击之机。嘀！这分明是岳家枪，难怪许多镖师败在他的枪下。看起来，今日绝不可掉以轻心。

李复祯的枪法是一绝。他先用形意六合枪应对。这形意六合枪用的是螺旋之力，整个枪体无处不螺旋。再战不到二十合，"黑老鸦"眼里只见银蛇出洞，蛇头蹦跳，蛇体缠身，上下翻飞，心中不免吃惊。

战到八十多个回合，仍然未见输赢。天已正午，那"黑老鸦"忽然将大枪往地下一扎，脚蹬枪头，腾的窜上大树："歇歇脚，一会儿再收拾你！"

李复祯也饿了，站在树下，从镖车上取出干粮充饥。

山风吹过来，大汗淋漓的二人颇有凉意，树上的"黑老鸦"甚至肩头发抖。双方的随员一边各自护着自家的主将，一边也饥不择食地吃起东西。

大约未时，"黑老鸦"跳下树来说道："大战半天，还没问你的尊姓大名。"

"无名小卒，山西车毅斋大师弟子李复祯。"

"白乌鸦"一听，凑近师兄，窃窃私语几句，"黑老鸦"立刻变了脸色。

"哎呀，常胜将军！""黑老鸦"脸皮一笑，对着李复祯攀起了亲戚，"论说，咱们是一家，你应该叫我小舅才对呢。"

李复祯气得骂道："放屁！武功扯淡，还想占便宜？"

"那你六亲不认？"

"俺就知道为民除害。"

"不对，我看你是不是专门来找麻烦的？"

"不，是一路闻你大名，特来领教的。"

"唔，较量了一上午，深浅已知，我们是不是井水不犯河水的好？"

"行啊，只要你放下屠刀，改邪归正。"

那个"白乌鸦"与"黑老鸦"鬼捣了一阵，语言柔软了许多，口气平和地说道："倘若我……"

没等对方说完，李复祯抢过话头："明年的今天就是你们的忌日！"

那"黑老鸦"上午听说镖车来自太谷，本来心有余悸，现在得知，来者居然是大名鼎鼎的"常胜将军"李复祯，心里更胆怯了三分；况且上午的较量，已经知道对方武功深，但他不愿意颜面丢尽，顿时气急败坏，恼羞成怒，只能铤而走险，孤注一掷。他声嘶力竭地大吼一声："狂妄之徒！你敬酒不吃吃罚酒，今天有我没你，有你没我。我们就来个鱼死网破！"说罢，举枪刺来，一场枪对枪大战继续在十八盘展开。

大枪撞击声伴着呼呼风声，腾挪跌宕，伴着树叶落下。这是一场决战，双方都使出浑身解数，希望速战速决。

"岳家枪"精妙绝伦，无懈可击；"六合枪"出神入化，滴水不漏。"黑老鸦"寻思，今天赢不了，我恐怕死定了；复祯告诫自己，今天绝不可麻痹大意。

天已近酉时，太阳即将落下，大山里渐渐暗了下来。

"黑老鸦"已渐渐体力不支，他白天晚上干坏事，能不伤元气？李复祯明白对手的状况，逐渐加快了进攻节奏；"黑老鸦"气喘吁吁，拼死拼活应付。

人一旦不要命了，有时更难对付。"黑老鸦"强抖精神，拿出"岳家枪"的看家本领：直取中宫两边荡，左拨右引身先躬，反手斜上直指腰，回身上挑不离胸。但李复祯哪能给敌手挣扎的机会？他枪枪压着"黑老鸦"的枪头，使之难以进退、不能抽身。

"黑老鸦"像疯了一样，又蹦又跳，边喊边吼。李复祯正好利用其丧失理智的机会，综合使用形意六合枪的缠法、崩法、拿法、抖法，将"黑老鸦"团团镇住。"黑老鸦"穷于应付之余，忽然发现了李复祯中路空挡。他立刻抓住机会，拼尽全身气力，连人带枪，对准李复祯心口一枪刺来。然而他哪知自己已中了圈套，就在枪尖刺来的一刹那，李复祯使出了一招长枪短用的绝招，枪头拨开对方枪尖的一瞬间，枪尾已贴身猛击对方头颅。只听"咯嚓"一声，为非作歹、不可一世的山贼"黑老鸦"脑浆迸裂；而就在同时，李复祯把大枪尖一转，又将他连人带枪挑下了山沟。

污血从路边的石头、草缝里一滴滴地流下……

"白乌鸦"与跟随的其他山贼一看，个个魂飞魄散，四处逃窜，不知所往。

太阳已经西沉，晚霞将十八盘四周映得通红通红。

李复祯鏖战整整一天，这时才停枪伫立，感到浑身疲乏，腿脚无力。他缓了缓气，想到终于为民除了一大害，顿时又觉得神清气爽。

天眼看要黑了，他下令镖车连夜前行。

第二天上午，李复祯带着镖车到达东木口，有几拨镖车正在街上犯愁，看到浩浩荡荡的李复祯的队伍，一齐上前问询山贼的情形。复祯告诉他们，山贼并非郭大师的弟子，他们是为被郭云深师铲除了的恶霸窦仙君报仇而故意败坏其名声的。

"那山贼呢？"

"死了。"

"那你们是?"

"太谷练形意拳的。"

晋、冀两省的百姓闻听山西形意拳人铲除了山贼，为民除了大害，人人奔走相告，纷纷扶老携幼，返回家园。而李复祯大战十八盘、枪挑"黑老鸦"的故事也在晋、冀一带广为流传。

且说李复祯回到"三多堂"交代完差事就去了吉安堂，给师父车二和师兄弟讲了恶战"黑老鸦"的经过，人人羡慕不已。吕学隆说："飞羽师爷回到家乡后，要郭云深大师常来太谷走走，您枪挑了'黑老鸦'，不正好给郭师一个见面礼？只是，郭师可知道他曾经有过这么两个让自己声名狼藉的'亲传弟子'？一旦得知，岂不暴跳如雷！"

几个人正在商讨，将来要不要告诉郭师，忽听窗外有人大呼："十八盘'黑老鸦'来也，李复祯出来受死！"

李复祯先是一愣：人死了焉能复生？紧接着，窗户瑟瑟作响……

世上果真有鬼？

欲知如何，请看下回。

第十一回

"开山祖"喜收形意果
"试金石"笔录《精义经》

哎呀！大家闻声出来一看，哪有什么鬼，原来是师兄弟"大老黑"孟兴德在装神弄鬼！

"呸！"李复祯鼻子都气歪了，"你装张飞、猪八戒吧还凑合；装'黑老鸦'，你还白了点。"

"吃饱了撑的！"王凤翙白了"大老黑"一眼。

原来李复祯回来讲了十八盘的详细经历后，大家听得津津有味，说到"黑老鸦"，有的主张对坏人就是得斩草除根，有的主张留条后路。孟兴德是个大老粗，羡慕师兄的运气，能长枪对大枪，多过瘾！于是，跑到院里，假装"黑老鸦"，也要恶战李复祯。被大家一顿笑骂，不吱声了。

回到屋里，车二思考再三，仍生疑惑："你们说，这两坏蛋为甚总要跟咱们攀亲呢？"

"占便宜，寻活路！"孟兴德觉得那还不是和尚头上的虱子——明摆着的。

吕学隆若有所思："事情恐怕没有这么简单。俺也觉得这事蹊跷，应该留下活口。"

"那你为什么放了他的兄弟？去寻你的'花蝴蝶'去吧，哈哈！"孟兴德向来有啥说啥，不会拐弯抹角。李复祯这会儿却在墙角默不作声了。

"不管怎么吧，他们几十年的功夫也来之不易，教训其改邪归正也就行了。今后记住，得容人时且容人，能留后路就留后路。再说，这两件事不也是从前结怨惹的后患吗？"车毅斋总结说。

"学隆，你说说十八盘的那个'白乌鸦'是不是'花蝴蝶'？"李复祯一直在寻思。

吕学隆回答："十有八九是。"

一时也没有结果。车毅斋说："慢慢看情况吧。你们记住了，以后办事不能太冒失。"

车二现在能有这几个高徒，话题还得回到十四年前。李飞羽离开太谷前反复叮嘱车二的"形意拳还得继续完善"的教诲，他牢记在心，吉安堂里对形意拳的改革步子从未停止。

车二在孟绰如、武柏年先生的协助下，借鉴王长乐师父的少林拳，在贺运亨的协助下，创立了"十二路弹腿"，作为形意拳的入门功；对"五行拳"的基本练法也做了重大改进，还创造了具有明显技击功效的"掌拳互变"；在李师的形意"六象"之上，补足了"十二形"；在李师理论的指导下，又创编了进退连环和九个对练套路，以及十三炮法和带步、吃步、迂回步等更有技击意义的手法与步伐；此外还结合技击、散打创编了攻防要道、十五打法、七十二技法。至此，形意拳由浅入深、由易到难，循序渐进的一整套完整、系统的拳法体系与理论体系基本成熟和定型。

如果说李飞羽是形意拳的奠基人，那么，车毅斋则是主创人。后世流行的形意拳，大部分内容都是由车毅斋领导创编的。

车毅斋的武功与拳理、拳法日趋成熟，李复祯、吕学隆、王凤翙、孟兴德、李发春、孟天锡、樊永庆等新秀也在茁壮成长，连特殊弟子窦美子的武技也今非昔比。她不仅学会了五行拳、十二形拳，打法、顾法及好多套路，而且在学习"五行剑"的时候，从持剑、出势，到劈剑、钻剑，每个招式都十分到位，常常博得车毅斋的赞赏。好身段加上好剑法，窦美子确实堪称形意拳的漂亮女侠一个。

清光绪七年（1881）秋，在中国形意拳史上是一个非常重要的日子。七十九岁高龄的奠基人李飞羽，由儿子李太和陪同，再次回到让他牵肠挂肚的

清代太谷城东大街

山西太谷。

巍巍太行山,清清乌马水,远眺凤凰,近看白塔,三十多个年头,他都是在这里度过的啊!弟子们的武功,老朋友的身体,是最让李公牵挂的。

老人低调行事,不想惊动大家,所以没跟任何人打招呼。父子俩轻车简行,到了离太谷城二十多里的榆次东阳镇,略住一宿后,第二天一早起身,不多时车子已过乌马河桥,来到太谷城东门外。正东道路北的"瀛东玉器店"、包子铺,顾客依旧出出进进,川流不息。

进东门,熟悉的街道,熟悉的店铺,父子俩故地重游,感慨良多!东大街道路依旧,"广升晋""儒益堂""广盛庆""聚泰亨"等商号生意依然兴隆。看到李公,老板们频频点头致意。城中央的鼓楼在秋日的阳光下熠熠生辉,东门洞上方"观象"两字,仿佛告诉人们:登上三楼,便可见滔滔象峪河水。

十四年,春去秋来,寒暑交替,但太谷的城容城貌依旧那么亲切而熟悉。李公父子穿鼓楼,走进南大街。这里是县城的商业中心,两边的商店里,布匹绸缎、金银珠宝、字画书籍、日用百货,应有尽有,右侧的白塔,高耸入云,仍旧洁白纯净,象征着当地淳朴的民风。

原太谷城的藏经楼,现移到太原市迎泽公园

父子二人一路兴致勃勃,东拐小

南街，北过三成巷，再进入东寺园，太谷城的标志性建筑、高大雄伟的藏经楼，在斜阳下金碧辉煌。李公告诉太和，这藏经楼又叫藏经阁，据城里人说，至少已有近千年的历史了，它和白塔自古就是太谷城一东一西的象征。

父子二人走进李飞羽当年居住的赵家巷那熟悉的院子里。房东在飞羽走后，没有再租给别人，但经常收拾得干干净净，保留着原来的风貌。

看到李飞羽父子回来，房东非常高兴，立刻让座，安顿行李，然后准备热水、热饭。

作为太谷城的名人，尽管已经过去了十四年，认识李飞羽的市民还是不少，他们父子走了一路，消息也就很快传播开来，武、孟二位先生和车毅斋等弟子，已经相继到来。

"李公，您回来怎么不事先打个招呼？"孟先生说道。

"师父，您总该让俺们去接您嘛！"车毅斋也紧着说。

其实大家都知道，李师历来不愿麻烦别人，甚至弟子。他只是笑容满面地解释，不想打扰大家。

"中午俺接风洗尘。"武先生抢先排队。房东却捷足先登，不依不饶地说："俺们这不正准备着呢，你们以后有的是时间。"大家也就同意了。孟先生安排说："那么，晚上咱们来三杯两盏淡酒，助老朋友一觉睡个大天明。"

当天晚上，车二率众弟子与孟、武先生先在一家饭庄喝了接风酒，然后都来到李公的寓所，开怀畅聊。

"俺们都知道，您最放心不下的还是您的形意拳的改革和完善的大事。"几十年的夜以继日，摸爬滚打，孟先生特别了解李公的心事，开头就挑明了主题，"今天俺可以明明白白地告诉您，车二他们没有辜负您临行前的嘱咐。"

"师父您就放心吧！"车二率弟子们齐声回答。

武柏年同样知道李师所想，先给他介绍了这些年的情况："第一是弟子们的武功。运亨、广亨已经学习整整二十年；小宋弟兄俩，入门才一年，他们的师父就走了，您最挂念的就是他们兄弟俩，明天给您汇报表演一下，肯定让您惊喜。车二教弟子李复祯他们什么内容，往往先传二宋，为什么说兄弟如手足呢？"

车二虔诚地对师父说："一个新的拳种诞生，必须有一套完整的理论体系。十几年来，在孟先生的指导下，形意拳在您的象形取意的基础上，已经继续发展成为以'阴阳为母，四象为根，六合为法，三节为用'作为拳理、拳法有别于心意拳及其他拳种的新的拳种。"

李飞羽说："我朝思暮想的就是这些，快快讲来。"

孟先生与车二相视点了点头，车二对师父说："您的门下有了新的秀才，他既通文又精武，俺们都比不了。他就是您的三徒弟李广亨。下面得请他讲讲咱们形意拳的拳理和拳法。"

"有师父和孟、武先生，还有大师兄，广亨乳臭未干，岂敢班门弄斧？"李广亨谦虚地说。

"但讲无妨，咱们平日研究、商讨的，你不都记录在案吗？错了俺们补充纠正。"孟先生亲自督促、壮胆。

"但讲无妨。你是给师父汇报，又不是给外人讲学，错了有师父，还有大家。"师兄车毅斋也大力鼓励。

现在的李广亨俨然一位儒师，长袍马褂在身，二目智慧有神。在众人的一再催促下，他只能口称"恭敬不如从命"，逐条向师父汇报起来。

一、阴阳为母

古人认为，"阴阳为变化之父母"，形意拳以阴阳为母，说明该拳拳法变化无穷。阴阳贯穿于人的周身，即身躯之前为阳，后为阴；躯体之外为阳，内为阴；手心为阳，手背为阴（此与医学不同）。行功诸法中，动为阳，静为阴；刚为阳，柔为阴；实为阳，虚为阴；进为阳，退为阴。阴阳互用，阴阳相合，乃形意拳的重要拳理。身之一动，动中有静，静中有动，动静相寓。拳之一出，刚中有柔，柔中有刚，刚柔相济；虚中有实，实中有虚，虚实相因。步之一出，进中有退，退中有进，进退相随。阴阳学说在形意拳中的地位是十分重要的。

二、四象为根

四象为根即鸡腿、龙身、熊膀、猴相。所谓"鸡腿"，取鸡之两腿紧夹、似屈不屈、似直非直之形，出步"磨胫"，膝扣裆圆，进退敏捷，并防对方从中门而入以遭不测。所谓龙身，取龙之腰身转动灵活、吞吐自如、变化莫测之特点，以有利攻防。所谓熊膀，取熊之含胸圆背、垂肩坠肘、包裹严密之形，攻可变守，守可为攻，出拳应变敏捷，对方无隙可入。所谓猴相，取猴之目光敏锐、精神集中、观机审势、变化神速之形象，可乘人不备而攻，出其不意而取。

以此四象为根，充分体现了形意拳形式上的独特之处，同时突出了形意拳内涵上重技击的风格特征。

三、六合为法

所谓六合，即心与意合、意与气合、气与力合（内三合），加手与脚合、肘与膝合、肩与胯合（外三合）。因此，六合者，实为内外相结合之法也。循此法则，不但能调和脏腑气血，强身健体，而且在技击上也可以达到内外一体之妙用。此外，还有心与眼合、心与耳合、心与手合、眼与手合等。总之应达到一动无不动，一合无不合，周身上下、内外合为一体，五官百骸悉用其中。

四、三节为用

三节，以一身而言，手臂为梢节，躯干为中节，腿脚为根节。分而言之，三节之中亦各有三节，如上述梢节中之三节，即手为梢节、肘为中节、肩为根节。三节为用，不外乎起、随、追而已，即梢节起、中节随、根节追之。通身之劲法，则要求起于根，顺于中，达于梢也；身以滚而起，手以滚而出，身进脚手随，三节自可齐，就是各节中劲法的综合应用……

听着李广亨讲得头头是道，李公心花怒放。他想起来了，当年赵掌柜领来的是个十三四岁的眉清目秀的孩童，如今成了一个名副其实的武秀才，作为师父岂有不欣慰和幸福之理！看到形意拳后浪推前浪，孟、武二位先生也在不住地点头。

接下去，孟先生和车毅斋还简略介绍了形意拳的三层功夫、三种练法，以及四忌、五劲、六方、七顺、八要、十目、十二功法等要领，请李师评点。

"十四年来，你们辛苦了！"李飞羽大师发自内心地盛赞在座的先生和弟子，"当年，我在吉安堂只是开了个头，更精彩的文章都是你们大家写成的。真的谢谢你们！"

"您是实至名归的形意拳祖师爷，俺们所做的都是沿着您开创的道路摸索而行，路子正不正，还得您评点！"车毅斋发自肺腑之言，令李师动容！

屋里热火朝天，天上繁星点点。

秋风悄悄谛听，房东灯火相伴。

东寺园赵家巷正在延续着又一幕武林好戏。

第二天，东方未破晓，李公就起床了。昨晚商定，今天吉安堂要举行盛大的形意拳汇报表演，让他检阅，他咋能睡得着。

今天一早，吉安堂大院清水洒地，窗明几净，一派节日的景象。窦美子特意在大门口摆了两排鲜艳的菊花，白花绿叶，清灵晶亮，仿佛出水芙蓉，娇羞迎客。李大师的荣归，成了县城的一大新闻，听说举行汇报表演，围观的宾客也早早来到了庭院。

正房"议事署"大厅前，桌椅一字排开，是专门请李飞羽和武、孟先生等前辈评点的专席。

中秋的太阳，明亮、温暖，洒在穿着盛装的吉安堂大院，显得格外辉煌。

汇报表演前，本县几大高手先后到来。离别十四年，大家都老了。吴本忠与李师同龄，也年近八旬，不过，步履平稳，二目有神。冯克智一见老乡，两人立刻抱在一起，亲热地说："没想到咱们还能有今天，得谢谢老天爷呀！"

李飞羽大师今日头上特意裹了一条崭新的白毛巾，身穿宽大的黑夹袄，胡子虽然白了，但刮得干干净净，精神矍铄，腰杆挺直；孟、武二位先生头戴黑色帽盔，一身新衣，陪李大师端坐在正房前的点评台上，和吴、冯等大师共同参与验收形意拳的改革创新成果。

当年李大师眼里的小孩子李复祯，已经进入而立之年，为人师。按照车毅斋的安排，他第一个先演练入门功"十二路弹腿"。

只见李复祯三体式起势，左掌身前回抽变拳，而后一个炮拳坐马腿，威武而沉稳；接着崩拳十字腿、架压坐盘腿、穿楼扫蹚腿、双展丁字腿、摆莲旋风腿，动作如虎，敏捷，矫健，刚劲，威猛，让李大师叹为观止："哎呀，好功夫，好功夫呀！"

孟先生说："这是车二根据形意拳的特点，借鉴王长乐师的少林拳，与腿功出众的贺运亨经过反复实践、加工改编的。"

接着，轮到宋世德表演。当年的孩子长成了大人，看看那体格多健壮！他演示的是单练套路"进退连环"：搂手炮、一马三箭、白鹤亮翅、右步炮拳、左牵马拼、左步熊鹰合演、叉步崩拳……

"我走的时候,他才十岁,现在看看他的功力,一般的武师也不敢小觑呢。"李大师赞叹道。

诸位高手也不住地点头称赞。

接着宋世荣表演单练套路"杂势捶"。他年方而立,亦商亦武,"三体式"起势,左腿屈膝,似弓非弓;右腿后撑,似屈不屈,肩垂肘坠,沉着而稳重:从"顺步撩阴""鹞子入林""退步劈拳""乌龙倒取水""顺手牵羊""蛰龙出现"到"黑虎出洞""白鹤亮翅""进步炮拳""丹凤朝阳"……前后四趟,一气呵成。李飞羽看得有些眼花缭乱,说道:"我走时,五行拳还没教完他,十四年就发展成这样,太难以想象了!"

"宋氏兄弟天资聪颖,勤学苦练,才有了今天。"武先生也赞不绝口。

"这'杂势捶'是车二借鉴心意拳的'五趟闸势'改编来的。但是练法和劲法不同,而且增加了许多捶法,由于拳势复杂,又多用捶法,所以取名为'杂势捶'。"孟先生给李师做了详尽解释。

宋世荣的"杂势捶",给李师留下了深刻印象,其拳势多变,攻防兼备,尤其"大鹏冲霄""乌龙翻江""风摆荷叶"等动作刚劲有力,内外相合,深得老人喜爱。他说:"好拳,好拳,我回去也叫奇兰、云深、晓兰他们来学几套。"

之后进行的对练套路最为激烈,由贺运亨、李广亨表演。那贺运亨没留长辫,白毛巾箍头,形似农人,神则是武夫;李广亨将长辫往脖颈一盘,把长袍往腰里一掖,文雅里迸射出威猛。二人"三体式"搭把,车毅斋示意后,立即开始。好个形意拳对打,时而李攻贺守,时而贺打李顾。攻者拳脚并用,实来实打;守者门户紧闭,滴水不漏。当演练"十二连捶"时,攻者连续用十二种捶法:混元捶、践捶、滚捶、栽捶、劈捶、指裆捶、卡面捶、炮捶、反背捶、掏心捶、换步悠捶、板拦捶,整个连环套路十二捶不停顿地猛攻猛打,双方动作刚猛迅速,上下兼顾,左右趋避,吞吐自如,李师情不自禁地鼓掌称道。孟先生说:"这是在您的'五行生克拳'的基础上,由车二他们改革创编的,加上您的'五行炮',一共十套呢!"

李师想起了与车二共创第一个对练套路"五行生克拳"时的情景。那时,自己还年轻,与车二你攻我防,时进时退,一次被弟子一拳击出,二人莫名其妙,继续研究,找到了破解的诀窍,师徒欢天喜地。现在想来,如在昨日。这十几年来，弟子们新创的对打已经有十来套，演示起来，攻防激烈，扣人心弦，作为师傅，他感到心花怒放！

李师颇有感触地与孟、武先生说："是啊，练好对练，有利于散打，太适用了。这么好的对练，是学习散打的必行之路，得好好推广。"

"咱们形意拳的对练，讲究贴身近打，与心意六合拳及其他拳种不大相同。"孟先生解释，"车二他们叫'打架如亲嘴'，创编的许多手法、身法、步法都体现了这一特点。"

李师边听边满意地点头。

太阳毫不吝啬地把它的温暖传递给李师，孟、武二位先生及各位来宾，整个大院里暖意融融。

最后，由车毅斋亲自演练各种打法、顾法与技法。他已年近半百，在拳界摸爬滚打三十年了，很有声望，连弟子李复祯等也崭露头角。作为吉安堂的新的领军人物，多年来，他带领师弟、弟子，在形意拳改革的大路上不断创新，不断完善，从未止步。

车毅斋向师父、来宾抱抱拳，整了整衣冠，从容不迫，开始汇报演示。

十五打法中的头打，以顶、摆、撞打击对方眼、鼻、口、耳、两鬓与胸部之华盖、乳中、膻中要害之穴。肩打的要领乃阴阳互易，正反进击；或左或右，盖依势而取；或上或下，以肩撞击；或里或外，以肩点击；或前或后，以肩摆击。

顾法对于车毅斋来说印象最深。他早年汾河边一人惩治三赖皮，额头却挨了两拳头，为此王长乐师谆谆告诫的话语令他没齿难忘。因此，顾法的创编他费的心机最多。车式的顾法，特别强调了随机应变，必须看对方来袭的具体情况，如对手高来，我即用挑、架、托、拨、刁等法顾首而反击；对手平来，我就拦、截、刁、板、劈、推、撅、捋，护胸腹而吞化反攻；若对手低来，我则砍、砸、切、压、刁、撅，边防下腹边伺机进击。

七十二技法，是根据形意五行拳、十二形拳的技击要领和单练、对练中的许多绝招编排而成的一趟综合练习套路。它将眼、耳、身、手、步、肩、肘、胯、腰、膝等四肢百骸的功能充分调动起来，赋予技击要素，使之既利于健身，更便于攻防实战，是基础训练的最高境界。

其后，车毅斋演示的五行拳，突出了便于技击的掌拳互变，各行之间交替,展示了"倒插步回身"新招。十二形只取各形特技,简洁而实用。当他最后演示完狮吞手、阴阳把、搂手炮、扳手炮、拘马拼等十三炮法和带步、吃步、迂回步等步法时,李师已经激动得无法自抑,从椅子上忽地站了起来,大声对车毅斋说:"车二,有你们在,我死也放心啦!"

弟子们先是一怔,接着立刻跪倒一片,齐声感谢师辈的栽培和信任!

李师老泪横流,亲自下来,一一扶起弟子,一字一句地说:"吉安堂我没白来,徒弟们我没白收,二位先生我没白好,诸位高手我没白交。我们的形意拳,成功了!"他把两只拳头一下子高高举过了头顶。

仿佛洪钟,仿佛惊雷!吉安堂大院顿时人声鼎沸,欢呼雀跃。形意拳开山之祖的豪言壮语冲出大院,飞向神州,进入了历史!

形意弟子、再传弟子纷纷跳下场地,演练起来:孟兴德挥枪,樊永庆舞刀;武杰的鸡形绝技,王凤翔的进退连环;李发春、王之贵等俩俩一组,对练五行炮、挨身炮、五踩六捶……劈头盖脑,拳脚并用,战在一起,直打得风声四起,天旋地转,好不热火朝天!

李师激动得合不拢嘴,孟、武先生不住地频频点头,诸位名师情不自禁地鼓掌。美子、春花泪水盈眶了,满仓、金囤在暗暗高兴,大秀才才高八斗,正在酝酿新诗。

吉安堂大院铭记着这热烈的历史时刻,李广亨都看在眼里,记在心中,后来都记载入史册。

这李广亨好武通文,是李飞羽弟子中难得的文武兼长的人才。平日里,慈眉善目,俨然"中兴正"商号大掌柜,一旦演练起来,鸡腿、龙身、熊膀、猴象,两眼咄咄逼人,令人不寒而栗。不管什么人,只要和他伸伸手,便知其深浅,时人称其为"试金石"。

早年有一次,李广亨受聘为晋商的一家商号保镖,到了山东省一个叫硫璃河的地方,路过一处险峻的山峡口处,突然从路边的隐匿处冲出来十几个强盗,要强收过路费,不给就要抢东西。李广亨耐心解释,但领头的那个五大三粗的壮汉,虎背熊腰,眼如铜铃,看着眼前文质彬彬、文弱书生似的镖师,不由分说,首先挥动拳头,扑了上来。李广亨"三体式"一亮,鹰眼一睁,气势咄咄逼人,过手不出三招,堂堂一位壮汉被击出一丈多远,倒在地上,爬不起来。众人见状,四散而逃。

另有一次保镖，李广亨路过河北与山西分界处，有人把守关口，每过一辆车，收一块银圆。他押着多辆镖车，到此后与把关口的人讲："我车多能不能少收几块？"把守关口的人看着他的穿着和模样，分明一位先生，疾言厉色："一块也不能少！"李广亨好说歹说都不行，发生争执后，对方依仗人多势众，一起与他动起手来。李广亨被逼无奈，长袍一掖，礼帽一丢，使出形意十二形，接连把几个把守关口的大汉，拨弄得东倒西歪。他们再看李广亨时，俨然"托塔李天王"，顶天立地！

从此，李广亨在此道上出了名，再没有谁敢挡道了。

李广亨在二十多年的习武生涯中，从师父创编形意拳"三体式"，对练"五行生克拳"，到后来的全部单练、对练、技法，攻防要道，防护歌等，他既是始创、发展、完善、成熟直至定型的亲身参与者，又是如实的记录者。师父、师兄弟认为他是他们中的"文曲星"。形意拳的传播离不开文人，因此，都将所有历史资料交给了他，这就为他的《心意精义》问世提供了极大的便利。

清光绪二十一年（1895），李广亨前后历经三十多年的酝酿、实践、交流、总结、誊写，首部中国形意拳档案《心意精义》正式面世。这是对形意拳创始以来全部内容的完整记载的集大成之作，也是"形意拳"三字第一次以文字的形式出现在世上。

《心意精义》分两部分。前部记录了心意拳的流传史，以及姬际可等前辈的拳理、拳论，后部是形意拳练法歌诀，它们是：形意弹腿、"三体式"、五行拳（劈、崩、钻、炮、横）、十二形拳（龙、虎、猴、马、蛇、鸡、燕、鹞、鼍、鲐、鹰、熊）、单练套路（六合拳、进退连环、鸡形四把、八势拳、杂势捶、五行十二形合演）、对练套路（五花炮、九拳、五踩六捶、五行炮、挨身炮、连环手、九套环、十二连捶、劈捶、十六把）、七十二技法、

清代典籍《心意精义》

攻防要道（二十七处）、防护歌（十六处）、九宫图。

由于有了规范的拳法的歌诀，通俗易懂，简短押韵，好记好用，这就为形意拳的教授和传播带来了很大的便利，也在一定程度上避免了妄传和误传。比如"鼍形"歌诀。起势歌："鼍形出势脚提急，两掌须从胸前出。上掌要阴下掌阳，左右横拨轮番击。"落势歌："前进后退两脚跟，拨转防护要侧身。上手齐目下在腹，脚手齐落是真形。"严格按照歌诀教授，传播就有了正宗范本。

牵肠挂肚、魂回梦绕的十四年，李飞羽亲手播撒的形意拳种子终于开了花、结了果。山西太谷不虚此行，老人心满意足地带着收获去了，而他的弟子们并未止步，形意拳还在继续发扬光大。

吉安堂越来越蜚声在外，慕名学拳者与日俱增。

这天傍晚，弟子们正在听取李广亨讲解拳理、拳法的时候，门外忽传县衙张捕快来了，专找车毅斋说话。

一下子，人人面面相觑：谁出事了？

欲知详情，请看下回。

第十二回

古城夜幕里百鬼献丑
黑峰野林中二虎争雄

捕快头进来,双眉紧锁,脸色严峻,请车毅斋到里屋说话。李广亨停止了讲学,大家默不作声,担心有什么不测事件发生。几个弟子交头接耳:"谁惹祸了?"

"复祯哥枪挑'黑老鸦'有人报案了?"李发春担心。

"为民除了山贼还犯法?"孟兴德睁圆了大眼。

"郭云深大师不也是因杀了窦匪而蹲了几年监狱吗?"孟天锡对旧事记忆犹新。

"是呀,反正捕快上门,没好事。"大家都判断,凶多吉少。

过了好大一阵,捕快头扬着眉离开了。

弟子们涌进了屋子,只见车毅斋面色凝重,坐在那里,一言不发。直到掌灯,等听讲的人大多去了,他才留下李广亨、李发春、王凤翔、孟兴德、樊永庆、孟天锡、武杰等几个弟子。他眉头紧锁,放低了声音说,县衙捕快来不是滋事,而是来求咱们帮忙的。光绪以来,咱们太谷发生了一连串的奇事:不少人家的小孩时不时失踪。官府捕快多方侦探,始终未获蛛丝马迹。百姓人心惶惶,有孩子的人家更是提心吊胆。县衙束手无策,只得求助于我们形意拳人。

"嘿,其实俺们也早有耳闻。"王凤翔并不感到意外。

"衙门的事,与咱们无关!"孟兴德向来讨厌官府。

孟天锡不同意孟兴德的话,他对师兄弟们说:"俺们是为民除害,又不是巴结狗官。"

"对。"多数弟子也觉得应该管。

车毅斋最后说:"俺已经答应官府,为民除害,咱们义不容辞。"

此时的车毅斋,经过数十年的磨砺,早已不是当年举羊、揍牛、赶大车只有蛮力的莽夫,而成为有勇有智的武术大家。他再次告诫弟子们,这是一件机密差事,任何人都不许走漏一点风声,即使是家人亲友也绝对不可言及;否则打草惊了蛇,对侦破案情,对吉安堂,都有害无益。

车毅斋做了具体安排:兵分四路,从明晚开始,分别在县城内外东西南北四个方向通夜潜伏,发现有任何风吹草动,随时禀告。

太谷县城是个千年古城,据考古称"阳邑",是春秋时晋国大夫阳处父封地,西汉置县,改名太谷。清代中叶以后,人口骤增,外来经商、保镖、运输、打杂,从事手工业甚至开妓院者,八方来聚。社会上三教九流,五花八门,甚至坑蒙拐骗,无所不有。

城内有东、西、南、北四大街,以鼓楼为中心向外辐射,正北直通县衙。北大街被县衙逼至西大街中段往北,因此,县城北门实际上位于北城墙的四三分之一处,不过,繁华程度并不次于其他大街。东、西、南、北门外,都十分繁华,尤其东、南门外。城大人杂,除了四条大街,还有八井、七十二巷,一百六十多个四合院。在这里破案,寻找蛛丝马迹,谈何容易!

每逢日落西山,东、西、南、北城门按时关闭,

清代太谷县城一角

虽然城墙高达数丈，有武功能飞檐走壁者，哪里还在话下；戌、亥时以后，有打更的，只司其职，盗匪横行，与他何干；有巡夜的，吓唬吓唬好人可以，碰到歹人，睁一只眼闭一只眼，应付差事得了；即使衙门捕快，几乎人人尸位素餐，岂能破得了案？只有车毅斋认定是为民除害，再大的困难也能想办法解决。

按照车毅斋的部署，弟子们夜查十几天以后，陆续得到情报：精明的孟天锡发现有两个财主模样的胖子，打着灯笼，在侍从陪同下，走县衙偏门，提着箱子进去，空手出来。

王凤翙也说："我看到县衙侧门偶尔有人伸出脑袋先东张西望，看看没人，就鬼鬼祟祟出来，悄悄去到东后街的西施院，赶天快明才没精打采地回去。"

李发春说："俺发现个东瞧西瞅的，跟踪了一程，嘿，你们猜是谁，原来是东寺园的鸡毛四。这小子一贯小偷小摸，估计与本案没啥关系，没搭理他。"

孟兴德说："数俺倒霉啦，在醉乐园巷发现三起翻墙的夜鬼，以为是小偷，在墙外一听，男男女女，咿咿呀呀，嗨，原来是几个'采花贼'，想逮住揍一顿，又想师父不是说只许侦探，不许处置么，便宜那几个坏蛋了。"

武杰汇报，偷鸡摸狗的小人不少，大多是穷光蛋，不像是作大案的。只碰见个赌棍，那小子叫张冠益，他爹的家当也快被他输光了，败家子一个。

车毅斋认为，这些男盗女娼的乱象，没什么价值。孟天锡则说："这就是大清的天下，官员腐败，世风日下，乍看天下太平，其实危机四伏。"

"没想到社会变成了这样！"李发春也发生了共鸣。

"这样吧，"车毅斋也愤愤不平，他说，"咱们先集中精力破案，其他日后再说。"合计再三后，他下令："继续潜伏，查看夜间灯火，了解屋里动向。但是，千万不可打草惊蛇！"

"对对对，"王凤翙非常赞赏师父的分析，他也说，"一旦蛇惊，破案势必难上加难。"

大家正在四面侦查、全神贯注破解大案的时候，忽然节外生枝，北洸曹家"三多堂"的翡翠玉雕"玉白菜"不翼而飞了，盗贼居然在原地平放一张纸，上书十个字："欲找玉白菜，独上黑峰山。"车毅斋得知，眉头紧皱。

这可是一件非同寻常的珍品，全国只有两件，是皇宫珍妃、瑾妃姐妹俩嫁给光绪皇帝的陪嫁之物。由于曹家历代敬奉清廷大量稀世珠宝玉器，宫廷特回赐曹家一件。这"玉白菜"由出自缅甸的翡翠玉雕琢而成，品润淡雅，通透无瑕；每一片叶子都线条流畅，疏密有致，光艳袭人；层层包裹起来，宛如将财富包裹一样；那随风摇曳的姿态，犹如仙女散花般迷人。加之"玉白菜"谐音为"遇百财"，可谓价值连城，无价之宝（现各珍藏于北京、台北故宫）。

"玉白菜"

"三多堂"负责护院的拳师是车毅斋亲自推荐的弟子李复祯和吕学隆，作为师父得负责呀！再说，把他们全卖了，也不够赎一片叶子。

当夜，车毅斋亲去"三多堂"。他不想惊动曹东家，只与两弟子在厢房商议。

李复祯皱着眉头说："您说怪不怪，昨晚正好孙大少带窦姑娘来'三多堂'，曹东家叫过俺俩去喝了几口茶，恰恰这时候出事了。"

"俺看那个孙大少，整天笑眯眯，其实是笑面虎一个。"吕学隆眨巴眨巴眼睛，似乎心中有数地分析，"迟不来，早不来，他一来，就出事。大概是这狗日的作怪。"

"孙大少没武功，可是有王甲子呀，"李复祯也动起了脑筋，"只是这家伙四肢发达，没头没脑，偷得了吗？"

"不大可能。"车毅斋说。

"'花蝴蝶'是不是又回来了？"李复祯学会了展开思路。

"这狗日的爱好采花，俺已经告诉他，再逮住二罪归一，况且好长时间渺无音讯，估计可能性不大吧？"吕学隆似乎比较自信，他一直寻思的是为什么必须上黑峰山呢？

"张冠益有没有可能？"李复祯又换了条思路。

吕学隆说:"那家伙败家子一个,有贼心没有贼胆。"

"鸡毛四呢?"

"他?哪有这个本事!"

油灯的灯焰在忽忽闪闪,车毅斋的心里在反复盘算。

夜深了,可作案人是谁,大家仍然捉摸不透。最后,车毅斋说道:"不管是谁作怪吧,咱们必须上一趟黑峰山。"

"可是,"爱动脑筋的吕学隆还是不放心,"上黑峰山能取回'玉白菜'吗?这里面是不是有阴谋?"

"你是说,这还是孙大少的阴谋?"李复祯问。

吕学隆说:"不能排除。"

"莫非孙大少他……"车毅斋似乎不大相信。

"俺又寻思,为什么一定得上黑峰山呢?"吕学隆想得深。

"山高林深,地方偏僻,好杀人灭口!"李复祯不假思索地说。

"还有没有别的目的?"车毅斋想用排除法。

"俺分析这事情很不简单,"吕学隆边眨巴眼睛边说,"咱们十来个人半夜三更兴师动众,能不打草惊蛇?说不定就是坏人的圈套。"

"对,咱们不能上他的圈套,免遭不测。"李复祯表示赞同,"黑峰山绝不能去!"

"对对,不能去。可是俺又寻思,孙大少为甚要设计去黑峰山害人呢?"吕学隆一直在不停地思考。

李复祯有点不耐烦了:"一会儿打草惊蛇,一会儿摆弄圈套,你到底说甚?"

"你们说,谁是'蛇'呢?"车毅斋寻思了好半天,问二位弟子。

"谁?"李、吕你看看我,我看看你,又一时说不出来。

三人研究来研究去,反而乱了头绪。

天上的星星已经偏西,屋里的师徒却毫无睡意,也无结果。

"不管是哪条蛇的阴谋吧,俺必须亲自上山,才有取回'玉白菜'的可能。别无他法了!"车毅斋盘算了好久,终于下了决心。

"风险太大,弟子不同意。这姓孙的有文化,鬼点子多,师父一人去太危险啦!"吕学隆仍旧怀疑孙大少,心存疑虑。

"俺陪师父去！"李复祯自告奋勇。

车毅斋坚定地说："不行，对方要求的是独上黑峰山，发现人多，'玉白菜'必不出现；舍不得孩子套不着狼，即便是龙潭虎穴，也必须去闯一闯啦！"

李、吕还在争辩，车毅斋大手一摆，斩钉截铁地说："别说了，明天一早，俺就去啦！"他要复祯、学隆各司其职，随时提防新的情况；如有意外，沉着应对，不得冒失行事。

那黑峰山，太谷人叫黑峰老山，位于太谷与榆社、祁县三县的交界处，是全县最偏、最远，人迹罕至的地方，也是乌马河的源头。车毅斋单剑赴黑峰，如果沿河漕走，得一百二十里；由县城出发往南走山道，除去二十里的平路，也得翻八九座山，过十来条沟，至少也有五六十里似路非路的蜿蜒山道。

车毅斋公案在身，又添新乱，心中不胜烦躁，当然不会舍近求远。他身披晨曦，仗剑早行，准备披荆斩棘，翻山越岭，直奔黑峰。明知山有虎，也得偏向虎山行，舍不得危险取不回宝呀！

黑峰山不过六七十户人家，却分上黑峰、下黑峰村。山民日出而作，日落而息，晨起夜寐，与世无争。传说有位自称"陶令"后人的古人，游历到此，口口声声"归去来兮"，墙上挥诗一首：

面朝黄坡背朝天，汗水滴滴洒田间。
山外之事不晓得，冬看白雪夏听蝉。

远离尘世，山高林深。一条乌马河从沟底静静地流过，昼夜不息。四周群峰环抱，天蓝树绿，和风习习，鸟语花香，倒是个名副其实远离人间的世外桃源。

黑峰村的对面山峦起伏，层层叠叠，其中一座最高的山峰，原始森林密布，一年四季遮天蔽日，狼虫虎豹，随时出没，当地人即使是猎户，单人独马也不敢轻易进去。这座山就是太谷人认为最为神秘的黑峰山。

车毅斋来到上黑峰村，已经天黑，只听得水声潺潺，山影朦胧，除了偶尔几声狗吠，没有别的声音，怪不得诗人说这里是"冬看白雪夏听蝉"的好去处呢。他在河边踱来踱去，享受着深山野林的清静。

过了好一阵，月亮还没有升起，村子里也不见灯火。车毅斋寻思，山里人就是节省呀！他走到一户小屋前，听到里边有老人咳嗽的声音，轻轻叩了叩门，门开了，影影绰绰出现了一个瘦小的身影。

"老乡，您好，俺想借宿一夜行吗？"

"行行，行啊！"回答十分爽快。

山里人一年四季几乎不见来客，因此有远客造访，特别热情。车毅斋进了门，那主人随手掏出了家伙，黑暗中火星四溅，啊！是打火石。"嘭嘭嘭"没几下，有火了，把灯点着，屋子里立刻亮了起来。看那"灯"时，却是一只破碗，内盛自榨的食油，黑的，估计经年累月了，旧棉花拧的一条灯捻的头从碗里伸出来，灯头的灯焰忽忽闪跳，偶尔伴着轻轻的响声。再环顾四周，只见顶棚墙壁墨黑，足见这屋子应该已经年深日久。

油灯下，老房东身材瘦小，略显佝偻，粗衣短裤，不系扣子，大概系也没有；满脸皱纹，笑起来像个陈年核桃。灯底下，他见来人身材高大，一副庄稼人打扮，虽然身背一柄短剑，却慈眉善目，因此，以为是猎人一个，并无恐惧之感。

"你从前山来的？"老人眨了眨眯缝的眼随便问询。因为平川的人，更不用说城里人，谁来这鬼地方，前山的人偶尔来的也不多，因此老人脱口而问。

"是啊，"车毅斋想着无需较真，所以也就随口应承，"家里就你一个人？"

"累了吧，你先坐下歇歇，一会儿咱们吃饭。"答非所问，车毅斋怀疑老人耳朵有点背了。

往哪里坐？只有土炕、水瓮、灶台、柴火。车毅斋坐在土炕边上。老房东把衣服往炕上一甩，露出数得见肋骨的胸背，在中间白、周围黑的一块案板上开始切菜。

之后，老人先拿一根柴棍在灯上点着，小心翼翼到灶台底下点燃柴火，屋子里立刻有了烟火；白面与水一和、一揉，半圆不圆的饼"啪"地往锅里一放，随即再一翻，就是一张白面大饼；换口锅，又熬点绿豆稀饭，外加自己腌的咸菜和自调的野菜，招待稀客的佳肴已端上了炕头。车毅斋自带了水酒，两人推杯换盏，喝了个不亦乐乎！

饭一吃，立刻吹灯。两人躺在炕上，攀谈了起来。

山里人单纯，嘴拙，并不去打问来人何去何从何干，倒是三句不离本行，打猎、种地、采药，车毅斋也是庄稼人，共同语言多得是。

老人说，这上下黑峰原来有二百来户人家，喝的是乌马河的清水，吃的是大山上的小米，可是年轻人嫌苦，闺女们一个个嫁到了前山，村里的后生没有媳妇，怎么传宗接代？有的弟兄几个共娶一个婆姨。这不，现在就剩六七十户人家了。

"你多大了？"车毅斋高声问。

"五十五了，老了呀！"

车毅斋吃了一惊！山里人这么显老？幸亏没问人家七十几，立即安慰道，"咱们俩同岁，都老了。请问几个娃娃？"

"俺？嗨嗨，庙前头的旗杆——光棍一条！咱们这里出产光棍。"老人哈哈笑了，丝毫并没有惭愧之意。村里的普遍现象，何耻之有！

车毅斋深有感触，还是山里人苦啊！他一边听着，心里也不是滋味。

两人躺在土炕上，从种地说到盖房，从天热谈到天凉，山里人直率，又见车毅斋健谈，因此，情投意合，边拉呱，边打盹，不久，酣然入梦。

老人睡得无忧无虑，鼾声如雷；车毅斋则和衣而卧，辗转反侧，不能入眠。他寻思，弟子们说得不无道理，那盗贼调我到这深山野岭，难道真的为还我"玉白菜"？越寻思，越觉得是阴谋。但是不来呢，显示怯懦且不说，找到"玉白菜"更没希望。唉，既然来了，那就提高警惕，随机应对吧！

子时以后，窗外似乎有人迹，车毅斋明察秋毫，功夫在身，早有提防。

山里人家没有院墙，没有门，路不拾遗，夜不闭户，邻居们，赤诚相处，其乐融融。车毅斋感觉不假。但他还是发现一个黑影在窗前停留少许，立刻匆匆离去，仿佛害怕有人跟踪似的。

天亮了，东山沟那边的云彩放射出灿烂的红光，照得前山后岭煞是好看。房东和车毅斋吃完早饭，两人分别携带干粮，一个扛锄下地，一个提剑上山。

"俺们山里东边日头西边雨。你不带草帽？"房东人真好。

"没事，咱们走吧！"

"可是俺们山里说来风就是雨。"

"俺壮实着呢!"

车毅斋出村就能看到河,这里果然是乌马河的源头。村前有一大水潭,清冽见底,四面八方咕咕直响,潭水从周围石缝底下不停地冒出,河水的水势并不大,由西向东,行人从几块巨石上就能跳过。沿途不断汇聚小山沟里的溪水,经由南坡、牌坊往村南边流,水就越来越大,流出大山,成了百里之河,直奔汾河而去。

车毅斋心事重重,哪有闲情逸致赏景。他披着霞光,身背"金兰剑",跳过涓涓乌马河,爬过崎岖山路,没过三二里,已来到黑峰山口。这里果然树高林密,遮天蔽日,往里看,不见一丝阳光,给人以阴森可怖的感觉,难怪野兽出没,人迹罕至。太谷人认为最神秘的地方大概就是这里。

翻过一个大石坡,往上一瞅,嗬!前面已经有人双腿叉开,两臂交肩,巍然兀立。

"车大侠果然正人君子,英雄胆略。在下钦佩!"说罢,此人来了个一躬到地。

车毅斋看这位说话者:年纪不到三十,身材粗短,虎背熊腰,圆头圆

太谷黑峰山

脑，扁嘴扁鼻，宽衣短裤，黑色腰带，脸黑而黄，一看就是个域外人士，又恰似《封神演义》里的"土行孙"。车毅斋心想，什么人请来这个"神圣"？心中不免好笑。

"让您久等了，车某特来赴约。"

"'玉白菜'价值连城，来一趟值得，值得！""土行孙"呵呵道，似笑非笑。

"请问壮士何方人氏？"

"无名小卒，不必挂齿。今日来此，只为一比高下，大师只要赢得了在下，'玉白菜'自然完璧归赵。"车毅斋诧异，怎么动不动就遇上了没名没姓的野侠，他不由自主想起了当年的沙滩擂上的胖墩"庞栋"。

"你做得了主？"

"'玉白菜'就在附近。"

"你偷的？"

"偷？闻之不雅，开个玩笑而已。"

"谁请你来的？"

"在下只来比武，其余无可奉告。"

"一介武夫？"车毅斋寻思，不对，今天估计来者不善，善者不来，窃"玉白菜"者所请必定是世外高人，其用心恐怕是欲置俺于死地。所以今天必须慎重对待，万万麻痹不得，"那如何比试？"

"先赌拳脚，再论刀剑。"

"悉听尊便。"车毅斋不卑不亢，"咋地比法？"

"就在此地，技不如人者为输。"

"俺输了，生死不避，任由英雄发落。若俺赢了呢？"车毅斋得把条件讲清。

"'玉白菜'双手奉还！"

"言而有信？"

"苍天可鉴！"

"好吧，请君出手吧！"

那"土行孙"将上衣往灌木丛里一扔，露出了一身疙里疙瘩的肌肉，而后，不慌不忙，亮出了个怪怪的坐擒拿起势。车毅斋将"金兰剑"往路边一插,把长辫往脖子里一盘,整整衣裤,以形意拳"三体式"应对。

两人谨慎开始,攻防互见。战不到七八个回合,车毅斋发现,这小子练的好像类似少林拳,展、转、腾、挪,动作十分敏捷、娴熟。虽然是夏季,这里却凉爽宜人,况且天公作美,树荫送着清凉。两人来来回回,不觉又战三十多个回合。那"土行孙"并无破绽,而且开始展示轻功,"嗷"的一声,惊天动地,企图居高临下,压制对手;车毅斋大喊了声"来得好",用上乘轻功对付,来来回回又是二十来个回合,双方难分伯仲。

两人落地再战。对手时而游龙飞步,丹凤朝阳;时而脑后砍瓜,叶底偷桃,招法熟练,体力沛充。不觉又战了二十来个回合。

车毅斋寻思,这个矮子的功夫非同小可,看样子,继续斗下去弊多利少,因为对手要年轻自己二十来岁。要得到"玉白菜",必须使出绝招,速战速决,最好将他生擒活捉,否则,不是白来了?

"看招吧!"车毅斋大喝一声,声音在林中嗡嗡回响,经久不息,又如洪钟响彻四周山谷。他加快了进攻节奏,劈、崩、钻、炮、横,拳拳如闪电迅雷,龙、虎、猴、马、蛇、鸡、燕、鹞、鼍、鲐、熊、鹰,形形神出鬼没,手、脚、肩、肘、腰、胯、膝,招招攻无定型。"土行孙"来来回回,穷于应付,不到十个回合,已经只有招架之功而无还手之力了。

看着火候已到,说时迟,那时快,车毅斋大呼一声:"再看招!"使出一记"拘马拼",就是当年拜师典礼上勇擒惊马的形意绝活:左手紧刁其左手,右手右步从对方左侧闪电般上前擒拿。"土行孙"猝不及防,无法挣脱,脸紫了,手松了,腿散了,整个身子被车毅斋控制得动弹不得。

就在"土行孙"黔驴技穷,即将被车毅斋生擒的一瞬间,"当啷"一声,寒光闪处,一支直冲车毅斋后心的飞镖落地。哪来的暗器?车毅斋下意识放开了"土行孙"。

"你为什么要发暗器?小人所为,我只输了一场啊!""土行孙"对着黑黑的大山深处高声呼喊,"我们还没有比剑呢!"

"土行孙"一躬到地,连连向车毅斋赔罪:"您武功盖世,武德高尚,在下从心底佩服。我们且吃午饭,饭后再论剑如何?"

"任凭安排。"车毅斋回答。

两人各自掏出所带干粮,吃了起来。

深山野岭，树高林密，天气果然说变就变，刚才还浓云密布，现在又露出了太阳。不过，地处黑峰山上，虽然是夏季，打斗半日，倒也不觉热，一阵山风吹来，顿觉清凉宜人。

"您吃吃这个。""土行孙"递过几个包子，车毅斋回报大饼。

车毅斋边吃边问："你是被太谷人雇佣的？"

"土行孙"回答："漂洋过海，翻山越岭而来。"

车毅斋觉得这小子有点幽默，心里似乎生出了些好感，接着说："你年年轻轻，武功真的不错。"

"与您相比，无论武功还是武德，都是小巫见大巫——"话未说完，又一支飞镖插在二人中间。分明，幕后人不许二人接近。

这一切，被另一个人看了个一清二楚。

车毅斋与"土行孙"休息一阵，相约开始比剑。

西天不知什么时候飘来半边黑云，还吹来丝丝凉风，正好比试。

"土行孙"向车毅斋抱拳，论剑开始。只见他凝神屏气，并步站立，左手持剑，右手指剑；而后左手经体前向右呈弧形向上摆，再向右成弓步，两眼炯炯有神。

车毅斋一看，其动作似曾相识。正在回忆，对方左手持剑，使出右弓步，来了一个转身穿刺，如一道闪电，向车毅斋刺来，车毅斋不慌不忙，侧身让过。紧接着，对方时而虚步交剑，时而歇步下刺，跳步直刺，丁步斩剑，劈、抹、挽、撩、斩，多种刺法交替使用；仰身、俯身、转身，各种身法互见；提膝、弹腿、飞脚、泼脚、蹬脚、钩脚足法，瞪、盯、暴、眼、眯、波眼法，一趟接一趟，攻势凌厉。这是著名的少林剑，车毅斋看得明明白白。不过他向来后发制人，只用侧、闪、跳、伏身法和拨、压、搕、架、挑手法化解，偶尔反击，以制约对于攻势。

天忽然暗了下来，风似乎越刮越大。

大约三十来个回合后，"土行孙"的剑风忽而一变：身形与剑法，一时间变得轻灵柔和，绵绵不断；重意不重力的同时，还要表现出优美潇洒、剑法清楚、形神兼备的风格。

太极剑！车毅斋看出来了。太极剑与一般剑不同，动作既细腻又舒展大方，既潇洒、飘逸，优美又不失沉稳，既有技击、健身的意义又有观赏价值。于是他也顺其自然，缓中有疾，刚中带柔。双方边比剑，边面带微笑。

又是二十来个回合，"土行孙"再变剑风：剑锋所至，乘虚蹈隙，因势变化，借人之力，后发先至，避实击虚，以斜取正，变化旋翻，轻稳而疾快。他时而腾空击舞，时而地趟翻滚，动如轻风，稳如山岳。果然不愧为"神、剑、身"合一之武当剑剑法。

车毅斋审时度势，随机应变，上护身，下护腿。对方直刺就侧闪，对方斜劈就拨卸，对方上砍就横架，对方下挑就上压。虚来实进，疾取却缓应。"土行孙"无论变换哪种剑法，均被车毅斋一一破解，无法得手。

再战七八回合，"土行孙"突然跳出圈外，对着大山高呼一声："我输了！"

"你没输呀？"车毅斋诧异。

"不能取胜，就是输了。""土行孙"对着深山再次高声呼唤，"把'玉白菜'还人家吧，我输了！"

山里没有反响，只是天越来越暗。

"土行孙"呼喊再三，只听四周大山里回声阵阵，别无反应。连呼多次，依然如故。无奈之下，他最后面红耳赤，一躬到地说："车大师，您是言而有信的正人君子。我只能告退，后会有期！"说罢，收剑入鞘，捡起衣服，准备离开。

"你的剑是？"车毅斋眼前一亮。

"轰隆隆——"霹雳与闪电几乎同至，瓢泼大雨突然从天而降，两人都猝不及防。

"对不起了，后会有期！"风雨雷电中，"土行孙"大声说罢，急匆匆消失在雨幕里。

在大山、深林和滂沱大雨中，车毅斋仿佛一下子矮了许多，他面对四周，仰天长啸："老天爷，你下吧，下塌大地吧！"

黑峰山里毫无回响。大雨好似忽然被叫停了，云缝里露出了一丝刺眼的阳光。

车毅斋提剑独自兀立在苍天之下，突然感到今天的自己竟是如此无能，如此渺小，被戏弄得如此狼狈！

他翻山越岭，打斗一日，心力费尽，结果一无所获，最后落得个被骗、被耍、被淋的下场!

　　车毅斋正仰天长叹,突然眼前蹦出一人。

　　欲知是凶是吉,请看下回。

第十三回

一身尚礼，单剑走湖广
两肋插刀，千里闯关东

车毅斋看时，不是别人，却是弟子李复祯，疑惑地问道："你咋来了？"

"弟子能不在暗中看着师父吗？哎呀，现在的社会哪里还有公理？"复祯也愤愤不平，"可是弟子在暗处观察，那矮胖子好像不一定是坏人。你看他，吃饭还要凑过来，还想跟您聊聊，可是幕后有人生怕你俩接近。"

"是啊，俺倒是对那个矮胖子没有恶感，是有人在背后指挥他。"车毅斋利剑入鞘，强压怒火。

李复祯说："昨天晚上，在您住的房前捣鬼的不是矮胖子，是个瘦黑影，俺看得清清楚楚，感觉暗处可能不止一个人。俺怕他行刺，把他吓走了。"

车毅斋说："他们比咱们先到，在暗处，咱们在明处嘛！"

李复祯笑着说："俺更在他们的暗处。哈哈！幕后人的企图是，矮胖子能杀了您最好，万一功夫不行，他就发暗器害您。可是暗处还有人保护您，不然，当您准备生擒矮胖子时，那直刺您后心的飞镖怎么会被打飞呢？"

"对，那一镖真厉害，俺正全神贯注准备生擒对手，确实没提防。"车毅斋还真的心有余悸，"现在最重要的是不知道杀俺的是什么人。可是，你再想想，那个矮胖子比剑并没有败，为什么要自动高喊认输呢？"

"他佩服您是个好人，来这里看起来纯粹只是为比武，发现拳脚功夫不如您，剑法却不一定，而且他猜想即使打成平手，您也得不到'玉白菜'，所以，倒不如一走了之。对不对？"

"好像是，这矮胖子可能只是一介武夫。他的拳路和剑法都是正宗师傅教的。"

李复祯说："最关键的是咱们得找到这幕后人。"

车毅斋说："可是照你说来，这幕后之人，一个明处，一个暗处；一个发镖，一个破镖，难道是两家？这事情越来越复杂了。"

日头落下去了，四周的山仿佛更高，树林仿佛更密，一股凉风吹来，车二感到身上有点凉意。打斗时，热血沸腾；停下来，弱不禁风。山里天比平川黑得早，尤其是早晚温差特别大，所以复祯请师父且回村休息。

下了山坡，来到乌马河边，师徒捧把水洗洗脸，头脑立时清醒了许多。

"不必连夜回家了吧，"复祯说，"师父您年过半百，折腾了一整天，就在这附近找个地方休息一夜应该无妨。"车毅斋也觉得"土行孙"走了，其余几个有复祯监视，估计不敢露面，休息一晚也好。于是二人相随过河。

黑峰村人听得山里龙虎相斗，从早到晚，守在村口围听，心惊肉跳；黑夜了，家家关门闭户，不敢出入。车毅斋带着复祯进村敲昨晚住的那户人家的门，房东瘦老头吓了一跳，不敢开门。

"是俺，昨晚咱们睡了一夜的老汉。"车毅斋大声和气地解释。里边听出了声音，迟疑了好半天，才打火点着了灯，哆哆嗦嗦开了门，抬头一看，果然还是昨晚的客人，只是今天灯底下再看那满身灰土的客人时，感觉身材那么高大，双肩那么魁梧，身后宝剑虽未出鞘，已叫房东老汉毛骨悚然。灯下再仔细端详这位客人，哎呀！方面大耳，二目如灯，厚实的嘴唇上，一绺胡须，咄咄逼人。身后还有一位武士护卫，精干利落，敏捷如猴。瘦老头的身子不由得一缩，显得更加瘦小了。

"老伙计啊，还得打扰您一夜，添麻烦了！"车毅斋看出瘦老头的恐惧，尽量用平和的语气缓和气氛。

"那是您看得起俺！"老头仰视车毅斋，仍然余悸未消。

车毅斋说："别怕，俺是受人之约来比武的，比完了。"

"赢了？大英雄，大英雄！"

"平时喜欢动动拳脚，耍耍罢了，哈哈哈……"车毅斋说得轻松，老头逐渐心平了，气静了，这才慢慢准备晚饭。

左邻右舍得知老人家里住了大英雄，陆陆续续前来观看，门缝里出现了好多惊奇的脸，白眉毛的，黑头发的，满脸皱纹的，天真稚嫩的，人们窃窃私语，却谁也不敢进来。

车毅斋喊道："老乡们，进来吧！"

一听招呼，老乡们反而都吓跑了，待一会儿，又来围观。复祯索性房门大开，好叫山里人看个够。

房东老头做好饭，三个人边吃边说话，气氛很好。饭后，复祯帮助师父洗了个热水脚，让他美美睡一觉，自己时不时出外巡察。一夜无事。

第二天一早起来，车毅斋和复祯草草吃点饭，放下了几两银子。尽管瘦老头不收，他们还是说这是压惊费，不能不收，老头只好收下。两个人出门后急速上路，匆匆下山。

走在回家的路上，车毅斋仍旧心乱如麻。黑峰山之行，"玉白菜"没得到，打斗无结果，事情反而更加复杂，他有点心力交瘁，没了头绪。

"这样的世上，老实人做不得！"复祯开导师父。

车毅斋听了复祯的话，说道："可是，咱也不能做坏人呀！"

二人走了一段路，翻过两座山。太阳升起来了，昨天下了场阵雨后，晴空万里，空气格外清新。

沉默了许久，车毅斋的心情渐渐平静下来，想着刚才复祯的话，又接着说："长有啊，你小时候口口声声说长大要练武、赚钱，可是，练武首先要做好人呀，老人们常说好人有好报，坏人有恶报，不是不回报，时辰没到。"

复祯点头："师父说得对。"

"长有啊，我走南闯北几十年，觉得还是与人为善的好。昨天是受了些屈，可是人常说，吃亏人常在，坏人终究会遭报应。"车毅斋边走边与弟子闲聊，"咱们人生在世，还是宽容为好。你呀，什么都好，就是有时候出手偏重。比如宋世德，他是你的师叔，但年龄比你小，学拳比你迟，因此，你跟他打对拳，不能出手太重。"

复祯陷入沉思，没有作声。

车毅斋接着说："还有，十八盘的'黑老鸦'，练功几十年，功夫也来之不易，就像吕学隆，教训'花蝴蝶'改邪归正就行了，枪挑了他，也怪可惜的。你说是不是?"

车毅斋心有所感,继续开导弟子:"前年,俺保镖两广,路过岭南,如果凭硬打硬杀,恐怕未必能安全返回呢。"他详细讲起了当年远赴两广押送珍贵药品的经过。

太谷药行"广升誉""广升远""广源兴"等名号,最早的开张于明朝嘉靖年间。当时运送名贵药材,若走海路,常遇风浪,极不安全;走陆路呢,相对安全,却常有劫匪。两者相比,请武林高师押运,走陆路当然是首选。

前年盛夏,车毅斋就曾为三家"广"字号大药店护押药品镖车赴广东。这是一批特别贵重的稀有药材。人多、车多,容易引人注目;人少、车少,又恐难敌强盗抢夺。权衡再三,车毅斋决定单剑两车走湖广。空车而去,丢也无妨;返回的时候,名贵药材,价比金银啊!

一路上,车毅斋百倍警觉,表面好像若无其事;镖车藏万千财宝,又要表现得像寻常车辆。离广州、过韶

清代镖车

关、爬山坡、进森林,昼行夜宿,一行四人,谁也不敢疏忽大意。他让随行的两个武师扮作车夫,由向导带领,谨慎行走。

南方的天地,与北方简直是两个世界:树高林密,十天有九天阴雨连绵,走在山里又热又湿,浑身黏糊糊。白天如同傍晚,地下藤萝灌木挡道,难辨东西,倘若没有向导,南北不分,寸步难行。

走了约莫四五天,向导说,估计已出广东,进入湖南地界了。这天上午,在密林中走了一程,前方突然见到亮光,走近了,车毅斋仔细看:一块巨石上端坐一位干瘦老头,披头散发,瘦骨嶙峋,年纪足足七八十岁,颧骨突出,下巴奇长,没有胡须,两颗门牙裸露,面目狰狞可怖,手拿一杆三四尺长的烟锅正在抽烟。周围二三十条彪形大汉围拢,个个虎背熊腰,身体健

壮。令车毅斋诧异的是，他们人人都蓄着全发，并束于头顶，挽成发髻。

车毅斋不知底细，向导也说不清楚。他让镖车停下，口气十分虔诚地说："老人家，您好啊！"

"何方贵客？"老者声音拉得长长地询问。

"免贵，俺们来自山西太谷。"

"啊！何干？"

"拉点南方的中药材回家。"

"名贵药材？"

"穷医小店，只讲便宜。"

"敢走此路，必是高手。你露几手，让老朽见识见识。"

江湖上都知道，如果不是武林人士，护车护镖，有谁相信？过分装模作样，反而不妥。车毅斋发现老人并非一般匪盗，抱了抱拳："恭敬不如从命，晚辈献丑了。"

车毅斋对着老人抱拳、致意后，先练了几招形意拳十二形；接着，老人挥挥手，让六七个大汉分别上来格斗。车毅斋陪了几招，知道对手练的是南拳，套路短小精悍，结构紧凑，手法多变，攻击勇猛，常伴以吼声助威。他牢记当年王长乐师的教诲，以防守为主，偶尔反击，也只点到为止，从不攻击对手要害。

约莫轮了一圈，老人摆手叫停，说道："玩得不错。你刚才练的是心意拳十二形？"

"嗯？是、是。"车毅斋吃了一惊。

"唔，好功夫！山西太谷有个戴二闾的弟子，叫神拳李？"

车毅斋回答："是晚辈的恩师。"

"太行山牛头寨飞刀救师的就是他？"

"是的。"

车毅斋傻了！人在深山中，尽知天下事。眼前的这位老者莫非是神仙？其实这位老人是前朝南明福王朱由崧的后裔，人称"苍山王"。诸大臣争权内讧，致使复明成梦，兵败国亡。老人随父辗转逃至湖广不毛之地。他们父子崇拜商朝灭亡后伯夷、叔齐"义不食周粟，隐于首阳山"的壮举，发誓不食清粮，隐形山林。

福王故去，他多年来与属下依旧自食其力，以果蔬鸟兽为食。虽称霸一隅，却只为洞察国情，结交志士，清除恶人，惩处清人，以便待机而动，恢复大明；否则，身处深山野岭，怎么连山西、太谷的事情都了如指掌呢？历史上不是先后曾有几届云贵赴任的清朝官员半路失踪吗，其实就是明朝后裔"苍山王"他们所为。

戴二闾也曾保镖湖广，朱老当时年轻，曾与戴二闾有一面之交而甚欢，为此，互相交换部分拳技，遂后方有朱门知心意、戴家丰杂势（心意拳"五趟杂势"部分动作来自南拳）之传。当年师爷戴二闾传授此拳给车二时，就曾回忆与朱老的交往，教育车二路遇对手，要莫拼勇、善交友。没想到多少年后，真的碰上了前辈。

老人简单讲了这些经历，车毅斋深深感动，作揖致敬。

最后，老人说："你是个武功、武德俱佳的难得人才。但是清人，毕竟是汉人仇敌，你日后会知道的。今日相见也算三生有幸，既然名师出高徒，我们握手再见吧。"

车毅斋将信将疑，这么轻易就放行？刚伸出手，立刻被对方一把擒住，那干柴般的手臂有不下千斤之力，仿佛钳子一般。他知道这是在试探，自己也手把发劲，略一施力，虽只使出三分之劲，对方已经知晓，随即双方松手。

"你是山西车毅斋无疑！"老人哈哈一笑，"我知道，你年轻时，就在沙滩擂称雄。"

"谬赞了。您老是南岭'苍山王'朱老前辈。晚辈这厢有礼了。"说罢，车毅斋再次深深作揖。

老人问："戴公二闾兄可安好？"

车毅斋回答："同治十二年去世，享年九十五岁。"

"大我整整十五岁。"老人面带悲戚，也陷入了对往事的回忆中……

车毅斋在来广东的路上，已经把沿途的风貌、关隘、路霸、匪盗打听得一清二楚。通过接触，他对这位文明的路霸有了直接认识，而"苍山王"的许多传奇故事，早就流传湖广多年了：功夫世上罕见，数十年未遇对手；虽隐居山林，却洞察天下之事；平生只与清廷为敌，从不骚扰百姓，所以大山里外，声誉甚好。

"够朋友，放行！"老人说话了，干瘦的脸上露出了令人难以察觉的笑容。

车毅斋与之握手，只是触到为止，老人岂能不知？俗话说：行家伸伸手，便知有没有。他既表示了对老人的尊重，又显示了功夫。

不料，车毅斋才走出数步，忽觉脑后一股凉风，头下意识一低，两只飞刀已经扎在旁边的树上。正在诧异，骨瘦如柴、形似骷髅的老头居然飞临车毅斋的头顶。

车毅斋大吃一惊，侧身闪过，抬头一看，老头手执一杆长杆大烟锅，直挺挺站在面前。老人的兵器可真是闻所未闻，见所未见。仔细观察，它由烟袋锅、烟袋杆、烟袋嘴三部分组成。他正在惊奇，只见老头将烟袋锅一挥，劈、砸、撩、扣、挂、搂、绞、带，招招不离车毅斋头顶。下部的烟袋嘴，专门点穴，撅、戳、点、挑、推、拦，招招围绕在车毅斋四周。他哪敢懈怠，拔剑相迎。

镖车护卫与山中大汉围在旁边，密林深处，如同黄昏。只听风声呼呼，兵器相碰，鸟雀扑棱棱惊飞，树叶纷纷震落。再战下去，只见闪闪利剑和烟杆缠绕，渐渐不见了人形。

车毅斋一边应战，一边寻思，这位老前辈什么意思？他知道，在这地方绝不可造次，而且王爷显然不含敌意，所以只是防护自身，从不攻击要害。

烟锅金光闪闪，利剑玉带缠绕，金丝银线，围着一老一少，时而风驰电掣，时而祥云降瑞。双方观众忘记了紧张，只顾目不转睛地欣赏。

二十回合，三十回合，五十回合……

又过了约莫半个时辰，只听老人一声喊："停了吧。"

双方收招，树林里恢复了平静。

"谢谢了，车二！"老人居然知道自己的小名，又令车毅斋惊奇不已；打斗格杀数十合，还表示"谢谢"，更令人不可思议。

"好久没人陪我活动筋骨了，今天真痛快！"老王爷居然面不改色，气不长出。

"老前辈的兵器世间稀有，功夫深不可测，晚生能在您老手下走几个回合，真是三生有幸！"车二说。

原来，路过此地的武林高手和镖师，能陪"苍山王"走七八个回合的都稀少，没几招，不是受伤，就是毙命，今天车毅斋居然与之鏖战七八十个回合，未见输赢，老人感觉过瘾的同时，也吃惊不小。

"车二，我俩成忘年交了。你不但武功高超，武德更佳，""苍山王"是武林耆宿，对车毅斋的剑下友情岂能不知，因此诚心诚意说道，"有心留你住几日，估计你吃不下我们的饭菜。那么，就此再见了。送客！"

真是一场奇遇！

"苍山王"嘱咐手下的一位大汉当向导，将镖车送出大山，并且朗声告诫其余人："往后见到山西'车'旗，立刻退让，不得有违！"

"有机会来山西太谷，晚辈一定盛情款待！"车毅斋再一次一躬到地。

"后会有期！"

一老一少，先紧紧拥抱，而后依依挥手惜别。

有了新的向导，原来的老乡就此告辞。这位遵命护送的后生，年龄大约二十多岁，深深的眼窝，目光炯炯；生得较胖，却不臃肿，体格魁梧，面色白皙。南方人不是大多皮肤发黑吗？大概是他们天长日久，隐居山林，少见日光所致吧！

"老王爷的功夫真的深不可测。"车毅斋一行人边走边聊。

向导说："是的，王爷的双手就有千斤之力，没大没小的狂妄之徒，与王爷一握手，常常骨断筋酥。"

"我跟王爷打得天昏地暗，老人家为甚反倒要谢谢？"车毅斋仍然疑惑不解。

"平日里没人能陪王爷玩这么久，今天你让王爷如此过瘾，老人岂能不谢谢你。"

"喔，原来这样。你跟王爷多少年了？"

"十四岁算起，整整十年了。"

"家在哪里？"

"台州。"

"哎呀，自古台州出硬汉嘛！"车毅斋赞叹。

"山西太谷的形意拳不也闻名大江南北吗？王爷常常提起的。"

二人一路上有说有道，不觉路遥。

车毅斋说："壮士，我还没问你的名字呢。"

"无名小卒，不足挂齿。我叫范青。"

"什么，'反清'？"车毅斋觉得有趣。

"言之不假：范青即反清，反清靠范青；范青不反清，天下怎返青？"

"哈哈哈……"车毅斋觉得这后生特有意思。

"清人强盗，在我的家乡杀了许多百姓，我祖爷跑得慢点，我家就断子绝孙了！"范青详细讲了清人入关，杀戮南明子民的滔天罪行，"我们南方人誓与清朝不共戴天！"

"喔，范青贤弟，我有一事不解，没敢问王爷，你们的头发怎么跟俺们不一样呢？"

"哎呀，说来可是话长了。原来前朝的时候，咱们汉人都是满头蓄发，束于头顶，挽成发髻。清人进来之后，一夜之间必须剃发，只许留头顶一小片，梳成辫子，那时叫做作'留头不留发，留发不留头'，许许多多有气节的汉人，宁可不要命，也绝不剃发。我等是朱明王爷的子民，当然绝不剃发投降！"

范青的故事也给一行人留下了深刻印象。

一天一夜跋涉一百多里，没几天，车毅斋一行终于走出了大山野林。遇过几起歹人，但一见范青，立刻让路。足见苍山朱王爷的影响至少达方圆数百里。

酒逢知己千杯少，话语投缘情谊深。车毅斋和范青从此成了彼此知心的好朋友。范青找来了新向导，一再相约后会有期，紧紧相拥而别。

继续走在返回山西的路上，车毅斋回想与苍山王爷的交往，倘若刚愎自用，不留后路，置恭敬礼仪于脑后，恐怕会得到清朝赴任官员的下场。

走出遮天蔽日的原始山林，进入湘西，却是另一番别样的风光。这里山势险峻，群峰竞秀，灵草繁茂，碧绿茂密，山谷间不时飞瀑流泉，水声潺潺，偶尔闻得鸟鸣猿啼，在幽深的峡谷间阵阵回响，令人心旷神怡。随行的

湘西原始山林

向导说，到达湘西地界的土家族居住区域了。

车毅斋他们边走边听向导介绍，欣赏这人间奇山异景的时候，突然有一箭飞来，他们刚躲过，一个身披树叶的野人就跳到面前，挥枪刺来。对付这些人不用车毅斋出手，随行人员战上三五回合，即将野人生擒活捉。走一程，又会出现一个。向导说，他们是土家族青年，长到十六岁，父母就交给一副刀枪一张弓箭，叫他们进入深山自食其力，没本事的喂狼虫虎豹，活着回来了的就是英雄。

车毅斋听后，深有感触，想我中华，地广人稠，各民族各有自家的风俗和习惯，倒也不足为奇。可是，土家人培养孩子的办法有点过分，因此不免格外同情这些孩子。他们生擒这些孩子后，送给他们衣服、食物，让他们回父母身边。

走完湖北省就进入河南省，两日后，到了嵩山一带，车毅斋想到少林寺的少林拳，当年王长乐师父教自己的就是少林拳，还讲了不少少林寺故事。于是他们去了少林寺，自然是一番比武相识，车毅斋是王长乐的徒弟，又是名震四方的形意拳大师，他和众武僧相谈甚欢，建立起亲密友谊。

离开少林寺不多久进入山西地界，路线自然就熟悉了。车毅斋给向导带足盘缠，依依送别。

回到太谷、榆社地界，镖师们发现山路边躺着衣衫褴褛的一老一少，已经奄奄一息，大家走上前，原来是一位母亲和小孩儿，车毅斋他们给两人喂水、喂食，不一会母子苏醒了。看样子母亲不过三十来岁，小儿五六岁，蓬头垢面，形容枯槁，问其故，母亲断断续续地说，丈夫昨天饿死了，他们娘儿俩也活不了了。言罢，一个劲地抽泣，孩子爬在妈妈怀里一动不动。

车毅斋给母子留下充足干粮，另外又送几两银子，让那母亲回家置几亩薄田度日，好把儿子拉扯大，使之成人。

……

车毅斋给李复祯讲了一路，李复祯听得津津有味，心潮起伏："师父，俺这可明白了，怪不得老人们常说为人一条路，惹人一堵墙，您尊重'苍山王'，人家就投之以桃，报之以李；您爱护土家青年，救济榆社母子，将来好心必有好报。"

师徒俩边走边聊，几十里路，居然没觉得疲乏。日头才偏西，已到城边。吕学隆他们几个早就等不及了,看到师父平安回来,一夜的提心吊胆,终于烟消云散。

一群人相跟上回"三多堂",路上,李复祯把黑峰山之行的前前后后讲了一遍,几个人不听则已,一听气炸心肝肺!

"宰了狗日的'土行孙'!"孟兴德气得跳了起来。

"你到哪里宰?人早跑了。"

"发暗器的是个王八蛋!俺们先逮住他。"武杰也怒不可遏。

"骂不白骂?"吕学隆说。

"就你吕学隆能沉住气。你说该咋办?"孟兴德火了。

"咱们得分析,这'土行孙'是哪来的?打暗器的是谁?破掉暗器的又是谁?"吕学隆边眨巴眼睛,边提问,越发弄得大家稀里糊涂,"况且,偷窃'玉白菜'和丢失小儿案到底有没有关系?"

"哎呀呀,你越问咱们越糊涂啦!"急性子孟兴德一蹦三尺高。

李复祯接过话说:"破飞镖救师父的肯定是自己人。"

"那该是谁?"大家问。

车毅斋也在想这个问题:是董芳伦救的我?他武功出众,与自己情同手足;但他远在京城,此处发生的事情他一无所知呀,不可能;王长乐师父?年纪太大了,不可能;本县各位高手?也都老了,心有余而力不足;几位师弟是自己人,无需躲在暗处……

人们一时都无话可说。

大家一会儿哈哈笑,一会儿抬嘴杠,七嘴八舌,说来说去,不觉已回到"三多堂"厢房。弟子请师父上炕,先歇歇腿脚。

"你们说说,这贼人约师父去黑峰山是要干啥?"吕学隆的思维一直在继续。

"狗日的不怀好意。"孟兴德心直口快。

武杰说:"我看,狗日的就是要除掉师父!"

"对。可是,他们为什么非得除掉师父呢?要知道师父历来与人为善,连坏人都要教化他们做好人,与对手比武,也都是点到为止,难道师父有仇人吗?"李复祯的认识明显提高了。

"没有,没有啊。一个仇人也没呀。"大家异口同声。

"有。"吕学隆若有所思,"俺怀疑是咱们破案得罪了人。"

"越说你是'吕诸葛',你的心思越多!莫非还是孙大少?"孟兴德知道吕学隆最讨厌的就是他。

"对,除了有钱人,谁能勾引得来外地人?"这次武杰同意吕学隆的看法。

"狗屁,谁去勾引?哪里勾引?怎么勾引?越糊涂了。"孟兴德歪着脖子,抓耳挠腮。

车毅斋听着争论,比较分析,觉得似乎有一定道理。不是嘛,一般人和外界没有交往,怎么能里勾外连?这个意见非常值得多想。他正欲说话,曹家专东曹培义面色慌张,急匆匆进来说:"车毅斋,不好了,东三省出大事了,俺家的多处商号面临危险。"

曹培义详细说了事情的原委。原来,光绪元年(1875),沙俄在黑龙江举行第四次武装航行,在中下游地区建立了二十几个屯,进一步侵占中国大片领土。"三多堂"设在这里的商号自然受到极大威胁。分号老板恐怕数量巨大的资金被抢,急请总号派强有力的镖队回押镖银。

曹家历来对车毅斋师徒不薄,多年的交往让他们师徒不能瞻前顾后,无论如何也得走一趟。他对曹培义说:"东家放心,我们一定去东北。"

等曹培义走了,几个人又议论:"是不是假传消息,又设圈套?"吕学隆如惊弓之鸟,他建议师父三思而后行。

"对对对。"吕学隆的这个意见得到了大家的支持。

过了好久,车毅斋终于表态:"不管会有什么风险,东三省之行,不能推托。"

其实,大家都知道。前年,秋天大旱,李复祯家颗粒无收,曹家给了他双份薪水;去年,吕学隆母亲生病,药费都是曹家出的。

弟子们知道师父的性格,平日里,他常常对大家说,受人滴水之恩,当涌泉相报。而且师父又是个为朋友两肋插刀的人。不过,大家要求:这次必须带个帮手。车毅斋拗不过,因为复祯、学隆身系"三多堂",不宜在外过久,孟兴德,毛手毛脚,粗枝大叶,眼前就只能带武杰了。

事情不过三,先挑紧的办吧,"玉白菜"案又暂时没了头绪。车毅斋回复曹东家明天立赴东北。吕学隆说:"'玉白菜'的事,得从长计议,俺和复祯哥办吧,您尽管放心去。"

　　长途奔波,难免有风险,曹培义过意不去,但是又别无选择,一再叮嘱他们路上小心,并挑选了两匹好马,再三要武杰照顾好车毅斋。

　　车毅斋连夜回到贾家堡向父母妻儿辞行,老迈的父母还有妻儿能再忍得下骨肉分离吗?事情如何发展?请看下回。

第十四回

奉天府义结两"山虎"
吉安堂惊现一镖书

八月廿九日。贾家堡车毅斋家门前。

街门敞开了,车毅斋一家扶老携幼,走出大门。最前头的是他的老父亲。当年迈步稳实的老人,今天突然脚跟发沉,步履有些蹒跚。老人家已经八十多岁了,紧紧咬着牙床送行,儿子要远去了,身为一家之主的老人得撑得住。母亲由媳妇春花搀扶,腰都直不起来,头发差不多都白了,眼睛里都是红血丝。二位老人深明大义,通情达理,令在场的人们个个动容。爹说:"二小啊,你去吧,人世间谁也难免谁求着谁。"母亲说:"家里有你媳妇,你甭操心,快去快回。"

媳妇春花,早已不是当年大眼睛大辫子的美丽姑娘,大辫子被盘在脑后,成了一个发髻,身穿有襟蓝大袄,裤子下端用布条缠着腿脖子,俨然一个中年村妇。身后站着三个儿子,长子车兆烈,个头快赶上妈妈了。

"俺要走了,家里全靠你了!"车毅斋走过来对春花说,言简意赅,深知自己走后全家上有老、下有小,家务、种田,里里外外,都得她操劳。三个儿子依偎在妈妈身后,眼里噙着泪花。

"你,路上小心,早去早回……"春花哽咽了,实在是此时无言胜有言啊!

窦美子也来了，但她一个人孤零零地站在人群外，平日里白里透红的脸蛋儿今天苍白憔悴，含情脉脉的丹凤眼也失去了光彩。一向喜欢梳洗打扮的她，今天素颜本色。车二走到她的面前，迟疑半晌，她只蹦出一句话："你后脑勺得多长只眼！"说罢，扭过了身子，两手捂住了双眼。

走得仓促，没惊动城内各位老者。车毅斋一一嘱咐弟子们各司其职，嘱咐妻子、儿子照顾好老人，最后，向父母深深作了一个揖，在武杰陪同下，策马东去。

秋风瑟瑟，天空深邃，老爹、老妈一直不眨眼地看着儿子走得没影儿了。

扬鞭东去的车毅斋，一路走一路心里想着父母妻儿。生儿育女，为了什么？如今年迈的父母正需要儿女的时候，自己却不能守候在他们身边尽孝。唉，俺不够个好儿子！丈夫本来应该养家糊口，为妻子遮风挡雨，可是自己一年四季，长期在外，几乎所有的担子都压在了妻子身上。春花呀，车二对不起你！孩子们逐渐长大了，然而，那可都是爷爷奶奶和母亲的功劳啊！俺没有给过孩子们父爱，他们从小就下地、砍柴、喂牲口……想到这里，他的心里真不是滋味，暗中下决心：东北曹家的事情办理完毕，一定回家好好做个孝顺儿子、称职丈夫和父亲。

晋中平川，气候宜人，虽然十年九旱，但是一般没有大灾大难，老百姓勉强都能过得下去。车毅斋和弟子武杰驰骋在大路上，看着田里金黄的谷穗、挺拔的玉茭，心情渐渐松弛下来。

"师父您说说，咱们干什么会得罪人？"武杰还是放不下黑峰山的事情。

"这几天俺也在寻思。"

武杰说："找到了仇人，事情就好办了。"

一路上，车毅斋回想，自己护院保镖多年，遵从父母师辈的教诲，向来宽厚仁德铺路，见义敢做不图报，确实从未伤害一人一卒呀！所以从未有过仇敌，而且每走一路，都能交一路朋友。可是，咋地就得罪了人，必欲杀我而后快呢？

千里迢迢，进山出山。车毅斋与弟子武杰，继续疾驰在通往东北的路上。东北在关外，而黑龙江更是远靠沙俄。师父李飞羽当年奉天大战红胡子，还拜了把子，老人家处世多善于把握尺度呀！他想着去了黑龙江万一处置不当，自己身败名裂还在其次，重要的是会给曹家带来损失，没法交代呀！

一路上马匹飞快，车毅斋心里说，什么也别想了，可是能不想吗？县府案没查出线索，"玉白菜"又丢得奇怪，黑峰山暗下毒手……难道就像吕学隆说的，小儿丢失和"玉白菜"失踪真的是一回事？可是，那会是什么人作祟？孙大少，有谋无勇；王甲子，有勇无谋；窦老板，干瘦无力；美子，纯洁天真；"野侠"呢，一去没了踪影；张冠益、"鸡毛四"，胸无大志之徒，没那本事……唉，哪来的坏人呢？回去看学隆的调查再说吧。

两天后，师徒二人到达京城。

经天桥、前门，来到崇文门花市街，当年义结金兰的兄长董芳伦热情接待了车毅斋师徒。多年未见，兄弟俩都明显老了。看到车二已经有了徒弟，老兄十分高兴。

董芳伦说："那年，幸亏贤弟及时救了林凤祥将军。不然，后果不堪设想。"

车毅斋谦虚地说："那事俺也是碰巧的。哥哥以后可顺利？"

董芳伦说："唉，甭提了。我随林凤祥将军南征北战十几年，杀死清人无数，可惜后来太平天国内部分裂，兵败被灭。无奈，只能流落北京、天津、奉天，以行医、收藏古玩勉强度日。"

"那林将军呢？"车毅斋仍旧惦记着英俊潇洒的剑眉大英雄。

董芳伦缓慢地讲述起来："说来话长。林兄英勇善战，后来成为北伐主将，太平天国癸好三年初，攻克武昌，率先登城，升天国副丞相。三月攻南京，首破仪凤门。建都天京后，与李开芳、罗大纲率精兵两万余，在扬州誓师北伐，经安徽、河南、山西，攻入直隶，在临洺关击溃清直隶总督纳尔经额部一万多人，受封靖胡侯。然后继续率军由深州下沧州，抵杨柳青，直逼天津，攻克静海。不久，因孤军深入，粮草不济，又届寒冬，逐渐进入困境。第二年南撤，退至阜城，又退至东光连镇。第三年二月，清军急攻连镇，林兄督师苦战，屡创敌军。三月，连镇失陷，林兄中箭受伤被俘，后被解至北京，慷慨就义……"说到这里，老人已经泣不成声，"那年，林兄才整整三十岁啊！"

"唉，人固有一死，林兄为百姓而死，重于泰山。"董老从悲痛中挣脱出来，看到车毅斋风尘仆仆，有点奇怪，"你不在太谷保镖护院，来京城有事？"

"'三多堂'曹家东三省的商号有事，曹家点名请俺前往。"车二把事情的经过简单一说。

董芳伦说："东北和京城差不多，社会不稳，根源是官员腐败，饥民遍野，盗匪横行。贤弟此去务要小心！"

车毅斋问："是不是越是天高皇帝远的地方，官员越坏？"

董芳伦回答："不一定，天子脚下也一样，官越大，人越坏。"

车毅斋说："有许多事是下面的和尚把经念歪了吧。"

董芳伦发现车毅斋居然还对朝廷存有幻想，谆谆告诫："贤弟呀，天上的、地下的所有乌鸦，都是一样的黑。记住，老哥在天子脚下，见的多了。你可千万别上他们的当！"

"听哥的，明天俺就得急赴奉天。"车二说。

董芳伦继续嘱咐："贤弟的功夫已经相当了得。不过要记住，路上多小心，办事多条心。"

老乡见老乡，两眼泪汪汪，又何况是结义兄弟呢？一晚上，董、车同榻而卧，畅叙几十年来各自风风雨雨的人生，直到日出扶桑一丈高。

丰盛的早饭后，董芳伦一直把车毅斋师徒送出东直门，看着他们策马远去。

师徒二人出山海关，风力加大，天气骤冷，地里已不见庄稼，一望无边。武杰没来过这么远的地方，感到特别新鲜，心情也格外激动，于是飞马急奔，第二天，已到奉天。

这奉天是清政府的老巢，清太祖爱新觉罗·努尔哈赤，二十五岁时起兵统一女真各部，平定关东，建立后金，割据辽东。萨尔浒之役后，迁都奉天（今沈阳）。之后攻下明朝在辽七十余城。数年后，努尔哈赤又亲率大军征蒙古喀尔喀，不久去世，葬于沈阳清福陵。清朝建立后，尊为清太祖。因此，奉天是清政府的发家福地。

无独有偶，奉天也是太谷商贾大户曹家"三多堂"的发家福地。这里物产丰富，既有吃不完的大豆高粱，又有用不完的森林煤矿，百姓自然比较富裕，曹家祖上有了钱，从这里发展，当然得天独厚，后来慢慢辐射整个东北地区，商号也越来越多。不过，中俄关系紧张，各地的分号掌柜们能不焦急?

且说车毅斋带领武杰在奉天曹家的分号小住一宿,第二天早上,立刻朝黑龙江进发。他们过千里冰封长白山,走天寒地冻吉林省,连续奔波三千余里,才到达哈尔滨协干元曹家商号。

车毅斋将曹家书信交给掌柜,让其准备镖银,稍住一日,第二天继续北行。

也不过十月天气,这里已是冰天雪地。师徒二人走在森林里,难辨东西。呼呼的寒风卷起雪粒直往脖子里钻,协干元店掌柜虽给了厚厚的手套,双手仍然被冻得僵硬。武杰说:"地是白的,天也是白的,东西南北都分不清,俺们这是在哪里?"

"离绥化不远了。俺和你师爷还去过北端的黑河,离这里还有成千里呢。"

"那不是到俄国了?"

"现在好像归俄国了。"

冬日天短。傍黑,师徒才寻到绥化"保丰号"商店。

车毅斋师徒风尘仆仆,都成了雪人了,马是白的,人是白的,眉毛是白的。李掌柜一看,二人好像白衣侠客,店员们也个个笑了起来。

店里已经掌灯。师徒二人拴了马,换了衣,感到屋子里真暖和,其实是野外太冷了。吃热饭,烫完脚,车毅斋请李掌柜验收书信,准备镖车、镖银及护镖师,明天早饭后启程。

"不能歇一两天?"李掌柜真心挽留。

车毅斋说:

东北冬季森林

"曹家焦急，你们也不放心。镖银一走，你们不是可以睡歇心觉了？"

"对对对，北面风声紧，四处不太平。俺们可承担不起责任呀！真得谢谢您二位！"李掌柜说道。

晚上，大雪居然停了。天明后，竟是一个大晴天，只是风更大了。

李掌柜已将一切准备就绪。镖车、镖师送到哈尔滨、双城就"换脚"。临行，李掌柜交代，中俄边境虽然吃紧，但生意未受太大影响，请大东家放心。

这一路途不太遥远。北风呼啸着，武杰反倒觉得没有来时寒冷。到达哈尔滨协干元后，换了人员、车马，一行人休息一夜，继续出发到双城。三处共集白银二十四万两，分装八辆镖车；更换镖师、车夫，共三十多名，顺原路返回。

天公作美，虽然寒冷，却没有飞雪，路也好走了许多。镖车上插起"太谷镖局"和"车二"的三角小旗，一行人浩浩荡荡，一字拉开，人喊马嘶，好不壮观。

从双城到公主岭，虽有几起强人拦道，但一见"车二"的番号，随即退去。因为车二走过这条路，强人知道他的厉害，未敢纠缠。

下午过了塔子沟，道路渐渐崎岖，不久进入山区。走在山里，背风的地方，雪深人不冷；透风的山谷，雪少风刺骨。车轮滚滚伴着风声，听得见两边山体的回音。车毅斋告诫大家，山道上是贼寇出没之地，要打起精神，注意四周的动静。

又行七八里，刚一拐弯，前面果然有一彪人马一字排开，拦住了去路。只见为首的头目，身宽体壮，膀大腰粗，手持一根狼牙棒，一脸疤痕，凶神恶煞。双城的镖师悄悄告诉车毅斋："这就是由鄂伦春旗石头山才流窜到这里占山为王的土匪头。这土匪头人们都叫他'疤山虎'，狼牙棒一挥，有万夫莫当之勇，手下聚集了几十号人马，个个像石头一样不怕磕碰。他可没有听说过您的大名。"

那"疤山虎"将狼牙棒往地下一蹾，震得大地还颤抖，厚嘴唇一咧，粗喉咙大嗓门："要想活，放下镖车开路；要想死，老子的狼牙棒下等你！"

看起来不动手是不行了。

冬天午后的太阳照得人暖洋洋的，正是练练筋骨的时刻。车毅斋叫镖车集中，让武杰他们保护，自己则不慌不忙走到近前，仔细观看。看得这小子不好意思了，一跳三尺，破口大骂："你不动手，看老子咋？想认爹？"

车毅斋轻蔑地说："当爹你还有点嫩。"

"那当啥？"

"当俺的兄弟还差不多。"

"呸，你问问老子的狼牙棒认不认！""疤山虎"说罢，抢起家伙，一棒扫来，连雪带风，勇不可当。

"真要试试？"车毅斋轻轻闪过，拔出金兰剑相还。那些喽啰好像训练有素，未等头目下令，一拥而上，将镖车团团围住。但是有武杰护卫，岂能近前？

兵对兵，将对将，战了约莫十几个回合，车毅斋发现这小子还真有股子蛮劲，便纵身一跃，跳出圈外："打斗了半天，还没问你的尊姓大名，敢不敢通报？"

"老子坐不更名，站不改姓，原名没人叫了，你就也叫老子'疤山虎'吧。"

"你不好好做人，当土匪干甚？"

"呸！甭给老子啰唆，交不交银子？交了走人，不交砍头。""疤山虎"说罢，抢起他的狼牙棒又一次从上往下劈来。这次车毅斋没有闪，他举起金兰剑，一个侧身，待狼牙棒即将落下，顺势一个力劈华山，只听"咯嚓"一声，狼牙棒头轱辘滚落在地。"疤山虎"大吃一惊，半晌才问："你用的啥家伙？"

车毅斋答道："普通兵器。"

那"疤山虎"从身后抽出单刀，双方又战在一起。不到几合，又听"哧溜"一声，单刀被削为两节。

"疤山虎"恼怒地说道："你他妈用的啥家伙？要不是你的利剑厉害，老子还不一定惹不起你。"

车毅斋说："那好，咱们空手试试？"

"看你像条英雄好汉，老子和你比比真本事！""疤山虎"丢下他的半截刀，晃了晃腰臂，摆出了个类似少林拳的起势。

"不忙。"车毅斋让车夫们把蒙在镖厢上的篷布拉下，到一丈外的地方撑起来。镖师、随员和土匪都不解其意。看着镖厢里白花花的银子，土匪们个个眼都红了。

这会儿，"疤山虎"瞪着发红的眼睛，使尽了浑身解数，拼死拼活大战起来。这家伙身大力猛，真有股子蛮劲，上面拳声呼呼，下面雪花飞溅。车毅斋仔细看时，这小子仰掌为水，立掌为木，扑掌为火，握拳为土，钩手为金；忽而如行云流水，忽而似穿插之箭，上冲云天，下沉如铁，金枝变钩，灵活多变，拳实力沉，不禁暗叹："好拳法！"当年车毅斋在交城王长乐处见识过。

又战十几个回合后，"疤山虎"似乎也看不出车毅斋有啥奇特的功夫，于是，说时迟，那时快，突然使出一招泰山压顶，拳挂风声，狠命砸将下来。谁知车毅斋却并不躲闪，只一个轻轻的形意拳"推窗望月"，就借势把个"疤山虎"扔到一丈开外的篷布里。

灰头上脸的"疤山虎"失去了锐气："练的些啥拳，老子怎么就进了你的车上？你要能再丢我两次，我就心服口服。"

第二次，车毅斋用的是形意拳"双虎形"，第三次用了个"阴阳把"，"疤山虎"晕头转向，一连被篷布卷了三回。

车毅斋为什么要露财呢？他想让红了眼的土匪头尽展其本领而后擒获，才能让其心服口服。

"疤山虎"一瘸一拐从篷布里爬了出来，纳头便拜："大镖头在上，小人五体投地，甘拜下风！"

车毅斋俯身将他一把拉起，请他坐车上："我一看你就知道不是赖人。你是哪里的？"

"疤山虎"道："说来话长。我原来住在石头山，那里买卖太少，养活不了弟兄们。这不，才来了三天，就遇上了您。"

车毅斋问："你的脸是怎么弄的？"

"气杀人了！""疤山虎"已经痛不欲生，"原来我也是个正常人，已经成家，有人还说我们夫妻俩丈夫有武功，媳妇又漂亮，是男才女貌，天生的一对。我们俩都喜欢使刀弄棒，我还拜师学了几年拳脚，可是误了地里的营生。那年遇上了灾荒，交不起皇粮，我被官府抓进了监狱。大老爷审我，我脾气倔，平时说惯了，失口说了句'老子'，那家伙叫狱卒把一碗滚烫的水泼在我脸上，这不，以后老子——不，我就成了这个丑八怪。关了几年大牢，放出来回家一看，爹妈气死了，媳妇走了，闺女丢了。

古语说，"男儿有泪不轻弹，只是未到伤心处"，堂堂顶天立地的山大王"疤山虎"，泪洒衣襟，周围的众人有的也红了眼睛。

车毅斋说："你没把妻女找回来？"

"疤山虎"说："哪里去找？我媳妇长得漂亮，说不准是被坏人勾引走了；小闺女灵巧，说不定被卖了。我落了个妻离子散，家破人亡！唉，此地不留爷，自有养爷处，反正老子有的是功夫，弄碗饭吃还不发愁，穷弟兄们这不都跟来了。要不是遇上大镖头，我们天天自由自在，痛快！"

车毅斋心想，古有林冲被逼雪夜上梁山，他是妻离子散无奈上了长白山。果真如董老兄所言，都是官府逼得，看来从古到今差不多呀！他转换了话题："刚才你的少林罗汉拳是哪里学的？"

"您看出来了？""疤山虎"有点惊奇，"我的师父是长白山里的一个老和尚，武功盖世。"

车毅斋说："兄弟，干这一行也不是久远之计，而且有风险。刚才我不是看着你人不赖，一剑下去，还有你的脑瓜在？"

"惹不起我不会跑？"

"跑不了呢？"

"疤山虎"傻了半天，突然睁大眼睛问："哎呀，小的还没问您大镖头的大名呢。"

"凡夫俗子，山西太谷车毅斋。"

"没听说过。"

"听过山西车二吗？"武杰插话。

"谁？""疤山虎"吃了一惊，两眼直发愣。

"他就是俺的师父，姓车讳永宏，字毅斋，小名车二。"

"咕咚"一声，"疤山虎"蹲坐在雪地下，目瞪口呆："昨天才听说，怎么怕谁今天就碰上谁。"

车毅斋推心置腹地说："山虎，你遣散喽啰，让他们回家种地，你跟我走吧，再教你些武功，好不好？"

"大镖头，您收留我？"四十来岁的那么大的匪头，高兴得从地上蹦了起来。

这小子听话，将身上银两全部抖落在地。弟兄们依依不舍，各取一份去了。

天近黄昏，西边的彩霞照得山沟里通红通红。有"疤山虎"当向导，第三天一行人就赶到了奉天。

到了奉天曹家商号，办完镖银交接，却冒出了一件事，使得车毅斋他们必须停留几天。

原来，这奉天北城守军有一个副官，姓杜，倚仗与盛京将军的些许裙带关系，横行霸道，经常带兵拦抢镖车。镖车里有的是钱财，敬奉点上司，他自然更加有恃无恐，无法无天。

杜副官行伍出身，从小喜欢打架斗殴，也有几下拳脚功夫，自号"长白山虎"，人称"杜山虎"，当了官后，人们只得改口称其"杜长官"。他久闻山西车毅斋沙滩擂年少成霸、镖走两广及无敌黑峰山的传奇故事，早想见识见识真假。此公横行之余，还真的喜欢结交名流，前几天听说车毅斋要来了，通知曹家商号，必欲较技，不然，商号立刻退出奉天府。

"这可怎么办？"大掌柜愁煞了。

"真的要将曹家的买卖赶出奉天？"车毅斋生疑。

"好像也不一定，杜长官可能是想见识见识您的武功。"大掌柜分析，"此人拜过不少名师，武功厉害，一向喜欢结交武林高手。您沙滩擂称雄，两广护镖，黑峰山扬威，早就传到关外，他也许是真的想会会您。不过，俺寻思，您既得赢了他，还不能丢了他的人。不知对不对？"

车毅斋说："你言之有理。俺明白了。"

第二天，大掌柜亲自带领车毅斋登门拜见杜长官。

长官府虽不是王宫，却十分富丽堂皇：彩漆飞檐斗拱，朱红高柱大门，两个彪形大汉门前一站，威风凛凛，凶神恶煞，给长官府平添几分霸气。

进入府堂，那位杜长官居然下阶迎接。此人行伍出身，身材粗壮，宽眉毛，大嘴巴，满脸胡子。他倒是对车毅斋非常客气，以礼相待，因为他久闻车毅斋大名，知其不是凡夫俗子。

"久闻车大师大名，今日一见，三生有幸，蓬荜生辉！"杜长官说道。

车毅斋以礼相还："车某名微身贱，专程前来拜访杜长官。"

"杜某别无其他,前几天才听说您大驾光临,现在只为领教大师拳脚,倘若赢了杜某,奉天就是咱弟兄们的天下。哈哈哈——"杜长官说话不拐弯抹角,声音如雷霆贯耳。

车毅斋说:"长官真是豪爽之人,车某衷心钦佩!"

二人谈得非常投机,当即相约,明天故宫北大街小十字路口,不见不散。

第二天上午辰时,奉天府城北,城门高大巍峨,天上飘着阴云。历史上这里也曾是战场,现在是奉天府的繁华之地。街道两边的建筑,与内地迥异,房顶尖,窗户多,白色为主,人来人往,车水马龙,川流不息,倒也十分热闹。

杜长官早已率领手下在路旁挂了一张大网,约定:谁被丢入网中即为败家。车毅斋赢了,奉天各地任曹家走镖;败了,则曹家全部商号立刻撤走。周围的人们没有见过这种比武的办法,不一会,就围了个水泄不通。

车毅斋也奇怪这种较技之法,但是,曹家的千斤重担压在了自己身上,只好听天由命,破釜沉舟,拼死一搏。他知道,初来乍到,不能造次,必须放低身段,便道:"车某无名鼠辈,请长官赐教。"

奉天府(今沈阳市)城门楼

"胜败兵家常事,不必在意,今天是以武会友。哈哈!"杜长官的人嘴巴如雷轰响。

"长官请!"

那杜长官迫不及待,略作准备,攻击开始。

原来这小子练过几年长拳,确实有相当功底。比赛一开始,他就先发制人,频频出招,使出拳、掌、钩手法,弓、扑、虚、歇步形,运用吞、闪、展、摔、挤、靠身段,招招直取车毅斋要害,而且硬是将其逼近大网。很明显，这位杜长官胸有成竹，是有备而来。

一边部下、围观者成群，一边仅武杰、"疤山虎"和大掌柜数人。喊叫声山呼海啸一边倒。

车毅斋依旧采用后发制人办法，先用绝技"游鼍"一一化解对方的进攻，让其拳技尽显。对方三板斧使完了，他才开始用"五行拳"，继续消耗对手体力。

再战十几回合，车毅斋发现，原来这小子是一勇之夫，只懂进攻，不会防守，和当年汾河岸边自己独战任赖皮一样，因而他刚刚反攻，对方已经乱了脚步。见时机到了，他退到大网边，故意露了个破绽，杜长官以为有机可乘，一下子整个身子猛扑过来。说时迟，那时快，车毅斋只一个"乌鸦伏卧"，就将进攻的杜长官牵向身侧，而后使出一招"张飞举鼎"，愣是顺势把个堂堂杜长官丢进了大网。

车毅斋立刻纵身上前，一躬到地悄声说："承让，承让！失敬，失敬了！"

四周的人们先是发愣，好半天才交头接耳。

车毅斋手指大网，继续压低声音说："其实是雕虫小技，大人只需如此如此，便可将俺也丢进大网。"

那杜长官半信半疑，从网里出来，二次交手，再度战在一起。他按照车毅斋的指点，没几个回合，真的也将车毅斋一下子"丢"进了大网。

"长官厉害！"

"长官赢了！"

围观者，尤其杜长官的手下，一齐大声欢呼。车毅斋则拱手作揖，一躬到地，当面认输。

这杜长官也是条汉子，尽管为人粗鲁，他也发现，车毅斋不仅武功出众，而且武德上乘，居然这么给足人面子，寻思，倒不如交个朋友。

杜长官在府上设宴，盛情款待车毅斋一行。

"我闯荡江湖十几年，你是我遇见的最好的人！我们拜了把子吧！"杜长官粗喉咙大嗓门，仿佛下圣旨。

车毅斋没有思想准备，转念一想，推托了杜长官对曹家的生意有害无益，俺来不就是为曹家办事吗？况且，这位长官心直口快，待人豪爽，遂痛痛快快地说："求之不得，求之不得，高攀了！"

杜长官兴高采烈，设坛祭天。他和车毅斋互相交换生辰八字，正式歃血盟誓，结为生死兄弟。而后，他就在自己的府上继续大摆筵席，推杯换盏，一醉方休。杜长官真是个好赖人，当场胸脯一拍，说道："奉天府一带，往后就是咱们的了！"此后，他果然对曹家的商号百般照顾。

车毅斋始终挂念太谷的两起案子，第二天欲告别杜长官，带领武杰和"疤山虎"，押着镖车即欲返晋。然而杜长官一再挽留，他盛情难却，无奈，只得再逗留几日，教了杜长官多趟拳脚功夫，才被允许回转山西。

一路上，他们马不停蹄。赶回太谷，一行人直接去"三多堂"，却见人人面色凝重，眼角似带泪痕，曹培义则臂戴黑纱亲自迎接。

一种不祥的预感袭上车毅斋脑门。要知出了什么大事，请看下回。

第十五回

救乔家,师徒战群匪
传形意,复祯教新徒

原来,就在车二走后的第三天凌晨,他的父亲车蛮小不幸与世长辞。家人怕影响他押运镖车,没让曹家告诉东北的商号,车毅斋也就一直不知道。回家复命后,自然不能再瞒他了。

车毅斋闻讯,如雷轰顶!他简单向曹培义交代一下东北之行情况,失魂落魄,直奔家里。

一路上他什么也没看见,什么也看不见,一头撞进院里,大哥、三弟正在守灵,他爬在父亲灵前,失声痛哭!

车蛮小生于清嘉庆七年壬戌腊月十九,比李飞羽师长一岁。他一生平平淡淡,与世无争,种了一辈子的地,从不求人,有什么难事,总是自己扛着,从不示人。吃穿不论,能将就则将就,特别容易满足。唯一爱好是看秧歌,却不会评头论足,即使非常喜欢时,也至多厚嘴唇咧一咧。

车二伏地良久,抬起头来才看见老实巴交、人如其父的哥哥,弟弟及本村几个弟兄。

车二与母亲和兄弟商量后,一家人做出决定:父亲是凡人一个,丧礼就按凡人办理。不烦社会名流,不收丧葬礼金,一切从俭。本村吴秀才有感于车家的简朴与车父的为人,作祭文一篇,名曰《凡人赋》相送:

秋尾丁亥，朔风凌荻。车祖远行，觌面无期。念吾乡之长老兮，笃信厚遗，遂为作祭：来之无声兮，去之无息。生时炊烟袅袅兮，离去荒草萋萋。人之有事也助耕兮，己之有难也自犁。不扰邻兮，不攀富；不烦人兮，不自欺。日间不离自家土地兮，夜晚回屋饮粥糜。天外有风闻不得兮，只念儿女与婆姨。八十寒暑如一日兮，春夏秋冬无传奇。平平兮，凡凡兮，有我云自飞，无我仍晨曦。平平淡淡此去兮，传宗接代一粒粟。伟乎兮，大呼兮，确为人类壮根基。

呜呼哀哉，伏维尚飨！

将父亲丧事料理完毕，肩负为民除害的重任，车毅斋与众弟子继续全城侦察。这件事在他去东北后，吕学隆仍调查无果。连续去孙家卧底半月，也没发现任何蛛丝马迹。车毅斋从东北押回大笔现银，为曹家立了大功，曹培义感恩戴德，至于"玉白菜"之事，只是连说："不急不急，慢慢从长计议。"

这天晚上，吕学隆对师父说："俺寻思了好多日子，官府的案太难破，又不是咱的本分，尤其为此得罪人，不如别管了。"

李复祯也信心不足。

车毅斋琢磨再三，想着人命关天，为民除害，咋能袖手旁观？即使引火烧身，也不能顾及。他严肃地对复祯和学隆说："明天都回吉安堂，告诉徒弟们，晚上准备继续行动，仍旧先追查小儿丢失案。"

又一个月朗星稀、风静天高的夜晚，吉安堂里弟子齐聚，有几个在窃窃私语。美子不解地问车毅斋："车二哥哥，这些时你们神秘兮兮的，有什么大事？"

车毅斋说："古人云，天机不可泄露。"

"哎呀，越说你越有文化了，"美子老大不高兴，"给人家也是天机，你有多少'田鸡'？"

"是是是，俺是卖青蛙的。等到哥的'天机'大功告成，一定给妹子一个惊喜！"

"可是你知道不知道人家也有'天机'呀？"

"女娃娃家，能有啥秘密！"说罢，车毅斋突然发现，这些日子，美子似乎有些变化，仿佛随着年龄的增长，性格成熟多了，而且还学会了关心别人。特别是得知自己黑峰山遇险后，天天告诫自己一定要时时注意保护自身。真是个难得的好妹子！想到这里，他态度一转问道："你有啥'天机'？给哥说说。"

"嗯——"美子欲言又止。

"有人要抢亲？"车毅斋戏逗。

"他们敢！"美子剑眉倒竖，"要是姑奶奶不愿意，飞蝗石送给他脑袋上几个包！"

"你爹也真是怪，男大当婚，女大当嫁，他想让女儿嫁皇上？"

"唉，我爹真是——"美子把话锋一转，笑眯眯地说，"你真讨厌，人家晚上一闭眼，你就来捣乱。"

"梦见什么了？"

"梦见你又骑着大红马来我家。"

"梦是心中想呗？"

美子脸涨得通红，越发娇羞可人，不知该说什么。

此时车毅斋仔细再看美子，与那天贾家堡早晨送别时判若两人。今天，她换了一身玄色装束，腰带紧身，仿佛夜行女侠似的，越发显得矫健而潇洒。面色红润，一双丹凤眼脉脉含情。虽然人已年届四十，丝毫不减少女的风韵。

事实上，"豆美人"之名早已闻名城乡，"瀛东玉器店"和东门外包子铺的大老板，人家大名鼎鼎，窦老头反而被埋没了。

奇怪的是，垂涎其美色的公子哥们多年来即使踏破人家的门槛，可是她爹就是一而再、再而三变换着理由推辞，包括孙家大少在内的上门之客也不答应。天知道这老人家心里打的什么算盘！

见人到齐了，车毅斋转到正题，让弟子们汇报情况。李复祯说："有人听到一户人家孩子黑夜老是哭闹。"

"夜哭？什么地方！"车毅斋警觉地追问。

"东门外，朝阳道。"李复祯回答。

"重点潜伏！"车毅斋下令。

又经过明察暗访，这条街上坐南朝北有一座四合院，平日里没人居住，但是晚上偶尔院里却有响动。这个情况引起了车毅斋的高度注意。

就在车毅斋缩小了侦查范围的时候，一天下午，王凤翙火烧火燎跑到"三多堂"，告诉师父一个惊人的消息："东门外窦家的包子铺里，有人吃出了人的指甲。"

"那卖包子的怎么说？"大家着急地追问。

"那个说，是老婆切肉不小心切下了自己的指甲。"

"喔——"弟子们舒了口气，紧张的气氛才舒缓了下来。

但是，吕学隆却面色凝重，一本正经地分析："此事非同小可，极有可能与咱们所查的案情有关。"

"越说你是'吕诸葛'你就成了真诸葛了，就你能把芝麻当西瓜！"大老黑孟兴德白了学隆一眼。

吕学隆有些生气，没敢再辩解。

王凤翙的最新消息，却让车毅斋陷入沉思，以往的许多疑惑渐渐连在了一起。反复思考后，他做出了部署：从今天开始，大家到目标附近，昼夜轮流值守，密切注视任何风吹草动，不得有误。他特别告诫弟子们："这次可千万不能再打草惊蛇！事到如今，不管什么地方，宁可信其有，不可信其无。等到月底，没有了月光，我们悄悄翻墙进院，弄点声响，引蛇出洞，有人出来立马追捕；没什么反应，就迅速撤离。如果拿不到真凭实据，既陷官府于不利，也败坏我吉安堂的名声。"

半个月以后，就在车毅斋准备行动的前一天凌晨，"三多堂"的门口端放了一尊"玉白菜"，另有一支飞镖警告，上书八个字："见好就收，免遭灾祸！"

消息由吕学隆传回吉安堂，师徒得知，人人面面相觑，不明就里。"玉白菜"完璧归曹家，自然值得庆幸，可是这是为什么呢？当初是什么人一定要窃走它呢？大家七嘴八舌，梳理不出个头绪来。

孟兴德说："人家既然送回来，那就罢了，交待了曹家，也算复祯哥和学隆破案成功。见好就收吧，哈哈！"

武杰说："好事，不管甚，事情又办了一件。"

"办一件，少一件。"大家也有同感。

吕学隆一向好动脑筋，坐在墙角，又在眨巴眼睛，半天才慢条斯理地说："你们说说，狗日的让咱们见的'好'是什么呢？"

"不就是让咱们别再费心找'玉白菜'了吗？"孟兴德直率地说。

王凤翙则若有所悟："这'好'是不是收到'玉白菜'，吓唬咱们就别干其他的了。"

"可见，'玉白菜'和小儿案应当是一回事嘛。"吕学隆显得有先见之明。

大家又统一了意见："肯定是不让咱们继续追查小娃娃的丢失案。"

"兴许是这些天咱们昼夜巡查，查到了要害地方，被嗅到了风吹草动，打草惊了蛇？"吕学隆的一句话，让车毅斋心里一颤！

"嗯，看起来，咱们破案已经到了最关键的时候。"车毅斋告诉弟子们，从今天开始，谁也不能离开吉安堂半步！为民除害，义不容辞，还怕什么灾祸！

继续密集侦察！

晚上，车毅斋正准备排兵布阵，门外突然风风火火跑进一人，上气不接下气说道："车，车大侠，不好了，乔家，遭土匪抢劫了！"人们一看，是祁县大商户乔家的家人。

"调虎离山！"吕学隆脱口而出。

"真的节外生枝？"连大老粗孟兴德也产生了警觉。

"看起来，幕后黑手要狗急跳墙了。"吕学隆似乎早有预料，"这回咱们绝对不能像黑峰山那样再上当！"

"坏人调虎，咱们就是不能离山！"多数人的头脑也似乎一下子变得非常清醒。

"那咱们能见死不救？"车毅斋不大同意。

"师父一走，这里必定出事！"吕学隆斩钉截铁地说。

车毅斋略加踌躇，断然做出决定："真调虎也好，假调虎也罢，俺必须立刻赶赴乔家！"

车毅斋当即安排王凤翙、李发春及"疤山虎"要百倍警惕，看好家，注意任何风吹草动，并让吕学隆先回"三多堂"，然后带领李复祯提枪上马，立刻直奔祁县东观乔家堡。

即使真的是调虎离山，乔家有难，车毅斋也绝不会见死不救。因为那山西祁县乔家，与他可是有多年的交情啊！

此时乔家掌门人是乔致庸。这乔致庸出生于清嘉庆二十三年（1818），长车毅斋十来岁。他熟谙经商之道，人称"亮财主"。在他的经营下，乔家的生意突飞猛进，实力不断壮大，实现了商业、金融业、房地产业并举的多元化的经营格局。同时，他还在乔家堡村大兴土木，光大门庭。他喜欢广交朋友，热情好客，因此，乔家总是门前车水马龙，宅内高朋满座。而在这些朋友中，乔财主尤其独钟武林名师。

李飞羽牛头寨救师闻名四方后，受聘于太谷，乔致庸就特别仰慕；车二沙滩擂夺魁后，红极祁县、太谷，乔致庸便托人交结了年轻的车毅斋。从此，二人越走越近，终成亲密兄弟，莫逆之交。

一家有难，另一家能无动于衷，袖手旁观吗？更何况车毅斋原本就是为朋友两肋插刀的大侠！他带领李复祯，师徒二人，策马扬鞭直奔祁县乔家堡。

乔致庸早就要求车毅斋帮乔家传授子孙和家丁形意拳，怎奈车毅斋近几年来琐事繁忙，终未得暇。回想起来，车毅斋不免心里闪过一丝内疚。这不，今日果然有难了。后悔与自责交织，不觉已疾驰至乔家堡村口。

乔家大门坐西朝东，墙高门坚，盗匪不易进入。可是今天，老远就看见数十名土匪高举火把，呼喊叫嚷，挥舞刀枪，架梯猛攻乔家院墙。家丁在墙头用井水、脏水、泔水拼命往下浇，砖头、瓦块、木棍往下乱扔，岂奈土匪人多势众，彪悍无比，呐喊声震天不绝，眼看墙上边的家丁难以支撑。就在这危急时刻，车毅斋策马来到，大喝一声，如同晴天响霹雳："休得猖狂，太谷车毅斋在此！"

众土匪一听，吓了一跳。火光中回头一看，领头的这位器宇轩昂，相貌堂堂，二目如电，气势逼人，

山西祁县乔家大院大门

尤其唇上那道英雄须，令人不寒而栗；身旁的一个，年轻霸道，满脸杀气，如同孙悟空下界，专来斩妖除怪。众土匪吓得不敢近前。等了一阵，不见大队人马，原来只有两个人。就他俩？土匪们一下子来了精神，停止了围攻乔家，四面包围上来。

"匪头何在？过来受死！"车毅斋厉声喝道。

那匪头真的大摇大摆过来了。他指挥号称"八大金刚"的八名小头目去会战李复祯，自己独自领教车毅斋的功夫。火光之下，只见这匪头身子不高，圆头圆脑，肥头大耳，油光满面，手提大枪，咧着大嘴，咋咋呼呼，直冲过来，叫道："你是哪个？"

"太谷形意拳人车毅斋。"

匪头有点发毛，他知道这车毅斋的传说：单剑走两广，只身战黑峰，奉天收"二虎"，扬名武林界。所以，一听车毅斋大名，能不畏惧？匪头仔细端详：来人年过半百，身材却笔直挺拔，头戴黑色帽盔，身穿玄色衣衫，相貌堂堂，神态威严，尤其嘴唇上一抹黑色胡须，叫人一看，先矮了三分。

车毅斋大声说："大胆匪头，报出名姓！"

匪头吓得说话都结巴了："额，额，没名姓。"

"来乔家大院干甚？"

"来？……串门。"

"那你们为甚又喊杀，又放火？"

"额……"

车毅斋发现跟这无赖说不出个长短，直接说道："动刀枪还是徒手？"

"空拳吧。"匪头有些底虚，因为车毅斋的大名，早就叫他闻名丧胆。

"出招吧！"车毅斋将自己的长枪往地上一扎，紧紧衣裤，略舒猿臂，将长辫往脖颈一盘，亮出了形意拳"三体式"。

那匪头也摆出了他的起势"蹲猴势"。车毅斋心想，这小子练的是祁县戴良栋大师的"戴氏心意拳"？他知道，戴家拳概不外传，这土匪头咋的也练起了心意拳？问题是不是出在戴良栋那里？

戴良栋生于清道光十四年（1834），是心意大师戴文雄的族叔。他自幼学习猴拳，十分羡慕戴文雄的心意拳，但囿于辈分之故，耻于下学，于是常常在屋内隔窗棂暗中学习，故时人有"窥棂派"之称。

戴文雄去世后，戴良栋在所见部分心意拳的基础上，与自己所长的猴拳相结合，进行了大胆的改革与创新，于是新的"戴氏心意拳"诞生了。戴良栋的这一支，与李飞羽创立的形意拳一支，成为形意拳的两支主要门派。

当年戴龙邦、戴文雄所传的是姬老夫子的"子午桩""三才势"。"子午"者，以"子"为夜半之时，属阴；"午"为日中之刻，属阳，此时练功最易贯通周天。"三才"者，取天、地、人三才而命名，旨在表现其宏广、精深、威严、灵动之意。所以，车毅斋一看匪头的"蹲猴势"，就知道一定是戴良栋的传人。

可是戴良栋车毅斋会过，虽比自己年龄还小，却和和气气、平易近人，辈分虽高，仍然谦恭不倨。这么一位德高望重的大师，怎么会把武功传给土匪呢？

原来，这个"圆头圆脑，肥头大耳"之匪头，与戴二闾都是祁县小韩村人氏，从小油头滑嘴，好吃懒做，长得尖嘴猴腮，活像只猴子，因此，人们管他叫猴三。此人就是那个当年车毅斋在汾河西岸碰上的欺负卖柿子的赖小个子。那次挨了车毅斋揍以后，他发觉没武功吃不开，于是决心学点武艺，所以常常到戴家偷看人们练拳。这小子怕人家嫌他不谋正业、行为不轨，不肯教他，于是成天坐在土墙角落，时不时还打盹。其实这小子精着呢，白天偷看了，晚上回去暗自加强练习。没几年，居然把戴家的拳艺学到了手。

有了武功干啥？赖皮出身的猴三只能干起了拦道抢劫弄钱的勾当。开始就三两个人，吃甜瓜拣软的；得手了，有钱了，功夫也渐长了，打家劫舍，骚扰乡里，无所不为。没几年，喽啰越聚越多，居然当起了山大王。

且说二人多年不见，话不投机，动手吧。猴三略作准备，摆出心意拳"蹲猴势"。车毅斋正想见识见识戴良栋创新了的新式"戴氏心意拳"呢，因此听任其尽显才能。

只见猴三并步一站，屈膝下蹲，尾闾微微向前，凸出后腰命门，腰胯变成了圆形，双肩下塌，手垂大腿，下巴微前。车毅斋的形意拳"三体式"早就预备好了迎战。

那猴三唯恐吃亏，就抢先下手，逐一亮出看家本领进攻：先来"五行拳"：金、木、水、火、土，对应自然，生发为劈、崩、钻、炮、横，猴三打得虎虎生风。

再打"十大形"，此拳乃象形之拳法，受三国时华佗"五禽戏"的启发，意在采取猛兽之敌斗动作而创编，即龙、虎、蛇、猴、马、鹰、鹞、鸡、燕、熊。比形意拳少了"鲐""鼍"二形，但是也打得腾挪跌宕，功夫不俗。

接着还有"七小形"，也属象形拳法，但以性能相比，则无法与"十大形"同日而语，故被称为"七小形"，它们是豹、猫、牛、鹿、鹤、鹊、鲐。皆为动物，不含昆虫。

猴三还会"七炮"，他所学的戴氏心意拳属爆发性极强的内功拳，尽管有"把把是炮"之说，但冠名"炮"字的拳法只是如下"七炮"：追风炮、通天炮、捉边炮、摸边炮、斩手炮、连珠炮、掘地炮。

猴三越打越上劲，紧接着又展示了"七膀"。膀为上肢之根，在贴身近战时有重型炸弹之威，名曰"鹞子入林膀、犁行膀、裹风膀、云磨膀、押磨膀、人字膀、坡落膀"。

车毅斋发现，这个猴三功夫确实不错，开始他只是招架，对方以为他不是对手，越发使尽浑身解数，轮番用车轮步、地盘步、转轮步、箭步、串子步、疾步、快步、蛇行步、龙行步、鸡行步、倒撒步、熊行步、四平步、寸步、马步、拗步、侧风步等频频进攻，毫不留情。

约莫打斗了三四十个回合，猴三终于抖搂完了全部家底，没招了。车毅斋看看时机到了，这才开始反击。

这猴三的拳脚猴形成分过多，而且两肱过屈，力量无法达于稍节，加之身子屈伸太大，反应缓慢，脚下套路虽然不少，然而根基不稳，继续下去，岂能不吃大亏，因此车毅斋运用形意拳的"十二形"周旋不久，只用了一招右步"蛇形"，右脚上步，左脚跟进，身向前拥，右膀前顺，一记蛇形掌，由下而上而前而挑，那么重的一个肥头大耳的汉子，已经屁股朝下四脚朝天了。

猴三意想不到自己轻易败阵，再次施展他的"七膀"绝技，车毅斋则应用改革创新了的"形意五行拳"对付，待对手施展"通天炮"正面攻来时，车毅斋略一侧身，左臂一架，一个右手炮拳，猴三再次被击出七八步，仰面倒在地上。

踌躇片刻，猴三自愧可能拳脚功夫不行，抡枪重战。车毅斋并不在乎，赤手空拳相应。猴三一出手，是心意拳"六合枪"，分、闭、扎、点、挪、挑，环环相扣，像模像样。一枪猛地扎来，车毅斋稍一侧身，左手刁住枪杆，顺势一抽；右手一个单虎形，猴三撒手连退数步，又摔了个屁股朝下脸朝天。

猴三觉得稀里糊涂，输得窝囊，爬起来企图再战。车毅斋还给他大枪，没几合，枪被车毅斋夹在腋下，猴三呼天抢地，乱蹦乱跳，就是动弹不得；第三次，猴三不敢刺上身了，专刺腿脚，结果，枪尖被车毅斋一脚踩在底下，另一脚踩着枪杆一压，猴三拿枪不住，反而自己落了个两手空空。

再说那边的李复祯，虽然身材中等，却矫健异常，格斗起来，目光似雄鹰，身手矫健如猿猴，恰似齐天大圣孙悟空；又擅长形意拳"倒插步"，攻前打后，一人独战八个小头目，全然不在话下。那八个名叫：飞天龙、飞天虎、飞天猴、飞天马、飞天鹞、飞天鹰、飞天蛇、飞天熊，属心意拳的"十大形"，一交上手，人人各展其"形"，八面合攻。战罢几合，复祯发现，这八个"飞天"飞来飞去，功夫不错，却就这几手。没几个回合，"八大金刚"伤了两个，吓坏六个，伏地一个劲地磕头求饶。

那边猴三心服口服，只是说："谢谢车毅斋不杀之恩！"

车毅斋喝道："今后不准再来乔家骚扰，不然，逮住拧下你的猴头！"

猴三连忙说："再来捣乱，您剁下我的脑袋！"说罢，这小子嬉皮笑脸自己站了起来，竟然说，"车大师，您的形意拳确实厉害，早就听说您老人家武功盖世，能不能收小子为徒？"

车毅斋道："呸，俺咋能收你这土匪！"

"我不当土匪就行了？"

"你能狗改得了吃屎？"

"多年前我在汾河边上挨了车二揍后，就再也没给人吃过屎了。"

车毅斋一听，想起了汾河战二赖皮的情景，厉声问："你挨过谁的揍？"

"太谷车二。"

"那你看俺是谁？"

猴三睁开眼，左看右看，上看下看，忽然跪在地下，大声呼喊："大人在上，我狗眼不识泰山，今天要认师父了。"

这小子只听说形意拳界有车永宏、车毅斋，却不知他们和车二就是一个人，今日得知，居然显出了非常亲近的样子，凑了过来说："原来是老关系了，徒弟要正式拜师了！"

车毅斋说："去去去，俺能收你这土匪当徒弟吗？"

猴三赶紧说："我今天就改，自家再不吃屎了，也不给人吃屎了，行吧？"

"不行。"

"师父叫我做啥，我就做啥。"

"那好，记住，"车毅斋声色俱厉，警告猴三，"你劫取不义之财可以，但绝不许抢劫仁义之家。"

"是是是，光劫不义之财，再不骚扰百姓。记住了，记住了！"这猴三死皮赖脸，油嘴滑舌，没完没了，"那您答应收我为老徒弟，学习您的形意拳啦？"

车毅斋心不在焉，哪有工夫跟他啰唆，摆摆手："走吧！"

"是是是，师父！"

"不准叫俺师父！"

"是，师父！"

这小子确实不愧为"癞头鼋"，真是赖皮一个，车毅斋哭笑不得，不再理他。

猴三看看无趣，指挥喽啰抬起伤员，撅起屁股，准备逃跑。

"回来！"车毅斋喊一声。

猴三以为要收他为徒，高高兴兴又回来了："师父收我为徒呀？谢谢！"

"胡说！俺问你，你是不是偷过'三多堂'的'玉白菜'？"

"'玉白菜'？打死我也不敢！"

"那么，今晚是谁派你来的？"

"哈哈，我就是大王，除了师父您，我不听谁的！"

车毅斋寻思，他确实也不像调虎离山，只能说："去去去，往后必须改邪归正，听见了没有？"

"听见了！听见了！您老没事了，师父？"这"癞头鼋"还赖着不走了，站在那里一动不动。

"走走走，没你的事了！"

"是是是，"猴三一步一回头，"师父，弟子走了！"

这件事发生不久，深居简出的戴良栋，得知猴三招摇撞骗，气得胡子都发抖，立即写信给猴三训诫道："你练猴拳被车二要了猴，你徒弟练十大形，差点卖了命。你不过偷学了我戴家拳的一点点皮毛，就拉大旗作虎皮。今后不准再打戴家心意拳的旗号败兴！"

那猴三看信后却振振有词："我的拳术比他的哪个徒弟差？不让我说戴家心意拳就不说了，我的拳叫'新意拳'还不行吗？"从此，猴三反而成了创立新意拳的鼻祖。

且说乔家虽然得救，可是也太危险了，乔致庸寻思，车毅斋师徒要来得迟一点，院里的水干了，砖瓦用完了，乔家大院还不被火烧？越寻思越后怕。

大战方毕，家丁们清理完大院内外，感谢宴随即开席。吃饭中，乔致庸恳切地与车毅斋说道："眼下，社会动荡，兵荒马乱，看起来这年月光念书、做买卖确实不行了。您说什么也得给老兄再教几个徒弟。"

车毅斋也曾因没武功吃过亏，武术自卫，武术护家，武术救人、救国的思想早已形成。他说："乔东家，刚才你看李复祯的功夫怎么样？"

乔致庸说："以一当八，果然名师出高徒！"

车毅斋说："让复祯再传乔映庚如何？"

乔致庸自然高兴，连说："好啊！好啊！"

三人当即拍板定下来。由如此高师在乔家大院收徒传授形意拳，乔家人都心满意足。

由于家里事情还多，尤其公案未了，谁是一系列悬案的幕后黑手？仍天天牵挂着车毅斋的心。三人商量后，决定明天准备，后天就举行收徒仪式。

乔致庸递过两杯上等茶，对车毅斋和复祯师徒再次表示感谢。

乔家长孙乔映庚，字锦堂，此时正在天津读书。乔映庚早年习练各种拳械，很看不起内家的形意拳，后来在多次比武中见其他各门拳械均为形意拳所败，从此才改弦更张，专心学习起了形意拳。

乔映庚师从形意拳大师车毅斋的弟子李复祯学艺后，武功不俗，清末民初，闯荡江湖，被誉为"云中燕"，为中华武术史留下了不少逸闻趣事。

且说车毅斋护院保镖数十年，已成为当时中国十大镖师之一。他一向主张以德服人，回想今天与猴三的大战，不无感慨地说："伤人结怨，容人交友。那个猴子，往后估计不会再来捣乱了。"

乔致庸说:"我们经商和武界道理一样。商户之间,虽然有所谓'同行是仇家'之说,但是大家仍旧遵循信誉至上、商德第一的理念,谁破坏这个道理,谁迟早吃亏。比如,早年我在包头,因为粮食买卖,互相争夺市场,有一家放出风来,说我家的粮食里有蛀虫,当时损失不小;可是几年后,反而是他自己出了毛病,结果,破产了。我没咎既往,还帮了他一把。他后来东山再起,我们成了好朋友。"

"是啊,"车毅斋也想起了前年的事情,"上次护镖内蒙古,蒙人骑兵为抢镖奔腾而来,俺用咱们的'拘马拼'力擒奔马,蒙人跌落马下,俺总是轻轻扶起,善言相慰。此后,凡咱们的'车'旗路经该地,蒙人要么主动避让,要么招手致意。正因为如此,保镖数十年,才未有闪失。"

聪明的李复桢听出了师父的言外之意,又想起师父两广结交"苍山王"的故事,连声说:"弟子早就牢记在心了,交友走遍天下,惹人寸步难行。要不然,猴三的那几个'飞天',总得让他们死几个。"

乔致庸说:"复桢这一说我也想起来了。前几天,映庚从天津捎信回来,说他在那里结识了几个咱们的同门师兄弟,相处很好。"

车毅斋说:"对,出门在外,得有朋友、师兄弟相助。人们不是常说,'在家靠父母,出门靠朋友吗'?"

"孩子还说,天津地面,门派林立。外国武士中西洋人傲慢、东洋人鬼大,偷了你的东西,再来欺负你;就是中国人太老实了。"乔致庸早有感触。

李复桢接着说:"大东家说对了,俺师父就因为老实,被坏人暗算四次了。"

"是吗?"乔致庸十分关切地问。

"第一回是曹庄救了丢小孩的妇女,歹人发暗器要杀人灭口;第二回是东大街飞镖警告;第三回是子洪口三个蒙面人劫杀;第四回是黑峰山为取'玉白菜'险遭不测。"李复桢简单介绍。

"我听说曹家的'玉白菜'不是取回来了吗?"乔致庸说。

"回是回来了,可是问题还没完啊!"

"谢天谢地,"乔致庸长出了一口气,"回来就好。曹家的翡翠'玉白菜',那可是帮过我家的大忙呀!每次遇到大难,它少则顶三十万两白银,多则五十万!"

"天下武术，各有所长，"在一旁的车毅斋喝了一口茶水接话说了一句，然后又看了一眼复祯继续说，"其实真正的常胜将军是没有的。互相取人之长、补己之短，才能立于不败之地。"

"师父说得对，"复祯心有所悟，对乔致庸说，"请乔大掌柜告诉映庚，要多留神其他武术门派的绝活，尤其当心东洋人。要是能把各门各派的东西变成自家的，不就又长进了？"

"俺从奉天办事回来，在天津见映庚了，这孩子常年在外，也真不容易啊！"乔致庸流露了浓厚的爱犊之情。

第二天，天公作美，风和日丽。

乔家举行了李复祯收徒乔映庚仪式，过程隆重而简单，因为时间仓促，只请太谷缘亲曹家、祁县城内渠家及附近武林朋友相聚，连亲戚都未通知。没想到的是那个死皮赖脸的猴三，成了今天独一无二的不速之客，不仅携带重礼，而且带领几个喽啰，一来就里里外外地张罗干活。

车毅斋府耳告诉乔致庸："那晚的贼就是这个肥头大耳的猴三，他想认我为师，我还没答应。"

乔致庸说："叫他过来见我。"

车毅斋一招手，猴三喜出望外，过来爬到地上就磕头。

"往后你要想认车毅斋为师，咱们就是一家人了。"乔致庸说。

猴三连说："谢天谢地，谢谢乔老爷！"

这下，乔家也就免除后患了。

拜师仪式上，师辈训诫、弟子表态、来宾致辞、武术示范和表演，一样也不能或缺。

新弟子乔映庚，乔家"映"字辈中排行第九，人称"九少"，自幼善文喜武，而且与其兄不同，早就向往太谷形意拳。今日得拜名师，自然如愿以偿，欢天喜地。他说："映庚不才，今日有幸得拜名师，一定不负师望，刻苦练功，坚持始终，武德至上，行侠仗义，尊师爱友，报国安民，有功不居，有错必改，为弘扬国术而身体力行，矢志不渝！"

在两代名师的培养下，映庚后来终于学有所成，对乔致庸之后家业的发展、安全和巩固做出了重要贡献。他教育子女有方有略，助其终成大器，三个儿子：乔傑、乔侗、乔仕，继承了其父的尚武精神和武德情操，个个颇有作为。尤其次子乔倜，在国难当头时，毅然投笔从戎，驾机飞天，与日军在长空浴血格斗，血染蓝天，成为中国著名的形意飞天英雄。这是后话。

乔映庚表态后，宾朋、武友、师辈纷纷发言，互相祝贺；年轻新秀、武林耆宿陆续表演，高潮时，赢得阵阵喝彩。

仪式之后开宴，酒过三巡，菜过五味，大家兴致正浓时，车毅斋的弟子孟兴德忽然火烧火燎一头撞了进来，朝师父叫道："师父，不好，您家失火了！"

宾客个个面面相觑！

乔致庸惊愕！

车毅斋双眉紧锁。

欲知怎么回事，请看下回。

第十六回

布天罗地网，夜战乌马
为黎民百姓，狠弃私情

事情是这样的：就在车毅斋、李复祯离开太谷，急救乔家大院匪火的时候，昨天半夜，贾家堡车宅突然起火了。不过，幸亏发现得及时，在复桢之父李满仓以及刘金囤等儿时铁杆伙伴的带领下，邻居很快将火扑灭。只是，五间房被烧坏了两间。

车毅斋赶回家里，斜阳里，只见残垣断壁，烟熏火燎，惨不忍睹。好在看到老母、妻子、儿子虽被惊吓，倒也无大碍，心绪稍安；再说，家里也没什么贵重财物，所以损失有限。

车母心有余悸，牵着儿子的衣襟问："你在外面惹人啦？"

"没有啊，您的儿子您还不知道？"

"那，那是甚人要烧咱的房子哩？"

此时的车毅斋其实已经心中有数了，但是，他只得好生安慰母亲："天地之大，甚人也有，以后您就知道了。"

车母叮嘱道："儿啊，你要记住，十个朋友不算多，一个仇人不算少，咱们家有钱没钱不要紧，可千万不要招惹是非。"

"儿记住了，您放心吧！"

车毅斋此时其实心不在焉，妈妈的"千万不要招惹是非"的嘱咐，他哪顾得上考虑，对左邻右舍深表谢意后，很快赶回吉安堂。

吉安堂的厢房里，弟子们早已齐聚。

"师父，您家没事吧？"车宅的事大家已经知晓，不过还是要询问。

"贼人狗急跳墙，孤注一掷了！"

"师奶奶老人家咋样？"

车毅斋说："不要紧，老人家脑子灵着呢，嘱咐俺在外面千万不要招惹是非。"

"可是您真的惹人了呀。"吕学隆心里清楚，烧房子明明是歹人报复。

"咱们是奉命办案，为民除害，能不惹坏人吗？"车毅斋明知有风险，但是他并没有退缩，反而安慰弟子们："咱不能在这个事上纠缠，还是继续商议破案吧。"

师徒们连夜继续研究，大家都认为，猴三夜攻乔家，并不是真的调虎离山。车毅斋也觉得，那个猴三是见利忘义之徒，估计没什么城府，跟太谷的一系列悬案难有牵连；烧自己家房子，说明大家侦查的目标准确，戳到了要害，歹人这是走投无路，狗急跳墙，本想威吓一下，反而自我暴露。因此，大家一致认为，当初对手劫走"玉白菜"，为的是转移视线；今天"玉白菜"从天而降，无非是让我们见好就收；飞镖警告，分明是恐吓我们，就此住手；火烧车毅斋家，本想威吓，反而自露马脚，图穷匕首见。车毅斋最后决定：按既定方向，不日择机行动。

目的地：县城东门外朝阳道夜夜有异动之家；时间：六月二十九日。

当天傍晚，西山泛起了黑云。俗语说，云接（日）一丈，当日就下（雨）。莫非今晚有雨？师徒们早已议定，不管什么天气都要行动，所以，一切依旧按部就班进行，先照常在院子里习武，孟、武两位先生及美子闲谈多时，也相继离去。

车毅斋送他们出吉安堂，乌云已将天上的星星全部淹没。今日的美子不知咋了，走到门口，欲言又止。她心事重重，一再叮嘱车二哥哥，任何时候，都必须特别注意自己的安全！

这几天，美子特别喜欢穿一套黑色紧身装，连腰带也是黑色，原来飘逸的美发结成了两条短辫，难道是年龄之故？然而，这样装饰比往日里披红挂绿更加俊俏、庄重。

看着美子打着灯笼远去的身影，飘逸而潇洒，英武而威风，车毅斋心里忽然有了一种欣慰感。回想起他们多年的交往，窦美子纯洁、诚恳、天真、美丽的形象越来越清晰：十六岁就要拜师，艳惊四座，未能如愿却毫不在乎；沙滩摔，一块块亲手喂自己太谷饼，亲比兄妹，而自己的胜负，让美子提心吊胆，仿佛比她自己还重要；子洪口黎明策马，力驱三怪，及时救驾，情义重如泰山；自己与春花成亲，本来愧对美子，但是她心地坦荡，一如既往，真诚地善待兄嫂，亲如一家，令人感叹；黑峰山遇险后，美子心存疑惧，几乎天天、时时提醒自己注意安全……天底下难得的好妹子啊！她那漂亮的、纯真的丹凤眼，令车毅斋难以忘怀；她对自己的关心体贴更让车毅斋刻骨铭心。唉，办完案子，俺怎么也得给好妹子找一个最合适的好婆家。

子时到了。

天空已经乌云密布，而且起了风，难道真的要下雨？整个县城伸手不见五指，好在每条街巷大家都轻车熟路，因此，师徒们按照事前部署，依次从吉安堂悄悄出发。

天，越来越黑；风，一阵紧似一阵。

摸到目的地，车毅斋安排王凤翔、李复祯、吕学隆、孟兴德四人潜入异动大院，就地不动，守护现场；其余人则埋伏院子四周，看情况，随时跟着自己行动。

风吹拂着院里的树叶，发出沙沙的响声，正好作为掩护，所以，四人翻墙、落地，并没有引起任何注意。按照安排，大家立即各就各位。

王凤翔轻脚慢步，走近依稀有点灯光的正房窗前，听那屋里似乎没啥动静。他定了定神，竭力稳定住情绪。

远处传来阵阵雷声。凤翔镇定片刻，用脚尖在窗边屋檐地上轻轻一磕，屋里灯光瞬间熄灭，同时，一个黑影从头顶破窗而出，直窜房顶。等候在此的车毅斋正准备擒拿，但感觉黑影已经亮出利剑，劈头砍来。他吃了一惊，好快的招式！随即也亮剑回应。彼此略战数合，黑影好像不是对手，仓皇再出几招，转身翻墙而下，逃出了院子。

一声闷雷当头。"哪里逃！"车毅斋心里说，但并不出声，而是跟出院外。守候在外的弟子也相继追出。

车毅斋带人追捕黑影后，院里恢复了平静。

时间在一点一点地过去，埋伏在暗处的王凤翙等正在诧异，忽然，门轻轻开了，黑暗中伸出个脑袋，东张西望了一会儿，蹑手蹑脚猫着腰，身上似乎还背着个东西，轻脚慢步走到街门口，正准备开门，突然闪电一亮，惊雷一声，那人吓了一跳。守候在此的孟兴德和吕学隆岂能让他逃跑，大枪一横，拦住了去路。那人抽出单刀，三人战在一起。

　　院里响声一起，屋里立刻又冲出一人，手持短剑，前来助战，被等在暗处的王凤翙、李复祯拦了个正着。两组各二战一，就在院子里厮杀起来。

　　肩上背包的那个，单刀力战孟、吕的两支大枪，一人敌四手，单刀对双枪，显然力不从心，索性撂下包袱，拼命厮杀在一起。

　　后出来的一个，武功虽然不错，但遇到李复祯和身怀绝技的王凤翙，不到十合，就被复祯一个"摆莲旋风腿"踢翻在地，还没来得及反应，凤翙的绳索已将其双手紧捆。

　　"哎呀！"一声尖叫，嘿，是个女的！

　　另一个人听到同伙被抓，心慌意乱，乱了阵脚，孟兴德一招"错步阴阳点腕枪"，直卡手腕，吓得对手撤刀欲逃；吕学隆岂能让他得逞，一招"跳步劈枪"，只用枪托，已将对手打倒在地。孟、吕三下五去二，将其捆了个结结实实。这个是男的。

　　就在生擒这一男一女的时候，眼观六路、耳听八方的吕学隆依稀感觉身后还有人，便暗中提防，可是不知为什么，始终没人露面。

　　他们把一男一女和大包袱集中在一起，等候师父的消息。

　　却说出院的黑影，原来在等车毅斋再战，出手的仿佛是五行剑，劈剑、钻剑、横剑，剑剑直刺要害。车毅斋正在诧异，那黑影已逃到院外的朝阳道，他岂能容贼人逃脱，紧追不舍，边追边杀，七拐八绕，不觉已到大街上。

　　街上黑咕隆咚，狗吠阵阵，没有人迹，只有追捕人车毅斋与弟子们的脚步声伴着呼呼的风声。

　　随着电光一闪，雷声即至，仿佛铜钱大的雨点砸了下来。

　　黑影直奔乌马河。

　　"调虎离山？"车毅斋明白了对方伎俩，仍紧追不放，因为天罗地网早已部署就绪。

那黑影功夫不凡，使出夜行术，嚓嚓嚓，转瞬间已窜到乌马河南岸。

直到此时，黑影才提剑转身，摆开架势，准备正式开始格斗。

看起来对方显然早就成竹在胸。车毅斋见那黑影不慌不忙，身体站正，而后从容不迫出右弓步；左手外展，收至腰间；右剑轻绕头上，然后突然从中路剑指车毅斋。

车毅斋自然也心中有数，出左弓步，横出"金兰剑"，做出了个应势。对方略略舒了口气，而后突然挥舞亮剑，左扎右刺，上下翻飞，仓皇之下，剑光闪闪，风声呼呼，车毅斋被剑影围在核心。

雨果然大了，风也一阵紧似一阵。

此时，车毅斋才正式开始应战，仍旧后发制人，裹、摆、横、剪，守中寓攻。

乌马河水哗哗流淌，雷电助着雨势时缓时急。剑身寒光闪烁，偶尔相碰，发出刺耳的声响。弟子们默不作声，冒雨在周围观战。

车毅斋任凭对手攻击，伺机观察破绽。约莫战到二十几个回合，发现这位黑影剑客架势工整，剑法刚健，气势宏伟，朴实无华，而且非攻即防，招法娴熟，确实无懈可击。车毅斋突然吃了一惊："形意子午剑？"

容不得空暇寻思，剑客的剑直指车毅斋要害，而且快慢、刚柔相生，节奏鲜明多变，劈、砍、挂、划、点、捅、扎、撩，招招到位，剑不虚出。

车毅斋心说：什么人偷得俺们形意真功？因为在太谷，只有车毅斋和几个师弟、弟子能够练出这么纯熟的形意子午剑。车公才寻思到这里，一招"灵猿摘果"已到眼前，他刚一闪身，"狮子滚球""凤凰抖翎""蜻蜓点水""童子拜佛""白蛇吐信""美女凭栏"连珠般攻来，令车毅斋应接不暇。

风、电、雷、雨，一起参战，乌马河畔的剑对剑，直杀得天旋地转，连弟子们都忘了大雨，看得眼花缭乱。那剑客毫无倦意，进攻不止。此时的车毅斋不能再多想了，亮出了形意"五行剑"：劈剑、崩剑、钻剑、炮剑、横剑，剑剑压着对手；上下、前后、左右，剑影罩着黑影剑客，剑光在四周闪烁。约莫二十几个回合，黑影剑客被逼至河边。

就在车毅斋准备生擒对手的时候，忽然借着闪电光亮，那黑影剑客手臂一扬，两个黑乎乎的东西直奔过来，车毅斋乘势而倒，剑客立刻箭步上前，挥剑下刺。电光闪处，又一声惊雷后，车毅斋一声大喝"看招吧"，同时

"啪啪"两声将飞来的两个东西回挡，正好击中对手的双肩。

"哎呀！"一声呻吟。车毅斋一听这声音感觉到怎么很耳熟，他一个"鲤鱼打挺"站立起来时，又一道闪电，只见黑影剑客将利剑一丢，直扑车毅斋怀抱，体味温馨而熟悉，伴着娇喘微微，低声叫道："车二哥哥！"

车毅斋傻了，仿佛在做梦！

这个剑客就是晚上吉安堂自己刚刚送别的窦美子妹子？天底下还有比她再熟悉不过的声音，再熟悉不过的温馨吗？

美子双手抱着车毅斋，哭了："车二哥哥，是谁安排我们兵戎相见？车二哥哥……"

车毅斋如同一棵大树，站立在滂沱大雨中，任美子抱着、拍打。

这个剑客果然就是窦美子！

侦查多日，打斗多时，竟是这样的结果！

"车二哥哥，这是谁安排的恶作剧呀？你真的是我要捉的贼？"

美子在说什么，如雷轰顶的车毅斋什么也听不进去。他只是在想，她难道就是多日侦查的那只黑手？然而事情又明明白白：暗藏诡秘地、身穿夜行衣、半夜飞出窗户、引俺远来乌马河、挥剑杀人灭口，能是好事？

可是，单纯、天真的她有那么深的城府吗？骗杀小孩童、偷窃"玉白菜"、黑峰山设计、飞镖书恐吓、火烧老宅，不择手段。一系列的事件，足见此人阴险狡诈、诡计多端，真是无所不用其极！

"车二哥哥，贼真的是你？"

车毅斋什么也听不进去，这些年的往事一幕幕浮现在眼前：拜师仪式上，与十六岁的小闺女初次相见，从此春夏秋冬，寒来暑往，一块习武、学文，切磋技艺，彼此关照，互相体谅，件件趣事，历历在目：甜饼沙滩揸、飞蝗子洪口、泪送奉天府，一天到晚要俺注意安全，仿佛哥比她自己还要紧……多好的妹子呀！结果，她原来是个魔鬼，可能吗？

可是，在"车二哥哥"的阵阵呼唤和哭声里，又掺和着曹庄失去儿子的母亲凄惨的哭声，黑峰山上飞镖的响声，东门外半夜三更孩子的啼声……

车毅斋被卷入了感情的旋涡！

雨还在不停地下。

弟子们跪倒一片，一声声求师父："饶了窦姑姑吧！"

"窦姑姑是好人!"

"我们别管了!"

兵戎相见、兄妹相残,难道这就是多管闲事的结果?而且,可爱的、纯洁的美子就是那一连串奇案的幕后黑手?不可思议!难以想象!可是事情已经摆在面前,她真的调虎离山,她真的狠下杀手,这又岂能挽回?

雨越下越大,车毅斋横下了心,将窦美子一把推开!

此时,天空又一道闪电、一声霹雳,只见窦美子落汤小鸡似的,孤零零站立在雨中,在四面彪形大汉的包围圈里,孤立无援的她,竟是那么瘦小,那么羸弱,头发紧贴着她的脸颊,整张脸苍白、瘦削,任泪水和雨水不停地流淌。车毅斋忽然觉得她原来像个孩子,又一把拉回到自己宽大的怀里。

"妹子,哥没打着你吧?"

"我有防备。车二哥哥,你真是抢我们家财物的贼?"美子的声音颤抖而微弱,早被一声闷雷淹没。

瓢泼大雨从天而降,声声霹雳动人心魄。车毅斋用硕大的身躯遮挡着娇小的美子。他也是人,他也有七情六欲,对于这意想不到的变局,他毫无准备,他无可奈何!

时间一点点过去,河水、雨水哗哗啦啦响个不停。他突然仰天长啸:"老天爷,你说,这事情该咋办?"

车毅斋踌躇、犹豫,思绪沸腾,如翻江倒海。他又想起当年与师父和孟先生彻夜促膝相谈时,常说男子汉大丈夫立于天地之间,应该先人后己、公而后私;孟先生经常用明代嘉靖年间杨继盛先生的"铁肩担道义,辣手著文章"激励他。

"轰隆隆!"又一声晴天霹雳将车毅斋从混沌中惊醒。他跺了跺脚,破釜沉舟,喝令:"绑了,先带回出事现场!"

窦美子傻了,蜷缩在车毅斋身边,好久一句话也说不出,乃至听说还要绑她,气得大声哭了:"车二哥哥,你为什么要当贼?你为什么要贼喊捉贼?你认不出美子啦?"

直到现在,车毅斋才听清了,原来刚才美子口口声声是在说他们是"贼"。

"你说谁是贼?"

"你，你，我昔日的车二哥哥。我问你，你深更半夜到我家后院要干啥？你追我到河边要干啥？你逮住我要干啥？"

啊！车毅斋这时才明白，为什么美子刚才哭哭啼啼，原来她把他们当"贼"了。他冷笑一声，大声说："看起来人世间真的有贼喊捉贼的事情！窦美子，对不起了，俺们得公事公办。绑了！"

窦美子说："绑吧，我死在你的刀下，死而无怨！"

弟子们只得绑了窦美子。

回城的一路上，雨渐渐小了，但谁也不说一句话。

路，泥泞不堪，只有一行人杂乱无章的刺耳的溅着泥水的噼噼啪啪的脚步声，伴着粗粗的呼吸。

窦美子被带回到东关出事的院子，灯笼底下，只见哥、嫂已被车毅斋的弟子五花大绑。美子什么都清楚了，一下子扑到哥、嫂身边，她面对车毅斋，大声喊道："车二，我窦美子多少年来瞎眼了，认了你个无情无义、心如蛇蝎的贼寇。我们窦家怎么惹了你？半夜三更，你们为什么潜伏我家？不是图财害命，为啥对我们全家狠下如此毒手?！"

现在，车毅斋终于彻底清楚，原来窦美子不但不认错，却反咬一口！如此颠倒黑白、是非不分的歹徒，哪是当年可爱的妹子！

"搜查！"车毅斋气得无法自抑。

"我们家安分守己，你们半夜三更，来干坏事，幸亏我们早有准备……"美子还在喋喋不休。

"哎呀，这个院子有地道，与正东道的'瀛东玉器店'、包子铺通着呢。"王凤翔汇报。

窦美子说："后院是我家的库房，怎么了？"

车毅斋不听她的，下令："继续搜查！"

得到师父允许后，弟子们前院、后院、屋里、屋外，翻箱倒柜，没发现什么。美子哈哈大笑："搜吧，大贼、小贼，贼喊捉贼，天明我们县衙对簿公堂！"

吕学隆站在屋檐下一动不动。就在美子嚷嚷的时候，他忽然独自提着灯笼，慢慢走近刚才男人背上的那个大包袱，一手轻轻解开，而后往出一倒，哗啦啦，白白的一堆。

大家不看则已，一看人人大吃一惊——里面全是白森森的人的尸骨！

美子的哥嫂顿时低下了头，美子一看，也吓了一跳。

风停了，雨住了。院子里霎时一片沉寂。树上偶尔有落叶飘落，更显得幽静甚至恐怖。

在场的人个个呼吸是那么急促，彼此都听得清清楚楚。整个大地仿佛爆炸前的沉静。

院子里的空气都凝固了！

"嫁祸于人！"窦美子忽然打破静谧，大骂道："你、你车二，哪弄来的东西，你手段卑劣！"

大家却反应平静，谁也没有什么表示。连窦美子的哥嫂也都默不作声。

又过了一会儿，吕学隆首先悲哀地央求师父："师父啊，俺想这事情应该与窦姑姑无关。"

"窦姑姑不会干出这样的坏事的，冤枉她了！"凤翙、复祯、兴德等也为美子求情。

院子里又安静下来。

车毅斋迈步，缓缓走近窦家哥嫂，尽量抑制着激动的情绪："你们，老老实实地，说说吧。"

夫妻俩面面相觑片刻，立刻跪倒，声泪俱下："都是我，我们的罪过，我们认罪。"

"说明白些！"车毅斋义正词严。

"骗杀小童，卖人肉包子，都是我俩的事，因为妹妹和你相好，我们怕她失口，所以不敢让她知道。这事情和美子确实没有关系，真的。"

美子一听，可是真的傻了，傻了！她脑海里乱作一团。"哥、嫂，你们原来狠心杀害过孩童，卖过人肉包子？那，那……为什么要我晚上等候擒贼，又为什么要故意瞒着我，为什么？"

"你们昼夜在我们家四周巡查，眼看就要案发，那袋子骨头就是证据，没法处理呀！"事到如今，美子的哥也不得不交待事情的真相了，"我们走投无路，只得哄骗美子说，晚上有贼要来图财害命，你武功好，把他引到远处处死，我们好趁机销赃……"

美子不仅傻了，而且呆了！她的心里什么也不想，什么也无法想了，成了一片空白。

东方慢慢亮了，院子里轮廓也渐渐清晰。美子看着她车二哥哥的高大身躯，紧锁的双眉，绷紧的嘴唇，高低起伏的胸脯，不知如何是好。

吕学隆把师父几个叫到一边，放低声音说："师父，俺分析这案件的主角，应该就是窦姑姑的兄嫂，曹庄您不是逮住过一男一女，还要杀人灭口吗？看起来就是他俩。他们瞒着他妹妹是可能的，因为她跟师父情深义厚。至于背后有没有隐藏更深的黑手，弟子觉得可能有。刚才咱们生擒那对狗男女的时候，俺依稀感觉暗处有人，但是始终不露头。至于背后是谁，窦老头、孙大少，还是另有高人？暂时还不好说。所以，弟子觉得应该放了窦姑姑。"

心直口快的孟兴德立即附和："对对，学隆说得有理！"

"是是是，窦姑姑确实是被他们利用了！"李复祯等其他弟子也异口同声。

大家言之有理，车毅斋也陷入了沉思：子洪口对俺下毒手的是三怪，美子则是救驾；"玉白菜"窃去又归还，居心叵测，凡人难有此心计；黑峰山大战"土行孙"，有人暗中发镖，有人保护；今晚巧设调虎之计，城府深不可测。背后之人一定武功高强，诡计多端，高深莫测。窦老头？孙大少？一个衰老，一个不会武功，这阴险狡诈、毒如蛇蝎的幕后奸雄会是谁呢？

远处一声雄鸡啼叫，把人们拉回到白天。

"师父，既然和窦姑姑无关，那咱们就放了她吧！"弟子们一起请求。

车毅斋仍然在思索。

大雨初歇，红霞满天。晨光照着美子蓬乱的头发、疲惫的面容，她再也不出声了，只任泪水不住地流。她慢慢走向车毅斋，仰头眼睁睁看着他，看着他紧锁的浓眉，看着他不停起伏的胸脯。

车毅斋用大手抚摸着美子湿漉漉的肩头，轻轻地说，却又像自语："小妹，你的哥不能徇情枉法呀！"

"把他们一起押送到官府吧！"终于，车毅斋仿佛声嘶力竭了，声音不高，但所有的人却都听了个一清二楚。

人人震惊，人人出乎所料！美子却显得十分平静。多年来，她清楚地知道车毅斋的为人和性格,她知道他必然会下这样决断的!她最后再看了一眼身材高大的车毅斋,沉静片刻,艰难地,轻轻地,最后唤了一声"车二——哥——哥!"头慢慢地低了下来,任泪水漂洗着自己的玄色衣衫。

"窦老板呢?"吕学隆问。

车毅斋说:"咱们的责任是抓捕凶手,审理、破案是官府的事。"

"凤翔、发春守护现场,其余人走吧!"车毅斋下了命令。

窦美子缓步离开了她心仪崇敬的车二哥哥,步履艰难地再次归入了罪犯的队伍。

一行人离开发案地点,走向街头。

天亮了,大街上行人已经不少,都在诧异地看着这群浑身泥泞、湿漉漉的特殊队伍,低声互相询问:昨夜发生了什么事情?

窦美子被她的车二哥哥的弟子押着,仍旧走在他们俩多次走过的熟悉的东大街,这条星星月亮见证过的甜蜜的大街,这条让她刻骨铭心没法忘怀的大街,这条记录着多少难忘故事的大街,然而,时过境迁,这一次,她居然是作为她最亲爱的车二哥哥的囚犯,艰难地走在这条大街上!思前想后,美子能不百感交集!

走一步,泪一滴,滴滴泪水心底泣!

平日里活泼可爱、步履轻盈的窦美子,今天与囚犯哥嫂一起低着头,艰难地抬着沉重的双腿走着。押解囚犯的人也低着头,踩着泥泞的道路,没有一个人作声。

东大街,坑坑洼洼,路面不平,行人纷纷躲到路边让道。

"师父,您真的要送窦姑姑去官府?"吕学隆悄悄地问车毅斋。

车毅斋说:"咱不秉公办事行吗?"

"可是,俺觉着她是冤枉的。"

"咱们是抓人的,官府应该能公正、公道地判决。"

"那为甚人们说'天下的乌鸦一般黑'?"吕学隆一句话,问得师父哑口无言。

噼啪,噼啪,脚步声噼里啪啦,师徒们的心里没有大功告成的甜,却只有苦辣。

"咱们形意人,只晓得办事为公,不能徇情枉法,"寻思了很久,车毅斋

太谷县衙遗址

低声严肃地告诫吕学隆,"作为大清子民,就得维护朝廷,今后不许乱说乱道。听见了吧?"

"听见了。"

穿过鼓楼往北,威严的县衙大门赫然矗立,令人不寒而栗,这地方平时谁也不想来。

"犯人到!"大门口一边一个浑身乌黑、表情严厉的衙役吆喝了一声。

等了一阵,黑大门开了。往里一看,两棵古树遮天蔽日,大堂里面阴森可怖。车毅斋的弟子尽管为官府办案,也难免毛骨悚然。

前些日子见过的张捕快迎候了出来。

进入前厅大堂,并未见知事,料理案情的是一位巡检官。在张捕快等人的协助下,勘验、通详、画押,一项接着一项,窦美子与兄嫂顺从地任人摆布。她一直低着头,流着泪。登记造册之后,巡检官传唤来四五个狱卒,犯人被上了手铐、脚镣后,在一声声呵斥声中,被押解去看守所。

临行,窦美子回头看了一眼车毅斋,那曾是多么熟悉的可爱的丹凤眼呀,可是今天,那眼神,是怨恨,是求助,是绝望,还是生离死别?

看着衣衫单薄、浑身浸湿、被推推撞撞的美子的背影,车毅斋的心里不知是什么滋味；弟子们则人人眉头紧锁，嘴唇紧闭。听着哗哗啦啦的脚镣声渐渐远去，他们的心似乎也随之而去。

车毅斋带领弟子们离开县衙，折腾了一晚上，大家都疲惫不堪，他放话让各自回家休息。自己也怀着复杂的心情，恍恍惚惚，走在回家的路上。

他回想着刚刚过去的那个夜晚，真是无法平静，怎么就把个纯真无邪的窦美子送进了衙门！前几日还想着办完这个案子，一定给这个可爱的小妹找一个最合适的婆家，可是现在都不现实了。唉！转念又一想，自己几个月来，绞尽脑汁，日夜侦查，虽然经历艰辛，甚至遇险，但是，为了百姓的安宁，为了擒拿民贼，尽管算不上赴汤蹈火，但也是披荆斩棘、殚精竭虑啊！在公案与私情的艰难抉择面前，他只能选择一个大大的公字。作为堂堂正正的形意拳人，他上对得起朝廷，前对得起恩师，下对得起黎民。记得拜师仪式上，师父李飞羽要求自己一心为公，行侠仗义，精忠报国；在吉安堂，孟先生也常常讲，咱们虽不过是庶民百姓，但做人一定要走正道，并且多次用杨继盛的绝笔联"铁肩担道义，辣手著文章"来勉励大家。想到这些，他的情绪终于安稳下来。

不一会儿，车毅斋走到了贾家堡村自己家门口了。就在准备推门的一刹那，他突然想，一会怎么向家人解释呢？老婆春花和美子可是情同姐妹，要是她知道是俺把美子送进了县衙，送上了绝路，哪能接受？

暂且安慰她吧：哥嫂骗杀小儿，美子并不知情，官府应该会对美子从轻发落。再说，俺能徇情枉法吗？想到这里，车毅斋轻轻推开了门。

院子里静悄悄的，往日孩子们活蹦乱跳，今天他们哪去了？

车毅斋哪里知道，他已经引火烧身，招来了塌天大祸！

要知详情，请看下回。

第十七回

窦老头施诡诈劫持人质
车毅斋为救徒身中毒镖

且说车毅斋推开屋门一看,没有人,口里说:"咦,春花母子哪去了?下地也不该领孩子呀。"他又到母亲屋里,问春花呢?母亲说:"我也不知道,她像是和个啥人相跟走了。"

车毅斋在院子里转了一圈,忽然发现树上有一支飞镖,寻思:不好,肯定有事!取下一看,飞镖上带着一张纸条,上写两行字:"妻儿何处寻?独去贯家堡村关帝庙。"

妻儿遭劫持了!谁如此胆大包天?他心里分析,昨夜剿灭了窦家包子铺,一家四口,被擒三个,剩下的老头子,岂能善罢甘休?想到前些时去黑峰山遇到的情况,他因此断定:一定与此人有关。车毅斋顾不得吃饭,也不敢和母亲说,悄悄出了院门,直奔贯家堡关帝庙。

他不进城,绕西门外走。一路上心里焦急,身上发热。回想那个外地老头,平日里道貌岸然,和蔼可亲,但总给人以神秘莫测之感。窦美子到吉安堂学拳,他也不时光顾,显出亲密无间的样子,叫人捉摸不定。自己也曾疑心,这个老头是不是懂武术?几次欲问美子,没有机会张口。今天此去,吉凶难卜,还是得先去问问吴本忠老人。吴老就住在贯家堡,年长,经验丰富,与窦家来往不少,又特别爱关照他人,自己就多次听过老人家的谆谆

清代太谷贯家堡村关帝庙

教导。

不觉已到贯家堡。吴宅就在村北边，车毅斋去过的。叩门进去，家人说一早就被老爷庙的人唤走了。

怎么办？只得直接去关帝庙了。

贯家堡的关帝庙坐落在村里东端，是太谷县九大"老爷庙"之一。车毅斋朝村东走去，步履匆匆，旁若无人。

关帝庙建在一座高坡上，殿门巍然屹立，庙顶端大小宝葫芦串联，两檐虎豹走兽排列，正门两边各有一座钟鼓楼，门前南北各一尊硕大的石狮子，龇牙咧嘴，虎视眈眈。走近了，巨大的门匾"汉寿亭侯"四个阳文黄字，在蓝底的映衬之下，熠熠生辉；一副门联分外引人注目："一样心大哥三弟，两重事北魏东吴。"

此时的车毅斋哪有心思欣赏关帝庙的建筑，他急匆匆跑上台阶，推门。门从里头关着，几声吆喝之后，门开了，眼前出现一位短粗的胖老汉，是看庙的"善友"。车毅斋说明来意，老人顺手指处，只见二门前，一个干瘦的老头兀立在那里。那人眼里现出一些狡黠，外露三颗獠牙，稀疏的白须，干瘪的嘴唇，嘴里发出阴森森的声音："车二，你果然来了！"

平日里看着也算温良恭俭让的面貌，今天咋一下子变得狰狞可恨？车毅斋强压怒火，喝道："凶恶歹毒的老贼，果然是你！"

老贼是谁？当然就是车二所想到的那个窦家留下来的人。

"呵呵，废话少说，今天我们搞个交换，你看看——"老贼把二门一开，正殿门梁上边吊着四个人：春花和三个孩子，地下立着一片匕首，人一落地，必死无疑。

车毅斋不看则已，一看此情此景，怒从心头起，恶向胆边生："你这个不择手段、丧尽天良的老王八，你想咋？"

"哼！你说谁'丧尽天良'？不是老朽魔高一丈，几乎被你们一网打尽。今天我告诉你，官府放了我的人，我就放你的人。"

孩子们手脚被吊着，个个哭个不停："爹，俺疼！"

"爹，爹，俺们想回家！"

"爹爹，救救俺们吧！"

父子连心啊，车毅斋肝肠寸断！

"他爹，你不能放了这个坏蛋！"春花愤怒地说。

堂堂形意大师车毅斋，陷入了进退两难境地。面对这伙骗杀小儿，十恶不赦、天理难容的罪犯，百姓的仇人，绝不能假公济私，徇情枉法，必须严惩！但是，妻子和孩子就在这个老鬼的手上，时刻有性命之忧。孩子的哭声，揪着当爹的心哪！怎么办？怎么办？

"要不，你能打赢我也行。"老鬼说。

"什么？俺打赢你就放人？"车毅斋将信将疑。

"也许可以。"

"现在就比？"

"不妨试试。"

比武能救妻儿？面对如此狡猾奸诈的老鬼，车毅斋想，虽然不可完全相信，但是只要有一点希望，就要努力拼搏。

两人立马对垒比武。历来以防御为主、后发制人的车毅斋，今天可是迫不及待了，他迅速出示"三体式"，以劈拳进攻，掌拳互变，左右挪脚，顺步轮番进攻，立叉步拧裹狠劈，或刁拿，或劈击，踩、扑、裹、束、撅五劲合一，劈、压、顶、挤、拧诸劲齐发。那老鬼被攻得节节败退，没有了招架之力。

约莫周旋了半个时辰，老鬼突然变换了套路，改用炮拳对付。车毅斋心里一惊：这老鬼不仅功底深厚，还居然懂得俺形意拳的"五行相克"。

车毅斋也改用炮拳进攻，或左刁右攻，或右架左击，或撅伏储力，或束身而起；那老鬼用突变横拳破解。如此这般攻防互斗，一时难分胜负。

孩子们边哭边喊，春花大声鼓励丈夫："斩草除根！"

天快正午了，车毅斋毕竟年轻气旺，功底扎实，尽管大战两个时辰，毫无倦意，而且愈战愈勇，攻势愈来愈快。

"停！"老鬼喊了一声，跳出圈外，"看起来一时难分胜负，我们不妨先吃午饭，明天再决高低。"

"那你今天不放人了？"车毅斋问。

"明天定输赢。你若赢了，一定放人。"

"你说话算数？"

"一言为定。"

"俺可正告你，若伤害了他们，你绝对没有好下场！"

"呵呵，老朽可没那么傻。伤害了他们，我的闺女不换了？"

车毅斋想想，也只能这样了，心情沉重地看了几眼妻子孩子，安慰他们："明天一定营救你们回去！"

在孩子们一片"爹爹"的喊叫声中，车毅斋无可奈何，顶着日头，跌跌撞撞，且回贾家堡。

话分两头。老侠客吴本忠哪去了？

原来，今天一早，趁着车毅斋师徒交代案情，窦老鬼就借机赶到贾家堡劫持上春花母子，一路来到贯家堡关帝庙。为什么来这里？因为他与本村吴本忠交往甚密，要让吴老做保护人。

当时，看庙的"善友"一见他身带凶器，劫持着好几个人质，吓了一跳，不敢抵抗，只得放他们进了庙里。

窦老鬼凶狠地叫道："去，叫你村吴本忠来，不得乱说乱道，不然，我放火烧了你的破庙！"

吴老到来时，看见春花母子已被吊起。他气愤地对窦老鬼说："你咋能这样做！"

"嘿嘿，"窦老鬼皮笑肉不笑，"老朋友，我也是被逼得万般无奈，才出此下策啊！您想想，我的闺女和侄儿两口子昨夜被车二擒拿送交官府，生死未卜,老朽走投无路,别无他计,只能出此下策呀!您也是为人父之人,还不能理解?今天请您,只求跟衙门通融通融,以人换人。"

"你……"吴本忠一时也别无他法,"你说咋地换?"

"车二是为官府办案,凶手是我的侄儿和媳妇,估计他们会认罪伏法的。可是我的闺女是无辜的,请你见见官府,他们放了我闺女,我就放了车二家人。车二功高,衙门总不至于让功臣把老婆、儿子贴进去吧,嗯?"

这窦老鬼手段卑劣,但是也言之有理,车二的这点面子,谅官府是应该给的。吴老想了想,瞪了窦老鬼一眼,义正词严地警告:"你可不许动他们母子一根毫毛,不然饶不了你!"说罢,拂袖而去。

救人如救火。吴老家都来不及回,直奔衙门。

吴本忠是当地名师,值班衙役没敢阻拦。他来到后堂,张捕快正在庭院,准备伺候县太爷升堂。

"俺有急事。"吴本忠叫张捕快即刻通报。

县知事名叫毛世黻,五十开外,中等身材,大腹便便,圆头圆脑,大概因为常常笑不离口,心宽体胖。他是湖南人氏,光绪十年来太谷就任,数年来在民间有良好的政声。

县太爷礼贤下士,很快就笑嘻嘻地接待吴本忠。

彼此落座,县太爷谦虚地说:"吴大师光临,必有赐教!"

"不,不敢。"吴本忠审视这位县太爷,确实方面大耳,和蔼可亲,不用衙役,亲自提壶倒水,好感油然而生。环顾后庭,四方陈设普普通通,正面墙上一幅字画,格外醒目,乃郑板桥名句:

衙斋卧听萧萧竹,疑是民间疾苦声。
些小吾曹州县吏,一枝一叶总关情。

吴本忠夸赞道:"大人如此关注民生疾苦,真不愧百姓父母官啊!"

县太爷回答说:"'乌纱掷去不为官,囊橐萧萧两袖寒。写取一枝清瘦竹,秋风江上作钓竿',在下一生崇拜本朝郑公,虽只能望其项背,亦步亦趋亦足矣!吴公莅临,可有大事?"

吴本忠就把窦老头所言略作陈述。

县太爷仔细端详了一会儿吴老,而后在大庭里踱来踱去,最后两手一摊,圆头一摇,不无为难地说:"车大侠秉公办事,不徇私情,若照您所说,毁了我的清白之身还在其次,谅车公也未必答应吧?"

"那窦美子其实是冤枉的,罪魁祸首是她的兄嫂。"吴本忠解释道。

"可是,案情尚未审理,就要交换人质,怕有些不妥吧。"县太爷一脸公事公办的样子。

吴本忠也觉得人家县太爷说得合情合理,还没有审理就暗地操作,交换人质,肯定不妥。于是,只好说:"要不,您再斟酌斟酌?"

县太爷答应:"好吧,我们也考虑考虑。"

县府既然留有余地,吴老就此匆匆告别。

再说车毅斋,回家的路上一直在想着好几个问题:一是,这窦老鬼真是高深莫测,作为武林侠客,他来太谷究竟为的是什么?二是,这件事情千万不能让老母亲知道,她要是知道儿媳妇和孙子被人绑架,岂不气坏身体?暂且糊弄着老人家吧。

一夜无话。第二天一早,车毅斋草草吃了几口饭,日头没出,已经出现在贾家堡关帝庙前。吆喝,开门,进入大院。

看到他进来,孩子们叫道:"爹——"

看着春花和孩子们平安,车毅斋稍稍松了口气。

"救人心切,我俩彼此彼此。"那干瘦窦老头缓缓从大殿走了出来,嘴里说着:"车二果然不愧为大侠,既讲信用,又功夫了得,今天如再取胜,窦某立刻放人。"

"这次言而有信?"车毅斋问。

"关老爷面前,岂敢儿戏?"窦老鬼回答。

车毅斋摆出了形意拳"三体式",要求立即开战。

那窦老鬼确实也不是盏省油的灯,今天二人一交手,居然使出了形意拳十二形。龙形既有"升降之形",又有"搜骨之法"和"抓击之能";虎形则"鼓全身之气,力起涌泉,劲法尻尾"。

车毅斋想起来了,这窦老鬼经常去吉安堂,原来是在偷拳?北洸枣林,也见过他的身影,居然是盗艺?指派美子跟俺们相处得火热,莫非居心叵测?正想着,老鬼的拳脚已到。二人来来回回,战在一起。

大庙顶上的太阳已经照进院子，一高一低两条身影在南北晃动。春花、儿子齐声呐喊，为车毅斋加油；旁边看庙的"善友"也在鼓劲。干瘦的窦老鬼实在不是等闲之辈，他用的全是形意拳的正宗套路，防中有攻，攻防互见，中门紧闭，膝扣裆合，进退摩胫，掌拳互变。

车毅斋不敢掉以轻心，他的策略是先消耗老鬼的体力，同时观察其纰漏。约莫又过了一个时辰，故意引诱其重归形意十二形。就在窦老鬼忘乎所以的时候，车毅斋突然使出了十二形的更高境界，龙虎相交——猴马纵笨——蛇鸡伏斗——燕鹞同禽——鼍鲐戏水——鹰熊合演，不到半炷香的功夫，窦老鬼已经只有招架之功，无还手之力了。

放下车、窦大战，再说吴本忠二进县衙。

昨晚，吴本忠回到贯家堡找窦老鬼，说自己去跟县太爷交涉的情况。窦老鬼听完，哈哈大笑："天底下还有不吃屎的狗，不爱财的官？劳驾吴公再跑一次。"说罢，耳语了几句。虽然吴本忠仇恨窦老鬼，但为了营救春花母子，还是决定第二天再去一次县衙。

上午升堂之前，县太爷仍然在后堂热情接待了吴本忠，商量出了解决的办法。

这边车、窦大战还在继续大战，眼看着窦老鬼黔驴技穷，行将不支，忽听一人大呼："师父稍歇，弟子来了！"二人回头一看，窦老鬼趁机逃出了圈外。

来者是车毅斋开门大弟子李复祯。前天大战一宿，奇案告破，可第二天怎么师父一家人下落不明？复祯想着凶多吉少，立刻四面寻找。他夜宿"三多堂"，却杳无音讯；今天上午，他跑到县衙门口，听张捕快说吴本忠大人急匆匆来过又走了，他便急风火燎跑来贯家堡，先去吴本忠家，吴家人说了关帝庙的事情，他就明白问题的严重，于是立刻赶到庙里。一进庙门，他就看见师母母子被吊，师父正恶战窦老板，于是大喊一声，跳将过来。

窦老鬼气喘吁吁地责问车毅斋："你我相约独立交战，如何叫来弟子？堂堂大侠岂可言而无信？"

李复祯却接话对车毅斋说："师父，您盯着这老鬼，俺去救师母他们。"说着立刻转身欲去。

车毅斋正欲制止李复祯，不料窦老鬼狗急跳墙，寒光闪处，一支飞镖射向复祯后心，车毅斋下意识将复祯一推，飞镖击中自己的右臂。李复祯大怒，挥舞开山劈拳砸向窦老鬼。

"住手！"话到人到，吴本忠赶来了。他对窦老鬼说："事已办妥。"

吴本忠转眼一看，怎么，车毅斋受伤了？李复祯和吴本忠立刻帮他拔出飞镖，扯下衣襟包扎，血浸透了，再包一层。

吴本忠和李复祯做完这些再回头看时，窦老鬼已经踪迹不见。李复祯扶着师父坐稳，吴本忠去解救春花母子。蛇蝎心肠的窦老鬼在地下竖满匕首，好不容易才救下孩子和大人。

春花、孩子们扑过来时，只见车毅斋面色发青，已经不能言语。

"恐怕是毒镖，赶快回家求医。"吴本忠经验丰富，见多识广，知道问题严重。他赶紧回家找来了马车，大家把车毅斋扶到车上，李复祯保护，带领师父一家快速返回贾家堡。

吴本忠虽已年逾八旬，但他功夫在身，又坚持他的"洗髓真经"，貌似花甲壮年，所以，不辞鞍马劳顿，去县城求医去了。

车毅斋回到贾家堡，村里有人看到他受伤了，传出消息，满仓、金囤、秀才相继赶来，城里的弟子们闻讯，更是人人心急如焚，也及时来了。武、孟二位先生虽年事已高，也前来出谋献策。

不一会儿，吴本忠通知的郎中陆续来了。他们看看车毅斋面色灰暗，再把把脉，一个个摇着头，不敢下药，相继而去。

眼看着车毅斋面色发青，手臂肿得像腿，牙关紧咬，完全不能说话。武柏年先生想起了多年前自己半路翻车，是素不相识的年轻人车二出手相帮，从此，两人几十年诚心相处，亲如一家；孟绰如先生更是忘不了让车二给李飞羽拜师、取名，几个人日夜不休，共同创编形意拳"三体式"，现在，家庭、社会各界正需要车二的时候，他却要不行了。武、孟二位老朋友都不敢往下想了。

大家正在焦虑不安、束手无策的时候，吴本忠老人亲自领着太谷名医吴登春先生来了。这位名医年届九旬，须发皆白，已经免诊多年，今天拗不过老拳师本家吴本忠的一而再、再而三的请求，况且又是救治堂堂形意拳名师车毅斋，因此，只得不顾老迈之躯，穿戴整齐坐车前来。

众人的目光一下子都集中到了吴登春先生的身上。只见老人身材清瘦，白发白须，却不失仙风道骨。他缓缓来到车毅斋身边，全神贯注，凝视片刻，而后用手轻轻翻开眼皮，不由得眉头皱了一皱，然后开始把脉，两眼微闭，双唇轻叩，先左，再右。

屋子里静极了，众目睽睽之下，老先生凝神贯注，把脉的手指时轻时重，食指、中指、无名指轮番下按，谁都不敢长出一口气，只有车毅斋粗重的呼吸声一起一伏。

"几天了？"老先生问。

"一天，不，半天。"李复祯急切地回答。

老先生看了看周围，接着问道："你们谁主事？"

"您就跟俺说吧。"吴本忠不假思索接过话。

"病人毒性太大，明天的现在就是一关，俺只能叫他延长一天，你们赶快想别的办法吧。"

"老爷爷，俺求您，救救师父吧，他是因为救俺才……"李复祯这一哭，屋子里哭声响成一片。

老先生也被感染了，颤抖着胡须艰难地说："俺的解药，只能解普通的毒，这特殊的剧毒，只能由发镖者自己解啊！"

"解铃还须系铃人？"老先生话音未落，李复祯一下跳了起来："俺逮那个老王八蛋去！"其他几个师弟跟出来，复祯早已不知去向。

屋里屋外的人都乱了。吴本忠不得不大声说了："谁跟俺去抓药？"

"俺去。"车毅斋的儿子、弟子一起要去。

吴老带着两个弟子，拉着老先生走了。屋里又突然变得鸦雀无声。

车毅斋受伤，家里失去了主心骨。车老妈哭得死去活来，春花守在丈夫身边，一刻也不敢离开。

"俺们回去好好查查医书，看看有没有其他办法。"孟先生与武先生去了。

"俺也去寻找希望。"吴秀才也晃着脑袋回去了。

"你们听着，剩下的人谁也不要离开，随时听候分配。"清早才得知消息的李广亨年纪大，有文化，成了当然的主事人。

且说李复祯一路小跑，首先来到县城东门外玉器店、包子铺，官府已经贴了封条；翻墙进去，房屋被封，窦老鬼踪迹不见。于是，又奔向乌马河渡口，问人们有没有见一个干瘦、獠牙、白胡子的孤老头？回答是，有倒是有几个，却不能确定。

再到东西两座便桥，行人说，谁家能叫干瘪、瘦弱的白胡子老人独自出门？也没有个准确消息。李复祯只能先朝榆次方向追。

车毅斋家里，老先生的药抓回来了。春花和满仓、金囤的媳妇一天到晚不离左右，照顾车老妈，做饭、煎药自然是她们的事情。

弟子宋世德年轻，他服侍师父把药服下，众人目不转睛地看着车毅斋的反应，希望奇迹出现。但是，车毅斋依旧沉睡，不见明显好转。

守在旁边的另一个弟子宋世荣，突然想起自己这些日子正在修炼的"内功四经"，就过来试试。他在师父身边盘腿静坐，双目微闭，正头起项，调匀气息，缓缓吸气纳于丹田，升真气上达百会，复至俞口，降至丹田……如此反复，大约半个时辰，感觉师父黑色的面颊仿佛渐渐泛出了一丝丝红晕，他情不自禁惊呼："有了！"可是仔细一看，师父依然如故。

天黑了，煤油灯下人人眉头紧锁，车毅斋依旧昏迷不醒。

城内大巷孟家大院，高大的正厅里灯火通明，一排排书架的门大开，书桌上线装古医书一摞又一摞。武柏年看着孟绰如先生戴着老花镜，低着头翻了一本又一本，掀过一页又一页，心里十分焦急。左边查过的有《黄帝内经》《难经》《伤寒杂病论》《神农本草经》，右边没查的一摞是《金匮要略》《温病条辨》《素问》《灵枢》《中藏经》等等。

孟先生摘了眼镜，揉了揉疲惫的眼睛，指着《肘后备急方》中的"猘犬所咬毒"的处理方法，与武先生商量，书中"仍杀咬犬，取脑傅之，便不复发"的办法，可否一试？

武先生说："那是老百姓说的疯狗咬了人的叫甚狂犬病，牛头不对马嘴吧？"

"可是……"

一天很快过去了，已经进入了第二天。

吴本忠惦记着时间，老早就又来到贾家堡，看见大家都在，告诉李广亨等，吴登春老先生说，必须找到发镖人，才能取得相应的解药，别无他法。于是，人们的希望一下子都寄托到了李复祯的身上。

吴秀才从早到晚泡在故纸堆里，从字里行间寻找破解镖毒的千金要方。

孟先生仍在不停地寻找着一线希望。

车毅斋的鼾声越来越小，大限似乎越来越近。唯一的希望就在李复祯了。

急性子孟兴德在大骂办事拖拖拉拉的李复祯，师兄弟们站在村口望眼欲穿。

哎呀！天快正午了，师父难道就没救了？

弟子们恨不能把日头拴住！

"回来了！"眼尖的吕学隆第一个看见连腿都快抬不起的李复祯。"师兄辛苦了。"弟子们一拥而上，架回了"救命稻草"。

大家一齐问："药呢？"

李复祯喘着气说："没，没找到窦老鬼。"

"甚？"大家急了。

"我跑到榆次、榆社、祁县，都没有找见窦老鬼。"

"呸！师父的命就靠你了，你他妈——"孟兴德气得跳了起来。大家希望的眼神一下子黯淡了。

车毅斋越发气息微弱。

孟先生、武先生过来了，查无所获。

吴秀才过来了，寻找没结果。

冯克智、李发黝、马大春、武鸿圃等武林朋友都来了，准备与车毅斋做最后的告别。

满屋满院的人个个绝望，女人们首先呜呜啼哭起来。

春花的娘也早就哭得出不了门了。她闺女从小喜欢车二，她自己也喜欢实实在在、肯帮助别人的好后生车二。成了自家的女婿后，家里的活计车二就干八成。老头子去世后，他就成了全家的主心骨，大事小事都得他拿主意，现在女婿要有个三长两短，那她和闺女可咋活呀！想着又哭了起来。

既然竭尽了全力，想尽了办法，看着上气不接下气奄奄一息的车毅斋，年龄最长的孟、吴先生就得拿主意了。他们分配吕学隆和孟兴德去买纸张；让满仓、金囤去扯白布、买寿衣，怕人一咽气就来不及穿戴了；安排女人们准备糨糊，只要人一走门口就贴白纸；再请吴秀才草拟报丧名单。唉！年逾花甲的二位老先生眼红鼻子酸，他俩做梦也想不到会出现这样的状况，以往跟车二交往的情形又一幕幕出现在眼前……

孟兴德走出院子，一脚踩住了一个软绵绵的黑色包裹，他没有好心情，捡起来往房上就扔。

"慢着，俺来看看。"吴秀才正好从屋子里出来，接过黑包，慢慢解开黑布裹，里边是个白色小纸包；展开了，里面还有一层白纸包着；再打开，里面仿佛黑土面一撮。

"解药有了！"吴秀才大喊一声，他两天两夜不吃不喝，嗓子都哑了，可是人们却听了个清清楚楚！孟、武、李、贺、宋、吴、冯等一起挤了过来。孟绛如也忘了自己的身份和气度，双手接过纸包，仔细观察一番后，声嘶力竭大喊一声："车二有救啦！"

孟先生叫众人让开，他小心翼翼地端着纸包，好像端着车毅斋的性命一般，生怕洒了，一步一步走进屋子，慢慢坐到车毅斋身边，命女人们拿碗端热水来，他先尝了尝，而后亲自轻轻地将解药徐徐倒进碗里，略略一摇，水立刻变红。

吴秀才在侧，轻轻扶起车毅斋，只见他张着嘴，已经只有气出而无气入了。两位文人谨慎心细，孟先生双手端碗，一口一口地喂他药。众人一个个全神贯注，目不转睛，屏住呼吸，默不作声。

药灌下去了，吴秀才慢慢放下病人。人们又睁大眼睛，注视着病人一时一刻的变化。

午饭时间早过了，谁都希望出现好兆头，但又担心再发生意外。人们的心啊，简直提到了嗓子眼！

时间一刻一刻地过去了，车毅斋却毫无反应。春花首先抽泣起来，三个儿子则哭出了声，女人们应和着，弟子们也彻底绝望了，屋子里哭成了灵堂。

白纸、孝布、装裹衣，都陆续买回来了。

看起来，得准备后事了。

就在屋里院里的一片号啕声中，孟先生、吴秀才突然发现车毅斋胸脯大起大伏，张嘴大口呼气，二人还没反应过来，只见病人两腮鼓胀，仿佛要吐。吴秀才立刻去扶，"噗——"一口黑血喷了他满满一身！

大家正在吃惊，"复祯，复祯……"车毅斋说话了。院里的哭声戛然而止，哭红眼睛的男女老少一起挤了进来。

"都出去！"平日里温文尔雅、和蔼可亲的孟绛如先生简直疯了似的在吼，他知道，此时的病人最需要平静！

被赶出来的弟子们围住了车毅斋的儿子车兆烈，因为那包药是他从关帝庙拿回来的，大家悄悄问他拿药的经过。兆烈看父亲吃了他拿回来的药有好转，自然也有些激动，他只能吞吞吐吐、支支吾吾地回答："奶奶要俺跟着妈，去贯家堡老爷庙求神。俺们上了供，烧了香，就在殿外跪着，俺心里想着，这求神能顶事？第二天我们又去了一回，还是那一套，俺们低头跪着，觉得脑袋前好像响了一下，谁也没在乎。临走时，俺妈发现眼前有个黑不溜秋的小包，俺妈说，'拿上吧。'俺就拿了回来，丢在院子里，谁知吴秀才看到就认为是解药。"

"你小子几乎误了你爹的命！"孟兴德手指兆烈骂了起来。

"嘘——"吕学隆食指对着嘴，示意小声，而后瞪了一眼孟兴德说，"你还有理？你小子几乎误了咱师父的命！刚才不是你要扔掉解药的！"

妇女们听说去老爷庙求神是车老妈的主意，又回屋里围住了老人家，问："您怎么知道会有神灵保佑？"

约莫过了一个时辰，车毅斋清醒了。他断断续续地说，只记得是李复祯挨了镖，自己模模糊糊抱着他往回跑，跑啊，跑，只觉得浑身无力，分不清东西南北，跑到一处野庙前，咋也跑不动了，以后就甚也不知道了。

听着师父的诉说，李复祯捶胸顿足，哭得死去活来："弟子就是当牛做马，也补报不了您的救命之恩呀！"

吴本忠大师颇有感触，他边回味边分析："俺村的老爷庙就是灵验。"

"幸亏没有进了那座野庙，我寻思，那是阎王爷的地府。真危险！"冯克智老人舒了一口长气。

"不幸中的万幸。古人说，大难不死必有后福。"孟先生做了总结，然后对车毅斋说，"你且好好休息一段时间，俺给你找名医开点滋补药，很快就能康复。"

时间已是未时以后，这时人们才觉出了饿。妇女们歇心了，赶快做饭，不长时间端上了热腾腾的午饭。

车毅斋虽然年过半百，毕竟功夫在身，有家人和弟子们精心照料，再加上孟先生的补药，不到半月，身体就大体上恢复如初。一天晚上就寝以后，夫妻俩回想起这次的历险，不免后怕。春花说："你呀，实脑筋的毛病就是改不了。上回听了歹人的话，甚的'独上黑峰山'，结果，你真的独自个去了，差点要了命；这一回，你又是独自行动，要不是关老爷显圣，你又没命了。"

车毅斋也感叹道："唉！江山易改，禀性难移啊！俺爹从小就没教过俺咋地捣鬼做假。"

春花说："可是人家吴本忠老伯和孟先生不是都教你'害人之心不可有，防人之心不可无'吗？你咋总不牢记？"

"喔，以后可得记住，"车毅斋似乎想经一事、长一智，想了好一阵，忽然问春花，"你说这窦老板原来看见和和气气，笑眯眯的，怎么一下子就变成个心狠手辣的獠牙八怪？"

"这还得怨你！平时他那干瘪的嘴，獠牙八怪山羊胡，俺们看他就像个奸臣。你不是有一阵还想当他的女婿？"

"甭瞎说。俺问你，你说这个姓窦的外路家，来咱们太谷是要干啥？"

"俺又不是神仙，咋知道？"

车毅斋又琢磨了半天，若有所思地说："本来俺想问问孟先生，那天窦老板在老爷庙跟俺交手，居然会打咱们的形意拳，甚至五行相生相克都知道。你说这老鬼是不是专门来盗咱们的绝技？"

"这俺们可晓不得。"

"再说美子闺女，是不是跟他爹是一路货色，名为学拳，实则偷技？"

"不是不是，俺看美子妹子肯定不是那样的人！"春花急了，坐起来歪着脑袋冲着丈夫说道起来，"你们大男人心里粗，不注意观察，俺可是早就注意过，她们父女常常意见不合，沙滩擂，她盼你赢，她爹就不一定；她喂你太谷饼，她爹气得胡子都发抖；俺过门时，他跟爹说的话你忘了？"

"说啥？"

"她爹跟咱爹说，咱们成家以后'美子不是就可以心无旁骛习拳了'，你大大咧咧，粗心大意，俺们可是记得清清楚楚。你想想她爹心里想的是甚，美子心里想的是甚？"

车毅斋这时真的深深陷入了沉思：积极支持窦美子和自己学拳，但坚决反对跟自己成亲；和孙家打得火热，但又不允许美子和孙大少二人的婚事；不时来吉安堂，却从不流露任何学拳的迹象。老贼确实深不可测。美子呢，多少年来，除了单纯、天真、善良、诚实，确实没有任何一点点存心不良的痕迹。关帝庙大战窦老头时自己对美子的怀疑看来确实多余了。想到这里，车毅斋才对春花说："俺跟她爹交手的时候，曾经怀疑过美子也有二心。"

春花说："你狗咬吕洞宾，不识好赖人。唉！可爱的美子妹子，被你这没良心的车二哥哥送进了监狱，你还怀疑人家，你是人吗？"说着，在被窝里呜咽起来。

车毅斋也深感愧对窦美子，几十年来的往事陆续浮现在眼前，直到那天最后送她回家，还想着办完案子给美子妹子好好找个好婆家，可是现在……唉！他一宿辗转反侧，心乱如麻！

车毅斋身体复原了，可是窦美子被捕获关押，却是实实在在、真真切切的。最爱管闲事的吴大秀才，对她与自己的把兄弟车二的交往了如指掌，一直同情这位外乡闺女的一片痴情，觉得古有孟姜女、虞姬、杜十娘，《石头记》里有天上掉下的林妹妹和非柳湘莲不嫁的尤三姐，那些都是传说而已，但美子姑娘却是人见人爱的纯洁、善良、美丽的活生生的人啊！她对车二崇拜、关怀，情有独钟，车二选择娶了春花，她居然能深明大义，善待兄嫂，真是难得啊！多少天来秀才思绪萦绕，挥之不去，终于填词一首，名曰《长相思》如下：

满月愁，
残月愁，
愁到白了女儿头。
空倚夜夜楼。

雨啾啾，
风嗖嗖，
哥哥捕妹情不留。
忍看阶下囚！

其实，窦美子岂止是成了阶下囚，她行将被官府处斩。

骗杀小儿、卖人肉包子案告破，闻名四方的"豆沙美人"被擒，立刻成

清代太谷东城墙

了太谷城乡的头号新闻。人们添油加醋，越传越离奇："豆沙美人"红颜绝世，武功非凡，飞檐走壁，挥剑如电，"飞蝗石"出手，满天翻飞；那车二大侠，是天神下界，火眼金睛，半夜看东西如在白昼，脚下能蹬飞天火轮。"豆沙美人"企图以色相诱，使尽妲己妖术，车二大侠不为色动，中指一点，"豆沙美人"武功尽废，动弹不得，立时被生擒活捉，移送官府，为国除了一大祸，为民除了一大害。至于真正的凶手窦氏夫妻却逍遥于舆论之外，无人知晓，以致成了一桩千古冤案。

孙家大少孙丕根已经接替其父主持家务，得知此事，不惜花重金为他曾经爱慕过的女子百般说情；武、孟先生等名绅也四面八方托人打通关节，不惜一切营救窦美子；李广亨、宋世荣等武林人士则联络商界友人，千方百计给官府施压。

可是，人赃俱获，铁证如山，怎么翻案？不久适逢县衙秋审，窦美子被判为斩立决。秋末，一排血肉模糊的人头悬挂在东城墙上，供禽鸟啄食。人们说，其中一颗就是闻名城乡、鼎鼎有名、人见人爱、美丽无双的"豆沙美人"，多可惜呀！至于窦老头，则下落不明，官府也没再追究。

车毅斋为民除了害，为国立了功，不久，县衙奖励车毅斋白银一百两。

但是，想到"光绪年间，五谷朝天"，颗粒无收的饥民，车毅斋与弟子们商量后，将奖励的白银全部捐给了灾民。

车毅斋因宗宗善举，被百姓视为当地英雄人物，特别是"师徒巧破离奇案，车二生擒窦美人"的传奇故事，更在民间广为流传。有人还编了快板说唱，当文艺节目在城乡到处演出：

  光绪年间天大旱，太谷出了件日怪案。
  娃娃们上街一圪走，大人们咋地也寻不见。
  案子报到衙门里，正遇上新来的张知县。
  张知县，显威风，急派衙役去捉人。
  三班衙役没费事，抓回嫌疑犯尽饥民。
  ……
  衙门无奈求车二，二师傅让他们听佳音。
  首先唤来中元只，第一探查窦美人。
  情况最后摸清了，带上长有夜捉人。
  窦美人，奸又凶，吹灯带剑往外冲。
  单腿点地她上了房，车二紧追不放松。
  寒光闪闪剑对剑，一场恶战鬼神也惊。
  五行剑，子午剑，不见人影见剑影。
  窦美人甩出"飞蝗石"，想叫车二命归阴。
  好车二，"倒下去"，美人挥剑刺人心。
  谁知车二不见了，窦沙美人吃了一惊。
  背后一个二踢脚，美人丢剑两手空。
  疯了一样往外跑，乌马河边响雷霆。
  ……
  五花大绑送官府，为民除了祸一宗。
  窦沙美人钉上城，喂了乌鸦和老鹰。
  恶人作恶总有报，黑夜不报到天明。
  劝君不要做坏事，善恶报应真是灵。

窦美子被正法，闻名城乡，可是亲自卖人肉包子的她的兄嫂的死却没人在意。

窦美子确实是被冤枉的！不过古往今来，被冤屈的人还少吗？"兔死狗烹"斩韩信，岳飞亡于"莫须有"，六月飞雪因窦娥，"反间计"屈煞袁崇焕……唉！吴秀才大人心绪难安，每逢路过东门，眼瞅城墙，常常独自慨叹：

可叹美子清白身，从此魂消葬风尘。
城头荒草孤兮兮，犹梦红颜窦美人！

关于窦美子的传说越来越奇、越久。有的赞扬说，"豆沙美人"能飞檐走壁，"飞蝗石"百步之内，说打你左眼，打不了右眼，奇女也；有的咒骂说，"豆沙美人"，喝童子血，卖人肉包子，十恶不赦，是个女魔；有的惋惜说，人家"豆沙美人"天姿国色，人间美女，百十里内的公子哥们，哪个不拜倒在她的石榴裙下？死得可惜了；有的盛赞车二，人家是"托塔天王"下凡，奉玉皇大帝之命专收人间妖魔的；还有的竟在猜想说，那"豆沙美人"其实并没死，人家是天上的星宿下凡，早升天了……

不管怎么传，车毅斋都无法心安，他总觉得美子不是坏人，而且美子的音容笑貌，尤其最后那句微弱的"车二——哥——哥"的凄厉声音和那入狱前孤独无助的眼神，常常揪着他的心，令他寝食难安，他常常在夜半心里自语：美子妹子，你可能是被冤枉的，但是，你的车二哥哥有理由徇情枉法吗？他为了转移注意力，把所有精力用在了练功和授徒上。

在他的精心传教下，师弟们的功夫日臻成熟。二师兄贺运亨腿功已经无与伦比，人称"贺铁腿"，闻名四方；老三李广亨，人称"试金石"，外地拳师来访，只要与之一交手，便知对方功夫深浅；宋世荣，勤学善思，日夜钻研"内功四经"，已颇有心得，引人注目；宋世德轻功出众，曾黎明越城墙而出，汲水酌泉，天明即回。特别是李复祯，自幼跟随车毅斋，年纪不大，功夫不浅，与人交手，从未尝败绩，现在已经接收入门弟子多名。

太谷形意拳的名声日隆。本邑孟氏、王氏、张氏、姚氏、孙氏、负氏、武氏连同曹氏八大富豪争相聘请形意拳师护院，王凤翔、樊永庆、郭昆、孟兴德、李发春、王之贵、孟天锡、武杰先后被车毅斋派往各地。就连"疤山虎"也长功夫了，车毅斋派他协助武杰去当护院拳师。吕学隆与李复祯仍在曹家"三多堂"护院。不过，学隆这位爱动脑筋的后生，压根就不相信窦姑娘是坏人，即使是她的兄嫂，虽卖人肉包子，也未必就是阴险毒辣、诡计多端、屡屡欲置师父于死地的真正幕后黑手；窦老板劫持人质，心狠手辣，虽然卑鄙龌龊，但救女心切，不择手段也尚可宽恕；可是那个整天笑嘻嘻的白面书生孙大少，难道真是好人？他有的是钱，"有钱能买鬼推磨"，人家不会雇佣世外高人？他发誓查遍孙家三代，也非得弄个明白。

突然，从直隶深州却传来一个噩耗：形意拳创始人李飞羽不幸逝世了！

车毅斋一听说，心中大恸！立刻打点行装，准备奔丧。谁知不迟不早，意外又蹦出一件大事，令他措手不及，无法应对！欲知什么大事，且听下回细说。

第十八回

形意始祖，门人垂泪送别
北方大侠，天津仗剑降魔

车毅斋一听说恩师李飞羽去世，在吉安堂立刻准备行装，明天就去直隶深县。

当晚，车毅斋正与李广亨、宋世荣、李复祯等商量奔丧事宜，门外忽然一马飞到。人下得马来，跌跌撞撞，踉踉跄跄，直冲进门。其人满身灰土，面容疲惫，嘴唇干裂，气喘吁吁。李复祯一看，这不是自己的弟子、祁县乔家的乔锦堂吗？怎么狼狈成这样？

乔锦堂进了屋，喘息一阵，喝了几口水，这才断断续续告诉大家：天津出事了。

近几年来，晋商重镇天津地面很不太平。除了各地武林人士切磋交流频繁外，东洋和西洋人也不时搅和。由于清政府的窝囊和姑息，各国洋人越来越肆无忌惮，尤其那些日本人，更无法无天。这年秋天，竟然在天津举办了轰动中外的"国际击剑擂台大赛"。举行什么比赛，本来无可厚非，只是令任何有点自尊的中国人无法容忍的是擂台两边的一副对联：

　　上联 ： 剑斩支那武士
　　下联： 脚踩东亚病夫

横批： 我是老大

如此欺人太甚，目无中华，天津人个个义愤填膺。不过，一到晚上，那副辱华对联就不翼而飞。多事者后来发现，原来是一位爱国的瘦小老头所为。然而，最遗憾的是，京、津、冀当地拳师不是人家日本拳师的对手，纷纷败北，有两个还被打残，这更助长了日本人的嚣张气焰。据说该擂擂主是全日本如雷贯耳的超一流武士板三太郎。

这板三家族，在日本国是著名的武术世家，祖传拳法据说来自明代的中国，专门研究破解华夏武道。几十年前，他们的高师曾到中国广交名师，偷拳学道，数年后，自认为武功不得了，但在正式会斗中国拳师时仍旧吃亏不小，回国后便继续面壁思过图强，研究对策，武功终于炉火纯青，遂将平生所学悉数相授。他的传人这次来天津设擂，欲扫尽中国武士，为日本扬威。

客观地说，这个板三太郎确实武功出众，凡人难敌，因此他越发趾高气扬、目无中华，猖狂之态实在无以复加！京、津、冀一带的武士，暂时无人与之匹敌，情急之下，当地武林老一辈急请形意拳传人"云中雁"乔锦堂速回山西，搬请形意大师车毅斋出山，雪此国耻。

听罢乔锦堂叙述，人们个个义愤填膺。以李复祯为首，一蹦三尺高，挽起袖子，立刻请缨赴津："俺们习练形意拳多年，还对付不了个小日本？"

"对对对，俺们愿随师兄前往！"王凤翙、孟兴德等也摩拳擦掌，跃跃欲试。

"杀鸡还用得着宰牛刀！"吕学隆更是理由十足。

弟子们七嘴八舌过后，车毅斋思考片刻，对弟子们说："现在你们的武功确实堪当重任；但是，既然叫俺，俺不去难免让天津武林界失望，也有畏敌之嫌。"

"可是，您是武林大侠，还用得着您亲自出马？再说，师父年事已高，身体要紧，还是俺们去吧。"李复祯等一帮弟子仍旧放心不下，力请出战。车毅斋已经五十六岁高龄，用老百姓的话说，叫做快到一辈子了。

"年纪无妨。"车毅斋主意已定，说道，"为国雪耻，个人的安危算得了什么！"

李复祯等还在力劝师父，但车毅斋摆了摆手，表示主意不变了。

他最放心不下的是恩师李飞羽的丧事，好在去天津路过直隶深县，可以去吊唁，表达感情。晚上，他特意去武、孟两位先生家走了一趟，共同追忆与李飞羽的深厚交情，带上了两位先生的悼念之意；同时，也讲了去天津应战之事。两位先生反复叮咛他要小心从事，不能感情用事，以保护自己为重。

天已初秋，暑热方退。第二天，东方尚未破晓，车毅斋就跟乔锦堂策马东去。一路上，他情绪复杂，回想多年来与师父李飞羽的情谊，往事历历如在眼前。数十年过去了，师父之言犹在耳边，一时一刻不敢忘怀！

穿太行、过正定、绕滹沱，夕阳映红大地的时候，两人已从深县县城直奔窦王庄。

窦王庄村子不大，李飞羽又是当地名人，车毅斋和乔锦堂一进村，远远就看见白色花圈、挽联、纸幡和身穿丧服的亲属朋友出出进进，门前吹打班子正在奏着民乐。他们下马穿上丧服，前去吊孝。未到门前，已有人迎了上来，他俩被搀扶着进门，入灵堂。

看着灵堂上悬挂着的师父的画像，灵柩前的供桌上缭绕的香烟，形形色色的供品和跪在两边痛哭的孝子、孝孙与徒弟、徒孙，车毅斋抢步上前，情难自禁，大声哭呼："师父啊，弟子车二前来跪拜您啦！呜呜——"

痛哭过后，车毅斋从行李中取出武、孟二位先生赠送的不知多少丈长的黑色高级绸缎挽幛献上，白字长联由孟先生亲自书写：

置身云路太行千里鹏翼扶摇哪堪忧患余生形意因缘成一梦
飞步风尘乌马卅年沦落自悲赢得英雄知己菊花颜色亦千秋

夕阳西下，秋风萧瑟，挽幛更勾起李飞羽的子孙、亲友、弟子的无限追思。

接下来是车毅斋献上的祭礼——白银二百两。他强忍悲痛，对师父遗像倾诉："师父啊，这是您在太谷全体门人的点滴心意，恭请受纳！"

其实，这二百两白银，就是早年沙滩擂上曹家专东奖给冠军车毅斋的奖金，师徒多次推让，没有结果，一直暂存在武先生家，这次临行前夜，车毅斋亲去武先生柜上提取，终于让这笔奖金有了用途。看着如此巨款，周围的人都莫名惊诧！

礼毕，李飞羽的儿子李太和介绍车毅斋与师兄弟刘奇兰、郭云深相见。刘奇兰就在山西谋生，自然与车毅斋早有交往；郭云深与车毅斋虽然互相知晓，但未曾谋面，今日彼此相见，各自看到对方的风度，不由得打内心里钦佩。然而忙于丧事，未及详谈，况且车毅斋千里迢迢，一路奔波，李太和等只能先请他到厢房歇息。

"你们哪来的如此重金！太破费了！"二百两白银，那可是巨款呀！李太和不知如何是好。

"太和弟不要过意不去，那是我们太谷全体门人的心意。"车毅斋说，"走得急促，只来了我们两个。而且另外还有大事一件。"随即他把天津发生的事情简单讲了一遍。

各位一听，无不怒发冲冠。郭云深首先袖子一挽，圆眼一瞪，大嘴巴里声音轰轰响："王八蛋，我最见不得狗日的倭种，小日本鬼子这般不知天高地厚，咱们一起去收拾他们！"

"不，师父丧事要紧，我且先去；败了，你们再上。师父的后事就拜托各位了，谢谢！"说罢，车毅斋一躬到地，深表歉意。

车毅斋劳顿一天，李太和等请他好好歇歇。可是，车毅斋心烦意乱：一件是师父的丧事，一个是国家的大事，同时出现，愁得他一晚竟大汗淋漓，夜不能寐。

第二天黎明，车毅斋早早起身，师兄弟们也早起送行。他说："师父刚刚离世，日本武士又在津门辱华，国事、家事扯在了一起，车某不能多在师父灵前跪守，真是不该啊！"

"国事第一。你去收拾鬼子，我们料理师父后事。"刘奇兰、郭云深等安慰车毅斋。

"本来我还想请师父面授机宜，授予锦囊妙计，现在只能尽自己所能，拼着命为国家一搏了。"

回到灵堂，烛光下车毅斋再次给师父重新上香，并连磕四个响头，而后，与大家一一深情挥手而去。临行，他告诉李太和："师父丧事百日后，你携家眷仍回太谷，那里是你和老人的第二故乡，其实比在老家还熟悉，到时我如果能得胜活着回去，将把原来师父的寓所收拾一新。再会！"

李太和紧紧抱住父亲的亲传弟子，心中五味杂陈，百感交集，只能用眼泪送他走。

　　两匹马披着秋日的晨曦，迎着西风，蹄声疾疾，迅速消失在远处。李太和、刘奇兰、郭云深等心怀不安，一直目送车毅斋消失在苍穹之下。

　　由深县飞驰向天津，车毅斋和乔锦堂风驰电掣，马不停蹄，心中急风火燎，耳边风声呼呼。到了天津外围"玉顶堤"，他们正准备拐弯，迎面突然飞来一弹，车毅斋袖手而接，原来是纸团包着一颗"飞蝗石"。打开看时，纸上写着四个字："勿伤板三。"

　　车毅斋疑惑不解：窦美子早已不在人世，还有人会用"飞蝗石"，倒也不奇，可是其人与板三什么关系？为甚如此叫俺手下留情？也许事出有因。

　　不想了，反正师父已走，美子已死，俺了无牵挂，为国争光，为形意拳争气，就是唯一的目标，拼着这条老命，也得为中国人好好修理修理那个不知天高地厚的倭寇，好告慰师父的在天之灵。

　　有乔锦堂带路，车毅斋径直到达"玉皇阁"擂台前。

　　日头已经偏西，擂台前依然人山人海。有年轻的，也有年长的，虽然服饰形形色色，但几乎人人面色铁青。车毅斋虽然连续奔波，一看此情此景，立刻热血沸腾，倦意全消。他抬头再看那座擂台：全木架构，坐东朝西，高不低于两层楼，宽足足五丈，两边果然有一副刺眼的白底黑字的对联：

　　　　剑斩支那武士
　　　　脚踩东亚病夫
　　　　横联：
　　　　我是老大

　　车毅斋不看则已，一看心中燃怒火！他环顾四周，观众个个眉头紧锁，神情凝重，嘴唇紧绷，怒不可遏。再看那高高的擂台之上，一个日本武士两手叉腰，双腿叉开，昂首挺胸，目无天下。旁边一个瘦高男人，阴阳怪气，好像清宫里的太监，声音拉得长长的，连续不断地呼喊叫嚣——

　　　　板三大师——无敌天下，

　　　　支那武士——人人害怕，
　　　　这个挨揍——那个趴下，
　　　　谁个不服——你就来吧！

　　士可杀而不可辱！更何况堂堂中华之武林中人！车毅斋在狂妄的敌寇面前，实在忍无可忍。他将马匹交给乔锦堂，紧紧衣裤，身背金兰剑，一个旱地拔葱，跃上擂台。他高大的身躯往日本人前面一横，双手抱拳，高声通报姓名："山西形意拳人车毅斋到此领教！"声如洪钟。

　　擂台之下一阵骚动。知情人议论道："哦，山西人，车毅斋？就是那位前些年就在天津横扫对手，擂台夺冠的形意拳人！"

　　"对，大战黑峰山、单剑走湖广、扬威奉天府、巧破离奇案……他的英雄故事多着呢。"

　　"可是他老了呀，今天登擂，不是冒险？"

　　"哎呀，我看够呛！"

　　"也许老当益壮！"

　　台下议论纷纷，敬佩、同情、担心、期望，交织在人们的心里。

　　那日本武师闻声，仰头一看，一眼先看见了车毅斋上唇的那一绺黑色胡须，不由倒吸了一口凉气，心里不禁一颤：哎呀，真的是他？

　　车毅斋驰骋南北，傲居群雄，领教过的人太多了，可谓名声如雷贯耳。那武师惊诧过后抬头再仔细端详时，只见车毅斋仍旧身材魁梧，器宇轩昂，头戴黑色帽盔，身穿玄色长衫，长辫甩在脑后，衣带紧束腰间；虽年近花甲，仍旧威风凛凛，正气压人，尤其上唇那一绺英雄胡须，更是咄咄逼人。日本武师虽然生得粗壮结实，但两者相比，明显矮了一截，他翘了翘鼻子下的小胡子，一躬到地："久闻车毅斋大名，今日得会，三生有幸！"

　　车毅斋诧异：这小子还会说中国话？低头仔细看时，那家伙身子短粗，宽衣短裤，圆头圆脑，扁嘴扁鼻，鼻子下一撮小胡子，仿佛没有揩干净鼻涕，煞是难看。啊，似曾相识？

　　"你的，不怕死？"为了给自己壮胆，日本武士故意大声做出不屑一顾的样子。

　　"鹿死谁手，犹未可知。"车毅斋回答得掷地有声。虽经千里奔波，他依然神态威严，居高临下，"车某虽已年近花甲，什么样的妖魔鬼怪都见识过！"

此时，二人其实可能都认出了对方，无非心照不宣。

"比拳还是论剑？"车毅斋问。

那武士看车毅斋身背短剑，觉得有便宜可讨，遂提议："剑论英雄，比剑如何？"

"悉听尊便。"车毅斋早已窥出对手的小算盘，将辫子往脖颈一盘，长衫往腰间一掖，亮出短剑，说了一声，"请！"

"要不要戴护具？"对手有些底虚。

"不必了，"车毅斋斩钉截铁，不容置疑，"请先出剑！"

"不，您老了，我国向来尊老爱幼。"

"不，你是客，我国向来主人让客。"

"不对，这里我是擂主。"

"错了！"车毅斋简直是在吼，"在我们国家的地盘上，我们中国人才是主人。作为主人，岂能不让你三分？"

车毅斋之言，正气凛然，傲气十足，台下又是一阵骚动："这才是铮铮铁骨的中国人！"板三听了，仿佛受了莫大的凌辱，但又无理可对，自觉就先矮了一头。但是，仗着多日来的连胜，并且凭着三尺长剑，他仍然大喊一声："招剑！"首先发起猛攻。

这个板三，果然不愧为全日本超一流武士，剑法之快，气力之沉，连车毅斋也始料不及，立刻聚精会神，全力应对。

斜阳照在高高的擂台之上，金碧辉煌；洒在观众的脊背上，暖在后心。

这不是一场寻常的比武，名曰"国际击剑擂台大赛"，其实是中日两国间武士的巅峰对决，也是中日两国的国家形象之战。观众捏着拳头憋着气，车毅斋也感觉两肩之上担着天。

一场龙虎之战开始了。

一个风驰电掣进攻，一个有条不紊防护，年轻气盛与成熟老到的不同风格体现得淋漓尽致。观众开始神情紧张，看来看去，忘乎了所以，慢慢地与其说是观看输赢，莫若说是欣赏武技。就这样，来来回回，不觉已经二十几个回合。

两个人一高一低、一老一少，来自两国，风格有异有同。大多观众为能一睹这一场国际级的顶尖击剑对决而感到荣幸,却也生怕中国剑客有失。

大约又战十几个回合,板三的剑法越来越快,车毅斋却依旧沉着回应。

当年,师父李飞羽惯于快攻直取,曾经用半炷香的工夫踏平牛头寨救了戴二闾;而车毅斋修炼多年后,综合王长乐和李飞羽二位师父的长处,形成了自己防御为能的风格,常常是先让对手充分显露,然后才后发制人,克敌制胜。当然,这可是需要过硬功夫,有把握化解对手的进攻才行,今天面对如此高手,能奏效吗?

板三仍在疾风暴雨般地强攻,车毅斋仍在不慌不忙地防守,一快一慢,就这么死死纠缠在了一起。

日头继续西下,长长的身影在擂台上来回晃动。观众的心也如那身影,忐忑不安。

板三凭借年轻气壮,长剑上下翻飞,左扎右刺。时而虚步交剑,时而歇步下刺、跳步直刺、丁步斩剑,劈、抹、挽、撩、斩、点多种刺法交替,仰身、俯身、转身各种身法互见,提膝、弹腿、飞脚、泼脚、蹬脚、钩脚种种足法转换,瞪、盯、暴、限、眯、波之类眼法交换使用,这小子在兜售中国的少林剑法。

台下的观众正看得眼花缭乱,板三剑风忽而转换,一时间变得轻灵柔和、绵绵不断,重意不重力,表现出优美潇洒、剑法清楚、形神兼备的剑术演练风格。车毅斋明白,他这是变成太极剑了。

观众们很欣赏这种剑法,让板三颇受鼓舞,索性继续展示平生功夫,又变换为闻名于世的武当剑。这剑法剑峰所至,乘虚蹈隙,借人之力,后发先至,避实击虚,以斜取正,走化旋翻,轻稳而疾快。他时而腾空击舞,时而稳如山岳,使尽了浑身解数;车毅斋却仍旧不温不火,一一应对。

板三猜想,车毅斋真的是老了,动作如此缓慢,穷于防守,还来此送死!多数观众也担心,车毅斋果然年纪不饶人呀,体力不支,恐怕要吃亏。

台下的乔锦堂更是提心吊胆,看着板三的剑法愈来愈快,而师爷却仍旧穷于应付,心想老人家真的就是老了!人常说年纪不饶人,节令不饶人,果然不假。他现在非常后悔,心说就不该让师爷来这里拼命,如果让自己的师父李复祯来就好了,李师年轻有力,曾经枪挑"黑老鸦"、拳打内蒙人,功夫不俗呀!今天万一师爷有个三长两短,我可怎么回去交代呀!乔锦堂都不敢往下想了！

擂台上两人又战了大约七八个回合，那个板三突然精神大振，剑光闪处，一鼓作气，劈头盖脑，发起了新一轮猛攻，没几招，竟将车毅斋逼至擂台角边。车毅斋面朝对手，背临台下，一不小心，就会掉了下去。台下观众早忘了欣赏武技，人人紧张得屏住呼吸，乔锦堂也急得挤到台边准备接应。

全场观众目不转睛，赛场上瞬间悄无声息。

就在此时，只听那板三大喊一声，腾空跃起，亮剑高举，一剑刺来，势如闪电，快似飓风。好多人都吓得闭上了眼睛，心想：哎呀！可怜的车毅斋必死无疑了。

这板三其实是故伎重演，之前的几个中国武师就是难敌他的快攻，吃了大亏。今天他又是如此，企图让车毅斋也走同一条路。

就在这千钧一发之际，车毅斋却突然一个空中翻腾，轻松地跳到板三身后，让他的剑落空。板三急忙回头一看，车毅斋微微含笑，用自己的剑头点着板三的肩头。

板三感觉这是奇耻大辱！脸立刻涨成了紫茄子，羞愧难当。情急之下，他哪顾得什么礼义廉耻，重新开始反击。攻者仍然如疾风暴雨，守者依旧似秋风扫落叶；一个只想挽回面子，一个胸有成竹；一个气急败坏，一个镇定自若。

来来回回，又过十几个回合，车毅斋的短剑上护身、下护腿，固若金汤，滴水不漏；板三屡攻无果，心烦性急，剑法渐乱。一向以防御为能的车毅斋，待对手所有招数使尽、露出破绽的一刹那，说时迟，那时快，猛然大喝一声："招剑！"如晴天霹雳响，擂台瑟瑟抖，一招形意反臂五行剑，闪电似的，"当啷"一声，劈飞板三的长剑，剑锋直冲对手心口。只听板三"啊呀——"惨叫一声，扑倒擂台上。

台上瞬息万变，台下始料不及，观众个个目瞪口呆，乔锦堂高声叫好！

好半响，板三才缓过神来，慢慢抬起头，睁开眼，抬头看那车毅斋时，高高在上，泰山般岿然屹立，神态威严，手中擎着的果然是一把他早就熟悉的举世无双、削铁如泥的"金兰剑"！

板三摸摸自己的心口，看看被磕飞的自己的长剑，勉强爬了起来，跪倒在地，千恩万谢大师手下留情，并且字字句句恳请："车毅斋在上，板三心悦诚服,愿师之,愿师之!"

还想拜俺为师?呸!车毅斋心想:俺国术绝技岂能轻易传给你这个目无中华的东洋鬼子呢?遂摇摇头,提剑拂袖而去。

擂台上孤零零的只剩下了跪地的板三太郎,任西下残阳的余晖吞噬着他愈来愈小的身影。

此时的擂台之下,喝彩声惊天动地,欢呼声地动山摇,有的同胞竟激动得高举双臂,泪水盈眶!刚下台的车毅斋被观众高高抬了起来,一次次抛向空中。擂台赛以来的晦气,终于吐了个一干二净,大家扬眉吐气,情绪高涨,多日来终于感受到了作为一个中国人的骄傲!

有个中年男子登上擂台,一把扯下那副辱华的对联,踩在脚下。打起"我是老大"的横联,加入到人流中欢呼着游行去了。

捷报传到京城,武林扬眉吐气,人们奔走相告;清廷皇宫得知消息也来了精神,光绪皇帝特破格嘉奖车毅斋"花翎五品军功"。

消息传回太谷,城乡轰动,万民欢呼,商界、武林界、政界、学界均为太谷出了全国大名人而兴高采烈,县衙也倍感光荣。

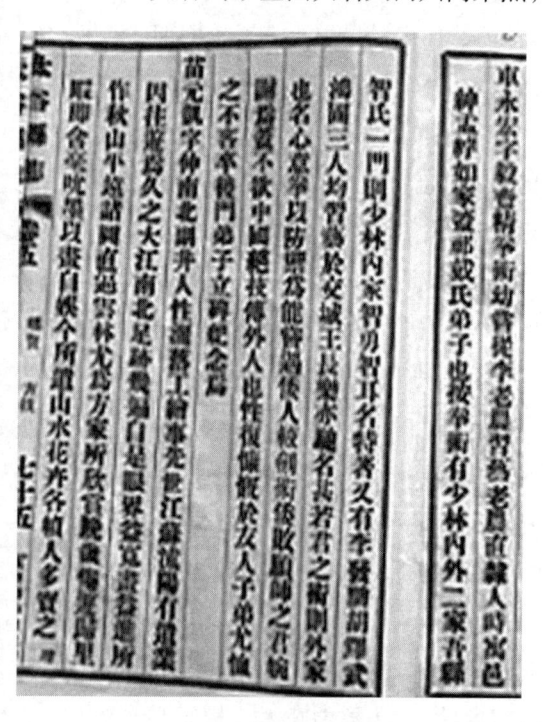

民国时期太谷县志

车毅斋回到贾家堡的当天上午,前来祝贺的宾客、朋友络绎不绝。县知事黄缙荣率领县府要员亲到贾家堡车家,看到被火烧过的土墙烂房,大出所料,当即让随员送上白银五十两,嘱咐车家重建房舍。车毅斋收下后,没几日就都赈济了本村饥民。

武林界宾客和朋友们,有献匾的,上书"形意泰斗";有送锦旗的,绣着"为国争光"。文人墨客送来名人字画,褒奖敬佩之词,都隐含在字里画间。

车毅斋夫妇正在应接不暇,刘金囤三岁的儿子小铁柱,手举一枝月季花,蹦蹦跳跳仰头交给了春花,春花问:"铁柱,这是谁送来的?"

"伯……伯?"小家伙说不清楚。

春花一边安慰孩子,一边把鲜花插到自己的发间,车毅斋和大家伙看着都快乐地笑了,气氛非常祥和。

从上午一直接待到傍晚。人们知道车家向来不收银两,也没备答谢宴席。车毅斋"君子之交清如水"的性格由此可见。

车毅斋天津一战,让太谷形意拳在全国更为走红,从此也成为本县第一拳种,男女老少争相拜师学艺,甚至一师难求。临近各县,慕名求取真功者纷至沓来,县城吉安堂和贾家堡村车宅,被人们尊为武术圣地,逢年过节、城乡庙会,表演形意拳成为一大时尚,并逐步形成传统。车毅斋的事迹,进入《太谷县志》,在"方技传"里做了如实记载。

贾家堡吴老秀才,与车毅斋风风雨雨数十载情同手足,获悉这位形意大侠,以年近花甲之躯,居然不顾个人的生命安危,长驱千里,远赴津门,仗剑勇斗日本武士,为国争光,遂诗兴大发,赋"乐府"古诗一首,以作纪念:

> 君不闻津门擂台鼓声急,
> 烽火策马飞芦荻。
> 旌甲不披染晨曦,
> 横出太行斩荆棘。
> 心念前站危岌岌,
> 可恨东洋一蛮夷。
> 侮华辱夏逞熊罴,
> 惊天动地"俺来矣"。
> "金兰剑"下见高低,
> 日倭奋然紧相逼。
> 车公出手招法奇,
> 不到百合见端倪。
> 大喝一声鬼屈膝,
> 魂飞魄散面色沮。
> 伏地求饶愿师之,
> 车公昂首与天齐。

> 国术绝技不传敌，
> 神州儿女谁敢欺。
> 形意大师登无极，
> 家乡父老乐且涕。
> 为国争光你第一，
> 降寇功高垂史籍。

老秀才的"乐府"盛赞了本地的民族英雄，被民间传为美谈，艺人们谱进"太谷秧歌"在城乡广为传唱。

津门国际击剑擂台大赛车毅斋的胜利，轰动整个华夏武林，车大侠之名如雷贯耳，不胫而走。从太行山东西到黄河南北，一提武术，必言形意拳；一提形意拳，必言车毅斋。

就在这期间，消息还惊动了直隶深县另一个奇人——郭云深。他作为李飞羽的弟子，前些时刚刚与车毅斋在师父李飞羽的丧礼上相别。对中日武林大战，老郭也曾为同门捏一把冷汗，获知车毅斋大获全胜，他自然心花怒放，倍感欣慰。不过，此公一向生性好胜，早就听师父常常赞扬车二十分了得，并且多次告诉他，得虚心向车二好好学习。激动兴奋之余，他心想，天底下难道真有比我的半步崩拳还厉害的拳术？于是，他雄赳赳，气昂昂，要翻越太行山，直奔山西太谷，看望同门之余，定要与车二一比高下，论论输赢！时间就定在九月初六。

一个是国际击剑擂台赛霸主，一个是打遍华北无敌手的名师，两位形意高手的巅峰对决，谁输谁赢？立时引起了全国武林的高度关注，各地拳师纷纷前往，欲一睹二位大师的风采。不过，也有人觉得二虎相争必有一伤，欲前往劝和。

欲知二人能否对决，或对决的胜负如何，还得请看下回。

第十九回

在中堂纵论古今事
乔致庸智建田舍居

郭云深心直口快,说话办事利索,没多久真的就到了太谷。此时,车毅斋的新居刚刚落成,正好迎接郭大师和各地嘉宾。说到新居,其中还有一段佳话。

前面说过,县知事给了车毅斋修房银子,却被他都救助了灾民,房子还是老样子。这事让祁县乔家掌门人乔致庸知道了,他清楚车毅斋是为了救乔家,自己家的房子才被歹人所烧,为此,他一直深感内疚,希望有机会为车家做些事。

为车毅斋庆功后的一日,乔致庸专程来到贾家堡,看到车家烧得只剩三间旧房和院子里的残垣断壁,心中越发不是滋味。他坐在土坯炕沿边,推心置腹地对车毅斋说:"堂堂武林大侠,住得如此简陋,何以接待四海宾朋?况且,你的房子被烧,还不是因为急于救我家所致?咱们重修一番吧!"

然而,车毅斋却呵呵一笑:"庄稼人有个窝就行了。俺家祖祖辈辈不都住惯土坯房了?"

乔致庸说:"你现在可不是庄稼人了,是大名人了。"

"俺的为人别人不知,你老兄岂能不晓?俺向来是个温饱就知足的庄稼人,历来奉公守法。咱家种地辛苦,但是,即使省吃俭用,也从来不拖欠公粮、公款；村里、县上有什么摊派，也如数缴纳。"

乔致庸打断车毅斋的话说道："作为庶民，你是个好百姓；作为庄稼人，你是个好农民。可是，作为威震北国的形意大侠，恕我直言，你的房舍可实在无法接待各地宾朋，这样子有损形意拳的形象。"

车毅斋愣了。

乔致庸进一步说："你现在是中国形意拳的领头雁、太谷形意拳的举旗人，九州的朋友一定会经常来访，我听说你恩师李飞羽的另一位弟子郭云深大师很快就要来。他们来了贾家堡一看，你这个堂堂形意大侠，镇国英雄，竟然住着个被烧得残破不堪的土坯烂房，你寒碜还在其次，给太谷甚至山西丢人啊！"

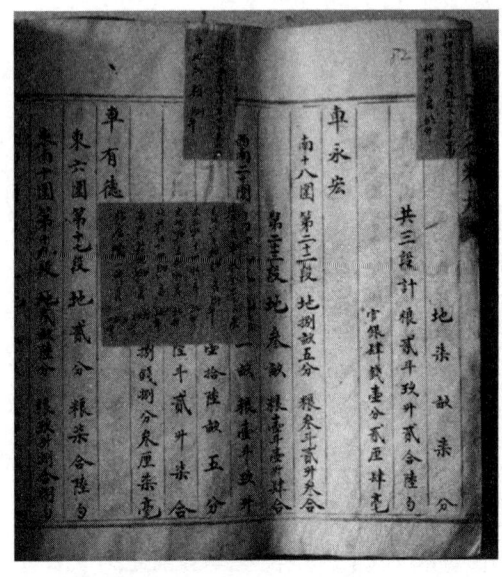

车永宏（毅斋）家地契

车毅斋还想解释，可乔致庸已经不给他机会，坚决地说："你不用说啥了，这房子和院子马上动工，具体活你也不用管，你带上家人先去城里吉安堂住几天，用不了多长时间，就可以回来了。"

乔致庸喝口水继续说："修房子、院子事就这么定了。我今天来你家呢，还有一件事相求呢。"

"有啥事？你快说呀！"车毅斋问。

乔致庸支支吾吾，说出了酝酿已久的一个想法："我知道，你老弟你从不落别人的亏欠，这不，还得请你再帮一次大忙。"

"什么大忙？快讲，只要兄弟我能办得到的。"

乔致庸这才说："上个月，北方镖路杀虎口，一伙匪盗劫获了我家一批货物，至今没有追讨回来，还得劳你去跑一趟。"

车毅斋干脆利索地答应："没问题。现在，我给办的公案了断了，师父远去了，擂台赛结束了，日子消停多了，没什么大事。俺明天就起身。"

乔致庸十分高兴，立马回家，亲自安排给车家翻修房子和院子的事情，让得力的人带上工匠和工具，当然还有银子，一两天就到贾家堡车家施工。

车毅斋当天做了准备，第二天只带几名车夫，就出发向杀虎口去了。

那杀虎口原来叫"杀胡口"，就在山西省右玉县境内。多年前，北方胡人南下，汉人在此劫杀，成了一个要塞地。后来，汉人与胡人逐步同化，民族不再对立，名字就改为"杀虎口"。此地一年四季少雨多风，黄土高原上经过千百年的风化，原本平坦的大地变得沟壑纵横。由于土沟不深，但狭窄，往往只能容一辆车通过，这就为劫道者提供了便利。这些所谓"天险"，也就成了多数山西商家的心腹之患，镖车走西口屡屡失事于此。

车毅斋带领为乔家追财物的车队来到右玉，果然黄沙漫天，清明都过了，依旧满目荒凉，草木干枯。行进其间，沟沟叉叉，实在是一夫当关、万夫莫开之地。

到了杀虎口附近，车毅斋找了一家客栈安顿下来，专门等候劫镖人来，却是一夜安稳无事。

第二天，继续到路

清末山西右玉杀虎口

上转。不到晌午，嚄！一帮盗匪果然来了，横在土沟当中，拦住了去路，叫喊道："留下买路钱，不然留下脑袋！"

车毅斋发话："请头领答话。"

"交钱还是交脑袋？"一个豹头环眼，燕颔虎须，身材中等，四十多岁，穿着普通的中年大汉跳到前面来。

"啥也不交，交个朋友吧。"车毅斋回答。

"你是个二百五？听不懂话，交朋友能顶钱？看枪吧！"大汉从没听说过不交钱、不交脑袋，而要交朋友的镖师，心想肯定是遇上不懂事的了，和他还有什么废话？遂抖动双臂，一枪刺来。

车毅斋以枪相还，来来回回不到八九个回合，他喊了一声："别打了。"

大汉说："怎么，打不过我要投降？"

"你只会直取，不懂迂回，要吃亏的。"

大汉恼怒了："你晓得个屁，看枪！"

车毅斋一个迂回横刺，枪尖直指对手心口。然后松开手，抽回枪来，继续大战。又战不过五六回合，再喊："别打了。"

大汉叫道："又咋了？"

车毅斋说："你只顾上，不顾下，会吃亏。"

大汉不服，接着再战。

车毅斋虚晃一枪，直刺其腿。

大汉觉得窝囊，再战四五个回合。

车毅斋说："你使用的'凤凰三点头'，没有功力，会吃亏。"

大汉还要逞强，再打不到三四个回合，车毅斋不跟他玩了，用大枪横压对方枪杆，那大汉龇牙咧嘴，又跳又叫，就是动弹不得。这下，对手服了，丢了枪，倒身下拜，口称"师父"。

车毅斋见对手服气了，这才解释说："使用'凤凰三点头'枪法时，需要练出腕力和臂力，这是抖大枪的基本功；你还没有到了火候，遇上行家这枪法是不能用的。"接着说，"我是太谷人车毅斋，请问尊姓大名？"

大汉一听是闻名全国的形意拳大师车毅斋，惊出一身冷汗，连忙跪倒，磕头如捣蒜："大师在上，小的叫张德义。也就会小打小闹。"

车毅斋扶起大汉，说："我看咱俩年纪相差不大，就以兄弟称呼吧。"

"大哥在上，再受小弟一拜。"大汉又是一番磕头。

车毅斋这次来杀虎口，并不在跟谁比武论输赢，而是为乔家打通镖路，要回镖车，能与当地盗匪沟通，不再抢劫商家财物，就达到目的了，所以愿意跟张德义相交。他说："你叫张德义，张飞叫张翼德，你长得又像张飞，我教你一套形意拳里的'翼德枪'如何？"

张德义高兴得一跳三尺高。

就在沟里，车毅斋为他演示起来"翼德枪"法：并步竖枪——右仆步亮枪——上步拿枪——拦拿扎三枪——倒撤步刺脚三枪……

张德义马上跟着学起来，由于他平时也有些枪法功底，学起来又认真，进步很快，自然兴奋不已。两人又对练了一阵，这才休息下来聊起天。

张德义拍着胸说:"大哥,这杀虎口方圆百里都是咱兄弟们的地盘,我告诉弟兄们,往后沟里一见'车'旗退让十里。以前所截乔家的镖车,现在就奉还。"

车毅斋说:"不急,咱俩不是认为兄弟了吗,我再住一两天,临走时还我就行。"

"对对对,听哥哥的。"张德义真是个一勇之夫、爽朗之人,一再邀请车毅斋到他的庄上做客,准备盛情款待。车毅斋觉得这也是结识当地武林中人的机会,于是就应允了。

车毅斋跟着张德义拐了至少七八个沟汊,才来到一片向阳的平地村子里。这村子最多五六十户人家,一律土坯房,没有一户砖瓦房。德义说,这里土薄风沙大,种啥不收啥,几乎十年十旱,地里下种,常常颗粒无收,走投无路没办法,就只能当土匪劫道混日子。可是没有正式练过武功,吓唬一些没真功夫护镖的还行,那些本来就胆小的所谓镖师,一听锣声,常常自己就逃命去了。所以,能够劫些财物。

来到张德义家,车毅斋只见院子简陋,四周用树枝围拢,破门半开着,一位花白胡子的老人正在里头用枝条编箩筐。看见来了生人,老人连忙站起来让座。德义叫了声:"爹,"然后指着车毅斋说,"这位是太谷形意拳的头领车毅斋师父,全国练武的人都知道,功夫太厉害了!刚才跟我结为兄弟了。"

"那就快快进屋。"老人放下手中活儿,张罗找碗倒水。

车毅斋进了屋子,一眼就看到土炕上一位白发老妇人躺在被窝里,闭着眼睛,并不说话。四周墙壁墨黑,除了水瓮、烧火台,家徒四壁!

张德义不好意思地告诉车毅斋:"我妈病瘫多年,一年四季离不开人的照顾,我爹也没法种地。这里的老百姓都说,'左云穷,右玉愁,种地十年十不收,年轻人口外寻饭吃,爹妈张嘴泪空流',您说,我们不去打劫能有啥办法过日子?"

车毅斋明白了,原来,这世界上铤而走险的人,除了像猴三那样极少数赖皮外,多数是像张德义这些人被生活所迫走上抢劫道路的。想到这里,同情怜悯之心油然而生。

他看着张老爹颤抖着干瘦的双手,用打火石砰砰砰打火,点火,送柴,烧锅，和面；做出了一盆烙饼、一锅汤、两碗咸菜，摆到土炕上，热情让他吃，特别感动。老人还说，想要杀只公鸡，实在没时间了。他赶紧说："大爷，这就很好了，您千万不要再做了。"

张德义陪车毅斋一起吃饭，讲了一些自己家的情况。

车毅斋感叹地说："你爹可是够辛苦了。"

张德义说："唉，只能这样。几十年了，我妈生我时家里条件太不好，落下大病，就瘫了，是爹一把屎一把尿把我拉扯大的。粗茶淡饭，请哥多担待！"

车毅斋说："你也够苦了！"接着，他把话题转到主题上，"德义兄弟，乔家的镖车呢？"

"在我家房后。我们听说乔家不好惹，没敢动财物。"

车毅斋有些感动，张德义他们生活如此艰难，好不容易劫到乔家的财物，居然没动，可见他们还是懂道理的。唉！天底下苦不过庄稼人，要不为什么祖祖辈辈被叫作"受苦人"呢？庄稼人其实更讲道德。

饭后，张德义带车毅斋到了房子后面，把前些时劫到的乔家的镖车交给他。车毅斋看了一下，镖车果然完好无损，没有打开过的痕迹。他叫来随行的几个车夫，让他们把镖车赶到客栈去，自己把身上带着的银子清点清点，留够自己和车队回乔家的费用，余下的悉数留给张德义。

张德义一再推辞不要，车毅斋说："咱们既然结成兄弟，就应当有福同享，有难同当，不能见外。这些银子就当是我留给二位老人的生活费，以后，我要再有机会过来，一定还会再给的。咱们习武之人，首先要做个有良心的人。"

话说到这样，张德义只能含泪收下，说道："我活到这么大，第一次遇上您这样的好人，您这哥我是认定了。"

车毅斋一再嘱咐张德义："兄弟，以后千万不要再干拦路抢劫和伤害无辜的事了，想些其他过日子的办法。如果你想学拳术，可以随时到太谷找我，我等着。"

张德义一一答应，兄弟俩拥抱在一起，依依惜别。

车毅斋回到客栈，休息一晚上，第二天带领车夫和乔家的镖车，取道晋中，平安而归。

回到祁县乔家，车毅斋给乔致庸做了交代。乔致庸自然欢喜不禁，于"在中堂"连夜为车毅斋接风。

席间，乔致庸详细询问取镖的经过。车毅斋大致讲了过程，最后感慨地说："其实，俺们习武之道，特别讲求刚柔相济、文武相合，你要是只会打打杀杀，即使赢了，也是树了一个敌人；输了，更是断了一条路。那右玉县杀虎口的张德义，和奉天'疤山虎'一样，本来就是因为生活窘迫，走投无路，被逼当上了盗匪，倘若杀了他，不是屈死好人？我威之以武、感之以德、待之以诚，所以，他心悦诚服，和我结成了兄弟，以后，咱祁县、太谷一带商家的镖车再过杀虎口，肯定不会有问题。"

乔致庸点头说："车毅斋说得太对了。其实，我们经商也一样，讲究诚信是最重要的。"

车毅斋说："是啊，你们经商，我们习武，都要讲究诚信。"

乔致庸把话题又转回张德义："看起来，那个张德义其实是个十分讲义气的好人，他之所以拦路抢劫，乃是生活所迫啊！你们俩不打不成交，你给他以德，他还你以义。从古到今，历来如此。春秋越国有个范蠡，就是为了报答越王勾践的知遇之恩，在越国被吴国灭亡之后，质吴三年。回国后，尽心竭力辅助越王，卧薪尝胆，刻苦图强，终于灭掉吴国，被后人传为美谈。"

"古时候这样的事情多了。"车毅斋接着说，"俺常听孟先生说，诸葛亮就是为了报答皇叔刘备的三次上门请求才出山的。"

乔致庸进一步解释道："诸葛亮在《出师表》里说，'臣本布衣，躬耕于南阳，苟全性命于乱世，不求闻达于诸侯。先帝不以臣卑鄙，猥自枉屈，三顾臣于草庐之中……'为了报答主公，诸葛亮宁愿'鞠躬尽瘁，死而后已'而无憾！"

说到这里，乔致庸心情有些激动，打开了话匣子："愚兄再给你讲一个'冯谖客孟尝君'的故事。春秋齐国有个好客的贤君子叫孟尝君，食客上千。有一个默默无闻的食客叫冯谖，来到孟府，屁股还没坐热，一天，他敲着自己的剑唱道，'我的长剑啊，回家吧，吃饭没鱼'。孟尝君知道了，就给他加了鱼；过了几天，这个冯谖又唱起来了，'回家吧，出门没车坐'。孟尝君就又给他派了车。过了几天，冯谖又唱起来了，'回家吧，没办法养家糊口'。大家讨厌死了这个贪得无厌、得寸进尺的没用的书呆子，但是，孟尝君依旧给他发了养家费。

"过了不多久,孟尝君派人去自己的封地收债,人人均有难色。冯谖环顾左右说,'我去吧'。冯去后,很快就返了回来,孟尝君惊奇地问,'你怎么这么快啊'?冯谖说,'我当着当地百姓的面,把您的债券烧了'。孟尝君听了虽然不悦,但也未予责备。

"后来,齐王罢黜了孟尝君,当他回到他的封地时,百姓携老扶幼,夹道欢迎。齐王听到后,畏惧孟尝君的威望,又复用了孟尝君。直到此时,他才明白了冯谖当年火烧债券的长远意义。冯谖为什么如此为孟尝君殚精竭虑、倾心相助呢?乃是当年孟尝君礼贤下士换来的呀!"

车毅斋被深深打动了,感慨道:"人与人之间就是应该互相报答。对了,听孟先生讲,人家关老爷不顾违抗军令,华容道放走曹操,为得也是报答当年曹操的知遇之恩啊!"

乔致庸说:"是啊,当年曹操对关羽曾经上马金、下马银,尊敬爱护,无以复加;关羽是个义气至上的君子,所以,当曹操赤壁兵败,溃逃之时,遂不顾违抗军令,华容道上给当年的恩人故意留了一条生路。这不,多少年来,也成了一段流传千古的佳话。因此说,人世间能互相补报者谓之好人,知恩不报者谓之歹人。"

"说得太好了,不过,听说还有恩将仇报的?"车毅斋想起了孟先生常讲的中山狼的故事。

"岂止有,还不少呢!你没听过落水狗的故事吗?有个好心人,看见一只狗掉进河里,眼看快被淹死了,他动了恻隐之心,拿棍子救了上来,谁知,这只狗饿了,乘人不注意,咬去了好心人腿上的一块肉!"

"哎呀,不过狼和狗都是些牲畜。"

接着,乔致庸又讲起了一段前朝的故事:明朝有个大臣,名叫洪承畴,乃是万历进士,屡受皇恩,崇祯十二年,官拜兵部尚书、蓟辽总督,把守边陲要塞。为了感谢朝廷的知遇之恩,他曾在府门口自撰了一副对联:

君恩深似海
臣节重于山

但是清人入关后，这位洪大人叛变了，人们气愤不过，在他的门联后各加了一个字，变成了：

君恩深似海（矣）
臣节重于山（乎）

"你说这样的人能交吗？"乔致庸问。

"一毛钱买他十一个——一分不值！"车毅斋也恨之入骨。

两人越聊越兴奋，最后，乔致庸深情地说："贤弟为愚兄保镖护商，历尽了风险；传拳授艺，训练家丁，不辞辛苦；为了救兄家匪火，自己家却被火烧；老兄我诚心诚意回报，给贤弟修修房子和院子，还不是应当的？老话说，'知恩不报非君子，万古千秋作骂名'，我可不能当千古罪人。"

车毅斋张口结舌，终于接受了乔致庸给自己修房子和院子的事实了。不到三个月，新居落成。

新居正门坐西朝东，门楼是悬垂花型木质式，就是在大门最上方伸出来，靠墙向外延伸，朴实大方，漂亮实用。下边没有门柱支撑，为的是车马进出方便。

门匾是每一户人家的脸面，车家自然也比较重视。几个弟子早就操作这事了，他们请太谷本地名气最大的同治进士、当朝书法家温绍棠撰写了"军功府"三个字，因为车毅斋是被皇帝授予过五品军功的。

门匾挂出之后，朋友们都十分赞赏，认为非常符合车毅斋的身份。可是，他本人却好几日没有睡好，反复考虑，认为这匾上写"军功府"太过招摇，跟自己多年为人处事原则不一样，所以，坚决不能用。弟子们只好再次商量，并且征求了孟先生和武先生的意见，先是改为"形意斋"，因为这三字双关寓意，将形意拳和车毅斋都包含了；但是，车毅斋仍然不同意，他的理由是，形意拳是师父李飞羽还有孟先生和武先生等人集思广益的结晶，他只是一个实际落实人，没有资格代表形意拳。于是，弟子们再更名为"武林院"，车毅斋还是觉得有点不知天高地厚。经过反复商量，最终确定了"田舍居"，以表明车家是庄户人家，一边种田，一边练武。他的处事低调可见一斑。

一进院门，对面是马棚，东侧面是磨坊，南面是草棚。有这些处所，当然就是养着驴、马、牛，就要有专门喂牲口的人。车家喂牲口的竟然是王甲子儿，就是当年驾孙家车打得车毅斋口鼻淌血，并且多次教训车二不许"癞蛤蟆想吃天鹅肉"的那位。他年老后，不能赶车了，被孙家辞退，也没个家室，只能上街行乞。被车毅斋碰见，不计前嫌，将他领回家来当专职饲养员，其实，就是给老甲子一碗饭吃，让他有个安身处。

这位当年的"车霸"，仗着主人的势，做过一些对不起车二的事情，如今，车二不咎既往，以德报怨，令王甲子感激涕零。他尽心尽责喂好牲口，还逢人便讲自己当年怎么使坏，今天车二却不计前嫌，收留了老而无用的自己，感慨道："人家车二，好人呀，俺下辈子做牛做马报答他吧！"

后院正房五大间，是北方常见的"一面坡"瓦房，与大多民宅别无二致。院子比较大，方砖铺地，地平如砥。两边厢房前是刀、枪、剑、戟等十八般兵器，以便门人弟子习武。

车毅斋的弟子和再传弟子越来越多，授拳方法也逐步按照规范进行。一是习拳者不论出身城乡、家境贫富，教拳者一律一视同仁，有教无类；而习拳者必须品行端正，武德第一。二是由浅入深，循序渐进：先从站好形意拳"三体式"桩功开始，然后传授十二路形意弹腿；腰腿功夫扎实后，再传授形意五行拳与十二形拳；在此基础上，教习形意拳单练套路。每教一拳，都要以"阴阳为母""六合为法""四象为根"严格要求。在此基础上，才进一步传授形意对练套路。

对练是形意拳技击散打的必由之路，要求习拳者手、眼、身、腿、步高度统一，高度集中，高度融合，攻、守、进、退、打、防兼顾，规定套路中追求变化，熟能生巧里强调应用。

有了单练、对练的坚实基础，才可以传授技击散手技艺。授拳者要做好十五打法和七十二技法等的示范；习拳者的拳法、功法、技法如何，都要通过散打实践加以检验。依此为重点，逐步提高形意门人的技击水平和实战经验。

在这样严格的训练下，太谷形意拳高手不断涌现。除了车毅斋外，李复祯、王凤翔、吕学隆、孟兴德、李发春、王之贵、孟天锡、樊永庆、武杰等新一代拳师崭露头角，他们不仅独当一面，为当地名商大户保镖护院，而且培养了大批新秀。一时间太谷城乡学练形意拳成风，许多家长慕名求师，形意拳成了名副其实的当地第一拳种。

太谷名师的影响不断扩大，特别是车毅斋威震津门、为国争光的事迹更引得慕名者纷至沓来。周边县、市如太原、榆次、祁县、徐沟、平遥、榆社、文水、交城、汾阳等地的青年人，直接或间接学习太谷形意拳的不可胜数，名师高手也相继涌现。

李飞羽逝世后，其子李太和按照车毅斋的安排，携全家仍旧常住太谷城里东寺园赵家巷父亲原来的居所。他与车毅斋及其他师兄弟朝夕研究拳法拳理，日日切磋武功武技，感情如同兄弟。

数年后，车毅斋介绍李太和去榆次边护院谋生，边传授拳术。有个当地的年轻人，名叫王有祥，曾习小洪拳、梅花拳，结识李太和后，被李的武功、武德所折服，遂拜在门下。在李师的调教下，没几年王有祥功夫迅速提高。有一次，他在"达源昌"客栈与一名外地来访的拳师交手，双方都擅长腿功，不下十合，将对方踢出丈外，于是赢得了"快腿"的美誉。一天夜里，来了十几名盗贼抢劫财物，王有祥手持一根木棍，力战群匪，为主家保护了财产，又被当地誉为"神棍"。

再说车毅斋的"田舍居"落成，既给门人弟子提供了习武的良好场所，也为接待各路武林朋友提供了方便。于是，他让人给远在深县的师弟郭云深捎信，邀郭师来太谷"切磋"技法，当然，主要是要叙叙友情，追忆共同的师父李飞羽。然而，郭云深在来太谷的路上，却与另外的武师拳友发生了冲突。欲知又有什么大事，请看后文。

第二十回

贺运亨再显铁腿技
马耀南训教武德经

车毅斋与郭云深约定九月初六在太谷比武的消息不胫而走,在全国武林界引起很大关注,正在护镖路上的车毅斋师弟贺运亨自然也听到了,于是,马不停蹄从外省急赶回山西太谷。可是,返晋路上,遇到了一些麻烦。

贺运亨与车毅斋师兄弟关系极好,为人诚实、耿直,学艺认真、刻苦。有一次,车毅斋听说贺运亨身体不适,便派弟子李复祯前去看望。贺运亨非常高兴,临走一直将李复祯送到大院门口。谁知顽皮的李复祯想试试他的身体恢复得如何,突然给了他一拳,然后扭头就跑。贺运亨被激怒了,心想:你这小兔崽子,居然敢出拳,看你哪里去!飞步追赶,从东门外直追到武家巷吉安堂。

李复祯进院连忙躲到师父身后。车毅斋看到贺运亨气色挺好,放下心来,笑着说:"复祯用计看你身体好了没有,一看你这精神,俺就知道你没事了。"

贺运亨是个老实人,不知是计,白跑了一趟,满头是汗,病倒是彻底痊愈了。师兄弟两人坐下来,聊天喝茶,好不愉快。临走时李复祯也来送,贺运亨笑着开玩笑,用脚一蹬地说道:"兔崽子,下次逮住再揍你!"

他走后,大家发现,地面的方砖已经粉碎,可见他的腿功有多好。其实，贺运亨腿功厉害的故事很多。

有一年夏天的中午，一位据说是少林寺姓高的武师来访太谷，他腿功极好，专门要找贺运亨比试腿功。当时贺运亨正在家里孟高村的打麦场上忙碌，高师去了孟高村，一见他头戴旧草帽，个头并不高，挽着两条裤腿，光着黑脊背，百分之百的普通农民形象，心想：早知这是凡人一个，何必千里迢迢，慕名而来？于是，打定主意不比试了，只是与贺运亨略作寒暄，转身欲离去。贺运亨早就看出了他的心思，也不作挽留，说了声："不远送了！"飞起一脚，直将这位武师"送"出去七八步开外。

高武师大吃了一惊，回转身来欲与贺运亨一决高下。他这时再仔细看对方时，虽然慈眉善目，两眼却霸气十足；身材虽然中等，却膀阔腰圆，胸肌突起；再看那两条腿，不长不短，不粗不细，满腿黑毛，令人不寒而栗。他想到了黑熊，想到了"神行太保"，寻思，大概这就叫"飞毛腿"？

双方正式通报姓名，说明来意，比赛开始。

夏天的中午，天气正热，但是村里人们听说有外地武师与贺运亨要比武，都出来看热闹。

贺运亨抱抱拳，请高武师先出手。高武师也不客气，伸胳膊动腿，二人在打麦场上周旋起来。高武师确实非同一般，否则，岂敢轻易说来自少林寺呢？

贺运亨经过几个回合，已经感觉到对手真的练过少林"弹腿功"，一开始就运用鞭、踹、蹬、扫、勾、挂这些腿法发起进攻，他运用形意拳弹腿功中的"堵门腿""倒插腿"防御。对手时而"冲扫似扁担"，时而"分中掏心腿"，攻取要害；他防守中伺机运用"穿刺弹踢腿"与"缠手飞燕腿"反攻。

两人大约战到三十来个回合，高武师突然使出了绝招"腾空外摆莲"，直攻贺运亨头颈，贺运亨早已看出其意图，先用"左坐盘架"藏身，而后在其腿脚已至强弩之末时，使出"右趟踢刁"绝技，愣是把高武师踢出八九步，砸在了看热闹的人们身上。

高武师看到了奇迹——原来，贺运亨踢出自己的同时，不合脚的八字大头旧布鞋也跟着飞了出去，他看见了对方脚心的一撮毛！先前他只是听人们说，今天才亲眼看见，天底下果然真的有"飞毛腿"！怪不得腿法如此神奇。他立刻下拜，口称："您的功夫真的让我服气了，我要认您做师父。"

贺运亨忙搀扶对手起来，说道："这事起来商量。"两人相随回了贺运亨家，一边吃饭，一边细细聊天。高师讲了自己的习武经历，表达了一定要拜贺运亨为师的愿望；贺运亨被对方的诚意打动，答应了下来。高武师非常兴奋，当即就留在孟高村跟随贺运亨学习了一年之久，功夫突飞猛进。

贺运亨武功出众，待人也宽厚仁慈。在高武师学成走后不久，又一名外地武师来访，他的外号叫"金轱辘"，擅长使大刀。也是在夏天的那个场上，"金轱辘"非得与贺运亨过过招。贺无奈，请他动手，自己空手相应。那"金轱辘"也不讲究，抡起自感得心应手的春秋大刀，向贺运亨发起了进攻。劈、砍、抹、撩、斩、刺、压、挂，刀式清楚，步法灵活，显然有训练，却还不到炉火纯青的程度，贺运亨很快就看明白了。战不到七八个回合，贺运亨飞起一脚，竟将"金轱辘"连人带刀一下子踢进了场边的粪坑里。对手服气了，伏地磕头，也要拜师。贺运亨年纪大了，不能再带徒弟，说服对方，还给了他盘缠，让他回家去好好过日子。

贺运亨年纪大了，在村里以传拳、养鸟为乐事，孩子们都叫他"练爷爷"。他和蔼而风趣，喜欢给孩子们讲故事，给年轻人说古书，《西游记》《隋唐演义》《封神榜》之类，直说得人们忘了吃饭。他在村里威信极高，常常主持村里的公益事宜。民国十二年（1923）去世，享年八十五岁，这年龄在当时的社会可真是高寿。

话说回来，还接前面贺运亨听说车毅斋要与郭云深比武，加紧从山东保镖回太谷，进了河北省境内，西出正定，取道灵寿。时值初秋季节，气候宜人，瓜果飘香，凉风习习。走到一个村子，天已经快黑了，他决定停下来休息。

这个村子大约百十来户人家，在葡萄河畔依山而建，斜阳照耀里，只见房屋高高低低，层层叠叠。山上绿树环绕，山下河水悠悠，一条大路沿着河流向东而去，好个风景秀美的地方！贺运亨选定的客栈在村西口，居住、出行十分方便。

客栈比较宽敞，坐北朝南，临河的四合院，门宽院大，适于镖车进出。店主是夫妇俩，男的白面书生，仪表堂堂，俨然一个美男子，显得非常精明、利索。他见贺运亨外表像个地道的农民，可是却带着数辆镖车，心想一定是财神，所以招待得格外热情。不一会儿，妇人外出回来了，知道他们是押镖的大户，肯定财大气粗，所以比男人更殷勤，亲自端来了热乎乎的洗脚水。

贺运亨和车夫们长途奔波一天，热水洗洗脚很舒服。妇人等他们洗完，亲热地说："想吃什么饭？各位只管说话。"

贺运亨刚才只顾安排大家，没仔细看妇人，现在认真一看这位女店主，不禁大吃一惊，原来是她！真是冤家路窄，以往的事历历在目。

那是同治六年，师父李飞羽回归直隶老家后，他就与师兄车毅斋当起了保镖拳师，风餐露宿，走南闯北，镖路有过麻烦，却从未闪失，渐渐得到了商贾大家的认可和赏识。

一年冬天，贺运亨为"三多堂"曹家保镖，带领镖队北上。出张家口，到承德府曹家的"锦泰亨"绸缎庄交接；然后装好银两，带好书信返程。离开承德三十余里处，有座双塔山，他们的镖队在路边一处比较干净的客栈住宿。

老板娘是个年轻漂亮的女人，身段窈窕，五官姣好，一双黑又亮的眼睛，看谁跟谁暗送秋波，所以，来此住宿的客人比谁家的都多。

晚饭上来了，有酒有肉。贺运亨光头围毛巾，满脸沧桑，一身老农民打扮；女店主并不嫌他土气，仍旧步履轻盈，款款上前，娇滴滴地莞尔一笑，亲自敬酒。没一会儿，随行人已经喝得晕晕乎乎，贺运亨向来不沾烟酒，被劝不过，只得喝了一小口。

不到一袋烟的工夫，大家一个个倒头大睡，鼾声如雷；贺运亨也觉得有点头昏脑懵，心想不好，喝了蒙汗药了，赶紧找出带着的解药喝下。那女店主一看得了手，命手下打开镖车，哈！白花花五万两银子。手下八九个人，各自背起一袋，冲出客栈径直上山，准备藏于黑窝。

这时，贺运亨已经清醒，与另一位没喝酒的镖师追来。

女店主吃了一惊："你咋能行动？"

贺运亨喝道："本人是水泊梁山武二郎再世，三五碗酒还在话下？"其实，他喝得少，又自带解药，所以立刻追了上来。

女店主原来是惯匪，专门从事这行"生意"。她叫其他人快走，自己亮出柳叶双刀，拦住了贺运亨。

战不多时，女店主的双刀已被赤手空拳的贺运亨踢飞。她还真没见过武功这么高强的拳师，硬的不行就来软的吧，于是乎，她屁股一扭，耍起了风骚："哥哥，俺们开个玩笑嘛，你咋当真了？"

贺运亨不吃这一套："别啰唆，看招！"徒手再战。那女店主一边耍媚眼，一边扭腰肢，干脆凑了过来："亲哥哥，你看看小妹妹的脸蛋好看吗？"

贺运亨是位堂堂正人君子，唯恐对手使坏，捡起她的刀，直逼其喉咙，大声喝道："叫你的喽啰送回镖银，咱啥事没有；要不，明年的今天就是你的忌日！"

女店主吓坏了，叫喽啰们赶快送回银两。正好和贺运亨一起的随员也先后酒醒赶到，连夜装车出发，离开是非之地。

且说这一次，贺运亨一认真看女店主，认出她就是那年给自己下蒙汗药的女人；而那女店主由于贺运亨风尘满面，竟然没有认出他来，继续使用她的那美人计。

搭讪几句，女店主出去端饭菜。贺运亨赶紧低声简单告诉大家这女店主曾经和自己的"交往"经历，其他人都紧张起来。他说咱们已经走不了，只需做好应对就行，接着大概说了如何做的办法，大家都心中有数。

不一会儿，饭菜来了，女店主还跟过去一样献媚，对每一个人都热情地劝酒。大家饿了一天，只是风卷残云般地吃饭，并不多喝酒，饭后便回屋倒头睡觉。

店主夫妇估计人们都药性发作了，两人开始行动。他们不用雇员帮忙，怕人多坏事。

夫妇刚进到大家睡觉的房间，只见贺运亨突然站起来，说道："老一套又来了，你们看看我是谁？"

那女人细细一看，也认出了贺运亨，吓了一跳，感到事已败露。一不做二不休，男的拿出利剑，女的亮出双刀，要与贺运亨决战。这时，其他随员都跳起来，拿上准备好的武器围上来。

那夫妇一看，知道对手已经有了准备，打起来他们肯定吃亏，于是掉头跑走了。

贺运亨招呼大家，收拾好东西赶紧离开这地方。

出了店，走出村，一轮弯月亮高高挂在天空。镖车"衔枚疾走"，可是刚刚出村不远，那夫妇率人追了上来。

贺运亨让队伍尽量走远，撤至河边，看着十来个歹徒，快要将镖车围住，他不慌不忙，拦住贼寇，揶揄道："我们趁早赶路，各位不必远送了。"

那男店主以为自己人多，能占便宜，逞强回答道："留下镖车啥事没有。"

八九个大汉立刻亮出家伙，围了上来。

贺运亨不慌不忙地站在歹徒中间，要先看看他们如何动作。

这几人一个个膀大腰圆，身板不错。开始，他们小觑对手就是一个人，而且中等身材，慈眉善目，像个地道庄稼人，估计也没啥真本事，于是，他们连家伙都不用，赤手空拳，包围了过来。

先扑上来两个大汉，左右夹攻，一上一下，一拳一腿，身高力沉，展示快攻，想着三下五除二解决了对手好领赏。贺运亨沉着应对，不到五六个回合，两个大汉一个脸皮朝下，一个屁股朝天，竟然不堪一击。其他人一看，又扑上来四个，拳打脚踢，上蹿下跳，口中还不知嘟囔些什么。又不到十个回合，四个人都爬地下了。

剩下的那几个在夫妇二人的鼓动下，一起围上来。这帮歹人也是练过几日少林拳，会使用一些拳法，"闪战移身把""虎扑把""老君抱葫芦""仙人摘茄桃""脑后砍瓜""黑虎偷心""老猴攀枝"之类，一股脑儿搬了出来。

技击可不是表演，会练更得会用，平时耍耍花架子吓唬孩子们可以，在久经沙场的贺运亨面前，不过是"关公面前耍大刀"，根本就没用。贺运亨看透了对手的那些小伎俩，从容不迫，施展腿功，以一敌众，战不到几个回合，一个"穿搂扫蹚腿"，放倒两个；一个"刁拿趟踢腿"，撂倒一双；再一个"穿刺弹踢腿"，又倒下了几个，很快，对手抱腿的、捂肚的，个个呻吟不止。

此时的东方已渐渐发白。贺运亨侧眼观看，旁边那个男店主还在指挥，叫他的"八大金刚"重整旗鼓再战。那些人战战兢兢重新围了上来，贺运亨一个"翻劈倒插腿"，放倒了前面的一个；后面的再上，也不堪一击，又被打得爬在地下。

有"表演"的，有挨揍的，那观战的男店主还称赞道："好汉，武功不错呀！"

"你这兔崽子，开贼店也不赖呀！"游刃有余的贺运亨边战边回应。

那人说："客栈可不是我开的，我有正经主家。"

"谁是主家？"

"说出来你可站稳了，我们的主家就是鼎鼎大名，如雷贯耳的形意拳大师郭云深，我们不过是他的徒弟。"

"放屁！"说话间，贺运亨又放倒一个，"郭师傅怎么会教出你等这样的弟子！"

"哈哈，你只知其一不知其二，我们的师父就是叫弟子们多干坏事。"

"呸！"贺运亨骂道，"别再胡说了！原来你和那几个外号'黑老鸦'、'花蝴蝶'的都是一路货色，专门败坏郭大师的。"

"你，你知道'黑老鸦'、'花蝴蝶'？"

"好事不出门，恶事行千里。他俩臭名远扬，天下武林中人谁不知道！"说罢，贺运亨摆出了"三体式"，说，"看来你也有几下子，来比试比试！"

那男店主整整衣冠，活动活动筋骨，做了个长拳起势。

两人不再多言，战在一起。男店主一开始就发起猛攻，拳、掌、勾三种手型互变，弓、马、仆、虚、歇五种步型轮换，兼以伸屈、直摆、扫转、击响等不同的腿法及平衡、跳跃、跌仆、滚翻动作。战到二十多个回合，不分胜负。他施展轻功绝活，一跃而起，居高临下，拳脚并来。贺运亨急用形意炮拳，左手刁拿，右手变拳，将对手击倒跌落一旁。

那家伙不服，爬起来再战。贺运亨已经大战半宿，不宜久拖，于是施展腿功，"缠手飞燕腿"、"翻劈倒插腿"、"摆莲旋风腿"、"连环鸳鸯腿"……轮番攻击，势如破竹；男店主招架不住，连续挨击，终于倒在地下不动了。

一旁的女店主看到男人不行了，抽出柳叶双刀攻了上来。

此时的贺运亨，正当年富力强，与八个功夫不高的大汉动手，不过是权当活动活动筋骨；大战男店主，也不过用了三分力气。女店主双刀攻来，他只得抽出单刀，刀脚并用，再战起来。

女店主已经知道对手是当年战过的山西太谷"铁腿"贺运亨，自知不敌，于是故伎重演："哎哟哟，原来是小奴家的老哥哥，形意拳铁腿贺大师呀，有失欢迎了！"她把双刀一收，作起揖来。贺运亨哪理会她这一套，只想速战速决，加快了攻势。

女店主见美人计不见效，只能挥双刀再战。贺运亨用形意拳的刀法，几下就把对手的刀打飞了。

贺运亨喝问："老实说，那个男贼是什么人！"

"他是我的丈夫，绰号叫'花蝴蝶'。"

"嗯，就是那个恶贯满盈的采花贼，真的狗难改吃屎，看起来你俩是茅房里的石头——一路臭货。"

贺运亨想到，世上最毒不过妇人心，这个女人用美人计不知道害了多少好汉，留得她在，还会祸害别人，干脆，今天俺为民除了这个女人。他单刀一挥，给了女人一个透心凉；对手身体倒地，抽搐了一阵，不动了。其余贼寇一看这阵势，一个个魂飞魄散，逃之夭夭。

其实，这一对狗男女，根本不是什么夫妻，也就是互相利用而已，一起抢劫财物，享受不义之财。至于那个男店主，正是坏事做绝的"花蝴蝶"，得知眼前的大侠是与郭云深齐名的形意大师贺运亨"铁腿贺"，撂下了合作伙伴，不知去向。

为天下人除了一害，贺运亨解下毛巾，擦擦汗水，带领镖车，身披朝霞，沿河向西直奔太行山西边去了，他要回家去观赏车、郭大战呢！不过，滹沱河水在朝霞的照耀下波光潋滟，水声哗然，似乎在欢送这位惩恶扬善的形意英雄。

车毅斋、郭云深大战的消息传到天津，武林轰动，乔映庚、马耀南却是揪心！

这个马耀南，清光绪元年生于河北深县西马庄，与郭云深大师同村。八岁时痛失父母双亲，恰逢在北京摄政王府授拳的郭大师回家，遂将其收养，并亲自向他传授形意拳技艺整整十载。马耀南身体条件好，理解能力强，加之勤学苦练，技艺突飞猛进。之前郭云深几次去太谷，都是他陪着。后来，他就去了天津。

有一回，马耀南在天津拜访师伯李存义，偶见一个街头卖艺人夸海口有奇功，他出于好奇开玩笑，被对方点了肋下穴位，说三日不治，非死即伤。三日后毫发无损，他去找卖艺的，那人已走。人们惊叹，马耀南说，艺人点得快，我的气血走得更快。足见其时马耀南的功夫已经相当深厚。

数年后，马耀南名声远扬，山东武术界的一些高手闻讯，前来切磋交流。双方比武时，马耀南掏出随身携带的旧怀表，交给旁观者计时，并说道，交战如果超过五分钟不能战胜对手即为自己负，还强调只使用形意拳中的劈拳一式及其变招，如果使用了其他拳式也算自己负。当时能承受住他五招以上而不败的人很少，因此前来比试的人都心服口服。

山东来的一名李姓高手，身高马大，虎背熊腰。他与马耀南略作寒暄，即开始交手。凭着力大臂长，这人一上来就出右手欲抓马耀南的左膀，以便发挥自己的摔跤优势获胜；然而，马耀南运用活步劈拳的招数，再以左掌顺其来手内侧肘弯处向后捋带，左脚同时后撤，紧接着以迅雷不及掩耳之势进右手打出一记右劈掌，直把对手打得腾空跌出一丈开外。对手只能服气，其他人也就不再比了。

马耀南去天津后，与车毅斋再传弟子祁县乔家人来往甚密，常常交流拳技，互叙见闻，甚是情投意合。得知车毅斋要与郭云深进行形意拳巅峰对决，他与乔锦堂相约，一起赴太谷亲眼看看两位大师的风采。

临行前的一个上午，秋高气爽，马耀南信步来到天津武场。这里的人聚集了不少，大家正围着一个年轻人，听其讲解武道。他注目看时，只见那人年龄最多二十岁，个子中等，身体清瘦，却长得结实，目光有神，声言自己是郭云深的亲传弟子。马耀南心想，自己自幼在郭大师身边长大，这小子比我还小得不少，咋没见过呀？他怎么能成了郭师的亲传弟子？是不是假冒？

听围观者说，此人姓王，知道的东西不少，武功也不错。马耀南于是凑了过去，听其讲解。此人讲形意拳"三体式"桩功、六形合一法："六形合一法，谱谓鸡腿、龙身、熊膀、猴象，起手鹰捉，出势虎抱头。龙身取龙之腰身转动灵活、吞吐自如、变化莫测的特点，攻则纵身而起，防则藏身而落；熊膀取熊之含胸圆背，垂肩坠肘，包裹严密之形。"这段话符合形意拳规则，让马耀南听得足以为信；可是又继续听到那人讲站桩中的试力与发力的运用时，一再强调"浑元力"，就觉得不对劲了，于是上前施礼说："王师傅真是郭大师的弟子？"

王某看了看马耀南说："没问题，我从小在深州长大，与临村的李振山同时和郭大师学艺，得到了前辈的真传。你不信？"

马耀南摆摆手，说道："不对吧，我和郭师就在一个村，多少年在一起，怎么从来没有见过你呢？"

"我还没有见过你呢。"王某鼻子哼了哼，似乎不屑一顾。

马耀南接着说："我越听越觉得你说得有些不对味，郭大师的形意拳还讲什么'浑元力'吗？"

王某说:"你可真是少见多怪!不说自己孤陋寡闻,还怪别人见多识广,可笑!"

马耀南有点不高兴了,逼问:"你是不是假冒的?"

"你胡说什么!"

"那请你亮出师承帖好吗?"

"谁的师承帖能随身携带?笑话!"王某把两手往腋下一插,放声大笑。

"拿不出来吧,你果然是假冒的!"

"你,你,你——"这王某真有点急了,脸也立刻涨得通红,窘迫了半天,才支支吾吾地说:"师承帖,就是唯一凭据?"

王某的狼狈之态,暴露在了光天化日之下,周围的人开始纷纷议论。马耀南说:"今后不要再随便打郭师的旗号,不然,我形意拳人绝不允许!"

这位姓王的颜面丢尽,恼羞成怒,心想:不废了这多管闲事的家伙,我怎么在天津立脚?他不打招呼,突然一个箭步,舞动炮拳,一下子打在了马耀南的胸部,人们吃了一惊!

马耀南早有准备,并不躲闪,反倒是王某只觉得拳头如同打在了棉花上一般,力量全化没了;马耀南迅速反弹一下,将个王某弹得后退七八步,几乎摔倒。

正午的太阳,晒得王某面红耳,马耀南则热血沸腾,情绪激动,上前手指对方,严肃教训说:"习武之道,武德第一,人应该一是一、二是二,招摇撞骗,是会丢人现眼的。"

王某知道遇上高人了:"请问老兄高姓大名?"

"不敢,在下郭云深大师再传弟子马耀南。"

"领教了,再会!"王某觉得在这里无地自容,就想着三十六计,走为上计。

"别走!"马耀南走到王某面前继续说,"记住,好好修养武德,有了好武德,才有好武功。形意前辈李公、郭师、车毅斋,哪个不是顶天立地的正人君子!"

但是,马耀南的谆谆教诲,其人并没有在乎。江山易改,禀性难移啊!这位后来的"王大师"难改劣习,在日伪占领北京时期,打着形意拳旗号,做了不少日本人和汉奸想做而又不便做的事情,成为形意拳人的耻辱。

且说马耀南到了乔锦堂的寓所,谈了上午的见闻,还在愤愤不平。乔锦堂说:"天地之大,无奇不有,想改变别人并非易事啊!"两人急于去太谷观摩车、郭大战,也就不再提这件事了。次日他们结伴而行,一路无话。

九月初三上午,当乔锦堂和马耀南到了太谷贾家堡车毅斋家刚刚落成的"田舍居"时,负责接待的正是乔锦堂的师父李复祯和吕学隆、武杰三位。师徒久未相见,十分高兴。

乔锦堂向师辈介绍了马耀南,车毅斋看到晚辈身材矫健,英姿勃发,颇感长江后浪推前浪,赞不绝口。尤其是同门弟子亲密无间,更令老人欣慰!

来观看车毅斋、郭云深比武的宾客众多,"田舍居"落成,正好借此事当剪彩仪式,一举两得。王凤翙长于主持,担当总管;孟兴德、樊永庆、李发春、王之贵负责安排食宿;李复祯、吕学隆等接待各地宾朋;账房先生当然非吴秀才莫属。众弟子人人有责,就等九月初六到来,迎候宾客与郭云深大师。

九月初五日,就在大家一心一意准备迎接明天即将来临的武林大聚会的时候,门外忽传有个"长毛贼"撞门,与人们吵闹起来。

"长毛贼"是何方人士,如此大胆来车家闹事?车毅斋等正在诧异,来人已闯入大院。

欲知是凶是吉,是敌是友,请看下回。

第二十一回

霍元甲夜战杜心武
王子斌戏学铁腿功

"长毛贼"只身闯车宅？人们一看，来人中等身材，体格健壮，眼窝深陷，却目光炯炯，满头长发，器宇轩昂。大家不认识，发生了一些误会。车毅斋出来一看，认出来了：岭南苍山朱王爷部下范青大侠。

车毅斋叫道："原来是范青贤弟，哪阵风把你给送来了？想煞俺了！"

范青说："愚弟也想您呀！"

二人拥抱良久，这才携手进屋。

大家都觉得奇怪，只有李复祯清楚，范青是从黑峰山回来的路上师父讲的故事的主角，来自湖广保镖奇遇。他简单给大家说起那段故事。讲完了，人们还是不解此人为什么是"长毛贼"一个。

"说来话长——"账房里踱出了吴秀才，慢条斯理讲出了事情的来龙去脉，"话说李自成攻破北京城，吴三桂引清兵入关，明朝崇祯皇帝煤山自尽，清政府颁布'剃发令'，脑门前一律剃光，违者杀头。宣布'留发不留头，留头不留发'，以消除明朝痕迹，使汉人改变传统习俗，成为满人的驯良羔羊。清道光三十一年，洪秀全发动反清起义，太平军个个恢复蓄发，清廷斥之为'长毛贼'。迄今又百余年矣，国人司空见惯，习以为常，'长毛贼'之称之褒贬早已无人问津也。"

秀才大人一讲，对"长毛贼"范青，人人突然肃然起敬。

大老黑孟兴德抓耳挠腮，觉得奇怪："秀才大人怎的甚也知道？"

"你没听说过嘛，秀才不出门，便知天下事。"吕学隆显得比他见多识广。

"哎呀，看起来咱们也得念点书，要不甚也得问人家。"孟兴德现在是心有所悟了。

院里大家在议论，屋里二人在叙旧。

原来三年前，朱王爷归天了。人们失去了主心骨，群龙无首，大家商议，凭咱们的本事，推翻大清，难上加难，不如各奔前程、自谋生路吧。不久前，范青得悉车毅斋要与郭云深比武，专程前来，既想开眼界，又看望好友，一举两得，何乐而不为？

兄弟俩久别重逢，自然彻夜不眠。

郭云深急赴山西与车毅斋对决的消息，武林尽人皆知。最关心的该推武林新秀霍元甲。

那霍元甲清同治七年农历十二月初七出生在直隶省静海县小南河村，字俊卿，兄弟三人，排行老二。父亲霍恩第，迷踪拳的第六代传人，常出入东北为客商当镖师，颇有名望。

年幼的霍元甲体弱多病，父亲霍恩第不让他习武，但是，元甲志存高远，偷艺于父传兄弟之机，苦练于枣林之僻。后为父亲所知，严厉责备。元甲保证不与人比武，不辱霍家门面，其父方准其与兄弟一起习武。元甲天资聪颖，毅力惊人，很快已在兄弟中出类拔萃。

一次，有一萧姓武林高手找霍恩第挑战，霍年事已高，令长子迎战。长子霍元贞身强体壮，往萧前一站，身材高出一截；况且在自己家比试，有父亲助阵，何惧之有？

霍大公子凭借地利、人和的优势，施展迷踪拳功，主动进攻；而萧君却以静制动，后发制人，战不到十个回合，一个"风摆荷叶"，借势轻轻一推，霍大公子已爬出一丈开外。

霍父一看，知道对方练的是武当拳。他叫过三子元甲，嘱咐他对付武当拳必须如此如此。

那霍元甲上场后，先双手抱拳，微微谦虚地一笑。萧君则不可一世，看着霍元甲身材颀长，膀不阔，腰不圆，面带和善，抱之以轻蔑的笑声。

这次萧君采取积极主动进攻策略,意欲速战速决。谁知元甲却运用瓦楞掌、猿勾指、闪展步、蹦跳脚、靠闪、定、缩等拳法磨蹭应战。战到二十多个回合,仍然不分胜负。

萧君速胜不能,有点急于求成了,情急之下,再次施展"刀劈华山"故技,居高临下;可元甲早有防备,略一侧身,在对手掌力将尽的时候,使出了一招迷踪绝活"罹中虚变,楼兰摘盔",对准萧君头顶轻轻一拍,萧已觉天旋地转,无法站立,仰面朝天,摔倒在地了。

看着仍旧面带微笑的霍元甲,萧君自觉惭愧,连伸两个手指说道:"霍家拳果然名不虚传,在下心悦诚服!"

霍恩第此时才知道,小儿子元甲多年来冒着风霜雨雪,暗暗练功,已将霍家拳发挥到了极致。

自此,霍元甲在当地小有了名气,开始行走江湖。后来在天津当上码头装卸工,还曾在农劲荪开设的怀庆药栈当帮工,没钱时,时不时街头卖艺。

那年车毅斋与板三太郎津门国际擂台大赛时,霍元甲正在天津打杂。他亲眼看见板三太郎的骄横,怒不可遏,有心登台,惩治倭寇,但自知功力尚欠火候,焦急无比。待到他亲见车毅斋登台时,虽然年过半百,依然器宇轩昂,一身正气,擂台之上,胸有成竹,从容不迫,尽展中华武林风采;凭借令人眼花缭乱的形意剑法战胜板三时,欣喜若狂,心情无比激动。擂台赛罢,他一路尾随寻到车毅斋的住所,记住了门牌号数;第二天一大早,带着礼物前去拜访,谁知车毅斋黎明前已经返回山西去了,追悔莫及。

现在,霍元甲听说华北"崩拳王"郭云深要与国际擂台大赛霸主车毅斋九月初六会战,意识到这个机会太难得了,绝不能错过观战机会。因此,他择日起身,直奔山西。

行走到第二天,进入太行山区,道路日渐崎岖,山峰常常刺破青天,遮挡住了天日,这可叫霍元甲大开了眼界,行走一天,并无倦意。过了娘子关,天色已晚,他准备夜宿路边旅店,正好看到有一家小店。这家小店背靠大山面朝沟,店主人四十来岁,生得矮小,却精干利索,十分殷勤,早在门口热情招呼。元甲深感其诚,步入店内。

进院门一看,对面是一排二层小楼,东西另有厢房。元甲往上看,那楼房每层只有三五房间,他欲住楼上,店主说:"不好意思,楼上人已经住满啦。"

"能不能调剂一下？"

"可是……"

正在商量，楼上阳台出现了一条汉子，似乎正在欣赏远山的景色。店主身边的小二看见两个人都是武士模样，开了句玩笑："你两人比试比试吧，胜者上楼。"

那位楼上的客人一听，居然说："好啊，比试就比试！"霍元甲本来不想强人所难，被人一激，也来了兴致，回应道："你下来吧，现在就比。"楼上的客人立马下得楼来，两人就在旅店院子里摆起了战场。

元甲虽然走了一天，可是游山玩水，并不疲劳；况且新来乍到，玩玩不也挺新鲜吗？

院子不大，店主平日打扫得干干净净。好事的小二大概闲得无聊，又喊了声："楼下比武啦！"各屋里的旅客一听，都纷纷出来观战。

霍元甲站定看那对手：年龄与自己相仿，生得不高不低，不胖不瘦，衣着紧身，尤其两眼深邃，目光敏锐，感觉此人绝非凡夫俗子。两人抱拳，相视一笑，元甲说："非常抱歉，在下绝非恃武抢房。随便过几招，博得一笑而已。请莫见怪！"

"闲得无聊，活动活动筋骨，交个朋友嘛。"对手也彬彬有礼，面露微笑。

霍元甲只见对手双脚站稳，头颈端正，似有千斤之物压顶；下颏微压，两肩稍上托，如有大山压肩；二目圆睁直视前方，牙齿轻叩，含胸拔肚，收腹提裆，夹紧双胯；双手握拳稍稍上提，小腿紧绷，十趾扎地，好似一尊金刚。元甲暗暗称奇，自己也徐徐由十字手起，随之"大鹏展翅"，上步平擦掌、侧身按、单擦掌，准备迎战。

比武开始了。双方拳来脚往，你攻我防，时疾时缓，有虚有实。元甲边迎战，边观，对方动静无始，变化无端，虚虚实实，自然而来，时而弯弓手似箭，眼似流星腿似钻。时而吞吐浮沉，绵柔巧脆，化神妙至于上乘。

交手十几个回合，对手发现霍元甲采取的是后发先至的打法，集猝击、闪击、连击、拦击、巧击技法，融靠、抱、粘、拗、缠击打妙法，时而"迎风穿袖"，时而"猛虎下山"，时而"狮子摆头"，时而"金豹靠山"，明白了这是"迷踪拳"。

店里的伙计、住客都看得兴奋而激动，二人非凡的武技赢得阵阵掌声与喝彩。

约莫缠斗二十几个回合，两人都觉得棋逢对手，兴致更浓，各自拣起枪剑战了起来。双剑霍霍如闪电划空，大枪点点似白蛇吐信，战到激烈时，只见剑光枪影，不见了人形。

再战二十几个回合，霍元甲喊了声："请停！"双方徐徐收了招式。元甲接着问道，"请问壮士高姓大名？"

"在下杜心武。"

"啊？"霍元甲大吃一惊，一躬到地，"原来您就是'自然门'新秀杜心武少侠？在下失礼了。抱歉抱歉！"

"那么，您——"

"在下霍元甲，比您长一岁。"

杜心武仔细再看对手：生得剑眉大耳，鼻直口方，天庭饱满，地阁方圆，浑身透露着一股朝气；虽然风尘仆仆，却青春焕发，于是也很兴奋地说："真是三生有幸，没想到居然能在这大山深处得会迷踪拳年轻侠客！"

二人彼此钦佩，兴高采烈，携手上楼。

霍、杜二人同榻而卧，彼此介绍各自的经历。霍元甲对杜心武早有所闻，十分钦佩。

这位杜心武，同治八年生于湖南慈利，七岁就随管家王云清找到武士石彪开始习武。次年到离家三十里的胡家坪私塾读书，同时，拜严克为师，学习南派拳术。在这里，他白天读书，晚上练武，历时三年，对金岩山张真人一脉相传的"大连图"奥秘，心领神会。因为他父亲在大沽口曾被洋人打穿大腿，又目睹九溪天主教堂传教士残害群众，遂在练功房贴上"练成武艺，誓杀洋鬼"字样。

十二岁时，严克云游他乡，杜心武去宝盖子山，向老道于虎学武当拳的内家功夫。第二年，再拜风尘奇人徐矮师。徐矮师教他负重踩桩成圆形走，练自然门的内圈法，做到意、气、内功、外功，浑然一体。不久，徐矮师返川，他又去渔浦书院学习，读经史，练书法。十六岁时，寻师四川峨眉山，向徐矮师专攻"法于天地阴阳之理，顺乎自然规律之道"的自然门轻功，成为自然门鼻祖徐师的独传高足。

光绪十三年，十八岁的杜心武到重庆金龙镖局当镖师，走镖川、黔、滇、桂一带，保护商旅安全。两年后辞职回到慈利老家读书。不久，去北京守卫清宫，月银八十两。他每天边工作，边学习，博览群书，广交朋友。

听了杜心武的详细介绍，霍元甲奇怪："不守卫你的清宫，今天风尘仆仆，意欲何往？"

"你不知道形意门车毅斋和郭云深两位大师九月初六在山西太谷巅峰对决？"

元甲说："我就是要去观战啊。那你呢？"

"我也是要去一睹二位大师风采呀！"

"嘿嘿，同路！"

说到去看车、郭比武，霍元甲表达了心意："在下在天津亲眼看见了日本武士的猖獗，更欣赏了形意大师车毅斋凭国术绝技剑败东洋鬼子，为国争光的动人场面。这次山西之行，一定要亲聆大师的教诲。"

"小弟也久为郭云深大师惩恶扬善、行侠仗义的事迹感动，两师兄弟切磋，乃是我们学习的难得机会。"杜心武对车、郭都早有耳闻。

两个年轻人都心怀大志：以武术报国。越谈志趣越相投，心灵越相通，直到"雄鸡一声天下白"，仍旧谈兴方浓。

且不说霍元甲、杜心武相伴赶往太谷，观摩车、郭大战。再说贺运亨离开葡萄河黑店，过灵寿、绕平山、走井陉、穿娘子关，星夜兼程，马不停蹄，护送镖车回山西，一路上惦记着师兄车毅斋与郭云深的巅峰对决。

天微明，山形朦朦胧胧。刚进入寿阳地界，后面赶来一个中年汉子，边跑边喊："留下镖车，要不留下人头！"

走近了一看，此人五十多岁，身材粗壮，眉浓眼深，十分威武，背后一口大刀，在晨曦里闪闪发亮。

贺运亨停下镖车，把外衣往车上一扔，让其他人护住车辆，理了理稀疏的胡须，瞪着眼睛问："你是张飞、李逵，还是兔崽子？"

"张飞、李逵都不是，是李鬼。"来人不乏风趣。

"天明了，还有鬼？"贺运亨喝了一声，"那俺就送你这李鬼回阎王爷家去吧。"他摆开架势准备迎敌。

那人先将大刀一横，说了声："谢谢！"

贺运亨被逗得成了丈二金刚，一时性起，摆出了形意拳"三体式"起势。

那人看了看贺运亨的动作，也摆出了同样的动作。

贺运亨心想，这李鬼是临时来学不成？不管甚，先揍他几下。

二人出手，攻防开始。不料，这位对手拳出如闪电，矫健似猿猴，闪、转、腾、挪，功夫十分了得。贺运亨暗想，原来这李鬼还有真功夫的，只得使出形意五行、十二形拳迎战。

东方泛了红，天飘彩霞。大山之间的土道上，二人大战正酣。果然是棋逢对手，将遇良才，二人来来回回已经战到三十来个回合，难分上下。归心似箭的贺运亨，使出绝活形意腿功，上蹬、下踢、横扫、后踹，以"翻劈倒插腿""裹膝堵门腿""穿刺弹踢腿"频频发起进攻。

果然，对手只能招架，并且一退再退了。贺运亨心想，你不是李鬼吗？那你就去见阎王吧！于是右脚垫步，左脚向前纵步，突然右脚提起，身体腾空间，一脚"嘭"的飞踢出去。

对手只顾看一只脚心长毛的赤脚，不料一件黑乎乎的东西已经直奔面门，一时躲闪不及，"啪"的一声，应声而倒，口中大呼："什么暗器，如此厉害？"

"哈哈哈！"身后却响起了一阵笑声。

笑声从何而来？贺运亨回头看时，不知什么时候旁边来了两位年轻的看客，朝气蓬勃，容光焕发。原来正是霍元甲和杜心武，他们已经观战多时。

他俩笑什么？原来"李鬼"所中"暗器"乃是贺运亨的一只破鞋，因鞋里带土，以致眼睛也不能睁开。

"王师，您中大师的'鞋镖'啦。"杜心武哭笑不得，连连解释。

原来，此人并不是劫镖的。他叫王正谊，字子斌，祖籍直隶沧州，比贺运亨小五六岁。王正谊出身贫寒，三岁时父亲因病去世，只得与母亲相依为命，吃尽了苦头，八九岁时就拜师习武。

沧州是全国的尚武之乡，最著名的武师当属"双刀"李凤岗。为了修习更高的武艺，王正谊想拜其为师，却多次吃了闭门羹，他就长跪李师门前以示诚心。李凤岗被打动，便收其为徒。他不负师父重望，几年下来，功夫已不在任何师兄弟之下。由于他在师兄弟中排行第五，又擅长使大刀，不久

"大刀王五"就在武林传了开来。

为了把他锻炼成更加全面的人才，师傅把他推荐给自己的师兄刘仕龙，带他一起押镖，行走江湖。经过几年的锻炼，王正谊告别了师父，先到天津，又到北京，经人介绍到了一家镖局当了镖师。

有一天，他在镖局院里舞动大刀，刀光闪闪，上下翻飞，围观者齐声鼓掌喝彩，只有一位高个子瘦老头不动声色，轻轻哼了一声。王正谊觉得蹊跷，坚决要求与老头比试。瘦老头手无器械，顺手拣过旁边支撑门帘的一支竹竿当刀。两人一老一少、一胖一瘦，一个真刀、一个假械，来来回回，约莫不过十来个回合，王正谊便领略了老人的真本事，伏地认输。

这位老人是谁？乃是车毅斋少年拜把兄弟、赫赫有名的山西太谷董村人董芳伦，人称"昆仑大侠"。当年董芳伦追随太平天国名将林凤祥转战南北，战功无数。太平天国兵败后，他隐身医界，功夫却不减当年。眼前有高人，王正谊岂能放过？于是又认了董芳伦做师父。

董芳伦常常对弟子王正谊讲，山西太谷形意拳藏龙卧虎，车、贺、李、宋各有绝招，除了大师兄车毅斋外，贺运亨技高少林客、空手教训"金轱辘"、双塔山惩治女盗匪，令王正谊印象极深。最近，王正谊听说郭云深挑战车毅斋，他也准备前往观战。

来晋路上，王正谊巧遇贺运亨的镖车，一看镖旗上的一个"贺"字，又见头箍白毛巾、形如庄稼汉的镖师，就估计此人是师父董芳伦常说的贺运亨大师。他知道贺师腿功奇特，今天便设法领教了一招两势；否则，为什么要谢谢呢？身在北京的杜心武与"大刀王五"交流是常事，可谓一对忘年之交的好友。

经杜心武对彼此这么一介绍，贺运亨和王正谊都明白了对方的情况，高兴得聊起来。

"贺大师，您的脚心真有一撮毛，这天底下原来真的有'飞毛腿'呀，我俩刚才可是大开眼界啦！"霍元甲在一旁也说话了。

"唉！"王正谊不无感慨地说，"我不是只顾看贺师的脚心，也不至于脸上中了'鞋镖'，鼻子中了毒气。大师在上，您的这镖，气味可是不敢恭维呀！"

"嘿嘿，"贺运亨被王正谊弄得不好意思了，"谁叫俺妈给了咱一双臭脚呢！"

贺运亨问他们几个要去哪里？三个人讲了都是要去太谷观赏车、郭大战，于是，四人欢欢喜喜，一起取道而行。

一路上，他们说到了即将进行的车、郭形意拳巅峰对决。那王正谊为人义气豪爽，历来助人为乐，他知道车、郭二人都是好人，生怕有一方万一失手，岂不彼此悔恨？杜心武和霍元甲年轻，没考虑那么多，只是想见识见识，从中学习，提高本领。

且说四人热热闹闹，边走边谈，三句不离本行。杜、霍二人请贺师介绍形意拳的创始由来和他独特的腿功要领，请王正谊讲自己的出生和经历，二人听得津津有味。

第二天，已经是九月初五上午，贺运亨带领大家径直赶往车毅斋贾家堡的"田舍居"。

接待人李复祯老远就看见了贺师叔，说道："您可回来了，俺师父这几天来天天念叨您呢！"

"你这兔崽子，有了空再揍你。"贺运亨还记得复祯当年的恶作剧，开了一个玩笑。不过，他话锋一转说："先给你介绍一下这三位了不起的贵宾。"

李复祯见三位个个气度不凡，十分赞赏，立刻把他们引至车毅斋在的大厅。

车毅斋听了贺运亨对三位的介绍，非常高兴。他先问询盟兄董芳伦的情况，王正谊讲了自己所知道的一切，同时也带来师父问候车毅斋的口信。看到王正谊一身英雄气概，车毅斋为董兄后继有人十分欣慰；而杜心武和霍元甲的出现，简直让他眼前一亮！两年轻人雄姿英发，浑身朝气，让他赞赏有加。

各地武林朋友已来不少，车毅斋师徒热情接待，人家彼此相认，都是武林中人，很快就融为一体。范青的满头长发，引起了杜心武、霍元甲的注意，他们互相介绍之后，心武拉范青到一边窃窃私语："你这样'长毛贼'的样子，不怕官府问罪？"

"剃发令下达二百多年，洪秀全也偃旗息鼓百余年了，山西远离京城，天高皇帝远，现在，连太谷县衙也未必知道'长毛贼'是怎么回事呢，我还怕什么？"范青乐观直率。

"对，万一有哪个清妖不识时务问罪，就灭了他！"杜心武这个清朝的皇宫侍卫居然口出狂言。

"你身为清廷护卫，这不是吃里扒外，大逆不道？"范青觉得不可思议。

"这小子头上有反骨。"霍元甲悄悄笑出了声，而后又放低声音，"但是，我们可不能难为'花翎五品军功'车大人。"

"没事，"范青显然已心中有数，"我们曾经彻夜详谈，车大师确实是好人，只是他还总相信天子是好的，是下面的歪嘴和尚把经念歪了。"

"我在清宫还不知道？官越大，人越坏。不然，为什么说'上行下效'，'上梁不正下梁歪'！"杜心武对清廷早已失去信任。

"历朝历代苦的都是老百姓，我看天下的乌鸦一般黑。"霍元甲也是愤愤不平，他问主张反清复明的范青，"明朝就好吗？"

"自古皇帝哪个不是血吸虫！还有一个好的？依我看，统统都该宰了！"杜心武替范青斩钉截铁地回答。

"嗯，是。"范青似乎接受了心武、元甲的观点，"我相信，车大侠迟早会看清清政府的真实面目的。"

三人越谈越投机，成了志同道合的朋友。

"你俩与贺师、王师怎么成了一路？"范青有些纳闷。

"无巧不成书。"杜、霍把他们俩旅店比试和"大刀王五"戏学贺师腿功的故事一讲，让范青听得兴味盎然；而范青也讲了车毅斋巧会南明朱王爷、单剑大战长烟锅的有趣故事。

"万事俱备，只欠东风。"就专等明天郭云深大师的光临了。

这天傍晚，趁屋里没人，吕学隆神秘兮兮地告诉了车毅斋一个惊人的稀奇事："东门外原来窦家店铺里的窦美人又回来了！"

"嗯？"车毅斋立刻竖起了眉毛。

"这闺女长得非常像当年的窦美子，身材好，脸面白，也有一双人见人爱的丹凤眼，就是两眉之间多了一点红痣，不然，活脱脱就是窦美子再世。"

"店铺里有没有其他人？"车毅斋也觉得不可思议。

"具体情况还不大了解。这些日子街上人们纷纷议论，有的说原来的窦美人本来就是天上的星宿，回天宫走了一趟又回来了；有的说她是窦美人的孪生妹妹；还有的说……"学隆欲言又止。

"还有说甚的？"

"说，说是窦美人的私生女。"

"不，不可能！"车毅斋话锋一转，"明天郭大师就要来，过几天再打听吧。"

九月初六。太谷贾家堡车毅斋"田舍居"成了全国武林界关注的地方。

这日，阳光明媚，气候舒适。一大早已是人来人往，各地武林宾客陆续到来。除了大刀王正谊，武林新秀霍元甲、杜心武、范青，还有与车毅斋等被后人并称"晚清十大镖师"的文水左二把之子左安民和弟子张德寿、王正清之子王树、"杀虎口"兄弟张德义、李飞羽之子李太和，以及太原、大同、榆次、平遥、临汾、祁县形意拳多位传人。

上午，辰时未到，宾客、观众早已挤满厅院，人们交谈，预测比武的结果。有的说，郭大师打遍华北无敌手，车毅斋能不能取胜，很难说；有的认为，东洋鬼子都不是车毅斋的对手，赢郭云深应该不在话下；还有的是希望二人打成平局，握手言和；有的好心人担心二虎相争，必有一伤，认为都是师兄弟，应该点到为止最好……

午时了，郭云深大师还没有来。有人怀疑：不敢来了？害怕了？路上出事了？

要知怎么回事，请看下回。

第二十二回

晋冀高手巅峰大战
天下精英相聚交流

却说郭云深这年秋天的九月初六，要和车毅斋比试武艺高低，自然不会爽约。他一路翻山越岭，从河北深县直奔山西太谷。这老郭是有个性的人，从不骑马坐轿，徒步是他的专利。这不，他边走边打听，快到太谷了，被一群后生拦住去路。要干啥？

郭云深虽是直隶人，但由于李飞羽的关系，太谷的形意拳人常常讲到太行山那边还有个郭大崩拳王，功夫非常了得。几个后生知道车二师傅的"田舍居"人山人海，轮不上他们晚辈出面，于是，就在乌马河桥边一字排开，拦住了郭大师的去路。

拦路抢劫？老郭倒是不怕，况且自己也曾干过这行；可是呢，一群后生只是挡住了他的去路，不让过。

"你们要咋？"一身征尘的郭云深，二目圆睁。

"您是崩拳大师郭先生？"

"我是练崩拳的，不是先生。"郭云深回答。

"留下您的崩拳，不然——"

"要打架？"

后生们赶忙说："和您开个玩笑，请您教俺们两手您的崩拳。"

"天不早了,我得赶快到贾家堡见车毅斋去。"

"您老是好人,就成全成全俺们吧,"后生们七嘴八舌,围拢上来,一齐央求,"去了贾家堡就轮不上俺们了。求求您了!"

这老郭被后生们一缠一磨,没招了。虽然眼看时辰快到,心急如火,可后生们就是死缠硬磨,况且他们又没有歹意,教就教他们三两下吧。

两脚分开,出虎抱头,站立"三体式";上步崩拳,定步崩拳;侧身调膀,拳从口出……老郭在前,后生们在后,来来回回,不觉已是半个时辰。

"谢谢大师啦,别误了您的大事。"他们心满意足了,郭云深却真的迟到了!

郭云深大步流星找到贾家堡时,已过正午。幸好车宅就在村边,他没费多少周折,径直奔来。

李复祯等候在大门外,一会儿看看太阳,一会儿看看村外,哎呀,终于来了!一看那风尘仆仆、健步如飞的来人,就知道是郭大师无疑。

郭云深远远看到门口一帮等候的人,断定必是车毅斋府上。快到院门时,他认出了"田舍居"三个字,心想,这车二兄弟本来受过皇上册封,位列什么正几品,比县太爷的官都大啊!怎么不叫什么府呀、第呀,只叫田舍,这不是庄稼人的名字吗?而且,黑大门,砖门楼,两边连个石头狮子也没有,虽是新盖的,却普普通通。作为朝廷奖赏的大名人,竟然不居功、不高傲,真是本色不丢啊!

太谷贾家堡车毅斋家原"田舍居"大门

这老郭正圆睁大眼盯着大门发愣,李复祯早迎了上来,热情地说:"郭师,辛苦了!"

"你们咋知道是我?"

"您脸上贴着字嘛。"

"没有啊！"

郭云深还准备问为什么，大家已经不由分说，抢过行李，连拉带请，把他迎进了大院。

宾客们看到的郭云深，中等个头，双梁双背，一身粗布衣，宽袄宽裤，脚蹬大头布鞋，生得方面大耳，胡子满腮，目光如灯，人未到，声先闻，而且粗喉咙大嗓门："嘿嘿，来迟了，对不住大伙啦！"

车毅斋立刻迎上前去，紧紧拥抱。

自从师父李飞羽丧礼后一别，车毅斋急赴津门，跟日本武士以死相拼，曾令郭云深心悬一线，终日担忧；得胜的消息传到深县后，众兄弟们兴奋难抑，李太和还专门设宴庆功；今日翻山越岭，兄弟再见，彼此好不高兴！

老郭看到两厢早已宾朋满座，深感抱歉，双拳一抱，再次高声道歉："路上碰到了点麻烦，让大家等久了，对不住啊！"说罢，他把外衣一扔，就要动手比武。

马耀南与乔锦堂昨天回来，有师辈在，只能待在外围，但师爷扔下的衣服，自然得由他保管了。

大家看着位远道而来形意大师，红光满面、健壮威武、豪放直率的样子，把等待一上午的怨言早已抛到九霄云外。车毅斋拉他先进屋喝口水，缓缓气，谁知这老郭身子一扭，牛劲儿来了："你不动手，我不进屋！"

车毅斋说："你一路上辛苦了，还是先歇一会再比吧。"

"我迟了，没皮脸！"

"你呀，真是急脾气！"

"你不动手，我可就走了！"郭云深说罢，转身就要离开。车毅斋哭笑不得，只得哄着："那你能不认识认识各位来宾？"

这下郭云深可没词了，不见见各位武林界朋友，显得他很没有礼貌，这个道理他还是懂得的。

车毅斋拉着郭云深与各位来宾一一相见，彼此握手，认识的多说几句，第一次见的客气一下。左安民说："郭师辛苦了，辛苦了。"郭云深乐乐呵呵："不辛苦！"看到一身戎装的杜三虎和副官，郭云深有点吃惊，车毅斋忙说，"这二位都是自家的好兄弟，远道而来。"他点了点头，依旧乐乐呵呵。

太极后人王景云紧紧握着郭云深的手，真诚地说："郭师远道而来，是该休息休息，解解乏呀！"谁知这郭云深一把掏出一个窝头，一口咬下半个，三下五去二咽了下去，右脚一蹬，地面方砖立刻四分五裂，嘴里说道："你们看，我可是不饥不乏的。"

车毅斋又将郭云深拉到另一边的一帮年轻人面前介绍。

"郭大师惩恶扬善，疾恶如仇，是我等的楷模。"杜心武给郭云深施一礼。

"他是谁？"郭云深向来非常喜欢年轻人。

马耀南走过来回答："武林新秀杜心武。"

接着，郭云深又分别认识了霍元甲、范青、张德义，还与李复祯等弟子及再传弟子一一相见。

最后见的是重量级朋友：孟绰如、武柏年二位先生和贺运亨、李广亨、宋世荣、宋世德这些师兄弟。孟、武二位先生温文尔雅，问候中不乏关切，尊重里更多友情，郭云深对这二位从师父李飞羽口里听过多次，也就特别尊重，虔诚施礼；到了贺运亨跟前，老郭一看那光头、毛巾、粗布袄，就知道这是个和自家一样的庄稼人，亲热地给了对方一拳，表示他俩是"一路货色"；李广亨眉宇间流露着智慧，笑容里洋溢着和善，郭云深流露出了羡慕的神色；宋氏兄弟俩一张口，就听得出是直隶老乡，亲近之感，自不必说。

一个个寒暄，一个个问询，终于让急性子的郭云深平静了下来。此时，中午已过，等待观战的人情绪激昂，车毅斋知道比武的时间到了，再拖下去大家会烦躁的。于是，他对郭云深说："咱们开始吧？"郭云深说："开始。"

二人到了比武场地中间，郭云深向来宾一抱拳，立刻以虎抱头起势，摆出了形意拳"三体式"；车毅斋同样微笑着双拳一抱，说了声："对不起，献丑了！"这才从容不迫，二目平视，以单虎形起势，也亮出了形意拳"三体式"。观众一看，果然一师之徒，大同小异。

车毅斋作为主人之位，自然不能率先动手，示意请郭云深先开始。郭云深早已迫不及待，不由分说，拿出了看家本领"半步崩拳"，发起了强攻；车毅斋则运用"游鼍化险"绝技，以柔克刚。一个如猛虎下山，猛攻猛打；一个似仙子拨云，飘逸舒展。一个崩拳似箭，快攻直取；一个游鼍如盾，防御为能。所有来宾全神贯注，不时报以掌声与喝彩声。

一般的比试，双方开头并不亮出绝招，都是先观察对手，徐徐应对；节奏也渐渐逐步加快。可是这老郭一上手就发起猛攻。好在一师之徒，彼此已有一定了解，所以一攻一防，倒是恰到好处。

这形意拳的崩拳，在五行拳里属木，内应肝，拳形似箭，有射物之意；它主"一气之伸缩"，吸气时缩，呼气时伸；以立马步、半马步兼寸步从中门而入，钻进合膝，包裹严密；两手滚进滚回，掌拳瞬息互变，既刁拿，又进击，两拳轮番交错，直打对方心口，而且拳法如连珠弩箭，使对方毫无喘息之机。

形意拳的"鼍"形，则是前辈仿扬子鳄浮水分浪之技、翻江拨水之能而创编的，它以舒臂探掌之功、拨转刁拿之法、轻捷灵活之步，既可化解对方来手，又便于向后牵引，守中寓攻。两手一前一后，不离前胸，使用钻、横、翻、拨、刁、拿、钩、挂诸法，防护严密，起落灵活；进退自如，阴阳相合；且虚实相因，屈伸变化，往往出其不意。守则攻者无懈可击，反击则可将对手瞬间击出。

郭云深和车毅斋都是形意宿将，天下名师。一个崩拳大王，所向披靡；一个"游鼍化险"，世上罕见。观众与其说是观战，不如说是学习和欣赏。

来来回回，转眼已是二十多个回合。攻者疾风暴雨，守者滴水不漏。观战的来宾开始议论起来："郭大师的功力世间罕见，一拳打出，岂止千斤！"杜心武没见过这深的功夫，赞不绝口，又不免忧心忡忡："这样缠斗下去，车大师会不会吃亏？"

"当年津门擂台大赛，那日本武士开始也是气势汹汹，锐不可当，逼得车毅斋几乎走投无路，我在台下也曾提心吊胆，为他心悬一线，"霍元甲见识过车毅斋的真功，因此心中有数，"事实证明，车大师的形意拳造诣深不可测，我们好好仔细学习吧！"

"我们岭南苍山王的烟锅功堪称天下第一，车大师竟能大战七八十个回合不分胜负。"范青也曾开过眼界，所以也仿佛见多识广。

马耀南、乔锦堂、王正谊都希望打成平局。

人们在评论，场地上攻防未停。郭云深见久攻无果，进一步加快了速度，一记记崩拳，如同连珠弓弩，箭箭射向车毅斋；车毅斋却仍旧从容不迫，随着对手的进攻速度，变换着防守的节奏。转眼间，他被逼至墙角，无路可退了！此时，大家都紧张得屏住了呼吸，担心他咋地招架。

只见郭云深突然左脚大步急进，右膀后调，一个侧身半马上步左崩拳，以迅雷不及掩耳之势，直击车毅斋的心口；可他的崩拳却"嘭"的一声打在了墙上，对手则踪迹不见。此时的车毅斋已在他的身后了。他一回身，目瞪口呆。

观众先是一怔，接着发出一片热烈的掌声与欢呼声，有的甚至忘乎所以，手舞足蹈起来。最引人注目的是那位秀才大人，摇头晃脑，振振有词：

背水之战兵书有
绝处逢生天下无

郭云深大师略微一怔，忽然乐乐呵呵，粗声大嗓门，说起了话来："哎呀，你真是出神入化，神秘莫测！"而后又停了停，面对车毅斋，"如果不是你手下留情，我的后脑瓜早烂了。老郭服了！"

车毅斋微笑着面对大众抱抱拳，朗声赞扬郭大师的崩拳确实名副其实、功力非凡，并且对郭云深说："你的崩拳逼得俺走投无路，倘或走得慢点，还不被你揍成肉饼子了？"

观众席上又是一片掌声，经久不息，大家都被这两位亲密师兄弟的坦诚和直率深深感动。王正谊心满意足，长长舒了口气；杜心武、霍元甲二目相视，流露出了会心的笑容；乔锦堂、马耀南紧紧抱在了一起。

郭云深与车毅斋及各位宾朋挽手进屋，准备开宴。大家坐定了，车毅斋爽朗地喊一声："上酒！"推迟了的宴席正式开始。他举起酒杯，先向在座宾朋致谢，"区区车某，能惊动郭大师前来赐教，不胜荣幸之至；又得各地武林朋友和关心者前来捧场，更是受宠若惊。今天略具薄酒，请各位赏脸，一醉方休！"说罢，将满杯之酒一饮而尽。热烈的掌声中，大家纷纷起立，彼此碰杯，喜庆、欢乐的气氛充满了大厅内外。

郭云深挽起袖子，狂欢痛饮，豪放、直肠子的性格显示无遗。他干了一大杯酒，哈哈大笑说："飞羽师父早就说，叫我来太谷再学习，今天终于来啦！"

车毅斋朗声再次赞扬道:"你三打鬼八卦、两惩窦举人、一拳打塌师父的墙,今天,俺们可真是见了大了呀!"

孟绋如先生博古通今,满腹经纶,对今天的比武颇有感慨,他接过话说:"当年秦琼的'杀手锏'、罗成的'回马枪',作为姑表兄弟相互交换,都各留一手,岂若今天的二位赤诚相待、肝胆相照?百年之后,今日的故事,必将成为一段佳话传世!"在场的人人颔首称是。

酒过三巡,菜过五味。大家请车毅斋介绍"踪迹不见"的绝技。情绪高涨的孟绋如先生在一旁又开言了:"车毅斋的这一招叫作'迂回步阴阳把',防守时多用;如果在攻防之中,则多用'倒插步',是李飞羽师回归故里后,车毅斋与师弟贺运亨、李广亨及弟子们不知经过多少次的反复实践创编的。"

孟先生让李复祯与王凤翙到院子的空地上演示形意拳攻防绝活,来宾个个放下酒杯,跟了出来,边看边报以热烈的掌声。车毅斋说:"师父生前常常介绍王正清大师'大步小圈,闪展腾挪间,长辫甩三个水平'的故事,请树茂兄弟让大家一饱眼福好吗?"

王树茂推托不过,向大家拱拱手,上场演示。果然不愧名师之后,他动作矫健轻盈,刚柔相济,起承转合,一气呵成。很多拳师从未见过,互相交换着欣喜的眼色。

掌声一停,车毅斋又请左二把之子左安民表演。

左家拳创始人左昌德,嘉庆十三年出生于文水县孝子渠村,自幼喜武,悟性出色。道光五年他随父进京,拜长眉和尚为师,到北京西山的"云山寺"苦练九年,武功达到出神入化的境界。后与车毅斋、王正清等并称全国十大镖师。

左安民表演的拳法是:凤凰展翅、金鸡独立、闪展腾挪、进退转返、见招不进先顾手、横来顺取、顺来横取、高撑低压中裹掩,以及弹腿、面掌和双钩"左家三绝",令全场观众热烈鼓掌,经久不息。

左安民演示完毕,抱拳请太极宗师之后王景云演示家传绝技。王景云向四周施礼之后,不慌不忙,轻脚慢步,施展螺旋缠丝式动作,以意导气,以气运身,气宜鼓荡,气遍身躯,气发丹田;以腰为轴,微微旋转,刚柔相济,快慢相间,松活弹抖,震脚跳跃,立身中正,八面支撑,不遇敌则已,若遇劲敌,则内劲猝发,如迅雷烈风,故外似处女,内似金刚。

正宗太极之风,令在座宾客大饱眼福。王景云仿照左安民,又请太谷洪拳传人、曾参加太平天国的智永之子智小侠表演。

太谷洪拳鼻祖为雍正年间郭村人智耳,他师承南少林,苦练太祖洪拳,凭一身的绝技走南闯北,在南省各地享有盛名,人称"智耳侠"。老年返回原籍传承洪门拳术,成为世代家传武术。

小侠的表演,崩打、架打、扒打、滚打,架子刚劲而有力,发力既有整劲、刚劲、明劲,又有柔劲、暗劲及混元之劲,刚中有柔,刚柔相济,连绵不休。场上掌声同样不断。

接着,各位名师都一一献艺。

"大刀王五"王正谊也应邀做了表演。他挥动大刀,时而如玉蟒缠身,时而似银光闪烁,时而又只见刀影、不见人形,达到了出神入化境界,自然赢得热烈掌声。

天气渐渐暗了下来,院子里已有了寒意,大伙却感觉暖意融融。车毅斋感到表演应当告一段落了,于是站起来大声说:"各门各派其实各有所长,也各有其短;门户之见、唯我独尊,是绝对不可取的。只有互相取长补短,大家才能携手进步,共同提高。今天的表演大家都看得过瘾了,也是互相交流的机会,以后咱们进一步提高了再献艺吧!"

于是乎,今天的观摩比赛,成了经验交流、广交朋友、武林人士友好聚会的活动。杜山虎、范青、张德义与猴三这些江湖人士交上了好朋友,尤其是"杜长官",今天毫无官架子,与朋友们兄弟相称,好不痛快,口口声声"大开了眼界"。

马耀南这回也收获颇丰,师祖李飞羽只带回了形意六象,燕、鹞、鼍、鲐、熊、鹰,是后来车毅斋从师祖戴文雄处承得之后再传的。他与乔锦堂趁这英雄会的机会,不仅广交了朋友,开了眼界,长了见识,而且丰富了武学、武技。

上弦的月儿弯得可爱,它饱尝了人间的武林盛会,满足地休息去了,而"田舍居"的各路精英却意犹未尽,直到丑时,大家才恋恋不舍,各自就寝。

车毅斋作为主人,自然难以入眠。想到这么多好友明天就要离去,不舍之情难以自抑;而东门外玉器店美子的再度现身,更叫他无法安神。坐在炕边，他信手拿出李广亨花费几十年心血写就的《心意精义》，在灯下翻阅起来。

屋外四壁虫声唧唧，炕上老妻鼾声嘘嘘。车毅斋忽然觉得屋门开了，一股凉风嗖嗖吹过，轻飘飘地走进一人，紧身的黑衣黑裤，背上一口短剑，浑身上下湿漉漉，头发蓬乱，水从发间、衣襟不住地往下滴。这不是美子妹子吗？咋似进非进，似走非走，任凭外面的清风摇晃？

车毅斋问道："你出狱了？"

来人反问："车二哥哥，一向可好？"

"哎呀，妹子！你几时回来的？"

"嗯？人家是专门来看你的。"

"你，你不是被——"

"我是天上的星宿下凡，官府凡人能奈我何！"

"那你以后咋办？"

"我是来辞行的。"

看着全身被大雨淋透的美子，车毅斋想起了那个风雨雷霆夜，他们大战乌马河和美子从县衙上被押进监狱的情景。一听美子要走，赶紧说："妹子，你不能走！哥那天晚上抓你实在是因为公事，心里难受啊！"

"别说了，你秉公办事，不徇私情，做的是对的。车二哥哥，你保重！"来人说完转过身，准备离开。

"妹子，妹子！你别走！"车毅斋伸出手，一把紧紧拽住了来人……

"老头，做梦了？"车毅斋睁开眼，原来拽的是老妻春花。

"哎呀，俺梦见美子了。她说要落叶归根。"车毅斋语带喘息，把刚才梦中的情景一五一十告诉了老妻。

春花说："唉，那天晚上，乌马河边为甚又是雷又是雨，你抓人家好人，惹起天怒了！"

"可是——"

"可是个甚？窦家的店铺跟妹子有甚关系？你口口声声为民除害，难道美子是害？今晚她为什么浑身湿淋淋的来见你？"

"唉，俺——"

"老头呀，俺了解你，脑子实，就知道个大义灭亲呀，结果把那么好的个妹子搭进去了。呜呜……"老妻抽泣起来。

"可是，吕学隆说咱们的美子妹子又回来了。"

"甚？人死了能复生？"

"对，不可能，美子是该魂归故里了呀！"

屋外的唧唧虫声歇了，屋里老妻仍旧气息呼呼。车毅斋百感交集，更加无法入眠。

第二天早饭后，车毅斋带着黑眼圈，强抖精神，与各地拳友依依惜别，相约有缘再来相聚。

杜心武、霍元甲、马耀南、范青等年轻拳师，非常留恋这一次难得的相聚，彼此结为终身好友。王正谊当然要去师父董芳伦家走走。

李太和这次不走了，定居于其父李飞羽的赵家巷寓所，与车毅斋等一道保镖护院，习拳授徒。

郭云深总是与众不同，他也不走了，要在太谷多住些日子，好与车毅斋进一步讨论形意拳技艺。

一天晚饭后，吕学隆与李复祯、王凤翙等围在郭云深身边聊天，吕学隆问道："郭师，您的弟子中有个风流倜傥的美男子吗？"

"呵呵，"郭师不好意思，"他们人性都不错，相貌可和我差不多，都长得一般。"

"那么，也有黑如锅底、丑陋不堪的吗？"

"倒也不至于过分难看，"郭师觉得吕学隆话中有话，追问，"你今天咋了？我的徒弟怎么了？"

"有两件事早想给您说道一下。"学隆就把来太谷糟蹋无数妇女的"花蝴蝶"，山西、河北交界处"十八盘"为非作歹的"黑老鸦"的事情讲了一遍，并说那两个人口称都是您的亲传弟子……故事未完，郭师已经按捺不住，火冒三丈，跳下炕来吼道："你们怎么不早说！那王八蛋'黑老鸦'呢？"

吕学隆说："叫我师兄复祯哥给收拾了。"

郭师情绪转过来，对着李复祯表扬道："复祯，好样的！"然后接着问学隆，"那个'花蝴蝶'呢？"

"俺让他改邪归正了。"吕学隆如实禀告。

"你没宰了他？"

"给了他一次机会。"

郭师说:"这一黑一白,原是窦仙君手下的哼哈二将,我当初怎么就没一起宰了这两王八蛋呢!那个'花蝴蝶'难免还要再使坏,咱们逮住他就要把他千刀万剐!"

吕学隆看看郭师已经怒不可遏的样子,没敢再说贺运亨滹沱河惩治而未杀"花蝴蝶"的事情,要是再说出来,郭师肯定会气得三天三夜不吃不喝!依他那嫉恶如仇的个性,必然要去找到"花蝴蝶"亲手杀了。

就在车毅斋与郭云深比武后不久,北京城里发生了一件影响中国历史的大事件,波及到了山西太谷,形意拳也被卷入其中。那么是什么事件呢?请看下回。

第二十三回

"神通真人"斩妖除怪
清朝政府辱国丧权

太谷人民向来具有反抗压迫、维护正义的光荣传统。当年太平天国运动中，这里就有魔合成、智永聚众起义的英雄故事，董芳伦跟随太平天国名将林凤祥转战南北十多年，事迹更是可歌可泣。

义和团运动爆发后，太谷人民积极响应，不少青年远赴京津，参加了多次灭洋战斗。看不惯外国人横行霸道和深受其害的百姓，奔走相告，彼此串联，不足一月，数十个村庄的上百民众行动起来，准备配合河北义和团，降妖除怪，救民于苦海。

有天傍晚，一位农民装束的老人，来到贾家堡"田舍居"独访车毅斋。车毅斋正与弟子王凤翙在院子里指导几个再传弟子演练形意拳对打。来客年龄估计行将花甲，满脸沧桑，但精神饱满异常；虽然是地道的农民穿戴，眉宇间却显示着见多识广。

车毅斋看出其人必有来头，热情迎上前去问道："何方贵客，降临鄙舍？"

来人说："水秀义和团普通一卒。"

水秀"大仁寺"义和团举旗的壮举，已经轰动全县，而头领大师兄"神通真人"的传闻也不绝于耳。车毅斋没有加入佛门，但他相信义和团是替天行道，而"神通真人"的魅力也绝非凡人。他仔细端详这位"普通一卒"，已知来者身份，所以，双手抱拳，朗声表示欢迎："不知'神通真人'驾到，有失远迎！"

"车大侠客气了，临村老农民今来打扰，请莫见怪！"

车毅斋请"真人"进屋，宾主落座后，问道："真人此来，必有指教。"

"真人"直截了当，快言快语："朝廷无能，洋人横行，百姓受害受辱，怨声遍及城乡。咱义和团准备收拾狗日的洋鬼子。今天特请大师，助俺们一臂之力。"

看着饱尝人世艰辛、颇具仙风道骨的"真人"，车毅斋感慨地说："国家兴亡，匹夫有责。俺最恨透了的就是洋鬼子小看咱中国百姓。近年来，咱太谷境内，洋人横行也时有耳闻。这样吧，老朽虽年事已高，可也愿听从'真人'的调遣。"

"不不不，您是大清五品军功，杀鸡还用宰牛刀？"一听车毅斋这么慷慨，"真人"也被感动，伸出大手说，"就咱们太谷的几苗洋鬼子，还用得着大师亲自出马？您只需给俺拨两员大将就足够用了。"

车毅斋说："那也好，不过随时需要，俺马上披挂上阵。"他叫来院子里的王凤翙，"您看他行不行？"

"真人"只见凤翙身材笔挺，体格健壮，满脸虎气，二目精明，又值正当年的年纪，拊掌大喜，立刻表示："谢谢车大侠！没有问题。"

"俺随时听候'真人'调遣。"王凤翙挺着胸脯，当场表态。车毅斋让凤翙随后叫上孟兴德一起去。

"真人"此行，如愿以偿。当送出"田舍居"，看着晚霞里披着长发而去的老斗士，车毅斋心里似乎有了点廉颇老矣之感，他在心里暗暗祝愿义和团救民水火，所向披靡。

第二天上午，王凤翙领"大老黑"孟兴德到了水秀，找"神通真人"报到。

太谷义和团团部设在村东边的"大仁寺"，"神通真人"住自己的旧家。那是一所破旧的土坯房，周围连围墙都没有。他正和几名外地义和团员在光席子的炕上谈论起事的事宜，看到年轻朝气、英姿勃发、身背长枪的王凤翙和膀大腰圆、形似张飞、腰挎大刀的孟兴德二位形意拳师，非常激动，立刻下地迎接，说："有二位冲锋陷阵，咱们义和团如虎添翼。真得谢谢车大师！"

"从今以后，俺俩唯'真人'之命是从！"王、孟挺着胸脯，严肃地表态。

其他几位义和团头领，操着外地口音，也紧紧握着二位的手，诚恳致谢。

王凤翙受命，就在水秀训练民众；孟兴德前往六七里外的朝阳村——义和团的另一个营地去训练人员。

却说急性子孟兴德，告别众头领大步流星赶往朝阳。一进村，好大的一个打麦场上，一位身穿长衫、貌似军师的瘦高个男人正在训练队伍。他大声说："形意拳人孟兴德，奉'神通真人'之命前来入伙。"

"啊，知道了，您是车大师的得意门人。谢谢啦！"长衫人自我介绍，"俺叫籍兰溪，朝阳本村人，看不惯洋人横行霸道，响应'真人'，加入了义和团，正与团民一道自家操练。您来得正是时候，好好教我们几手！"

孟兴德立刻当起了教头，投入正规训练。别看他生得粗笨，由于多年跟车毅斋训练，学到了一套本领。他采取同步开始、能者为师的办法，比较见效。籍兰溪配合他，在教习中专门为大家编了一套快板《铁锹战歌》：

> 锹把直戳当枪，锹头翻飞似刀。
> 上挑下劈顶棍，整个扔出是镖。
> 锹随腰身旋转，只听鬼哭狼嚎。
> 天下第一兵器，八戒拿来降妖。

且说太谷义和团民，经过训练，人人有了腰腿功夫，兵器在手，更是信心百倍。"神通真人"说："大家只需赤膊上阵，把胸脯啪啪啪几声，大呼唐僧、沙僧、八戒、悟空，就可以刀枪不入。"

一切准备就绪。时光到了初秋的七月初一，当天是天津义和团跟八国联军激烈战斗的日子，

清代太谷教堂

太谷义和团大师兄"神通真人"下令：召集七十二村的骨干团民二百多号人，直捣本县里美庄"公理会"。朝阳籍兰溪的队伍当然也在此列，他们准备和洋鬼子评理、算账。

红日高照，义和团民个个热血沸腾，他们肩扛锄、锹、棍、棒，浩浩荡荡，好不兴奋！

到了里美庄，那"公理会"坐落在村东高坡上，房子挺高，圆门洞府似的大门，一天到晚紧闭。

"神通真人"带领民众浩浩荡荡，喊着口号，登上十几层台阶，来到门口。几个义和团团员"咚咚咚"捣门，勒令洋人出来答话。在一片山呼海啸般的呐喊声中，一个手拄文明棍，白发白脸的高个子的外国人出门观看。

"俺问问，你们洋鬼子为什么整天耀武扬威，随便欺负俺们中国老百姓？""神通真人"强压怒火，先礼后兵。

"狗！狗！狗！（英文go）"洋人略通汉语，骂了一声，让他们走。

"呔，你有眼不识泰山！"孟兴德首先大喊。

"太岁头上拉狗屎啦！"王凤翙附和。

"宰了这王八蛋！"众人高呼。

外国人的无视无礼，简直是欺人太甚、罪不可恕，岂能不叫当场民众义愤填膺！

"神通真人"披发仗剑居中，两眼一眯，口中念念有词。两旁的王凤翙，相貌堂堂，剑眉倒竖，昂首挺胸，手执长枪，威风凛凛；孟兴德，虎背熊腰，满脸黑胡，手持大刀，凶神恶煞。

一看这两位哼哈二将威武的样子，外国人也有点不寒而栗，大鼻子哼了哼，强装镇静，大手一摆，仍然叫喊着"go go go"，准备关门。

"神通真人"摸一把脸，长发一甩，一步上前，指着外国人喊道："跟你讲理你不讲？还拉狗屎喷人。"话音未落，那外国人竟然趁他来不及防备，一棍子打在"神通真人"头上，"神通真人"顿时血流满面。

在中国的地盘上，在光天化日之下，外国人居然如此欺人，无法无天！籍兰溪首先高呼："洋鬼子行凶啦！"

义和团民众一看，人人怒不可遏，不等下令，一拥而上。"神通真人"带伤大呼："大家往上冲啊！"

百姓在呼喊声中蜂拥而上，洋人立刻将大门"咣当"一声关死了。

王、孟二位哪里受得了这气，发挥出形意拳人的特长，用"旱地拔葱"法，纵身一跃，上墙；再一跳，入院，开门，放人。铁锹、锄头、枣木棍一起冲了进来，里边的洋人有的钻床下，有的藏茅房，躲得无影无踪。

"搜！"真人一声令下，"公理会"里平日不让中国人看的地方，今天成了老百姓的天下，义和团民众破门而入，翻箱倒柜，四处搜查：大箱子里揪出一个，床底下拽出一对，茅房里藏着刚才举棍打人的凶手，被孟兴德大手一提出来了。

找出来的外国人被集中在大门前的高台上，"神通真人"义正词严地教训道："你们平日里霸道横行，欺人太甚，惹得天怨人怒啦！"他朝天拜了三拜，转身叫道，"形意拳师傅何在？"

王、孟二人应道："在，在！"

"杀猴给鸡看！""神通真人"仙手指着一个头领下了令。

孟兴德手起刀落，杀了一个外国人头领。义和团团民及跟随的群众拍手称快。

初秋的艳阳让人们热血沸腾，情绪激荡。他们在"神通真人"的带领下，从里美庄出发一路浩浩荡荡进了县城，沿途又有不少人加入进队伍，此时已不下千人。他们径直包围了南大街白塔东侧坐西朝东的美国人办的福音院。

时间正是中午时分，一个白头发白胡须白脸皮的管事人，据说叫莱浩德，听到门外喧闹，手提一根文明棍，出来往门口一横，棍指众人，嘴里用中文叫道："你们赶快滚蛋！"

义和团民众怒不可遏。披发仗剑的"神通真人"站在队伍的最前头，愤怒地说："我们是中国人，站在自己的土地上为什么要滚蛋？该滚蛋的是你们这些洋鬼子！"

莱浩德逞能，举起文明棍朝"真人"打了过来。孟兴德早有了防备，一个箭步上前，左手刁住棍子，右手顺势只一个"单虎形"，外国人已被推得仰面朝天，摔倒在地。人们正在欢呼，不料莱浩德后边的一个牧师立刻拿枪对准王、孟，"砰砰"就是两枪，王、孟二人下意识一闪，击中身后两个团民，二人顿时血流如注，倒地而亡。

"光天化日之下，洋鬼子开枪杀人啦！！"长衫军师籍兰溪面对大众，大声呐喊。

"为死难者报仇啦！"有人立刻振臂高呼。

义和团团民和围观的百姓，人人气炸，不等"真人"下令，数百民众一下子冲进了福音院。大门上的牌匾不知被谁拽下，蹬踩得满身狼藉、木折匾残。一伙外国人被民众戗着脖子按着头，提了出来，个个失魂落魄、哆哆嗦嗦！

"把这些洋鬼子拉去游街！"不知谁喊了一声，大家立马响应。"神通真人"披发仗剑走在前排正中，一边是剑眉倒竖、英姿飒爽的王凤翔，一边是满脸黑胡、挺胸叠肚的孟兴德，这二人就像天神下凡，好不威风。

外国人头上的帽子被歪戴，脸上被抹了污泥，被义和团民摁住头跟着走。

有人不断带领人们呼喊口号："不许欺负中国人！""为死难的乡亲报仇！"

走南街，过鼓楼，再游东、西大街。最后，游行队伍再回到福音院。站在门前的高坡上，面对地下的两具同胞的尸体，"神通真人"悲愤难抑，把长发一甩，居中而立，慷慨激昂地对民众演讲起来：

"洋鬼子在天津、北京横行霸道，滥杀无辜，逼迫政府签订什么条约割地又赔款。俺义和团拳民全国有五万多人，正在血战京城，咱们太谷的洋鬼子和京城的洋人，都是一个茅坑里的货色，抢占土地，欺压百姓，蛮不讲理，横行霸道，刚才又杀死百姓两名。咱义和团的旗号是扶清灭洋，今天，俺们就灭了这群狗杂种，为死难的民众报仇！"

"扶清灭洋，灭了这群狗杂种！"王、孟带头呼喊。

"杀了他们，给被杀的同胞报仇！"

"宰了狗日的！"

"神通真人"手一举，下令："斩妖除怪！"

立刻，一群义和团民处斩了杀人凶手牧师、莱浩德全家和几个传教士。

但是，随着京津一带义和团被中外势力联手镇压，支持义和团的山西巡抚毓贤被革职、流放，太谷的义和团最终被平叛了。"神通真人"下落不明，籍兰溪锒铛入狱。至于形意拳人，在当地势力比较强大，车毅斋又被清廷授予"花翎五品军功"，所以未遭镇压，大批义和团民也没有被杀戮。

然而，官府接下来的丧权辱国之举却令当地百姓愤怒难平。美国"基督教公理会"向太谷索赔两万五千两白银；逼绅士孟儒珍献出城东孟家花园做坟地；逼县当局建一所以那两个外国传教士"贝如意"和"露美乐"的名字命名的"贝露学校"，让当地人永久纪念他们。

义和团运动之后，八国联军攻破北京城，大清太后慈禧挟光绪皇帝仓皇西逃，路过山西太谷，车毅斋和他的形意拳人与朝廷官员有了一次正面接触。欲知详情，请看下回。

第 二十四 回

慈禧出逃，极尽敲诈勒索
车公护驾，目睹贪腐龌龊

那是光绪二十六年庚子（1900年7月21日）凌晨六点。天未明时，负责紫禁城宫中值班的辅国公载澜飞驰入宫，说八国联军已攻东华门。慈禧太后知道事情已到最后关头，要跳水自尽，载澜拉住她衣服说："不如且避之，徐为后计。"太后这才哭着徒步出宫，发不及簪；命光绪穿着素服在后跟随；隆裕、瑾妃及大阿哥等一同登车。王公大臣或骑马，或徒步，形成一支千余人的队伍，出神武门由景山西街经地安门，沿着鼓楼向西顺城墙根到了德胜门，中午在颐和园草草吃过午饭后，没敢耽搁，继续向西北逃去。

清廷上下如丧家之犬，提心吊胆，风餐露宿，狼狈之状无法言传。慈禧太后感叹："皇家失时，不如百姓也！"

出逃的随员，除了大太监李莲英，还有庆亲王等心腹。到达山西天镇，慈禧收下前来迎驾的县尹鲁永，连升三级，使其负责筹粮筹款。

到达大同后，稍得安逸，粗茶淡饭也觉甘甜。在大同，慈禧对随行官员做了调整，任命载漪为军机大臣，载澜为御前大臣，以溥伦管理前锋护军练兵事。山西布政使李廷箫赶至，进献白银十万两。

停了几日，慈禧率队向南，再宿忻州，住贡院后花园。时值中秋，多日的逃亡生活让太后身心疲惫，于是下令在花园摆上供品，与随从一起赏月。

兴致所至，令大内护卫教头尹祜舞剑解闷。

尹祜遵从圣旨，脱下官服，展示起了八卦剑绝技。皎洁的月光下，只见他开始用意不用力，以意行气，以气运身，以心运剑，剑随身行，步随剑动，人剑合一，宛若行云流水，又似飞流直下。随从人员对尹祜的表演报以阵阵掌声，慈禧太后坐在供桌前，苍老的脸上也一洗多日的恐惧与忧伤，心绪悠然。

大家正在放松心情，欣赏拳艺，尹祜也正舞在兴头上。忽然，一个亮闪闪的飞镖直奔太后，尹祜立刻顺手亮剑一指，只听"当啷"一声，与飞镖相碰，镖落供桌上。

慈禧吓得面如土色，瘫倒在地；随从也战战兢兢，站立不稳。尹祜捡起飞镖一看，铮明发亮，上面清清丽丽刻着五个字："侠客杜心武。"

侍从扶起太后，太后半晌才缓过神来，仍然心有余悸，问道："何方匪盗，敢来行刺？"尹祜下跪回答："刺客名叫杜心武，这个贼寇十年前还在清宫作侍卫，他眷恋武术，八方拜师，观摩山西车毅斋、直隶郭云深二位形意大师比武后，下落不明。据说在从事大逆不道的事情。"

慈禧下令："抓住他！"

尹祜答道："为臣一定尽力！"

一片黑云遮住了月亮，缕缕阴影笼罩在心头。慈禧太后解闷不成，反带来更大的恐惧。君臣们提心吊胆，又熬过了一个不眠之夜。

原来杜心武辞别车、郭大师之后，云游天下，接受了民主思想的影响，开始了推翻清朝政府的革命生涯。得悉慈禧太后离京避乱，他跟踪随行，潜伏在忻州贡院，趁夜行刺，可惜尹祜防卫甚严。不过，一支飞镖也令慈禧失魂落魄。

月底，慈禧一行来到太原。杜心武分析，清廷必找车毅斋护驾，他估计车毅斋目前尚且心怀爱国忠君思想，因此不想为难这位北方大侠，遂暂回南方。

朝廷在山西筹得粮款已相当可观，继续西逃。到太原略作小憩便经太谷南下西行。史籍《庚子西行记》载："八月十八日往太谷，去省二日程，未至二十里，榆柳夹道，路平如砥，旅店整洁，肴馔丰盛，酒则黄白均有，肴则南北具备。盖其地为晋省富户所萃，非如是不足邀其顾盼也。"

离太谷县城十里，知事徐永辅就率队叩地迎接，所经之处，事先早已做了精心布置。

慈禧一行由南门入城，已近午时。他们看到城墙高约数丈，砖体坚固；城楼耸入云端，气势恢宏。进入南大街，只见街道整齐，商铺云集，丝绸、布匹、药品、珠宝，应有尽有，只是因为他们的到来，不让老百姓上街，显得更为宽阔。

前方古楼，雄踞县城中央，远远望去，楼端是歇山顶各色琉璃瓦，五彩重翘品字斗拱。楼顶正脊中央是太公与铁刹，两边插骑马八仙，红墙绿瓦，造型奇特。走近了，只见城门洞上"仪凤"两字分外醒目。

"此地的鼓楼如此别具特色，可有来头？"慈禧饶有兴趣地问道。

徐知事叫过来一个知情人介绍说，这座鼓楼修建起好几百年了。当时，县官要求鼓楼必须四面通畅，能工巧匠们苦思冥想，百日无方。一日傍晚，大家正在一筹莫展的时候，走来一个衣衫褴褛的干瘦老头，丢下手中的一只筹头，转身而去。工匠们走近，看到筹头里放着两片纸，只见上面各有

太谷鼓楼

"鱼"和"日"二字。一位匠人想了好一阵，忽然茅塞顿开，他说："一个鱼，一个日，合起来不就是一个鲁字？这是鲁班师爷来点化咱们的！"他这一讲，众人也恍然大悟，可是再找老头时，早已飘然不见。于是乎，就有了这么一座四面开门的筹头式的鼓楼。鼓楼建在方形的砖砌台基上，辟十字交叉四个门洞，可通县城东、西、南、北，东是"观象"，南是"仪凤"，西是"眺汾"，北是"拱辰"，高大雄伟，十分壮观！

太后听得津津有味，不住慨叹："神仙赐福，社稷大幸也！"

"是是是，社稷大幸，大幸！"随员一齐奉承。

一行人穿过鼓楼，往北不远，便是太谷县衙。衙门宽敞，但并不豪华；大堂威严古朴，两旁各有一棵参天老树，显示着此地年代的久远。慈禧在侍从陪同下，步入大院，只见大堂正面雕梁花鸟彩绘，姿态各异，栩栩如生。柱上嵌对联一副：

长吏多从耕田凿井而来视民事须如家事
吾曹同讲补过尽忠之道凛心箴即是官箴

太后看了，面带微笑。再看，大堂中间悬挂"县衙正堂"金字大匾，匾额下为知县审案暖阁，阁正面立一海水朝屏风，上挂"明镜高悬"金字匾额。三尺法桌放在暖阁内木制的高台上，桌上放置文房四宝和令箭筒，桌后放一把太师椅，其左为令箭架，右有黑折扇。暖阁前左右铺两块青石，左为原告席，右为被告席。太后说："此处县府，规格不低啊！"

从大堂西侧往后便是二堂，再后是后花园。慈禧一行被知事安排在这里休息。她想起忻州贡院的那支飞镖，仍然余悸未消，左右官员赶紧给她汇报说，这太谷是有名的形意拳之乡，有许多武艺高超的镖师，尤其是一个叫车毅斋的，更是名震全国，前些年曾经在天津擂台赛战胜日本人，当时朝廷还授予他"花翎五品军功"。太后立马下令召见。知事火速差人去叫车毅斋。

县衙正堂，两班文武挺胸叠肚，威风凛凛，侍立两旁。慈禧正襟危坐，传车毅斋觐见。

车毅斋知道是慈禧太后召见，专门穿上五品军功服，顶戴花翎，不卑不亢，叩见太后。

慈禧说道："你是本朝正五品啊！"

车毅斋下跪回答："谢朝廷恩典。"

慈禧接着说："听说你是天津击剑擂台大赛剑败倭寇，为大清朝廷争了光的形意拳大师？"

"正是草民。"

"今年高寿？"

"不敢，草民虚度春秋六十有八。"

"好精神！还长朕两岁呢。"太后龙颜大悦，对两边大臣说，"皇家在山西的安全就全权交给他了。"

"车某虽然老,却可带弟子为国家效犬马之力。"车毅斋回答。

"赐座,赏晚宴。"

晚宴是太谷著名的八碟、八碗、四炒、四烩,六十个厨工忙活三天三夜,让颠沛流离多日的慈禧太后和随行人员大饱了一顿口福。

酒足饭饱之后,上来一道奇特的糕点:形圆、色黄、芝麻敷皮,未尝先香;轻轻入口,不嚼自化,甜而不腻,酥软爽口,味纯鲜美——天底下还有这么不可思议的糕点?慈禧惊喜之余,随口问左右:"这是哪里的点心?"

徐知事回答:"就是本地太谷产的。"

太后情不自禁,脱口而出:"啊,太谷的饼好吃!"

太谷饼

"太谷饼好吃",她的话那可是金口玉言,从此"太谷饼好吃"一传百年。

其实,这种"饼"当地原来叫"油干饼",是本县沟子村财主员家"田禾居"秘不外传的家用糕点,由精细面粉、高级砂糖、纯净饴糖、上等芝麻香油、脱皮饱满芝麻等经过一系列特殊的工序精制而成,放在瓷器里,甚至可以保持湿润鲜美达半年有余。

后来太后回京后,仍然念念不忘"太谷饼",责令地方官员年年进贡,成了皇宫的御用糕点。

慈禧太后一行暂住太谷期间,车毅斋与众弟子在县衙四周严密防范,昼夜不敢懈怠。慈禧知道车毅斋的功夫,心里踏实。傍晚,还观赏形意拳弟子们演示的拳脚,五行拳、十二形、对练、散打。太后高兴之余,免不了赏赐。

吃好了,睡好了,歇心了,国库也鼓了。慈禧意犹未尽,第二天早饭后,问知县徐水辅,太谷可有好去处?

"有有有,太谷自古就有十景,它们是凤山春色、象水秋波、龙岗烟雨、马陵积雪、古城芳草、吴冢斜阳、松岭晴岗、酎泉春水、磨龛云树、雪峰夕照。"

太后旁顾车毅斋："你说哪里最好？"

"应该是酎泉，太谷人叫神头。"车毅斋脱口而出。

"听你的，起驾游神头。"

太谷"神头"也叫"酎泉寺"，年代久远，历经几个朝代的毁坏和重建或修葺。寺院坐南朝北，依山势而建，寺内有石佛、石窟、亭榭，最难得的是山壁上存有米芾题的"第一山"石刻。

相传米芾游太谷酎泉寺，被此地的山水所陶醉，无法自抑，再发癫狂，即兴在山上石壁上泼墨直书下"第一山"几字；下得山来，忽见少了一笔，随行的厨工一时焦急，随手递过一把锅刷，米先生信手蘸墨将锅刷甩出，"山"字遂得以完整。

每年农历阳春三月十六，山坡满眼绿、杨柳万千条的时候，是这里的盛大庙会。周围数十里的百姓都来踏青赶会，庙会上的小食、杂耍、手工艺品不一而足。

慈禧太后一路上听人介绍，感觉良好。未到"酎泉寺"山门，已觉清风拂面，凉爽宜人，而淙淙流水之声，更有如仙乐入境。

进入寺院，只见亭台殿庙，层层叠叠，绿树红墙，直达山腰。进得山门约莫二三十步，一座水阁凉亭，闲卧两潭碧水之上，其名"四明亭"。亭的东西两潭水之南壁，各有一条玉龙，口含白雪飞瀑，喷出数丈，如白练，如轻雾，日照如彩虹；而潭水之北，则水平如镜，清澈见底，芰、荷、萍、藻间，游鱼时而怡然自得，时而往来倏忽。

慈禧坐在"四明亭"上，侍从送上清凉醇香的寺庙特制小吃"灌肠"，她用竹子木签折起带有蒜末、陈醋、香油的菱形"灌肠"片，清、凉、香、

清代太谷酎泉寺

辣、酸,五味俱全,美不可言。

游完酎泉寺,慈禧一行就离开太谷,继续他们西行逃亡路,目的地是西安。太后让车毅斋率弟子们再护送一段。

出了太谷境是祁县,县衙同样夹道欢迎,盛情款待,绝不差于太谷。祁县各家财主,为了在皇上面前显示声誉,各逞其能,乔家出银子最多。

慈禧一行人浩浩荡荡,各级官员前呼后拥,出了祁县城约二十来里,刚进山口,忽然闯出一彪强人,摇旗呐喊,挡住了去路,扬言"留下买路钱"!

清廷官兵不免紧张,侍卫立刻层层围住太后、皇上的车辇。车毅斋闻声,扬鞭策马而出,大喝一声:"哪路盗匪?敢在此横行!"谁知那些土匪并不在乎,一字排开,仍然大喊大叫。

等了好一阵,旌旗和喽啰簇拥之下,一匹高头大马出列,上面端坐一人,肥头大耳,满面油光,左顾右盼。车毅斋一看,原来是曾经火攻乔家大院的猴三,气不打一处来,喊道:"匪头听着,速速让开,倘若迟疑,人头落地!"

"不管是谁,留下钱,走人;不留钱,留头!"猴三说罢,挺枪跃马,冲了过来。

二人马上盘旋,那猴三才认出了是车毅斋,刚要说话,车毅斋右手执枪,左手出掌,做个手势,佯作大声喝道:"狗胆包天,敢拦皇上御辇,岂不是找死?"

猴三不知该咋办了,车毅斋压低声音说:"为什么又干坏事?"

"师父不是允许俺劫取不义之财嘛,这皇上的财不都是勒索百姓的?"

车毅斋说:"皇上正在落难,没钱了,你去吧!"

猴三才转过身去,车毅斋又叫他:"站住,回来!"放低声音说,"咱们打斗一阵你再跑。"

那猴三已知其中的奥秘,一声呐喊,舞动起形意拳"翼德枪"大战起来。

"拿命来!"猴三吆喝道。

"形意枪下作鬼去吧!"车毅斋也疾言厉色。

一场鏖战,官军助威,土匪呐喊,一个"翼德枪",一个"六合枪",来来往往,尘土四起,约莫打斗二十多个回合,车毅斋大喊一声:"招枪!"猴三马屁股上挨了一枪,落荒而逃。车毅斋率队追杀一阵,土匪四散上山,官军得胜而归。

"怎么不宰了那贼头？"一个皇上侍从问车毅斋。

车毅斋答道："贼人跑得快，姑且便宜他了。"

朝廷仍旧一路南下西行。所到之处，官府自然是夹道欢迎，大排国宴，进贡献银，一项也少不了，一处比一处有过之而无不及。行至河东一带，宴席已经扩展到"满汉全席"一百零八道菜，一顿饭耗资上万两白银，反正财物都是从老百姓身上搜刮来的。作为车夫出身的车毅斋，全程护送，一一看在眼里，寒在心中。

慈禧太后一行终于到西安了，安顿下之后，她做的第一件事就是拔除西安原有势力，一场宫臣之间的斗争在所难免。

且说车毅斋归来，想着护驾一路，目睹了清廷大员的贪污腐败不作为，唉声叹气，性格大变。他这时才意识到，原来官府、百姓两重天，朝廷、民众是冤家。当初想象中爱民如子的官吏，原来都是些吸百姓血的蛆虫，为他们效力，不异于助纣为虐。他甚至后悔，当初实在不该为他们保驾护航。

车毅斋漫步县城街头，心乱如麻，走出东门，没多远，"瀛东玉器店"五个大字清晰在目。他迷迷糊糊步入店里，柜台之后，端坐着一个妙龄少女：身披素色外套，乌发飘逸，面容白皙，身材苗条，尤其那双丹凤眼，亮似秋水，楚楚动人。他不由自主地说道："美子妹子，你，在这里？"

"老人家，您找谁？"银铃般的声音响起来，车毅斋闻听，眨了眨眼，定了定神，才清醒过来。他仔细端详了一阵女孩，发现她太像窦美子了，于是问道："小闺女，你叫甚？"

女孩大方地回答："人们叫俺美子。"

"啊，你多大啦？"

"十六。"小闺女腼腆地说。

车毅斋吃了一惊：也是十六？四十年前吉安堂里拜师仪式上窦美子的一幕，立刻浮现在眼前。他失魂落魄，迈出店门，踉踉跄跄而去。

回到家里，车毅斋将东门外所见一五一十告诉了老妻。春花也无法相信，她抚摸着已经花白了的头发说道："莫非世间真有死而复生的事情？"

"不会吧。"车毅斋历来不信这一套。

"那真的是神仙下凡？"

"也不会吧。"

"要不,是美子的私生女?"

"更不可能,美子是那样的人吗?"

心里有事,精神就不爽;吃饭不香,跟着就会生病。车毅斋当天就躺倒在炕上了。

这天晚上,吴秀才得知老伙计车二心情不爽,身体不适,找上了门来。他边进门边吟古诗:

> 日出扶桑一丈高,
> 人间万事细如毛。
> 野夫怒见不平处,
> 磨损胸中万古刀。

吟完坐到车二身边问候道:"老兄'人间万事细如毛'了吧?"

"知我者,老弟啊。"车二说。

"人生在世,实难如意。小自娶妻生子,大至宦海浮沉,天地之大,一帆风顺者,自古及今,能有几人呢!古人早就说过,伴君如伴虎啊!你看老弟我,为什么一生不求功名?人们说俺是傻子一个,其实,乃祖上遗传,吾祖泰伯,不恋西周帝位,隐踪民间,俺作为后人,早视功名如粪土啦!"

"况且,即便求得一官半职,倘若当官不给民做主,不如回去卖红薯呀!普天之下,有个海瑞,一心为民谋福,最终还不是被朝廷罢官?老兄你呢,委实是个堂堂正正的大英雄。你仗义疏财,恤贫济孤,为民除害,为国争光,百年之后,必将名留青史。"

说到这里,秀才话锋一转:"但是,正所谓'金无足赤,人无完人',一者你过于轻信别人,黑峰山上当,就是教训;二者,你不会变通,将窦美子交到官府,白白送了一条人命。你啊,脑子太实,难免吃亏呀!"

车毅斋颇有感慨地说:"唉,俺这人从前是太迷信朝廷了,以为各级官员都是百姓的父母官,没想到一个个溜须拍马,都是一群贪官污吏!"

跟吴秀才推心置腹的一席谈话,使车毅斋受益匪浅,多日的烦恼,一扫而光。是啊,世上哪有什么世外桃源?光明正大为百姓办事,就永远不错。

想到杜心武等人，虽然年轻，却颇有见地；仁兄董芳伦，良言劝解，当时自己仍旧迷信朝廷。回想起来，自己一味愚忠，名为朝廷效劳，实则不异于为虎作伥！这样的事，以后尽力不做或少做。

车毅斋思想转过来，身体也就很快好了。就在这时，他接到郭云深派人送来急信，说直隶义和团总教头李存义，出生入死，浴血奋战，为了"扶清灭洋"，冒着枪林弹雨，拼死拼活，结果，反而被朝廷悬赏，派鹰犬追杀！李存义不日将到太谷，请车毅斋做好接应并保护。

车毅斋看着郭云深的来信，计算着李存义的行程，盘算着营救保护办法。要知他是如何做的，请看下回。

第二十五回

李复祯铲除清廷鹰犬
郭云深再访形意同门

且说直隶义和团总教头李存义,在师叔郭云深营救下,摆脱围捕,只身投奔山西车毅斋。

李存义一路奔波,不停打杀,好不容易趁夜间即将到达太谷,却前遇乌马河水,后面来了朝廷追兵。他回身正准备与清兵拼命,忽听有人大喝一声:"呔——存义兄稍歇,形意拳人在此等候多时了!"话音未落,仿佛从地下突然冒出八个彪形大汉。

怎么回事?原来这就是车毅斋制定的办法。

这天傍晚,车毅斋依照郭云深信中所说,估计李存义即将到来,安排弟子李复祯、王凤翔、孟兴德、樊永庆、吕学隆、李发春、孟天锡、武杰到乌马河边埋伏等候,营救李存义。

"杀不杀清狗?"李复祯出发前问师父。

车毅斋说:"对于普通百姓,能容人则容人;对清狗,不能留情,一个字,杀!但是不得留下任何蛛丝马迹。"

"弟子明白。"

李复祯等携带武器,悄悄埋伏在榆次到太谷的乌马河一带,等到了李存义和追杀他的清兵。

月光之下，李复祯他们看到一个身材高大、大步流星、手执单刀、且走且顾的人，就知道应该是李存义到了。再看李存义后面不远，有尾随者四人，个个身穿一样的夜行衣，左顾右盼，走路时疾时停——显然是追杀存义的清兵。

李复祯做个手势，大家心领神会。

李存义刚下乌马河滩，四个清兵发现有河水挡住去路，立刻扑了上来。李复祯一看，大喝一声，八人跳出来，放过李存义，一字排开，亮出家伙，拦住清兵去路。

"大胆蟊贼，敢挡朝廷命官的去路！"清兵正准备生擒李存义建功立业，没想到半路杀出了"程咬金"，哪能不气急败坏！

"挡的就是你们这些清狗。乖乖回去，能保小命，不然——"李复祯冷笑一声，"明年的今天，就是你们的忌日！"

清兵一听，没想到大清朝天底下，还有如此胆大包天的狂妄之徒，不由分说，挥舞刀枪，直攻过来。

这四人是清廷四员大内高手，都是江湖上的佼佼者，忠君思想促使他们投身官军。进入紫禁城后，他们被封闭于皇城，与世隔绝，心地变得极为凶残。他们一路尾随李存义，今天到此一看，河岸开阔，又有河水阻拦，以为机会来了，猛扑上前，没想到却被李复祯等一帮人拦下，岂有善罢甘休之理？一腔怒气，燃烧在刀锋枪尖。

两名形意拳人战一名清兵，清兵并不在意，他们上蹿下跳，形如闪电，刀光剑影，虎虎生风。

吕学隆是有心人，他在应对之余，发现这几个清兵练的是山东"螳螂拳"，听师父说，该拳始创于明末清初，相传由抗清人士王郎所创。其手法主要是勾、搂、采、挂、黏、沾、贴、靠、刁、进、崩、打十二个字和"不刁不打，一刁就打，一打几下"的连环进攻。

这几个清兵显然受过名家指点，明月之下，只见他们出拳出剑快速勇猛，斩钉截铁，时而正迎侧击，虚实相互，长短兼备；时而刚柔相济，连环紧扣，快而不乱，或虚或实，或上或下，变幻莫测。但是，他们毕竟是多日奔波，体力渐渐不支。

形意拳人则天天摸爬滚打，练的本来就是硬功，加之天时地利人和，遂将打斗当作演练，一个个忽攻忽退，忽前忽后，忽左忽右，况且两战一，不到两个时辰，清兵已晕头转向，失去抵抗能力。

月亮下去了，东方尚未发白，三个清兵已被先后宰杀。不是他们拳种不好，也非剑术不精，主要是他们日夜兼程，疲于奔命，身心憔悴，岂有不死之理！

剩下的一个是领头的，看着整日相随、形影不离的伙伴们尸体横躺，气得眼睛都红了，嗷嗷狂叫："凭人多势众，死也不服！"李复祯哈哈大笑，"入门以来，还没遇过对手，来来来，俺和你空手单打独斗！"他把大枪往沙滩一插，摆出了形意拳"三体式"。

那清兵心高孤傲惯了，把长枪一甩，亮出了长拳的进攻架势：右脚后撤左弓步，右掌外旋自右向上向前划弧，左掌提至腰间，掌心向上，左掌经右臂向前穿出，右掌收回腰间。

"架势不错呀！"李复祯暗想，示意对方开始。

清兵知道没了退路，只能孤注一掷。他如同一头野兽，狂奔乱跳，拳脚凌厉无比，使用冲、劈、崩、贯、砸拳法，推、挑、撩、砍掌法，以及弹、蹬、踹、点、铲、踢、扫腿法，一股脑儿地进攻；李复祯则用形意拳"鼍"形回应，以钻、横、翻、拨、刁、拿、钩、挂，一一化解对方攻势并消耗其体力。

双方打斗了一个时辰，几十个回合，那清兵的进攻节奏越来越慢，拳脚越来越软。看看时机成熟了，李复祯心想，也该送他上西天了，一个"鹞子钻天"，对手已经口鼻淌血，拳脚彻底失去了章法；李复祯又卖个破绽，将后背亮出，清兵以为机会来了，用一记开山拳，使尽了平生气力，挥拳劈头盖脑直扣过来，企图一招置李复祯于死地；李复祯早有防备，来了个调臀九十度，使出一招"鲐"形"护尾"绝技，双拳一抬，只听"嘎嚓"一下，清兵惨叫一声，两肋尽折，心肺俱裂，大口吐血，倒在地下，再也不动了。李复祯用脚踢了踢他，知道死了。

此时，东方已经泛起了红霞。李复祯和弟兄们鏖战一宿，完成了一件大事，好不轻松！旁边的李存义当了观众，从头到尾看了个一清二楚，心想：形意拳人好厉害的招数！

直到这时，大家才有机会与李存义相认。

李复祯说:"你应该是存义兄吧?"

李存义回答:"是啊,我就是李存义。一看你们的功夫,就知道肯定是车大师派来救我的兄弟。谢谢你们了!"

李复祯说:"都是师父的精心安排。"

"你应该是复祯贤弟。"看了他的功夫,回忆郭云深大师的介绍,李存义觉得八九不离十。李复祯佩服李存义的好眼力,而后将凤翔、学隆、兴德、天锡、发春、永庆、武杰一一做了介绍。

李存义赞赏道:"形意拳人才辈出,一个个如龙似虎,难怪郭大师经常夸赞你们呢!"

"郭大师他好吗?"吕学隆问。

"好着呢,倘若没有他老人家营救,恐怕我就见不到你们啦。"李存义把郭云深率领十几人夜摆疑兵之阵,又是放炮,又是敲鼓,吓得清兵屁滚尿流的故事讲了一遍。大家佩服郭师的粗中有细。他本来一路身心疲惫,和大家这一见面相谈,疲劳顿消。

"哎呀,莫忘了大事!"王凤翔打断众人的谈话。

"对对对,赶快先办大事。"

李复祯等按照车毅斋的事先安排,擦净身上的血迹,用带来的铁锹将四具尸体掩埋,看看确实没有什么痕迹了,这才绕道东面的便桥,送李存义去贾家堡车毅斋家。

路上,大家发现李存义仪表堂堂,虽然疲惫,仍不失英雄气概;李存义看到众位师兄弟雄姿勃勃,也格外钦佩。他询问李复祯的年龄后说:"你比我还小八九岁呢,可是功夫比我厉害多了。你击毙清兵的那拳法叫什么?"

李复祯:"那是形意'鲐形'拳,师父说是师祖戴龙邦早年在南方水乡经商期间,仿江海中的鲐鱼摆尾转臀的特技和鱼鳍进击的功能创编的。加上鼍形,共十二个,合起来叫形意拳十二形。"

李存义说:"可是,李飞羽师爷和郭云深师叔只传了我们形意六形。"

吕学隆接上说:"后六形是飞羽师爷派俺师父直接去戴二闾师祖那里继承的,除了鲐形,还有燕、鹞、鼍、鹰和熊形。拳形不同,特技各异,威力也各不相同。"

李存义感叹道:"'鲐形'太厉害,怎么使用才见效?"

吕学隆解释道："'鲐形'的特点是'护尾之能',通过调臀(摆尾),能使对手自始至终处于我的可见范围内。"他让李复祯做演示。李复祯边演示边说:"刚才我就是故意先给清兵一个背,他以为有了破绽,待他袭击的一刹那,我一个调臀、转身的同时,两拳就击垮他的双肋了,命也就没了。"

李存义说:"太好了,我得把后六形补全。"

"'鼍''鲐'都是在南方所创,咱们北方人没有见过,如果不知道来龙去脉,还真不好学。"学隆继续解释。

"对,所以学拳必须知根知底。"李存义何其聪明。

大家七嘴八舌,聊得热火朝天,倦意全无。太阳普照大地的时候,他们已到了贾家堡。

车毅斋在"田舍居"府上,早已做好安排,等他们一进院门,赶快迎接。他看着风尘仆仆、一身刚毅的李存义,非常激动,说道:"存义啊,你吃苦啦!狗日的朝廷恩将仇报,赶尽杀绝,俺就知道清狗奈何不了你的!"

"不不不,要不是您老人家精心安排,复祯众贤弟武艺高强,小侄性命难保啊!"李存义把乌马河边夜战清兵的情况做了汇报。

车毅斋说:"普天之下,邪不压正。只要坚持正道,谁也不怕,谁也奈何不了咱们。"

师母春花已经做好饭菜,大家战斗了一晚上,肚子早咕咕叫了,也不讲客气,吃了起来。

李存义一边吃饭,一边观察车毅斋:年过花甲,但体格魁梧,精神矍铄;特别是与弟子们的关系,像父亲与儿子,真是难得。

饭后,李存义带来了郭云深大师对大伙儿的问候。大家请他讲直隶义和团廊坊之战中刀砍洋鬼子的故事,王凤翔、孟兴德也讲了他们随披发仗剑的"神通真人"斩杀洋人的痛快经历。

为了李存义的安全,车毅斋还是做了安排,亲自送李存义去远离县城东五十里的南脑去当护院拳师。

这李存义虽然年龄不小,却十分好学上进。他亲眼见到了形意拳"十二形"的厉害,在护院间隙,经常去找车毅斋,为他补足了"十二形"的后六象,还学得了"挨身炮"等套路。

李复祯常常去南脑看望李存义,相互交心和交艺,成为志同道合的莫逆朋友。这二李事实上成了下一代形意拳的领军人物。

车毅斋他们把李存义视为兄弟的事实证明：天下武林不可分，晋冀形意是兄弟。从李飞羽到郭云深到李存义，关系一直密切。李存义之后，郭云深的另一个弟子刘奇兰在第二年也携子刘文华到太谷，向车毅斋学习了好几个月；回去后，又让弟子王福元专程拜访师辈车毅斋，在车家居住数月，车毅斋待之像亲传弟子，悉心传授拳艺，后来安排王福元去榆次护院谋生。

到了光绪二十九年（1903）九月初三，形意大师郭云深时隔十年后又一次专访太谷。车、郭都老了，二人紧紧拥抱，久久舍不得松手。郭云深看到的车毅斋那"田舍居"依旧，只是弟子又多了。布学宽、刘俭等几个，他还是头一回见。每天，弟子们仍旧在大院各练其功。

这一日，晨曦初露，院子里已经响起了刀枪碰击的声音。郭师步出屋外，见李复祯正举枪猛刺执刀者，枪枪毫不留情；执刀者边防边退，偶尔也伺机反攻。他看得正出神，突然，大刀寒光一闪，直劈李复祯脑门。说时迟，那时快，李复祯双手举起长枪一架，只听"铛"的一声，刀锋劈在枪杆上，闪出几颗火星。

"哎呀！"郭师惊出一身冷汗，问道："你们这是在操练？"

二人闻声收起家伙，赶紧问好。

"你叫啥？"郭师手指那个用刀的一脸虎气的后生问李复祯。

李复祯回答："他叫樊永庆，榆次人，比俺年轻六岁。这小子出手快，俺一不小心，脑瓜就开花了。"

郭云深说："你们可是用真刀真枪啊！"

李复祯说："就这样子师父还嫌俺们假打呢！"

郭师来了兴致："你们俩真刀对真枪，上下翻飞，风声呼呼，攻守兼备，杀得太好了，咱们形意拳不但要单练器械，还应该大练器械对打，用处大得很啊！对了，那年你枪挑'黑老鸦'用的就是这杆枪？"

"对啊，这枪沉，可是利索。那个贼人的枪法也真不简单，不是师父传给的长枪短用，我还不好收拾他呢！"

郭师正在赞扬李复祯，院子里进来"大老黑"孟兴德，也是熟悉人，接着聊起来。说到该不该杀坏人，郭师说："该杀就杀，尤其是那些坏洋人，杀了咱中国人还少吗？"

孟兴德说："可是俺师父太心软。"

"可是师父不是教育好了土匪猴三、西口张德义和兵霸杜山虎了吗？"樊永庆插话，"听师父的没错。"

"那也得看是什么人，'窦仙君''黑老鸦''花蝴蝶'，你不杀他们，他们还会祸害百姓！"郭师二目如灯。

樊永庆、孟兴德正准备说什么，屋里传出了刘俭的声音："师叔，开饭了！"

这刘俭年方十八岁，是车毅斋幼时同村好友刘金囤的儿子，现在是关门弟子。刘俭长得粗手大脚，不善言辞，性情淳朴憨厚，与郭云深师年轻时有些像，因此深得前辈喜爱。

刘俭的小名叫铁柱只，郭师也跟车毅斋一样称呼。"铁柱只，你啥时拜的师？"郭师问。

"今年正月二十六。俺和师父就在跟前住，八九岁就边学拳边给师父喂牲口了，那时俺刚刚能够得见马槽。"

"怎么今年才递帖？"

"过去师父总说你不急，从小就住在跟前，你听的见的比谁都多，十八岁成了人给你办。俺这一等就是十来年。"

"可是，论年纪你应该是徒孙。"

刘俭说："俺爹和师父是小时候一块玩大的伙伴，俺爹家里穷，成家迟，所以俺就年纪小，拜师迟。"

"那为什么你小名叫'铁柱只'？"郭师觉得这小名有意思。

"嘿嘿，俺生下来又粗大，又笨拙，大人们说，这娃长得像个铁圪蛋，就叫成这小名了。"

"哈哈哈，像个铁柱只！"郭师笑得非常开心，"咱俩一样，都是粗笨人，一路货色！"

郭师讲了自己从小嗜武如命的故事，刘俭听得入了迷，十分感动，暗下决心：努力效仿郭大师。

时不空过。这些日子，车、郭兄弟俩进一步切磋技艺，交流经验，他们商讨了形意十二形的排列顺序，即飞羽师当初所传龙、虎、猴、马、蛇、鸡排在前，车毅斋所补燕、鹞、鼍、鲐、鹰、熊在后；此外，又确定了"龙虎为开，鹰熊合演"的拳规，一直流传下去。

这天，车毅斋与老妻春花睡得挺晚，却辗转反侧，无法入眠，两人在回忆郭云深每次来访的过程。说着说着，他竟迷糊地睡了过去，可是突然就惊醒了，说："春花，不好了，俺做了个赖梦！"

春花也被他惊醒，忙问："你做啥梦了？"

"俺梦见云深要随飞羽师父去了！"

"你瞎想啥呢！梦是相反的，没事，睡吧。"

"我看见师父还是头箍白毛巾，身穿粗布袄，系着那条搂腰带，还是胡子八叉，在他家门口，骑在大青驴上，大声招呼：'云深，跟我去一趟北京！'"

"郭师答应了吗？"春花迫不及待地问。

"云深大声回答'好嘞'！"

这下春花也紧张起来，"啊"了一声，半天不再说话。因为民间传说，梦见死人不要紧，但不能和他说话，叫你的时候，千万不能答应。

过了好一阵，春花才缓过神来安慰车毅斋："梦是心中想。那一年你不是想美子，就梦见她了？"

"美子妹妹可怜，死得身首异处，俺一直不安心。"

"也不能都怨你，她爹就不是个好人，"春花愤愤不平，"早让人家嫁给孙大少还有后来的那些事情？"

车毅斋想起东门外出现了小美子的离奇事，说道："你说这天底下甚的日怪事情也有。"

"是有些日怪。不过，世上生得一样的人多得是，小美子的事就别在意了，就是你梦见郭师的事千万不要应验。"

"你说得对，这事怎么能说呢！"车毅斋突然呼地坐起来，"常言说，人生七十古来稀，俺们都七十多岁了，真的是今日不保明日了。听说城里有了照相的，要不咱们去照上一张？"

"照吧，留下个纪念给儿孙也好。"春花答应了。

"不光咱两个照，还要跟云深、跟弟子们照。"

第二天，车毅斋把照相的事跟大家一说，都同意。弟子们马上分工行动，有人请照相师，有人组织人员，有人安排场地。

九月十五日,从城里请来了照相师,在车毅斋家的"田舍居"给大家照相。城里有了照相馆时间并不长,主要是有钱有势人家去照相馆照,但照相师对于车毅斋和形意拳人非常崇敬,专门带上器材来了"田舍居"服务。

照相师傅布置好场地,安好器材,李复祯他们一众弟子安排座位,每个人都打扮自己一番。车毅斋曾被朝廷授予"花翎五品军功",是武术大师,弟子们让他穿上官服,他却坚决不穿,说:"我对朝廷那一套早就不感兴趣了!"

弟子们明白了他的意思,转而说:"那就把咱形意拳的特点展示一下吧?"车毅斋同意了。

大家把刀、枪、剑、戟这些器械摆放到幕布前面,正中安排车毅斋和郭师二位坐着,他们身后,弟子们依次站立。

郭师是个热情好事的人,站在前面亲自指挥。首先叫李复祯站在最前头,挺起长枪,直刺对手;令樊永庆手持大刀做出"单刀破花枪"的姿势。安排已定,他审视再三,忽然又大声说:"永庆,你把左手扬起来多彪悍!"

大家坐好了,车毅斋看人是否到齐,发现不见孟兴德和李发春,李复祯忙说:"太原朋友有要紧事,他俩昨天急匆匆走了。"

摄像师指挥大家站定了,准备拍照时,郭师突然又想起了"铁柱只"刘俭,站起来挥手招呼他过来:"小老粗靠住大老粗师嘛,背上你的'七节鞭'啊!"这样,照片中的刘俭才显得年轻而潇洒。随着摄像师几声按快门的响动,形意拳界一张经典照片留存下来,成为珍贵的史料。

这是难忘而永恒的瞬间:照片中郭云深故地

1903年车毅斋师徒与来访的郭云深合影

重游的粗犷豪放，车毅斋做师傅的庄重深沉，最抢眼的是李复祯和樊永庆的刀枪对练，还有吕学隆的睿智目光、王凤翙的青春朝气、孟天锡的不凡气度，以及王子贵、武杰、郭昆的诚实正直，都记录在这张照片里。

大雁南飞，秋收将尽。郭云深要返家了。车毅斋夫妻再三挽留，他又住了几日才动身。车毅斋率众弟子送他离开。农历九月下旬，太谷一带已是深秋天气。早饭后，车、郭师兄弟，并肩步出"田舍居"，一路上有许多想说的话，可是又觉得多余，两人的情谊在心里深深藏着。

车毅斋心事重重，他回忆着与郭云深相处的日日夜夜：在师父的葬礼上他们第一次谋面，个性不同，却非常对脾气，从此结下友谊，越走越近，不是兄弟胜似兄弟；光绪十五年，云深初次来太谷，不吃饭先比试，不比试不进屋，天下武林英雄聚会，好不热闹呀！仿佛就在昨天；第三次，论拳更加深入，坐热了板凳，疲乏了星星，彼此的经验让徒弟们受益匪浅；这次云深才住半个多月，时间怎么过得这么快呀！俺这兄弟啊，有啥说啥，从不拐弯抹角。动手比划时不骄不馁，实来实往；商量问题，丁是丁，卯是卯，大好人一个。他又想他们彼此年事已高，相见的日子恐怕不多了，不舍之情随着不轻松的步履萦绕在心田。

那郭师呢，头戴黑色帽盔，身穿大棉背心，身上并无凉意，大摇大摆地走着，时不时看看四周，好像啥都没想，一直乐乐呵呵，大大咧咧，偶尔还与徒侄们开个玩笑，朝着李复祯说："复祯，你计划再挑几个'黑老鸦'？"

"不挑了，听师父的，俺要立地成佛。"

"也好。"郭师看了一眼紧贴自己身边的刘俭，说道，"铁柱子，咱俩都是粗笨人，你就不会学学你学隆哥的聪明？"

刘俭不知道咋回答，吕学隆开口了："谁有郭师您黑夜摆下疑兵阵，放炮、捣鼓吓清兵的聪明？要是张飞睁开眼，谁粗谁细也闹不清！"

吕学隆的玩笑，逗得大家一个个笑得前仰后合。

"您几时再来？"刘俭不会开玩笑，心里一直舍不得这位豪放、直率，和自己一样粗的师叔。

"明年啊，"郭师拍了拍刘俭的肩膀，呵呵直笑，"明年，明年给你们带几斤我们家乡的大蜜桃！"

谈笑间，一行人不觉已到乌马河边。

"因为啥叫乌马河？这里出黑马？"郭师信口询问。

"不是，它的全名原来叫乌骓马河，"见多识广的吕学隆抢先介绍，"听吴秀才大人说，西楚霸王项羽的坐骑就是天庭下凡的神驹乌骓马，那一年楚霸王过这里，坐骑停下来饮水，发现河水与马的颜色相同，于是就把这条河叫成乌骓马河，人们嫌叫起来麻烦，就直接叫成乌马河了。"郭师听得津津有味，看着深秋青墨的河水，不住点头："像乌骓马的颜色。"

这乌马河时有水患，平日里水深达齐腰，走便桥得绕七八里，于是，就有小船渡客，船夫挣点小钱。今日河岸只有小船一只，仅可坐四五人，已经坐上三位。船夫一看来了这么多人，怕沉船，长篙一撑，离开了河岸。李复祯急呼，船夫未予搭理。

车毅斋忽然手指东边，大家一扭头的工夫，郭师已经跳到那小船头上了，船夫只能让他坐下。

岸边，车毅斋向郭云深拱手告别："好兄弟，来年再见！"

"再见！"郭云深眼睛里滚出了热泪。

看着郭师渐行渐远的身影，弟子们耳边回响着他"明年给你们带几斤我们家乡的大蜜桃"的声音。可是，这竟是两位亲密的形意师兄弟的诀别！

欲知车、郭二人后来情况如何，请看下回。

第二十六回

神秘人三救孙中山
杜心武再学国术功

车毅斋和郭云深相会、分别的这一段时期，国家出了不少大事。清朝的统治摇摇欲坠，洋人横行无法无天，各级官员腐败有恃无恐，百姓生活苦不堪言。在西方思想的冲击下，反清志士四处活动，有的主张变法，实行君主立宪；有的积极宣传革命，力图推翻帝制，建立共和。在这些仁人志士中，有一位伟大的中国民主革命的先行者，他就是孙中山。

清光绪二十年（1894），孙中山在檀香山组织"兴中会"，以"驱除鞑虏，恢复中国，创立合众政府"为誓词，积极筹办起义。次年十月在广州举行第一次武装起义，结果因事泄而败，他被清政府通缉，逃亡欧洲，在英国伦敦被清公使馆诱捕，经英国友人康德黎营救才得以脱险。此后，孙中山考察欧洲多国的经济、政治状况，研究多种流派的学说，与各国进步人士广泛接触，形成了具有自己特色的三民主义理论。

数年后，孙中山流亡到日本，与几位日本青年结成挚友，暂时留驻日本，继续他的大事业。

当时，日本的中国留学生很多，大多数出生官宦家庭，享受清廷俸禄，因此，一些人都倾向保皇。他们知道孙中山在从事推翻政府的活动，加入到了暗杀者的行列。但是，孙先生每次都巧妙地逃脱了危险，最终回到国内，组织起改变中国历史的辛亥革命。

与此同时，国内反对清政府的浪潮也是一浪高过一浪，跟形意拳相关的一些人士参与了进去，最有代表性的是杜心武。杜心武去太谷观摩车毅斋、郭云深比武，结识了侠客大刀王五、霍元甲、范青，成为好友。戊戌政变失败后，谭嗣同为变法殉难，王五为复仇多次组织暗杀未果，后被八国联军枪杀于前门。为了给好友报仇，杜心武两次潜入颐和园刺杀慈禧，虽未成功，也让朝廷惊心动魄了两场。后来还追到山西忻州刺杀慈禧，因尹祜保卫，没有成功。

其后，杜心武周游全国，听说慈禧和朝廷返回紫禁城，也回京，立志为民除慈禧，屡次潜入颐和园。清廷以杜心武为心腹大患，在京城内外通缉他。杜心武投奔了车毅斋的拜把子兄弟、大刀王五的师父、当年太平天国骁将董芳伦。董老虽然老迈，但非常赞赏心武的反清义举，在他的保护下，杜心武顺利混出城门，远赴东瀛日本去了，加入孙中山先生的队伍里，成了骨干。

董芳伦大侠送走了杜心武，却由于奸臣告密，被朝廷以"太平天国罪"与"里通革命党罪"并罚，打入监狱。在"提牢厅"上，董大侠大义凛然，铮铮铁骨，虽遭百般折磨，仍然坚贞不屈，最后触柱而死，死得其所！

车毅斋听说了董芳伦之事，不胜扼腕。董芳伦之子董俊和董杰将父亲尸骨运回老家后，车毅斋出资厚葬了结拜兄长。

且说杜心武逃到了日本，闻听董芳伦因为自己被捕，不屈而亡，心中大恸，发誓为老人报仇，与清政府不共戴天！

到日本不久，杜心武赶上了一场武林大赛，他凭借中国功夫陆续打败了几名日本高级相扑能手，并将最后一个对手、日本著名相扑大师斋藤一郎打成了重伤，险些毙命。他虽然赢得了比赛的冠军，名噪东瀛，却为此被日本官署设了罪名抓进了监狱。

此时正在日本的孙中山先生，闻听杜心武武艺高强，是个难得的人才，通过日本友人，聘请了知名律师，将杜心武从监狱里救了出来。

孙中山的大名，杜心武早有所闻，得知孙中山正在策划推翻清廷，遂接受了推翻清政府、建立民国的主张，加入了孙中山的革命组织。他胆大心细，在革命组织里先后给孙中山、黄兴、宋教仁都做过保镖，多次挫败过清廷派往日本实施的暗杀行动，还执行过押运巨款的重要任务。

最出名的是，慈禧太后派宦官张某携带巨款，乔装成富商到日本，秘密收买日本浪人刺杀孙中山。杜心武受命后，设计先将宦官处死；日本浪人白得了银两，不去实施刺杀行动了。又有一次，孙中山和黄兴、宋教仁、柳亚子等在东京牛町区若宫町开会。清廷驻日使馆暗派刺客伺机刺杀他们，宋教仁闻讯，叫杜心武去保护。心武发现有三个行踪诡秘、脑后飘着长辫的人在房子附近逗留，就知道必定是清廷的杀手，迅猛地将三人打倒在地，搜缴了他们的凶器，使会议顺利开完，参会者安然离去。

另有一次，东京留日学生请孙中山讲演。当孙中山痛斥列强侵略中华、清廷屈膝卖国时，一些保皇学生起哄。杜心武冲到保皇学生中间，厉声呵斥："要闹事的给我站出来！"保皇学生见杜心武没有伙伴，便骂逆党、叛贼，并群起围攻。杜心武使出"迎风展翅""观音转莲"拳法，把一伙人打得四散逃去。

几次保护孙中山后，杜心武之名让在日本的保皇党人"谈武色变"。

1905年7月30日下午，在日本人内田良平牵线下，孙中山与黄兴、宋教仁等筹备合并兴中会、华兴会、光复会几个组织，建立统一的"中国同盟会"，以扩大组织力量，加紧推翻清朝的封建统治。里边正在开会，门口突然出现了十几个便衣和学生，包围了会址。负责保卫工作的杜心武，从暗地里冲出来，与那些人打斗到一起。对方没有携带枪械，棍棒挥舞，拳脚相加。一个个单打独斗，这些人都不是心武的对手，他施展"自然门"绝招，放倒一个又一个；然而，对方人多势众，尽管他武功高强，可是半个时辰过了，仍然无法驱离所有人。他一人力战群魔，正在万分危急的时候，突然石头满天飞，那些人头破血流，鼻青脸肿，以为天降陨石惩罚，吓得夹起尾巴四散而逃。

打手们跑了，杜心武觉得蹊跷，转过身，只见远处一个戴草帽的老人悠悠而去，他迅速赶了上去，喊道："恩公请留步。"

老人置之不理，继续走他的路。杜心武几步跳他到前面，躬身作揖："恩公，请受杜心武一拜！"

老人抬头看着眼前青春焕发、相貌堂堂、一头短发，满脸正气的杜心武，显得十分高兴，说道："孙先生果然慧眼识珠。"

杜心武说："您认识晚生？"

老人说:"你杀过清朝宦官,你在东京若宫町惩凶,你狠揍保皇留学生,作为横扫日本武坛的孙文第一保镖杜心武,谁人不知?"

杜心武说:"今天您为什么帮我?"

老人回答:"因为你今天独木难支,还因为你是在保护孙中山先生!"

"您也保护过他?"

"第一次救他是偶然,后来才知道有坏人故意加害于他。孙中山先生是中国的希望,中国不能没有他,因此,我是暗地里当他的保镖。"

"那您贵姓?"

"无名小卒,不足挂齿;你是个好后生,今后好自为之!"老人说罢扬长而去。

看着迈步沉稳的后影渐行渐远,杜心武想,哪能让恩公这么轻易离去?他大步流星追上老人,挡住去路,死磨硬泡,必欲知道恩人的身份。老人无奈,随手摘下草帽,露出一张丑陋的带疤痕的脸。

心武大惊,心想一位向往正义、武功高超的英雄,怎么能长成这副模样?其中必有缘由;然而又不便问询。因此只得说:"心仪孙先生,您一定是中国人。"

"不,我是日本人。"

"那么您会说中国话?"

"我在中国多年。"

"我的日文说得不好,咱们用中文交流好吗?"

"可以。"

杜心武改用了流利中国话,二人感情似乎一下子近了许多。老人多年在中国,武功又这么高超,那么,他的师父是谁?他好奇地问:"您的武功是哪学的?"

"山西太谷。"

"嗯?"杜心武一下子来了兴致,"那,您的师父是谁?"

"我没师父。"

"您可知道山西太谷的车毅斋?"

对方迟疑了半响,才回答:"略有所闻。"

"就是战'野侠'、救乔家、打赢擂台赛、夜擒女飞贼的那位形意拳大师。"

老人听了,脸上现出一丝异样的神色,只是心武没有察觉。老人又稍微犹豫了一下,才答复:"是的,他确实是个顶天立地、因公废私情的大英雄。"

"那您认识他?"

"不认识。别问那么多了。"老人似乎说够了,转身又欲离去。

杜心武感觉有点异样,又一次拦下老人,不依不饶地说:"在下看出您武德高尚,武功超俗,想拜您为师,学习山西太谷的形意拳,行吗?"

"学太谷的形意拳?"老人诧异,"你怎么知道太谷的形意拳?"

"晚生曾一睹车大师的风采,可惜来去匆匆,无缘投身门下。"

"是在车毅斋与郭云深比武的时候?"

"是啊,从那以后,我一直向往车大师的形意拳真功。"

"唔,"老人说道,"可惜,老朽虽然对形意拳情有独钟,只是略知皮毛而已。"

杜心武一听,有门,今天这位奇异老人,看其武功,绝非等闲之辈,而且应该与车大师有牵扯,说不定就是师兄弟呢。机会既然来了,他不会放过的。老人被磨不过,只好约定:"那么,明天早上五点整,中央公园西门口见。"

"谢谢,一言为定!"心武一躬到地,二人挥手相别。看着远去的神秘的老人,杜心武不知是惊还是喜。

第二天一大早,时针指向五点,东方的太阳刚刚露脸,杜心武来到了相约地点。只见老人正在对面大树下练功,看了心武一眼,二话不说,拂袖而去。

第三天太阳还没出,杜心武提前到了。老人又在独自练功,看看天气,头也不回,一走了之。

心武明白了,这是老人在考验自己。第四天,他三点即到,老人五点前到来,见了面,显得十分高兴,说道:"孺子可教也!"

两人没多说闲话,开始练功。

晨曦初露,大地复苏,日本的八月初,也是一年里最热的时候,按照中国的乡俗,应该是"三伏"天气。东京一带中午非常闷热,早晚却比较凉爽。今天天气格外的晴朗,公园里花草树木显得分外精神,湖里的水也清得沁人心脾。那些白发红颜的老翁和老妪，早早到来，彼此用日语打打招呼，而后各练其功，自得其乐。

"中国形意拳博大精深。它的立拳之本是'以形取意，以意象形，形随意转，意自形生'。"老人边练边讲授，"其中十二形属形拳，五行属意拳，形意合一、内外合一，就是形意拳拳理的精髓。练拳术之道理，必须神气贯通、形质和顺，刚柔曲折、法度长短与书法之理相通也。"

看着杜心武听得全神贯注，老人兴致愈浓，继续传授："形意拳以外练形体、内练意气而为道，是养生、技击并重之术也。我们今天先从形意拳'三体式'桩功开始。"

老人摆出了一副架势："这是车毅斋与其师李飞羽共同创立的形意拳基本功。要求精气合一须凝神，双目注视胜猴鹰。头顶项竖颔微收，口合齿扣颔上顶。胸含腹实气下沉，背圆腰挺力催身。"

杜心武不是等闲之辈，十六年前曾专程赴山西观摩车毅斋、郭云深的形意拳比武，聆听了车毅斋的形意拳论。十几年来，他奔走江湖，见识和武功已经今非昔比，既有深厚基础，又专心致志，几乎是一点即通。当旭日高照的时候，他的"三体式"已经练得像模像样。

从此，日本东京中央公园里，这一老一少成了常客。他们早到早练，拳脚纵横，虎虎生风，时而掌拳互变，拧裹而发；时而侧身调膀，滚进滚出，常常引来不少男女老少的围观。

过了一段，老人开始给杜心武传

日本东京中央公园

授"五行拳"。老人先从理论上介绍:"形意五行拳有'五行生克'之说,劈、崩、钻、炮、横,内应肺、肝、肾、心、脾,分属金、木、水、火、土,其五行相生歌诀为'劈能生钻钻生崩,崩能生炮炮生横,横能生劈循环演,万物都从五行生'。"接下去进行实练。杜心武小时候曾研习过"自然门"功夫,中国武术的原理有相通及相互借鉴之处,所以老人所讲,他很容易心领神会。不多久,他对形意"五行拳"的练法要领,就已经掌握。

老人非常高兴,他说:"你真是武术天才,将来必定成为一代大家!"于是,又连续传授了形意拳十二形及打法、顾法、攻防要道、实用技法等。

就在杜心武努力学习形意拳的时候,孙中山先生也在积极行动。他先结识宫崎寅藏、平山周,二人后来成为孙中山的长期支持者;通过宫崎及平山,再结识日本军政、帮会中人。在日本友人的帮助下,孙中山在东京成立了"中国同盟会",被推为总理,确定了"驱除鞑虏,恢复中华,建立民国,平均地权"的革命政纲;发行《民报》,在《发刊词》中首次提出"三民主义"学说;编定《同盟会革命方略》,正式宣示进行国民革命,将创立中华民国。

1907年,日本政府受清廷压力,以一万五千元请孙中山离开日本。孙中山被迫赴南洋,另外成立同盟会总部,指挥国内多场武装起义,结果都以失败告终。杜心武自然是以保护孙中山先生为主要责任,但在日本时有空就会去找老人学习形意拳。

这天早上,东方刚刚破晓,当老人来到公园时,杜心武已经练得汗流浃背。老人没有惊动他,一招一式仔细观察,情不自禁地在一边轻轻鼓起掌来,说道:"士别三日,须刮目相看。心武真是可塑之才!"

杜心武说:"师父过奖了!没有您的无私教诲,我不会有今日的武功的。"说罢,又练起来。

看着杜心武严肃、认真的样子,老人也很感动,倾心指导:"中国各门各派武功,其实各有其长短。就形意拳而言,门户十分严实,是其主要特点之一,它特别强调'行走似鸡,进退磨胫'。"说着,亲自示范起来。

老人在前做,心武在后学,教者、学者心心相印。老人接着讲道:"形意拳还讲究严守中门,所以,拳谱有所谓'两肘不离肋,两手不离心,出洞入洞紧随身'之说。车毅斋所以敢于后发制人,倘若没有金汤般的顾法,能想象吗?"言毕,老人又做了一番示范。心武一边模仿,一边琢磨。

练到差不多了,两人停了下来。杜心武看了一眼四周,然后向老人深深鞠了一躬,说:"老人家,孙先生明天要我回国。时势动乱,今后咱们能否再会,实在不好定,因此,今天我想正式拜您为师!"诚恳请求的神色洋溢于这位年轻人朝气蓬勃的脸上。

老人有些吃惊,抽动着满是疤痕的脸,眼睛在不停地眨动。静默了足足一刻钟,老人脸上流露出了一种无奈和惋惜交织的神情,最后他抱歉地说出了如下的话:"你明天就要走,实在对不住了!心武啊,我只是中国的形意拳之友,并未曾正式入门。"

杜心武惊诧了:老人对中国形意拳的拳理、拳法领会得如此深刻、透彻,功夫又这般扎实、了得,怎么会是门外人呢?他疑惑的眼睛睁得大大的。

"心武,老朽年逾花甲,如此重大事情,岂可儿戏。"

"那,您的功夫从何而来?"

"老朽今天不瞒你说,我与李飞羽情同父子,和车二亲似兄弟,他们教我不遗余力。"

"那您为什么没有正式投师入门?"

"说来话长,日后你也许会知道的。不过就老朽看来,不管任何事情,我向来不看重名分,只重实际。你说说,名分重要,还是实际重要?"

杜心武一时不知该咋说,稍加思考,只得顺势回答:"当然实际第一。"

老人说:"咱俩虽然从未入门,但人是形意之人,心是形意之心,不一样可以为壮大中国的武术事业而发挥作用吗?"

杜心武听懂了。

"因此,我们一起做忠诚的形意拳之友吧!"老人似乎为心武接受了自己的观点而显得颇为高兴。

杜心武激动地说:"好的,我们永远是中国形意拳人志同道合的挚友!但是,您永远是我敬爱的名正言顺的师——父!"他再次向师父深深鞠了一躬。

执手告别之时,杜心武严肃、郑重地对老人说:"我回国后,有机会想再一睹车大师的风采,您有话要捎吗?"

老人迟疑了好半晌,犹豫再三之后,才神情凝重、语带艰涩、一字一句地对心武说："请你告诉车毅斋，日本有一个丑陋的老头向他问好！"

看着老人面带抽搐、无法名状的丑陋脸庞和起伏不平的高高的胸脯，杜心武大惑不解，他们是什么关系？此前他几次欲问究竟，老人似乎不想深谈；无奈，他也只得深藏着疑惑，带着遗憾，恋恋不舍而去，直到消失在老人的视线里。

东京中央公园，老地方，一位面容丑陋的日本老人，背着阳光，面向西方，看着杜心武远去的方向，铜塑似的一动不动，眼里闪动着晶莹的泪花。

杜心武回国可是提着脑袋闹革命，他有无风险？能否再次见到车毅斋？请看下回。

第二十七回

张占魁、韩慕侠师徒行义
车毅斋、杜心武老少知音

清末社会，官员腐败，民不聊生；而日本海盗则到处杀人抢劫，为所欲为，仅天津塘沽附近，就有三十多条海贼舰船，他们凭借先进的设备和洋枪，抢夺财物，周围百姓人心惶惶，度日如年。天津知县阮国祯为了打击海盗，提拔了一名形意拳人张占魁当马快。此人勇猛过人，功夫十分了得。这天，知县将他特意请到县衙大堂，商量对策。

阮知县开门见山地说："我县紧邻大海，受日本海盗欺凌久矣，几任马快带兵打击，终因武器不行，先后败北离去，不知你有无克敌良策？"

形意拳师张占魁

张占魁眉毛一扬，也来了个直截了当："区区小蟊贼，何足挂齿！您只需如此如此足矣……"

知县阮国祯仍旧将信将疑，可鉴于眼下别无良策，只得用张占魁。

且说这位张占魁，清同治四年生于直隶河间后鸿雁村，幼年在家务农，曾随一位王姓拳师学习大红拳。光绪三年，他进天津贩卖瓜果、蔬菜谋生，认识了李存义，并义结金兰。张占魁认真好学，也有灵气，在李存义悉心调教下，很快崭露头角，与李存义成为直隶形意拳的两根"门柱"。

张占魁上任之后，适逢李存义刚到天津，师弟占魁请教对策。存义沉思良久，分析说，海盗有洋枪，确不可正面迎敌，必须突击、近战，发挥我形意拳所长，才能取胜。第二天，张占魁被再次请到县衙，详细商量克敌具体事宜。他告诉知县："大人勿忧，我只要一只船，其他您不必操心。"

张占魁依计开始行动，他先让装载贵重物品的货船在海边卸货，诱敌上钩，自己带领几位形意弟兄埋伏在附近。海盗猖獗惯了，看到货船，立即抵近上船，放肆抢劫。正洋洋得意之时，张占魁快艇突至，海贼急欲开枪，张的弟兄们已到身边，混战不多时，海贼哇哇乱叫，伏地求饶。

一个头目用中国话表示："你们出其不意，攻我们不备，在下不服，咱们来个单独角斗。"

张占魁看了看这海贼：吃得肚大腰圆，成天在海上风吹日晒，皮肤黑得发亮，一双小眼睛流露着恶意。他心想，不给这家伙点颜色看看，狗日的不知道中国人的脾气，于是，将眉毛一扬，说："角斗可以，你要是输了呢？"

对手说："我要赢了，任我自由来往；我要输了，永远不来骚扰！"

"言而有信？"

"决不食言。"

就在船上，角斗开始。张占魁居高临下，占据上风。二人来来往往十几个回合。这时占魁才发现，这家伙竟然不是等闲之辈，不仅擅长日本相扑，还学过西方拳击，时而推、抱、摔，欲将占魁推出甲板，摔向大海；时而拳似雨点，欲将占魁打得鼻青脸肿或打翻在地。占魁穷于应对，陷入了被动。

再战十几个回合，张占魁明白，被动要吃亏。于是他防中寓攻、上下兼顾，再次发挥形意拳防守严密、脚步灵活的特点，逐步取得了主动。他运用李存义亲授的形意"十二形"和"五行拳"实来实往，对手已经只有招架之功了。他看好了机会，乘对方一个正面卡面拳击来，突然双手一架，身子一伏，使出了形意虎形拳，一下子将对手击向大海。

对手会游泳，爬上船来才心悦诚服，落汤鸡似的连连磕头不止，表示再不当海盗了。

张占魁教训道："听着,我是十几年前降服你们日本板三太郎的中国形意拳人。"

对手连忙说："哎呀!听说过,是我有眼不识泰山。受教了,形意大师!"

海盗逃跑了,百姓安生了,知县歇心了,占魁出名了。李存义得到佳音,知道师弟功夫已经成熟,由衷地感到欣慰。此后一段时间,天津附近的海上盗贼不再猖狂。同是河间出生的老乡冯国璋得悉,特聘张占魁做了贴身护卫,形意人在天津更加荣光。

再过数年,冯国璋做了陆军部军咨处正史。有个名叫"燕子李三"的大盗,从光绪年间,就闹得冀、鲁、豫各省人心惶惶,上峰指派军旅出身的冯国璋擒拿。

这个"燕子李三",生于直隶涿州,本名李景华,幼时随叔父流落沧州,自幼好武,广拜名师学艺,武功出众,传说有"蜻蜓点水"功、"蝎子爬"功、房檐"倒卷帘"功,许多武林高手都无法擒拿他;即便生擒,他也轻而易举走脱。冯国璋自然想到了他当年的贴身护卫张占魁与他的已经崭露头角的弟子韩慕侠。

韩慕侠,光绪三年出生在天津西青区一个贫苦的农民家里,其祖父从小教他学习迷踪拳,长大改练少林拳,后来为了提高技艺,拜张占魁为师学形意拳。张占魁非常赏识他,将他介绍到李存义门下习武,功夫提高很快。

张占魁、韩慕侠一听冯国璋要他们擒拿京城的超级大盗"燕子李三",颇有难意,师徒俩不得已,专程到深县南小营村请教李存义。

李存义已经年逾花甲,明白他俩的意思后说:"此人非同小可,要拿下他,咱们只能请武林界高人出

形意拳师韩慕侠

马。"

张占魁问:"请哪位呢?"

"去山西太谷找形意拳大本营车毅斋师父。"

第二天,李存义不辞高龄,率张、韩策马西去。路上他给两人讲:"这条路,我年轻的时候,是冒着生命走过的。"他说起了义和团兵败后,辗转曲折,投奔车毅斋的往事,特别详细描述了车毅斋精心安排,李复祯他们八个兄弟大战清兵的过程;这让张占魁和韩慕侠对车毅斋及其弟子们非常敬佩和向往,想着要去亲眼见这些英雄,心里很是激动。

一路上,天气凉爽,又有李存义说往事解闷,三人高高兴兴到了太谷贾家堡车毅斋的"田舍居"。院子里,布学宽、刘俭等几个年轻后生正在练功,他们一见李存义,立刻迎了上来。

"哎呀,长得比我也高!"存义吃惊于刘俭的高个头。

"师父,存义哥们来了!"

车毅斋正在屋里给其他几个弟子讲解拳理,一听存义来了,非常高兴,立刻出门迎接。存义将张占魁和韩慕侠做了引见。

张、韩仔细端详车毅斋,这位当年威震津门的北方形意大侠,虽已年逾古稀,却红光满面,腰杆挺直,目光睿智。老人听说过张占魁智退海盗的故事,今日一见,果然气概不凡,频频点头赞许;看到玉面浓眉、身材颀秀、仪表堂堂的韩慕侠,也很高兴,问道:"你多大了?"

韩慕侠有些拘谨地回答:"光绪三年出生在天津。"

"还是小后生呢。"老人流露着欣赏的目光说:"这么年轻英俊,俺们形意拳人才辈出啊!"

韩慕侠十分感动,一躬到地:"谢谢前辈夸奖,晚生一定不辜负您的殷切期望!"

吃完饭后,李存义让张占魁把"燕子李三"的事情讲了一番,希望得到车毅斋的帮助。车毅斋听了,思考再三,说了几句话:"与人相较,贵在知彼知己。建议你们务必坚我心、助其骄、竭其志、借其劲,最后还要容其人。你们寻思寻思吧,俺真的老了,帮不上大忙了呀!"

"五句箴言!"李存义三人意识到驰骋武林半个世纪、所向披靡的形意老人字字忠言的深刻含义,真是言简而意赅。

三人夜宿"田舍居",李复祯、孟兴德、吕学隆、王凤翙等,闻讯都来看望数年未见的李存义。占魁虽是头回见,有存义引荐,大家一见如故。韩慕侠是晚辈,他的气度和风采,加上谦虚的胸怀,让大家都喜欢,李复祯还拽他到院子里对练一番,传授了几招形意绝活。

"你比我还喜欢他?"李存义问李复祯。

李复祯说:"俺想把他留下来,多教点本事。"

张占魁赶紧过来说:"等办理了'燕子李三',让他再来太谷。"

第二天,李存义带领张、韩匆匆拜访李广亨、贺运亨、宋世荣。李广亨的拳史、拳理、拳法,博大精深,深不可测;贺运亨的铁腿,名扬江北,天下无双;宋世荣的"内功四经",也让三位受益匪浅。只是京城事情紧急,三人匆匆告别,随即上路。

回到北京,他们详细制定了方案,准备擒拿"燕子李三"。

晚上,三人分别潜伏到国务总理潘复、执政秘书长梁鸿志及爱新觉罗·瑞仲之家。当夜无事。

第二天子时,韩慕侠所蹲瑞仲大院有了动静。虽然天高月黑,却依稀可见高墙上轻轻落下一条黑影,行如蜻蜓点水,渺无声息,轻车熟路地走到绣楼下,向上抛出一只挠钩,立刻猿猴般窜了上去。这就是所谓"飞檐走壁"。

等了一会,还不见人下楼,慕侠走近绳索,轻轻一摇,黑影立刻猫似的窜下。那人一见有人拦着,丢过五根金条,低声说道:"见一面,分一半。"慕侠无动于衷。

"嫌少?"

又丢过两根。慕侠仍旧不为所动。

"全给你。"

慕侠还是纹丝不动,没有反应。

黑影不高兴了,说:"你敬酒不吃要吃罚酒?"摆开架势,劈头盖脑直冲过来,拳重力沉,腿脚利索,功夫不同凡响。慕侠镇定自若,从容应对。战了多个回合,黑影节奏慢了。这时慕侠开始用五行拳频频进攻,黑影不敢恋战,孤注一掷,使出一记"掏心捶",连人带拳猛扑了过来。慕侠使出了李复祯几天前才教的形意拳"乌鸦伏卧"绝招,身子一侧、一伏、一刁,黑影已经爬到地下。对手还没来得及爬起来，幕侠手脚麻利，掏出绳索捆绑，将其生擒活捉。

"你就是'燕子李三'吧？"幕侠问。

"是，我向来明人不做暗事。"

"你为什么要当贼盗？"

"我是'贼盗'？有钱的人钱从哪里来？他们才是豪夺百姓的真正贼盗，你说不是吗？"

幕侠反倒被问得无言可对。

"老百姓一年到头汗水流到脚后跟，却还是吃不饱饭，他们的财富哪去了？让谁偷盗去了？你听说我偷过百姓的财物吗？达官贵人说我弄得京城上下人人不安，你说，这么偌大的京城是什么人不安？哪个老百姓感到过不安？"

这时，韩幕侠才想起来，怪不得有人说"燕子李三"是"义盗"，还常常把偷来的财物分给街上乞讨的老人呢！传闻，一次李三被抓捕后关进京城感化所，见狱卒薪俸微薄，他就说，晚上将他放出去，作案后他再返回来，所窃之物由他们分发。李三说话算数，狱卒们非常感激。他习惯上白天睡觉，晚上到官员、财主家行窃。有些看家护院的拳师，还主动联系他偷盗，再分红。

沉思一阵，幕侠问："人们传说你武功盖世，无人可敌，所以谁也逮不住你？"

"其实我武功平平，你不是轻而易举就逮住我了吗？可是，天底下谁不爱财？把钱给他们一分，我不就没事了？说我武功盖世，无非是寻找借口吧。"

幕侠这才恍然大悟，思索片刻，反而对这位大盗有些敬意：他实际上是劫富济贫、替天行道的义士，我生擒义士，无异于助纣为虐。于是说："我也放了你，但你最好是离开京城，我好能交代了冯国璋。"

"好吧，谢谢，金条全给你。""燕子李三"说。

"你看我是爱财之人？赃物我留下了，如何跟别人说呢？"幕侠当然不能收金条。

"燕子李三"问道："你练的是什么拳？"

"形意拳。"

"啊，行意拳？你真的要放我？"

"形意人说一不二。"

韩慕侠大胆行义，解开捆绑李三的绳子，让他走了。

第二天，韩慕侠把夜里发生的事情一五一十说给了李存义和张占魁。两个人都理解他的做法，就是怕那个"燕子李三"再作案就不好交代了。韩慕侠认为，"燕子李三"是个说话算数的人，不会再干了。

果然，"燕子李三"离开了京城，张占魁在冯国璋那里了结了一桩案子。通过韩慕侠义释"燕子李三"这件事，李存义、张占魁发现这位年轻人已经成熟了，从他身上也体现出形意拳确实应该是"行义拳"。

就在李存义、张占魁、韩慕侠了结公案这段日子里，形意拳的代表性人物之一——郭云深却撒手人寰了。郭大师一生为人豪爽，武功出众，对晋、冀形意拳的交流做出了突出的贡献。他数次入晋，与车毅斋交情甚密，对形意拳的理论、拳法的形成和发展起过很大的作用，他的"形意拳有三层道理，三步功夫，三种练法"的理论，一直影响至今。

郭云深离世的消息传到太谷，让车毅斋感慨万端。他意识到自己所剩时间也不多，必须抓紧，多做点有用的事情，最主要的就是不停地授徒、练功。

时间到了宣统三年（1911），那年是辛亥年，孙中山领导的革命军在武昌起义，腐朽的清政府逐步被推翻，绵延两千余年的封建专制帝制宣告终结，中国开始进入了共和时代。

同盟会员、车毅斋亲传弟子孟天锡，在武昌起义爆发前夕，就与其他盟员组织青年一百二十余人待命，筹集快枪、手枪三十八支，火枪、刀杖若干，宣告成立民团，他被推选为管带。

武昌起义爆发后，山西同盟会也组织力量参与进攻巡抚衙门的战斗，孟天锡身先士卒，一马当先，砍杀清兵十多名。民国政府成立后，孟天锡被任命为徐沟县警务长。

清王朝虽然灭亡了，但是革命党、保皇党、洋务派，各种力量争夺权势，天下仍然很不安宁。车毅斋预感天下必乱，形意拳人必须正道直行，所以，他常叫孟天锡为大家讲解国家大事。

孟天锡说:"清朝统治中国二百六十多年,几千年的封建制度总算被推翻了,现在成了民国,往后老百姓就有了自由,我们习武,不仅为百姓,也得考虑国家。"年轻的刘俭突然发现这位师兄脑后的辫子没了,他摸了摸自己的长辫子,不无奇怪地问:"师兄,你的辫子呢?"

孟天锡也意识到这个问题了:"对了,当年清人入关,强迫汉人变更发型,为此,数不清的百姓人头落地;现在是民国了,你们还留着那猪尾巴干啥?"

"哈哈,猪尾巴?对,剪了它!"

大家不听演讲,都找剪子剪辫子去了。孟兴德、刘俭本来就见不得长辫子,两人干脆剃了个大光头。

在孟天锡的影响下,太谷形意拳人渐渐认识到,世道变了,习武不能单纯强身健体、防身自卫,还必须为国为民,身体力行。

这年冬天腊月初九的凌晨,冰天雪地,北风肆虐,凤凰山下,乌马河畔,虽然雪过天晴,却更加寒气逼人。形意大侠车毅斋,照例在演练"三体式"桩功。忽然,他发现有人在旁边,于是停止发功,说道:"请来客现身。"

来客应声道:"晚生杜心武有礼了!"

"啊!"车毅斋吃了一惊,扭回头,看到的是中等身材,穿青挂皂,天庭饱满,一头短发,二目炯炯有神的杜心武。

"原来是心武来到了!"说罢,老少俩紧紧拥抱在一起。

杜心武说:"那年在府上,我和元甲、范青聆听前辈教诲,不觉已经二十多个年头了,您还是这么健壮。"

"唉!人世沧桑。你这个当年的小后生,如今成了推翻清政府的大英雄,老朽羡慕你们年轻人啊!"车毅斋早已耳闻杜心武的许多传奇事迹了,接着说,"今天你来,公务在身?"

杜心武说,辛亥革命虽然成功,但孙中山自感形势复杂,尤其封建复辟势力蠢蠢欲动,所以他派同志们四处联络进步人士,以防不测。自己首先想到了车大师,所以,从日本回国后,昼夜兼程首先来到太谷。

两个人不顾清晨的寒气和北风的干扰,在枣林里互诉衷肠。车毅斋听心武讲了这些年的经历,不时投以赞许的目光。杜心武请车毅斋谈谈近来对时局的看法,车毅斋叹了口气,说:"为什么中国人这么受欺负?不怨人家叫我们东亚病夫,假如人人体格健壮,像当年义和团那样能打能杀,何惧任何洋鬼子！"

"车毅斋言之有理。中国人必须强身健体，不然，啥事也办不成。"杜心武非常赞同车毅斋的看法。

车毅斋接着感慨道："当年老朽迷信朝廷皇上，为其竭尽全力，保驾护航，谁知原来朝廷的上上下下、大大小小，都是些敲诈勒索、贪得无厌的吸血虫！中国的社会坏就坏在这罪恶的朝廷。就像天锡所说，清朝这样腐败的政府活该被推翻。"

杜心武问："孟天锡？"

车毅斋说："他是老朽的弟子，山西徐沟人。"

"他是我们的同志，进攻太原巡抚衙门的大功臣，太原民团管带。"

"你们认识？"

"岂止认识，我们是志同道合的革命同志！"

"那你也应该认识乔锦堂？"

"当然认识。"

"那孩子在天津读书的时候就追求进步。"

"您老人家教育门人有方呀！"杜心武接下去说，"孟天锡是有血有肉的山西汉子！深明大义，远见卓识，为了国家的前途和命运，赴汤蹈火、出生入死在所不顾；乔锦堂追随孙先生，向往三民主义，也是同盟会员，组织发动民众，推翻帝制，功不可没。如此看来，您也堪称辛亥革命老功臣啊！"

车毅斋说："他们年轻，比老朽见多识广，常常来信或亲自回来给师兄弟们讲解国家形势。"

杜心武见孙中山的革命得到了形意拳人的拥护，进一步说道："可是，革命要得到全国民众的理解和支持才行。现在清朝的遗老遗少随时都想复辟，还有不少百姓也仍然留恋朝廷、皇上，以为革命是以下犯上，是大逆不道。车毅斋，您说该怎么办？"

车毅斋寻思了好久才说："俺也是从保驾朝廷那件事才改变了看法的。原来以为皇上是真龙天子，官员是百姓父母，没想到他们都是些鱼肉百姓的蛀虫！不过，现在不少老百姓确实还不明白这个道理。俺看得慢慢教化。"

杜心武急切地问："您说，得用什么思想教化百姓？"

车毅斋想了想说："光推翻皇上还不行，还得赶跑洋鬼子，才能维护国家的利益。"

杜心武说:"推翻皇上,维护共和,驱逐洋人,保卫国家,这是我们革命党人的行动宗旨。"心武说出了此行的目的,"禀告车毅斋,晚生奉孙先生旨意,想请先生出山。"

车毅斋没想到杜心武来的目的是这样,沉思许久,才不无感慨地说:"真的谢谢孙先生抬举老朽,可俺年且八旬,心有余而力不足了。这样吧,老朽一定好好教化弟子,让他们切记维护共和、保卫国家两句话,努力去民间推行孙先生的革命,好吗?"

杜心武也理解车毅斋的意思,代表孙先生向车毅斋深深鞠了一躬。临行,他忽然想起一件事,说道:"车毅斋,日本有位老人让我向您问好。"

车毅斋吃惊地问:"老朽没有日本朋友呀,他什么模样?"

"虽然其貌不扬,但是谙习中国形意拳,武功出众,特别是人品极好,而且多次暗中保护过孙先生,是我在日本的形意拳师父。"

"板三太郎?"车毅斋首先想到了他,"他虽然在擂台上恳请'愿师之',但俺已经谢绝了。"

车毅斋邀心武回家小住,心武深表感谢,因为还有许多大事缠身,恋恋不舍而去。贾家堡吴秀才事后闻之,又赋七绝一首:

> 伯牙子期古知音,
> 毅斋心武会枣林。
> 同为华夏涂肝脑,
> 南北大侠誉乾坤。

从此,车毅斋以维护共和、保卫国家为己任,并在弟子与民间广为宣传;然而,为此竟引来了一场杀身之祸!

欲知究竟如何,请看下回。

第二十八回

两支毒镖，神灵佑贤士
一代宗师，宾朋满寿庭

且说辛亥革命成功之后的第一个春节，举国上下，洋溢着新气象。太谷也一样，毕竟改朝换了代，没有了旧衙门的种种限制，民间社火活动十分热闹，到正月十五达到高潮，人们踩高跷、耍龙灯、舞狮子、游旱船、吃元宵、逛庙会。

耍龙灯是太谷的传统，而贾家堡的大、小龙灯更具特色。大人们耍的是大龙，长约数丈，龙身内点上蜡烛，通体流光溢彩；龙头重五六十斤，由经验丰富、身强力壮的师傅操纵；龙头之下有一根粗壮的木棍，舞者左、右肩来回调换，龙头就随之忽上忽下、忽左忽右摇摆翻滚，被发光的绣球撩逗，更显得生气活现。举绣球灯的人是整个舞龙的导演，必须特别灵活，带领龙头时而俯冲、时而腾空、时而左摆、时而右晃，带灯的圆形

太谷"耍龙灯"情景

绣球灯笼飞舞，戏得长龙欢蹦乱跳。最潇洒的是玩龙尾的后生，他不仅要身体矫健，而且得洒脱机灵，带动数丈长的龙灯整个扭动起来；那龙尾巴由一丈多长的竹条组成，操作者摆动起来时，往往吓得人们大呼小叫，好不热闹。

车毅斋老了，没有去街头看红火，坐在屋里评点师弟李广亨的《心意精义》：形意十二形，每形都编了歌诀，有起势歌，有落势歌，还配有赞歌，句句押韵，简单好记，有文化就是好啊！他正在想着，忽听院里"啊呀"一声惨叫，儿子兆烈、兆俊、兆杰被惊醒了，几个人立刻起来查看究竟，住在附近的弟子李复祯、刘俭听到声音也跑了过来。

大家吃惊地发现，正房的窗前，地下躺着一具尸体，手里拿一支飞镖。李复祯仔细一看，大吃一惊，叫道："哎呀，那清兵'飞天夜叉'又活了？"

大家再仔细观看，发现这死鬼与"飞天夜叉"长得十分相似。李复祯想起，在乌马河斩杀清兵"飞天夜叉"之后，李存义就说过，那清兵还有一个孪生兄弟，自名"飞天苍鹰"，武功十分了得，也在清廷效命，得提防他前来报仇。

李复祯把存义当年的告诫这么一说，大家都清楚了：清朝被推翻，这群人饭碗丢了，岂能不憎恨革命党。虽然没有真凭实据，但是堂堂清廷大内高手，在太谷，除了车毅斋与他的弟子，谁能奈何得了他们？因此，一定是保皇党徒怂恿"飞天苍鹰"前来伺机暗杀车毅斋及弟子的。这个刺客选择正月十五，人们最容易麻痹的日子，带着毒镖潜伏，显然蓄谋已久。

车毅斋虽然躲过了一劫，却心存疑虑：是什么人打死这个刺客，出手救的自己的呢？大家百思不得其解，只好判定是神灵保佑好人。

然而，祸不单行，半月以后，又有刺客光临。还是晚上子时左右，车毅斋在灯下看书，屋外"铛"的一声，刺客之镖落地。他早已感觉有"客人"光顾，招呼说："屋外冷，请进来一坐。"

那"客人"居然挺着胸脯进来了。他五短身材，宽袍大袖，圆脸扁鼻，仁丹胡子，一看就是个日本人。

车毅斋问："何事来访？"

"客人"会讲中国话："为兄长雪耻！"

"令兄何人？"

"板三太郎。"

"令兄何在？"

"津门一败，愧对国家，遁入空门。"

车毅斋义正词严地说："你兄武功虽高，但是欺人太甚，你知道他在擂台上挂着什么旗号吗？'剑斩支那武士，脚踩东亚病夫。'倘若换一换位置，你是一个中国人，请问，你看到后将如何？"

"客人"眉头紧皱，半天没有回答。

等了一会儿，车毅斋接着说："我们当年彼此代表的是各自国家，个人有什么仇怨？今天，你如果是代表国家，老朽虽年已八旬，愿拼死为国家与你决斗；如果你是来报私仇，那么老朽可以成全你。你动手吧。"说罢，从容不迫地闭上了眼睛。等了一刻，不见动静。又过了一会，只听"咕咚"一声响，他睁眼看时，那人已跪倒在地下，满脸羞愧，话说得断断续续："前辈，您是正人君子，您追求的是大义，我，我谋的是私心，假公济私！"

车毅斋听了，慢慢下地，俯身扶起"客人"，请他坐好，而后态度平和地说："其实，中日两国的老百姓本来是兄弟，应该世世代代友好相处；出坏者都是些吃人饭、不拉人屎的当权者。您说对不对？"

"客人"再度沉默。

车毅斋继续说："令兄武功非凡，俺们可能曾有交往，可以断定，他原本绝不是歹人，他的津门设擂，应该是贵国政府所为。俺们普通百姓，习武为了什么？一为强身健体，二为防身自卫，三为国家服务。但是，天下国家，如同兄弟，应该平等相处。恃强凌弱，甚至侮辱别国，您觉得对吗？津门之战，俺实在是不堪国家受辱，才拼死与令兄角斗的。倘若换了您，俺相信，也必然会挺身而出，为国家而战。是不是？"

车毅斋语气慢了下来："唉！日本和中国，人们叫一衣带水，应该是好邻居、好兄弟，您说说，咱们老百姓有甚深仇大恨？坏就坏在掌权者身上，老百姓其实都是被利用的，包括令兄。俺们何必再上他们的当呢？"

"客人"深受感动，说："我叫板三次郎，有幸聆听大师教诲，谢谢了！您的话实在是金玉良言，让我明白了许多道理。我等庶民百姓，真的何仇之有？可恨我兄执迷不悟，受人蛊惑，让我来报复，几乎酿成千古大错！我这就告退，回国后，一定当日中人民的友好使者，为两国人民的世代友好尽力！"

车毅斋也被感动了，一再诚心挽留，请他天明再走；老妻春花听到动静，也从里间出来挽留客人。但板三次郎坚决要走："诚心诚意感谢二老的好意。我们后会有期！"说罢，连夜去了。

车毅斋老了，但头脑并没有糊涂，他确信窦美子应该还在人世。因为，这两次刺客来袭都没能得手，是有人夜打飞蝗石保护了他，除了美子，一般人无此绝技，是美子在为他操心。于是，他想，窦美子肯定是个日本人，理由是：老窦一家生活习惯与本地人明显两样，跟他们有来往的太谷人早有这种感觉；津门打擂前，飞蝗石送信，要他"勿伤板三"；这两次夜间保护他，击毙"飞天苍鹰"，却不伤板三次郎，美子和板三之间必有牵扯无疑，甚至可能是来自日本的一个大家族。只是难以理解的是，美子为什么从不现身？他是越想越不得其解！

冬雪春风，世易时移。转眼已是民国元年（1912）七月初八，形意宗师车毅斋迎来了他的八十大寿。

这年是农历壬子年，中华民国元年。1月1日，孙中山在南京就任临时大总统。2月12日，清帝下诏退位。3月10日，在列强的支持下，凭借强大的北洋军，袁世凯迫使孙中山让位，在北京就任临时大总统，他承诺，保证信守共和，维护新政。全国人民都在看他能否兑现诺言。

车毅斋的寿诞，"田舍居"没有张灯结彩，因为主人向来低调、节俭。但由于他德高望重，堪为人师，仍然门庭若市，车水马龙，充满着节日气氛。

吴秀才今天是账房总管，他把老花镜一戴，所有贺礼、寿单，一一过目登记；李复祯等弟子们跑里照外，忙忙碌碌。

辰时，民国县长杨增荣带领县衙一班人前来祝贺。这位县长与孟天锡都是同盟会员，一道参加过太原的起义，鉴于这层关系，以县府名义送来牌匾一幅，上书"武林巨擘"四个金字，阳文凸起，丰腴雄浑，古朴苍劲，骨力遒劲。

孙中山的保镖杜心武忙于国事，派专人送来了亲笔题词的贺帖："维护共和，保卫国家。"

师弟李广亨、贺运亨送的是一副长寿联，格外引人注目：

望三五夜月对影成双天上人间齐焕彩
　　占八千春秋百分之一椿庭萱舍共遐龄

宋世荣兄弟送的是百斤大寿蟠桃，由五六个大后生小心翼翼抬来，底盘写着一行小字：

　　八秩寿筵开萱草眉舒绿
　　千秋佳节展蟠桃面映红

祁县乔家掌门人乔映霞、乔映庚兄弟，带着巨匾，亲自上门祝贺，匾曰：

　　日岁能预期廿载后如今日健
　　群芳齐上寿十年前已古来稀

反清义士范青也老了。他终于亲眼看到了清朝灭亡，已无所求，念及老兄弟俩有生之年能在此再次相聚，不胜感慨。这也成为他们最后的见面，不久范青就去世了。他的贺寿联倾注了心声：

　　百鸟逢春歌盛世
　　四序更新乐寿星

杜山虎同样老了，不能亲临，让人送来了一盒珍贵的长白山人参，上面歪歪扭扭写着一行字："喝人参，活百岁。"寄托了老友的一片真情。张德义、猴三不识字，都是亲自送来了重重的厚礼，他们早已经金盆洗手，开始了新的生活。

李飞羽之孙李振邦兄弟定居太谷，以东道主身份忙里忙外。李存义带领张占魁、刘殿琛、李魁元、杨德胜等以及各自的弟子，借此齐聚一堂，成为天下形意人的大聚会。还有诸多武林界和社会各界朋友也来祝寿，送贺礼，挤满了庭院。

大约巳时，正厅拜寿仪式正式开始。厅两边悬挂着吴秀才亲自撰写的红底金字寿联：

红杏争春群芳献瑞
白华养志二老承欢

寿厅两侧，摆放着八盆各色鲜花。厅内正中是十八弟子赠送的一个硕大的屏风，中间为红色篆体的大大的一个"寿"字，周围则由金黄色的一百个正草隶篆"寿"字围拢。友人、晚辈的寿联、寿礼摆放两边，五彩斑斓，十分壮观。

主持人宋世荣穿着节日盛装，容光焕发，朗声致辞：

"春秋更迭，岁月轮回。今天，民国元年壬子七月初八，在这个黄道吉日，我们迎来了中国形意拳的主创人，一生扶危济困、行侠仗义、为国争光的形意英雄——车毅斋大师的八十大寿！

"德为世重，寿以人尊。八十年的风风雨雨，八十载的生活历练，岁月的痕迹爬上了老人的额头，将大师的双鬓染成白霜。但是，奔波长城内外，跋涉大河上下，历尽千难万险，阅尽人间沧桑，你除匪贼、济孤贫、战日倭、救苍生等事迹将永葆光华。你不仅是形意拳的骄傲，也是家乡人的荣光！

"仰身重德齐天年，家族兴旺福无边。我谨代表在座的各位，祝车大师夫妇'玄鹤千年寿，苍松万古春'。

"下面请老寿星夫妇携手登场！"

在一片热烈的欢呼声中，车毅斋夫妇被儿子兆烈、兆俊、兆杰与嫡孙福临搀扶着，神采奕奕进入寿堂，在正中寿椅上款款落座。

今天的车毅斋大师夫妇都穿着一身红装，上衣绣满了百寿图。二老白发红颜，满面慈祥，向来宾致意。

"给老寿星披红挂彩！"主持人宋世荣话音一落，三个儿媳容光焕发，将漂亮的大红彩绸分别披挂在二老的身上。

接下去是晚辈、弟子先后给二老拜寿，说不尽的祝福。场面热烈，气氛融洽。到了最后，一个丑陋老头，双手捧着一只大红色的小木匣，低着头缓步上前，交到车毅斋手里，并且看了车毅斋一眼。两人目光相碰的一刹那，车毅斋浑身不由得一颤,啊!他也来了!

拜寿和献礼之后是寿宴。宾朋、亲友向老寿星敬酒,相互祝福,从午时直到酉时,人们才先后散去。

掌灯的时候,车毅斋才得以消停。他半躺在炕上,忽然想起了丑陋老头送的那个木匣,想起了那双眼睛,于是,急不可耐地让兆俊寻找到那个红木匣,打开一看,里面放着月季花一朵、飞蝗石四颗,上书"寿比南山",下面是一封信。

老妻春花一看那朵花,百感交集;车毅斋自然是思绪翻腾,疑窦丛生。是她?确实是她!可是,那双楚楚动人的丹凤眼怎么会长到那个满脸疤痕的丑老头脸上?美子,怎么回事?怎么回事呢?他立刻派儿子、弟子连夜寻找那个丑老头,然而,一连寻找半个月,渺无踪迹。

信上把事情写得清清楚楚,大致内容是:

窦美子确实是日本人,父亲叫板三拓土,出身自武术世家。美子自幼丧母,由父亲一手拉扯长大,父亲视她为掌上明珠,百般娇惯,养成了她任性、天真的性格。但她聪明好学,父亲为了让女儿长大后到中国学武术,从小就让她学习汉语。

美子长大后,父亲考虑:她到哪里才能学到最厉害的中国功夫?定居中国多年的本家亲戚窦仙君告诉他,欲学中国功夫,当去山西太谷。

当时太谷商业繁盛,拳师荟萃。板三携女来到了太谷,以开"瀛东玉器店"为名,兼卖包子,开始了窃武生涯。然而,美子去吉安堂的头一天,就被一身朝气、单人力擒脱缰惊马的车二迷住了,天天不离吉安堂左右,看武林沙滩会,亲为车二口里送饼干;车二与"野侠"大战,着急得心都快跳出来了。她的做法让父亲难以忍受!

那个"野侠",其实是板三拓土引来的日本武林超一流高手,立志学尽中国武功,最终战胜中国武人。由于不通汉语,就充哑巴。回国后,他极尽平生所学,培养了板三太郎,还特别给弟子详尽介绍了与形意拳人车二比试及"金兰剑"的故事。

对于车二与美子的婚事,板三拓土决不会同意,于是就发生了东大街发镖警告车二、了洪口截杀车二那些事件,好在都被车二破了。车二曹庄夜遇的抢儿贼就是美子兄嫂,车二放了他们,却几遭杀人灭口,板三家族的凶残由此可见。

车毅斋接下公案侦查，板三拓土感觉马脚将露，便窃走"玉白菜"，妄图转移视线；黑峰山比武，请的是当时全日本最高水平的堂侄；"野侠"的亲传弟子板三太郎想借刀杀人，谁知车毅斋武功更胜一筹。

骗杀小儿案眼看即将败露，不得已他下了最后通牒——"见好就收，免遭灾祸"，反而图穷匕首见，自我暴露。火烧车宅更是狗急跳墙之举，更加坚定了车氏师徒破案的方向。

最后关头，板三拓土哄骗美子说可能有歹人夜来行窃，让她引到乌马河边斩杀，为的是乘机销赃，他自己就在暗处观察。美子兄嫂被擒，他未敢轻举妄动，为的是避免被一网打尽。

美子和她的兄嫂被擒拿，板三拓土恨死了车二，趁他们交差的时候，劫持了春花母子，欲与官府交易。吴本忠去了县衙，他想检验一下自己多年来偷盗的形意功夫，结果大失所望。好在吴老再去县衙，用二百两白银换取了美子的性命。吴本忠承诺县知事守口如瓶。他嫉恨李复祯帮忙，发毒镖伤了车毅斋。

雷霆暴雨夜战乌马河，开始美子不知底细，以为车二哥哥真是父兄所说的贼，怨恨车二恩将仇报；搜出小儿累累白骨后，她才如梦方醒，为此她更加敬重车二，为有这么一位顶天立地、义薄云天的形意英雄的哥哥骄傲。县衙大堂，美子痛不欲生，临被押送监狱，留下了那无法言传的一顾。

美子入狱后的第二天，吴本忠代表板三拓土与毛世馥知事达成默契，当晚，板三拓土与知事一手交银、一手放人，父女俩立刻潜形远去。而后，监狱用了调包手段，经秋审，在城门楼上挂出了血淋淋的"杀人女魔豆美人"人头，至于那颗头颅是谁的，不得而知了。

父女俩连夜离开太谷，次日早上，走到寿阳地界，父亲才幸灾乐祸地告诉美子，车二中了毒镖，已活不过当天中午。美子一听大恸，拔剑以死威胁，索要解药。板三拓土觉得即使给了她灵丹妙药，等赶回去，时间也已超过，车二必死无疑。美子星夜兼程，一路疾驰，找到贾家堡关帝庙已是第三天上午。她看到春花母子正在祈福，知道车二哥哥一息尚存，悄悄扯下自己的黑纱衣角，包了解药，轻轻置于母子眼前。

板三拓土企图未遂，觉得愧对天皇和国民，剖腹自尽。美子孤身一人，仍旧放心不下她的车二哥哥，只是身为"女魔头"，她估计必定为心上人深恶痛绝，自己生在世上还有什么意思？于是，她狠了心，挥泪自毁美丽的容颜，女扮男装，免得招惹是非。

美子一直活动在车二哥哥周围。天津"玉顶堤"带纸团的飞蝗石，是她请车二哥哥别伤害堂弟板三太郎；"田舍居"是她让小铁柱送花给车二嫂嫂；是她打死清犬"飞天苍鹰"；是她警告太郎之弟次郎不要刺杀车二哥哥……

车二哥哥八十生日晚上呼喊"妹子"，令墙外的美子心如刀绞，知道车二哥哥不怪她，心满意足了，觉得已经死而无憾，带着如信尾所说的"来世再见"的愿望，带着满脸疤痕和心灵的伤痛，离开这个世界走了！

车二久捧信函，百感交集。美子姑娘心地纯洁，学习形意拳并非心猿意马，在她看来，名分并不重要，拜谁为师也无所谓，经过多年修炼，她已经功夫在身，足够女侠；她喜欢车二哥哥，但并没强求夫妻的名分，明确表白，不能结为夫妻，就做亲密的兄妹也好啊！而后，她把感情深藏心底，与春花嫂子相处得那么融洽、纯洁，苍天可鉴；她多次挺身相救车二哥哥，直至背了"魔女"黑锅，自毁花容……作为一个女子，能如此深明大义，世界之大，能有几人呢？

想到这里，车毅斋深感愧对美子，一时心胸不畅，有股东西似乎要涌出来，眼睛一黑，晕了过去！

欲知车毅斋性命如何，且看下回。

第 二十九 回

弘形意李存义奔走呼号
扬国粹孙福全著书立说

车毅斋只是一时心情激动,并无大碍,休息一晌,也就好了。他仍旧在努力授拳、传道,杜心武"维护共和,保卫国家"的题词就挂在墙上。

此时的民国,袁世凯当总统后,保皇派猖獗,革命党遭压,孙中山的臂膀宋教仁被暗杀,他不得不进行二次革命,国家又一次陷入混乱。

山西太谷虽远离京城,但也有风吹草动,最敏感的当然首推辛亥功臣孟天锡。形意拳人大多农民出身,但在天锡的影响下也常常议论政局,观察时势。王凤翙、孟兴德曾经参加过义和团,严惩了祸害百姓的传教士,结果,朝廷为了讨好洋人,百姓反而惨遭杀戮,因此,对清政府早就恨之入骨,自然跟保皇派势不两立;至于车毅斋,从护送慈禧归来以后,已经看透了清廷,加上杜心武给他讲解孙中山的思想,把希望寄托于共和,所以,常常以"维护共和,保卫国家"教育弟子,并一再叮嘱大家坚持正道,为国为民。

孟天锡对大家说:"袁世凯窃取了民国大总统之位,骨子里是抵制共和的,这人说不定哪一天会倒行逆施,颠覆民主政体,复辟帝制。"

"那咱们该咋办?"年轻的刘俭非常崇拜这位参加过辛亥革命的师兄。

"咱们随时联系,但是,要反对帝制,维护共和,只有大家联合起来,一起行动，才更有力量。"

孟兴德拍着胸脯说："天锡，你消息灵通，俺们随时听你的，绝不能让狗日的清朝官吏再往咱们的脑袋上拉屎撒尿啦！"

"你们记住，习武之道，除了强身健体、行侠仗义，还必须为国为民。"车毅斋要把形意拳的行义拳风传下去。

国家在发生翻天覆地的变化，武术界也面临着分化。

李存义首先在天津创办"中华武士会"，以维护共和为己任。孙中山

中华武士会演武合影

派燕京支部委员叶云亲自前往表示支持和祝贺。但存义还是认太谷形意拳为本，经常奔波于晋冀之间，到车毅斋府上请教。

民国二年（1913）十月，河北张树德弟子张茂隆到太谷寻访同门师兄吴耀科，一同拜见车毅斋。车毅斋同样热情接待远道而来的徒侄，让他们跟李存义一起传播形意拳拳理，扩大形意拳的影响力。吃饭的时候，他给后辈们讲了个故事："一个老爹快不行了，让三个儿子围拢过来，给了一人一根筷子，让他们去掰，他们不费吹灰之力，都掰断了；老爹又拿出一捆筷子让他们掰，结果他们费了九牛二虎之力，谁也掰不断。儿子们再看老爹时，老人已经谢世了。三个儿子恍然大悟……"这是一则流传千年、脍炙人口的老故事，蕴含了一代大师对弟子们的深切厚望！

民国三年（1914）甲寅五月初十凌晨，为中国形意拳的创编和发展倾注了毕生心血的一代宗师车毅斋与世长辞，享年八十一岁。

车毅斋的一生，是不平凡的一生。他出生于普通的农民家里，养成了吃苦耐劳的品格，长大后刻苦练武术，成为形意拳大师。他保镖护院，走南闯

北，为维护山西的金融中心地位贡献了自己的力量；他身处封建社会末期，在国家内忧外患、民不聊生之际，不辞年高，不顾安危，仗剑登擂，勇降日倭，壮我国威；他尽其所能，恤贫济孤，帮弱救残，以助人为乐。堪称品德高尚的一代宗师。

车毅斋是中国形意拳的主创人。他在李飞羽"三体式""五行六象"及"五行生克拳"的基础上，完善了十二形；在王长乐少林拳的启发下，创编了形意拳入门功"十二路弹腿"；他与师弟、弟子共同创编了形意拳的一系列单练、对练套路，以及攻防要道、实用技法；在多年的实践中，还创造了"倒插步回身""拘马拼""狮吞手""阴阳把""搂手炮""扳手炮"等十三炮法；在散手技击方面，创编了能体现"顾、开、截、锁、拿、化"的六法与"合、顺、灵、巧、稳、准、狠、疾"的八字方针。是他让形意拳真正走向了成熟，山西太谷也因此逐渐成为中国的形意拳之乡。他的门人弟子遍及省内外。他是形意拳的光荣，也是太谷人民的骄傲。

车毅斋的出殡仪式空前隆重，县衙官员、名商大户、武林高手、文化名流、门人弟子、各地宾朋，都来相送；城乡百姓，特别是他生前接济、帮助过的村民，扶老携幼，失声痛哭。

老妻春花，半躺在炕上，思潮翻滚，欲哭无泪，数十年来她与丈夫的往事，就像昨天一样浮现在眼前：一起在乌马河滩玩耍，口衔脚刺；冒死营救林凤祥；擒马拜师，学艺交城、祁县，苦得叫人心疼；河滩擂台大战，紧张得人们要命；成亲拜天地，想起来还脸红；走湖广，战黑峰，闯关东，离妻别母，何惧阵阵秋风；不顾年事已高，津门斗日倭，得胜归来，举家高兴；八十大寿，又见美子，心里翻倒了五味瓶……

想到这里，她忽然叫进来刘俭问道："你记得不记得二十六年前，祝贺你师父打败东洋人，谁交给你的那朵花了？"刘俭已经记不得了。

春花拿出了一朵月季花接着说："当年那朵花是俺美子妹妹送给俺的，你师父当时特别高兴。你师父走了，你把这朵花举着，让它代表俺陪他去吧……"

出殡的队伍绵延数里，前头已到坟地，后尾还没起身。最引人注目的是刘俭手举的那朵月季花，它代表老妻春花的心：心随丈夫去吧，身还得照料儿孙哪！

老一辈形意拳师相继离去，继续弘扬形意拳的历史使命，落到了下一代拳师的身上。李存义自感身上担子沉重，重任在肩。他多年来奔波于山西、直隶一带，除恩师刘奇兰和师叔郭云深外，多次受到车毅斋、李广亨、宋世荣等大师的指点，有"河北门神""单刀李"的美誉。是他将形意十二形后六象带回了河北，把车毅斋所创的"杂势捶""鸡形四把"等套路广为传播。民国三年冬，他再次赴太谷，来到贾家堡"田舍居"。

熟悉的大院，熟悉的器械，熟悉的房舍，熟悉的陈设。然而，物是人非，李存义再也见不到慈祥可敬的师辈，听不到师傅的谆谆教诲了！他无法抑制悲痛之情，大哭一场。车兆烈兄弟仨和李复祯、布学宽、宋铁麟、刘俭等各位师兄弟，与存义相拥而泣。他冒着寒风，到师傅坟前献上长联一副，文字虽未必工整，却倾注了他的真挚的悼念之情：

忆昔日为国争光技服日人名垂青史
看今朝形意拳艺大放异彩伟业长存

云天低垂，千里荒凉，北风卷着乌马河边的黄沙，恣意扑打在人们的脸上，两条白色长联在寒风中瑟瑟抖动。众弟子在苍茫的天穹底下一动不动，久久伫立。

祭罢师傅的当天下午，李存义去拜访李广亨先生。李先生是县城西大街"中兴正"商号大掌柜，他是车毅斋、贺师之后拳龄最长、拳理最深的形意拳师傅，武功和经历更是广为人知，车毅斋去世后，他自然成为形意拳界的主心骨。

李广亨向来平易近人，热情接待了李存义。二人在客厅刚坐定，宋世荣和李复祯、王凤翙、孟兴德、吕学隆、布学宽、吴耀科、刘俭等十几个师兄弟也相继到来。

"好吧，今天存义在，我们也算个小聚会。"李存义先生心情颇为激动，"车兄去世三个多月了，他是老朽的师兄，实际上应该是师父，俺咸丰十一年拜师，李飞羽师同治六年返回老家，几十年来，俺和车兄摸爬滚打，从他身上学到的东西太多了……"老人不胜伤感，哽咽难言了。

宋世荣先生满眼含泪，接着说道："车兄更是我的师父！我同治五年十七岁拜师，飞羽师第二年就走了，我的拳术从哪里来的？如果没有车兄，哪有我的今天呀……"说着也泣不成声！

宋先生在十年后，原原本本把师兄的事迹详细介绍给"车君毅斋纪念碑记"的撰稿人孙丕基先生。碑文中记载："宋氏亦心意拳术中人也，述毅斋事绝详。""绝详"二字，足见师兄弟俩感情深厚，交往紧密。他们生前曾日日切磋技艺，逝后双双留名青碑。

还是回到这次聚会上。李广亨先生从追忆中回到了现实，说："咱们怀念车兄，最好的行动就是，不折不扣把他和李师祖创编的形意拳原原本本传下去。"

"对，比如他一再强调'掌拳互变，拳打一条线'，千万不要拳从两肋出，暴露中门。还有'膝扣裆合，进退摩胫'，练成推车步那就坏了。为什么呢？你中门大开，一旦对方从中路插入，你还有立足之地？"宋世荣补充说。

李广亨教授弟子向来十分严格，他再次强调："步履稳固，可是形意拳的一大特色呀！另外，你们传授徒弟必须要求前不露手，后不露肘。为什么呢？前露手，手臂超出前脚，人的重心势必前倾，结果能不失去重心？后露肘，拳架散乱不说，你的防守之手能护得了心吗？"几个人在地下试了试，频频点头。

"两肘不离肋，两手不离心，出洞入洞紧随身。"李复祯边演示边谈体会，"师父的教诲，咱们一定得牢记。有人练炮拳，防守的手臂抬得太高，把自己的肋骨亮给对方，能不吃亏？"

就是这一次，在李、宋先生和李存义等的主导下，大家共同商讨了形意拳的辈次，决定从李存义、李复祯、孟兴德、布学宽、宋铁麟、刘俭他们这一代起，以"华邦惟武尚社会统强宁"十字为辈序，意思是：列强欺辱的历史教训证明，中国只有强军尚武，国家才能统一强大，人民生活才能安宁。

虽然外面是寒冬，屋里却暖意融融。

临行，李广亨先生牵着李存义的手，语重心长地说："咱们的形意拳发展到现在实在不容易，但是，还任重道远啊！古人云，'武无文不远，拳无文不久'。你们直隶要有人写书发扬呀！"

他进一步解释："武术没有文化，传播就不会太远；拳术不通文墨，就难以长久。车兄原本赶车出身，可是他先向武鸿圃先生学习认字，再向孟绰如先生学习文化，连吴秀才、窦姑娘都是他的文化先生，所以，他成了文武双全的形意拳一代宗师；如果只是一勇之夫，只会打打杀杀，无非莽汉一个，哪能称得起拳师。"

"听懂了，听懂了！"孟兴德首先跳了起来。李复祯、吴耀科、布学宽、刘俭等也纷纷点头。

李存义走南闯北，感触尤其深刻：没有文化，单凭口传身授，武术传播不远不广；没有文字记载，不仅会误传和讹传，拳术也难以久留于世。于是，他听从了李广亨的教导，除了继续传拳授徒外，担起了另一个重要使命——请文武双全之才，为形意拳著书立说。

多年来，李存义南征北战，传播形意拳，培养了韩其昌、郝恩光、黄柏年、马玉堂、傅剑秋等众多形意高手，而且不拘门派，倾心相授。他还一再谆谆告诫弟子：形意拳人必须行侠仗义，惩恶扬善，以爱国为民为己任。在他的精心培育下，亲传弟子尚云祥成为拳界一代领头人。

尚云祥，字霁亭，清同治三年（1864）生于山东乐陵尚家村。自幼聪慧强识，争强好胜，嗜武成性。幼时随父进京经商，一边向账房先生学文习字，一边向少林名家冯大义学习功力拳。历经六载，拳棒娴熟，在北京鲜有敌手，一度自恃功高。

某一天，尚云祥在护城河边，见形意拳名家李志和正在练拳，看了一阵也不明白，当即问："你练何拳？管用吗？"

李志和答："不知道。"

尚云祥要求比试，刚一接触，被李志和用手往前一推，摔出很远；他要求再试，又被扔出很远，赶紧谦虚地问："您学的何拳？学了多长时间？"

李志和说："形意拳，不到三年。"

此拳既简单又威力大，尚云祥决定转学形意拳。他遍访京城形意名师，历经三年，才见到了李存义。但李存义一见他个头太小，像个小糖瓜，不肯收纳，幸得同门师弟周明泰一再说情，才勉强同意收下。

尚云祥因身矮体弱，别人常以"小糖瓜"相戏，激得他发誓说："糖瓜虽小，却要让它崩牙！"他说到做到，勤学苦练，功夫很快就在同门师兄弟中出类拔萃。李存义甚喜，倾囊教授。他练功更加刻苦，却疏忽了商铺的经营，结果生活拮据，买双鞋都很困难，只好赤脚练功，日久足掌坚硬如铁，人赠雅号"铁脚佛",闻名京城。

义和团兵败后,李存义把避乱山西太谷所学的形意拳功夫悉数传给尚云祥;之后,他自己又两次亲自赴晋,走访同门,收获更丰。他博采众长,将晋、冀之长熔于一炉,武功终于炉火纯青。李存义在天津创办"中华武士会"时,大摆擂台,由尚云祥首出擂场,设擂一百天,终无一人将他打下擂来,因此,誉满津、京、冀,通过比武,他朋友遍布各地。

尚云祥不光武艺高强,而且听从恩师李存义的教诲,牢记习形意拳不仅是要强身健体,它更是行义拳,学习武术,要除暴安良、为国为民。那时,通州有个大盗,名叫康天心,精通武术,自称"八爷",擅长连发枪和轻身术,飞行屋脊如履平地,令官府捕快束手无策。这人年已花甲,却偷盗抢劫,无恶不作,最终在一个春夜被尚云祥制服。

那天子时,月落星满天,清风阵阵来。康八爷觉得是再好不过的良辰吉时,去了一家常去的富人家,强迫小姐顺从他。那富家找尚云祥来保护。康八爷翻墙入院,轻脚慢步,来到小姐住的绣楼前,前方突然出现一人,双臂一拦说:"康八爷来了,在下等候多时。"康八爷吃了一惊,心想哪个胆大包天的敢来搅扰大爷的好事?语气却故意十分平和:"敢问高姓大名?"

"无名小卒。"云祥答道。

"你有眼不识泰山,想当咬耗子的狗?"

"耗子倒是不咬,今晚咬的是采花的老贼!"

"你长得五短身材,难道不知道天高地厚?"

"水泊梁山书中高大的蒋门神不是被武二郎揍得鼻青脸肿?今日武二爷一定要拿下你这蒋门神!"

"呸!"不等云祥说完,康八爷已经恼怒难抑,"今天就让你这个假武二郎知道知道老子的厉害!"

星斗之下,绣楼之前,二人战在一起。那康八爷受了侮辱,恼羞成怒,施展功夫,拳、掌、勾三种手型互变,弓、马、仆、虚、歇五种步型轮换,兼以各种拳法、掌法、肘法和伸屈、直摆、扫转、击响不同的腿法,以及平衡、跳跃、跌仆、滚翻动作,企图迅速置矮个子尚云祥于死地。

尚云祥边迎战边观察,看出对方练的是长拳,特点是在出手或出腿时以放长击远为主,有所谓"长一寸强一寸"的说法;而形意拳则是以挨身近打为长。双方缠斗了二十几个回合，姓康的毕竟年纪大了，节奏越来越慢，甚至有些迟缓。看看时机已到，云祥用了师父李存义传授的蛇形绝技，左掌刁扣康拳，右臂插压，步进其脚后，左手刁撅，右臂挑挤，对方已经仰面朝天倒地，起不来了。

康八爷气喘吁吁，勉强挣扎起来后，磕头不止，口口声声道："我输也输个明白，您高姓大名？"

"无名小卒尚云祥。"

"哎呀，久仰大名，李大师的亲传弟子。今晚有幸得见，三生有幸，如果您能高抬贵手饶了我，以后再不犯罪了。"

尚云祥心软答应了，康八爷走时留言说："领教了，您真是好汉，名不虚传！"

此后，康八爷离开通州，一连数年当地太平。但是，狗改不了吃屎，几年后，他又在怀柔县为非作歹。一家姓谢的富家打听到尚云祥能够制服他，专门求助，尚云祥答应前往。那康八爷听说之后，即刻离开怀柔县，隐在东皇庄。见他劣习难改再做恶，尚云祥忍无可忍，把他逮捕，交给当地官府归案。

再说李存义，除了广授门徒，教出尚云祥这样的高手，更主要的事情便是寻找有文化的形意人搜集资料，撰写拳书。从太谷归来的第二年春天，他让韩慕侠找来刘文华、孙福全和姜容樵三位形意拳界的秀才，让他们著书立说。他说："太谷李广亨师父说，'武无文不远，拳无文不久'。你们仨是咱形意拳界少有的文化人，为后人写写书吧，把前辈创编的拳术传下去。"

"可是我们知之不多。"刘文华、姜容樵有些为难。

"我做你们的后盾。"

"有些练法是口传身授，诉诸文字，难免有出入。"孙福全一向比较较真。

"我比划，你们写，反正我也大字不识几个，先写出来再说。"李存义迫不及待，大家自然心领神会。

李存义确实言之确凿，形意拳的创编和传播真的离不开通武的文人。当年李飞羽、车毅斋，不过是菜农和车夫，郭云深、李存义也都是普通农民，如果没有名绅孟綍如先生的参与帮助，形意拳的拳理、拳法，如五行拳的相生、相克，以及阴阳为母、四象为根、三节为用、六合为法等要从实践形成理论是难以想象的。另外就是李广亨，他是形意拳的创始直至定型的参与者，经过三十年的整理、实践，写出了《心意精义》（墨本），对心意六合拳的创编、传承，都按前辈的传授做了如实记录；对形意拳的三体式、入门功、十二路弹腿、五行拳、十二形，所有单练、对练套路，攻防要道等，都以歌诀的形式一一做了翔实记载，它还让"形意拳"一词第一次以文字的形式出现在世上。

可惜的是，前辈的记录虽然珍贵，由于是手抄墨本，传播有限。直到由李广亨建议、李存义组织、郭云深再传弟子孙福全等人撰写的《形意拳学》的出版，标志着中国形意拳史上第一部铅印拳书的问世，对形意拳的传播做出了巨大贡献。

孙福全（1860—1933），字禄堂，直隶保定府完县人。天资聪颖，勤奋好学，九岁丧父，家中一贫如洗，由老母抚养成人。他喜爱武术，曾拜一位江湖拳师学习少林拳术，时间虽短，但他练得一身好功夫。十一岁背井离乡，去保定一家毛笔店做学徒。十三岁拜直隶著名拳师李魁元为师，学习形意拳，同时学习文化。两年后，他的武艺出类拔萃。李魁元看他是棵好苗，便把他推荐给自己的师傅郭云深继续深造。

孙福全以能者为师，博采众长。他曾徒步壮游南北十一个省，访少林、朝武当、上峨眉，所以，武功和文化都不断进步。以他为主要撰稿人的《形意拳学》一书，是1915年出版的。上篇为《形意混沌开天地五行学》，总体介绍形意拳学问；下篇为《形意天地化生十二形学》，除了《序言》外，逐一介绍了五行拳与十二形拳。他参照儒、道两学，合丹经易理，重构形意拳法理，建立了新的形意拳理论和技术体系。

正如孙先生事先所料，将拳术诉诸文字，难免有出入。拳术都是口传身授，至于哪个字怎么写，拳师通常没文化，不知道。到了著书立说，一下笔问题就来了。比如十二形之一的"Tai"形，由车毅斋从祁县戴文雄传承来，在本地流传时，对于鲐鱼的九十度调臀护尾之能，为了便于理解，武师就用当地木匠控制门扇开合的"兔虎只"做比喻。然而，传到外地后，人们不知道这"兔虎只"为何物呀，想着是不是"兔鹄"？而"兔鹄"可是小鹰呀，那么这"Tai"字是不是应该从"鸟"字旁？进而望文生义，既然是鸟类，这护尾之能就是竖尾之能。可谓差之一字，谬以千里了。从此，形意拳的十

明国时期出版的部分形意拳书

二形之一的"Tai"形就有了几种写法，即鲐、鸟台、骀，并衍生出了好几种练法。

再比如对练之一的"挨身炮"，是挨身近打之意，从太谷远传后，有人写作"安身炮"，失去了原来意义，"拘马拼"，被传写为"举马鞭"或"聚马鞭"，面目全非；"杂势锤"，被传为"杂式锤"等等，不一而足。

应当说，在当时的条件下，个别笔误实在难以避免，是瑕不掩瑜，对于将形意拳推向全国，孙先生的著作是立下首功的。

孙福全《形意拳学》问世之后，写拳书者不断出现，1920年刘殿琛出版《形意拳术抉微》，1929年姜容樵出版《形意母拳》，1934年董俊出版《岳氏意拳五行十二形法精义》，1936年吴图南出版《国术概论》等等。他们的书都对形意拳的推广起了很大的作用。

与此同时，国内局势风云突变，许多形意拳人再次挺身而出，为挽救国家的前途命运而拼死相搏。

欲知详情，速看下回。

第 三 十 回

"鸡血党"智退袁兵卒
"玉面虎"力惩北极熊

辛亥革命之后,袁世凯篡权,全国各地掀起反对浪潮。1915年12月,云南蔡锷首先起义,通报全国,护国大军声势浩大,向北讨伐袁世凯。紧接着贵州、广西、广东、四川、湖南、浙江、陕西等省纷纷响应,相继宣布独立。当时,主政山西的是孙中山同盟会员的阎锡山,他对袁世凯和孙中山左右逢源。袁世凯心知肚明,为了牵制阎,特派心腹金永出任山西首任巡按使。

金永是旗人,相当骄悍,他到了山西要消灭民军势力,积极成立警备队,初为七个营,继之不断增加,形成对阎锡山军队的极大威胁。

车毅斋弟子、同盟会员孟天锡,在民国三年从徐沟县调任保德县邮业局长。他人虽在外地,却心系省城,对袁世凯称帝义愤填膺,与各地同志联系,准备护国。

民国五年春节刚过,孟天锡就回到家乡,四处联络当年的反清义士,宣传护国。他先来到太谷,把看不惯袁世凯倒行逆施的形意拳人聚在一起,给大家讲解共和与帝制的本质不同:"封建帝制,就是封建专制,它把百姓当作奴才,人们只能服服帖帖任统治者摆布,所以,几千年来,改朝也好,换代也好,终究换汤不换药,难怪从古到今年年月月,总是'朱门酒肉臭,路有冻死骨'，老百姓处于水深火热，永远没有出头之日。而共和就不一样了，这种社会，人民有了民主，有了自由，连大总统也由百姓选举。大家说说，好不好？"

"好啊！"孟兴德首先呐喊。

"孙先生不是主张三民主义么，甚意思？"吕学隆不是十分清楚，提出疑问。

孟天锡回答："三民主义由民族主义、民权主义和民生主义构成。民族主义就是反对清朝专治和列强的侵略，打倒与帝国主义相勾结的军阀，承认民族自决权；民权主义就是实行平民所共有的民主政治，人民有选举、罢免、创制、复决四权以管理政府；民生主义原则有两个，一是为平均地权而实行耕者有其田，二为节制资本……"

"好啊！"孟天锡的话未完，刘俭已经呐喊起来。

"天锡讲得好。可是你得说说咱们该咋办呀？"吕学隆经历的事情不少，他正在思考着下一步的行动。

孟天锡说："首先不能叫袁世凯的阴谋得逞，当务之急是组织护国。"

吕学隆说："是不是先组织民众？"

孟天锡赞扬道："学隆兄究竟见多识广，咱们形意拳不是叫'行义拳'吗？袁世凯正准备残酷镇压民众反抗，但是，历来邪不压正，云南蔡锷将军振臂一呼，天下应者云集，现在各省纷纷宣告独立，袁大头已如热锅上的蚂蚁了。"

天锡的话说完，吕学隆他们都明白了，当时就表示愿意加入反抗袁世凯的行动中。

再说，太谷历来是文化之乡，距离省城不过百里，接受外来影响比较迅速。曹家"三多堂"就聚集了不少进步学生，成立了反袁组织"鸡血党"，积极准备起事，配合各地的护国运动。

"鸡血党"活动的消息被传往太原，巡按使金永得到密报，十分紧张，认为太谷紧临省城，不迅速剿灭"鸡血党"，必将影响全省的政局。于是，以反对新政和欲改"三多堂"所在的北洸村为北王村是犯上作乱为由，派心腹俞介臣带兵前往剿灭。

兵尚未到太谷，消息早已传出。"三多堂"主事人曹克让一向支持革命，被列为抓捕的重要目标之一。当晚的曹家议事厅灯火通明,他让管家请来吕学隆、刘俭等形意拳人商讨对策。

年方半百,两鬓已见灰白的曹克让神情凝重,他扫视了大家一眼,不无忧虑地说:"省城已经得知咱们的消息,奸臣金永派俞介臣带兵前来清剿。可怎么办才好?"

"那俞贼长什么样?"刘俭问。

"尖嘴猴腮山羊须,一看就是个奸臣样。"曹克让在太原见过那个人。

刘俭说:"行,到时候俺来专门收拾他!"

吕学隆善于分析政局,安慰曹克让说:"曹大人,听天锡说,阎锡山虽然不露声色,但全省北自大同,南到河东,到处暗潮汹涌,大有山雨欲来风满楼之势,太原周围更是风声鹤唳,俺看这个金永呀,比咱们更紧张。咱们做好充分准备,何惧他区区一路兵马!您不必担心。"

"不用害怕,他们敢来,咱们就敢杀他个片甲不留。"刘俭求战心切,呼的站了起来,把烟袋往腰里一插,大手往腰里一叉,仿佛就要投入战斗。

"俺也知道不怕,"曹克让知道形意拳人早有布置,所以也显出了镇静的样子,"不过,咱们是不是商量一下具体该怎么应对?"

"您只管召集家丁和村民,其他由俺们负责,保证'三多堂'万无一失。"吕学隆说得斩钉截铁。

曹克让吃了定心丸,去组织家丁、村民去了。吕学隆带领刘俭等连夜具体部署。

吕学隆经验丰富,思维敏捷。他先部署刘俭等形意拳年轻人为中坚,再让有武功的护院家丁及附近百姓共一百多人作为骨干策应,今夜就布置;同时,让管家打着曹大人的旗号动员村民二百余人准备锣鼓,到时摇旗呐喊,以助声威。一切安排就绪,他再次来到议事厅告诉曹克让:"一切安排就绪,就等敌人送死。大人勿忧,静候佳音吧!"

吕学隆登上门楼,俨然军师,再次与大家进一步仔细研究。他具体指挥调度:第一路,刘俭挂帅,因为袁军有枪,本路人必须发挥形意拳挨身近打的优势,正面迎击敌人;第二路,孟立刚、朱福贵带领护院家丁及有武功的村民,埋伏左右,伺机策应;房顶的砖瓦军是第三路,由他自己统领,权当天兵天将。

且说此时的刘俭，年方三十来岁，正是如日中天的时候，浑身的力气使不完。师兄的任命令他倍感荣幸。领命后，他连夜组织形意拳"鸡血党"干将，具体部署。煤油灯下，他赤着脚，光着头，高坐炕头，一帮年轻后生们血气正旺，个个挺着胸、叉着腰，站在地当中，听候他的安排。

刘俭把着旱烟锅，接二连三地抽了一锅又一锅，突然，大眼一瞪，烟锅往炕沿边一磕，粗眉毛一扬，说道："听说各地都在讨伐袁大头，俺看呀，那太原金永也是疥蛤蟆垫桌腿子——硬撑着嘞！他们虽然手里握着洋枪，但心里肯定提心吊胆，咱们明天如此这般……"

大家凑过来一听，个个哈哈大笑，拍案叫绝！

第二天上午，天色灰暗，日头无光，炊烟不见，人迹寥寥。残冬的北风，放肆地蹂躏着田野里收割剩下的零散玉茭枯秆，土路上不时卷起一阵阵黄土，夹杂着枯枝败叶，飘散向四方。

太谷"三多堂"曹家大院

尘土起处，一队袁兵举着王旗，扛着洋枪，浩浩荡荡开往北洸村的曹家"三多堂"方向。

风刮个不停，队伍走走停停。进村不远，只见前面横着曹家四层高大的青色楼房，袁兵蜷缩在墙下，心神不定，四处张望，在巍然的高楼下显得那么渺小。

兵卒正在神魂不定的时候，猛不防听到头顶一声霹雳："关云长下凡啦，讨伐逆贼！"砖头瓦块冰雹似的从天而降，袁兵还没缓过神来，不少人已经头破血流。紧接着，又一声雷霆似的吼声炸响："关老爷来啦！"从"三多堂"巷子里冲出无数红脸大汉，个个丹凤眼、卧蚕眉，面如重枣，声若巨钟，一绺绺长髯飘于胸前。袁兵们睁眼一看，关云长真的来了！仿佛要过五关斩六将，直取他们的首级！袁兵眼花缭乱，不辨东西。其实"关云长"们手执的是刀枪剑棍加农具，他们冲进袁阵，好似虎入羊群。

袁兵们退回大路，两侧小巷里又冲出无数黑脸大汉，左边的一路挥舞"丈八蛇矛"，高呼："燕人张翼德在此，哪里跑！"袁兵回头没跑几步，右边小巷的黑脸大汉又举着耙子高喊："天蓬元帅来了，妖孽哪里逃！"

袁兵魂飞魄散，眼前不是关云长，就是猛张飞，连天蓬元帅猪八戒也来除妖，个个吓得胆战心惊；刀枪剑棍、锄耙锹镐，都变成了青龙偃月刀、丈八蛇矛和九齿钉耙，整个队伍成了一窝马蜂，乱作一团。

一帮形意拳"鸡血党"人，发挥贴身近打的优势，身如闪电，腿如旋风，拳如铁锤，声如雷霆。四周负责摇旗呐喊的村民，敲着锣鼓铁盆齐声呼喊："关老爷下凡了，活捉袁大头！""天蓬元帅下界擒拿妖怪了！""活捉山羊胡俞介臣！"袁军个个心惊肉跳，连招架都忘了，还怎么抵抗？他们扭转屁股，带伤四散溃逃，有些甚至找不到逃跑的方向。

领军的俞介臣，本来做贼心虚，听"关老爷"刘俭点名大喊活捉"山羊胡子俞贼"，早吓得魂飞天外，如同赤壁之战中曹操"割须弃袍"一样，好不容易才蒙着头夹着尾巴逃了出来。他觉得大半是皇上不识时务，惹得老天爷发怒了，那一个个红脸大汉不就是关老爷下凡？

袁兵逃到了县城。吕学隆早安排城里的形意人和百姓借机大造舆论："昨天晚上，天上有环佩之音，大约是天兵天将到了。"县衙蔡知事也煞有介事地问俞介臣："昨天晚上您没听见？"

心怀鬼胎的俞介臣派人到太原禀告上司太谷发生的事，那金永听了，将信将疑，心想莫非真的天意不可忤，人心不可欺？于是乎，讨伐"三多堂"之举，便就此偃旗而息鼓。

其实，"三多堂"这场装神弄鬼的戏，都是刘俭弟兄们精心谋划的。关云长是山西人，村村、县县都有关帝庙，一说关老爷，谁不敬畏？于是，大家用红泥抹脸，再粘些麻头当胡子，大呼："关老爷来也！"呼天抢地，东杀西砍，袁兵胆都吓破了还能战斗？有的则脸抹锅底黑，冒充"猛张飞"和"天蓬元帅"猪八戒，袁兵果然中计，狼狈逃窜。

"三多堂"之战，一举成名，形意拳人智勇双全的威风也闻名四方。坐镇"中军"的吕学隆，平日里熟读吴秀才诗作，不会作诗也会诌，他找了把破扇子，模仿秀才先生的样子，迈着方步，在"三多堂"大院里边摇边吟起诗来：

三国诸葛空城计，
吓退魏军四十里。
北洸"关公""猪八戒"，
专杀奸臣山羊须。
锣鼓喧天真热闹呀，
逗得袁兵拉了稀！

袁世凯的倒行逆施，以八十三天的皇帝梦破灭而告终；而国家却从此更加羸弱不堪，列强横行，洋人霸道，军阀混战，百姓遭殃。

民国七年九月初，古老的北京城连日风沙不断，天地灰暗。天桥一带，一家武术馆斜对面的"得兴茶馆"，人们议论着一桩大事：俄国有个名叫康泰尔的大力士来京设擂，据说要扫尽中华武林名师。其实，这个康泰尔是俄国十月革命后逃亡国外的丧家之犬，江湖骗子。来到中国，在一帮崇洋媚外狗腿子的吹捧下，趾高气扬，不可一世，自吹打遍四十六国无敌手。

九月六日，康泰尔在北京中央公园摆下了擂台，广告说：

顶天立地一个西洋大力士
脚下踩着东亚四万万华人

设擂较技，以武会友，本来不是什么稀罕事，可是这个康泰尔太不知天高地厚，傲气逼人，甚至讥讽中国无人。一个狗腿子甚至把请柬直接送到天津"中华武士会"，问有没有人敢应战？

是可忍，孰不可忍！"中华武士会"的创办者之一李存义怒不可遏！第二天一早骑马直奔京城，张占魁也同时到达。他们就近落住前门大栅栏。京、津、冀的弟子们闻讯也陆续到来。

九月八日，风沙依然不停。李存义一行来到中央公园察看情形，洋人的广告虽然被人撕烂几张，剩下的字迹仍旧依稀可辨。李存义他们一路愤愤不平，回到了住所。

他们饭吃不香，咽不下。李存义在房间里走来走去，脸色铁青，大家都在等候着他发号施令。"我就是拼了老命也得揍扁这个洋徒！"存义几乎是吼了起来。大伙先是一怔，而后是静默。

"老兄究竟古稀之人，今年你七十有三了。"师弟张占魁对这位师父般的师兄感情独厚。

"当年车毅斋战日倭也不年轻啊。"

"有你老吗？"占魁打断了存义的话，"当时车毅斋不足六十岁，比你现在年轻多了。"

"师父太老了，"弟子们觉得难听，又立即改口，"师父桃李满天下，杀鸡焉用宰牛刀？"

"您不服老，显得我们不是一个个没用吗？"韩慕侠的肺腑之言，让李师心里一颤！

"给我们一次机会吧！"众弟子近乎哀求了。

"你看吧，这么多的年轻人都不要有出头之日了！"张占魁的一句总结之言，终于使执拗的李存义哑口无言。

"好吧，听你们的，"李存义思忖再三，终于松了口，"那，我们合计合计谁打头阵。"

"我！"孙福全、韩慕侠、马耀南、尚云祥等年轻人几乎同时喊了起来。

又一个难题。

斟酌再三，思考再四，最后还得李存义定夺。他扫了大家一眼，用商量的口气说："你们几个的武功人人不同凡响，战洋鬼子都有胜算，我也无法取舍，现在，只能谁年轻谁先上。"

张占魁师发话了："我同意年轻的先打头阵，按年龄，一个一个前赴后继。"

既然前辈定了，晚辈只好服从。大家发誓：即使用车轮战，也必须把这个不知天高地厚的洋人打倒。

韩慕侠智擒"燕子李三"后，成熟老练多了，在张占魁门下打出了名号，人称"玉面虎"。他年龄最小，自然是首选！

赛前，大家做了周密策划，李存义提醒慕侠记住车毅斋当年的五句箴言，张占魁也强调要后发制人。尚、孙、马更是人人出谋献策。

九月十四日上午，风停了，天空被前几天的黄风刮得湛蓝湛蓝，阳光也显得格外明亮。李存义、韩慕侠等来到中央公园。得知今日有重要赛事,擂台下早已人山人海。

擂主康泰尔像一尊庙里的泥塑,看着应战的居然是一个年轻帅气的小伙,大嘴巴咧了咧,不知是喜欢还是轻蔑。

在新闻记者、围观群众的见证下,双方当场签订了生死文书:

今有俄国大力士康泰尔与中国"中华武士会"拳师韩慕侠角力,双方议定:万一失手,打死勿论。空口无凭,立此据为证。

俄国康泰尔(俄文签名)

中国韩慕侠(中文签名)

证人:俄国比洛夫(俄文签名)

中国李存义(中文签名)

明国时期北京中山公园

大约上午十点,比赛即将开始。擂台两侧,各有一杆旗,旗上白幡红字,右一幅:威震支那;左一幅:全球扬名。

观礼台上,是各国使节及其夫人,碧眼金发,个个挺胸叠肚,高傲之气洋溢在白皮脸上。京城百姓、报纸记者、武林各门,都怀着不同的心情前来观战。

李存义等保护着韩慕侠站在台下,一旦开赛,随时准备应急。

擂台上,那康泰尔往台前一站,只见他一脸横肉,满胸黄毛,肩宽腰粗,龇牙咧嘴,身上的橄榄油在太阳底下闪闪发亮。肩上有一条红黄镶色宽缎带,胸前一条金项链，上吊着一个十字架。短裤衩，橡胶鞋，克罗米护手套，俨然一只北极熊！这副模样，这套装束，中国确实少见。

此时，一个身着警官制服的中国人登上台来，尖下巴，山羊胡，年纪大约五十多岁，干瘦干瘦。他一颠一颠走到台前，先向俄国武士毕恭毕敬地深深一鞠躬，而后面对台下突然变得威严起来，清了清喉咙，打起了官腔："鄙人，警察总监汪金探，代表政府对世界第一大力士来华献艺，表示最热烈的欢迎！"他的卑躬屈膝，引得台下一片骚动，谁也不再听他接下去胡说些什么了。

"这位就是打遍天下无敌手的世界第一大力士康泰尔先生，"不知从哪又冒出了一个官员，走到台边大声吆喝，声音又尖又细，"台下哪个不怕死的敢来登台，嗯？"

话音刚落，韩慕侠纵身一跃，登上擂台。人们看时，只见这位中国武士身体矫健，面容俊秀，白大褂，白裤子，白腰带，紧身利落，一身正气，毫无惧色。观众议论纷纷，韩慕侠自报家门："中华武士会形意拳人韩慕侠特来领教！"

"听说过，他就是生擒'燕子李三'的形意大侠。"台下观众有不少对慕侠早有耳闻。

"韩大侠，打死这个洋鬼子！"群情激奋，振臂高呼。

"英雄，给中国人出出气！"

"可是，惹得起那人高马大的洋鬼子吗？"也有人不无担心。

再看那康泰尔，端详一番这位帅小伙，上上下下、仔仔细细看了个够，而后呵呵直笑，仿佛对面站着的是一个小男孩。

哨音一响，比武开始。这只"北极熊"认为眼下不过是一场小小的游戏，立刻主动进攻。先来一个"饿虎扑食"，韩慕侠"白蟒翻身"闪过；再一个"泰山压顶"，韩慕侠一个"孙猴跳涧"令对手落空。"北极熊"连扑几次，均未能上身。慕侠记着当年车大师的箴言，心想，先任你骄吧！

台下观众看得眼花缭乱，发出阵阵唏嘘之声。

康泰尔大感意外，一周了他还没有遇见过这样难缠的对手。他上攻下踢，左冲右击，拳势凌厉，吼声如雷；韩慕侠却轻身慢步，辗转腾挪，守中寓攻，游刃有余，而且面带笑容，仿佛撩逗一只大老熊，台下也发出阵阵笑声。

康泰尔被韩慕侠的戏耍气疯了,恼羞成怒,一横身子,像一堵土山似的居高临下压了过来。慕侠试着连出几拳,这家伙果然皮厚肉大,不见反应,于是,故意向洋人嘻嘻地轻蔑一笑。康泰尔觉得又受了奇耻大辱,拳脚齐上,不管章法,没头没脑,拼命攻击,口中还歇斯底里地哇哇乱叫。折腾了约莫一刻多钟,他讨不到任何便宜,节奏渐渐慢了下来。

机会来了。以逸待劳的韩慕侠应对了几个回合,故意做出被逼至擂台边的样子,而且身子背对台下。那康泰尔看了,心中暗喜,略出几招,突然,倾尽全力,一下子猛扑过来,企图将韩慕侠一下子打下擂台。

台下的观众一个个心提到了嗓子眼,慨叹这么漂亮的中国武士完了。李存义等目不转睛,密切注视形势的变化。

就在这千钧一发之际,韩慕侠来了一个当年李复祯传授的形意拳特技"迂回步阴阳把",身子一侧,转到了对手的身后,借着康泰尔的强大冲劲,外加了一个形意虎形,大喝一声:"你给我下去吧!"那三百多斤重的"北极熊"康泰尔,从擂台上被重重击了下去。

观众闪身看时,那么大的一个"天下第一大力士",翻着蓝眼睛,大嘴嘘嘘喘着气,一时动弹不了啦。

擂台下先是错愕、吃惊,旋即掌声雷动,经久不息!

"中国人赢了!"

"形意拳人赢了!"

"洋鬼子被中国人打倒了!"

整个中央公园沸腾了!

中国观众如痴如狂,人们噙着泪花互相拍肩拍手,中国人今天终于可以扬扬眉、吐吐气了!

李存义、张占魁等与广大观众一起,将韩慕侠这位为国争光的英雄抬了起来。

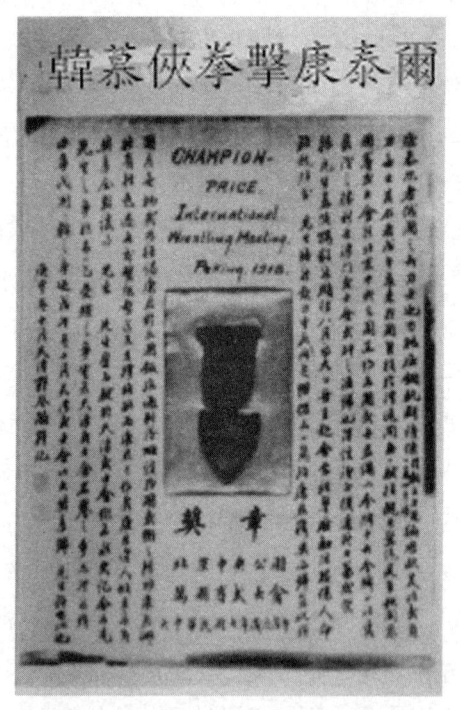

北京《顺天时报》报道韩慕侠击败康泰尔消息

过了好久，康泰尔才在几个外国人的牵拉下，挣扎着慢慢爬起来，带着满脸羞愧、满身灰土，灰溜溜地欲一走了之。李存义双手一拦："慢！"令其当场写出服输字据。

康泰尔万般无奈，立认输字据如下：

> 兹有俄国大力士康泰尔，周游世界四十六国，献技比武，未遇敌手，执礼而归。路过中国，于北京中央公园五色土设擂较技，经与中国武术名师韩慕侠交手，甘拜下风，谨将十一块金牌赠给韩先生慕侠惠存。口说无凭，特立字为证。"

康泰尔（俄文签名）
1918 年 9 月 14 日

中国人赢了！9月16日，北京《顺天时报》、天津《益民报》记者发出专稿演武记云："中华武士会李存义、张占魁率团应俄国大力士康泰尔之邀，到北京比武……与中华武士会形意勇将'玉面虎'韩慕侠签订生死合同。然俄国康泰尔不堪一击，被我形意拳勇将'玉面虎'击败。康泰尔立服输字据，将十一枚金牌赠予中华武士会韩慕侠先生。"

记者的记述和评价中，自信、骄傲之情浸透在字里行间！

韩慕侠高扬国威的事迹被载入史册，也影响了无数形意拳人。

当大家在中央公园门口沉浸在幸福、欢乐之中的时候，李存义因兴奋过度，突觉胸口堵塞，眼前一黑，晕了过去。

欲知李存义性命如何，且看下回。

第三十一回

形意传人，前赴后继
武林高手，世代相传

人之年长，禁不起大喜大悲。大家抢救了一阵子，李存义醒过来了，张占魁当即雇来一辆车，把他护送回河北老家，悉心照料。

李存义在家人和弟子们的精心照料下，支撑了三年，民国十年（1921）秋，在恋恋不舍中，永别了他挚爱的形意拳大业。临终前，他对围在病榻前的门人弟子说："我为了中国形意拳，东奔西跑几十年，目的只有一个，就是竭尽全力发展形意拳。以后的事情，就只能拜托你们了……"

天津"中华武士会"专门设置灵堂，隆重纪念这位德高望重、武功卓

形意拳名家在天津"中华武士会"李存义灵堂合影

绝的形意拳大师。全国各地形意拳名家和门人及社会知名人士纷纷前来悼念。灵堂外，数百花圈簇拥；灵堂里，鲜花翠柏相伴。李存义大师慈祥的画像悬挂在灵堂的正中央，黑底白字的挽联由当地名笔题写：

天若有情应识四方思形意
人谁不死独将千古让大师

祭奠的八方宾朋，神情肃穆，依次上香。最引人注目的是供桌上两本崭新的形意拳专著——孙福全的《形意拳学》和刘殿琛的《形意拳术抉微》，都是李存义生前亲自安排撰写的，是门人献给大师最珍贵的礼物，将告慰他的在天之灵！

李存义大师远去了，形意拳新人依然前赴后继，奋勇前行。其中最有名的是傅剑秋。

光绪六年（1860），傅剑秋生于天津宁河县芦台镇。自幼演习武功，起初学少林拳术，后来跟随形意拳师申万林学习内家拳。光绪三十四年（1908），拜李存义为师，学成后回芦台镇设馆传艺。

傅剑秋学艺十几载，集众家武技之长，深得其中奥妙。他曾两次闯关东，为弘扬中华国威，置生死于度外，勇挫俄国、日本力士。

那是民国八年（1919），傅剑秋去东北奉天收徒的时候，一个高头大马的白俄罗斯武师寻上门来滋事，他出于无奈，三拳打得"大洋马"爬不起来。正在奉天耀扬威的日本武士小佐次郎师徒四人闻之，在小河沿摆设擂台，扬言师父辈才有资格登台，并暗地传言：傅某有胆量就上擂，没本事快滚回关内。

摆擂十来天，数位中国武师登擂受挫，甚至重伤致残。傅剑秋闻讯后，毅然登擂。小佐次郎让弟子先出战，傅剑秋不想拖泥带水，一共不到十合，先后将三名日本武士击垮擂台之上。

小佐次郎颇为吃惊，问道："大师练的什么拳？"

傅剑秋回答："中国形意拳。"

小佐要见识一下："耳闻不如眼见，请出招！"

傅剑秋正气凛然道："二十回合你不趴下，算我输！"

小佐鼻子都快气歪了，二话不说扑了上来。傅剑秋历来喜欢速战速决，他只用形意五行拳，劈、崩、钻、炮、横，轮番进攻，小佐毫无还手之机。不到十合，剑秋当胸一记炮拳，对手已屁股朝下面朝天倒在台上，爬不起来了。

小佐跪地认输，表示再也不来招摇过市了。

此战令傅剑秋轰动奉天城。张作霖闻之，特请他来帐下做贴身护卫长、奉天讲武堂武术教官，教授少帅学良弟兄及奉军高级将领形意拳术。

后来傅剑秋三下江南，传形意拳术于武当山、无锡、上海等十一省、市，桃李满天下。

另一位是张占魁的弟子姜容樵。姜容樵光绪十七年（1891）出生在一个武术世家，曾祖父姜廷举是迷宗拳大师。他从小爱憎分明，疾恶如仇；成年后，更显露出内家功力和民族气节。

民国九年（1920）秋天的一日，姜容樵在天津街坊购书，路见七八名剽悍的俄国佬肆意殴打中国人，顿时怒发冲冠，义愤填膺，当即脱下长袍，走到一名高个子俄国人面前质问道："你们为何如此无礼！"

形意拳师姜容樵

对方不等姜容樵话音落下，竟抡拳劈面击来。姜容樵稍一掠肘，给对方当胸一掌，俄国人顿时面如土色，踉跄倒地，口吐白沫，鲜血喷涌。旁边的几个伙伴见状，一起猛扑过来，姜容樵敏捷闪过，绕至对方身后，连发几掌，这伙人个个东倒西歪，鼠窜而逃，受难群众无不称快。事后方知，这伙俄国人原来妄想占地设掐，欺我中华百姓。姜容樵力挫洋人、维护民族尊严的高尚行为，一度在天津传为佳话。

还有一位形意拳新秀朱国福，也是因勇挫洋人而闻名。那是民国十二年八月，白俄大力士裴益哈伯尔在上海法租界设擂，侮辱我中华武术为花拳绣腿，不堪一击。武林各门派的高手云集上海，欲与裴益哈伯尔决一高下。正在上海办事的朱国福充当了排头兵。

这朱国福，光绪十七年（1891）生于直隶定兴县大朱庄，曾练习多种拳术，是李存义的再传弟子。他对于形意拳界的几位大师战败洋人的故事非常向往，车毅斋大师天津擂台赛剑败日倭、张占魁智退日本海盗、韩慕侠拳打俄国大力士康泰尔，自己也决心要与洋人比试一次，战胜洋人。

八月十二日上午，朱国福风尘仆仆来到法租界擂台内。场子里已经人头攒动，人声鼎沸，不少武林人士怒目以视，摩拳擦掌，准备拼搏。这时，站在擂台上的一个洋人正趾高气扬，通过一个瘦高个子翻译口出狂言："下面有没有敢上来的？东亚病夫们！"

朱国福仔细看那擂台，高约两丈，面南而开。炎夏的阳光照得那个洋人满身流油。擂主身高体壮，浑身肌肉隆起，肌腱线条分明，胸前黑乎乎的胸毛，使他看起来酷似一头大黑熊。这家伙两臂足有千斤之力，因此眼里哪有中国人！

擂台下，朱国福实在怒不可遏，将身躯旋身一扭，一个"旱地拔葱"，跃上擂台，晴天一声霹雳吼："我来也！"

洋人武士定睛看时，来者身高七尺有余，身魁体壮，虎背熊腰，方面垂耳，目光炯炯，眉宇间浩气冲天，不觉打了一个冷战。

"你的，什么名字？"

"中——国——人！"朱国福掷地有声。

"也来领死？"洋人趾高气扬，强装目中无人。

朱国福回答："谁生谁死，拳头知道！"

双方签字画押，约定二十个回合决定输赢，打死勿论。

随后，双方各自亮出门户，摆开架势，擂台生死之战即将开始。只见朱国福三体式起势，意守丹田，含胸拔背，松肩实腹，竖项挺腰，力贯全身，偌大的擂台居然晃动起来，令对手又吃了一惊。

不过，那白俄武士自恃多日来屡战屡胜，仍然气焰嚣张，不可一世。他先发制人，用西方拳击场上惯用的雨点般的直拳频频进攻，让台下的观众都替中国小伙子捏把汗。

你来我往，柔能克刚，中国功夫与西方拳击大相径庭。朱国福避重就轻，声东击西，进退自如，灵似猿猴，双方战了十几个回合不分胜负。忽然，凶猛的洋人右手一晃，左手照定朱国福面门一记重拳打来，企图速战速决，一拳置朱于死地。朱国福待对手拳来至面门的一瞬间，胸微微一含，胯往下一沉，在左手向上钻翻的同时，将身躯轻轻一摆，化开对方劲路，随即腿下使劲，跟步近身，使用形意炮拳，照定对手的胸部就是一拳。谁知这个洋人是拳击场上的老手，力大气足，耐击打能力极强，居然没什么反应。

洋人不想恋战，使出看家本领不停进攻，朱国福继续冷静应对。约莫又过十几回合，他利用对方拳势猛烈进攻的一瞬间，将身一拧，放过敌手，使其一拳走空。洋人心知上当，刚欲转身，说时迟，那时快，但见朱国福疾步贴身，人到脚到手到，使出一记重磅形意掏心捶，以迅雷不及掩耳之势，直将洋人击出一丈开外，重重摔在擂台上。洋人翻动着蓝眼，气喘吁吁，羞愧地斜视着朱国福。

擂台上的太阳光芒四射，擂台下的国人热血沸腾。

霎时，观众掌声雷动，欢呼雀跃。朱国福跳下擂台，向大家致谢。扬眉吐气的人们，围着为民族争光的武林英雄，一次次将他抛向空中，欢呼声在法租界经久不息。

十三日，上海《申报》《新时报》都在显著位置浓墨重彩地大书特书朱国福战胜裴益哈伯尔的新闻，朱国福在国内外迅速走红，连日本人也欲花重金聘请他去教拳。他断然拒绝，开始了在自己的祖国传拳授艺的生涯。

同年十月，朱国福在南京举行的武术国考中又夺得武状元。爱国将领冯玉祥亲赠中山服、青龙剑、纪念状，并请他主持训练大刀队。之后，朱国福出任南京国术馆教务处长，执教多年。他无论晨昏，不避寒暑，严格要求，诲人不倦，培养了大批武林高手。

民国十三年（1924），日本又一个武士阪垣来华，四处走访，专找形意拳人比试。这个武士自称"日本天皇钦定第一国手"。

日本人给人的印象是个子矮小，但这个阪垣身高达一米八以上，体重二百多磅，由于身高力沉，在日本所向无敌。他以为中国也没有对手，因此漂洋过海，来到中国，口出狂言，必欲扫尽中华武林。

形意拳理论家孙福全，以《形意拳学》闻名于世。人们只知其文有韬略,著书立说,却未知他文武兼长,武可敌国。在阪垣眼里,孙不过是一介书生,他在各种场合扬言,要与孙福全比试,亲手撅断其胳膊。

孙福全曾多次受过李存义大师指点,文武俱佳,且走南闯北,交往甚广,与各门各派均有往来,因此涉猎广、见识多,武功深不可测。一天下午,阪垣身着日本宽大的黑色和服,系一条黑色腰带,由一名翻译带路,寻到了孙先生在京城的府邸。

孙福全正为十多名弟子讲学,对于这个不速之客,仍旧以礼相待,让其落座。未及寒暄,阪垣就盛气凌人地叫阵:"久闻孙先生大名,今日敢不敢一比高下?"

中华乃礼仪之邦,岂能以武对待上门之客?孙先生淡然一笑:"大侠此来,寒舍蓬荜生辉,倘若在此舞动拳脚,恐有辱斯文吧?"

"不妨!有些大师名声在外,其实往往名不副实,如不敢接受挑战,是功夫不行吧?"

孙先生的谦虚和礼貌,被阪垣当成了心虚和怯战,万般无奈,他只好应战:"如何比试?"

阪垣要求在客厅中设一地毯,二人并卧于其上,阪垣以双腿夹住孙先生双腿,两手攀抱左臂,说:"我使用柔术,只需两手一搓,你的左臂就会断掉。"

孙先生笑了笑说:"那就试一试。"

阪垣把外套一甩,衣服紧身,腰带束腰,待二人平卧后,他按约定开始用力。岂知刚一发力,两臂如受重大打击,震及全身,突然滚至离孙先生两丈外的室隅之处。

阪垣爬起来,面红耳赤,恼羞成怒,突然掏出手枪。孙先生的弟子方欲上前制止,先生从容说道:"不必不必,看他如何打法。"自己立于阪垣对面,靠墙不动。阪垣举枪瞄准,扣动扳机,谁知枪声响过,孙先生踪迹不见。忽有先生的笑声发自阪垣身后。原来,阪垣扣动扳机时,孙先生一跃至他身后了。至此,观众哗然大笑不止。阪垣自讨无趣,垂头丧气告辞。日头快落了,孙先生仍旧彬彬有礼送他至大门外,看着那高大的身影愈来愈小。

数日后,阪垣托多人说情,欲跟孙先生学艺,先生当然不会答应。后来又以月银二十万日元,力聘先生赴日任教,也被拒绝。这件事被一位报社记者听说，写一首七绝诗盛赞：

> 车毅斋拒收倭徒，
> 孙福全敝屣日元。
> 中国人国格至上，
> 形意风世代相传。

板垣败给孙福全，日本武术界以为是国耻，伺机报一箭之仇。既然一对一不成，他们要以多取胜。

还是在北京，还是在下午，还是在老地方孙家的后院，一下子来了六个彪形大汉，个个膘肥体壮，形如牝牛，都是日本柔道高手。

当时，孙先生正在院子里教授弟子练功，来者虽是不速之客，仍旧以礼相待，笑容可掬地问："来者是东瀛贵客？"

一个领头的说："我等专程前来朝圣先生。"

孙先生回答："朝圣？不一定对吧！"

话音未落，站在前头的一位大汉看见院门口有一张石桌、四条石凳，飞起一脚，将一条石凳踢出丈外。

孙先生却神情淡然，微微一笑："气力不小啊！"

"孙先生亦敢一试？"

孙先生轻蔑地说："一对一比试显得我倚老欺小。我只平躺于地，你们各按我头、臂、腿，留一人发号施令，喊'一、二、三'我若一跃而不起，算各位赢；当然，起来那就算各位输了。"

六个大汉，面面相觑，似信非信，其中一个眼露轻蔑，用日本话轻声叽里咕噜，意思是怀疑孙某神经异常。

开始角力。五个柔道大汉，气贯全身，集于双臂，将孙福全的头、双臂、双腿紧紧按压在地。另一个看看准备好了，喊"一——二"，"三"尚未出口，孙先生使出独门绝技"蜈蚣蹦"功，只听一阵风过，飘然屹立，五名大汉被蹦倒在地。

六个日本大汉，个个目瞪口呆，感到不可思议。孙先生平静地说："这只是雕虫小技而已，如若不服，再比其他。"日本大汉哪有能力再比，败兴而走。

作为形意拳的根据地太谷县，练拳习艺的更是一辈接一辈，名师、新秀不胜枚举，主要有代表性的几位。

宋铁麟，生于光绪十一年（1865），祖籍直隶省大兴县。自幼随父迁至太谷县城定居，跟随父亲宋世德、伯父宋世荣专习形意拳，酷暑严寒，从不间断，十四岁时已精通形意诸法，参加全省武术比赛夺冠，一举成名。祁县一户富豪子弟不服，出重金聘四海名师传艺，自认为武功不凡，来到宋家，执意与铁麟比试。铁麟推辞不过，只好奉陪。那富豪子弟刚一交手，就先发制人，当胸给了铁麟一掌，铁麟引进而化之，对手又趁机腾空而起，使出盖顶捶，欲置铁麟于死地，铁麟一手托架，同时一个闪身，把对手扔在了太师椅上，椅折人伤，好一阵才爬起来，满脸羞愧，灰溜溜离去。

吕家麟，吕学隆之子，光绪二十六年（1900）生，从小跟随父亲学形意拳，武艺高强。他好打抱不平，惹了不少事，也体现了他刚正不阿的性格。他去上海谋生，凭借武功为一家银行押送银钱。一次，路遇黑社会持枪抢劫，劫匪手中有枪，家麟灵机一动，用文明棍把礼帽一挑，笑嘻嘻地说："你们给这帽子打几个枪眼，我回去好给银行有个交代。"就在劫匪准备开枪的一瞬间，他伏身一个形意拳"践窜步"扑了上去，三下五去二，将劫匪制服。训导一番后，劫匪个个保证再不办坏事，他才放了他们。

上海武林同人听说这件事后，盛情邀吕家麟出席全市武林大会。他进了武林大院，前脚将方砖踏碎，后脚将碎砖向后踢飞，一时间震惊上海武术界。之后，吕家麟赴北京谋生，闲时以武会友，对形意拳的交流多有贡献。

吴治泰，乳名秃子，光绪三十一年（1905）出生于车毅斋故乡贾家堡，刘俭的掌门传人，位于当时太谷四大名师之首，人称"身轻似燕吴秃子"。

由于吴治泰智勇双全，被县衙征召当差。那时军阀混战，兵荒马乱。一年夏天，孙传芳的队伍打了败仗，溃兵缺吃少喝，路经太谷上庄村，抢夺了"世隆堂"四箱元宝，主家报案，县长派吴治泰率人追缴。

二三十个溃兵饥饿难耐，追至榆次陈侃，治泰心想，与他们发生正面冲突，即使要回财宝，惹怒了孙传芳，县长也担当不起，他决定用计拿回。他把溃兵叫进一家饭店，看他们饱食之后，一个个在院里倒头呼呼大睡，指挥跟来的人搬取财宝，立刻回太谷，自己在此应对。

估计拉财宝的人们走远了,吴治泰才蹑手蹑脚走出院,不料,他刚一出门,迎面过来一个当官的,腰挎盒子炮,目光充满疑惑。他一看,心想不好。那军官看着他生疏的面孔,二话不说,举起枪对准他的心口,扣动了扳机。

欲知吴治泰性命如何,请看下回。

第三十二回

树丰碑车毅斋泽被后世
起国馆孔祥熙捐出大洋

那个军官正要开枪,吴治泰手疾眼快,一脚踢飞对方的手枪,随后耸身一跳,左手抢枪的同时,右手一个形意拳技法"金鸡捏嗉",军官已经不能张嘴。吴治泰摘下他的帽子往嘴里一塞,用自带的绳索将其从上到下牢牢捆在门柱上。从见面到捆缚,没有声响,没用几分钟。看看周围没什么动静,吴治泰一溜烟去了。这就是后世所传的"身轻如燕吴秃子"的闪电战。

财宝完璧归赵,而自己却毫发无损。县衙上下都佩服吴治泰,称赞他确实是大智大勇。

形意拳人保家卫国、不计得失、行侠仗义、除暴安良,成为光荣传统,代代相袭。为了铭记前辈的业绩并激励后人,太谷各界人士在车毅斋逝世十周年的民国十四年(1925),在他的故居为他树了 块碑,成为形意拳史上的一桩大事。

那年是乙丑年。农历五月初十,风和日丽,天高云白,喜鹊在树上喳喳报喜,乌马河水在哗哗流淌。贾家堡村清水洒地,黄土垫道;居民们家家张灯结彩,对联一新。因为大家认为,给车毅斋立纪念碑,是贾家堡全村人的光荣。孩子们穿上了节日的盛装,大人们也个个喜气洋洋。

车毅斋纪念碑被安放在贾家堡村公所。这是一座中国典型的四合院,砖结构门楼，院子里的房子一律是一面坡梯儿房。正房较高，空间宽敞，向来是村长办公议事的地方。为了安放这通纪念碑，现任村长特意腾了出来。

纪念碑矗立在大厅正中央，四周墙壁请当地著名画匠绘制了车毅斋一生不平凡的经历和故事：儿时演兵乌马河，勇救落难林凤祥，南门坡撑起千斤车，西道街力擒脱缰马，学艺途中惩赖皮，求拜名师吉安堂，沙滩擂上拔头筹，黑峰山里战凶狂，南国一路交义士，扶弱济孤好心肠，两肋插刀赴奉天，救人危难助乔家，大义灭亲风雨夜，为国争光伏东洋，传拳传道广行义，形意英雄美名扬。

老人们看了，往事历历在目。年轻人看了，不由得肃然起敬；孩子们看了，成为心中效仿的榜样。

上午辰时，贾家堡村已是人山人海，各地形意门人、武林朋友、社会名流，当地四方百姓，以及慕名前来的崇拜者，将街道挤得满满的。在县衙大员的簇拥下，县长安恭已亲自到场。今天他身着一套崭新的中山装，留着大分头，神采奕奕地走进贾家堡村公所。

揭碑仪式正式开始，贾家堡村长吴栎先生主持。前年乌马河发大水，周围许多村庄被淹，由于吴村长平日治村有方，洪水到来前有序组织村民全力护村，全村老少安然无恙，因而在村民中威信很高。今天，他对四方宾朋的到来表示热烈的欢迎和衷心的感谢。

揭碑仪式庄严而隆重。在众目睽睽之下，村长和县长二人缓缓揭下覆盖在碑上的大红纱幔。当青色纪念碑露出神圣的容颜时，欢呼声、鞭炮声响彻大院内外，数千民众见证了这难忘的历史瞬间。

车毅斋纪念碑

接着，碑文撰写人，时任山西静乐县县长的太谷人孙丕基先生亲自宣读了碑记全文：

  拳术中国绝技也有少林内外家之别吾郡则自咸同此术独盛一曰王长乐弟子一曰戴文雄弟子长乐交人戴氏小字二间则祁人也戴氏祖传心意拳少林外家支派外传李老农老农为吾世丈孟绰如先生座上客再传车毅斋时予家客有燕人冯四者亦精拳术且能只马入乱贼中夺妇归若论拳术自愧不如老农甚而毅斋得老农之术特精尝游津遇日人知毅斋名较剑术日人奋然临毅斋慢然应倭败色沮愿师之毅斋婉谢焉人问其故毅斋曰岂可使吾国绝技而传之外人耶毅斋平日于治田外别无事事遇人恂恂不自足而独于恤贫济孤事不少吝予家旧有商业在斜阳寺前燕人宋氏父子实经营之宋氏亦心意拳术中人也述毅斋事绝详毅斋死予以纂入县志方技传内而毅斋门弟子王凤翔等立碑纪念问序于予不获辞因略述其事如右毅斋名永宏行二世居桃园堡今为贾家堡人

  榆次常赞春篆同邑孙丕基撰同邑武中洲书
  （以下为弟子、徒孙共六十三人姓名及车毅斋子孙名）
  中华民国十四年乙丑七月勒石
  王凤翔捐资百元
  寿阳马志鹄刊字

  碑文宣读完毕，安恭己县长介绍车毅斋一生不平凡的事迹和为他树碑立传的重大意义。每讲到动人处，人们时而热泪盈眶，时而报以经久不息的掌声。最后，他号召全县百姓，尤其是形意拳人，要继承他的光荣传统，做好人，行善事，和睦相处，互帮互敬，建设共同的美好家乡。

  这次车毅斋的揭碑仪式影响深远。特别是对于中国与日本的外交关系，发挥了良好的促进作用。板三次郎在揭碑仪式后的次年三月，漂洋过海，再次来到太谷，寻访到贾家堡车宅。车夫人携儿女热情接待了远方的来客。

  得知在县府与万民的见证下为车毅斋立了碑，次郎执意要前往参拜。车兆烈兄弟们陪同他到村公所，吴栎老村长亲自迎接。他们进入大厅，青碑巍然屹立，次郎见碑如见人，不胜感慨，他呈九十度鞠躬，足足几分钟。

之后，次郎仔细观赏了碑文，当看到"日人奋然临毅斋慢然应倭败色沮愿师之毅斋婉谢焉"时，眉头皱了皱。

一行人一路无语，回到"田舍居"，次郎问车兆烈："请问'倭'是什么意思？"

兆烈回答说："听吴秀才说，是古代对贵国的称呼。"他接下去继续解释，"先生可能对碑文的记载不悦，中国古语说，胜败乃兵家常事，偶尔的胜负本来无需在意，但是，近七八十年以来，贵国的国力日渐强大，而中国却日益衰败，因此，贵国一些武士来到中国，不是正常的切磋交流，而是仗势欺人。为了国家的尊严，激励百姓自强，我的父亲才不顾老迈，挺身而出，登擂较剑，获得胜利。这就是碑文的意思。"

次郎说："在下明白了。我国部分武人的确骄纵，令人发指，不值得宣扬。在这样的特殊时代，为了唤起贵国的民众，振作起来，思变图强，表彰车君的精神是无可非议的。"

随后，次郎转了话题："那夜一别，已是十几载，车毅斋虽然去了，但是他的教导，在下一刻未敢忘怀。"次郎回忆起当时难忘的情景，布满沧桑的脸在不停地抽搐。

"美子妹子身体可好？"车夫人春花仍然时常记挂着美丽善良的窦美子。

"非常硬朗，虽然是耄耋老人，可是仍旧坚持练形意拳，精神难得。"次郎说，"她知车兄故去，好多日子禁食禁饮。后来想通了，说将来到天国里见吧！我走前，她还想一块来看看您，我说她年龄太大了，难耐鞍马劳顿，我替她向老嫂子请安吧！"

"请您转告她，"白发苍苍的春花也想起了当年的一桩桩往事，难以控制自己的感情，哽噎着，一个字一个字地说，"中国的老嫂子，天天都在想念着她呀！"

这一次，板三次郎可没有来去匆匆，在车府"田舍居"一住数日，期间还见了李复祯、刘俭、吴耀科、布学宽、宋铁麟等形意人，同车毅斋的儿子兆烈、兆俊、兆杰，常常聊到天亮。大家都一致表示，要为中日友谊贡献力量——这就是车毅斋为两国人民的友好亲自播下的种子。

民国十八年（1929）十月十二日，太谷形意拳核心人物李广亨先生，也迎来八十五岁华诞。闻名全国的中药厂"广升誉"掌柜吴耀科，请四邻巧媳妇绣制了精美的《松龄鹤寿》图，送到了李府，为德高望重的形意耆宿祝福。

李广亨虽然是耄耋老人，由于长期坚持修炼形意拳术，头脑清楚，腰腿硬朗，耳不聋，眼不花，记忆力尤其惊人。对于吴耀科的祝福，老人十分高兴，在客厅热情接待了他们。

吴耀科说："您老真是世间奇人，如此高龄，依然这么康泰，人间少有啊！"

"这还不是得益于咱们的形意拳！"

"您整理的《心意精义》，俺前前后后已经看了三遍，现在正让弟弟殿科转抄。"吴耀科介绍了随他来的另几个年轻后生，"他们有些问题想请教您。"

"咱们边研究边商量吧！"老人虚怀若谷。

"俺看了河北孙福全先生的《形意拳学》，他把'鲐'形写作'台鸟'形，可以吗？"吴殿科首先提问。

李师回答："那是笔误。当年李存义来了太谷，学会了练法，学会了歌诀，可是没有学怎么写。你们想想，李飞羽师和车兄最初都不识字，因此出现这种情况。"

吴殿科说："可是，差之一字，谬以千里呀！"

老人欣赏殿科这个年轻人的较真劲儿。前几年由其兄耀科引荐后，殿科时不时来询问形意拳的拳史、拳法，还常常做笔记，因此印象深刻。他说："殿科问得好。车兄当年从戴二闾祖处学习的时候，人家一再强调，'鲐'和'鼍'都是水中之物，咱们北方人没见过，为了便于理解，传授时就打了个比方，那鲐鱼调臀护尾的动作，就像咱太谷木匠常用的工具'兔虎只'。"

"哎呀，清楚了，原来河北人以为'兔虎只'是'兔鹄'，是鸟，所以出了差错。"殿科恍然大悟，"那写错了该怎么办呀？"

"以后有机会俺给他们说说吧。"

"还有，李飞羽师祖的师父应该是谁呢？"早就心存疑惑的刘福昌提出了新的问题。

李师说："贾家堡那块车毅斋纪念碑记里写得不是清清楚楚么，'戴氏小字二间则祁人也'。戴氏祖传心意拳，少林外家支派，外传李老农。"

"那为什么有人说李老农师承戴龙邦呢？"刘福昌追问。

"唉，外地人囫囵吞枣，他们以为戴龙邦和戴二间是一个人呗，其实戴二间是戴龙邦的侄儿。"

一起来的吴连富不善言辞，一直在静静地听，心里悄悄地记。他忽而也有了问题："师父告诉俺们，心意拳由蒲州姬际可大师所创，可是有的师傅又说是岳飞创立，还有说天竺国达摩高僧创的。到底是谁创的呢？"

这个问题李师回答得比较详细："达摩是印度高僧，南朝梁武帝时来中国，在少林寺面壁九年后圆寂，根本没有创拳的机会；岳飞是宋末的抗金名将，若是他创了心意拳，作为历史上的大名人，史书里能没有记载？因此，所谓达摩、岳飞创拳，无非是'托神明以示拳贵'罢了。这样的事情古往今来，并不鲜见，最著名的比如《黄帝内经》，多数名人考证，此书成于黄帝死后两千多年的西汉，而且还非一人所作，所以冠以'黄帝'，意在溯源崇本而已。武书牵扯武将，是因为岳飞是千古忠良，倘或秦桧，人人以为耻，岂不闻，'人自宋后少名桧，我到坟前愧姓秦'？像你连富，改叫你'连桧'，你能答应吗？"老人风趣的言谈，令大家都笑了。

李师接着介绍："其实，心意拳是咱们山西永济姬际可始创的，许多拳书里记得清清楚楚；至于形意拳则是你们的祖师爷李飞羽大师，在借鉴心意拳及少林、通臂拳术的基础上，由孟绎如先生和车兄等协助，在咱太谷的吉安堂里正式创编的。"

"可是，为甚有人说咱们的'十六把'不是形意门的？"老实憨厚的贾廷槐突然想起外地人的说法。

李师说："车兄带领俺们陆续创编了九个对练套路后，最后才创编的'十六把'，这个对打难度最大，技击性最强。它既有互换位置，彼此化解；又有前后带步，迂回转身；既有曾为车夫的车兄独创的拘马拚，又有对付郭云深师使用过的阴阳把，还吸取了李复祯击败晋剧著名武打演员玉山的盖耳膝打。再加上新的手法和步法，像托腔、鲐形、捏头、贯耳、金鸡捏嗉、撅手虎形、刺喉反刺喉等一共十六个手（把）法为进攻手段，所以叫作'十六把'。它吞吐趋避，变化灵活，风格独特，是咱们形意拳的一个新的境界。怎么不是咱们的呢？"

"啊,您老真是形意拳的'智多星'。晚生想再请教一个问题,"殷科越听越有兴趣,"丹田内功究竟该怎么运气为好?"

"殷科,你这后生钻研得不错呀!"老人继续耐心地给予解释,"拳经云:先吸后呼,一入一出,先提后降,一升一伏,内收丹田,气之归宿,吸入呼出,没有声息。又云:龟尾升气,丹田练气,气下于海,光聚于心。你坚持修炼下去,必有感觉。"

"'挨身炮'不能叫成'安身炮'吧?"刘福昌也提出了新问题。

"不能。'挨身炮'是咱形意拳的特色,挨身近打的意思;安身是甚意思?咱们传拳主要不是依靠口传身授吗?传到外地,语音差别可就大了,弄不好就混了。咱中国人要没文化,办甚事也难。你们还年轻,学点文化吧?"

几个年轻人被前辈的广博学识深深折服。李广亨先生从形意拳的创立到完善、定型,自始至终积极参与其中,而且亲自笔录,记载在案。他的《心意精义》是一部无可替代的珍品。

对于年轻人的好学精神,李老十分欣赏,他说:"殷科,你们几个人年轻有文化,好钻研,将来写一部完完整整介绍咱们形意拳的拳谱吧!俺老了,这差事只能靠你们了。"

"谢谢前辈的信任!"吴殿科有了一种肩负重任之感,对着长辈,一脸严肃地回答,"晚生一定尽力完成!"

珍贵的时光,难得的相见。今天的一幕,深深留在了几个年轻后生的记忆里。

吴殿科没有辜负前辈的期望,五十年后,一部以李广亨大师的《心意精义》为基础的洋洋三十万言、图文并茂的著作《形意拳术大全》出版发行。它忠实秉承前辈所授,详载了拳史、拳理、拳法;从形意拳入门功十二路弹腿到三体式、五行拳、十二形;从形

吴殿科著《形意拳术大全》部分版本

意拳全部六套单练套路到十套对练套路；从形意拳散手的打法、顾法、攻防要道到十五打法及七十二技法，都有详细描述，史料真实，文字准确，图像清楚，说明具体，告慰了车毅斋、李广亨等宗师的在天之灵。

太谷县民国时期出了一个名震国内外的人物，那就是孔祥熙。人们都知道孔家是当时四大家族之一，而孔祥熙是国民政府的财经大管家，他的夫人是宋氏三姐妹中的大姐宋霭龄，与孙中山和蒋介石有着密切关系。事实上，这孔祥熙也是车毅斋大师的崇拜者，对形意拳的发展起过一定作用，在抗日战争时期，曾经捐资三百大洋给太谷县成立了"国术馆"。

说起太谷国术馆，那是20世纪30年代初，当时，形意拳已享誉全国，时在太谷县体育会任职的形意拳师杜级三，与师父布学宽发起，积极组织太谷武林同道，成立了县国术馆。他多次赴南京中央国术馆请求支持，经张之江馆长批准，太谷国术馆在1935年3月3日正式挂牌成立。

成立当天，县城张灯结彩，锣鼓喧天，好不热闹。馆长由县长李腾蛟兼任，副馆长由宋铁麟、布学宽担任。该馆下设三个部，外交联络部主任由杜级三担任，教务部主任由宋铁麟兼任，总务部由吴耀科任主持，安全事项由车毅斋之子车兆烈全权负责。教练组成员都是本县武术名流，宋铁麟教形意五行、十二形，布学宽教八卦掌、鸳鸯脚，刘俭教各种器械，朱福贵教单练、对练套路，王明怀教太极拳。

国术馆成立后，活动频繁，教练无偿服务，学员学得认真刻苦。他们不分门派，不计辈次，互相取长补短，彼此倾心交流，培养出了一大批年轻的武术高手，像孙德宜、吴治泰、吴连富、张永义、吕家麟、朱福贵等，个个武功不俗，在形意拳界颇有名气。

为了检阅训练成果，成立当年的六月，太谷教育会在南大街广场举办了全县武术表演大会。会场高搭彩棚，各界名流与政府要员悉数到场。高台下，两侧摆满十八般兵器，特地陈列了兵器铸造家李草芳先生亲自监督专制的大刀和长矛。参赛队员一百余人。各校、各村的选手人人争先恐后，竞相献艺。

首先是儿童表演形意"十二路弹腿"，招来阵阵掌声。接下去是青壮年的五行拳、十二形，这是最见功夫的。结实敦厚的张永义的"虎扑"，上下一体，力贯全身，得到师辈们的普遍赞誉。本来就身轻如燕、矫捷似猴的吴治泰，演示的"猴形"，目光敏锐，手脚轻灵；"鸡形"的摩胫鸡步和啄目蹬踢伸缩，更引来一阵又一阵的掌声。身高力沉的孙德宜的"顺手牵羊"，左臂撅的同时右肘狠砸对手前臂，使人防不胜防；车采藻的"连撤脚"，自创特色，得到了师父的首肯。

在"撕扒"较技中，吴连富顾法独特，力挫群雄，拔得头筹。师兄弟们说，他能打得了你，你可打不了他，所以他被取名为"铁门栓"。

对打要求必须实打实拼，吴殿科与吴俊秀演练的"十二连捶"，师父刘俭直嫌手轻，亲自下场，做起了示范，没几个回合，一记"悠捶盖顶"，直将吴俊秀打得瘫倒在地。"爬起来，重练！"师父大声呵斥。又是十二个连捶不停攻击。刘师再打时，俊秀已防守严密，无懈可击了。

除了点评，师辈还做示范。宋铁麟的"阴阳把"和猴形绝技、布学宽的"狮吞手"绝活、吴耀科的攻防要道要领和刘俭的疾如闪电的"燕形"，都令弟子和观众大开眼界。

太谷武术的兴旺，影响波及全国，也带动了地方上一批志士仁人参与。富商大户纷纷慷慨解囊，除孔祥熙捐资三百元大洋外，捐洋一百元以上者还好几位。负责这项工作的县体育会，是专门教练学生学习国术的常设机构，会址设在城东南隅文昌庙内，主任由形意拳师、车毅斋亲传弟子布学宽担任，主持日常事务。

到20世纪30年代中叶，国术课在太谷更受到重视，县城开设国术课的学校有八所。布学宽按照课程安排，轮流到各学校授课，用心指导，从不懈怠。后来，随着教学任务的增加，他的弟子杜级三、吕家麟也参加了体育会的工作，协助他完成国术授课任务。

在太谷的影响下，其他地方也纷纷仿效，成立各自的国术组织。李存义弟子韩其昌在北京成立"北京健族国术研究社"，传授形意拳和梅花桩；太原晋祠成立了国术会，由宋世荣弟子任尔琪任会长，成绩突出。

这些组织为形意拳界延揽了大批出类拔萃的人才，最有代表性的是太谷贯家堡村的胡殿基。年少有志的胡殿基，以优异的成绩考入铭贤中学。读书之余，他每天早上披着霞光在操场坚持晨练。形意拳师布学宽看到他坚持不懈有毅力，谈吐间思想进步，十分喜欢，收他为入室弟子，他日后成了国家的有用之才。铭贤学校的其他几位学生武朝相、李英昂、李成林，后来除到香港、台湾外，还到巴西、危地马拉等国传授形意拳术，使中国武术从国内走向了海峡两岸，走向了世界。

抗日战争爆发后，铭贤学生中许多练形意拳的人，像陈晓峰、胡殿基、史克让、邱凤鸣等，投身抗日战争，英勇战斗，直至献出了年轻的生命，为形意拳史添加了光辉的一笔。

广大形意拳人始终是民族斗争中的重要力量，他们前赴后继，演绎了可歌可泣的故事。抗日前线曾有一支形意拳"大刀队"，与日军浴血奋战。欲知他们的故事，且看下回。

第三十三回

韩慕侠"大刀队"发威
喜峰口日本鬼丧魂

　　三十年前，义和团中李存义的大刀，曾叫八国联军人头滚地，谈刀色变；三十年后，形意人的"大刀队"，再让日本侵略军丧魂落魄。这支"大刀队"的组织者就是本书前面几次提到的形意拳名师韩慕侠，而"大刀队"是张学良将军队伍中的一支。

　　且说韩慕侠北京夜释"燕子李三"，力服自称"天下第一大力士"的康泰尔之后，声名远扬，英、德、日驻华武官先后登门拜访，愿意花重金聘他到外国传拳。但是，韩慕侠说，我的事业在中国，国家有许许多多事情等着我去做，一一拒绝了这些聘请。他云游四海，增长见识，广交天下豪杰，吸纳各门精华，武技得到了进一步的升华。

　　辛亥革命后，社会动荡，群雄并起，三十五岁的韩慕侠感觉急需为国家培养一批文韬武略俱佳的人才，征得师父张占魁和师伯李存义的同意，他在天津河北区宇纬路开办起了武术馆，免费传授形意拳。

　　几年后，天津南开学校增设国术课，校长张伯苓专聘韩慕侠为武术教练。南开的学子大多为社会精英。韩慕侠教学尽心尽责，身体力行，寒暑不避，他几十年来养成的晨练习惯，也坚持不辍。他在学校操场经常见一个学生独自跑步、习拳，授课时，还是那个学生听讲格外专注，练功分外认真。

这位特殊的学生引起了韩慕侠的注意，后来他打听到学生名叫周翔宇。有一天下午课后，他叫那个学生到操场边的看台上聊了起来。

韩慕侠亲切地问："你什么时候来的南开？"

"比您早一个月。"学生站起立正回答。

"你多大了？"

"比您小二十一岁。"

"你为什么对我这么了解？"

"您行侠仗义，心系国家，早就成了我心中的楷模。'与有肝胆人共事，从无字句处读书'是我的座右铭，我早想结识您，只是没有机会。"

"好样的。我也了解你好久了。你出身淮安，姓周名翔宇，是本校唯一的免费生。你的国文与数学成绩十分优秀。"

"您是怎么知道的？"

"张校长亲自介绍的，他说你是为中华崛起而读书的优秀学生。"

听到这里，周翔宇再次立正，向韩老师毕恭毕敬行了一个礼，说道："谢谢老师的信任！"

从此，师生俩交往日渐频繁，日后成了他俩的一段佳话。而这位"周翔宇"，就是未来中华人民共和国的开国总理周恩来。

在南开期间，为了传授国术，韩慕侠不计报酬，兢兢业业，深得学校师生的爱戴。

1931年九一八事变，日军吞并东北，张学良将军退守关内。那年初冬的一个傍晚，韩慕侠刚从学校回到自己的家里，门外有人轻轻叩门。他以为是邻居串门，开门一看，是一位军人，身材挺拔，仪表堂堂，军容整齐，风度翩翩，年龄不过三十来岁。慕侠正在疑惑，来人操着一腔浓重的东北口音，爽朗地自我介绍："不速之客，奉天人张学良求见！"

"啊！"韩慕侠吃了一惊，正在不知所措，张学良哈哈大笑："不欢迎吗？"

"欢迎欢迎！"韩慕侠这才镇定下来，"少帅驾到，恕草民未出远迎。"

"恕我不请自来，可以进府上一叙吗？"

"请，请——"

慕侠请张学良进门入客厅。张学良朝四周一看，惊讶不已：一张陈旧的八仙桌，两把老旧的太师椅，中堂一幅名画，画的是岳母为儿子背上刺字，

"精忠报国"四个字赫然在目。

张学良坐定，忽然想起南开学校校长张伯苓所说，韩慕侠上课分文不取，先问道："您如此清贫，为学校上课却只尽义务，那是为什么？"

韩慕侠回答："只为学生人人有个健康的体魄。我开办的武术馆也是免费，倘若收钱，不少有志的贫困子弟就可能因此而放弃学习。如今国难当头，年轻人应该健康、善武，国家一旦需要，即可为国效力。"

韩慕侠的一席话，让张学良不胜感慨。闻名全国的武林大侠，不谋私利，心系国家，何其难得！他索性请教："日本人吞并了我的家乡，又对关内垂涎三尺，大侠可有拒敌之策？"

"恕草民愚昧。"韩慕侠深感少帅的至诚，因此倾情尽力献策，"日军武器占优，远距离拼枪炮，我军难有胜算；倘若近距离格斗，我军只要训练有素，未必打不赢。比如我的前辈李存义率义和团狙击八国联军，凭着一把大刀，就将手执洋枪的鬼子杀得人仰马翻，片甲不留。"

张学良急切地继续请教："大侠，怎么才能训练有素？"

韩慕侠为少帅如此礼贤下士而感动，干脆将多日所想和盘托出："少帅请莫见笑，我自幼习武，尤爱形意拳，我们形意拳的特点就是长于挨身近打。所以，我认为，我军不妨训练一支善于近战的'大刀队'。"

"咱们所见略同！"慕侠话音未落，张学良已经拍手称赞，"这就是张某专登府上的目的。"说到这里，他突然起立，身子笔挺，向韩慕侠敬了一个军礼："张某欲聘请大侠为我军训练一支'大刀队'，恭请应允。"

如此场面，令慕侠受宠若惊。他来不及客套，也站起来，严肃地当场态："只要少帅信任，慕侠愿效犬马之劳！"

韩慕侠的慷慨，让张学良喜出望外，他立刻到门外叫进来副官，呈上军部大红聘书与数包银元。韩慕侠鞠躬后，接过聘书，却拒绝银元，明确说："韩某历来授人以拳，不取分文。"

慕侠话音一落，张学良说："这是军国大事，非同小可，我以军长的身份命令你收下，这钱是让你组建'大刀队'，算军费，不是给你个人花的。"韩慕侠只得收下。

第二天，韩慕侠去学校向校长讲了张学良所托之事，要辞去校职。校长非常理解他的决定，当即同意。他把学校事做了交代，很快到东北军中走马上任。

征得张学良同意，韩慕侠从军中挑选了一千名壮士，正式开始严格训练。他对士兵们讲，日军虽有枪炮，但并不适宜近战。我们只要练出功夫，以一敌三五人，绝不在话下。东北军士兵收复失地回乡心切，因此信心倍增。他从战士的腰腿基本功开始教起，练的是灵活；挥刀则正、反、上、下、横、立，练的是手臂的功力；山呼海啸，杀如雷霆，练的则是勇气。此外，他还用形意拳中的"缠头裹脑"等动作要领，教士兵顺步砍、拗步砍、左右砍、连剁带劈；把形意拳的五行连环枪的劈、崩、钻、炮、横五枪，变化为步枪的刺、拨、挑、崩、劈五个刺杀动作。这些功夫简单易学，有很高的实战价值。

正当韩慕侠在杨柳青东北军驻地全力训练"大刀队"士兵时，一个难题出现了：由于军饷层层克扣，"大刀队"没了经费。他把张学良给的银圆全部拿出来分发给士兵，继续训练。只是此举只解决了一时之急用，没维持多久，再也拿不出钱来了，"大刀队"不得不停止了活动，他也只好回到天津。

韩慕侠训练的"大刀队"，后来在张学良的东北军易帜后，被编入宋哲元的二十九军。1932年11月初，宋哲元以国民二十九军军长的身份，来到天津，也像张学良一样慕名亲自到韩府，他开门见山地说："我是张学良将军的部下，国民军二十九军军长宋哲元。"

"早有所闻，愿听调遣。"韩慕侠也快言快语。

"请大侠不辞辛苦，再为我二十九军训练一支新的'大刀队'。"

"为了国家，在下义不容辞！"

韩慕侠的赤胆忠心，令宋哲元十分感动，他说："大侠年过半百，仍然如此爱国，令许多人汗颜！"

韩慕侠说："我们的战士谁家没有父母妻儿，他们抛头颅洒热血，为的还不是国家？我做点力所能及的事情，和他们相比，才更觉汗颜呢！"

再次临危受命，韩慕侠表示：只要是为了抗日，即便粉身碎骨，肝脑涂地，也在所不惜。第二天他就再次走马上任。

韩慕侠冒着严寒，风餐露宿，在军营里与战士们摸爬滚打，一练就是两个月。他的手开裂了，脚冻伤了，"大刀队"成效明显。因为这支队伍，许多来自他曾经训练过的张学良麾下的那支"大刀队"，本来训练有素，又久经沙场,再次训练后,个个身强体壮,且为报效国家,甘心视死如归。他们所持大刀,由宋哲元将军亲自督造,一刀能劈下十二个铜板,锋利无比。

宋哲元的爱国情怀感动了官兵,他属下一位姓张的团长,组织"大刀队"夜袭日军侵华指挥部,队员把一切通信线路完全切断,单等一声令下,就能把指挥部端掉。可是,在此紧要关头,国民党军事委员会电令不准抵抗,最终功败垂成。

二十九军"大刀队"一个连行军时,接到情报说,有日军坦克车辆前来侦察。韩慕侠得悉,与"大刀队"队长商量。"大刀队"训练多日,今天可是试刀的大好机会。韩慕侠问道:"有没有信心?"

"有!"队长信心十足。

他们立刻布置,让"大刀队"士兵埋伏在坦克车必经的大路两侧,到时听候命令,将敌人一举歼灭。果然,一个时辰后,敌人的坦克车开来了,队长下令,队员们出其不意冲上去,围住敌人的坦克车一顿猛敲猛打,捣烂了坦克,撬开了盖子,捅死了鬼子。这一战绩,"大刀队"是首战得胜,极大地鼓舞了队员的士气,受到宋哲元的表扬,当地的百姓也欣喜万分。

此后,在宋哲元将军的大力支持下,韩慕侠率领"大刀队"连续作战,仅仅在天津郊区一带就前后与敌人大战十数次,获得多数胜利。

喜峰口是天津的一处战略要地,三万日军欲抢先占领,国民军要坚守。事关重大,3月10日晚,宋哲元特地请"大刀队"总教头韩慕侠到军部议事。

军部灯火通明,气氛分外凝重。会议正在紧张进行。宋哲元一身戎装居中而坐,其他军官围列两边。韩慕侠到来,军官们一起起立。宋哲元请慕侠在身边坐定,对

韩慕侠训练的"大刀队"

他说:"喜峰口是战略要地,敌人大兵压境。它的得失,将关系到整个战局,请问大侠,有何高见?"

韩慕侠心系战局,直截了当地说:"日军的武器占有明显优势,硬拼伤亡太大。我建议利用'大刀队'短兵相接的长处,给敌人以出其不意的打击。"

宋哲元说:"大侠的意见与宋某不谋而合。那么,我们现在具体做一番部署。"

韩慕侠表示:"大刀对大枪,切不可出击过早,否则后果不堪设想。因此,我必须亲自到前线指挥。"

"不可,万万不可,"宋哲元军制止道,"韩大侠为训练'大刀队'吃了不少苦头,况且您已年逾半百,不能上前线。"

"不!"韩慕侠说,"当年我们的前辈车毅斋大师在擂台与日本人大战,年岁也过了半百,不曾考虑过生死;今天,国难当头,我岂能惜此头颅?"

"您只坐镇中军即可。"

"我们形意拳人习武为的是什么?一要为民,行侠仗义,除暴安良;二要为国,维护国家尊严,保卫民族独立。如今正是国家需要的时候,此时不献艺、献身,更待何时?"

韩慕侠的一番肺腑之言,令宋哲元心潮澎湃,热血沸腾,其他军官也个个肃然起敬。会议决定:派两名特级侍卫全力保护大侠的安全。

会议结束已是亥时,韩慕侠立刻下队布置。他先对各级营、连、排长具体安排,而后召集全体战士动员。他对着自己亲手训练出的"大刀队"队员大声说:"弟兄们,日本侵略军在东北抢夺我们的土地,烧毁我们的房屋,屠杀我们的父兄,蹂躏我们的姐妹,现在,又企图攻入关内。如果不进行抵抗,四万万五千万同胞将沦为亡国奴。我们,作为堂堂五尺男子汉,能束手容忍日军横行霸道吗?"

"不能,不能!"战士们齐声回答。

"面对入侵的敌人,我们不冲谁冲,我们不战谁战?养兵千日,用兵一时,现在就是我们尽忠国家、报答父母的时候了。举起我们的大刀,向敌人的头上砍去吧!"

"我二十九军的弟兄们,头可断,血可流,保卫国家的志气不能丢。"宋哲元将军不知什么时候也来到誓师现场，慷慨激昂，大手一挥，"我已通电全国，作为军人，责在保国，宁为战死鬼，不做亡国奴，奋斗牺牲，誓雪国耻！韩慕侠先生年过半百，应该是你们的父辈，但是，他毅然离开家乡，辞别学校，来到军营，不惧天寒地冻，与你们摸爬滚打，他是为了什么？他还要亲到前线，与敌人血拼，这种精神让我们能不奋勇作战？我们'大刀队'发威的时候到了。弟兄们，能不能胜利？"

"能！能！能！"战士们群情激奋，雄壮的喊声直冲夜空。

战士们胸中的怒火被点燃了，大家磨刀霍霍，恨不能一步迈向战场。丑时才过，"大刀队"在韩慕侠的亲自带领下，离开军营，静悄悄出发了。

天高月黑，伸手不见五指，战士们仅凭稀疏的几点星光摸黑前行。他们人人身背大刀，轻脚疾走。韩慕侠走在队伍中间，随时指挥前后。大约一个时辰，到达伏击地点，队伍按事前部署埋伏下。

虽然已是三月，但地处北国，仍旧春寒料峭，尤其凌晨，寒气甚是逼人，队员们手脚快冻僵了，但是，人人心中期盼杀敌，共赴国难，浑身上下寒意立消。

东方渐渐发白，日军为了抢占制高点，早下手为强，提前出兵上山。在头目的督促下，他们一个个端着大枪，喘着粗气，眼睛朝上，叽里咕噜地摸了上来。

等候多时了！韩慕侠的"大刀队"以逸待劳，以静制动，看着敌人就到眼前了，他突然大喊一声："杀——"山摇地动，日军的身旁一下子冒出无数寒光闪闪的大刀，不少人还没反应过来，脑袋已经落地。

整个山坳里，喊杀声、惨叫声、大刀劈斩声混在了一起。"大刀队"队员们在韩慕侠的调教下，武艺派上了用场，以一敌三或敌五，不到半小时，山坡上已经滚满了日军血淋淋的头颅和无头尸体。韩慕侠带头，手执钢刀，如同猛虎入了羊群，手起刀落，日军人头纷纷滚地。那速度啊，如同闪电霹雳一般！

当太阳升起来的时候，"大刀队"鸣金收兵，韩慕侠的脸上和衣服都被染红了，战士们亲切地称呼他是二十九军的"红教头"！

喜峰口之战，以中国军队的全胜而告终，并且载入史册。

紧接着，韩慕侠与宋哲元将军商量，日军经此打击，士气必然低落，建议带领"大刀队"进行夜袭。

宋哲元听从他的建议,出动四个团的兵力,人人身背一把闪闪发亮的大刀,凌晨丑时,神不知鬼不觉,悄悄摸到日军营盘,突然喊杀连天,日军从睡梦中被惊醒,晕头转向,措手不及,有的一出营房就撞在"大刀队"的刀尖上。敌人只见刀光闪,不觉人头落。仅仅几个小时,就斩敌近千,缴获坦克十一辆,装甲车六辆,大炮十八门,机枪三十六挺,飞机一架。此后,日军睡觉人人要戴一个自制的铁护圈,以防脑袋被"大刀队"砍下。

喜峰口大捷,打破了日本侵略军不可战胜的神话,六七千日军的头颅滚落,漫山遍野,污血染脏了才发芽的青青绿草。日本《朝日新闻》也不得不承认:"明治大帝造兵以来,皇军名誉尽丧于喜峰口外,而遭受六十年来未有之耻辱。"

二十九军"大刀队"又乘势袭击日军炮兵阵地,再次大获全胜而归。时有歌谣赞扬:

> 武术团,真能干,
> 十二铜板上前线。
> 不发机关枪,
> 专耍大刀片,
> 鬼子哭爹又喊娘,
> 个个吓破胆!

1935年,以喜峰口血战为背景创作的《大刀进行曲》,唱遍了大河上下,长城内外。它的原词是:

> 大刀向鬼子们的头上砍去,
> 二十九军的弟兄们,
> 抗战的一天来到了。
> 前面有东北的义勇军,
> 后面有全国的老百姓,

1935年上海出版的《申报》报道喜峰口大捷

咱们二十九军不是孤军。

看准那敌人,把它消灭,把它消灭。

冲啊,

杀!

《大刀进行曲》的精神力量无穷,它一诞生,上海学生就唱着这支歌走上街头募捐,要为战士们打造大刀。上海的行动,迅速影响到了全国。

1936年,宋哲元被授予陆军二级上将。形意英雄韩慕侠和他的"大刀队"的英雄事迹也在民间广为传颂。有诗赞曰:

从来习武为哪般,

强身健体自延年?

形意儿女多壮志,

为国捐躯美名传。

《大刀进行曲》唱响全国,一场抗日的烽火,旋即在全国熊熊燃起。太行山一边的山西太谷也在演绎着一出出惊心动魄的故事。

1937年春,卢沟桥事变前夕,华北局势岌岌可危。北平的学生成群结队路经太谷,在街头,在学校,大声疾呼抗日救亡。

铭贤学校也停课了。校长梅贻宝成立"国难教育领导组",自任组长,由军事教官薛盛林和国术教师布学宽任副组长,学校掀起爱国主义教育热潮。师生成立了"抗敌救援队",走出校门,宣传民众,抗日救亡活动十分活跃。

一天早晨,布学宽老师漫步在校园里。多年来他养成了早起的习惯,可是现在,兵荒马乱,晨练的老师和学生少了。他在操场走了半圈,发现树下一个青年教师正全神贯注地读书。他感到不可思议,时局紧张,人心惶惶,谁还有心思看书?他悄悄走近一看,是吴耀科次子吴连城,于是问道:"你还在研究学问?"

吴连城抬头看是布老师,眨了眨近视的眼睛,站起来说:"您看,国家积贫积弱,内忧外患,民不聊生,不读书行吗?"

"可是，其他人都走出校门了。"

吴连城说："人各有志。义和团何以失败？除了其他原因，百姓愚昧呀！日本明治维新何以成功？学者精明啊。没有先进的文化、科技，国家是不会进步的。"

大操场这边，几个男同学正在讨论什么问题，布老师走过去，一个浓眉大眼的学生迎了上来说："师父好！俺想跟您商量个问题。"

布师一看，是弟子胡殿基，铭贤学堂的才子，和吴连城虽然都来自贯家堡村，但二人的性格不同，一个潜心读书，向往科学救国；一个喜文好武，立志效命疆场。这些日子胡殿基就经常和同学们在街头呼喊口号，宣传抗日。

"有什么问题？"

"国难当头，书是没法读了，我们几个准备先南下西安，您说俺们是去重庆好，还是去延安好？"

布老师没想到问题这么难答，反问："重庆、延安有甚不一样？"

"重庆是国民党的巢穴，延安是共产党的根据地。俺们几个各说各的理，请师父下个结论。"

布师琢磨了再三，以商量的口吻道："老实说，国家的事情俺也没大吃透，不过，眼下应该抗日第一。"

"师父的意思是去延安吧！"殿基似乎得到了支持，不过，他们几个的意见好像仍然没有统一。

不久，日军发动了卢沟桥事变，对中国全面开战。这一天上午，一批国民党退兵路经铭贤学堂，欲进去骚扰。看校的布学宽师徒挡在门口，双方剑拔弩张，发生了冲突，那当兵的稀里哗啦拉开枪栓，对准三个形意后生就要开枪。就在这千钧一发的时刻，忽听一人哈哈大笑！

欲知端的，请看下回。

第三十四回

东洋鬼挖空心思灭证
刘铁柱宁死不屈保碑

卢沟桥事变之后，铭贤学堂为保护学校财产，校董事会决定：学校整体南迁四川；成立校产保护委员会，留下李文华、陈竞之、布学宽三人负责学校管理。在护校期间，布学宽先生与徒辈孙德宜、张永义、吴连富等，为了学校师生和财产的安全，教训散兵、兵痞，也成为一段佳话。

且说这次太原失守，一伙国民党溃兵衣衫不整，大枪倒背，垂头丧气，路经铭贤学校，看到学校空空荡荡，伸长了脖子，欲进去。布先生坐在一旁椅子上，慢条斯理地说：

"不能进。"

"为啥？"溃兵问。

布学宽指了指旁边："你们问问他们仨。"

溃兵转眼，只见三个后生两手叉腰，挡在门口：一个膀大腰圆，二目圆睁；一个身材瘦高，满脸机灵；一个不高不瘦，浑身是劲。溃兵想，我们还怕他仨？稀里哗啦，拉开枪栓，对准了三个年轻人。就在这紧急关头，只听"哈哈哈——"几声，布师急中生智，突然哈哈大笑。

溃兵吃了一惊，回头面面相觑。

"人多势众，还准备开枪，丢人现眼呀！"布师仿佛局外高人，路见不平,白了溃兵一眼。

溃兵们说:"不用枪也不怕他们。"其中三个把枪往墙边一撂,趾高气扬,要用拳脚,首先对准那个瘦高个子扑了过去。瘦高个子是吴连富,只见他轻舒猿臂,略施拳脚,三下五去二,三个溃兵稀里糊涂爬在了地上;旁边两个持枪一拥而上,欺负小个子张永义,张永义略施小计就把两人的枪背到自己肩上了,两个兵目瞪口呆;还有四个兵干脆一起上对付身高马大的孙德宜,孙德宜脚步都不挪,双手几个动作,就叫四人俩俩自相碰得鼻青脸肿。

这些溃兵都明白遇到会武艺的人了,再纠缠下去也不会有好处,于是都背起枪,稀里哗啦一溜烟跑了。布师和三个弟子笑得前仰后合。

溃兵前脚走,日本侵略军后脚来。1937年11月7日,日本兵南下,占领太谷县城。日军耀武扬威,在县城北寺升起他们的太阳旗。

第二天下午,驻扎在南门楼道巷西大门的宪兵队部派人传讯布学宽,要他交出车毅斋的纪念碑。日军反应之快,让太谷形意拳人都始料不及。

布学宽当时已是太谷城的名人,认识他的老背锅汉奸张冠益领着日本兵把他从学校找到,走西大街,到南门楼道巷;往北,朝西进大门,再朝北进二门,再进大院的北大厅。这里是日本宪兵部驻地。

厅里边早已摆好了阵势。布学宽进来,并没人让座。

正上座是个留着人丹胡子的宪兵头领,一身黄军装,面沉似水,眼小嘴大,凶神恶煞,操着一口半通不通的中国话问布学宽:"你们太谷,有个形意拳车毅斋的纪念碑?"

"有啊。"布学宽一听就明白了日本宪兵的意思,决定跟他们打马虎眼,就不慌不忙地回答。

"现在的,哪里?"

"车毅斋虽然是我师父,可是去世二十多年了,俺又不去贾家堡,碑现在在哪里不知道啊。要不,俺给你们好好打听打听?"布学宽敷衍道。

日本宪兵也知道一次肯定问不出来,就说:"那好,你尽快去打听,告诉我们。要是敢应付,后果你是明白的。"说着做了个杀头的动作。

布学宽被放了出来,先去学校说了情况,傍晚,急匆匆来到吴耀科的"广升誉"药店,宋铁麟正好也在。他对二人说:"不好了,日本人急切打听师父的纪念碑。"

"这么快？这鬼子的鼻子也够灵了。"宋铁麟颇感意外。

"是汉奸认爹认得快！"布学宽焦急地说，"俺暂时推过去了，他们很快就会去找刘俭的。"

"大师的纪念碑对于中国人来说是光荣，可是对于日本人来说那就是国耻。他们肯定要找到销毁。"吴耀科意识到了问题的严重。

"怎么办？"三人顿时陷入了沉默。

一会儿，吴殿科也进来了，自然也十分焦急。

"有了，"布学宽突然有了办法，"咱们往死人头上推。贾家堡村长不是才去世不久吗？就说只有他知道，死无对证。"

"这是没办法的办法，也只能如此。"宋铁麟说。

吴耀科也觉得只能先这样对付，叫吴殿科连夜去贾家堡跟师父刘俭说说这情况。

吴殿科奉师辈指示，连夜到了贾家堡师父刘俭家。屋里灯还点着，他进去一看，师兄吴治泰也在，师父光脚盘腿坐在炕沿上，正一锅一锅抽着旱烟，屋子里烟雾笼罩。

原来，曾在旧县衙值班多年的吴治泰，下午也得到消息，日本人正四处打听"车君毅斋纪念碑"的下落。于是，来找师父商量对策，却没什么好主意，两人正在苦思冥想。

殿科进来，传达了吴、布、宋的意见，刘俭十分高兴："对，一推死人，二装愣鬼。"

紧接着，吴治泰又去叫来师弟高庆瑛，四个人连夜将车公之碑藏于一个秘密安全的地方，才算歇心。

第二天一早，刘俭正坐在自家院子里的石条饭桌子前抽旱烟，吴治泰闪了进来，连声说："不好，不好。鬼子一会儿要来找师父您的麻烦。"

"这么快？你咋知道的？"刘俭问。

"刚才俺旧时县衙的一个伙计跑来说的。"

"咱不是商量好应对的办法了？"刘俭说。

"说得轻巧，鬼子得不到碑肯定会逼你，折磨你。"

"折磨倒不怕，就是咱嘴太拙，不会编。"

治泰多年在外，见多识广，帮着师父编话："您就说，碑在村公所，由人家村长保管，前任村长喜欢碑，保存得好好的；后任村长不喜欢，叫人搬走了，这村长才死没几天，还没顾得上问。"

刘俭心里也在静静地思考着对策。

治泰接着继续分析："按理说，纪念碑不就是一块石头吗，日本人为什么这么小题大做、追根究底呢？看起来，他们肯定是有备而来，目的显然是要毁灭天津国际擂台击剑大赛上，日本人惨败给中国拳师的历史事实。"

"对啊，碑文里说，'日人奋然临，毅斋慢然应，倭败色沮，愿师之'，我们的形意碑太重要了！"刘俭越寻思越发感到了这碑的分量，它代表的是国家呀，事关重大。

刘俭想了想说："师父的纪念碑既然这么重要，你听着，咱们藏碑的地方不能让任何人知道，就是老婆孩子跟前也不能说；日本人要来逼俺就让他们逼，万一俺死了，保碑的任务就交给你和殿科、庆瑛了。听见没有？"

"听见了，命可以不要，碑不能暴露！"治泰含着泪水站立起来向师父起誓。

院子里空气凝滞，无声无语。师徒下定了决心，准备不惜一切，迎接生死攸关的考验。

果然不出所料，早饭后不久，还是那个背锅老汉奸张冠益领着一队日本宪兵径直寻到刘俭家。还在门外，一个翻译官便怪声怪气地说："刘先生，恭喜您了，皇军请您进城交个朋友。"

刘俭心里想，我大字不识半斗，啥时成了"先生"？这还不是黄鼠狼给鸡拜年，能怀好意？他心一横，走就走，有一条命顶着，怕甚？他把旱烟锅往怀里一揣，鞋一趿拉，出了门。生得粗大敦实的刘俭昂首走在前头，背锅子汉奸和日本宪兵跟在后边，朝南门楼道巷宪兵队部走去。

到了大门口，还是老汉奸弯着腰，引导刘俭走进正房大厅。他举目看时，屋子里亮亮堂堂，正面一条八仙桌，后头一把太师椅，两边各三四把普通座椅。

翻译官一声长长的"请——"，刘俭这才看见，正中的那张八仙桌上，摆满了各种各样的糕点、水果、洋烟，汉奸嬉皮笑脸。

刘俭活了五十多岁了，从来没有这么被"请"过，也没见过这么明亮的地方，坐过这高级太师椅子。他知道自己的身份，从怀里掏出自家的烟锅，装上自家种的烟叶，用自家的打火石"砰砰砰"打着，圪蹴在地下抽了起来。

一会儿侧门开了，从里面出来一个日军头目，浑身上下，一身黄皮，其他人一见，马上弯着腰围在他四周。这头目皮笑肉不笑，叽里呱啦，刘俭也不知道甚意思。翻译官翻译给刘俭头目的主要话，奇怪的是，从头到尾一字不提碑的事情。他满腹狐疑，这些坏蛋们搞甚的鬼，不寻碑了？下午，日本兵居然放他回了家。

晚上，治泰、庆瑛来了刘俭家，他们商议了半天。治泰说："黄鼠狼能白给你拜年？看起来，灾难恐怕还在后头，师父得有准备才行。"

刘俭受审之处

刘俭说："先看看狗日的明天耍甚鬼把戏吧。"

"师父，您一定要多动脑子，当心鬼子的花招。"

"对，咱可不能上他们的当。"

第二天上午，背锅子汉奸带宪兵又来"请"刘俭，只是明显没有昨天客气了。

宪兵队里撤了点心、水果、香烟，桌上换上了金条、银块。刘俭虽然长得憨厚，却粗中有细，二十年前在曹家"三多堂"就假装过丹凤眼、卧蚕眉的"关老爷"，收拾过袁大头的兵。他一看这架势，就知道鬼子想用金钱收买他，心里说，你们觉得有钱能买得鬼推磨？俺可不是鬼，干脆将计就计吧！所以，进门后，他眼睛就直勾勾盯着金条、银块。

"你能讲出藏碑的地方，金钱大大的有。"翻译官看着他的样子，说话显得十分大方。

"给多少？"刘俭装得十分贪婪。

"只要找到，桌子上的都归你。"

"真的？"

"当然是真的，条件是你得帮皇军找到你师父的碑。"

刘俭故意做出冥思苦想的样子，然后说："咱们相跟上去找找？"他要努力表现得"积极"。

"行。"宪兵头目、翻译官和汉奸以为刘俭财迷心窍，心中暗喜，当即让他带领他们去贾家堡。

这天多云，日头昏昏沉沉。刘俭大摇大摆走在前头，翻译、汉奸和宪兵跟在后头，他越走心里越舒服，嘿，叫狗日的们跟上瞎跑吧！

走进村公所，里面没人。他们穿过大院，进了正房。刘俭装模作样看了四周一圈，说："哎呀，那碑原来就在这里呀？"

其实，宪兵和汉奸已经知道碑被人转移了，今天只不过想看看这金银对刘俭有没有作用。

刘俭接着说："要不，咱们再找找，找见了给钱？"

"给。"翻译官回答。

走遍全村大街小巷，没有；走到乌马河边，也没有。"谁偷走了？交出来咱们分钱该多好。"刘俭自言自语，说给敌人听。

宪兵和汉奸捉摸不透刘俭了：他是真财迷，还是演戏？

天快晌午了，一无所获。刘俭把一伙人领到了自己家，老婆孩子都不知躲到哪儿了。他往院子当中一站，手指那张石条饭桌说："要不，就用这个石条换钱吧。"

翻译官差点没气晕！强压怒火说道："这哪是碑，是块石头！"

刘俭继续装傻："嫌小，少换些金条也行。"

"呸！"翻译官气得直摇头，"这上头有一个字吗？"

"非得有字？"刘俭假装疑惑不解，站在那里寻思了好一阵，"要不再找找有字的？"

出了刘家，一行人拐弯抹角走了一程，来到了村西的关帝庙。看庙的善友正准备回家吃饭，一看来了日军，藏到小屋去了。刘俭领着一帮人走到大殿前，左右手一指："这里的碑上头字可多嘞！"

"这不是车毅斋的碑。"翻译官气得说。

"你们不是要有字的石头吗?"刘俭说。

"啪!"老背锅汉奸张冠益气急败坏,给了刘俭一巴掌,没想及被震得咚咚咚倒退好几步,差点摔倒,口里骂道:"你真是个二百五!"

就这样,一队人马浩浩荡荡,白白跟着刘俭折腾大半天,只好回宪兵队。

半后响,翻译官给刘俭传达皇军的命令:"今天晚上你好好想想,是要钱还是不要命。"

"要钱,要钱!"刘俭假装说。

当晚,刘俭被扣押在宪兵队。他觉得光装财迷不行,不如装傻顶事,反正自己也长得像个傻子大汉。

刘俭被扣押,吴耀科、布学宽、宋铁麟十分担心,彻夜商讨对策。他们还是在老地方"广升誉",这里有买药的,有看病的,川流不息,不会太引人注意。

"目前鬼子暂时还没有对刘俭下毒手。"布学宽的弟子多,消息灵通,他先通报情况。

"先甜后辣,坏人的一贯做法。"宋铁麟早就识透了敌人的伎俩。

"咱们想一想有什么营救的办法?"吴耀科建议。

三人再次陷入沉思。

好大一阵,宋铁麟冷静分析:"找熟人? 太谷的正人君子都不愿跟鬼子和汉奸打交道,不成;武力劫人? 敌人有大枪、短枪,硬拼恐怕伤亡太大。为了救人,俺想来想去,只能是低声下气花钱买通汉奸。"

"行,铁麟言之有理,也是没办法的办法。即将上任的县长薄安,当年也练过几天形意拳,跟俺有一定交往,要不俺拉下老脸,先去摸摸底?"布学宽自告奋勇。

吴耀科忽然也想起一个人,他说:"还有一个年龄比俺还大,巴结上了鬼子当汉奸的人,常来看病,老财迷一个,给点好处,啥也能办,俺也找他试试?"

他们商量不出更好的结果,只好如此分头行动。

熬过了漫长的一夜,天明不久,刘俭又被带到大厅。"想好了的干活?"

一到堂，宪兵头目劈头就问。

刘俭回答："早想好了，嘿嘿，谁不爱金钱？"

"你师父的碑在哪？"

"原来在俺村村公所里。"

"碑不是早没在哪里了！"

"埋了？挖出来不就行了。"刘俭假装没听清，故意装傻、打岔。

"问你碑哪去了？"

"那得问村长。"

"村长叫什么？"

"吴枟。"

"现在在哪？"

"地里。"

宪兵头目不知道地里是什么意思，睁着不解的眼睛看翻译。

"死了，"翻译解释，"人死了就埋地里。"

宪兵头目这下气晕了，吼了起来："这个大傻瓜，还得大刑的伺候！"他手一摆，冲进来五六个彪形大汉。刘俭一看，这帮人一个个凶神恶煞，青面獠牙，想起了阎王殿里的牛头马面、黑白无常，寻思，你刘爷爷怕你们个屁！他把心一横，眼一闭，任皮靴、棍棒一起轮番上。他衣服破了，脸流血了，心里说，老子练了几十年形意拳，还怕你们这两下？口里却不住地喊叫："甚俅的人，给你们寻见了石头，不给钱还打人！俺回家呀，不要你们的钱了！"

劈头盖脑、浑身上下地打，刘俭居然傻了吧唧，若无其事。宪兵头目好生奇怪：这练中国形意拳的真的就是钢筋铁骨？

形意拳就是内练一口气，外练筋骨皮。平日里便拳打脚踢，实来实往；刀枪剑棍，真砍真杀。虽然未必刀枪不入，但是耐击打能力常人是无法想象的，难怪日本人不可思议。尤其这位刘俭，武功超凡脱俗，铁骨铮铮；他想着自己是为保护师父的形意碑跟鬼子周旋，什么皮靴、鞭子、拳头、棍棒，哪里还在话下？即使皮开肉绽，也在所不顾啦！

"你交不交碑？"宪兵还在打，翻译官在一边问。

"没字的不行，有字的也不行，你们不是日哄人吗？"

"跟这二百五能说出个七长八短？干脆，打死他算了！"翻译官说。

刘俭喘息着说："俺死了，就到阴曹地府找师父去，叫上师父回来宰了你们这群王八鬼子。"

大刑一直延续到中午，彪形大汉们个个累得满头大汗，刘俭却依旧是傻了吧唧，一会儿呵呵傻笑，一会儿神呀鬼呀胡说个不停。

几个彪形大汉放下皮鞭，丢下棍棒，坐在一旁，气喘吁吁。刘俭侧目瞟了打手们一眼，心里自乐：癞蛤蟆跳到脚面上，没本事咬人，就能吓人，嘿嘿……

下午，老汉奸出了个损招，他说太谷人最怕辣。于是宪兵们把几大碗辣椒水捏住鼻子灌进刘俭的肚里，而后站在他的肚子上踏踩。这么一来，武功盖世的形意英雄这下可惨了：鼻子、嘴里连血带辣椒喷吐不止，浑身上下都是血！他又是喊又是哭，索性鬼话连篇："师父呀，师父呀，青面獠牙鬼，勾魂催命鬼，黑白无常鬼，牛头马面鬼，哎呀，把徒弟捉进阴曹地府了，俺看见望乡台了，您显显灵，把他们都收了去吧。"

刘俭的一段"鬼话"，把在场的人个个吓得浑身起了鸡皮疙瘩！宪兵头目怒气冲冲地拂袖而去。汉奸、翻译也点头哈腰尾随而去。一个副官看了看四周，对行刑人一摆手："行了，把他关进牢房。"

这天傍晚，"广升誉"药店来了一个驼背老头，挺了挺不直的脊背，大声喊道："吴掌柜，开药的来了！"

"哎呀，是张大人驾到，有失远迎，望乞恕罪。"听到呼喊，吴耀科迎了出来。

驼背老头说："开药！"

吴耀科说："什么时候发了？"

"衣食无忧罢了，今天是现钱。"驼背老头得意地说。

就座，把脉，开药。包好了，吴掌柜摆摆手，表示不收分文。驼背老头受宠若惊，吴掌柜伸出手："请里边一坐。"驼背老头从来没有享受过这样的待遇，跟着来到掌柜室，太师椅、八仙桌、龙井茶伺候上，整个人舒服得晕晕乎乎。

这驼背老头是从小不务正业、游手好闲的纨绔子弟张冠益。他本来家底不薄，可是经不住他抽大烟，没几年家底败光了，身体弄垮了，一年四季腰酸腿疼，买药常常付不起钱，所以，一进药店先低人三分。最近这老鬼傍上日本宪兵后，成了汉奸。

"近来身体咋样？"吴掌柜问。

张冠益回答："唉，老毛病，你知道。"

"发财了？"

"发啥财，图碗饭吃。"

吴耀科说："俺有一事相求您，不知肯不肯赏脸？"

"只要在下办得到！"这老鬼活了这么大，还没人求过，因此倍感荣幸。

"是这样，贾家堡刘俭是俺的兄弟，是您领人带进宪兵队的，那人有些傻，太谷能和皇军说上话的就您一个，所以拜托您能不能放他出来？"

张冠益想到以后还要来免费开药，就信誓旦旦地说："一家人不说两家话，俺能把他逮进去，就能把他放出来！"

吴耀科赶紧表示谢意。

刘俭被五六个彪形大汉轮番折磨了整整三天三夜，翻译官和老汉奸相劝了三夜三天。棍棒、皮鞭、辣椒水、加浑身踩踏；金条、银块、威逼、利诱、软硬兼施。可刘俭一直愣头愣脑，开始还能"鬼话连篇"，胡言乱语，慢慢地叫声、喊声愈来愈小，眼看死期将到了，但他心里清楚，暗自告诫自己：不要命，也不能不要碑，坚持忍受着。

第四天下午，行刑庭上，刘俭已经气息微微。副官和宪兵头目不知嘀咕了些什么，将手一挥，喊道："拖出去！"

刘俭被几个大汉头朝下、脚朝上拖着，扔到了大门外的台阶下，"咣当"一声，关了大黑铁门。

天天守候在门口的布学宽、吴耀科、宋铁麟等一看，心疼死了！一位顶天立地的汉子，几天就被折磨得血肉模糊，奄奄一息！不过，不管啥，保住命就够万幸了！莫非昨晚吴耀科"巴结"的张冠益使上了劲儿，还是准县长薄安顶事？不管谁吧，人能活着出来，就谢天谢地！吴治泰、高庆瑛流着泪把师父抬上独轮车，跟跟跄跄拉着回家，吴耀科让吴殿科速到"广升誉"抓药送往刘家。

其实，汉奸和县长都是收了好处不办事，刘俭能够保得住性命，全凭了那位副官。副官的名字叫板三纪夫，是板三次郎之子。日本侵华战争爆发，在国内强征大批人员从军，纪夫的年龄正在被征召范围之内。

还在数年前，板三次郎二次访问太谷归去，与老姐板三美子努力宣传反战，同盟扩展到数千人。纪夫从军前，耄耋之年的姑姑与父亲详细讲述了车毅斋对其伯父、父亲手下留情的故事和日中人民应该世代友好相处的道理，一再告诫他，到了中国不得滥杀无辜，万一遇到车毅斋门人，必须设法保护，不得有违！板三纪夫恰好就到了太谷，遇到刘俭，知道他是车毅斋的弟子，于是暗中活动，让刘俭活着出去。

虽然刘俭被放了，但日本宪兵找碑的野心不会罢休。他们换了目标，寻找为车毅斋写碑文的人，全县大名鼎鼎的民国县长、省参议员孙丕基。

孙丕基1868年出生于太谷，当过光绪晚期举人，是孙大少孙丕根的胞弟。他自幼勤学，熟读诸子之学。历任山西静乐县和湖南永绥知县，为官清正廉明。他为人正派，而且富有民族气节。对于这样的名人，日本宪兵和汉奸知道，直接治罪，名不正，言不顺，于是想出一个馊点子：让孙先生出任太谷县维持会会长。

孙丕基明白，仅仅碑文中"倭败色沮愿师之"七个字，就严重贬损大日本帝国的声誉，宪兵队岂能让自己活命？当会长就是个幌子而已，他心里清清楚楚：答应当必然维持无力会被处死，与其当汉奸遗臭万年，不如堂堂正正死在敌人刀下。于是，就在宪兵端着刺刀请孙先生就任太谷县维持会会长的时候，他一头撞到宪兵的刀尖上，以一死保住了自己的名节与荣誉。

孙先生的死，震惊了太谷人民。当晚，贾家堡百岁老人吴老秀才叫来吴治泰和高庆瑛，讲起车毅斋的爱国行为，更对孙先生宁死不当汉奸的精神钦佩不已。最后，老人说："拜托你俩了。孙丕基先生敢为区区七个字送了命，想到这些年俺信口开河写了多少文字，肯定会得罪日本人，趁他们尚未到来抓我，我就先走了吧，请你俩明天上来收尸。"

治泰、庆瑛心里觉得好笑，以为老秀才也就是开开玩笑而已，不能当真，答应道："行行行，老人家，俺们记住了！"

两个人从秀才家出来边走边议论：每个人从妈肚子里爬出来，有生日；从古到今，可没听说过谁知道自己哪一天死的。

第二天一早，两年轻人满心好奇，来到吴老秀才家，推开门一看，惊呆

了,啊!老人真的直挺挺躺在炕上,胸前一张白纸赫然有字:"宁为中国鬼,不当亡国奴。"后面还有诗一首:

> 葬俺于乌马河边兮,
> 随清水西去,
> 带走人间烦恼兮,
> 笑人生如戏!

吴秀才生于清道光年间,历经百年沧桑,与他同时代的老人,像武、孟、孙先生及许多武林高手都已相继离世,他是贾家堡乃至太谷县的近代史见证人。

老人出生于书香门第,却从不入仕。虽然貌似古怪,实则是非曲直了然于心,一辈子乐于助人,谁家需要写写画画,从来有求必应。他通情达理,向来与世无争,不贪名,不图利,一生清清白白,心胸坦荡,正道直行,淡泊守志,百岁时无疾而终。他是一位形意拳挚友,是车毅斋的追随者,他写的那么多诗词歌赋,长留于天地之间。

按照吴秀才生前的遗愿,吴治泰和高庆瑛及村民们,把他葬于乌马河边,立碑一座,刻上他的绝笔诗,让他永远"随清水西去"!

逼死孙先生,废了刘俭,宪兵没找到碑自然不会善罢甘休,他们挖空心思,继续明察暗访,一定要找到那尊形意碑。日本人越是拼命追查,形意拳人越是意识到车公形意碑的分量。吴治泰和高庆瑛等昼夜轮番监视、护卫。

就在刘俭回家后的一段时间,贾家堡村常常出现陌生面孔的人,他们有时冒充河北形意拳人,说是专程来拜访太谷形意同门的,问村民:"车大师的纪念碑在哪里,我们好顶礼膜拜呀!"刘俭被宪兵折磨得皮开肉绽,死去活来,全村人都知道,因此,人人以"不知道"回应。

可是,十月初的一个夜晚,云遮着寒月,大地漆黑,北风卷着败叶,在贾家堡的大街小巷流窜。人们关门闭户,吹灯就寝。街上的几只狗失去了白天主人前的锐气,夹着尾巴在黑暗处乱窜。此时,从小巷里窜出三个黑衣人,鬼鬼祟祟,东张西望,居然摸到了村边藏碑的马棚附近。

不好！鬼子怎么知道了？守护在暗地里的吴治泰大吃一惊！怎么办？他抽出雪花刀，准备上去斩杀。

欲知纪念碑能否逃过此劫，请看下回。

第三十五回

烧杀奸淫，日本鬼坏透
冒险供药，吴耀科功高

　　且说几个黑衣人摸到了藏碑之处，吴治泰正准备出手斩杀，再仔细看时，发觉这几个人只是探头探脑，偷偷摸摸，无目的地左顾右盼，他心想，这些人看来并没有明确目标，于是，灵机一动，学了声猫头鹰叫。叫声划破夜空，伴着呼啸的北风，凄厉可怖，令人毛骨悚然！黑衣人吓得魂不附体，转身一溜烟跑了！

　　找不到形意碑，日本宪兵最终还是迁怒于车毅斋。就在当年十一月的一天上午，一队宪兵和汉奸来到贾家堡车毅斋的"田舍居"，面对修建不过三四十年的居舍，泼了汽油，点起一把火，好端端的一处民居，顷刻间被烧为灰烬。

　　村民们围在周围，目睹烈焰腾空，火光四射，却无能为力。这座曾经接待过无数武林宾朋的大院，被烧得只剩下焦土瓦砾。想当年，它是祁县乔家乔致庸请人精心设计，由李广亨、宋世荣具体安排，李复祯、王凤翙组织施工，大书法家文绍棠亲自书写门匾，本来应该流传后世的形意名居被毁了！"田舍居"虽然被付之一炬，但车毅斋的精神却永留人间！

　　日本宪兵火烧车毅斋的"田舍居"后，又迁怒于太谷人民。他们找来了普通的老百姓，在南门外的"贝露"学校摆上了擂台，借比"相扑"以侮辱太谷人民。七八个被强行找来的平民百姓,被日本相扑高手摔得鼻青脸肿,他们高兴得哈哈大笑:"中国人的,原来不堪一击。""车毅斋的弟子,个个废物!"

宋铁麟的弟子苗秀荣,有事路过门口,便进去观看。日本人见他生得粗大,认为摔倒他更能显示自己威风,因此让他也参加。苗秀荣突然想起了当年车毅斋前辈技服日本武士的事迹,寻思,俺岂不就此杀杀他们的威风!于是,他不紧不慢地说:"俺要是输了,钻你们的裤裆,可是俺要是赢了呢?"

"你想干什么都行。"一个高头大马的头目回答。

"俺要是赢了,你们能不能放了他们?"苗秀荣手指一群挨了打的百姓。

"可以的,可以的。"

"再加一条,今后不准再来这里胡闹!"

"好。"

"言而有信?"

"大日本皇军武士道,说话向来算数大大的。"高头大马的头目回答得十分痛快。

既然有言在先,那么摔跤正式开始。

相扑手们以为苗秀荣跟普通人一样不堪一击,一个粗短的日本兵扑了上来拦腰一抱,苗秀荣并不躲闪,用右脚往对方中门一插,三下五去二,轻而易举竟将对手举了起来,而后扔在了地下。

其他日本兵一看,又扑上来三个,苗秀荣顾前顾后,未让对方近身,运用虎形、炮拳、蛇形,三个对手先后倒地。

日本兵疯了,七八个一起围了上来。苗秀荣全然不惧,力战群寇,使用形意拳五花炮、五行炮、挨身炮,外加"撕扒"手法,没过二十个回合,日本兵人人被摔得鼻青脸肿。一个人气急败坏,从一旁拿过枪来就要行凶。苗秀荣急中生智,大声质问:"你们可真是日本武士道人?"日本兵愣神了。

苗秀荣继续说:"武士道人有武士道人的规矩,你们的'义利双修'哪去了?"日本兵一听,一下蔫了。

"放人!"先前的那个头目终于发话了,"我们大日本武士道人,向来言而有信的。"

苗秀荣指挥受辱的百姓立刻撤退。他们前脚走,日本兵立刻就后悔,他们断定刚才的后生应该是太谷的形意拳人,所以大街小巷,满城搜捕。苗秀荣已有对策,到徐沟县去了。

再说刘俭,被折磨得重伤在身,恨透了日本兵和汉奸。这天,他把徒弟们叫到炕边,紧皱着眉头说:"狗杂种鬼子烧了你们师爷的房子,又欺负老百姓,真不如牲畜。他们不仁,咱也不能讲义了。你们师爷的'打击要道穴',不轻易传人,今天我传给你们,好好收拾他们去。"

弟子们过去只是听说有这么一种拳法,但师父从未传授,这次要演示了,都非常高兴。老人带伤在炕上用手势一一教给弟子们要命绝活,大家互相演示,直到心领神会,熟练运用。

这招数确实是厉害,一招致命,却不见血。吴治泰说:"俺看先收拾那个经常来的老汉奸张冠益吧,师父的事情就是他告的密。"

"对,谁当汉奸谁先死!"高庆瑛首先支持。

"不,先宰鬼子!"师父下了杀寇令。

很快,吴治泰和高庆瑛在本村小巷遇见两个正准备干坏事的日本兵,试了试"打击要道穴"拳法,果然灵验,一招就致命。他们把两具尸首丢进了

太谷广升誉旧址

枯井。另外，在贯家堡、东怀远、韩村等几个村里，刘俭的弟子，暗杀了好几个日本兵，把尸体放在各种各样的地方，引起了轰动。日本兵暂不敢肆无忌惮地做坏事了，老百姓稍为安宁了一阵子。

其实，太谷的形意拳人不光自己亲自杀日本兵，还很好地配合共产党游击队打击侵略者。某年春天的一个傍晚，吴耀科的"广升誉"药店闪进一位长胡子老者，要求见掌柜的。店员引他到客厅，吴耀科堂弟吴殿科接待了他，请其落座后，仔细端详：来人中等身材，体形清瘦；眉浓眼大，面色发黄，留着一绺长髯；虽然脊背稍显佝偻，眼睛却格外有神。殿科看清楚此人是自己的发小、现在是共产党八路军干部胡殿基，说道："殿基，你几时长胡子了？"

里屋的吴耀科闻声出来，也认出了胡殿基。抗战开始后，胡殿基和几个志同道合的同学奔向了延安，如今在太谷南山一带从事敌后抗日活动，日本兵天天都想捉他。

他们都是贯家堡村人，非常熟悉，吴耀科神色紧张，压低声音说："哎呀，你敢进城来，这不是自投罗网吗？"

胡殿基说："我们八路军的战士们在流血，俺怕什么？"

"可是，太危险了！"

"危险的地方，往往反而更安全，尤其在您这里。"

吴耀科说："有甚大事？"

胡殿基也不再客气："那俺就开门见山说了。八路军对日作战，难免伤亡，可军中缺医少药，尤其最缺止血防腐的外用药，不少受伤的战友，只能眼巴巴地看着死去……"殿基哽咽了，停了停，咳嗽一声继续说，"首长命我找关系弄药，我首先想到了您。"

"一家人别说两家话。"吴耀科的情绪也颇为激动，"俺也是中国人，早就恨透了日本鬼子。你可知道，宪兵队把刘俭折磨得半死不活，侮辱了很多妇女！别说咱们是一个村的，就是素不相识，为消灭鬼子，俺也义不容辞！为了救治牺牲流血的抗日战士们，所需药品，吴某保证随时满足供应！"

吴耀科出生于武术、医学世家，自幼边习武、边学医。长大后，往来于山西鲍店与北方药材集散地河北安国一带，起初拜李飞羽安国弟子张树德为师学习形意拳术，后来师从车毅斋。他武功深厚，却从来不显山露水，多数人只知道他是开药店的掌柜。今天听说能为抗日英雄们做点贡献,他自然非常乐意:"你说吧,要多少?什么时候送?什么地方取?一切悉听尊便!"

吴耀科的深明大义,令胡殿基十分感动。早在南山从事抗日活动时,他就听说过许多关于胡殿基暗助抗日义士、搭救百姓的传闻:营救保碑英雄刘俭,冒着生命危险为十几个被怀疑私通八路军的交通员同胞担保,拒绝与汉奸及亲日人士来往。今天他亲身感受到先生的爱国情怀和高风亮节,特别欣慰。

吴耀科听殿基总是咳嗽,又仔细端详他清瘦、发黄、颧骨泛着红晕的脸,就知道他有病,说:"俺得给你把把脉。"

"没事的,慢慢就好了。"殿基不以为然。

吴耀科不由分说,一把拉他过来,支了脉枕,眯起眼睛,把起脉来。殿基只得顺从地任凭吴先生诊断,眼睛却落在了客厅正方墙上的那幅华北名笔赵昌燮先生手书的宋代大诗人陆游的《诉衷情》词上:

　　当年万里觅封侯,匹马戍梁州。关河梦断何处?尘暗旧貂裘。　胡未灭,鬓先秋,泪空流。此生谁料,心在天山,身老沧州。

这首词表达的是陆游对自己一生中最值得怀念的岁月的追忆和感怀。上阕开头追忆作者昔日驰骋疆场的意气风发,接着写当年宏愿只能在梦中实现的失望;下阕抒写敌人尚未消灭而英雄却已迟暮的感叹。全词格调苍凉悲壮,分明是客厅主人自己心境的写照。

"殿基!"吴先生已经诊断出了结果,看着年轻后生满不在乎的样子,神情严肃地说,"你听着,必须好好服药!而且至少得坚持几个月。"

胡殿基说:"没啥大事吧?"

"有大事,一定要治疗!"吴先生毫无商量的余地,对着殿科说,"给他抓几付'月华丸'方,沙参、麦冬各多一钱。"

吴先生年逾花甲,是长辈,殿基只得服服帖帖地听着老人讲如何自我保养的办法。

药抓好了,打包完,交给殿基。吴耀科再三叮咛他:"工作再忙,也必须得坚持服药，千千万万不能掉以轻心！记住了吗？"

"记住了。"殿基诚恳地点了点头。一转眼看见桌子上的拳书《心意精义》，问吴殿科，"你正在抄录这个？"

吴殿科回答："已经给俺哥抄了一份，俺自己再抄一份。"

胡殿基对形意拳很感兴趣，对李广亨老先生的《心意精义》早就有所耳闻，现在一谈练拳，来了兴趣："抗战胜利后，俺要再好好学形意拳。"

天眼看黑下来了，殿科点着了玻璃罩煤油灯。屋里立刻亮了起来。"天不早了，咱们快商量咋样把药送出去吧。"吴耀科提醒道。

殿科想了想说："俺师父刘俭被鬼子折磨得口吐鲜血，无人不知，可以叫治泰兄来商量买药的事。他曾在旧县衙供职，认识几个把门的伪军，出城他应该有办法。只是取药得有地点和接头暗号，这个事要殿基定。"

胡殿基说："俺早想好了，地点就选在刘师父家。"

殿科说："行，俺师父家登门拜师学艺的人门庭若市，不会引人注意的。"

"暗号是'俺想学形意拳'六个字。若问哪里的，回答是'南郭村'三个字。"

殿科称赞道："南郭村的'南'，明指城南的南郭村，暗指八路军控制的南山，真是一语双关，妙极了！"

一切商议妥当，胡殿基十分感激吴耀科："您的贡献，足可以抵得上一个营！俺代表军区首长和八路军全体伤病员，对您的义举表示深深的谢意！"说罢，郑重地深深一鞠躬，弄得吴耀科反而有些不好意思。

"等到打败日本鬼子，解放区政府将为您记头等功！"

"好啊，俺盼着这一天早日到来！"三人同时会心地笑了。

俩年轻人走了，吴耀科却在考虑：一条路送药风险太大，万一出个事就麻烦了。他琢磨了出自己的长远计划：他有三个儿子，老大、老三行医，老二是大学教师，干脆让他们与山里人结亲，岂不是可以常来常往，不停地送药？不久，三个儿媳先后娶进门，分别娶自南山里的田家后、王家坡和岭南三个村。

堂堂大名鼎鼎的"广升誉"药店大掌柜，在那样的年代，为了国家的抗日事业，让所有儿子一律娶山里的媳妇，容易吗？中国的志士仁人，舍己为国、公而忘私的事例当时可是比比皆是的。

大街上，天已经黑了下来，西大街的店铺家家都亮起了灯。虽然是城里，但是有日本军占领，气氛紧张，街上早就少人行走。吴殿科和胡殿基假装成小伙子扶着病人，出了"广升誉"药店，走过西大街，准备经鼓楼去布学宽家。

路上，殿基小声跟殿科说："现在，中国面临着大洗牌，有通日当了汉奸的，有亲国民党等待时机的，有相信共产党一心抗日的，还有不少摇摆不定的，抗日不是三年二年的事情，咱们得做长期打持久战的打算。"

"是啊，你的见识是对的！"殿科佩服殿基受过革命教育，看得就是远。

两个人才过鼓楼，殿科感觉身后似乎有人跟踪。走了不一会儿，他俩闪身躲到一家商店门柱之后，待来人过来，突然上前，使出形意"刺喉掌"，直刺对方咽喉要害，那人早已吓得动弹不得。待贴身一看，原来是东寺园里的赖皮"鸡毛五"。

殿科问："谁叫你来跟踪的？"

"鸡毛五"嗫嚅着说："警，警备队。"

"你想干什么？"

"俺……"这小子吓得支支吾吾，说不上话来。

"以后不准再东瞅西看办坏事了，再逮住宰了你！"殿科不想纠缠，想立刻打发他走。

"鸡毛五"一溜烟跑了。不一会，两人到了布学宽家门口。临别时，殿科忽然问："俺几时喝你的喜酒？"

殿基放低声音，附耳说："抗战胜利之时，就是俺的大婚之日。"

"一言为定！" 两个年轻人击掌相别。

回去的路上，殿科也在想，药店的药是不缺，但是出城风险大，万一出事就麻烦了，要有另外一条送药渠道才稳妥。到了"广升誉"，他跟吴耀科说了自己的想法，两人坐在椅子上继续想主意。

"药品出城是最大的难题。八路军来人一旦败露，影响太大，特别危险；你想的跟后山里人家结亲，亲家出入城门，盘查严格，万一支应不来，连你也被牵连；治泰兄取药，偶然一两次可以，若经常那样，肯定让人怀疑。"殿科有些担心。

"是啊，经常让八路军下山，不是上策。因为山里人见识不多，盘问得细了,张口结舌,难免露馅。这事还真的要多想想。"耀科也焦头烂额,暂时无计可施。

墙上的挂钟走得不紧不慢,滴答,滴答,屋子里渐渐有了寒意。

"要不俺往出送吧。"殿科说。

耀科问:"你咋送?守城门的人喜欢你?"

"鬼子才来时亲自把门,现在改成伪军了,比较好糊弄些。"

"可是,也不是长久之计。"

兄弟俩继续绞尽脑汁,搜肠刮肚。

又过了一刻,殿科一拍大腿:"有了!"他忽然站了起来,"哥,俺开个小卖铺,可以天天凭良民证出入城门,进些烟酒、饼子、豆腐干之类的货,时间一长,和守城门的伪军不就惯了吗?"

耀科想了想说:"那些伪军都是些饿狗,这个主意似乎还行。"

"有钱买得鬼推磨,给饿狗们吃点东西,推磨、拉磨都行。"得到哥哥的支持,殿科越发有了兴致,"老百姓说,吃人的嘴短,他们吃了咱的东西,咱不就可以免除检查,自由出入了?"

殿科越想心里越美:"下面放药,上面放饼;黑狗一咬,饼子一扔。哈哈,事就办成了。"

兄弟俩高兴得一宿未眠,连夜做了具体筹划。

第二天一早,布学宽送走了胡殿基,直接来到"广升誉",眉头紧锁,进门就跟吴耀科说:"不能老让殿基进城,他还是个官,太危险!"

"俺俩一宿没睡,有办法了。"吴耀科就把昨晚的计划介绍了一番。

"那就辛苦你了,"布学宽拍拍殿科的肩膀,"好学生,老师没白教你。"

殿科说:"今后老师有什么机密情报,学生保证送出!"

说办就办,事不宜迟。吴耀科掌柜是商界名流,当天便办妥手续;第二天领着殿科认识饼子铺、豆腐干铺、烟酒店的老板和伙计;第三天小卖铺进货开张。

兄弟俩想得虽然好,做起来却难尽管有吴掌柜、布先生的引路,可是守城门伪军"雁过拔毛"还嫌"毛"少;而且东、西、南、北四个把门的伪军常常轮换,喂饱一只馋狗,又来一匹饿狼。社会黑暗,向来如此呀!有啥办法?但是,出城送药是多了一条渠道。

小卖铺开张不久,"广升誉"门口来了一队日本宪兵,二话不说,直冲掌柜房间。一听皮靴之声,吴耀科就知道日本兵来了。领路的居然是那个经常来店里的张冠益。

吴掌柜瘫在座椅上,急得满头是汗,心里盘算着是不是胡殿基出了什么事了。一旁的吴殿科急中生智,赶紧说:"列位好,你们看,俺哥病了,正在发汗呢!"

这帮人无需让座,按次序坐定。张汉奸狗仗人势,并不像往常那样寒暄,直截了当地宣布:"鉴于吴耀科先生在太谷商界的威望,皇军特聘您当维持会商会主持官。"

听到这里,吴耀科扎扎实实被吓了一大跳,心想:这可如何是好?看起来殿基的事情没有败露,谢天谢地;可是叫俺去当什么"商会主持",那不无异于当汉奸?倘若如此,俺吴某岂不身败名裂,遗臭万年!推托当然好,可是得有个冠冕堂皇的理由呀,理由何在?倘若名不正言不顺,日本宪兵能饶得了你?此时,他恨不能一头钻进地底下。

"吴掌柜,您看什么时候就职?"翻译官也在一旁催促。

面对步步紧逼,吴掌柜现在可是无计可施,汗水从额头直往下流。

看着兄长满头大汗、窘迫无措的样子,殿科也急中生不出智来了,只能转移话题:"你们看,俺哥正在发烧,是不是改日再定?"

对日本宪兵的决定,汉奸张冠益唯命是从,吴耀科掌柜这次可怎么办呀?

欲知能否峰回路转,且看下回。

第三十六回

布学宽蓄须守节明志
美髯公派将点兵除奸

给日本宪兵当商会主持官？这不明摆着让吴耀科当汉奸卖国贼嘛！吴掌柜冷静片刻，指指头上的汗水，吴殿科会意，立刻拱手说："俺哥身染重病，高烧不退，过几天好了，再答复行吗？"

日本人最怕瘟疫，一听翻译说眼前这人是病人，用手帕捂住鼻子，起身就走。汉奸也紧随而去。兄弟俩这才舒了口气。

吴耀科有了充裕的时间周旋，以文化低、身体差为原因，终于没有当商会主持官，保住了民族节操。他凭借"广升誉"商号大掌柜的身份和社会名流的地位，先后又搭救过二十几个老乡。日本宪兵和汉奸其实也明白吴掌柜的所作所为，只是迫于社会影响，没有直接下手收拾他，转而在"广升誉"的数百年国药秘方"龟龄集"和"定坤丹"上做起了文章，让吴掌柜为了所谓的"日中友好"，献出数百年秘方。

这次日本宪兵没有亲自出马，而是让汉奸张冠益抛头露面，纠缠数月，最后居然下了通牒："皇军说了，留方不留指，留指不留方。"以砍断吴耀科手指来要挟。

"龟龄集"和"定坤丹"是明清两代的皇家至宝，更是"广升誉"的镇店之宝，流传已数百年，吴耀科当然不能在自己的手里拱手出卖。他下定决心，宁可留方不留指，绝不能将祖宗的秘方拱手让给日本人。日本宪兵看吴耀科不交秘方，残忍地砍掉了他的手指！

吴耀科断指保方的故事，成为抗战时期太谷的一段佳话，民众一代一代流传给后人。其弟弟吴殿科挥泪写成一首《正气歌》：

> 宁赴大漠牧胡羊，甘为黎民送安康。
> 饮雪吞旃恋汉渍，切肤断指保国方。
> 苏武难改华夏志，华亭不离祖宗堂。
> 自古炎黄多义士，留得青史著文章。

且说就在日本宪兵和汉奸逼迫吴耀科当商会主持官的那天下午，这干人从"广升誉"出来，直接到了布学宽家。

布学宽沉着老练，知道鬼子上门祸不单行，强装热情迎接。

还是汉奸张冠益首先说话："恭喜布先生了！俺们是无事不登三宝殿呀，当今太君特请先生出山，就任新职啦！"

布学宽先生看着汉奸猫腰立地的狗腿子丑态，想起这两天街上流传的趣闻：张冠益自从当上汉奸后，声名鹊起，有恭维的，有求助的，还有赠送对联致贺的，他家的大门上就贴出了一副独出心裁、令人啼笑皆非的长联，"年轻才高八斗独有人间盖世之德，老了学富五车还具天下罕见之才"。这对联中包含着讽刺意思，可张冠益看不出，也没人提醒，就那么贴着。布学宽想，这个东西带日本宪兵来，肯定没好事，不动声色地说："莫非封俺当官不成？"

"猜对了，皇军请您出任县里的一个会长。"

布学宽做出一副感恩戴德的样子，驼着背，双手抱拳致意："谢谢赏识，谢谢！"

"那么什么时候走马上任？"老汉奸以为立了一功。谁知布先生将长髯一捋，唉声叹气起来："在下能再年轻十岁，该多好呀，可惜老了啊！"说着，抚摸着长髯，悲叹不已！

日本宪兵仔细看他时，可不，真的胡子八叉，几滴脏鼻涕还沾在上边，马上恶心起来，捂住嘴起身走了。汉奸也跟上出了布家的门。

1937年太谷9位名士在武家院里合影
(从左至右顺序:前排:赵铁山、康斗光、杜玉五、杜砚田 后排:武尧卿、苗际泽、布学宽、武汪东、代忠杰)

这可真是伟大的胡子、救命的胡子，保持气节的胡子！布学宽先生用智慧推掉了一个卖国差事，果然是聪明人。事实上，卢沟桥事变以后，布学宽虽刚逾花甲，但为了明志，就与其他八位有识之士一道，蓄起了胡须。有人觉得不可思议，这不就派上用场了。他的弟子们有诗为证：

　　廉颇黄忠故事长，
　　甘替主子舞刀枪。
　　士为知己何足效，
　　奴捐肝胆不必彰。
　　布君蓄须明气节，
　　志士投足为庙堂。
　　中华文明五千载，
　　青史英雄万里光。

布学宽在日本宪兵和汉奸面前表现出其聪明智慧的一面，在与共产党八路军联系方面，则显示了极大的主动性。

抗日战争期间，为了有效打击日军，中国共产党提出大力发展民族统一战线、争取团结更多的群众为抗战服务的方针。时任太谷县六区区长兼城市敌工站站长的要进之，利用和武术界众多朋友的关系，发展布学宽成为党的内线关系人。

在要进之领导下，布学宽先生与多位徒弟积极活动，搜集敌伪的情报，营救保释抗日革命同志脱险，做了许多有益于抗日救国却不为人知的工作。

送、取情报最费心血，也最危险。他们有时把情报卷起来塞进墙缝，有时候置于破砖烂房底下，可稍一不慎，就会被敌人发现，人头落地。布先生与弟子们约定暗号，辨别真伪。他们以贯家堡村吴殿科的小卖铺为根据地开展工作，小卖铺成为与胡殿基派来的八路军联络的主要地方。日本军也把贯家堡当作重要盯防村子，经常白天来巡查；一到晚上，八路军来的联结员也会进村取情报，布先生和弟子们总是巧妙地应付日本军。

这天晚上，吴殿科在小卖铺正收拾东西，被一阵敲门声惊动，他一听声音就知道是殿基的人来了，开门一看是胡殿基，赶紧放进来，往外探头看看，还有一人藏在暗处，估计是警卫。他意识到有大事，两人进里屋谈起来。

胡殿基说："这些日子汉奸猖獗，咱们八路军队伍吃了几次亏，上级要来一场锄奸行动。这次事关重大，俺想请布师亲自点兵派将，第一批先除掉几个。"

殿科说："行，明天一早俺就进城，通知布师。"

"你告诉布师，一定要秘密行动，做到万无一失。"殿基咳着出去，消失在夜幕里。他的咳嗽，叫殿科心里一阵阵隐痛。

第二天，日头才升起，布学宽已经在自己的庭院里演练形意拳阴阳把。它看似柔，实则刚，心合意，意合气，气合力，一动无不动，一合无不合，周身上下融为一体。此功是早年车毅斋破解郭云深崩拳所用，一旦需要，快似闪电，功在瞬间。

吴殿科轻轻推门进来，布老师已经察觉："殿科，这么早过来，有要事吧？"

进了屋子，殿科将殿基的意见转达给老师："因为您的弟子最多，这次又事关重大，他想请您亲自点兵派将，做到秘密行动，万无一失。"

布老师说:"殿基分析得对,这些汉奸不锄不行了。你告诉他,三天以后听胜利的消息。"

"行!三天以后让他们听取报吧。"

当天晚上,布学宽约上宋铁麟,去"广升誉"药店跟吴耀科一起商量计策。他首先说:"胡殿基点了七个汉奸的名,俺寻思咱是不是一黑夜全部处理?"接下去讲自己的基本思路。

"当然是一下处决七个好,要不其他汉奸有了警觉,肯定会增加困难。"宋铁麟表示同意。

吴耀科说:"一起行动,但需分头部署,要不目标太大。"正在这时,那个汉奸张冠益喊叫着来了。人未到,声先闻:"吴掌柜,老朋友看您来了。"

形意拳名师布学宽

"呸!什么老朋友,是老汉奸!"吴耀科十分反感,低声说完却还得应付,把汉奸迎进来。

张冠益进来,只见吴掌柜正给满脸胡子的布学宽把脉。

"唉,年纪不饶人呀,经常得来开药。"布学宽装出满脸愁容的样子,宋铁麟却是装着等抓药。

张冠益说:"俺也是呀,多年了,老来开药。"

吴耀科说:"布先生的腰腿疼是老毛病了,继续服用原来的处方就可以,俺再给你加点黄芪、白术和鸡血藤。"而后转身对张冠益说,"来,俺再给你把把脉。"

张冠益顺从地伸出胳膊,吴耀科边把脉边看他的舌苔,皱了皱眉,一本正经地说:"你的舌苔白腻,脉沉而细,正气不足,除了驱邪,还得补益气血,俺给你几盒独活寄生丸吧,钱就免了。"

张冠益得意忘形,哪能听得出弦外之音。吴耀科把完脉,给他拿上药,嘴上说"回家好好保养吧"，心里却骂："吃甚的药，后天就让你见鬼去了！"

这一回，布学宽感到责任重大，为确保万无一失，他们三人经过反复权衡，决定安排孙德宜、张永义组织人马负责铲锄城南之奸；吴治泰、郝九洲负责铲锄城北之奸；吴连富、吕家麟、苏登瀛铲锄其他方面之奸，共分为七路，各路对付一个。

第二天白天，三个人分头给行动队做了具体布置。晚上，天公作美，乌云遮月，轻风徐徐。七路人马神不知鬼不觉，分别潜伏于七个汉奸院外。

重点是老汉奸张冠益。他家住后观巷坐西朝东的一处深宅大院，布师特意做了周密安排，行动队临行前，他一再强调，必须如此如此。

行动队的三人，用人梯轻轻上了房。子时了，在正房居住的张冠益房间里还亮着灯。行动队三人都有形意拳功夫，落地渺无声息。他们走近窗户，用舌头舔开窗户纸一看，嘿，那家伙正在抽大烟，屋子里烟雾缭绕。

他们静了静，一个人在窗户外观察，其他两个人破窗而入。老汉奸张冠益一听有人进来，从枕头底下摸出短枪就是一枪，可惜枪没有响，原来他究竟老了，忘了压子弹。入户的两个人跳到炕上，用脚狠狠踩住老汉奸的脖颈，准备动手。

就在同一时刻，两人觉得身后有风，稍一低头，一刀劈空。原来张冠益知道自己当汉奸肯定有危险，就雇了一个保镖。刚才那保镖听到院里有声响，遂提着家伙进来，一刀劈了过来。

两个人一个与保镖战在一起，另一个迅速把汉奸张冠益杀掉。那保镖功夫还不行，只斗了几回合，已经人头落地。行动队三个人安全撤离了。

第二天，城乡传言四起，说八路军一夜杀了八个人，人人身上一张纸条，上写："汉奸不留头，留头不汉奸！"

杀一儆百。老汉奸张冠益等一死，其他为日本人办事的汉奸人人自危，遇事能应付的就应付，八路军的势力和影响不断扩大。

胡殿基和八路军为什么请形意拳人锄奸呢？因为形意拳人有功夫，不必动枪，就能神不知鬼不觉地把汉奸除掉，对日本宪兵和汉奸都是极大打击，震慑力更大。

布学宽先生亲自安排布置了这次锄奸行动，取得很大成功，自己欣慰，在太谷形意拳界的威信进一步增强。多年来，他的弟子过百人，传人数千，遍布全国，有的甚至远赴欧美传拳授艺。

爱好武术的青年师生，受布学宽老师爱国抗日思想的影响，纷纷投笔从戎，参加到抗日救国的行列中，其中一些人成为太谷人民抗日游击队成员，开赴南山，坚持抗战，为壮大太谷抗日游击队的力量做出了特殊的贡献。

刘俭之子刘云子，看到父亲被日本宪兵和汉奸残酷毒打，决心要参加八路军，于是，按父亲的指导，去"广升誉"找吴掌柜。吴耀科请来布学宽先生商议。布师说，这几天八路军活动频繁，日本军在大道口把守甚严，建议刘云子到"三多堂"找护院的形意拳人武仕杰和孟立刚，他俩办事机灵，总有办法送他上南山。

刘云子带着布先生的话去见武、孟二人，二人一听他是布先生介绍来的，并且是刘俭的儿子，立马商量如何把他送到南山上八路军部队里。

进出八路军占据的南山，必须经过山下的南张村。这时已经是初冬，尽管太阳比较暖和，但因为地处日本军和八路军的军事交界处，平日里这儿人迹罕至，十分冷清。

村口，四个穿黄皮大衣的日本兵，手执大枪，两个密切关注着八路军占领的南山上的动向，另两个监视着通往县城的道路。

约莫刚吃午饭的时候，从北向南的大道上来了两人，一个支支扭扭，推着一辆独轮车；一个猫着腰背着一卷行李。来到南张路口，四个全副武装的日本兵拦住了他们的去路："站住！什么的干活？"

背行李的说："我们是北洸'三多堂'曹家的长工，车上躺着的是个女佣人，病了，东家叫俺们送她回西山底村。"

日本兵一听车上有女的，顿时来了精神，叫车停住，把枪往车旁一立，上来就要检查，推车的人上前拦他们也不行。日本兵先摸车上人的脸，又解扣子，从上往下摸，车上的人被摸得发痒，笑了，日本兵接着要做下流动作。

突然，只听"咯嚓"两声，四个日本兵的大椎穴被劈，瘫倒在地；嘴里正要喊，"咚、咚"两声，百会穴被捣，昏死过去。

车上的人下了车，对着另二人笑了笑，背起两支枪，推车往南走了一里路，而后将车往路中一摆，一鼓作气，跑着上山去了。

剩下的两个，一人夹起两个日本兵，头朝下，拖到庄稼地里，扔进了附近的枯井。然后，用树枝清扫了现场，各人背了一支枪，拐进田间小路，消失在远处的村庄。

这场戏的"导演"就是师父们戏称"鬼机灵"的足智多谋的武仕杰，车上的人是刘云子，那两支枪成了他参加八路军队伍的"见面礼"，另两支枪成了武仕杰和孟立刚打击敌人的武器。

刘云子上南山加入八路军以后，入伍才半年，在岭南的一次伏击战中，他凭借形意武功，用枪托一连打死四个日本兵，在打第五个敌人时，背后挨了一枪，血流不止，但他仍然紧紧抱着敌人。在最后打扫战场时，发现他嘴里还咬着敌人的半只耳朵不放。

刘俭伤势渐渐好转。这一天上午，他叫吴治泰、高庆瑛、吴殿科三人来到家里。

看看弟子们到齐了，老人把烟锅往鞋底一磕，咳嗽了一声，仿佛清了清嗓子似的发话了："这些日子，俺不能出门，天天在家寻思，你们说，咱们的形意拳可真是个好东西，不说远的，这打日本兵就顶大事啊！所以，咱得好好把它传下去呀！"

"师父说得对，不传下去太可惜。"治泰首先表示赞成。

"俺今天叫你们仨来，就是要分配任务。"说到这里，刘师的脸上忽然严肃起来，"你们听着：第一，咱们贾家堡村，人们都称赞是崇文尚武之乡，咱们要一起把车毅斋创编的形意拳原原本本往下传；第二，俺的师辈个个武功出众，可是，有文化的就广亨师一个，写了一本《心意精义》，内容多好呀，可惜就是有点简单，所以，你们要一起努力，再写一本比《心意精义》详尽点的拳书，完完整整介绍咱们太谷地地道道的形意拳谱。"

听完师父的话，三个弟子表示，决不辜负师父的信任，一定要尽全力做好传授工作，编好形意拳拳谱。

"还没完，"刘师看着弟子们高兴、痛快地接受任务的样子，继续安排，"百十年来，咱们的形意拳人，从李飞羽师祖开始，到车毅斋师父创拳传道，众多的门人弟子，为了咱们的国家和老百姓，行侠仗义，除暴安良，惩治洋人，抵抗鬼子，感动人的事情实在太多太多啦，俺不是也常常给你们讲他们的英雄故事吗？所以，以殿科为主，你们还得再写一本书，讲讲形意拳英雄的故事，就像说书人经常说的那些演义之类的书，让不练形意拳的人也知道形意拳人的事。"

吴殿科面有难色，他明白自己的文化水平，写本形意拳谱还能够完成，写故事书可不是容易的。他低着头踌躇了好一会儿，最后呼地站了起来，一脸庄重地表态："写故事书难，真的是难，弟子尽量努力，万一完不成，就是叫儿子、孙子，也一定完成！"

刘俭老人额上的皱纹舒展了，随手将烟锅嘴插进了黑色的烟布袋，挖了满满一烟锅，弟子们赶紧帮他点上火。他深深地吸了一口，仿佛做完一件天大的事。

吴治泰、高庆瑛、吴殿科三人在师父面前接受了任务，像立了军令状似的，从这天——民国二十七年（1938）冬天十一月底的一天开始，投入神圣的任务中。他们兢兢业业传授形意拳，带出了一大批武艺不凡的形意拳师，吴殿科自己搜集大量资料写出初稿，由儿子加工，最终兑现了对刘师的两项庄严承诺。

老一代形意拳人高瞻远瞩，心系将来；年轻人身体力行，拼搏在一线，即使女子，也巾帼不让须眉。

且说太谷县城东门外小美子的包子铺，由于她天生丽质，貌若当年的"豆沙美人"窦美子，吸引着三教九流频频光顾，几乎踢塌门槛。这女孩子聪明伶俐，深受孙丕基先生爱国精神的影响，虽是个女子，也向往为国效力，食客人来人往，谁好谁坏，谁爱国谁是汉奸，她都了然于心。

这天中午，三四个伪军在包子铺酒足饭饱，还没离开饭桌就倒开了苦水："明天又得进南山，是死是活，鬼知道！"

"山里玩多好呀，我也去。"小美子假装天真、单纯。

伪军吓唬她："女娃娃家晓得个甚，一进山沟沟，八路军要剃你的头！"

"剃头？"

伪军说："唉，小妮子，剃头就是杀头！""今黑夜给关老爷烧炷香是正经。"

墙角新坐了一位食客，瘦高个儿，要了一盘包子，慢腾腾地吃着，不多言多语，那一本正经、目不斜视的样子，一看就知道是个有背景的人。

"明天你该进南山跟前的东庄沟吧？有些人也要去做事呢。"小美子给瘦高个子边放汤边轻声说话。

瘦高个子其实一直注意着那几个伪军，只是没听清楚他们说什么，听小美子的话就知道伪军明天要去南山行动，于是，眼睛一亮，说道："是的，该搭顺车去办事。"聪明伶俐的小美子知道他明白了，好像完成了一件任务似的，高高兴兴继续端盘子去了。

这个吃包子的瘦高个子是吴连富，前书几次提到的形意拳人，他是按照布学宽老师和吴耀科掌柜的安排，经常来人多眼杂的地方了解敌人动态的。太谷城的大街小巷，他都了如指掌。东门外的包子铺常有他的身影。次数多了，凭他的一身正气，小美子料定他是好人一个。

得到重要情报，吴连富立刻到"广升誉"报告给吴耀科，正好布学宽在场，几个人马上商量，尽快派人把情报送给八路军。

胡殿基获悉这一重要情报，布置八路军和民兵，在东庄后沟一带打了一场漂亮的伏击战，消灭了多名敌人。

这位爱国的小美子，其实是东北奉天跟车毅斋交往过的"疤山虎"丢失了的闺女。她被几经转卖，到了太谷孙家在奉天开的商号打杂，后来因为她聪明、漂亮、勤快，商号掌柜把她敬献给了孙家。孙氏父子十分喜欢，视她为自家女儿。因为她生得酷似窦美子，孙丕根不忘旧情，专门为她买上了原来的窦家玉器店和包子铺，交给她管理经营，只是要求她把门面装饰得要跟当年窦美子在时的样子一样，要让顾客称呼她"美子姑娘"。难怪城里城外的百姓，都以为"豆沙美人"窦美子又复活回来了，就连车毅斋刚开始也误以为她就是美子妹子。

就在太谷军民抗击日本侵略军进行得如火如荼的时候，祁县乔家大院传来了令人振奋的消息——乔致庸曾孙、形意拳"惟"字辈传人乔倜，考取了中国飞行大队，将翱翔蓝天，捍卫祖国的领空。乔家出人才，形意拳人也有了新的天地。欲知乔倜怎么能进入航校？战绩如何？请看下回。

第三十七回

神州河山飞洒爱国血
形意儿女共谱英雄传

乔倜的翱翔蓝天梦,还得从头说起。

乔倜,字子超,山西祁县乔家堡村人,乔致庸的第十个曾孙,乔家第五代乔映庚的次子。他自幼和哥哥乔傑、弟弟乔仕在家习武,父亲传授给他们形意拳功夫,练就了不少真功,同时,也继承了父亲的尚武精神和武德情操。

1935年春,在天津南开区国民政府招飞司令部,应征的青年排起了长队。他们之中学生居多,在这里边报名、边体检,合格者,当即便可领到录取通知书。

当飞行员对身体素质要求高,大多数报名者高兴而来,扫兴而归。在众多的应征者中,一个青年学生引起了招兵军官的注意。他十六七岁,中等身材,体格健壮,眉清目秀,朝气蓬勃。

军官问:"你多大了?"

青年回答:"十七岁。"

"什么名字?"

"乔倜。"

"哪里人士?"

"山西祁县。"

"为什么参军?"

乔倜坚定地回答:"驱逐侵略者,保卫国家!"

军官顿生好感,嘱咐他要做好准备。接下来的体检,一项又一项,乔倜全部过关。他当时刚刚从南开中学毕业,毅然投笔从戎,成为天津市招的第一批正式飞行学员,被编入了杭州笕桥中央航空学校第六期甲班。

经过一年多的学习,1936年10月,乔倜从中央航校毕业,分到刚刚成立的国民革命军第九飞行大队第二十七中队担任飞行员,被授予少尉军衔。

这时,乔倜才给家里发出第一封信,告诉祖母和父母军队里的情况,家人为他的选择虽有担忧,却也欣慰,乔家不光经商、习武,而且有了空军飞行员,嘱咐他要好好训练,力争当一名出色的空军战士,为国争光。

1936年10月乔倜(右三)与战友及教官在河南洛阳航校合影

乔倜所在的国民革命军第九飞行大队,下辖两个中队。1936年5月后,国民政府从美国购回的20架A-12型战斗机全部分配到这两个中队。

A-12型机是一种对地攻击机,1936年10月,这种军机首次在南京对国人公开亮相,作为最先进的飞机战队参加了空中阅兵,乔倜就是其中的飞行员之一。

1937年7月,卢沟桥事变爆发,揭开了全国抗日战争的序幕。乔倜所在的第九大队被编入南苑支队,支持华北战场作战。8月上旬,华东一带形势告急,第九大队又被急调南京,参加了闻名中外的空战,中国空军在未伤一人一机的情况下,击落了六架敌机,打破了日本空军不可战胜的神话。

乔偁的消息传到太谷，形意拳人个个振奋，决心以乔偁为榜样，天上、地下合力消灭侵略者。

十月，在山西忻口会战中，乔偁与枪手麦振雄驾机由山西汾阳基地出发，在晋北平型关附近与敌机相遇，遭到日军三架驱逐机的攻击，乔偁驾机利用低空回翔，伺机凭后座机枪抵御，但飞至河北定县上空时，又遭到敌军地面高射炮的射击，乔偁和麦振雄驾驶的军机被击中，两人不幸遇难。

这一年，乔偁年仅二十三岁。牺牲后，被追赠中尉军衔。他是国家的忠臣，是父母的孝子，也是形意拳人的光荣。自古忠孝不能两全，乔偁为国捐躯，令人动容。

乔偁殉难十天后，父亲乔映庚才收到一封来信，信已揉皱，但从字迹一看便知道是乔偁所寄，函封邮戳来自太原。母亲阎氏迫不及待拆开信封，信中写道："儿于去腊返宁后，曾接大人来示，以后连奉数禀，均未见双亲喻复，谅必阻于邮路耳，想必大人福体康泰、饮食加餐、诸事顺遂，是儿之祝也。

"儿于月前奉命调直某空军基地（军秘、谅儿之衷），闻阎督近电总裁告急求援，总司令已派卫立煌部驰晋增援，儿所部亦为配合此次行动作特级准备，不日将有一次鏖战也。数月军训虽备受艰苦，然体质倍健，勿劳大人挂念。两月前曾将全副戎装之照片一帧奉寄，观儿壮实体态，想必可使悬思冰释矣！国之将倾，家何以为，大人对儿幼时之教诲，至今犹历历在耳，未敢一日忘怀。儿虽不才，不敢与岳武穆、文天祥等先圣比，但以堂堂热血男儿，值此国难当头，岂敢以儿女之私而废大公乎？吾国空军设备与敌人相比确显简陋，然士气旺盛，胜负固未可以武器精良与否蘄定。设举国团结如一人，何患倭寇觊觎哉！儿意已定，决心与敌周旋到底，誓与我机共存亡，绝不为有辱国家、有辱祖先之事。

"战争在所难免，生死未可预卜，儿前日乘巡航之机，擅自驾机返里，曾分别于县城及我村上空俯瞰，虽不能亲睹双亲慈颜，然此情此景已永留胸臆矣。幸得教导官与儿善，返航后未加深究，但作严重警告耳。

"战事日迫，民无宁时，儿不能亲侍左右，望大人善自珍重，亦须明哲保身，设处境日危应速作南旋计，以度此风云之秋，唯霜风渐属务希珍摄，祖母大人处亦望宛转慰藉，勿以实情见告。临书西望，不能唏嘘之至，此信系儿托友人携至太原付邮者,谅不至有误,俟局势稍安,有固定驻地时再为奉禀可也。匆匆禀此,书不尽意,敬叩念安,不孝儿偁再拜跪书。"

信读到此,乔映庚夫妇证实了他们之前的猜测。十几天前,在乔家堡村,人们看到一架战机不停地在乔家大院上空盘旋,时高时低,开始,村民们以为是敌机,吓得东躲西藏。后来,飞机做低空旋绕,人们终于看清了机翼上的青天白日标志,才知道是国民政府的飞机。留在乔家老宅的人首先反应过来,惊喜地喊:"偁儿回来了。"因为乔偁先前曾来信,说他从南开中学毕业后,为报效国家考入了杭州空军学校。村里一传十、十传百,乔偁驾机回村探望的消息很快传遍全县。飞机在大院上空盘旋了一阵,飞向了祁县城。当时,乔偁的父母住在城内东廉巷新居,他们及其家人都看到了飞机,根据飞机的特征,乔映庚断定是儿子驾驶的飞机。

乔映庚在县城看到飞机绕城之后,当天就有乔家堡家人进城报告村中所发生的相同情况,他对自己的判断更加深信不疑。但谁也没能想到乔偁此行,竟是与父老乡亲的永别!

当乔映庚夫妇接到儿子的来信,颤抖着手,逐句品读他的充满爱国、爱父母之情的家书,潸然泪下。儿子大义在前,丹心可贵,"国之将倾,家何以为,大人对儿幼时之教诲,至今犹历历在耳,未敢一日忘怀",这就是乔家大院的传统。

夫妻俩见字如见人,偁儿的每个字都在撞击着父母的心,尤其信中的恳切嘱咐,"战事日迫,民无宁时,儿不能亲侍左右,望大人善自珍重,亦须明哲保身",更令父母久久回味,思子之情难以自抑!但是,映庚夫妇做梦也没想到,这封信竟成了儿子的遗书,令他们骄傲的儿子已于十天前魂断长空,为国捐躯了!

共产党八路军跟日本侵略军以及伪军作战愈来愈惨烈,牺牲人数也在增加,已经担任榆(次)太(谷)路西县委书记的形意拳传人胡殿基,为了保护战友也光荣献身了。

胡殿基(1917—1941),曾用名杜子和、胡光。他出生于太谷县贯家堡村一个财主家庭,十五岁考入铭贤中学,学习成绩特别优异,课余时间喜好武术,曾从布学宽师学习形意拳,深受布先生尚武、爱国思想的熏陶。抗战暴发后,他秘密加入该校学生组织"抗日民族解放先锋队",从此步入革命队伍行列。

此后，胡殿基奔赴延安。在弯弯曲曲的黄土高原土路上，他感到什么都新鲜，他带着满腔的热血，一路上呼着口号唱着歌，兴奋极了。到了延安，他看见宝塔山，乘坐的车子才停下，欢迎的歌声已经扑面而来。人们扭秧歌、打腰鼓，虽然穿着普通，却感情四溢，让城里的青年学生胡殿基深感回到家的温暖！

在组织的安排下，胡殿基上了陕北公学，接受革命教育。第二年，他正式加入了中国共产党。经过一段时间的学习，他被分配到八路军第一二九师政治部秘书科任科长。第三年，八路军总部号召干部深入敌后开展游击战争，胡殿基要求到敌占区工作。经上级批准，他渡过黄河，翻越吕梁山，回到家乡，任榆太路西联合办事处主任。

1939年的寒冬，胡殿基在一个镇上开了一家杂货店，化名"杜子和"，人称"杜掌柜"，他利用经商的便利条件，争取一切愿意抗日的各阶层群众，壮大抗日力量，发展党的组织，并且创办了演武学校地下印刷所。

天气严寒，印刷所的小屋没能生火，后半夜更是寒气逼人。外面大雪纷飞，北风呼啸，却正是印刷所工作的最佳时刻。胡殿基亲自在蜡版上刻写八路军最近拆毁铁路，击毙日本侵略军和锄奸、惩治"两面派"的重要新闻。

他脚冻僵了，手无法屈伸，跳一跳，搓搓手，继续干。他边刻边咳嗽，时不时痰中带血。战友吕辉民一直守候在他的身边，看着他消瘦的面容、哆嗦的双手，眼里噙满了泪水！

"歇息一会儿吧！"辉民请求。

殿基说："今天晚上，必须刻印出来，这是鼓舞战士们斗志的喜报，明天早上有人进货，就带上山了。"

风从门缝里卷着雪片钻进来，洒落地下，吹得蜡版上的蜡纸时不时抖动，吹得煤油灯焰飘飘忽忽。殿基时而缩缩脖颈，时而呵呵两手。钢笔刻字的声音"嘎吱吱"地响，在深夜里显得格外清晰而冷清。他早就咳血了，上级、战友及部下常常劝他按时服药，但他总是因为工作忙而忘记。

胡殿基有文化，常常组织党员学习，《大众哲学》《唯物史观》《社会科学概论》这些著作，虽然抽象深奥，他却善于深入浅出，联系实际讲解。有一次，几个民兵党员怀疑一个村长与日伪有勾搭，抓住这个村长准备在村外处死。胡殿基得悉赶到，经详细了解，认为村长通敌并无真凭实据，他下令释放，还亲自送村长回家。他讲国家形势，讲党的政策，讲个人前途命运，村长被感动得老泪横流，后来为抗日做了许多有益的事情。他以这个村长为例，教育相关同志，一定要善于学习党的方针政策，团结一切可以团结的人，才能争取抗日的最后胜利。

1940年3月，榆（次）太（谷）路西联合县成立，胡殿基任县委书记，吕辉民任县长。春天，他们征集民兵二百余人，组建了县基干民兵大队，配合八路军参加百团大战，拆铁路，毁桥梁，有力地支援了八路军的对日作战。

1941年2月，他们与县公安局长吕子兴共同设计方案，护送十七名新四军重要领导干部过汾河、翻吕梁山、渡黄河，平安到达延安。军队首长为了感谢他们和表彰他们的功绩，临分别前特赠送他一支德国造手枪，殿基爱不释手，从此一直带在身边。

不久，他又奉命指挥当地武工队在太谷南线护送刘少奇、任弼时二位时任中央书记处书记前往延安。在路经浒泊村时，被敌人发觉，四周枪声大作，护送者中八名战士为吸引敌人火力，最后被围，他们拿出手榴弹正准备自尽，我军外围救兵赶到，才化险为夷。殿基一直保护中央领导去了延安。

在延安学习三个月后，胡殿基回到太谷，病情开始恶化，他抱病工作，连夜给县、区干部部署任务。油灯下，他的脸更加消瘦，时不时咳嗽，大家都劝他歇歇，他却边咳边传达中央最新指示："咱们的抗日已经进入相持阶段，虽然目前困难很多，但是，一定要坚持下去，挺过难关就是胜利。"他还谆谆告诫同志们，一定要加强学习，才能头脑清醒，看得远，不折不扣贯彻中央精神。

会后，他指挥大家各自分头隐藏，注意安全。休息了没几个小时，已经天明，他推着自行车隐藏在逯村南渠堰的树林里，继续多年养成的晨练和早读习惯。那天他先练了几趟形意拳中的五行拳，身上觉得格外舒服，计划抗战胜利后，好好研究研究李广亨大师的《心意精义》，和吴殿科兄一起从形意拳单练开始，一步步深入学习。

太阳升起来了，他尽情享受着清新的空气，掏出随身携带的《大众哲学》，准备接着学习。刚翻到第二章《唯心论、二元论和唯物论》，忽然，他听到一阵嘈杂声，寻声望去，逯村村口五六个日伪人员正对县长吕辉民和通讯员搜身。不好，多年的亲密战友面临险境！他不假思索，将书一揣，拔出那支德国造手枪，对准敌人开了一枪，而后蹬起自行车吸引敌人向东疾驰而去。

敌人看得清清楚楚，一窝蜂似的追了上来。胡殿基骑着自行车吸引日伪军先往东，再向北，转了一圈，又回到了逯村的树林。一路上他边骑车边射击，撂倒了两个，可是追兵越来越多，敌人已经四面包围，突围已不可能了。他考虑吕辉民他们应该已经平安转移了，于是，扔了自行车，找了棵大树作为隐蔽，进行决战，一连射杀四五个敌人，可是，他的背后中了一弹，血流如注。共产党八路军的干部岂能做俘虏！他用首长赠送的那支德国造手枪饮弹自尽，为自己短暂的一生画了一个句号。

那年，胡殿基二十四岁，他的形意拳朋友们最终没能等到喝他的喜酒。他的壮烈牺牲，是共产党八路军优秀干部的损失，更是太谷党组织的重大损失，同时，太谷形意拳界失去了一位精神领导和传人。他的上级部门——中共中央西北局，专门发表《纪念胡光同志》的长篇报道；延安抗日军政大学把他的事迹编入教科书，供学员们学习。

由于胡殿基的牺牲，太谷形意拳人失去了与南山上的共产党八路军的联系，大家都着急。过了一段时间，八路军与日本军在南山枫子岭进行了一场激战，山下的形意拳人估摸着伤亡不小，肯定急需药品。

最着急的是"广升誉"药店掌柜吴耀科。现在南山口被日本兵严加封锁，正常送药不行了，必须凭智凭勇，强行去送。他还是请来布学宽，二人商量再三，想到了年轻的形意拳高手孙德宜。这孙德宜胆大心细，武功出众，善于应变，又以卖豆腐闻名城乡，他担着豆腐去南山，把药品藏在豆腐里，可以蒙混过去；即使被敌人查出来，德宜有功夫有智慧，应当能逃走。

第二天上午，吴殿科来到"广升誉"，吴耀科和布学宽正焦急地等着他呢。耀科说："就等你来呢。南山打了仗，急需药品，这次得强行去送。"

殿科也为这事着急："咋送？"

耀科说："你把药品放在进货的饼子那些东西下边，带出城，然后去北沙河村找孙德宜，让他以卖豆腐的名义送去南山。"

殿科说："事情这么紧急，要不俺直接去送吧？"

布学宽在一旁说:"你的这条线不能出问题。德宜是靠得住的,即使他出了问题也可以逃跑;你不行啊,你跑了这条联络线就完全断了,以后咋办?"

殿科不再坚持,装好药品,立刻就要走。吴耀科和布学宽再次耳提面命:"事关重大,你一定要头脑冷静,千千万万不能出错;见到孙德宜告他,要全力以赴,争取不出问题!"

"记住了,你们放心吧!"殿科匆匆出了药店。他穿西大街,过鼓楼,到了南大街的饼子、烟酒批发部,三下五去二装好货,把药品藏好,然后肩上背、手里提,直奔南门。

殿科到了城门口,两个把门的伪军认识他,吃过他的不少食品,对他比较放心。他连忙拿出几个饼子塞给两个人:"二位老总辛苦,吃点吧。"

伪军一人拿了一个干面饼,边吃边摆手:"快走吧,快走吧!"

殿科出了城门,往西直奔北沙河,去找孙德宜。

孙德宜是布学宽先生的得意弟子,因为离贾家堡不远,经常去刘俭家,跟吴殿科、吴治泰、高庆瑛都熟悉,一起练拳、聊天,关系比较亲密。他长得身高马大,膀阔腰圆,本来就力气大,加上生性好武,脑子灵活,所以在师兄弟中出类拔萃,多位师父都喜欢他,愿意教他,他的功夫也就越来越过硬。因为他家是卖豆腐的,排行老四,当地人称他"豆腐四儿"。

吴殿科到了北沙河孙家,德宜正准备担着豆腐出门去卖,一看殿科着急的面色,知道必有大事,问道:"城里有急事吧?"

殿科喘了喘气说:"急事,大事。"

二人进到院里,来不及进屋,殿科当即把事情的经过说给了孙德宜,并特别强调,布学宽师父一再叮嘱,要德宜完成任务还不能出问题。

两个人把各自的东西放下,重新组合,主要是把殿科带来的药品安放在孙德宜的豆腐担子里,看看没什么破绽了,二人先后出院、出村。

孙德宜亮开了又粗又高的大嗓门:"卖豆腐喽!"吆喝着往南去了。他不敢耽搁,从北沙河一路向南,一路吆喝着,穿南沙河、经北张村,再往南。

太阳已经升起老高了,庄稼地里却人迹寥寥,兵荒马乱的年月,人们但有三分奈何,谁愿意出门?吆喝到南张村口,孙德宜远远一看,今天不是伪军,变成了两个日本兵把守。孙德宜心想,日本兵跟八路军才打了仗不多久,形势紧张,他们亲自来封道了。怎么办?日本兵可不如伪军好哄。硬着头皮往过混吧，能过就过，不行了就直接开打，不就才两鬼子嘛。

"卖豆腐喽——"声音洪亮，村里村外都听得见。孙德宜担着豆腐继续往前走。

"什么的干活？"这几年日本兵也学会了些中国话。

"卖豆腐的干活。"

"哪里的干活？"

"前面井神村卖豆腐的干活。"

"八格牙路！"日本兵骂人了。果然不好哄，他们真的要检查。孙德宜不能不让查。日本兵翻开豆腐担子仔细看，发现了下面的药品，问："这药给什么人送？"

"吃豆腐加中药，身体大大的好。你们吃吃？"德宜还想继续哄日本兵。

"八格牙路，坏人大大的！"日本兵勒令孙德宜放下担子，拿枪尖、刺刀直逼德宜前心，开始审问。

上南山给八路军送药，当然得杀头。日本兵判断这药是军需品，所以不许孙德宜再动。

孙德宜虽然身材粗大，居高临下，可是日本兵有刀有枪不离身，无奈，只得继续磨蹭："太君的不相信，你们担回去吃吃嘛！"

"你的，哪里的干活？"

"北沙河村，俺的豆腐城里城外出名哩。你们不叫卖，俺就回去了。"说着他就要担豆腐担子。

日本兵叫道："不许动！"手里的刺刀闪着亮光。

看看天色已近中午，孙德宜心里焦急，身上燥热。四周没有人迹，南山也没有动静。他再仔细看这俩日本兵：个子不高，可是粗壮敦实，一个四十多岁，贼眉鼠眼；一个二十出头，面带凶狠。全身黄皮，两支大枪，刺刀对着自己的胸口，如果对答不对，随时可能行凶。

先下手为强。就在这关键时候，孙德宜突然灵机一动，手指南山大声说："那边，八路！"就在俩日本兵下意识扭头的一瞬间，他出手疾如闪电，对准两人，同时让他们各吃了形意拳的一个"贯耳"，"扑通、扑通"，日本兵倒地不动了；接着他又施展猛烈的拳术，把两个日本兵打得成了死鬼。这些动作前后也就几分钟。而后，孙德宜背起日本兵的两支大枪，担起他的豆腐担子，一口气上了南山，把药品交给八路军队伍。首长们特别感谢他送来的救命药。孙德宜简单地说了送这些药品的过程，最后谦虚地说："这都是我们形意拳人愿意做的。"

形意拳人为了国家，为了民族，不惧抛头颅、洒热血。与乔俩、胡殿基一样为国捐躯的还有一位形意拳抗日英雄，他是王东沧。

王东沧出生于河北省滹沱河畔的一个繁华集镇上的一户贫苦农民家庭，八岁时就去中医世家的外祖父家读书。舅舅孙武不爱学医，热爱习武，师从深县形意名家，一套形意拳练到炉火纯青的地步，闯荡江湖十几年，扶弱济贫，行侠仗义。小东沧白天到私塾读书，晚上就跟舅舅练武，十来岁时，刀枪棍棒已舞得虎虎生风、有模有样。舅舅十分喜爱他，将自己的功夫倾囊相授。

日本侵略军占领了东北三省，王东沧怀着保家卫国的壮志参加了国民革命军三十二军。不料，战斗屡次不利，他毅然回到了家乡，准备拉起自己的队伍抗击日军。

回到家乡的王东沧和舅舅相见，分外高兴。这时的舅舅孙武已加入了中国共产党，两人彻夜长谈，积极探求救国的道路。东沧的想法得到舅舅的大力支持，随后，他也加入了中国共产党，先后组建了区游击队、县游击大队，利用自己学得的武术和军事才能，率领战士们给予了敌人沉重打击。1943年2月，在小张庄战斗中，王东沧不幸中弹，以身殉国，壮烈牺牲。

山东省也有一位铁骨铮铮、坚守民族气节的形意名家，他叫李应勋，又名李向左，生于1890年。他在形意拳大师李洛能八大弟子之一的李镜斋门下拜师，精练形意纯功，在直隶一带享有盛名。1929年，山东国术馆在济南创建后，李应勋应聘任形意拳教员，培养出不少形意拳高手。

抗日战争期间，日伪多次酬请李应勋任职，均被他严词拒绝。他在济南中山公园等地以授拳为乐。一次他在公园中练拳时，有三个日伪爪牙纠缠，被李应勋先生正言相斥，那三人大为恼火，在回家途中跟踪并要强制带他到伪军修械所，李应勋展右肘、劈左拳，使出燕子抄水，将三人打倒在马路旁。

1938年1月，山东国术馆成立武士队参加抗日，李应勋先生就是其中的一员。武士队转战各地，与敌人展开了殊死搏斗，他们虽有抗战的热情，也个个身怀绝技，但缺乏英明的领导和丰富的军事知识，几经战斗，伤亡惨重，最后被打散了，李应勋先生又辗转回到了济南，继续传授形意拳。

  本书虽然只写到抗日战争，但是形意拳人长江后浪推前浪，一代新人换旧人。如今，新人、新秀已如雨后春笋般茁壮成长。百舸争流，他们继续奋斗在国家的各条战线上，书写着更加辉煌的历史。

2019年春定稿